长江三部曲

鄢国培 著

长江三部曲

第一部

漩流

重庆出版社

图书在版编目（CIP）数据
漩流 / 鄢国培著. -- 重庆 : 重庆出版社, 2025.
8. -- ISBN 978-7-229-20308-5
Ⅰ. I247.5
中国国家版本馆CIP数据核字第2025D57Q26号

漩流
XUANLIU
鄢国培　著

策　　划:徐宪江
责任编辑:李　子　阚天阔
责任校对:杨　婧
装帧设计:潘振宇

重庆出版社 **出版**
重庆市南岸区南滨路162号1幢　邮编:400061　http://www.cqph.com
重庆出版社有限责任公司品牌设计分公司制版
重庆市国丰印务有限责任公司印刷
重庆出版社有限责任公司发行
全国新华书店经销

开本:710mm×1000mm　1/16　印张:35.75　字数:680千
2025年8月第1版　2025年8月第1次印刷
ISBN 978-7-229-20308-5
定价:118.00元

如有印装质量问题,请向重庆出版社有限责任公司调换:023-61520678

"九一八"事变后
人民群众抗日爱国运动兴起
重庆涪陵
以经营川江航运业为主的几家私营公司之间
竞争激烈
民族资产阶级与国民党官僚资产阶级之间的矛盾斗争
持续激化
朱佳富、陆祖福、杨宝瑜、李明、高茜、张阿德、春燕
等众多性格鲜明的人物
陆续登场

叶梅

川江之上的历史回声
——重读鄢国培《长江三部曲》

近日重读鄢国培先生1978年至1986年间创作发表的《长江三部曲》（《漩流》《巴山月》《沧海浮云》），再一次为之深深震撼。这部将近200万字的鸿篇巨制，展现了川江流域从军阀混战到新中国成立期间社会各阶层的生存状态，将个人的不同命运与时代洪流的纷杂交织在一起，以其雄浑壮阔的叙事格局和浓郁的地域特色、史诗般的叙事风格，成为反映中国近现代历史变迁的重要作品。

从《漩流》中军阀割据下的社会动荡，到《巴山月》中抗日战争时期的民族觉醒，再到《沧海浮云》中解放战争的风云变幻，鄢国培以敏锐的历史洞察力，紧扣中国近现代历史的关键节点，以川江航运业为切入点，描写了三家不同的私营公司，展现了民族资本家在军阀、帝国主义势力、官僚资本的夹缝中艰难求生，为谋求发展所进行的多维斗争，具有鲜明的历史特色和深刻的社会内涵。作品中的主要人物朱佳富、陆祖福、黄玉庵等航运大亨的命运沉浮犹如一面多棱镜，不仅表现了个体在历史洪流中的艰难抉择，更折射出中国半殖民地半封建社会复杂的权力博弈与阶级矛盾。民族资本家们的抗争，既是为了个人的生存发达，也是为了民族企业的兴起和发展，但他们的努力往往显得徒劳，常常是竹篮打水一场空，最后陷入各种悲剧性的结局，从而体现了旧时代民族工业发展的艰难，也为新中国成立后民族工商业的新生埋下了强烈的时代注脚。

鄢国培《长江三部曲》以民族资产阶级与国民党官僚资产阶级之间的矛盾斗争为贯穿全书的主线，以中共地下党与国民党特务及与之相勾结的日、美间谍之间的殊死战斗为辅线，纵横展开了社会生活各个层面，上至高官显要、公司老板、地方军阀、袍哥龙头、外国传教士，下至市井百姓、三教九流，小说中出现的人物数以百计，显示出纷繁多元的社会风貌。而对朱佳富、陆祖福、黄玉庵等民族资本家的性格塑造，既勾勒出其群体在时代浪潮下的共性特征，又赋予个体鲜明的人格色彩。这些人物在与军阀、帝国主义、官僚资本的对抗中，展现出复杂而立体的性格图谱，可借此解读近代民族资产阶级的精神世界。朱佳富作为重庆航运大亨，其性格圆滑又坚韧，看似委曲求全，实则是在政治强权碾压下的无奈智慧。陆祖福则是怀揣振兴民族航运业的理想，大智若愚，善于决断，但理想与现实的撕裂，使其性格中增添了悲剧色彩。黄玉庵的性格塑造则凸显了革新与保守的内在撕扯、懦弱与自私，折射出民族资产阶级在旧制度下难以突破的思想桎梏。作品中出现的冯烂王、春燕、李明等革命者形象也刻画得栩栩如生，他们各自的革命历程与情感纠葛，为小说增添了丰富的层次，尤以冯烂王赤胆忠心，不怕牺牲、屡遭危难、坚守信仰的人物形象，为作品增添了传奇色彩和艺术感染力。

《长江三部曲》突破了传统“宏大叙事”的单一模式，没有将历史简化为英雄与反派的二元对立，尤其是对民族资本家形象的塑造，摆脱了脸谱化的窠臼，展现出时代浪潮中不同阶层的复杂选择和性格的多重维度。民族资本家在军阀、帝国主义与官僚资本的夹缝中挣扎求生。他们既渴望通过实业救国，又带有难以摆脱的阶级局限性；他们既是经济利益的追逐者，又是民族尊严的护卫者，其性格中的矛盾与挣扎，深刻反映了半殖民地半封建社会中民族资产阶级的历史困境。这种对人物复杂性的真切把握，丰富了中国现当代文学的人物画廊，与茅盾《子夜》中吴荪甫的塑造形成呼应，不断构建了民族资产阶级文学形象的经典谱系。而对历史参与者多元性的呈现，使历史叙事更加具有人性温度与现实深度，为文学作品的历史复杂性书写提供了借鉴思路。

人物命运与重大事件的紧密相连，使得《长江三部曲》既有史诗般的厚重，又不失历史的真实鲜活，同时对地域文化的入神开掘，更是别具一格。鄢国培凭借自身在川江轮船公司多年的深厚生活积累，将港口码头的市井百态、深山小镇的风土人情融入叙事肌理，从重庆、宜昌等繁华城市到石牛场这样的偏远村镇，对川江流域社会生态进行了全景式描绘。汽笛撕裂晨雾，木船与火轮挤撞着江面，纤夫们赤裸的脊背映着江水，号子声混着盐巴、辣椒与汗酸的气息扑面而来的画面令读者如临其境；船工们拉纤时喊出的“川江船夫号子”随着滩险水急变化调整节奏，在湍急的瞿塘峡，号子短促激昂，如战鼓催征；在平缓的江面，则悠长婉转，饱含生活的疲惫与希望……小说中对船工号子、川渝方言、生活习俗的生动再现，勾勒出川江沿岸的地理风貌、民俗风情，让读者感受到川江人坚韧不拔的生存智慧及地域文化的独特魅力。

鄢国培《长江三部曲》犹如一幅徐徐展开的川江长卷，既有波澜壮阔的历史图景，也有细腻动人的生活情节，以独特的地域视角和宏大的叙事雄心，开创了以川江流域为叙事核心的独特范式，在当年首次出版之时即得到广泛的社会关注，著名编辑家、评论家江晓天先生亲为作序。

江晓天先生（1926—2008）是中国文学编辑与评论领域的重要人物，曾先后参与筹建中国青年出版社、作家出版社，众多耳熟能详的文学经典，如大众熟知的“三红一创”（《红旗谱》《红日》《红岩》《创业史》），还有长篇小说《李自成》等均出自他所在的编辑团队之手。他以卓越的眼光、精深的专业素养以及无私的奉献精神，发掘和培养了众多文学新人，是文学出版界令人十分敬仰的典范。江晓天先生在鄢国培《长江三部曲》的序言中指出："长篇小说不仅要展现广阔的生活面，以及对所摄取繁富多彩的社会风貌，从历史的高度作深刻的剖析和准确的把握，更要求作家把自己的视觉集中于典型人物形象的塑造。"他对鄢国培的小说进行了详尽的分析，认为是"绚烂的川江社会风云画卷"，"从长期封建社会外侵内乱中，萌生的现代民族资产阶级，不仅受封建传统势力的影响，还受外国资本主义势力的侵扰，特别是官僚资产阶级的控制、欺压乃至兼并，创业维艰，图存犹难，求发展更为不易。《长江三部曲》所描写的三家不同的私营公司，很好地概括了这一鲜明的历史特色和深刻的社会内涵"。江先生同时还以严谨的治学精神，指出了小说存在的某些不足。

江先生的文章至今读来，仍令人深思。

近日得知，重庆出版社独具慧眼，将不惜重力再版鄢国培《长江三部曲》，不由令人感慨万分。在今天看来，这部巨作不仅以独特的地域视角重构了近现代中国的历史图景，更通过对民族资本家、革命者、底层民众等群体的生动刻画，展现出时代转型期的社会肌理与人性光芒，以文学的方式记录了从旧中国军阀混战到新中国成立的沧桑巨变，成为解读近现代社会转型的重要文本。其对地域文化的呈现、对历史复杂性的探索以及对人性深度的挖掘，也都为当代文学创作提供了深刻的启示。

我曾有幸在湖北刚踏上文学之路时，便得到当时已在湖北作协工作的鄢国培先生的指教。我的第一部短篇小说集《花灯，像她那双眼睛》出版之时，便是鄢先生在百忙之中亲笔作序，而今回望，更是极为珍贵。恰有缘感激的是，江晓天先生则是我1992年加入中国作家协会时的入会介绍人。时隔多年，两位先生虽然都已离我们远去，但重读鄢国培先生的巨著和江晓天先生的序言，他们朴实祥和、睿智爽朗的音容笑貌和高洁的精神风度仿佛就在眼前，令人倍加敬仰。他们和那些同时代辛勤的作家们在文学大地上的耕耘，创造了"三红一创"，也创造了《漩流》《巴山月》《沧浪浮云》之《长江三部曲》……那一座座光彩夺目的文学丰碑，承载着特定时代的历史记忆，以历久弥新的艺术魅力，为后世留下永恒的精神财富。

2025年5月端午于北京

目录

楔子

光绪年间[1]，一艘英国炮舰——鲑鱼号，从宜昌亚栈起锚，驶进了南津关，在幽深的峡谷中快速驶进，激起的汹涌浪涛，拍击岩岸，发出哗哗的响声。

从陡峭的岩壁上，半腰凿出一条狭小的纤道，一群衣衫褴褛的纤夫匍匐着身躯，背着纤担，在狭窄起伏的纤道上手脚并用，使劲向前拉行着。

一个纤头，爬行在最前面，领唱着纤夫号子。根据号子的节拍，纤夫整齐地移动着手脚，有时低沉、有时高昂地发出“杭育、杭育”的哼声，有节奏地唱着和音：

汗水未干泪先干，草鞋磨破手磨烂，鲜血点点岩上洒，何日红花开满山？

山高谷低行路难，衣单腹饥风雪寒，妻儿盼望下锅米，腊月三十吃糠团。

翻过一山又一山，拉过一滩又一滩，纤夫尸骨埋江底，老板年年添新船。

滩险流激礁石恶，山高路远一肩担，罗汉菩萨不显圣，纤绳一挽拉过滩。

……

几只白木船桅杆上的纤藤拉得很紧，在炮舰激起的浪涛中起伏颠簸，浪花涌进了船舱，船夫惊恐万状地高叫着：“慢车！慢车！”

可是炮舰仍然全速行驶，激起的浪涛更大了。一只木船已经倾斜，船板发出嘎吱嘎吱的碎裂声，眼看要被江水吞没了。船夫绝望地高叫着救命，凄哀的声音在峡谷里飘荡。

“报告舰长！一只木船快被浪打沉了，有人在高喊救命！”副舰长海尼斯上尉把车钟摆在慢车位置，船速减缓了，向福朗林少校报告。

“哼！”福朗林少校正用望远镜观察着两岸的高峰，辨认着布满礁石的航道，听见副舰长的报告，无动于衷地命令道，“全速前进！”

“是！全速前进。”上尉答应一声，立即将车钟摆在全速的位置，炮舰加速了。

莲沱到了。

福朗林少校放下了望远镜，命令道：“减速，停止前进。”

“是！”上尉答应一声，复述了命令：“减速，停止前进。”车钟丁零响，机器减慢了速度，炮舰在原地顶着激流微微左右摇摆。福朗林少校走到一张沙发前，

1　英国海军开辟川江航道，在1895—1900年。

恭敬地说："少将阁下，莲沱到了。"

威尔逊少将穿着海军少将服，手上戴着两枚钻石戒指，左胸挂着一枚勋章，一直坐在驾驶台靠里的沙发上，专注地捧着《泰晤士报》阅览着。听见少校的报告，放下了报纸，缓慢地从沙发上站起来，迈着稳健的步子，走向外面的舰桥。宜昌海关的英国人勃兰田船长也从另一张沙发上急忙站起来，紧跟在少将的身后。

勃兰田用手比画，指着航道介绍说："少将阁下，这就是莲沱，以上的航道，暗礁犬牙交错，航道狭窄，江水流速很大……"

谈到这里，他顺手从一个水兵手中接过一截涂了黑白两色油漆的竹筒抛在江中，竹筒斜浮在水面上，迅速在船尾消逝。

勃兰田接着说："由于江底地形复杂，水流变化极大，为轮船的操纵带来困难。特别是那些隐没江底的暗礁，多得要用天文数字计算，我们一时无法弄清。少将阁下，前面不远那个鼓着泡漩的水面下，就有一个锐形暗礁。我们的炮舰鳄鱼号，去年就在那里触礁沉没，官兵大多葬身江底……"

威尔逊少将听到这里，从海尼斯手里接过一支单筒望远镜，迅速对准了焦距，眯着一只眼，用另一只眼仔细对上游观察了一会儿，然后将望远镜交还给海尼斯上尉，脸上没有特别的表情，问道："派潜水兵摸过吗?"

"少将阁下，因为水深流急，潜水兵下不去，只把那礁石的大小和形状略微摸了一下。"福朗林少校抢在勃兰田前面回答。

停了一会儿，福朗林少校见威尔逊少将望着湍急的江水沉思没有发问，继续说："少将阁下，离鳄鱼号沉没的地方不远，鲨鱼号今年又在那里划破了舰底，上帝保佑，军舰没有沉没，至今还在香港船坞里修理……"

少将又从海尼斯上尉手里接过单筒望远镜观察了一会儿，见福朗林闭嘴不言了，于是一挥手："讲下去!"

福朗林少校于是继续说："少将阁下，川江天险名不虚传，皇家海军几年来只能从宜昌驶到莲沱，不能再前进一步，所以……"

不等福朗林少校说完，威尔逊粗暴地打断了他的话，挥手制止他往下说，烦躁地在舰桥上来回走动。

威尔逊很快平静下来，为了掩饰他刚才的急躁，站住了，声音异常柔和地对勃兰田船长说："船长先生，自从宜昌辟为通商口岸，大英帝国就派你到宜昌海关。先生，这几年你对川江航道有多少了解呢?"

勃兰田知道威尔逊也是贵族，在海军部是很有权威的。他彬彬有礼，恭谨地答道：“少将阁下，中国唐朝有位诗人李白说：蜀道之难，难于上青天。是呀！川江天险实在比登天还难。”勃兰田还想卖弄一下他对中国的知识，但见威尔逊面部现出不悦的表情，赶忙改口：“不过，我想，我们皇家海军能够开到北冰洋和南极洲，也一定能够征服川江天险，很快开到重庆去，因为我们皇家海军是举世无敌的。大英帝国的殖民地遍及全球，是皇家海军的丰功伟绩，所以女王陛下对皇家海军也特别倚重。”

威尔逊脸上露出了得意的笑容，他被勃兰田船长的几句恭维话弄得很高兴，点着头说：“船长先生，你说得很对，因为你曾经在皇家海军中服务过，所以了解得很透彻。是的，我们皇家海军是举世无敌的。”他回头对福朗林舰长亲切地说：“少校先生，你这门大口径的主炮能将那石壁上的那串石钟乳击中么?”他说时指着远处陡峭的石壁。

“是，少将阁下。”福朗林少校举起望远镜观察了一下那串玲珑下垂的石钟乳，有把握地说，“我一发炮弹准定将它报销。这门主炮配有现今世界上性能最好的瞄准器，炮手也是第一流的。阁下，请你放心。”

福朗林迅速钻进了驾驶台，下达了战斗命令。

漆成草绿色的帆布炮衣迅速揭下，炮手各就各位。

主炮旋转着对正目标，炮长亲自在瞄准镜前校正标尺。

开炮的命令下达了，第一发炮弹带着刺耳的啸音飞出了膛，在石壁下的江面上爆炸了，冲起了白花花的水柱，没有命中目标。

威尔逊脸上的笑容消失了。

经过校正，第二发炮弹射得过远了，依然没有击中目标。威尔逊沉着脸。

舰长和水兵都很紧张。炮长仔细校正着标尺，延缓了一会儿，第三发炮弹出膛了，轰的一声，不偏不倚命中了目标，石壁上涌溅着尘烟。

待尘烟消散，威尔逊少将接过望远镜观察着：那串玲珑的石钟乳大部依然存在，只是被削去很短的一截下部，但毕竟是击中了。他脸上又出现了笑容，简短地命令：“返航!”

“是，返航!”福朗林复述着命令。

军舰画了一个圆弧，掉过头来，全速前进，两岸的岩壁向舰尾飞退……

很快就返回了亚栈，不等掉头抛锚完毕，威尔逊少将离开了驾驶台，进入了军官餐厅。

招待生露意丝小姐，是一位金发碧眼的青年女郎，托着银托盘进了餐厅，皮底的高跟鞋踩在厚实的地毯上，没有发出一点儿声息："将军阁下，酒！"

威尔逊从沙发上坐起身来，从托盘里端起一只高脚玻璃酒杯，酒杯里盛满了红艳的香槟酒，一饮而尽；他没有吃一只小盘里的香肠，又舒展地在沙发上躺下。

露意丝小姐没有惊扰他，悄悄地退下。

威尔逊少将望着天蓝色的室顶，凝神思考着：他最近一连收到海军部几道电令，要他在短期内开辟川江航线，把英国商船引进四川，可是……

露意丝小姐又进餐厅来了，她见威尔逊少将军服整齐，因为天气热，额上在出汗。她扭开了壁扇的开关，电风扇转动起来，一阵凉风对准威尔逊吹来，他感到异常舒适。

他的眼光停留在露意丝小姐的身上。这位女郎的面孔是迷人的，镶花边的白色围裙束在胸前，细腰高胸更富有肉感，这时正亭亭玉立地站在他的身边，含情脉脉地注视着他。要是往时，威尔逊少将会忍不住将露意丝搂抱在怀里亲吻。可是，今天他却没有这样做，冷冷地说："小姐，去请勃兰田船长和福朗林少校到这里来见我！"

露意丝小姐摸不透少将的脾气：有时对她是那样热烈，恨不得与她融化成一体的样子，可是，有时却冷得像一块冰。她听见威尔逊的吩咐，有点失望地离开了餐厅。

一会儿，勃兰田船长进来了。因为勃兰田不是现役军人，名义上是宜昌海关的官员，所以威尔逊略微从沙发上欠了欠身，表示客气，请他在左边的一张沙发上坐下。

跟在勃兰田身后进来的福朗林少校却规矩地直立着。威尔逊少将示意他在右边的一张沙发上坐下。

威尔逊少将为了表示自己身份的高贵和尊严，坐得很端正，矜持地抹抹八字胡须，轻轻咳了一声，缓慢地说："勃兰田船长，少校先生，我们皇家海军是英国的强大支柱，鸦片战争中敲开清帝国大门的是我们，最先驶进长江的也是我们。女王陛下曾经说过：她有两把利剑，一把利剑是基督教，另一把利剑就是皇家海军。传教士先至，我们军舰随后。大英帝国的殖民地遍布世界，誉为日不落国，不管在东半球还是西半球，我们的国旗到处飘扬。先生们，传教士早已进了四川，而我们皇家海军却在四川大门口徘徊不前。难道我们这把利剑生锈了?!先生们，皇家海军的荣誉感，使我必须提醒你们，我们不能驶进川江，商船只能在宜昌止步，长江这条吸管就只有半截，对帝国的损失太大了。我们的商品只能运到宜昌，我们需要的原料就不能直接从四川运走，帝国的影响就会在清帝国减弱。四川是富饶的天府之国，对我们大英帝国太重要了。我们要控制西藏，除了从印度攀登翻越喜马拉雅山外，还必须经四川直指拉萨……"

说到这里，威尔逊少将停顿了一下，严厉的目光向勃兰田和福朗林扫视了一会儿，然后说："我命令你们，必须在短期内利用川江船夫，把礁石查清，两个月后，我亲自在重庆接待你们。那时，勃兰田船长可以得到女王陛下授勋，福朗林少校还可晋升为中校。可是……女王陛下对于她的子民是公平的，既不吝惜奖赏有功的臣民，也不吝惜对于失职者的惩罚……"

威尔逊站了起来，福朗林少校和勃兰田船长像弹簧一样迅速跟着站起来，笔直地挺立着。

威尔逊威严的表情消失了，彬彬有礼，面带微笑，向站在旁边的露意丝轻轻吩咐了一声："小姐，白兰地。"

露意丝小姐将放着三只酒杯的银托盘举到他们面前，他们跟在威尔逊之后各取了一杯酒举在胸前。

威尔逊少将举杯祝酒说："先生们，愿我们海军这把利剑变得更加犀利吧！预祝我们的胜利，干杯！"

三只高脚玻璃杯碰在一起，发出清脆的叮当声，三人一饮而尽。

威尔逊少将脸上显得异常红润，他看见露意丝小姐金黄色的卷发在电扇鼓起的疾风中飘动，碧蓝的眼睛像一汪秋水，心情顿时觉得很开朗，柔和地说："小姐，再来一杯烈性的威士忌。"

……

一个头缠白帕，脑后垂着一条长辫子，穿无领粗布短衫的青年人，右肩上挎着一个粗布印花包袱，在宜昌南门内一条小街上踯躅着。不远处是天主教堂，高耸的钟楼矗入灰蒙蒙的天空中。

一个头戴瓜皮帽，脑后垂着一条假辫，身穿长袍的中年人，沿街东张西望，像在寻找什么。忽然他发现了那个青年人，高兴地上前去拍了拍青年人的肩膀：

“杨老大，害我好找！”

杨老大回头一看，见是船老板金大，不解地问：“金老板，你把木船都卖了，白花花的元宝已到手，还找我这个放滩匠干啥？”

“哎，有发财的事情找你呢！”金大笑眯眯地说。

杨老大嘴一撇：“金老板，从我爹起就给你放木船出川，你屙的屎是干是稀还不知道?！你的粑粑不会烙煳，发财的事情会找我?！莫非铁树开花马长角！哪有这么安逸哪?”

金大装作亲昵地拍着杨老大的肩头：“哎，啷个这么说哟！俗话说：美不美乡中水，亲不亲故乡人。我们都是涪州石牛场的人，有发财的事情不找你又找哪个哟！”

杨老大有些不耐烦：“金老板，你说的比唱的还好听。每回你打了新木船，装上一船出川货，由我给你放到宜昌，货卸完就将木船卖了，两头赚钱。像我这样的放滩匠，随便拿几个钱就打发了，不管这些人回不回四川。要是找不到回头船放回四川，不是流落他乡，就是讨饭回家。有话你就说吧！不要尽绕弯子，说一箩筐不费钱的好听话！”

金大被杨老大顶了几句，也不生气，胖胖的黄青色脸上红都没红一下。一顶缎子瓜皮帽还戴在头上，天气虽然这样热也不肯脱下，因为是癞子，怕现相不雅观。他依然堆着一脸笑，腮帮上两块横肉挤成一团：“杨老大，你这是狗咬吕洞宾不识好人心，真有件发财的事情找你。是这样，有条船要放到重庆，我答应包了下来，想找你做个帮手。”

杨老大这才明白金大对他甜言蜜语的原因，话里带刺地说：“金老板，你答应帮别人放船，找我干啥！分了你的钱不心疼?”

金大好像很坦率：“唉！明人不说假话，放船我是半罐水，哪像你杨老大有一个祖传的本本，把川江里的暗礁怪石记得一清二楚，不简单啊！一篙子一篙子撑了几代人的船，把江下的秘密探得很透。谁不知杨老大是川江最傲的放滩匠？十几岁就放滩，从没出过差错。”

杨老大听金大说的在理，再加正要找条船放回四川，心中有些活动，问：“金老板，请说清楚点，是哪个大老板的船，放到重庆给多少钱?”

金大很慷慨地回答：“我也是爽快人，说清楚就说清楚，不会亏你，得的工钱我们对分可好?”

杨老大深知金大的为人，对他的慷慨有些不放心，还想再说，可是金大拉着他就走：“少说空话，走，我们当面去说清楚。”

杨老大把包袱往肩上拉了拉，跟着金大转过了一条街，走到一座小洋房门口，屋顶挂着一面英国米字旗，门上一块金字红匾写着“怡和洋行”四字。

进了大门，金大向头上缠着大包头、一脸络腮胡的印度看门低声说了几句，领杨老大走了进去，在一间房门口站住了。

金大干咳了两声，方才掀开门帘。

这时室内一个声音在亲热地招呼：“金老板，请进，请进。”

杨老大随金大走了进去，看见一个蓄八字胡，穿派力司薄呢西服的中国人，站在那里微笑相迎。金大给他们介绍：“周买办，这是杨老大。”

周买办客气地用右手指指沙发：“请坐，请坐。”

杨老大是头一次坐沙发，对于这有弹性的坐垫很不习惯，拘谨地把印花布包袱取下，放在怀里，一双穿着毛耳草鞋的脚踏在地毯上，真有点不协调。

一个浓妆艳抹、体态轻盈妖娆、穿旗装的年轻女人用托盘上前献了茶，又每人敬了一支雪茄烟才退下去。

周买办笑嘻嘻地向杨老大拱拱手：“兄弟久仰杨老大的大名，幸会，幸会。”

杨老大有些惊疑，这些平常骄横不可一世的买办大人，怎么会对他这个土里土气的放滩匠这样客气！不知葫芦里究竟卖的啥药！只得不出声端坐着，低头吸着手指上夹的雪茄烟。

金大见杨老大没有回答，接过话去：“买办大人，我这个同乡不会说话，请原谅。”

“不要紧，不要紧。”周买办把话转入了正题，“金老板、杨老大，这次请你们帮忙，把一艘船引进川江，放到重庆，事成之后，决不会亏待你们。”

金大学着官场中的腔调，奉承说：“全靠买办大人恩典，牛身上拔根毛比我们腰还粗呢！”

周买办听见金大这句粗话，把他比作一头牛，心里有点不舒服，但只微微皱了皱眉，沉默了一会儿，看无话可谈，于是喊了一声：“来人呀！”

刚才那个年轻女人掀开门帘走了进来，恭敬地站在周买办面前娇声问：“大人，要啥？”

周买办轻声吩咐了一句：“去楼上请海关的勃兰田大人和福朗林少校。”

那个穿旗装的年轻女人答应着去了。

杨老大更有些惊疑，怎么又钻出一个勃兰田大人和福朗林少校?！这与引船进川江有啥相干？正想之间，听见一阵皮鞋响，那年轻女人掀开门帘，勃兰田和福朗林先后进入室内。

周买办起身笑迎，金大站起来谦恭地弯着腰，只有杨老大微微欠了欠身，仍坐在沙发上。

勃兰田和福朗林大摇大摆地落了座。周买办方才介绍："这是海关河道监督勃兰田大人，这是皇家海军鲑鱼号舰长福朗林少校，这是金老板，这是杨老大。"

杨老大开始觉得勃兰田有些面熟，但记不起在哪里见过，及至听到介绍是海关人员，猛地想起来了：两年前，他放的一条木船在镇川门外江心，被英国军舰鲑鱼号浪翻了，淹死了几个人，他差点也沉尸江底。事后他和几个船民告到宜昌知府衙门。被告鲑鱼号船长并未到庭，坐在知府大人身边陪审的就是这位勃兰田。勃兰田是英国人，当然帮着英国人讲话；中国的知府大人后来也帮着英国人讲话，反而说船民咆哮公堂，一阵乱棒逐出，杨老大也挨了几棒。结果一个钱也没赔，几条人命就枉死了。

杨老大是第一次看见鲑鱼号的舰长福朗林，见他军服齐整、盛气凌人的样子，心里反感，怒目瞪着勃兰田和福朗林。

勃兰田没有感觉到杨老大异常的神情，用流利的中国话说："好的，好的，凡是与我们英国人合作得好的中国人，是从不吃亏的。"

金大站起来，谄媚地说："洋大人说得对，我们一定合作。"杨老大瞟了金大一眼，有气地扔掉了手上的雪茄。

周买办含笑说："金老板，杨老大，这次就是请你们帮助福朗林少校，将鲑鱼号炮舰引进川江，放到重庆去。"

"哎！鲑鱼号要进川江?"杨老大忍不住吃惊地跳了起来。

周买办看见杨老大吃惊的样子，笑着解释说："是的，鲑鱼号进川江是为商船开辟航道，我们英国怡和洋行与二位合作的时间长着呢!"

周买办明明是中国人，偏说"我们英国"，杨老大再也忍不住，压抑的怒火爆发了："你们另外请人引船吧！我不能当汉奸出卖祖宗，落个千古骂名。"说完也不打招呼，提着包袱气昂昂地冲出了怡和洋行。

他听见金大在洋行内喊他，于是加快了脚步走过几条街，穿出了南门洞，到了江岸边，才放慢了脚步，沿着一条破破烂烂的河街徘徊。.

他想：吴三桂领清兵入关，当了汉奸，至今还挨骂。他拒绝了英国人的要求，觉得舒了口气。他虽然没有读过书，但从哥老会知道了吴三桂这段历史后，他便有了一种纯朴的民族意识。可是，他不引英国军舰进川江，英国人难道就进不去吗？他隐隐感到英国军舰迟早也会开进川江去的。一想到英国军舰和商船不久就会在川江横冲直撞，他就不禁打了个冷战。预感到他们这些世代以驾木船为生的船夫，生活会更困难，物产丰美的四川从此就多事了……

杨老大愈想愈气闷，就拿眼前来说，离家已经很久了，家中的妻儿还日夜盼望他回家拿钱买米维持生活。年轻的妻子抱着不到一岁的幼儿，可能早站在屋侧的黄桷树下眺望着长江，盼他归去啊！可是，至今还找不到一条回川的木船驾引。要是再过几天，身上的钱也用光了，只有讨饭回乡，说不定还会流落他乡，连尸骨也回不去……

杨老大走到小酒店门口，不觉踱了进去。当他正踱进酒店的时候，远远一个人盯了他一眼，就闪进一个小巷里不见了。

杨老大要了一碟卤豆腐干，一碟煮胡豆，一小壶白酒，一个人自斟自饮，喝着闷酒。

天上黑云滚滚，大地更加灰暗，有些闷热，像要跑暴的样子。

天黑了，杨老大喝完一壶白酒，两个碟子也空了，感到有些醉，也不想吃饭，叫了一碗清水豆丝来吃了，付了酒账，将土布包袱挎在右肩上，走出了店门。

门外黑沉沉的，天上闪电，打着干雷。他怕淋雨，想赶快到江边去找一条熟识的木船借宿一宵。

走到江边河坝上，幸好天上不断闪电，他借着闪电瞬息的亮光艰难地往前走着。

酒实在喝得多了一点，他感到头重脚轻，踉跄着又往前走了一段。突然一个人影举着一把匕首向他扑过来，这时正好一个闪电，在瞬息的亮光中，他看清是金大，吃惊地叫了一声：“金大，你！”他抓住金大拿匕首的那只手，拼命撑拒着，用力想推开，可是力不从心。

又是一道闪电，明晃晃的匕首离他的左胸愈来愈近，他来不及叫一声，匕首终于刺进了他的心脏。他向前蹒跚了两步，跌倒在河滩上。

金大迅速取下他的土布包袱，从里面摸出一个油纸包，在闪电的光中，他看清了是他需要的川江暗礁图，然后将其敏捷地揣在身上。

金大的瓜皮帽在搏斗中掉到河滩上，他在黑暗中摸索寻找。

雷电更密了，下起瓢泼大雨，在闪电的光中，金大的癞子头显得特别刺眼。

金大终于摸着了他的瓜皮帽，慌忙戴到头上，在雷雨中向江边窜去。

鲑鱼号的一只小舢板在那里等着他，他躬身上了小舢板。英国水兵在雷雨中摇动桨向鲑鱼号划去。

小舢板在鲑鱼号放下的舷梯边靠拢，金大浑身淋得湿透了，踏着舷梯登上了甲板，勃兰田和福朗林少校在舷梯口迎着他。

金大吐了一口流进嘴里的雨水，摸出油纸包的川江暗礁图，递给少校："少校大人，暗礁图取得了。"

福朗林少校不自觉地用英语说："Very good！"随即对身后的金发女郎用英语吩咐："露意丝小姐，把这位先生带去洗澡，换上新睡衣。"

过了一会儿，待金大在上甲板军官餐厅出现，已经洗好澡，换上一件长条纹的丝质睡衣。只是他仍然戴着那顶淋湿了的瓜皮帽，脑后垂着的假辫湿滴滴的，显得有些滑稽。

少将没有出面，福朗林少校坐在主位上，勃兰田在一旁相陪。露意丝小姐送上一道又一道菜。

金大好像忘记他刚杀过人，一心模仿英国人的动作，将餐巾蒙在颌下，笨拙地使用着刀叉。

露意丝小姐在每人面前的高脚玻璃杯里斟满了威士忌。

福朗林少校领头站起来，举着酒杯用流利的中国话祝酒："为女王陛下的健康干杯！"三只酒杯"当"地碰在一起，因为金大不习惯，他酒杯里泼出一些酒来。三人一饮而尽，坐下吃了一点菜。

露意丝小姐又在三只酒杯里斟满了酒。

福朗林少校又领头站起来第二次祝酒："为女王陛下的利剑——皇家海军的胜利干杯！"

三只酒杯又"当"地碰在一起。这次金大有点进步，酒杯里的酒没有泼出来，三人又是一饮而尽……

第三次祝酒，福朗林少校大声说："为得到川江暗礁图，为金先生与我们第一次合作的胜利，为预祝早日开进川江，安全到达重庆干杯！"……

祝酒完毕，三人的脸上被酒精烧得很红润。

露意丝打开餐厅角落的一部留声机，传出钢琴弹奏的月光曲。

金大张着嘴惊异地看着留声机上的大喇叭，他还是第一次看见这自己发声的洋玩意。

舰身忽然摇晃起来，勃兰田说着俏皮话："噫，福朗林少校，鲑鱼号难道也喝醉了酒！"

"待我去看看！"福朗林走出餐厅，大雨还哗哗地下着。

一会儿，福朗林少校回来了，对勃兰田说："先生，长江涨水了，从万寿桥冲入长江的山洪气势很猛，形成了一股漩流，我们军舰正在夹堰水上，所以摇摆起来。"

勃兰田担心地说："舰长先生，抛锚在夹堰水上容易走锚，可能需要移泊！"

"No，no！"福朗林少校摇着头说，"我们钢锚是抓得很牢的，你不用担心。"

留声机继续传出悦耳的钢琴声，福朗林少校有些醉意地说："勃兰田先生，你听，这月光曲多么优美柔和，我们西方的文明，再加上金先生这样的宝贝，构成了扬子江交响乐，多么有意思呀！"

勃兰田听了少校的俏皮话，看见金大戴着瓜皮帽的怪样子，觉得实在滑稽，忍不住哈哈笑了。

金大听不懂英国话，看见勃兰田笑得欢，装作明白的样子，跟着哈哈大笑，惹得福朗林少校也哈哈大笑。

露意丝小姐早已忘记了礼节，笑得前俯后仰，高高的乳峰在衣衫下颤动。

一道刺目的闪电，接着一个震耳欲聋的落地大炸雷响了，室内的笑声霎时停止，个个大惊失色。

江水湍急的奔流声，哗哗的暴雨声，盖过了一切声响。

第一章

一

在那常年水色碧蓝的石牛河边，沿着陡峭的岩岸，长满了灌木，四季都有野花开放。

清清的河水淙淙地流过狭窄的河床，清澈见底。

鱼儿嬉游在浅滩上，迎着阳光，在晶莹的鹅卵石上发出白花花的闪光。

石牛场是一个古老的小乡场，年年代代变化很小，只有一条独街，建在石牛河的岩岸上。一条青石板铺成的官路穿过石牛场，蜿蜒伸向远方。

两边店铺的屋檐长长地伸向街心，几乎要连接在一起了。因为屋檐很长，街上的行人不怕雨淋和风吹，但是街心屋檐相近的地方只露出一线天，因此街上和店铺内光线暗淡，显得阴森森的。

在进场口的地方，有一块平地，每逢晴天赶场的日子，这里特别热闹，因为这里阳光充足，不像街上那样阴暗潮湿，再加平地边沿的小坡上有一片稀疏的槐树林，正好作为牲口市场拴牛、拴马用。

在平地的侧面，依山面水有一座破烂的庙宇，庙门的匾额上写着“万天宫”三个红字，已经斑斑驳驳，模糊可以辨认。

进庙门就是一块平坝，用青石板铺成，在石板的接缝里长出了青草。

平时这里静悄悄的，但每逢场期，这里就人头济济，声音嘈杂。平坝上摆满了土特产品、手工篾货，乱哄哄的。

正殿上的神像，缺腿少臂，已经多年无人整修。每逢赶场就摆满了吃食摊：卖汤圆的、卖油炸麻花的、卖汤锅的……敲得锅响，发出碗筷的碰击声，与抑扬的叫卖声交织成一派奇妙的音乐。

秋收过后，今天石牛场赶场分外热闹。秋高气爽，蓝蓝的天上没有一丝云彩。

万天宫外的平地上，只见一片草帽和光头在晃动，人声鼎沸。

槐树林拴满了牛马猪羊。牛叫声，马嘶声，猪嚎声，树上的蝉鸣声，此起彼伏。

在万天宫里的平地上，一个头顶一篮油炸麻花的少年，在人群中挤来挤去，口里不住地叫卖着：“油炸麻花，又香又脆哪！”

“哎哟！”一个老头皱着眉头叫了一声，推了那个卖麻花的少年一把，“你这个小崽儿，挤啥？又不是木头楔子，把我的脚踩得生疼。”

话音未落，另一边一个尖嗓子在喊：“麻花，麻花，买两个钱的麻花。”

那个少年忙答：“来了，来了！麻花，又香又脆的麻花。”只见他头上顶的麻花篮子在人缝中迅速往前游动。

响起了一个痰合合的叫卖声：“热烙的黄糕粑哪！白糖蒸馍……”

又是那个被少年踩了一脚的老头在嚷：“哎哟！今天起来太早了，你龟儿又来踩我一脚，遇得到哟！真是恼火。”

痰合合的声音在说：“你老哥子福气好，有人踩脚是好兆头嘛！是财神菩萨看中你了，恭喜发财！”

“算你龟儿这张嘴巴会说，去，卖你的黄糕粑去。”老头的声音缓和了。

正殿上，离一个卖汤圆的炉灶不远，摆着一个八字摊。算命先生端坐在一条板凳上，面前一张小木桌上摆着笔墨纸砚，一块红布摊在正前方，用工整的颜字横写着“小诸葛”几个拳头大的字。两边有一副对联，上联是：“灵不灵当场试验”；下联是：“准不准过后方知”。

这个算命先生姓胡名方，原先也进过学堂，特别写得一笔漂亮的颜字，在涪陵地区颇有点儿名气，但脾气高傲，性情古怪，为人处世多有不合常情的地方。人们当面叫他胡先生，背后都叫他胡痰气。

凡是有钱人请他写碑字招牌之类，除了一块十八圈的银圆[1]一个字照算之外，还必须请酒礼待，错了一点儿礼节，就是十块十八圈也不肯写。渐渐地，有钱人家都不找他了。

但是一般贫苦的人托他写书信婚帖等，倒也不拘礼节，也不计较报酬，只要喝杯淡酒，或者收点土产之类就可以了。

胡方原也有点儿祖遗的薄产，自比“五柳先生”，也学陶潜在宅边种了五棵柳树，宅门上自书“五柳堂”三字。

他早年也结交了几个风雅之士，一杯淡酒，几块豆腐干招待朋友，纵谈天下大事，有时也吟诗作赋。酒醉之后，就埋头睡觉。风流闲逸，优游自在，快快活活着实过了几年。但好景不长，慢慢家里的一点薄产也花光了。

堂客[2]一气之下，就与他断绝了关系，回到娘家去了。

---

1 四川铸造的银圆，有十八圈的图案，也称川板。除银圆外，也铸造有十八圈图案的铜板。

2 堂客，妻子的意思。

胡方也不介意，幸好没有儿女牵挂，东游西逛混了一段时间，他的那些风雅朋友也不与他来往了，远远避开了他，弄得吃了上顿没下顿。

再加上他小事不愿干，大事别人不请他，实在混不下去了，肚子是硬头货，空气和水是骗不了它的，最后无师自通做了测字算命先生，兼代别人写信立据之类维持生活。

今天清早胡方就坐在八字摊后，万天宫里人来人往，可是测字摊前却冷冷清清无人问津。

一个老头手里拿着一顶破草帽不断扇着，走过来含笑招呼："胡先生发财！"就坐在摊侧的条凳上。

胡方以为生意来了，忙笑问："你测字或是算命？"老头摇摇头说："不，我要等一个人。"

胡方还不死心，说："我看你心事重重，必有疑难的事情。"

老头看了胡方一眼，点头叹气说："胡先生，你看这年岁叫我们黄泥巴脚杆怎么活！今年才民国二十三年，田赋已预征到民国六十年了。"

胡方乜了这老头一眼，见他衣衫破烂，手脚皮肤粗糙，不像有田地上田赋的人，于是问："管他预征到哪一年，上田赋是绅粮的事，关你啥事？"

老头一肚子气正没出处，气昂昂瞪着眼睛对胡方的话表示不满："胡先生，你读了一辈子书，怎么越读越糊涂？你说得轻巧，绅粮一不耕地，二不种田，饭来张口，衣来伸手，哪有粮食去缴田赋？苦的还不是我们种田的黄泥巴脚杆。官府要他们预缴田赋，牛毛还是出在牛身上，逼着我们加租加押，我们又去找哪个要呢?！真逼得人活不下去啰！"

胡方今天实在没有开张，向老头兜揽："老哥子，吉人自有天相，五个十八圈铜圆算张八字，看何时否极泰来。"

老头只听懂了要他算张八字，其他的字眼一句也不懂，摇摇头："我哪里有钱算八字！我孙娃戒奶，儿媳妇要我买两百钱的黄糖都买不起。"

"要问吉凶祸福，不算八字，测字也行，测字只收两个铜圆，老哥子，怎么样？"胡方只能求其次。

老头好像没听见胡方的话一样，自言自语地说："龟儿去年粮贵，金四少爷收租要粮；今年粮贱，却硬要收硬洋[1]。今天粮价只卖得一元二，金四少爷的熊管事每担谷硬折一元五，每担谷就贴进三角，连泡也没冒一个，唉……”

胡方知道连测字也无望了，无聊地将镇纸用的铁尺不断在桌上拍击着，发出啪啪的响声，希望引起过往行人的注意。

老头最后几句抱怨金四的话传到胡方的耳朵里，却引起了他的牢骚，摇头晃脑地搭腔说：“为富不仁，金四为富不仁。那年我为金四的老子金大癞子写墓碑，至今欠我硬洋十块，拖赖不给。哪一天把我惹烦了，我要打他的屁股顶账，就算一块硬洋一板，一十得十，也要打他十大板……”

不等胡方说完，老头惊慌地向四面看看，像针锥屁股似的，忙站起来对胡方点点头：“胡先生，你忙！我还有事，不陪了。”慌忙走开了。

胡方知道老头是怕他的话会惹祸连累他，也觉扫兴，笑了笑，解嘲似的自言自语重复说：“一十得十，要打他十大板。”

已近中午，还是没人来测字算命，荷包里分文没有，胡方肚子里却咕咕叫了。

看见那边汤锅里煨的一锅牛杂碎，上面浮着一层红油，更加惹动食欲，只有干咽口水。

从早上到现在，胡方还没一点东西下肚，只是在旁边汤圆摊子上讨了两碗不要钱的汤圆水喝了，除了多跑两次茅厕屙尿外，哪能抵事。

胡方将镇纸铁尺在桌子上拍了又拍，可是谁也不看他一眼，不觉低低吟诵着：“先生不知何许人也！宅边有五柳树，因以为号焉……”

突然一个清脆的声音打断了他的吟诵：“胡先生，你还没过午，来碗汤圆好吗?”

站在他面前的是一个二十多岁的妇女，穿一身干净利落的蓝土布短衣裤，鹅蛋形的脸上有一对丹凤眼，细细的眉毛向鬓角延伸，结实的胸脯，粗壮的手臂，手里端着一碗热气腾腾的汤圆放在胡方的面前。这是在旁逢场卖汤圆的杨嫂子。

胡方站起来摇着手，忙不迭地说：“不，不，我还不饿。”

杨嫂子嘴角露出了一丝微笑，有两个浅浅的酒窝：“哟！还不饿？未必两碗清亮亮的汤圆水就喝饱了！要真不饿，真是胡神仙了。”

---

1 指银圆。

胡方正色地说：“我实在不饿，我实在不饿。”

接着他又解释说：“我昨晚吃多了，今天胸口还发闷呢！”

杨嫂子把汤圆碗放在八字摊上，撩起印花围腰揩着手，说：“胡先生，你放心吃吧！我晓得你今天生意还没开张，没有汤圆钱是不是？不要紧，这碗汤圆送你吃的，不收钱。”

胡方被心直口快的杨嫂子点出了他的心病，更加不好意思，涨红着脸说：“不是，不是。”接着补了一句：“无功不受禄，穷要穷得硬扎。”

杨嫂子知道这位胡先生很有点儿酸劲儿，于是说：“哟！谁不晓得胡先生清高！这碗汤圆说送也不是送，我还要请胡先生写封信呢！”

胡方这才搓着手高兴地说：“好，好，我马上给你写，写好了再吃汤圆。”接着拉脱了笔套，轻轻抚平了毛边纸。

杨嫂子看胡方那股酸味儿，差点儿笑出声来，笑着说：“胡先生，趁热吃了再写吧！”

胡方还想说什么，正好来了两个吃汤圆的顾客，杨嫂子忙着照顾去了。

胡方吃完了汤圆，把碗送还了杨嫂子，看杨嫂子忙得手脚不停，写信的事只好暂时不提。

二

胡方冷冷清清又坐了一会儿，仍然没有一个人找他测字算命，于是无聊地左顾右盼。

有两个人在汤圆摊的木桌上吃汤圆，胡方认识这两个人，但这两个人装作不认识胡方，也不招呼他。

一个穿白市布对开襟短衫的人叫韦毛牛，原是牛偏二[1]，靠一张油嘴在猪牛市混，居间为买卖牛的双方拉生意，积了几个钱，居然当了牛贩子，从大山里贩牛来卖，生意越做越大，还在石牛场上开了一家盐号，运盐到大山里去换牛，两头赚钱；另一个穿蓝土布新长衫的人叫黄吉辉，也是牛贩子出身，在大山里称王称

1 牛偏二，居间介绍贩牛买卖的经纪人。

霸，所谓插野鸡翎子的山大王。这两人都尖刻吝啬异常，韦毛牛的外号叫白吃大王；黄吉辉的外号叫串串客。二人最近勾结在一起贩牛运盐，结了儿女亲家。

两个人刚在对面汤锅摊上喝了酒，脸上都带着红红的酒色。只见韦毛牛吃了一口汤圆，凑近黄吉辉的耳边像说秘密话一样悄声说："亲家，对面牛杂碎汤锅卖得太贵，又不饱肚，还是吃汤圆合算，这汤圆心子还放有桂花呢！"

"嗯，嗯。"黄吉辉正吞一口汤圆，点点头，含糊着回答。

"亲家，二回出山，一定把亲家母带来玩几天。"韦毛牛声音放大了点。

"唉！路上不清静呢！"黄吉辉又夹起一个汤圆往嘴里塞。

"不清静？"韦毛牛好像不懂，"亲家，那些毛毛土匪谁敢动你，怕啥？"

黄吉辉口里咀嚼着汤圆，用两个指头放在上嘴唇上比了比："不是毛毛土匪。"

韦毛牛明白黄吉辉这个姿势指啥！吃惊地问："怎么？！贺胡子闹共产到了酉阳？"

黄吉辉神秘地左右张望了一下，见胡方在注意他们，只是点了点头，凑近韦毛牛耳边叽叽咕咕说了一阵，韦毛牛不断"嗯嗯"点头，胡方一句也没听清。

汤圆吃完了，两人齐声高喊："钱，收汤圆钱。"

韦毛牛摸出一块银圆递到杨嫂子面前，几乎是同时，黄吉辉摸出一个银角子也递到杨嫂子面前。

杨嫂子瞥了韦毛牛一眼："哟！一块银圆我哪找得起。"当然就从黄吉辉手上接过银角子来找零。

韦毛牛眼睛一瞪，深怪杨嫂子没有收他的银圆："咦？真稀奇，那个卖汤锅的也不收我的银圆，难道我这是哑板[1]？今天安心请我亲家喝酒吃汤圆，反累他破费，这怎像话呢！"

胡方知道这位白吃大王又在玩老花招，鄙夷地一笑。

韦毛牛当然不会注意胡方的神态，听黄吉辉在对他说："亲家，你开钱我开钱全是一样，哪能分这样的彼此？"黄吉辉心里其实很不痛快，也猜到了韦毛牛的花招，硬着头皮这样说。

韦毛牛还是不依，装作要将银圆硬塞到黄吉辉手上的样子："亲家，你到石牛

1　指假银圆，没有银子的声响。

场来是客，怎能叫你破费，拿去。”

黄吉辉正想就势收下，可是韦毛牛已缩回手去：“亲家，既然你不肯收下，明天我一定好好请你大吃一顿。”

杨嫂子也认识这位白吃大王，听他这样说，忍不住嗤地笑出声来：“韦老板，明天不逢场，场上的酒馆饭店都不开门，你到哪里去请别人大吃一顿呢？”

韦毛牛眼白对着杨嫂子翻了翻，装作没看见，对黄吉辉说：“亲家，我今天买了一个羊脑壳，晚上慢慢喝酒叙谈。”

黄吉辉也装得满不在乎的样子：“亲家，讲这些礼信干啥……”说着手牵手走了。

胡方看他们走远了，正想起身去茅厕小便，忽见一个瘦弱的年轻媳妇抱着一个奶娃走来坐在摊前：“胡先生，测字！”两个铜圆“当”的一声放在桌上。

胡方看这个媳妇，颧骨很高，脸色蜡黄，愁眉苦脸，心事重重的样子，听说她要测字，不觉喜出望外，整整旧长衫的下摆，将字盒往前一推：“大嫂，你从中拿个字卷。”

那媳妇左手抱着奶娃，空出右手来从字盒里拈了个红纸卷递给胡方，手都有点颤抖，紧张地看着那个红纸卷。

胡方摊开字卷，慢条斯理地放到桌上摆平，默默地没有出声。

那媳妇焦急地问：“胡先生，你说呀！”

胡方仍然慢吞吞地问：“大嫂，你问啥事呢？”

那媳妇怀里的奶娃含着干瘪的奶头吸不出奶来，“哇”的一声哭了。她一面轻轻哄拍着奶娃，一面换了一个奶头，奶娃暂时安静了。她回答说：“我男人在民成公司轮船上当水手，半年没回家了，信没一封，也没寄一个钱回家，叫我一个妇道人家带着奶娃怎么过啊！我昨晚做个梦，梦见轮船撞上石头打沉了，我男人也淹死了。胡先生，你看……”那媳妇盯着胡方闭上了口。

“啊！你男人是驾船的。”胡方习惯地将铁尺用力往桌上一拍，那媳妇怀里的奶娃被这突然一声巨响惊哭了。她摇晃着哄拍了一会儿，奶娃又安静了。

胡方说：“这是‘利’字，禾旁一把立刀的‘利’字。”说到这里，胡方又停住了，迟疑起来。

那媳妇看见胡方欲言又止的样子，感到凶多吉少，眼色显得很惊慌，嘴唇颤抖着，说话带着哭音：“先生，你快说呀！”

胡方又习惯地将铁尺一拍："我胡方从不喜欢奉承人，照字说字，你别见怪。"

"先生，你……"那媳妇的声音像绝望的哀鸣。

胡方轻轻咳了一声，正色说："大嫂，若问年岁好坏，这是一个上好的字：禾即庄稼，用利刀割庄稼，岂不是丰收的景象吗！可望上等的收成。"他的声音拖得很长，"若问亲人的踪迹，很不妙呢！人头像利刀割庄稼一样，哪有命啊！"

不等胡方说完，那媳妇已经"哇"的一声号啕大哭起来，泪水滴到奶娃的脸上，奶娃也哭啼不止。

那媳妇又哭又诉："我苦命的男人，你死得好苦呀！丢下我孤儿寡妇，叫我怎样活……"

大家不知道发生了什么事情，围拢来一大堆人。待问明白事情的真相，七嘴八舌议论纷纷：有安慰那媳妇的，有责备胡方瞎说的。

杨嫂子推开众人，挤了进去，对着胡方抱怨："胡先生，你少打胡乱说，看把人家吓得这样！这年月谁不担惊受怕。俗话说，'行船过水三分险'，船工亲属们哪个都提心吊胆的。"接着又安慰那媳妇道："妹子，不要听胡痰气的屁话，我男人也在民成公司轮船上做生火，一年半载不往家寄钱寄信是常事，工钱又少，有时还七折八扣拿不到，哪有钱随时往家寄？他们大多不识字，要想寄信也真难。妹子，你大哥准没事，不要伤心，胡痰气的屁话哪能当真！"

那媳妇渐渐止住了哭，看热闹的人慢慢散开了。

胡方脸上红一块白一块的，自己也觉没味。看那媳妇把他的话当真，哭得那叫一个伤心，不禁也想起了自己的身世：空读了一肚书，空写得一笔好字，只落得测字算命来维持生活，常常饿肚子。想着想着，眼里也润湿了。于是他将两个铜圆还给了那媳妇，说："大嫂，我是见字说字，不一定作准，你别当真。"

那媳妇被杨嫂子劝慰了一番，止住了哭，抱着奶娃走了。

这时赶场的人已经慢慢散去，万天宫里，只有稀稀疏疏几个人了。胡方叹息了一声，这个场期分文未进，生活又怎样过呢？

三

胡方懒洋洋地收了算命摊，把笔墨纸砚等用一块蓝布包了夹在腋下，走出了万天宫，太阳已偏西，金黄的色彩浓浓地涂在大地上。

万天宫外，牲口市也散了，只有几头没有卖出的老牛还拴在斜坡的槐树上，不时发出低沉的哞哞声，在寂静的河谷里回荡。

胡方今天除了杨嫂子送他一碗汤圆外，饿了一天，真是有气无力了。

幸好，这样的生活已不是第一次，并不特别令他沮丧。只是腹中饥饿实在难忍，想慢慢推回山坳上住家的“五柳堂”，虽然破旧，也聊可蔽风雨雪露。

胡方站在万天宫前的石台阶上，停住步纵目向远处眺望：石牛河像一条碧绿的绸缎飘带，静静流向远方，翠蓝的灌木丛中盛开着红色的野花。他不禁动了痴想：陶潜可以“采菊东篱下，悠然见南山”，不知道他那时会不会饿肚子？假若不饿肚子，又靠什么维持生活？我家乡的风物可能并不比陶潜的家乡差，饿着肚子去欣赏大自然的美，强振精神也兴味索然。

胡方正准备移步走下台阶，迎面碰见一个小伙子，这是石牛场上“太白楼”餐馆跑堂的小贵。

“好！原来胡先生还没走！”小贵用油腻的青布围腰揩着手，向胡方招呼。

胡方心中一惊，因为他还赊欠“太白楼”的账，以为小贵是来讨账的。

“胡先生，有个贵客叫我请你去。”小贵说。

胡方见没提欠账的事，稍放心了，但不禁有些纳闷：自己背时到了这种程度，亲戚朋友早断绝了往来，哪个贵客请我？忍不住问：“谁找我？”

小贵含笑催促：“快走，你见了就知道。”

胡方跟着小贵进了街，街上光线很暗，眯着眼才勉强可以看清地上的石板路。

走进“太白楼”，楼下已经点起了几盏美孚灯。呈L形的柜台上摆着各种青花瓷酒坛，酒坛口上蒙着白布，然后将一只风干的柚子塞压在坛口，远远就可以闻见酒香，一块“太白遗风”的金字匾额高高挂在墙壁上。

胡方见楼下桌上酒客稀稀落落，后面厨房里传出了叮叮当当锅铲碰击铁锅的声音。

长着络腮胡子的另一个跑堂老魏，用悠扬而有节奏的声音招待顾客：

“来了，顺二号的坛子肉。”

“啊！东三号的麻辣豆腐多加红[1]！”

1　指加辣椒油。

“哎，正座的先生要走了，二角三，请柜上会。”

老魏一见胡方，一反常态，恭敬地点点头：“楼上雅座一位，胡先生请上楼。”

胡方瞥了一眼堂口显目地方挂的粉牌——凡是赊欠酒账的人都用白粉写在那块黑牌上，所以叫粉牌。这也是向欠账人施加压力的一种巧妙方法。面子人人都要顾的，把自己的大名写在粉牌上人人看见，终是丢面子的事，稍有体面的人，都不愿上粉牌，就是暂时手紧，事后也赶快把账结清，好让自己的大名从粉牌上抹掉。胡方看见自己的名字写在粉牌上最显眼的地方，名字下标着赊欠的数目，不过六角三分，已是几个月前的事了。自己近来实在无力还账，只有让自己的大名存留在那里，让人观看。

胡方跟着小贵上了楼，进了一间雅座，眼前豁然明亮起来，他还从不知道“太白楼”有这样舒适的雅座。

这间雅座里只有一张圆桌，面向石牛河开了两个玻璃窗，太阳虽然西斜，但透进来的阳光依然明亮。

圆桌上摆了两副杯筷，却空无一人，胡方觉得非常诧异，疑惑地看了小贵一眼。

小贵知道胡方的意思，客气地笑笑说：“胡先生，你先一个人喝酒，一个贵客要会你，他一会儿就来。”说罢从胡方手里接过那顶破旧的小草帽，挂在壁上的衣钩上。

胡方腋下挟的蓝布包不知放在哪里好，小贵笑了笑说：“胡先生，你这个蓝布包摆在这里不大好看，我暂时给你收起来。”便接过蓝布包袱拿出房去了。

一会儿小贵将酒、菜端了上来，胡方一看，一瓶陶瓷土罐装的茅台酒，六个白瓷盘子整齐地摆在桌子上。胡方更暗暗吃了一惊，都不是普通的菜，有：宫保鸡丁、豆瓣鲫鱼、口袋豆腐、金钩南片、蒜泥白肉、怪味鸡丝。

胡方想要把心中的疑团解开：“你说清楚，是哪个贵客要会我?”

小贵笑了笑：“这个贵客叫我暂不跟你说，你先用酒，等会儿他就来了。”小贵说完走了出去，拉拢了门帘。

胡方在侧面坐下，看见美酒佳肴，肚子确实也饿了，虽然觉得像在梦中一样，也不去细想，自斟自饮起来。

太阳已经落山，室内暗淡起来，小贵送了一盏马灯进来放在桌子角上。这时楼梯一阵响动，小贵慌忙掀开门帘，迎进一个人来。

胡方抬头一看，心里诧异：来人穿着浅灰薄呢西装，雪白的衬衣，配着深色的领带，有三十岁左右，一张方脸上戴着一副金丝眼镜，显得特别气派。胡方站了起来，虽说有些面熟，但一时想不起是谁，不知所措地搔了搔头皮。

进来这人上前一步紧握着胡方的左手摇晃，笑着说："胡方，怎么连我也不认识了?"

胡方听见这熟悉的声音，在灯光下仔细地端详了这张方脸，猛地想起来了："啊！朱佳富，想不到是你。"胡方兴奋地拍着朱佳富的宽肩，"啥时回来的？我一点不晓得!"

小贵接过朱佳富崭新的灰呢博士帽，挂在墙上衣钩上，与胡方那顶小草帽并列在一起。

他们面对面坐下来，跑堂的又新添上几道菜。

朱佳富没有马上回答胡方，亲手在两个酒杯里斟满酒，共同干了杯。

朱佳富放下空酒杯，吩咐说："春燕，快斟酒!"

胡方这时才看清楚朱佳富身后站着一个十六七岁的年轻丫头，穿着一身拷绸短衫裤，一条乌黑发亮的蓬松独辫垂在脑后，一张瓜子脸俊美异常，身材婀娜窈窕。

春燕斟满酒又退到朱佳富身后的一张小凳上坐下。

朱佳富笑着说："我前几天刚到家，听人说你已穷得在摆测字摊，我就准备找你，但今天才有空，不巧又遇见郑区长。他是家严同榜的秀才，硬留在他那里玩。我怕散场后找不到你，所以嘱咐'太白楼'掌柜先找你来，我故意叫他们暂不说出我来，好让你吃一惊。"

胡方不胜感叹地说："佳富，我已穷得吃饭都成问题了。"接着问："我原听说你从英国留学回来，在民成公司做事，这次回来是探亲吧？什么时候动身回重庆?"

朱佳富用手轻轻往桌上一按："不去重庆了。我原以为民成公司陆祖福总经理是一位有远见的实业家，所以回国后就投奔他，只见了他一次，就把我安排在船务处当一个闲差事，实际无事可做。

"我到英国剑桥大学学经济，就是想学成归国为四川父老干一番事业，可英雄无处用武，理想成了泡影。这次回来是受涪陵轮船公司董事长高伦老伯的聘请，要我担任总经理。"

“哦!”胡方点了点头，但随即担心地说，“听说涪陵轮船公司亏空太多，再加民成公司快船争生意，快倒闭了，这样一个烂摊子，你去怎么收拾?”

朱佳富微微一笑:“要不是烂摊子也轮不到我来做总经理哪！董事长高老伯，我们是世交，总经理原由他兼任。这次他推荐我当总经理，据说董事会上很费周折，反对最凶的要算董事罗天成，就是那个涪陵仁号上的掌旗大爷，外号大猫胡子的。这主要是董事会内部高派与罗派之争。结果，罗派妥协了，一致通过聘请我当总经理，就是因为这个烂摊子不好收拾。”

胡方关心地问:“你接任没有?”

朱佳富摇摇头:“还没正式接任，我正在拟方案，准备大干一场。”

胡方正想说什么，这时春燕递上热喷喷雪白的毛巾来，他们接过擦了手脸。

胡方叹了口气，说:“佳富，想‘五四’运动以后，我们到涪陵读书，都喜欢读鲁迅先生的文章，你很崇拜胡适之先生。还有那个李明，比我们小几岁，家里很穷，全靠他在轮船上做水手的哥哥供他读书。我们三人玩得最好呢！记得李明最不喜欢胡适之，常常为此与你发生争论，我这个年长点的老大哥常为你们解交调和。当时要不是我家严去世，也与你一道升学去了。唉！时过境迁，你已学成归来，高董事长又委你重任，可以实现你实业救国的抱负了。李明多年不见，前些年我碰见张碧秀，就是与李明闹过恋爱的白兰花，向她问起李明的情况。她也多年与他失去联系，只知他曾到广州进过黄埔军校，投笔从戎，参加过北伐，后来的下落就不清楚了。”

经胡方一提说，朱佳富也还记得，不禁说:“张碧秀就是我们学校最漂亮的校花，因为喜欢素色打扮，大家都叫她白兰花。对她，我的印象很深刻，她现在哪里呢?”

胡方又感叹起来:“我穷得这样，往日的朋友和同学，早已断绝了往来。据说，白兰花嫁了重庆一位富商，因为感情不好，已经离婚了，其他情况就不了解。”

朱佳富不解地问:“张碧秀爱李明那样火热，怎么散了?”胡方摇摇头:“这……我就更不清楚了。”

沉默了一会儿，胡方突然想起:“佳富，听说你在外面结婚几年了，这次回乡太太没来?”

朱佳富解释说:“我太太害怕坐轿子和滑竿上山下坎，所以留在涪陵没回乡。”

他们喝干了酒杯里的酒，朱佳富关心地问：“方兄，你究竟为啥弄得这样潦倒?”

胡方自己动手斟满一杯，仰脖喝干，眼睛里湿湿的：“唉！佳富，像我这样肩不能挑，背不会驮，家严去世留下的财产本来不多，坐吃山空，人情冷暖，世态炎凉，落得算命为生，衣食不周，唉……”

朱佳富微微一笑，规劝说：“我看你这个现代的‘五柳先生’，孤高自负，名士派头要不得。现在时代不同了！我们以前学习达尔文的进化论，物竞天择，我辈青年不能适应环境，便会为时代所淘汰……”

朱佳富说到这里，微微思索了一下，接着说：“我看……这样吧……你跟我到涪陵轮船公司去，给我负责一点笔墨上的事情，你看怎样?”

胡方被老同学点中要害，羞愧地红着脸，听说替他找个笔墨上的事情做，不禁喜出望外。真是“山重水复疑无路，柳暗花明又一村”。心里实在感激万分，连连说：“承佳富不忘故旧，这样照顾提携，盛情终生难忘，哪有不愿之理。”谈谈说说之间，一瓶茅台酒喝得差不多了。

刚用完饭，春燕在朱佳富耳边轻轻地说了句什么，朱佳富点点头，随即对胡方说道：“方兄，时间不早了，我今夜还要赶回桥塘老家。你把需要料理的事情料理一下，下个场期初六，我就要回石牛场，在郑区长家住两天，以后我们一道去涪陵。”说罢回头对春燕低声嘱咐了几句。

春燕出去一会儿就回来了，手里提着一封银洋递给朱佳富：“朱先生，轿子在下面等着了。”

朱佳富将那封银洋在手里掂了掂，放到胡方面前：“这是三十块川板，是我送你的。”

胡方正愁自己连一件体面的衣服都没有，又欠一屁股债，见朱佳富这样慷慨周到，忙点头说：“我愧领了，你对我这样照顾，我刻骨铭心，后当重报。”

朱佳富爽朗地笑道：“方兄这样说，未免太迂腐了。”朱佳富和胡方都站了起来。

春燕给朱佳富戴上呢帽；胡方自己从墙上取下小草帽拿在手上，跟在朱佳富身后下了楼。有两个用人提着灯笼在前引路。

朱佳富问清酒账已付，方跨出“太白楼”来，掌柜和几个跑堂的站在那里恭送。

朱佳富与胡方和掌柜又应酬了几句，才上了轿；春燕也上了后面一乘滑竿，郑区长派的两个保镖，挎着盒子炮跟在后面，前呼后拥而去。

胡方看朱佳富一行去远了，手里拿着那封重甸甸的银洋正准备离去，小贵从“太白楼”追出来：“胡先生，你的布包袱。”

胡方接过包袱来，离开了“太白楼”，在街上摸黑走着。

夜已深了，石牛场上早已关门闭户，只有经过郑大小姐开的鸦片烟馆门口，胡方见还虚掩着门，透出亮光来。他从不抽鸦片，迅速走了过去。

幸好胡方摸惯了夜路，很快就走出了石牛场，豁然开朗，夜晚的天空布满了闪烁的繁星，上山的石梯隐隐约约盘旋伸向山顶，他住的“五柳堂”就在山顶上。

一阵清爽的风吹来，胡方打了一个酒嗝儿，还有一股茅台酒醇香的味道冲鼻。

胡方想：自己穿的毛蓝布长衫确实太旧了，明天首先设法添购几件衣物。欠账要还清，特别是“太白楼”的酒账要先还，自己的名字写在那粉牌上，实在太丢人了。

第二章

涪陵位于长江和乌江的汇合处。乌江奔腾的江水，流过湍急的险滩，穿过幽深的峡谷，从这里注入长江，被长江浩瀚的激流堵住了。一部分流水被堵了回来，沿着涪陵的码头边形成了一股逆流，挟着漩涡，盘旋着，最终还是被长江的激流卷走了，飞溅着浪花和泡沫，咆哮着向东流去。

因为是洪水季节，码头迁到了乌江小河里。在码头上，一艘趸船靠在码头的上方。这是一艘漂亮的钢质趸船，甲板上的建筑物，涂着白色油漆。石棉屋顶用黄、白两色油漆画出民成公司的菱形公司标志，菱形中民成两个美术字使人看起来醒目、大方、有力。

趸船的前桅上也挂着公司旗，随风飘扬，很是气派。

钢质甲板上，新抹上的桐油刚干燥，亮堂堂的可以照见人影。

几根粗粗的钢链条系着铁锚从趸船前后四角抛入江中，把趸船稳得牢牢的。沙滩上挖了几个地牛，几根钢缆伸向趸船，系得更牢靠。

一艘五百吨级的钢壳船停靠在趸船外档，又高又粗的烟囱上绘着民成公司的菱形图案。船首的两侧写着船名——民成，这是民成公司第一艘发家的船。船尾写着船籍港——重庆。烟囱里冒着浓烟和白色的蒸气，因为发电原动机的排气口开在烟囱里。

这时码头工人正在烈日下闹嚷嚷地装卸货物，川流不息地在木跳板上往返，一派热气腾腾的兴旺景象。

在民成公司趸船的下方，靠着一只不大的木质趸船。那木质结构很久没擦洗和涂桐油了，显得肮脏而破旧。外档这时也没靠船，跳板上冷清清的，与民成公司趸船上的繁忙景象，形成了强烈的对比，这就是涪陵轮船公司的趸船。

对着木趸船不远的沙滩上，摆着凉轿和滑竿，轿夫们闲散地在一间堆货的凉棚里坐着吸烟或在沙滩上闲逛。

涪陵轮船公司木趸船的楼上，有一间比较宽敞的餐厅，布置得很整洁和阔气。中间摆着一张西式长餐桌，铺着白台布，白台布织着浅红色的花边，很精致。

在长餐桌上，摆着茶具、香烟、烟缸之类，沿餐桌四周摆着几张藤靠椅。

在楼梯下坐着几个背短枪的保镖，是公司护航队的队员，大多是罗天成的兄弟伙。严禁任何人上楼，茶水由一个穿白号衣的茶房送上楼去。

涪陵轮船公司董事长高伦坐在长餐桌的主位上，他满头白发，但脸色红润，花白的八字胡，茂密的白眉毛下一对眼睛炯炯有神，整个面部表情显得很威严。其实他才五十多岁，年龄与他的白发很不相称。

这时董事会议已经开始，高伦用低沉而清楚的声音报告公司以前经营的情况，不时翻看一本拍纸簿上的数字，向大家扼要介绍着……

室内很静，左侧挨高伦坐着的是袍哥大爷罗天成，光头放亮，圆脸，胖得像弥勒佛，皮肤白皙，衔着一根长烟杆。

在罗天成身后一张圆凳上，坐着一位打扮浓艳的妇人，穿一件乔其纱旗袍，透过旗袍，粉红色的亵衣隐约可见，因为旗袍的腰身收得很小，胸部箍得过紧，丰腴的胸部突起，仿佛那薄薄的乔其纱马上要鼓裂似的。粉红色的亵衣也可能是绸质的，都很薄软，简直像香烟广告上画的玻璃美人一样。她是罗天成的三姨太。这妇人其实只是一个走江湖卖艺的妓女，前两年到涪陵与罗天成搞得火热，就被罗天成留下不走了，并非正式的姨太太，经常与罗天成形影不离。

靠近罗天成坐着的是一个瘦削的高个子，一脸的烟容，使人一见就知道是鸦片烟鬼，这人是董事徐宁山。因为颈子细长，外号又叫长颈鹿。

依次坐着的是一位唇红齿白的翩翩青年，这是董事高源，有名的花花公子，是高伦的亲侄儿。

在高伦右侧坐着的是朱佳富，他已正式接任总经理，所以今天的董事会有他参加。朱佳富今天没穿西装，而是穿着白市布的中式便衣，衣袖很宽大，显得很潇洒。坐得很挺直，但自然而不显做作。

挨朱佳富坐着的是总经理秘书张碧秀小姐，穿一件浅花竹布旗袍，脸上没涂脂粉，五官显得很匀称端正，肤色洁白，神态娴静，流露出一种自然、大方、朴素的美。她与丈夫离婚过后，独居涪陵城内，是朱佳富聘请来给他搞秘书工作的。她不时轻轻离开座位，照看茶烟方面的事情。

挨张碧秀坐着的是胡方，蓄着小平头，八字胡，穿一件新毛蓝布长衫。才半个月时间，胡方完全变了一个样，看不见半点寒酸味，脸变得白皙丰润了。他面前摆着笔筒、墨砚，握着一管紫光阁羊毫小楷笔，埋头认真地做记录。

一个穿白号衣的年轻茶房站在餐厅门口等候使唤。

高伦说话的声音提高了一点：“……自民成公司在涪陵增设营业处以来，民成轮比我们涪顺轮速度快，设备好，不脱班，把我们的生意抢去大半。而我们大多是木帆船，只有一条机器船涪顺轮跑重庆，另一条机器船涪通轮跑万县。诸位知道：涪顺轮和涪通轮建于光绪年间，只有四百吨载重量，原先是刘湘的兵舰，后来转卖给我们。机器陈旧，常出故障……”

高伦说到这里，停顿了一下，环视大家一眼，接着说：“再加我担任总经理不善经营；而民成公司采取欧美新式方法经营，机构健全，办事人员精悍，规章严，效率高。我们呢！还是老一套经营法，靠行帮把头，贪污腐化，漏洞大，效率低。去年亏空几万元，今年更成问题，连工资都快发不出来，负债六万多元，已无现金头寸可调。唯一可以变卖成现金的只有木帆船，急切又找不到买主。就是找到了买主，一个搞航运的公司，靠卖船来维持局面，也维持不了多久！诸位知道，民成公司刚开办涪陵航线业务不久，曾托郑知事向我们转达：愿以三十万元股票为代价，合并涪陵轮船公司。当时董事会开会研究过，诸位都不赞成与民成公司合并，我们拒绝了这个建议。在我们与民成公司竞争失利的情况下，大家又主张与民成公司合并。我受诸位委托，亲自到重庆与民成公司总经理陆祖福先生谈判，情况已于上次董事会上向诸位作了介绍……”

高伦刚谈到这里，罗天成忍不住用拳头猛地往台上一击，大家都转过眼去注视着他。花花公子高源更是吓了一大跳，因为他根本没有仔细听高伦那些枯燥无味的讲话，一双眼睛在三姨太和张秘书两人身上溜来溜去，他认为两人各有各的风韵。相比之间，三姨太比张秘书逊色不少，因为像三姨太这样风骚妖艳的女人，高源见识过不少，认为有些俗气平淡；而张秘书这样娴静的风度，天生淡雅的美丽，实在罕见，因此目光在张秘书身上停留得多一些。但是张秘书发现高源在目不转睛地注视她后，便不动声色地借故走出去了。他觉得无限扫兴，只得转过目光不断打量三姨太。而三姨太发现高源在注视她，不但不回避，反而向他眼波流动，眉目传情。高源正在魂不守舍之际，忽见罗天成猛击拳头，以为罗天成是为他而发，脸上不禁改了颜色。

罗天成气呼呼地衔着玉石烟嘴用力吧了几口，但烟斗里的金堂烟已经熄火了。他用长烟杆往地上生气地顿了顿：“陆祖福实在欺人太甚，只答应以二十万元股票为代价合并我们公司，一个现金也不给，实在欺人太甚，岂有此理，岂有此理！”

高伦用平和的声调说：“天成，彼一时此一时，他们已经抢去了涪陵大多数货运和客运，营业蒸蒸日上；我们这个烂摊子走投无路，低声下气地去求他，哪有不杀价的。”

“伯伯，我们不要与民成公司合并，坚决与他们对干到底。”高源望了他伯伯一眼，不服气地说。

高伦威严地扫了高源一眼，高源忙闭上口，低下了头。

罗天成愤愤地说：“这涪陵码头是我罗天成的，又不是陆祖福的合川和北碚，以后我们涪陵人要去搭民成公司的船，就叫我兄弟伙去打他舅子，看还敢去不?!”

朱佳富还是端坐着，静静抽烟，没有插言，面部没有特别的表情。

高伦的眉头微微一皱，叹了口气，音调仍然很平和：“唉！天成，现在是民国二十三年，不是老皇历，时代不同了，你那一套可能不行了，怎么能再用你打码头那种老办法呢？日本人在中国华北步步逼人，吃掉了我们东三省还不够胃口。蒋先生有他的打算，提出‘攘外必先安内’的方针。江西方面展开了五次‘围剿’，务想把共产党‘剿灭’；四川的地方军队也抽了不少去湘鄂川黔边‘围剿’贺龙，我们走乌江的木船被拉差去运兵、运粮、运弹药，也运回不少的伤兵。现在正大修进川公路，要不是贺龙在酉阳、秀山一带势力大，进川的公路早修通了。蒋先生的意思就是想把江浙财团和官僚资本的势力伸向四川控制西南，还没抗日就想安排不得已时退居四川。对于地方势力，不外采取拉拢与打击两种方法。据说江浙财团已经派人与陆祖福挂钩，川江天险他们是想掌握在手里的，幕后的许多情况我们都不知道。你在涪陵想关起门来做土皇帝，靠陈年打码头的方法怎行?”

徐宁山伸长颈子往后一仰打了一个哈欠，他看看罗天成，又看看高伦，声音有点沙哑：“那……我们怎么办？办下去——钱呢！不办下去——我们分几条破船有啥用？唉！我真不该入股办公司！还是买田地房产收租保险。”

高伦笑了笑，声音带点嘲弄的味道：“宁山兄，你入股两万元，历年分红已超过了你的本钱，只有最近两年公司亏损，怎么便怨天尤人，说出这样的丧气话。你说买田地房产收租保险，我看不见得。徐向前在通南巴闹得火热，贺胡子已闹到酉阳、秀山，前两年涪陵地区石牛场抢粮食、吃大户[1]，虽然暂时被你们镇压下去，哼！我看……反正收租也不保险哪!”

高伦话中的“你们”，当然是指徐宁山与罗天成，他俩都亲自参与过石牛场风潮的镇压活动，高伦对他们乱杀人很反感。

1　饥民组成一大帮，由公推的领袖带领，涌入地主豪绅家去坐吃，叫吃大户。

徐宁山的消息是灵通的，高伦的消息来源有时也要靠他提供，他知道高伦说的都是事实，一时张口结舌：“这，这……”他焦急地看着罗天成，他从来就是看罗天成的脸色行事。

罗天成只顾吧嗒着抽烟，没有说话。

徐宁山看罗天成没有说话，又打了一个哈欠，伸了个懒腰，大概鸦片烟瘾已发，有些耐不住了，懒洋洋地说：“不管哪个说，我剩下几百担租的田地还要维持生活，我是没钱入股的。”

高源这时忍不住插话：“徐伯伯，你怎么成了软骨头啊！他陆祖福是个人，我们也是人，只要我们齐心，不怕斗他不过。”

徐宁山被这个花哥儿训了几句，很不舒服，强打精神正想发作……

罗天成这时对高伦问：“高老，你看今后怎么办？”他不经意地看了朱佳富一眼，他不相信这个喝过洋墨水的学生哥，会比高源能干多少！只是因为高伦极力推荐——因为公司股本高家占多数，加之高伦是老同盟会员，参加过辛亥革命，也参加过北伐，赵专员平时都另眼相看，再说他们又是多年的老朋友，不得不同意聘请朱佳富担任总经理。

高伦不抽烟，喜欢喝醉茶，面前泡的一杯盖碗茶已经淡了，这时他喝了一口茶，在微微皱眉。高源知道他伯伯的意思，向茶房吆喝了一声：“换茶。”

换上了新茶，高伦喝着茶向窗口凝视了一会儿，回头扫视了一下大家，说：“我们现在的处境是很困难：前进没路，后退无门，只有背水一战。孙子云：‘置之死地而后生。’我们只有重振旗鼓，与民成公司斗到底，杀出一条路来。今天诸位必须同舟共济，精诚团结，消除门户之见，方能转败为胜，否则……”高伦指了指朱佳富，继续说：“民成公司大胆引进英美经营方法，所以业务蒸蒸日上。我们的经营方法也必须要革新，所以我把朱先生推荐给董事会就是这个意思。朱先生幼有权谋，留学英伦，专攻经济，得硕士学位归国，曾投奔陆先生未获重用，是民成公司失策，我们天大之幸。”

罗天成听到这里，觉得高伦未免把这个洋学生哥吹捧太高，有点不以为然，嘴角牵动了一下。朱佳富对罗天成这些细小的表情没有放过，收在眼里，仍然端坐着，态度从容，表情不冷不热。

“我们既然一致通过聘请朱先生担任总经理，必须给以充分信任。授之以职，给之以权，才能让朱先生发挥所长，为涪陵轮船公司尽力，为桑梓效劳。”高伦说到这里，向朱佳富点点头说："我的话说到这里，现在请朱先生讲话。"

罗天成和徐宁山虽然也拍掌表示欢迎，但显得勉强。

朱佳富站起来欠欠身表示客气。因为他看见徐宁山哈欠眼泪都来了，知道他鸦片烟瘾已发，于是对高伦说："高董事长，这个会开的时间不短了，让大家休息一会儿吧！"

徐宁山巴不得休息一会儿，连声说："好，好！"

高伦点了点头。

二

罗天成带着三姨太到隔壁水手长房里去了。高伦、朱佳富、高源等都留在餐厅休息。

高伦走到外面临江的走道上，扶着栏杆，远眺着江面出神。

高源看见他伯伯出去了，顿时自在起来，像蜜糖似的黏住张碧秀不放，问东问西。

张碧秀很大方，回答高源的话不亲热，也不冷淡。直到高源动手动脚准备拉起她旗袍的下摆看是什么衣料时，她脸上顿时冷若冰霜，向后退了一步，急忙端起一把藤椅向过道走去："董事长，请坐。"

高伦点点头，在藤椅上坐下。张碧秀站在高伦身旁谈一些琐碎的事。

高源见张碧秀停留在走道不回来，自己又不敢跟过去，因为他毕竟有些怕他伯伯，觉得无味，于是打开了留声机，随便拿了一张唱片放起来。唱片传出一阵紧锣密鼓声，一个小旦尖着嗓子唱着："明月如水浸楼台……"原来是川剧《活捉王魁》。高源不愿听，又把留声机关上了。

朱佳富在室内踱来踱去，他习惯了英国绅士的派头，脚掌先着地，脚尖朝里偏，每步的距离基本相等。他看胡方坐在原位，认真整理和补写漏掉的记录，又觉得与高源无话可说，也慢慢走出餐厅，向高伦面前走去。他看见张碧秀扶着栏杆望着远远飞去的一群水鸟出神，忽然想起一件事情，从身上掏出一张已经泛黄的相片递给张碧秀："张秘书，你看看这张相片！"

张碧秀接过相片一看，不禁呆住了。这是朱佳富、胡方与李明在一起照的相片。他们都很年轻，其中李明年龄最小，在三人中长得最英俊。她知道这是十年以前他们三人在涪陵读书时的合影。张碧秀的眼光在李明的像上停留住了，这个英俊的少年，在她的心灵上留下多么深的印象啊！她拿着相片的手指都在微微地颤抖。

“张秘书，你知道李明现在在哪里吗?”朱佳富看见张碧秀深情的目光不肯在李明的像上移开，微笑着问。

张碧秀强忍住心里的激动，将相片还给朱佳富，嘴角现出了一丝不易觉察的苦笑，迷惘地摇摇头。

“李明，哪个李明?”想不到对话引起了高伦的注意，他从朱佳富手中接过相片看了一眼，诧异地问:“原来你们都与李明认识。”

“你也认识他?!”差不多是同时，朱佳富与张碧秀都这样问。朱佳富并且补充了一句:“我们都是同学呢!”

“哦!”高伦恍然大悟，把那张相片还给朱佳富，“在北伐时李明做过我的副官。”

张碧秀和朱佳富同时“哦”了一声。

张碧秀关心地问:“董事长，你知道李明现在的消息吗?”

高伦点点头说:“要是你们早两天问我，我也不知道。自从我被蒋先生解除军权以后，我们便分手了。我昨天才收到李明一封信，还寄来一张相片。”

张碧秀毫不理会朱佳富寓有深意的微笑，她不准备掩饰自己对李明的深切关心，听说高伦昨天收到李明的信，迫不及待地问:“李明现在哪里？他寄给你的相片可以给我们看看吗?”

“信和相片放在家里，你们当然可以看。”高伦并不知道张碧秀以前与李明的恋爱关系，“告诉你们，李明马上要回到涪陵来了。”

“真的?!”张碧秀脸上掠过了一阵惊喜的表情，她像秋水一样明澈的眼睛里闪烁着异样的光彩，但瞬间就消失了，微蹙的细眉间透出一种淡淡的忧郁。

“李明来信告诉我，他这些年在外漂泊无定，要回涪陵为桑梓服务，最近就会回来。”高伦说。

“董事长，我们可以聘请李明到我们公司办事。”朱佳富建议说。

“不，我很了解李明，他的志向不在这方面，他是一个有远大理想的青年。他很能干，跟我当了两年副官，在湖南株洲，曾经救过茜儿母女俩。听说他马上要回到涪陵，我们一家人都很高兴呢!”高伦对李明的印象很好，用夸赞的口吻说。

张碧秀嗫嚅了一会儿，终于没问。

朱佳富原先不知道李明与高伦一家还有这么深的关系，好奇地问：“董事长，李明在湖南株洲是怎么救了高妹和高伯母，能不能说给我们听听?”

“说来话长呢!”高伦慢慢地说，“北伐那年，北伐军占领了湖南，我带的一师人在离株洲不远的乡下驻防，家属都留在株洲城内。蒋先生清党，我表示不同意，鲁涤平就指使张辉瓒把我的家属软禁起来作为人质，逼我表态赞成清党。我当时气得很，准备与张辉瓒硬拼，以武力解决。但是李明很不赞同。他认为鲁涤平他们是湖南帮，有蒋先生背后撑腰，他们事先有所准备，兵力上又悬殊。他们就是要逼我动武，好作为口实吞掉我这个师，以制造异党暴动这样的神话来对付共产党。我接受了这个建议，暂时隐忍不发，事后证明李明的判断是正确的。李明自告奋勇单身进株洲城去救茜儿母女俩，我感到不放心，但李明向我保证能完成任务，我只得让他单身去了。李副官下午动身，晚上就带着茜儿母女俩回来见我，并且茜儿母女俩还是由两个农民协会的会员用轿子抬回来的。原来李明与当地农民协会的人很熟悉，利用关系掩护进了城。张辉瓒部队里有李明在黄埔军校的同学作内线，在神不知鬼不觉的情况下把茜儿母女俩从软禁的地方救出来，躲在株洲的城墙上。然后利用夜色作掩护，农民协会的人事先准备了长梯，他们就由长梯上下了城墙。就这样不发一枪一弹，茜儿母女俩就被李副官救回来了。我说得简单，其中当然还有许多惊险曲折的情节呢！茜儿那时还小，由她母亲抱在怀里。你们有空可以找茜儿妈把这段事详细讲给你们听。”

……

在水手长房里，徐宁山已用锡纸对着纸捻的火头吸了几口吗啡，干瘦的脸上开始有了生气，对着小茶壶嘴猛喝了几口热热的浓茶，舒坦地吁了口气。

罗天成没烟瘾，只是偶尔吸着玩玩，因为这房里太狭窄，想早点离开，虽然徐宁山再三相劝，他也没有吸。

三姨太也没有瘾，也是逢场作戏吸着玩。见罗天成不吸，就毫不客气地吸了几口，红红的唇膏染在纸做的烟嘴上，徐宁山接着用三姨太衔过的烟嘴又吸了几口吗啡，三姨太染在烟嘴上的唇膏沾到徐宁山的唇上了，罗天成不由皱了皱眉。

徐宁山烟瘾过足了，低低对罗天成说：“罗大哥，那个洋学生哥有啥真本领，高老头把他捧得那高，也不怕跌下来。我不好劝说，你怎么也不劝劝?”

罗天成沉默了一会儿，叹口气说：“唉！公司已经山穷水尽，只有‘死马当作活马医’，事到如今，也只有让他试试；若不行，我自然有话说的。”

三姨太站在罗天成身后向徐宁山挤眉弄眼的。徐宁山知道他背后墙上挂着一面大镜子，深怕罗天成在镜子里看见了三姨太的动作，忙伸长了颈子迎着罗天成凑上去，挡住了罗天成的视线，对罗天成说：“大哥，我看轮船公司没有多大的油水了，我们跟日本人的生意要多做，才能补偿我们的损失。”

三姨太看徐宁山的这个动作，也注意到墙上的那面镜子，微微伸了伸舌头，深感自己太冒失。

罗天成点了点头，知道徐宁山指的是他们与日本浪人所做的鸦片烟生意；日本人运来武器，他们私运到贵州去换鸦片烟，然后把鸦片烟又交给日本人换武器，可说是无本万利的买卖，当然也要担相当大的风险。他被徐宁山提醒，回头问三姨太：“日清公司的太一郎船长怎么很多时没来了？”

三姨太想了想说：“听说太一郎被调回日本去了，不知实不实在。”

徐宁山知道罗天成与日本人接头的事，大多由三姨太出面，焦急地说：“太一郎回国去了，我们可以找其他的日本浪人挂钩嘛！”

三姨太似笑非笑地斜视了徐宁山一眼，正待回答，茶房在房门口伸进头来：“罗董事，徐董事，继续开会了。”

“好，就来。”徐宁山懒懒地回答。

三

休息了一会儿，重新开会了，一阵椅子响，大家归了座。

朱佳富起来欠了欠身，随即坐下，胸挺得很直，态度沉着而自然：“女士们，先生们……”他在英国留学时，已习惯了英国规矩，把女士们摆在前面。

高伦也不习惯这派调，微微皱了一下眉头。

罗天成回头看了看三姨太，又看了看坐在对面的张碧秀，在座的就这两位是女性，他认为对女秘书和姨太太这样客气是失格，何况还把女士们摆在前面！他不以为然地摆了摆头。

徐宁山带着一点嘲讽的意味看着朱佳富微笑。

三姨太觉得新鲜，惊奇地打量着这位新上任的总经理。张碧秀并不觉惊异，在旁报以感谢的微笑。

朱佳富娓娓而谈："承诸位信任，委任佳富为总经理，实感惶恐。因佳富才疏学浅，恐有负重托……"

朱佳富说了几句客气话后，陡地转入正题，字句简洁有力："佳富拟了一个计划，扼要谈一谈。首先船只码头要更新，机构要健全，规章要完善，办事人员要精悍，广罗人才，人尽其用。今后的方针我归纳为四个字——'开源节流'，具体方案如下……"

朱佳富从张碧秀手里接过一厚本计划书，摘要介绍了一些数字，以及一些具体的细节和措施等。

朱佳富最后合上了计划书，接着谈到了一个重要问题："要完成公司的改革和扩大，首先需要筹集资金三十万元。"

罗天成与徐宁山听到这里不禁同时脱口而出："筹资三十万?!"

因为这个计划事先与高伦伯侄俩讨论过，研究过其中的细节，所以高伦和高源没有惊讶的表情。

徐宁山目瞪口呆地望着罗天成，罗天成打了个响亮的哈哈，摇摇头说："书生之见，真是纸上谈兵。现在不说筹集三十万元，就是筹集五万元也困难!"

高伦向罗天成摆摆手，指了指朱佳富："天成，让佳富说下去，说完了再探讨。"

这时已近中午，天气特别炎热。他们选在趸船开会，主要因为有峡风，比公司会议室凉快。但峡风骤然小了，顶棚又被太阳光晒热了，反而烤得人难受。

三姨太看罗天成脸上和光头上汗水出得很多，用花绸手绢给罗天成揩干了汗水，打开一把檀香木杭扇轻轻对罗天成扇着。

张碧秀离座轻轻向茶房交代了几句，一会儿茶房便送上热毛巾来，大家擦洗了手脸，才稍觉舒服点。

朱佳富顺便把取下的眼镜用手绢擦净了灰尘戴上，继续说：

"这三十万元资金，只要诸位同心协力是可以筹集到的。第一，可以通过地方当局，以服务桑梓、收回利权为号召，按租收股。我们涪陵地区这么多田地，筹集十五万元并不困难。这样不但筹集到资金，而且使地方的绅商都成了我们的股东，就是我们的后盾，争取货源，招徕旅客，他们就会大力支持我们，与民成公司竞争就可以取得最有利的基础。为了实现这个计划，最好由高董事长出面，向赵专员疏通，许他一些好处，我看是可以办到的……"

高伦马上表示同意：“好，由我与赵专员交涉。”

朱佳富接着对罗天成说：“最好再请罗董事派出兄弟伙拿着你的公司名片，向各处袍哥大爷拿言语，在下面推动认股，就更加万无一失了。”

罗天成也觉得朱佳富这办法很妙，亏这位洋学生哥想得出，不禁也表示赞同：“好，下面的事情由我罗天成包了。”接着又有点忧虑地说：“其他股金又怎么办呢？”他斜着眼睛看朱佳富，一句话没说出口：其他十五万元未必你又能撒豆成兵?!

朱佳富明白罗天成的心意，微笑着不慌不忙地说：“第二，由我向英商汇丰银行借贷十万元。”

徐宁山不大相信地问：“有把握吗?”

朱佳富肯定地答道：“我在剑桥大学的老师乔治·威力克博士是汇丰银行的经济顾问，我想通过我们私人的关系是可以办到的。再说，英商重实利，只要能得到一些经济利益，是会同意的。我们有了英商的支持，民成公司就不敢小看我们哪！”

罗天成听朱佳富说到这里，暗暗感到吃惊，想不到这个文文秀秀的洋学生哥点子真多，真有点撒豆成兵的味道。他不住打量着朱佳富，仿佛才认识似的。

朱佳富接着说：“剩下的五万元由我们五人分担。”

徐宁山马上反对：“我到哪里找一万元来入股，不行。”

朱佳富神秘地笑笑，胸有成竹地说：“不要着急，每人一万元不需自己拿出来，有人会代我们出。”

徐宁山和罗天成看朱佳富不像开玩笑的样子，露出不相信的神情。徐宁山嘴快：“真是白日说梦话，有人会代我们出股?”

罗天成也问：“谁，谁替我们出?”朱佳富只是笑而不答。

高伦慢吞吞地说：“天成，今天下午到我家吃个便饭，慢慢叙谈吧！”

罗天成点了点头，他明白高伦的意思，知道有些话不便在这里说。

朱佳富说：“总之，有了足够的资金和明确的方向，我们可以大干一场哪！我们与民成公司逐鹿中原，尚不知鹿死谁手呢！不过，要改革调整机构，那就要罗先生和徐先生大力配合。”

罗天成不假思索地说：“不成问题，你大胆干吧！”徐宁山不发一言看了罗天成一眼。

朱佳富点点头说：“既蒙董事会信任，我就要请得尚方宝剑哪！第一，人事安排由我负责。第二，业务经营方面的问题由我全权处理。第三，董事会不能干涉我的日常事务。当然哪！董事会若觉佳富不称职，可以罢免。”

高伦马上把话头接过去：“当然是这样，我刚才说过嘛！授之以职，给之以权。公司像这样一个烂摊子，你若受到牵制，就不能采取断然措施，要动大手术哪！天成，你看呢?”

徐宁山紧紧盯着罗天成的表情，罗天成腮帮上的肌肉抖动了一下，慢吞吞地说：“当然，那是当然!”

第三章

一

董事长高伦住在荔枝园，一幢小洋房背山临水，站在阳台上纵目远眺，咆哮的长江尽收眼底。

四周围着高高的白墙，进门是一个小花园，朱佳富的轿子抬到正房的台阶上摆平，高伦就迎了出来。

春燕今天穿着白衣黑裙，很像一个女学生，因为朱佳富与太太商量好了，把这个陪嫁丫头送到王牧师那里补习英文。今天从王牧师那里回来，就打着一把洋伞跟在轿后来了。因为走得急，脸上红彤彤的，微微隆起的胸脯起伏着，轻轻地喘着气。

她收起了洋伞，上前去揭开了轿帘。

朱佳富出轿与高伦客气了几句，因为是晚辈，不肯走在前面，互相谦让了一下，结果高伦亲切地拉着朱佳富的手走进了客厅。

客厅里摆着一套古香古色的楠木红漆桌椅，墙上挂了几幅字画。

一把配着镶花刀匣的指挥刀挂在墙上，特别惹人注目。

高伦与朱佳富落了座，女佣黄妈用托盘送上了两杯盖碗茶，正待走出去，朱佳富笑着喊：“黄妈，你等一等。”他回头看看春燕：“春燕，你跟黄妈一道把东西送进去。”

高伦看见春燕手里捧着两个扁平的纸盒，于是说：“又送这么贵重的礼物干啥！”

朱佳富笑着说：“这是内人从上海带来的两件衣料：深色的送伯母；浅色的送高妹，一点小意思。”

黄妈与春燕刚走出客厅，高伦笑着问：“你太太今天怎么没来？”

朱佳富叹了口气：“内人性情生来孤僻，不大喜欢应酬，到现在四川话还说不好，她满口的杭州话别人又听不懂。”

高伦笑着说：“春燕的四川话倒讲得很好，可以给她当翻译嘛！噫，听说春燕在王牧师那里学英文，是不是有这回事？”

朱佳富点头说：“是的。”

高伦喝了一口酽茶，不以为然地说：“春燕这丫头长得好，又聪明，但毕竟是丫头嘛！何必花那么大的代价呢？”

朱佳富正色说："老伯，这春燕可不比一般的丫头。她六七岁的时候就跟着内人，名为主仆，实则姊妹。平时内人也给她讲解一些功课。她天资聪慧，对于天文、地理、政治、哲学已经懂得不少，她英文程度已可以看懂一般英文书报。送她到王牧师那里去补习英文，也是内人的意思。再说，以后我家有外国客人往来，也有一个帮手。"

高伦好像明白了一点："哦！原来如此！"接着又好像有点不解："你留学英国，取得硕士学位，英文当然很好，何必还要去找王牧师给春燕补习呢？"

朱佳富摇了摇头说："我工作忙没暇顾及。再说送她到王牧师那里去学英文，一方面可以学到准确的发音，最主要的是让她多受一些基督教义的熏陶。"

高伦白色的眉毛微微一皱，疑惑地问："难道你真相信天上有上帝！"

朱佳富回答得很直率："不，我并不相信有上帝。"

高伦更不解了："既然你不相信有上帝存在，为啥把基督教义看得那样认真？"

朱佳富点燃了一支香烟，吸了几口，慢慢地说："一个人不崇拜天上的上帝，也会崇拜地上现实的上帝，物质文明和科学发达的今天，基督教在西方仍然盛行的原因就在这里。我们每一个人精神一定要有寄托，不让人们崇拜上帝，寄希望于美好的天国，人们就会去崇拜马克思、列宁，寄希望于人类的大同世界——共产主义。让人们去崇拜天上的上帝，对我们是无害的。但让人们去崇拜马克思、列宁，就会发生革命。西欧原先是社会主义的摇篮，但现在社会主义还没在这些国家得到胜利，一个重要的原因，就是基督教的工作做得很好。大多数是虔诚的教徒，所以能够忍受贫穷和痛苦，不大可能发生革命，特别是暴力革命的事情。"

高伦虽然也曾留学日本，但自从北伐被解甲回乡以后，近年一心搞实业救国，对于政治很少去研究和考虑，更从没听过这么新奇的议论。他点点头说："是的，蒋先生近来特别推崇曾国藩，提倡礼义廉耻的所谓'新生活运动'，宣传尧舜盛世，据说近来又跟宋美龄进了基督教，可能就是你说的这个意思吧！"

接着高伦又有点不赞同地说："但是，我认为让一般人去崇拜上帝就行了，像一些上层人物就不需要去崇拜这虚无的上帝。我以前读历史就曾想过：历代帝王的统治秘诀，不外恩威并用，所谓的'怀柔政策'，再结合愚民政策，在巩固统治上是起了一定的作用。但是明、清两朝的历史经验就值得我们警惕借鉴：这两朝推崇理学和儒学，以八股文取士，当然就是愚民政策的一种方式。明朝统治了近三百年，清朝也统治了近三百年，那巩固统治的作用是很显著的。但这样做的结果是，当时的所谓士人，除了八股文之外，什么也不懂得，使我国科学文化远远地落在西方的后面；更由于闭关自守，盲目自大，弄得鼠目寸光。自鸦片战争后，列强纷至，几乎把堂堂中华沦为殖民地，可见这愚民政策也迷人自迷，等于饮鸩止渴，并不是最好的灵方。”

朱佳富笑起来：“老伯，你说得很对。西方在这方面就比我们祖先高明，他们提倡信奉上帝，只是口头和表面的，对于科学文化是一点不放松的。西方有许多科学家都是教士出身，他们把宗教和科学巧妙地融合在一起了。当然，他们这样做，也是从血的教训中总结出来的，西方教会在历史上就迫害过哥白尼和伽利略。英国的首相，美国的总统，开口上帝，闭口上帝，主要是带个头，并不是真正相信上帝，所以传教士先至，炮舰随着就来了。”

高伦对于朱佳富这番仿佛有点不伦不类的议论感到着实新鲜。

这时黄妈又托着茶盘进来换新茶，客气地对朱佳富说：“太太和小姐看了衣料后很高兴，叫我谢朱先生。春燕大姐被小姐留在楼上玩，叫我给朱先生说一声。”

黄妈看高伦和朱佳富没吩咐什么，就退出去了。

高伦沉默了一会儿，看了朱佳富一眼，问：“佳富，你看过马克思的著作没有？这些年这类文章国内不易见到，我真有点孤陋寡闻。”

朱佳富点了点头：“看过，在英国马克思的《资本论》是公开发行的，像我们学经济学的更要读《资本论》。”

高伦当初留学日本时，虽然知道马克思学说也有在报章杂志上发表的，但从没看过《资本论》，可能由于他是学军事的，不大留意。他疑惑地问：“据说英国是最保守的帝国，怎么会让马克思的著作公开发行，难道不怕革命？”

朱佳富笑了笑：“这是英、美高明的地方哪！”

“高明的地方？”高伦更觉诧异。

朱佳富接着说：“不但让《资本论》公开发行，而且还让共产党公开活动，这也是英国皇家在失败的惨痛教训中得出的经验。马克思主义是一个世界性的潮流，禁止是禁止不了的，不让他们公开存在，他们也会秘密存在。让他们公开存在，比秘密存在好。所谓‘明枪易躲，暗箭难防’嘛！英国主要采取明松暗紧的方法，暗暗加以防范。英国皇家的经济学家，不但看马克思的著作，而且研究得很仔细。孙子说过，‘知己知彼，百战不殆’嘛！英国的海德公园，各种政治见解都可以发表，其实让那些不得意的知识分子发发牢骚，没有一点坏处，所谓‘话明气散’

嘛！假如一味加以压制，不因势利导，就会走向极端。欧美的沙龙，谈谈艺术，谈谈文学，谈谈社会主义，时髦得很，‘秀才造反，三年不成’嘛!”

朱佳富站起来踱了几步，然后坐下。“啊！原来是这样!”高伦恍然大悟。

“蒋先生把中国共产党宣传成一批杀人放火、无恶不作的歹徒，我认为极不高明。”朱佳富谈兴很高，接着说：“我们国内上层对共产党的无知，简直到了愚昧的地步。既不知己，也不知彼，采取高压政策，民主剥夺殆尽，使中间势力向左转了，扩大了共产党的影响，孤立了自己。其实中国共产党内的优秀人物多得很，其中留学生不少。我读书的那所剑桥大学，因为中国留学生多，从教授到学生都喜欢研究中国问题。他们认为中共产党内的有些人本来是属于中间势力，是被封建专制逼向左转了。只要政略采取得当，这些人完全可以力争向右转的，至少可以居于中间立场。当然在共产党人中，有几个最有学问和远见的人物，他们在共产党内一旦居于领导地位，我们中国的前途就大不相同了。”

高伦对共产党人有过接触，但对于有些情况还是第一次听到，忙问：“这几个人是谁?”

“首屈一指的人物要算毛泽东。”朱佳富伸出大拇指说。

“毛泽东!”高伦点点头，“这人听说没留过学，只读过师范学校，英国人把他估计得那么高?”

朱佳富感叹地说：“老伯，可不能小看他呀！在英国我看过他的几篇文章，一篇是《中国社会各阶级的分析》；另一篇是《湖南农民运动考察报告》。分析问题的透辟，见解的高超，实在不是陈独秀可以比拟。他不但精通马列，而且还有许多新见解：例如除了武装夺取政权与苏俄相同外，还主张以农村包围城市，最后在城市夺取政权，这一点与苏俄不同。再如苏俄把所有资产阶级都当成敌人加以消灭，而毛泽东则提出建立革命统一战线的主张。老伯，这几着棋实在厉害无比。我们中国历来是以农立国，农民一旦起来，大厦将倾了。老伯，这样有谋识的人还不算一个人物吗!”

高伦对朱佳富的博学多闻，从心里感到赏识，正张口准备说话，这时黄妈笑嘻嘻地走进来，一面瞟着朱佳富，对高伦说：“太太请朱先生上楼去打麻将。”

高伦眉头一皱：“我与佳富谈正经事呢！太太一天只晓得打麻将。”

朱佳富站起来抢着说：“真的，来了这么久，该去看看伯母和高妹。”

二

高伦看朱佳富跟着黄妈上楼去了，站起来背着手在客厅内踱步。离天黑还早，他估计罗天成不到天黑是不会来的。因为上层社会的习惯，晚餐的时间比较迟。

听了朱佳富的一番谈话，引起他许多心事。他青年时留学日本，参加了同盟会，认识了吴玉章，被派回四川联络川东一带的哥老会，他与罗天成就是那时认识的。

他想到辛亥革命成功后，四川的革命果实后来被立宪党人篡夺，许多革命党人的血白流了，心里就异常气愤。

高伦从墙上取下那把指挥刀，从精致的刀匣里取出了寒光闪闪的刀身，凝视了一会儿，然后哗的一声插入刀匣，挂回墙上。

辛亥革命以后，他带过兵，打过仗，当过参议，佩着墙上挂的这柄指挥刀参加过北伐。但是，如今却眼看一些革命党人当了大官，发了横财，逐渐腐化了。以前的立宪党人一个个飞黄腾达，好好一个四川，被刘湘、王陵基、杨森这些军阀搞得乌烟瘴气。北伐后，仅仅因为他不同意清党，最后被迫解甲回乡。他想实现他实业救国的抱负，办起了涪陵轮船公司。可外商太古、怡和、捷江、日清等公司的轮船在川江里横行霸道，弄得轮船公司差点破产。

幸好自从北伐以来，民气高涨，同胞们的爱国热情愈来愈高。四川各界发起了抵制外轮外货的爱国运动，在这样的形势下，涪陵轮船公司才得以幸存，并有了发展。

可是民成公司发展得比他们迅速，成了劲敌。自己的公司眼看濒临破产、面临被吞并危机时，又出现了一线生机，这一线生机就是希望。他决心孤注一掷，按朱佳富的计划干下去。

本来找汇丰银行贷款的事，他颇费了一番踌躇。他先感到这是饮鸩止渴，但继而一想：民成公司要不是得到美商捷江公司的帮助，也不会发展得这样快。只要能保持公司经营的独立性，争取英商的贷款还是可行的。

张碧秀这时进来了："董事长，能不能将李明寄给你的信和相片给我看看?"

高伦对张碧秀这样迫不及待要看李明的信和相片有些诧异，但想到他们是同学，这也是常情，回答说："可以，当然可以。"

高伦从客厅后面的小书房里迅速找出了李明的那封来信，递给张碧秀。

张碧秀一见信封上的字迹，感到既熟悉又陌生：李明那笔苍劲有力的字迹没有多大的变化，她一眼就可以辨认出来；但这字迹她已经八年多没有见过了，字迹依旧，而情景已大不相同，所以她有一种陌生的感觉。李明自从离开涪陵去参加北伐以后，杳如黄鹤，一直音信全无。她太了解李明了，知道他始终没有原谅她，因此与她断绝了音信。她的心情是复杂的，她始终在矛盾中挣扎、痛苦着……

“张秘书，信纸和相片都在信封里。”高伦提醒她。

她雪白的脸红晕到了耳根，为刚才自己拿着信封发呆感到不好意思。她从信封里抖出相片和信纸，她首先看相片，是李明站在上海外滩照的，背景是整洁高大的洋楼，李明的面孔依然那样英俊，可表情比以前沉着老练多了。那风尘仆仆的样子，说明八年多来他一直在奔波，经受着严酷生活的磨炼。那嘴角露出的一丝微笑，充满了对生活的乐观和信心。张碧秀觉得李明那对坚毅有神的目光，仿佛射向了她内心的深处，她像触电一样，拿着相片的手微微在抖动。要不是高伦坐在旁边，一颗晶莹的泪珠早从她明澈的眼睛里滚出来了。她轻轻地咬着自己的嘴唇，依依不舍地放下了相片，她强忍住自己感情的激动，用手摊开信纸看着：

自北伐后南京一别，已六年有余，我辗转南北，跑遍了大半个中国，为国家民族的前途献出我微薄之力，虽马革裹尸也在所不惜。惜欲效命抗日疆场而不可得，平平庸庸一事无成……

这封信是写给高伦的，张碧秀从字里行间已感到了李明固有的那种激情，她眼里的泪水真快流出来了，信上的字迹变得模模糊糊。

高伦看张碧秀的神态，已经猜到了几分，他不便说什么，对张碧秀说：“张秘书，你看后给我放回小书房去。”不等她回答，借故走出了客厅。

他听见楼上阳台飘来他独生女儿高茜叽叽喳喳清脆的说话声，不禁皱了皱白眉，自言自语地说：“这女娃子真是一只闹山雀，一刻也不肯安静。”

高伦上了楼，踱到阳台上，这时正听见高茜在大声说：“朱哥，你说的那个精卫鸟[1]，我看是个呆子。大海怎么能填平，就是填平了大海，海水也会漫出来，岂不把陆地淹了。我看，到海边去玩，只要带上一只轮船上的救生圈就不会淹死人

1　古代神话传说：一个少女溺死在海里，变成一种叫精卫的鸟，整天衔着小石头和小树枝，想把溺死她的大海填平。

了，何必徒费气力去填大海呢！”

朱佳富先看见高伦来了，忙含笑起身让座。高伦在另一张藤椅上坐下，朱佳富才坐回了原位。

高伦看春燕仍站在高茜身旁，两人高矮一样，穿的都是白衣黑裙，高茜比春燕小两岁，显得娇憨一些。春燕脑后垂着一条独辫，高茜是短发刘海儿；春燕穿的是棉布，高茜穿的是丝绸，说明地位身份的不同。两个人并排站在一起，真像含苞待放的两朵鲜花。

高伦很开明：“春燕大姐是客，不拘礼，请坐下。”

春燕仍不肯坐下。高茜强使春燕坐回了原位，说：“不要紧，我爸爸是讲博爱平等的，你们的救世主对于博爱是怎样说的？”

春燕拘谨地红着脸没有回答。

朱佳富代答道：“救世主耶稣说：我们要爱一切人。”

“对！我们要爱一切人。”高茜拍着手表示赞成。但接着一双机灵的眼睛灵活地一转，嘟着嘴，表示怀疑说：“可是，难道对于帝国主义、军阀、老封建，我们也应当爱他们吗？”

朱佳富愣了一下，没有正面回答，笑着说：“高妹的嘴巴子也真厉害。”

高伦看见旁边蒙着白台布的牌桌上，摆着一副零乱的胶麻将，于是对坐在他旁边的高太太问：“太太，怎么没打牌呢？”

高太太四十岁左右，比高伦年轻十几岁，穿着一件阴丹士林布的旗袍，微胖的身体显得很丰满结实，眉眼有点像高茜，说明年轻时是很中看的。她出身于川西姓刘的大族，与四川有名的二刘[1]没出五服[2]，也是名门闺秀。

高太太指指高茜回答说：“这死女娃子扯场伙硬不来，要她朱哥讲故事。”

高伦拖长了声音说：“太太，我看你牌瘾也太大了，今天茜儿不上学，不督促她复习功课，反而叫她……”说到这里，看见高太太斜着眼不满意地看着他，忙改变了口风：“好，我的太太，不生气，这死女娃子扯场伙不要紧。张秘书现在客厅里，等会罗大哥的三姨太要来，再去把源侄儿媳妇叫来，不是正好凑一桌吗！

---

1 指当时四川军阀刘湘和刘文辉。

2 五服，指直系亲属五代。五代以内，称“不出五服”，是很亲近的；五代以外，称“出五服”，就不太亲了。

我们商量事情，你们就好好战一场吧!”

高茜沉默不住，重新提起原先的话头：“朱哥，你说，不填大海，带一个救生圈究竟行不行?”

朱佳富笑着说：“上古时候，哪来的救生圈!”

高茜挺着胸，昂着头，娇憨地说：“有！有！就是有!”

高太太皱皱眉，高茜这个动作，把已经充分发育的胸脯鼓得高高的，实在不雅相。她叫她用束胸也不肯，说是闷气。因见朱佳富在这里，所以没说她。

高太太站起来喊：“黄妈，黄妈!”没有听见答应。于是提高嗓音：“黄妈，黄妈……”

黄妈才从楼下答应着上楼来了。

高太太有些生气：“喊半天没应，哪去了?”

黄妈三十多岁，颧骨高高的脸上露出委屈的表情：“太太，你叫我在厨下帮许厨子打杂，忙得昏头转向，连厨房门也没出……”

对于黄妈的不满，高太太倒不十分计较，半责备、半带点和解的意味说：“算啦！我说一句，你就要顶十句。黄妈，你把厨房的事情丢一下，去请源大少娘来打牌。”

黄妈有些为难，说：“许厨子没人给他帮忙又要发牢骚，你自己跟许厨子说去。”

高太太皱皱眉，她知道许厨子犟起来不听招呼。想了想说：

“叫老姜去帮许厨子。”

黄妈大声大气地说：“噫！老姜刚从河坝挑完水，一天要用几十担水，坡又陡，不费力吗？还没歇气，又叫他帮许厨子，人是肉做的，遭得住?!”

高太太声音大了一点：“叫你办点事偏这样啰唆。厨房我去看看，你快去快回嘛!”

黄妈虽然有些不高兴，但她把高太太的脾气摸得很透，知道再回嘴就真要发脾气了。她回身迈着一双半大不小的文明脚刚走了几步，高太太又在喊：“黄妈，你顺便带一条小大英香烟回来。”

高太太看见黄妈接过钱去，一脸不高兴的神色，接着补了一句：“今天打牌抽的彩头由你们几个人平分。”

高太太见黄妈匆匆去了，站了起来，对朱佳富说：“佳富，你们坐着谈，我到厨房去看一下。”

“伯母请便。”朱佳富欠欠身说。

高伦看朱佳富端坐在椅子上，一表人才的样子，深有感触地说：“佳富，想当年我与尊严在书院读书，最喜康梁的文章，真是情投意合，都立志为维新出力。可是等我从日本归国，令尊却意志消沉，守着他那祖传的几百担租谷烤糠壳火[1]，再不肯有所作为。反正过后，夏之时在重庆组成蜀军政府，我劝他与我一道去做事，他硬不去。后来金四的爸爸金大癞子为争坟山的事情与你家打官司，拖了几年，官司打输了，你家几百担租谷也卖光了。一气之下，便成痼疾，令尊令堂相继去世。你现在学成归来，有这样的才学，令尊令堂在九泉之下，一定喜欢不尽。”

朱佳富听了高伦提起往事，叹了一口气：“可恨金大癞子仗势欺人，家仇未报，每每想起都深为自责。金大癞子虽然死了，但他儿子金四守着遗留下来的万余担谷，仍为川东首富，此仇不报非君子。”

这时，高茜觉得他们的谈话枯燥无味，她突然想到李明要回涪陵了，因为李明以前也经常给她讲故事，虽然那时她还小，能够回忆起的事情不多，但李明在她幼小的心灵里留下了比较深刻的良好印象。她期待地问高伦：“爸爸，李副官啥时才到涪陵？你写信去催他快来吧！”

高伦一下就猜中女儿的心事：“急啥！要想听李副官给你讲故事啦！这么大了，还那么喜欢听故事！”高伦的脸上含着慈祥的微笑看着高茜。

高茜拉着春燕的手说：“春燕大姐，我们找张秘书一道去花园玩，你给我们摆谈杭州的西湖景，好吗？”说罢，拉着春燕下楼去了。

阳台上只剩下他们两人，高伦把话转入了正题：“佳富，要金四这草包公爷出点钱给乡梓办点事业，真是一箭双雕的妙计，没有胆略的人是想不出来的。可是……”高伦想说：可是这计策太下作了。但他说到这里突地忍回去了，改口说：“可是，这事要办得机密一些才行。”

朱佳富放低了声音：“老伯，不但要绝对机密，我俩最好不要出面，由罗天成出面就行了。只是事成之后，罗天成会不会独吞？这是值得考虑的。公司先弄到

1　糠壳火，指可自足的小康生活。

几万块钱，就可以解目前燃眉之急了。”

高伦说：“我想不会吧！像罗天成这样的袍哥大爷全靠讲点信义才玩得开，不过……”说到这里又露出不敢肯定的样子。

朱佳富把椅子往前靠了靠，声音说得很低，高伦仔细地听着，有时皱眉，有时点头……

三

天黑以前，朱佳富就打发春燕走了，他知道自己的太太是离不开她的。

天黑了，客厅正中吊着一盏有罩子的电灯，把客厅里照得亮堂堂的。

荔枝园只有高公馆独家有电灯，这是因为电灯厂是高伦开的，拉了几公里的专线把电引来。

罗天成、高伦、朱佳富围着八仙桌坐着。

从楼上不时传来搓麻将的嘭啪声，三姨太娇媚的笑声显得特别甜润。

罗天成抹抹稀疏硬直的几根黄胡子，露出被旱烟熏黑的牙齿说：“朱先生，在董事会上你说有人会为我们每人出一万元股金，这样的稀罕事我倒要听听。俗话说：‘人见稀奇事，必定寿元长。’”

朱佳富似笑非笑地问：“罗董事，你看我们涪陵地区谁拿得出五万元？”

罗天成因为三姨太不在这里，无人与他点烟，于是擦燃一根火柴插在烟卷上，烟斗微微朝上，衔着玉石烟嘴吧了几口，烟卷自动点燃了。沉思了一会儿，回答说：“我看，我们地区能不费力拿出五万元的只有石牛场金家大院的金四。”

“罗董事，既然金四能拿得出五万元，就让他给我们出嘛！”朱佳富意味深长地说，声音很低。

罗天成不等朱佳富说完，仰头哈哈大笑，几根粗硬的黄胡子在抖动：“朱先生，要这个公爷出钱，不要说五万元，就是一角钱也难。他在别的方面是草包，但对银钱的事，却比耗子还精。”

朱佳富不慌不忙，声音说得更低：“罗董事，这个公爷看不起经商办实业的人，自以为高人一等，要他自愿拿钱办实业当然不行。不过，善取不行，难道不可以恶取？”

“恶取？”罗天成从嘴里取出烟杆嘴，吐了一口唾沫，惊异地说。

"恶取!"朱佳富加重语气说,"对这位公爷只有恶取才行。"

罗天成仿佛明白了一点,叹了口气,摇摇头说:"绑票拉肥猪是我的拿手好戏,不是吹牛,当年不需要我亲自动手,只要给绿林中的好汉歪歪嘴,就有人替我干。唉!我现在也是有产业地位的人,这种绑票拉肥猪的行径早洗手不干了,是玩命的事呀!"

朱佳富知道罗天成会错他的意思,于是说:"我不是叫你去绑票拉肥猪,这事保证不让你担半点风险,五万元银洋稳稳到手。"

罗天成不相信地拖长声音说:"哪有这好的事哟!"

朱佳富不急不忙,慢吞吞地说:"罗董事,我有一条计策,保证不担风险,就要金四规规矩矩为我们付出五万元股金。"

罗天成看朱佳富说得那样有把握的样子,把长烟杆往旁边一搁,往前凑了凑:"你快说,有啥好计?"

高伦站起来:"你们谈谈,我上楼去看一看。"他不愿留在这里参与,借故走了。

朱佳富没有马上回答,点燃了一支香烟吸着,看着罗天成笑而不言。

罗天成反而急不可待地说:"朱先生,快说呀!"

朱佳富偏拿关节,不肯说出:"罗董事,事先我们要说清楚,弄到的钱全作股金,由我们五人平摊。"

罗天成也不单纯,斜视了朱佳富一眼:"朱先生,难道不花其他的费用!"

朱佳富只得让步说:"当然,必要的费用是先要除去的。"

罗天成才表示同意说:"可以,可以。五人平摊。把你的计策说出来吧!"

朱佳富仍然慢吞吞地说:"英国人的制度很科学,凡双方共同去办一件事情,必先达成协议,以合同的形式定下来。罗董事,我们也订个合同吧!"

罗天成听朱佳富扯到英国去了,不知何意,听到最后才明白了朱佳富的意思,有些沉不住气:"哎,偏你这个洋学生哥道道多。我罗天成说话算话,决不反悔。"

朱佳富试探性地说了一句反话:"既然罗董事讲信义,我们也可以采取'君子协定'的办法,就不订正式的合同。"

罗天成根本不懂"君子协定"是怎么一回事,不满地说:"少谈新名词!要订合同就快写吧!"他想早点知道朱佳富的妙计,并且不担风险就可以得到好处,有何不可呢!

朱佳富把早写好的合同拿出来给罗天成过目："罗董事，你看这样写行不行？"

罗天成粗略地看了看，说："行，我签字。"从朱佳富手上接过自来水笔签上了自己的名字。

朱佳富将合同郑重地叠好放回衣袋里。

罗天成扫了朱佳富一眼："朱先生，你洋墨水喝多了，心思太多。好，现在可以把你的妙计说出来了。"

朱佳富向四周看了看，放低声音，用手指在空中一划："罗董事，比如把金四请到涪陵来，找几个行家陪金四赌上一夜，岂不……"朱佳富说到这里住了口，含笑注视着罗天成。

罗天成兴奋地在自己腿上一拍，笑得脸上的横肉向外挤，忘形地站起来一只脚踏在凳子上，连连称赞："妙！好计，好计！"

罗天成突地担心起来，对朱佳富说："金大癞子临死的时候，嘱咐金四，叫他不要随便离开金家大院一步。所以金四把金家大院建成一个安乐窝，遵从父训，一向是不出金家大院的。要这龟儿草包公爷下涪陵，难呀！"

朱佳富胸有成竹地说："不难，不难。我略施小计就可以把他请下涪陵。"

罗天成收回了踏在凳子上的那只脚，问："朱先生又有啥妙计呢？"

朱佳富沉着地说："罗董事，金四这苕哥儿爱色如命，只要用漂亮女人一勾引，肯定会来。"

罗天成有些担心，沉吟道："朱先生，金家大院美女如云，一般女人恐怕引他不动。"

朱佳富笑问："罗董事，一个人天天吃一样名贵的菜肴，日子长了也会厌的，突然调换一下口味，虽然不算上好的菜肴，也能惹动食欲呢！"

罗天成不懂他话中的意思，看着朱佳富出神。

朱佳富解释说："他金家大院虽然美女如云，但毕竟是土货色，天天玩得厌腻了。若找一个风骚的女人，打扮得像西洋美人一样的肉感动人，金四肯定就会上钩的。这叫吊吊他的洋胃口，保险万无一失。"

罗天成听完朱佳富的话，对这个他原先看不起的洋学生哥，真佩服得心悦诚服，口里只说一个字："妙，妙……"

朱佳富反而有些踌躇："不过，这样的女人在涪陵也不易找呢！"

罗天成不假思索地说："你看我的三姨太怎样？"

朱佳富吃了一惊，因为他知道哥老会中的规矩，把妻子的名节看得很重，妻子不贞，是要搁皮[1]的。他不知罗天成说的是真还是假，惊疑地看着罗天成不语。

罗天成看到朱佳富的表情，明白他的意思，于是毫不介意地解释说："其实三姨太又不是我正式的姨太太，原是跑江湖的窑姐儿，大家胡乱叫她三姨太。"

罗天成看朱佳富疑惑的表情还没消失，有力地补充说："再说，只是吊吊这苕哥儿的胃口，又不让他真沾边，怕啥！事后给她点好处就行了。"

朱佳富这才解除了疑虑，将椅子往罗天成旁边一挪，他俩嘀嘀咕咕低声商量着一切细节。

1　袍哥中的术语，即开除袍哥资格。

第四章

夜已深了，公司三楼一间宽敞的房间里，还亮着一盏有天蓝色纱罩的台灯，柔和的光线照亮了室内。

玻璃窗开着，拉开的粉红色窗帘在微风中飘动。

朱佳富的妻子，一个身材纤长窈窕的少妇站在窗前，已经站了很久很久。

皎洁的月光照在她的脸上，脸色显得更加白皙，微蹙的淡淡柳眉下是一双漂亮的眼睛，流露出一种抑郁的神情。

迎面吹来的风使人觉得非常凉爽舒适。她黝黑蓬松的长发披散在肩上，在风中飘舞。

她年龄只有二十七八岁，穿着一件薄薄的白绸寝衣，被江风吹得鼓起来，丝绸在风中急速抖动，她仍然一动也不动地凝视着远方。

风灌进了她的脖颈儿，掀开了宽大的衣领，丝绸从莹白细腻的脖颈儿滑下来。颈子上套着一条精巧的黄金细链，系着的小十字架垂在胸前，在白缎似的肌肤上闪烁着黄灿灿的亮光。

她略微动了动，随即举起手来抚平被风吹得有点凌乱的黑发，宽大的衣袖滑到臂根，露出半截浑圆雪白的臂肘，与白色的丝绸混成一色。

她鲜润动人的嘴唇紧闭着，她看见江水激起的浪花在月光下闪烁着银光，望不到尽头的群山，在月光下像罩着一层模糊的轻纱。

靠窗的一张写字台上，摆着一把小提琴，飘动的窗帘拂在琴弦上，发出游丝般微细的声响，又像微风吹过密林发出的悄声细语。她也许是觉得有点凉意，用手轻轻地拉拢了被风掀开的衣领，使丝绸掩蔽着裸露的脖胸。忽然一种惆怅的怀念，从她心灵里展开来……

一

她父亲在上海开丝厂，老家住在杭州乡下的六和塔边。从她降临到人间，就饱受母亲的抚爱。杨家对这个小天使般的女儿视若珍宝，父亲给她取了个名字叫宝瑜。

宝瑜从小酷爱大自然发出的美妙声音：流水的淙淙声是那么悠闲而有节奏；钱塘江的潮水声是那样雄伟浑厚；大风吹过松林发出的像惊涛骇浪一样的声音是那么紧扣心弦；微风吹过密林发出的悄声细语，又是那么甜蜜亲切；六和塔上传来的风铃声，是多么恬静清脆；柳枝上跳跃的黄莺，鸣声是那么活泼婉转。

在母亲的怀抱里，她喜欢侧着头，瞪着一双大眼睛，搜索这些声音的来源。

她也喜爱大自然的一切色彩：旭日喷薄而出，霞光是那么瑰丽多彩；钱塘江里的碧波银浪，色彩是那么谐和；西湖的湖水是那么碧蓝；蓝色天幕上飘动的白云，又是那么轻柔洁白；百花的色彩是那么变化多姿；远的山、近的树，以及那若隐若现的绿瓦红墙，涂成的色彩是多么迷人啊！

在母亲的怀抱里，她喜欢扬着头，瞪着一双大眼睛，凝视着这些奇妙的色彩。

她也喜爱大自然里的动物：小狗摇着尾巴是那么友好；小猫的纵步是那么轻盈敏捷；白鹅迈着方步仰着头是那么骄傲可笑；白兔的眼睛是那么红；公鸡的鸡冠是那么鲜艳；水牛的眼睛是那么妩媚；鸟儿在空中飞翔得多么自由啊！

在母亲的怀抱里，她含着手指，看着这些动物微笑。

她慢慢长大了。母亲牵着她的手，在苏堤上散步，她翕动着小巧的鼻翼，闻嗅着大自然各种芬芳的气息。她贪婪地呼吸着清新的空气，那桂花浓郁的香气使她心醉，莲荷的清香使她心旷神怡。啊！多么美妙的世界啊！

她母亲牵着她的手进了礼拜堂，她认识了上帝，她跪在耶稣的神像前，在胸前画着十字，合手做祷告。

她的心灵被上帝吸引住了。她看见头上有那道辉煌冠冕的耶稣圣像，觉得上帝的形象是多么崇高伟大，面容是那么仁慈。她的目光久久地停留在圣像上不肯移开。

她经常站在圣像前，用虔诚的目光，凝视着圣像，祷告说："主啊！我仁慈的、全能的主啊！我感谢您，您给我们创造了一个多么美妙的世界啊！"

她脖颈上那条系着小十字架的黄金细链，是由她母亲亲自给她戴上的，事前由牧师捧着小十字架嚅动着嘴唇默默祝祷过。小十字架原先贴在胸前垂得很低，随着年龄的增长，脖颈和胸脯发育了，小十字架慢慢往上提升，直到成年了固定在脖颈下不远的胸前。她把这小十字架看得比生命还要贵重，认为是世界上最崇高、最圣洁的神物，一直形影不离，紧贴在她白嫩细腻的胸前。

在她刚到上学读书的年龄，仁慈的主派来了长着美丽翅膀的小天使，把她的母亲迎进了天国。她失去了母亲，这给她幼小的心灵带来的创伤太深重了。

母亲的棺木送到了墓地，她扑倒在棺木上，伤心得泣不成声。

她心灵的悲痛没有跟着母亲的棺木一起埋到地下去，她常常到墓地去扶着墓前的十字架沉思。

父亲把她从杭州接到上海，送进了一所教会学校读书。对于上海繁华的都市生活，她很不习惯，这里听不到大自然美妙的声音，也看不见大自然美丽的色彩。

她的父亲整天总是忙着，很少关心她。她的性格开始孤僻起来，她只有从对宗教的虔诚里寻求安慰。

从牧师的口中，她知道凡是上帝的子民都是犯了罪的罪人。因为人类的祖先亚当和夏娃，在伊甸园中偷吃了罪恶之果，犯了罪，所以才来到人间；连他们的子子孙孙都是有罪的，只有请求上帝的宽恕和仁慈，才能在死后升天堂。

当她知道了自己原来也是一个罪人，在她的心灵里又刻上了一道不可磨灭的创痕。她从布道的宣传画册里，看见炼狱的火煅烧着罪人，心里就感到恐怖。

她对上帝更加虔诚了，在祷告词中又增加了一段新的内容："主啊！请您可怜可怜我这个罪人吧！主啊！您是仁慈的，请救救我的灵魂吧！我一定用我对您的虔诚来洗净我天生的罪恶……"

她父亲娶了一位继母，父亲总是相信继母的话，无缘无故责骂她。她心里对继母感到强烈的厌恶，可是《圣经》里说：爱一切人；宽恕是美德；嫉妒和怀恨都是罪恶。她只得强抑着自己内心对继母的憎恨，温柔地爱她的继母，爱她的父亲，爱她继母生下的弟弟宝生。

她继母也进礼拜堂做祷告，也跪在圣台前伸出舌头领圣体[1]，有时也用零钱施舍穷人。可是，就是不爱她，她不知道为什么自己总不能得到继母的欢心。

她长大了，长得很美。她对宗教依然是那么虔诚，她的心始终是那么善良。可是她的继母还是不爱她，对她的美丽反而怀有一种嫉妒的变态心理，想利用一切机会摧残她。

在学校里，她开始接触一些新思想，阅读一些新书刊，反帝、反封建的革命思潮，像春风吹进了她闭得发闷的心扉。

她不敢怀疑上帝，但是又觉得反帝、反封建的新思想是对的。

她认真地思索着，她在矛盾中徘徊，她在矛盾中痛苦。她既相信上帝，又相信科学。

1　一种宗教仪式。向牧师忏悔自己的过失后，才可以去领圣体——一种面粉做的小饼子。

她高中毕业了，继母给她介绍了一个丑陋庸俗的男人，怂恿她父亲逼她嫁给这个男人。

一向温顺的她却变得很固执，她哭闹着，坚决不嫁给她不理解、不喜欢的男人。“不自由，毋宁死”——这句当时青年中流行的名言，她说了又说。

最后，她的父亲不得不让步，让她回到杭州乡下——她出生的地方。她在灵隐寺附近一所小学里教书。

她回到久别重逢的家乡，又回到湖光山色异常秀美的大自然怀抱。这里有很多儿时甜蜜的回忆，也有着十分痛苦的思念。她常到母亲的墓地去，坐在墓侧的草地上，久久不愿离去。

春燕是她父亲收养的孤儿，那时只七八岁，她继母让她把这个不大谙事的小女孩带回杭州做伴。她叫春燕也在那所小学寄读。学校里孩子们天真无邪的憨态，使她暂时忘记了痛苦，使她的生活充实了起来。

……

二

她教书的生活很有意义，她过得朴素而平静。可是，一个人却突然撞入了她的生活中，连她自己也觉得意外。

九年前的今天，月亮是这样的明，风却吹得很轻。

在学校的教员宿舍里，在昏黄的烛光下，她坐在书桌前，专心批改着作业。

从敞开的窗口吹进的微风中，含着浓郁的桂花香。

从冷泉方向，忽地飘来了小提琴的声音，琴声是那样和谐美妙，一开始就把她吸引住了。

她不自觉地放下了笔，为了听得更清晰些，她缓步走到窗前伫立着侧耳细听。很快她就沉浸到音乐的意境里，随着琴声的旋律，她仿佛仍然躺在母亲的怀抱里，谛听大自然的一切音响。琴声轻柔时，有如母亲睡眼蒙眬，唱着儿歌，哼着催眠曲，轻轻地、轻轻地摇着，摇着怀里的小宝宝。

琴声欢快时，像在姹紫嫣红百花盛开的春天里，母亲牵着她的小手，漫步在花港的浓荫里，看低垂的柳枝轻掠湖面，听鸟儿声声鸣叫。

有时琴声变化莫测：急骤时来如雷电风雨，而去如游丝，在空中飘呀、飘呀！

她无声地吹熄了蜡烛，生怕搅乱了这美妙的琴声。

她亭亭玉立地站在窗边，两手交叉放在胸前，眼睛半睁半闭，像喝醉酒似的，无力地倚在窗台上。

也是这样皎洁的月光照射在她美丽的面容上，如醉如痴的神态多么动人啊！

琴声开始高昂：如鹤鸣九天，又似风筝随着春风升高、升高……

琴声变得明朗清澈，像冷泉清清的流水，在轻柔翠绿的水藻间，在晶莹的碎石上淙淙流过……

琴声慢慢低沉哀怨，如泣如诉，像一个不幸的流浪者在诉说自己苦难的遭遇……

琴声转入了悲凉凄切的旋律：白雪皑皑的高峰，寒风在呼啸，雪花在飞舞，灰蒙蒙的天越压越低，空气也快在低温下凝结了……

这时，风开始大了，秋天的黄叶发出沙沙的响声。琴声被惊扰了，时隐时现，有些听不真切。她不知不觉地走出房门，走出学校，循着琴声的踪迹，向冷泉走去。

在月光下，她看见一个衣着朴素的青年，站在冷泉边上一棵丹桂树下，专心凝神地拉着小提琴。

她迟疑了一下，远远地站住，准备返回去。

可是这时琴声是那么清晰圆润，迷人的旋律紧紧吸引着她，她不觉静悄悄地坐在一块石头上，凝视着灵隐寺模糊的轮廓，继续屏息谛听着。

悲哀的调子在夜空中显得特别凄凉，冷泉的水面反射着清冷的月光，飞来峰的暗影显得很阴森，月光透过树林在地上投射了斑斑驳驳的摇晃的树影……

她的心被悲哀的音乐撕碎了，她想到自己死去的母亲，对她漠不关心的父亲，刁恶的继母，宗教的安慰，内心的寂寞……

她垂下了头，风卷动着她的黑发。这时，夜更深了，琴声显得更悲哀、更凄凉了。

她感到有些凉意，觉得衣衫穿得太单薄了。风灌进她青绸的裙子里，裙子鼓了起来，飘动着，发出微细的哗哗声。她拉紧了裙子的下摆。

一阵风吹过，落叶往下飘落，凄凉的琴声、凄凉的景色、凄凉的心，使她泪流满面，轻轻抽泣起来。

琴声忽然停住了。她抬起头来含着泪水向青年站立的方向看去，她的泣声显然惊动了他，他模糊的身影向她走来。

她感到恐惧和羞怯，惊惶地匆忙走开了。到了学校门口，她才敢回头看去，幸好那个青年没有跟来，她跳动的心才平静了。想到自己刚才行动的冒失，觉得有些羞愧，一朵红云从白皙的面颊扩散开来……

从这一晚起，每当她在烛光下批改作业时，这凄凉而美妙的琴声就从冷泉方向飘来了，搅动得她心神不宁。

她在室内徘徊，最终禁不住琴声的诱惑，独自向冷泉走去，每次仍坐在那块石头上，静静地欣赏这动人的音乐。

那个人肯定知道她坐在不远的石头上，但他一心拉着琴，从没有要与她结识的表示，一次也没打搅她，这更使她放心了。晚上没有月光，一切笼罩在苍茫的夜色中。

她坐在那里一动也没动，迷人的琴声正拨动着她的心弦。

一阵风吹过，天忽然下起雨来，大颗的雨滴洒在地上，洒在身上，拉琴的和听琴的好像都毫无感觉。

忽然琴声走了音，再也拉不成调了，原来琴弦已经被雨水淋湿了。

琴声在雨声中消失了，拉琴的青年缓步向她走来，站在她的面前，她吃惊地站了起来。

那个青年很有礼貌，说话带着浓厚的异地口音："小姐，天下雨啦!"

"哦!"她的心怦怦地跳动，忙往回去的方向紧走了几步，可是马上就停住了，她感到她的冷漠很不礼貌，会使那个青年人难堪。

"小姐，雨下大了，快回家吧!"

"嗯!"她简单地回答了一声，踩着路上的枯叶自己走了。

那个青年左腋下挟着琴，右手拿着琴弓，沉默着跟在她身后，始终保持着一段距离走着。

到了学校门口，雨下得更大了，她没有与那青年道别，就走进校门，回身掩上了门。

可是，她没有马上离开，不知是一种什么情绪支配着她从门缝里向外窥视着：黑黑的身影走过了校门，没有停留，在雨幕中笔直地往前走去。

突然，她推开了校门，冒失而急促地喊："先生，你等一等。"青年的黑影停住了。

她跑去拿来了雨伞:“先生,伞!”

那青年人没有推辞,接过伞来:“小姐,谢谢!”没有停留,撑着雨伞走了。雨滴打在雨伞上的咚咚声,随着那青年的黑影在雨幕中消失了。

她的府绸上衣被打湿了,紧贴在肉上,青绸裙往下直淌水。可是她还在雨幕中站着,忍不住说:“主啊!他的琴声多么忧郁悲伤,他一定是个不幸的人。仁慈的主啊!请降福于他吧!”

第二天是礼拜天,天晴了,瓦蓝的天空只有几丝白云。

从礼拜堂参加了宗教仪式回来,她在学校的草坪上散步。青草已开始枯萎,枯茎像铺的地毯那样柔和而富有弹性。

春燕拿着一把伞跑来了,两只小辫在脑后晃荡:“小姐,一位先生把雨伞送来了。”

“人呢?”她来不及细想,脱口而出。

“走了。”春燕哪能理解她的心情。

她追出了校门,看见那青年走得不远,于是喊:“先生,你等等。”

那青年听见喊声,站住了,回身向她迎来。

她涨红了脸,感到自己太冒失,有些后悔迟疑起来。

那青年站在她面前先开口:“小姐,谢谢你借给我伞。”

她心里慌乱了,叫住别人,又觉得无话可说。低头看着自己的鞋尖,沉默了一会儿,才挣出一句话来:“先生,劳你送回雨伞,谢谢你。”其实这句话说得很不得体。

“杨小姐,你怎么这样说,要不是你借伞给我,我的小提琴会淋坏的。”那个青年说。

她感到奇怪,这个陌生的青年人,怎么会知道她姓杨,不觉诧异地打量着他:那个青年穿着蓝布学生装,身材高大,一张方脸不算英俊,也许是受着美妙琴声的影响,她对他有一种说不出的好感。她觉得那青年朴实大方,那双眼睛里闪烁着热情的光芒。

“小姐,你不认识我,我却认识你呢!”那个青年脸上含着微笑说,“小姐,你的美丽和善良,像沙粒中的明珠,灿烂的光芒怎不惹人注目!我是一个漂泊异乡的穷学生,只是平时不敢冒昧高攀,所以没有……”话没说完就停住了。

她从来没与男人交往,听见那青年当面恭维她,心里产生一种喜悦和羞涩的情感。她看见那青年红着脸、手足无措的样子，反而大方地说：“先生，你说得太客气了，贵姓?”

“我叫朱佳富。”那青年亲切地回答，干脆把名字也说了出来。

他们一面谈着，一面不知不觉沿着下天竺的石板路，漫步走去……

他们就这样认识了。从谈话中，她知道朱佳富是四川涪陵人，在上海震旦大学读书，今年毕业后，还没找到工作，他的一个同学住在龙井附近，他暂寄住在那里。

在谈话中，不知不觉离下天竺很近了。她的心情从来没这样愉快过，带着微笑，与朱佳富保持一定的距离，听着青年口齿清晰、简洁有力的谈话。

她感到不能再送了，停住步：“朱先生，我不再送了，再见。”“再见!”朱佳富彬彬有礼地回答。

从这一天起，连续几天晚上没有听见冷泉方向传来小提琴的声音。说不出是什么缘故，她感到心神不宁，坐卧不安。批改作业的笔时时搁下，侧耳谛听着什么，可是她听到的只有大自然熟悉的声响。

春燕仿佛猜着她的心事，天真地说：“小姐，那位先生的小提琴拉得真好，多好听呀!”

一天晚上，琴声终于盼来了。她的心灵在颤抖，一阵欢快的感觉随着加快流动的血液扩散开来，洁白的脸上显出了娇艳的红晕，美丽的大眼睛闪烁着喜悦的光辉。

天很黑，她静静地走到冷泉边，走到离朱佳富很近的地方站住了。

脚步虽然很轻，仍然惊动了他。他放下了琴，低声问：“是杨小姐吗?”

她的心迅速地跳动，强忍住慌乱说：“朱先生这几天……”她突然觉得这样问不恰当，觉得很窘。

“啊！杨小姐，我是来向你告别的。我怕到学校去太冒昧，所以……”他的话也止住了。

在黑暗中，他们互相看不清对方的表情，沉默了很久。

朱佳富的声音里充满了激情：“杨小姐，你这么喜欢我拉琴，在人海茫茫中能得一知音是多么难啊！谢谢你。”

在黑暗中她仍然沉默着，过了一会儿，她听见朱佳富长长而低沉地叹息了一声，接着听他说：“我最近接到家乡的电报，父母亲都不在人世啦！要我赶回家去料理后事，我明天就动身！唉，我家里再也没有亲人了。”

“难道你没有妻子，没有其他的亲人?”春燕不知什么时候寻来了，她天真地问。

她想责备春燕不该问出这样的话，但……她最后仍然沉默着。

“我没有结婚，哪来的妻子！我也没有兄弟姊妹。”朱佳富像对春燕回答，也像对她回答。

她觉得再沉默就会使别人难堪，声音仿佛很平静地说：“朱先生，以后还来杭州吗?”

朱佳富的声音含着怅惘：“小姐，可能不回来啦！我的家乡远隔数千里，在那蜀道难于上青天的地方。”但接着又饱含希望地说：“我回家乡若能筹集到去英国留学的费用，那时也许重游杭州。”

琴声又响起来了，不仅使人感到凄凉，而且这个拉琴人即将离去，对这个陌生人的离去，她说不出的惆怅。美妙的琴声将随着消失了，也许永远地消失了。悲凉的心与悲凉的琴声交织在一起，更使人心碎……

夜深了，琴声终于停止了，他们沿着石板路走到了学校门口，都停了步。

“先生，明天搭早班车走吗?”她问。

“不，我搭午班车走。”朱佳富回答。

他们又站着沉默了一会儿，好像无话可说，最后朱佳富道别说：“小姐，再见，祝你幸福，愿基督保佑你。”

她的声音低得几乎听不清：“再见!”

……

第二天，整整一个早上，她心神不安。她从没感到这样空虚，一种强烈的愿望使她感到害怕。一种犯罪的感觉——尽管她想不出自己犯了啥罪，这使她感到恐怖。

她手画十字站在耶稣圣像前祷告：“我仁慈的主啊！请你救救我吧！我的心被这个异教徒的琴声带走了。主啊！只有您的明智，才能拯救我的灵魂。主啊！请您宽恕我吧!”

她含着泪水，嘴唇颤抖着默念完祷词，心里平静了一些。她去上了一堂课，在课堂上，她平静的心又不平静了。她想与朱佳富最后再见一面的愿望愈来愈强烈。她勉强上完课，终于没能战胜这种诱惑，她带着春燕坐马车赶到火车站时，午班列车快开动了。

她拉着春燕的手，沿着月台，从最后一节车厢往前找去，可是没有看见她要寻找的人，她失望了。

“小姐，在那里，朱先生在那里！”春燕用手指着车厢，惊喜地对她说。

她也看见朱佳富了，他从车厢的窗口伸出头向她招手。

她紧走了几步，将手上提的一篓水果递给朱佳富，脸上露出淡淡的笑容：“朱先生，带着路上吃吧！”

朱佳富刚接过水果篓，列车已经开动了。“小姐，谢谢你。”他向她挥手道别。

她往前跑了几步，可是列车的速度加快了，她跟不上了：“先生，祝你一路平安。”她快要哭了。

“小姐，祝你幸福……”列车愈去愈远，以后的话就听不清了。她仍呆呆地站在月台上，直到看不见列车的踪影……

三

朱佳富离开杭州后，整个冬天里，她觉得异常孤独寂寞。

深夜里她经常从梦中惊醒，时时产生一种幻觉，她仿佛听见从冷泉方向又传来了琴声，细听不过是冷泉流水的淙淙声……

她对宗教更加虔诚了，想从上帝那里寻求安慰，可是上帝毕竟是缥缈而不可捉摸的。朱佳富的琴声时时在她耳际萦回，使她矛盾，使她痛苦。

冬天过去了，春风又轻拂着嫩绿的柳枝，吹皱了西湖平静的水面。随着时间的推移，她心灵的创伤开始平复了。

可是这时她却收到了朱佳富从四川寄来的一封信。刚劲的字迹，流畅的语言，火热的激情，又使她心里开始熄灭的火焰重新旺起来，紧紧把她的柔情吸引住了——

小姐：

恕我冒昧，我终于鼓起勇气，给你写信，我想你不会见怪吧！

在我思想苦闷的时候，不再拉琴了！苍苍的高山，茫茫的江水，何处是我的知音。

个人的不幸、国家的灾难、民族的危机，有热血的青年，岂能坐视？

列强欺凌，军阀横行，长夜漫漫，封建礼教吃人，“不自由，毋宁死”。吾辈青年乃黄帝子孙，天下兴亡，匹夫有责，岂能迟疑消沉。

读书救国，引进西方之文明，振兴实业，国富而民强，列强自然望而生畏，则民族有望，中国有幸。

赴英国留学，为吾之夙愿。家庭不幸，筹资无门，中夜彷徨，空有满腔热忱，扪心思之，凄然而泪下……

茫茫人海，唯小姐知音，英国之行已成泡影，吾不能重游杭州，再为小姐拉琴，悠悠苍天，遗憾无穷矣！

路途迢迢，关山万重，望小姐善自保重……

她读到这里，紧紧咬住红润的嘴唇，强使自己不哭出声来，眼泪已经流满面颊，滴湿了洁白的衣衫。

她马上给他回信，信的内容很简短——

先生：

读了你的信，我深受感动，先生的志向使我感到钦佩。

不能再听到先生的优美琴声，使我怅惘不已。先生把我当成知音，实在愧不敢当。

先生若不见外，我愿以微薄的薪资助你留学英伦，不敷之资，家母遗留的首饰一匣可以变卖……

回信寄去不久，朱佳富的第二封信很快就来了，信很短——

小姐：

巍巍峨眉，莽莽金佛[1]，实不能比拟小姐情操的高尚。滔滔长江，滚滚乌岷[2]，哪及小姐的友谊深远……

1　指金佛山，在离涪陵很近的南川境内，是仅次峨眉的名山。

2　指四川境内的乌江和岷江。

吾与小姐仅数面之交，愿慷慨相助，此情此意当铭刻于心。但实愧不敢领，希小姐见谅……

他们不断通信，每当她接到来信的时候，心里感到无限快乐。她敬仰他的人品，同情他的遭遇，朱佳富在她心中的分量愈来愈重。

她恨不得为他解忧，她愿资助朱佳富留学英伦却遭到委婉的谢绝，心里觉得难受。

她慢慢在信中向朱佳富诉说自己的苦闷；朱佳富信中对她的安慰，句句贴心，使她感动得流泪……

春天过去了，西湖的山山水水真是处处明明秀秀：绿柳碧波，山峦叠翠，百花争艳，湖光山色交相辉映……

她面对这多姿多彩的美丽景色也无心观赏，因为朱佳富已经一个多月没寄信来了。她说不出的空虚和痛苦，丰腴的脸蛋消瘦了，红润的脸色苍白了。

有时她自己问自己："难道我爱上了这萍水相逢的男人?""不!"她想极力否定。

可是，她的喜、怒、哀、乐已经受到了这个异地人的支配。她不得不承认，她在恋爱了。不知不觉中爱上了这个异地人，她自己也认为是不可思议的事。她感到害怕和彷徨了。她不止一次地站在神像前祷告："上帝啊！请救救我的灵魂吧!"

她以前也曾经憧憬过瑰丽的爱情，可是她幻想中的爱人，绝不像朱佳富……

她从心灵里挣扎着，反抗着，想把朱佳富的影子淡忘。上帝呀！她精神上的防线最终崩溃了："上帝啊！我生活中没有这个异地人，我是多么痛苦啊!"

她经常在冷泉边徘徊，心中响起了朱佳富信中的一些句子："茫茫人海，唯小姐知音，英国之行已成泡影，吾不能重游杭州，再为小姐奏琴，路途迢迢，关山万重，望小姐善自保重……"她想到与朱佳富远隔数千里，自己的真实感情从没向他倾诉，还不知道他的态度如何，说不定今生连再见面都不可能，这样的单相思多么可怕啊！她心里更感到凄凉。她愿资助他留学英国，却遭到他的拒绝，可见他并不理解她的心情。想到这些……她真想哭啊！说不定他永远也不会再寄信来，自己却痴痴地盼着："啊！上帝呀！我该怎么办呢?"

……

在一个礼拜天的下午，她独自坐在房内沉思，懒懒地倚在靠背椅上。

门推开了，春燕冒冒失失地跑了进来：“小姐，你看谁来了！”

她看见房门外站着一个青年人，惊喜地招呼：“啊！朱先生，请进，请进。”

朱佳富改了装，穿了一套质地不算高贵的薄呢西服，手里提着琴匣跨进门来笑着说：“小姐，我是专程来拜访你的。”

她觉得手足无措，自己怀念的人突然出现在她的面前，精神上事先没有一点准备，她觉得像做梦一样。她不断说：“请坐，请坐。”

朱佳富在窗前的一把红木椅上坐下，春燕接过琴匣放在书桌上，泡上了一杯龙井茶。

她不知说什么才好，机械地重复一句单调的话：“请坐，请坐。”春燕提醒她：“小姐，朱先生早坐下了。”

她的脸更红了，一会儿才想出一句话：“春燕，朱先生一定还没有吃饭，你叫厨房……”

朱佳富忙拦阻：“小姐，我吃过中饭了，不用客气。”

“哪……”她见朱佳富说得很认真，便转头吩咐：“春燕，快去买点糖果。”

她稍微平静一点，也在另一张红木椅上坐下。

朱佳富微笑着，态度从容大方，解释说：“小姐，能够再见到你，我多么愉快啊！我已考取公费留学，前天才到上海，去英国的留学生明天一起乘子爵号去欧洲。我今晚就要搭晚班火车回上海，否则就要搭不上船。”

她为朱佳富能考取公费去英国留学感到高兴，可是听说他晚上就要走，眼里的光芒暗淡了。

春燕送上一大盘苹果和胡桃仁，退出掩上门。

一些话不知从何说起，他们相对默默无言，室内静悄悄的，过了很久，很久。

朱佳富打开了琴匣，取出了小提琴，站在窗前，凝视着窗外的一丛翠竹。清脆圆润的琴声响起了，像清清的泉水欢快地流淌着。弓在弦上来回抽动，朱佳富披散在额前的一绺短发随着时急时徐的旋律飘动着。

啊！消失的琴声又响起了，一丝甜蜜温暖的感觉，从她心头扩散开来，她美丽的大眼睛里闪动着晶莹的泪花。他们的心被这具有魅力的琴声交融在一起了……

整个下午，琴声没有中止，音乐的旋律回旋着，回旋着，飘得很远，很远……

吃过晚饭，分别的时间快到了。他们坐得很近。她深情的目光大胆地停留在朱佳富的脸上，她忘了羞涩，迷恋着这幸福的相见。

说话是多余的，他们的感情交流融合在沉默之中，她的心灵快乐得在战栗。

朱佳富鼓起勇气，大胆地握着她洁白细腻的手，她只略微收缩了一下，便停止不动了，让朱佳富紧紧地握着。她觉得有一股暖流从朱佳富手上传过来，她像喝醉了酒似的眼睛发涩，红红的脸蛋像盛开的玫瑰花。

“小姐，我的琴留在你这里。”“先生，你在英国不拉琴吗?”

“没有你听琴，我是再不拉琴啦!”“真的！谢谢你!”

又是一阵沉默，朱佳富把她的手握得更紧了。“先生，你还是一个异教徒呢!”

“为了小姐，我愿意接受基督的洗礼。”“先生，谢谢你，我们的灵魂都可以得救了。”又是一阵幸福的沉默。

天黑了，听见春燕推门的声音，他们忙缩回手。春燕点亮了蜡烛，又退出门去，门又掩上了。

她站起来取出了一个厚厚的纸包，给朱佳富放在上衣袋里：“先生，这是一点礼物，请你一定要在离开杭州后，才能拆开看。”这是她为他准备了很久的一叠英镑。

朱佳富点点头：“谢谢你，我一定上了火车再看。”

再不能停留了，朱佳富向她道别：“小姐，你对我的深情，比山高，比海深，你等着我吧！我终身愿为你的幸福而贡献一切……”

她含着泪水沉默地点点头。

她单独把朱佳富送出了校门，送到了天外天，几辆出租马车停在那里。

他们都不忍分离，手牵手继续沿着通向西湖的马车道向前走着。

初夏的夜是不平静的，青蛙的鸣声此起彼伏，微风中吹来了泥土的芬芳和藕荷的清香。

走到了一丛翠竹前，她停住了步，缩回手，低声说：“先生，你就这样冷冰冰地离开我吗?”

朱佳富愣了一下，在模糊的夜色中，他接触到她深情的目光，纤长窈窕的身影，处女迷人的胸脯，他忍不住了，突然拥抱着她，灼热的嘴唇紧紧地吻在一起。

她哭起来，哭得那样伤心。朱佳富感到意外，惶恐地、手足无措地说：“对不起，请原谅我的冒失。”

“不，亲爱的，我是觉得太幸福啦！”她话音里含着哭声，伸开双手扑上去，搂着朱佳富的颈脖，她灼热湿润的嘴唇紧紧地吻在他的唇上，泪水沾湿了他的面颊……

一辆马车由天外天驶来，马蹄的嘚嘚声由远而近，传来马车夫吆喝牲口的吁吁声。

他们连忙分开了，她用花绸手绢替朱佳富揩拭嘴唇，揩拭面颊……

来的是一辆空马车，她坚持要送他到火车站，双双上了马车……

进了月台，他们始终沉默着，他亲昵地握着她的一只手。

火车开始上客了，她眼里闪着泪花，低声说：“亲爱的，把我的手握紧一些，我担心我会哭出声来。”朱佳富果然握紧了一些。

旅客快上完了，她又低声说：“亲爱的，握紧一些，再紧一些。”她眼里的泪花快滚出来了。

“亲爱的，我真怕握断了你的手指，别哭，坚强一些！”她点点头，泪水还是滚出来了。

火车汽笛响了，车厢门要关上了。她挣脱了手，推朱佳富上了车厢。

朱佳富从车窗里伸出上半身来，在昏黄的电灯光下，无声地用右手的食指向天、向地一指，然后用整个右手掌紧紧地压在胸口上。

她明白他的意思，是说：天长地久永不变心。

火车开动了，她痴痴地看着远去的列车，终于忍不住蒙住脸哇地哭出了声……

朱佳富在英国留学的那段时间，他们书信往来很勤，他们是在思恋的痛苦和爱情的欢乐中度过的。

她生活很俭朴，经常将积蓄的钱换成外汇给他寄去，使朱佳富在经济上宽绰地完成了他的学业。他在取得了硕士学位后，不等取得博士学位就回国了。她知道，这主要是朱佳富为了爱情，他们的爱情已到了炽热的程度，他们不愿再分离了。

朱佳富回国后，他们马上准备结婚，可是却遭到了她父亲和继母的强烈反对。

她父亲说：“孩子，愿上帝保佑你，魔鬼的手已蒙蔽了你的眼睛，嫁给这个异教徒，你会下炼狱的。”

“不，爸爸，他愿意接受基督的洗礼，他的灵魂和我的灵魂都可以得救。”

“孩子，愿上帝保佑你，他还是一个异地人呢！他会把你带到遥远的四川，远离亲人，到陌生的地方去，你会像一棵无根的草，会在异地枯死的。”

“不，爸爸，你们都不关心我，我在这里才会枯死！”

“孩子，在我和他之间，你进行选择吧！不听我的劝告，我们断绝一切关系吧！”

“不，爸爸，在基督面前起誓，我爱你们，但我更爱自由，‘不自由，毋宁死’。”

她含着眼泪与家庭决裂了，牧师为他们举行了婚礼。除了继母的儿子宝生参加，没有其他任何亲属参加婚礼。因为宝生年龄很小，他很爱他的姐姐，姐姐也非常爱他。

父亲只是派人送来了一张两万元的支票，表示从今断绝一切关系。

她知道这不是父亲的慷慨，在她母亲陪嫁的遗产中，指明给她的远远超过这个数字。她没有争执，默默地收下了。

他们在杭州度过了蜜月，留下了许多难忘的回忆：离开杭州以前，他们特地在冷泉边种上了一株丹桂树作为纪念，想来这株丹桂已经长得很高了……

杨宝瑜回忆到这里，壁上的自鸣钟当当地响了十一下，把她从回忆中惊醒了。

朱佳富还没回家，有一种怅惘和辛酸的感情从杨宝瑜心头涌出来。今天是他们初次相见的纪念日，他们婚后很珍惜这个日子。

这一天朱佳富是从不外出的，晚上给她拉着小提琴，在琴声中重温过去那些既甜蜜又苦涩的日子。可是今天，朱佳富整天不在家，原说晚上早点回家，她把小提琴拿出来预备着，结果空等了一场。

她觉得有些气恼，也觉得有些委屈。

她深情地抚摸着写字台上的小提琴，纤柔白皙的手指在琴弦上慢慢来回滑动。滑动的手指有些颤抖，她掩不住内心的怅惘。她用小指轻轻地拨动了一下琴弦，发出叮叮咚咚的声响，在寂静的室内飘荡。

江风吹得更大了，她觉得有些寒意，她关上了玻璃窗，拉上了窗帘。

她觉得他变了，对她内心的孤寂漠不关心，经常喝得醉醺醺的，深夜才归来。

绿色灯罩的台灯射出的光，映衬得她的脸色更缺乏红润。她嘴唇哆嗦着，喃喃地说："上帝啊！他再没有以前那样爱我，只有您的圣聪能拨亮我的心灵，我多么痛苦啊！"

她终于听见楼梯响，熟悉的脚步声从门外传来，接着是轻轻的叩门声。

她生气地坐在椅子上没动。

朱佳富听见椅子响，知道她没睡。他不是用手指，而是用拳头捶着门，发出砰砰的声音，在寂静的深夜里显得很响。

她终于给他开了门，朱佳富看见妻子不快乐的神态，舌头有点僵硬，吐字不太清楚，抱歉地说："亲爱的，对不起，劳你等久了。"他回身关上了门。

朱佳富看见台上摆着小提琴，于是说："啊！亲爱的，我……我马上给你拉琴。"

他拥抱着她，吻在她冷冰冰的唇上。杨宝瑜闻到一股难闻的酒气，紧紧地闭着嘴唇。

他放开了杨宝瑜，他实在喝醉了，感到一阵眩晕，站立不稳，跌倒在厚实的弹簧床上，一会儿就睡熟了。

杨宝瑜眼里含着泪水，无可奈何地给他脱去皮鞋，扶正睡好，给他盖上龙凤缎面的棉被，她轻轻地叹了口气。

第五章

一

重庆的雾是有名的，秋天的雾更浓，故有“雾重庆”的称谓。

在千厮门河坝，今天晨雾很厚。一步步通向码头的石梯坎两旁，依山建筑了两排店铺，开着酒店、茶馆、杂货店……可以说应有尽有。

这些店铺都是用南竹修的捆绑房子，随着江水的涨退，搬迁很方便。这些店铺形成了四川独特的河市，顾客中三教九流的人都有，其中尤以旅客、码头工、海员、船民为多。

这时，许多店铺还没开门，只有一些专卖洗脸水的摊铺敞开了铺门。门口用板门搭的摊上，整齐地排列着各式洗脸盆——搪瓷的，铜的，木的，瓦的，形形色色。洗脸盆里放着各种毛巾：搪瓷盆里放着四一四厚绒的白毛巾；铜盆里放着印有“祝君早安”字样的薄一些的白毛巾；木盆里放着光板土毛巾；瓦盆里放的也是光板土毛巾，但已经脏得变成了灰色。

店堂门槛后砌着一个火光熊熊的炉灶，一把壶嘴特别长的铜炊壶放在炉火上。

若要洗脸，只消你向看中的脸盆一指，跑堂的师傅就提起铜炊壶给你冲满大半盆水，用手指浸在水里试试冷热，接着从旁边盛着冷水的大瓦缸里舀水调好水温，然后再去招呼顾客。当然，各种不同的脸盆要收不同的报酬。

这时洗脸的顾客越来越多，在这些洗脸摊旁拥满了人。

其次，卖豆浆油条、油炸馃子、酸辣担担面的摊上，生意也很兴隆。

在晨雾中只见人影憧憧，声音嘈杂，对面都看不清人。

码头趸船外档，靠着涪顺轮，在雾中若隐若现。烟囱里冒着浓浓的黑烟，夹着一股白色的蒸气，发出嘶嘶的啸声向空中喷去，这是通风羊角里喷出的蒸气，能使炉火燃得更旺。

在斜斜的沙滩上，一群等候上船的旅客站在那里，咳嗽声、谈话声、扁担的碰击声，在雾中乱哄哄的。

雾慢慢稀薄了，但还看不清对岸。

茶房头佬关山仁上身穿着白号衣，提着铜锣站在码头进口，当当当地敲响，吆喝着：“上船哪！搭涪顺轮的旅客上船哪！”接着有音韵地报着地名：“大兴场，木洞，洛碛，长寿，李渡，到涪陵。”报得流利，又抑扬顿挫，像唱歌。

管客运的童经理衔着什加土雪茄，站在入口处旁边，监督着茶房验票。

茶房袁平是一个中年人，一支铅笔夹在耳朵上，准备随时拿下来在船票上做记号验票。

他从一个穿着整齐的先生手中接过船票看看，高唱着："长寿的先生一位。"

一个戴墨镜的小工头敞开着上衣，手里拿着一根皮鞭子，一顶青布瓜皮帽歪歪地扣在头上，一只脚踩在凳上。在他身后站着一群衣衫破烂、拿扁担绳索的小工。

小工头用鞭子一招，就上前一个小工，从这位先生手中接过行李送上船去了。

袁平又从一位小姐手中接过票来，看了一眼，高喊："涪陵的小姐一位。"

一个小工从小姐手上接过行李送上船去了。

正在这时，走来一个穿着一身破西服的瘦长的中年人，手里提着几床破草席，有点不伦不类的样子。他几步抢到了验票口，先向那个小工头点头哈腰地招呼："魏五哥[1]，回头喝茶，茶钱算兄弟的。"

魏五哥没有答理，只是略微动了一下头，表示回答。

那人笑嘻嘻地往前又走了一步，向童经理点点头："五哥，以后喝酒兄弟请客。"说时，空着的一只手从破西服外套，袋里摸出一支揉得皱瘪的香烟递过去。

童经理皱皱眉头，勉强接过香烟去，无可奈何地一挥手："上！"袁平瞥了他一眼，含笑幽默地唱着："冯烂王[2]一位。"

冯烂王上了木跳板，回头向袁平笑笑："老弟，回头喝茶，我哥子请客。"

这时袁平从一个挑箩筐的乡里人手中接过票来："李渡的白帕[3]一位！"

魏五哥特别威风凛凛地用皮鞭一招，一个小工小跑步上前去要接过乡里人的担子，那乡里人忙推辞："先生，我自己挑，不敢当。"

魏五哥鞭子一挥，鞭鞘发出清脆的吧嗒声，凶神恶煞地吼道："你龟儿自己挑，叫老子在码头上喝西北风?!"

那乡里人仍不肯卸挑子，魏五哥上前抓住乡里人的衣领推了一把。乡里人一

1　哥老会中对五哥以下的人通称五哥，带有抬高的意思。

2　当时在轮船和码头上混饭吃的人，俗称烂王，属于流氓无产者。有势力的人不屑与这种人计较；一般的人更不愿去逗惹。这种人也行侠仗义，爱打抱不平。

3　当时城里人对乡里人的蔑称，因为四川乡里人头上常包白帕子。

个趔趄差点跌到江里，脚上一双茅草鞋也被江水浸湿了。

乡里人愤愤地说："强要搬，又强要价钱，我们替别人挑东西能得几个钱?!"

"此山是我开，此树是我栽，有人由此过，必须留下买路钱。"魏五哥挺胸亮肚真有点山大王的气概，"要讲理去茶馆，老子在这里不跟你讲理。"他向小工努努嘴，示意强行搬走。

那乡里人将箩筐往地上一放，抽出了扁担，额上暴起青筋："这叫活抢人!"

"啪"的一声，魏五哥一鞭打在乡里人身上，那人疼得咧着嘴蹲在地上："哎哟!"

后面的旅客有些骚动起来，有的人不平地吼："简直太不像话，买票搭船，还要挨打，真是岂有此理!"

魏五哥向骚动的人群扫了一眼，轻蔑地撇撇嘴，示威性地又扬鞭欲向乡里人打去……

这时人群里走出一个二十七八岁的青年，有力的手钳住魏五哥举鞭子的手，声音洪亮地质问道："你怎么可以随便打人?"

魏五哥感到意外，打量着这青年：戴着浅色呢博士帽，身材魁梧，面孔英俊，斯斯文文的样子，手提一只深棕色小皮箱。看不出他手上还有一把劲，捏得他手腕生疼。他挣扎了一下，想甩掉那青年钳住他的手，不甘示弱地扫了那青年一眼："出门人少管闲事，我们井水不犯河水。"

那青年放了手，严厉地说："大路不平旁人铲，不许你打人!"

魏五哥身后拥着几个歪戴帽子斜穿衣的兄弟伙，摩拳擦掌，蠢蠢欲动。

旅客中一个穿着与那青年人差不多，也提着一只深棕色小皮箱的人，大吼一声："我们不能看他打人，要打大家打。"旅客中包白帕的扁担客很多，都气愤地举起了扁担。

正在这一触即发的时刻，从另一个方向响起了洋鼓、洋号声。大家都好奇地看过去。

洋鼓、洋号声刚停止，在薄雾中隐隐看见一个穿民成公司服装的人，嘴对着手上拿的白铁皮喇叭筒，面对旅客大声宣传："先生们，女士们，民成公司跑涪陵的快船就停靠在下面的码头上。"旅客随着他手指的方向看去，果见一艘比涪顺轮大得多，外表又漂亮的轮船靠在不远的趸船外档，在薄雾中露出了模糊的轮廓。那人又接着宣传："先生们，女士们！民成公司收费低廉，服务周到，态度和蔼，尊重人权，不讲利润，不计成本，一心为四川父老服务，请搭民成公司的客船……”

大家方才明白，这是民成公司拉生意的码头宣传队。旅客中有人在高喊：“退票，搭民成公司的船去。”

有人在高声不满地说：“啥涪陵人搭涪陵船，净说好听话！”

“退票！”

“退票！”

……

旅客激愤骚动起来，到处在喊退票。

涪顺轮的童经理眼看民成公司到眼皮下来乘机拉生意，心里正感恼火，再见旅客乱喊退票，怕事情闹大不好收拾，忙上前向魏五哥拱拱手：“魏五哥，看兄弟薄面，高抬贵手！”

魏五哥看见群情激愤，也只好借势收场，灰溜溜带着兄弟伙走了。

童经理向茶房头佬关山仁递了一个眼色，于是关山仁拼命敲锣：“雾散啦！快上船，要开船哪！”

验票的茶房袁平也不验票了，旅客闹闹嚷嚷地上了船。

这场风波刚平息，趸船边上又哭闹起来。一个女人拉着涪顺轮上一个水手陈福生扭扯着。这个陈福生是董事徐宁山的亲戚，有二十多岁，仗着徐宁山的势，好吃懒做，平时喜欢胡作非为。

那女人二十岁左右，烫过的卷发蓬乱披散，泪水顺着面颊流下，把脸上抹的一层香粉冲刷成一些花道道，嘴唇上还有残留的口红，穿的一件花纱旗袍被揉得很皱，眉眼还清秀，略有几分姿色。她抓住陈福生的衣领说：“钱，钱，你还没给钱。”

陈福生挣扎着想甩脱这个女人。

一大堆人在围观，都觉得奇怪，既不像夫妻吵架，又不像一般的债务纠纷。

陈福生用力将那女人推倒在趸船甲板上，想溜回船上，可是被一个人迎面拦住。

陈福生一看是冯烂王，心里有点胆怯，但还嘴硬：“冯烂王，我们共饮一条长江水，各走各道。”

冯烂王嘴上衔着冒烟的香烟蒂，吐了一口唾沫，连烟蒂也一齐吐到地上：

“呸！我冯烂王就是见不得肮脏事，偏喜管管闲事。”

那女人好像认识冯烂王，从地上挣起来，哭得更伤心，指着陈福生哽咽说：“冯五哥，钱，他不给钱。”

陈福生装得理直气壮地瞪着一双红边眼，问：“钱？我差你啥钱？说，说。”

那女人只是啼哭，始终没说出是什么钱。

冯烂王吹着口哨，将头上戴的一顶破博士帽取下来，用食指顶着打旋儿，望着陈福生冷笑。

陈福生正想夺路而走，冯烂王戴上帽子，忽地从腰间摸出两把闪光发亮的匕首，一把朝陈福生面前一扔，刀尖深深插进趸船的木质甲板。自己手里捏着一把匕首，上下闪动了几下，冷笑说：“姓陈的，给你一把匕首，你有胆量的话先让你在我身上戳三刀，你的嫖账由我付，请！”

陈福生看看地上的匕首，又看看冯烂王手上的匕首，原来黄中透黑的脸膛霎时变得惨白，但还嘴硬：“你少管闲事！”

冯烂王声色俱厉地说：“不敢往我身上戳三刀，就要规规矩矩把钱拿给她。”

陈福生的口气开始软了：“我没有钱！”

冯烂王捏着手上的匕首闪动着向陈福生逼去：“姓陈的，你不敢戳我三刀，又不拿钱，恕我冯烂王无礼了。”

陈福生惊恐地看着冯烂王手上愈逼愈近的寒光闪闪的匕首：“五哥，五哥，有话好说，有话好说。”吓得一步一步慢慢向后退，最后慌忙从荷包里摸出一块银洋交给冯烂王，夹着尾巴溜了。

围观的人大声叫好，真是大快人心。

冯烂王将银洋交给那女人，那女人叫雪里红，是东水门妓院的妓女，冯烂王并不认识她。她接过银洋，揩着眼泪感激地说：“冯五哥，多谢你，要不院妈娘收不到钱要打我的。”她声音有些发酸，说完走了。

冯烂王向插入木甲板的匕首伸出脚去，用脚尖往匕首护手上轻轻向上一踢，匕首离地而起，冯烂王稳稳接到手里了。然后两把匕首一合，插回腰间，不慌不忙上船去了。围观的人群一哄而散。

二

这时，雾真的散了，山城的轮廓清晰地展现在阳光中。关山仁又敲了一阵锣：“开船哪！”

撤去大木跳，水手插好了栏杆，长长一声汽笛，轮船离开了码头，在小河[1]里掉头向下游急驶而去。

因为涪顺轮统舱客人多，由旅客自己找地方安置，乱了一阵才慢慢安静下来。

一个提深棕色小皮箱的青年人还没找到座位，从底甲板走上楼。这就是刚才在码头上不许小工头打人的青年，他就是李明。

李明从船头走向船尾，到处都是地铺，要侧着身子，踮着脚尖，才能从地铺之间的狭缝里通过；再加到处摆着箩筐、背篼、行李卷，真有点寸步难行的感觉。

李明提着小皮箱正在踌躇之际，冯烂王在不远处向他招手：“先生，我这里有个地方。”

李明挤了过去，看见冯烂王用破草席占的地方还有一床席。

冯烂王指了指席子说：“先生，这个地方相当安逸，只要五角茶钱。”

李明皱了皱眉，迟疑了一下，老这样提着小皮箱站着很不妥。于是点点头，摸出一块半元龙洋[2]递给冯烂王，在破草席上坐下来。

冯烂王接过那半元龙洋，放在嘴唇边一吹，然后放在耳边听听[3]，才放心地放在衣袋里。他吹着口哨，踮着脚尖，不断地说：“借光，借光……”很快就在走道那边消失了。

李明靠在铁板墙上，将小皮箱紧紧地抱在怀里，凝神看着船外的景色。

刚才码头上的情景又再现在他脑际，他深深感到自己冒失，因为这次回涪陵，是有重大任务的。自己一时激动，挺身而出，差点误事。

这时，他耳边响起了重庆地下党市委书记对他的吩咐：

“李明同志，这次把你从外省调回来，主要是我们的要求，我们迫切需要一批熟悉地方情况的干部。

1　重庆人称嘉陵江为小河，称长江为大河。

2　一种铸有龙的图案的银圆，分一元和半元两种。

3　这是一种辨别银圆真假的方法。

“这几年由于盲动主义，党在四川的地下组织受到了很大的破坏。目前全国形势对我们很有利，革命的高潮就要到来。

“日本帝国主义对我们步步紧逼，蒋介石‘攘外必先安内’的政策愈来愈不得人心，抗日的斗争风起云涌。可是蒋介石却敢冒天下之大不韪，调动了大量兵力对苏区进行了第五次大‘围剿’，斗争是复杂的，残酷的。

“可是四川的形势远远落后于全国，魍魉阻道，群魔横行。田赋已经预征到民国六十年。人民生活在水深火热之中，更需要我们党去组织，去斗争。

“现在蒋介石大修进川公路，各派政治势力争夺的重心会从沿海转移到西南，特别是四川。针对这种形势，党决定要加强四川地下党的工作。川东一带原先党的基础比较好，但近来遭到了很大破坏。这里靠近湘鄂川黔根据地，你必须配合他们。

“我们觉得派你到那里去开展工作比较适当。涪陵地处乌江与长江的汇合口，地位重要，你首先要展开在船民和海员中的工作，把他们的先进分子组织起来。利用你的社会关系，掩护自己，打击敌人，开展抗日宣传，团结一切愿意抗日的阶层，把顽固反动势力，最大限度地孤立起来。

“李明同志，任务是艰巨的，暂由我们市委领导单线联系。

“涪陵轮船公司的董事长高伦，是老同盟会会员，以前表现不错，利用你们的关系，认真做好团结争取他的工作。据我们了解，各派势力都在企图拉拢他，最近正处在十字路口……

“可以通过高伦的关系到涪陵的报社去工作，一方面作职业掩护，一方面有一个宣传阵地。

“这里有一些党内文件，谈新形势下如何开展工作的问题，一定要好好阅读领会。”

李明想到这里，不禁将小皮箱摸了摸，那里面就装着这些文件。

临走时，市委书记还握住他的手说：“李明同志，到涪陵的路途中，刘湘的密探很多，对于你的安全，市委已经作了安排，但你要小心谨慎。”

市委书记周森是李明熟识的一位老同志，是他的入党介绍人。

他们分别很多年了，他真想与他多谈谈，但是地下工作的纪律不允许，于是他们又匆匆分手了……

在李明回忆默想之中，忽然传来了一阵锣声：“大兴场到了！在下波门等候递漂。”

所谓递漂，是当时轮船上下客的一种方法：由码头派出木划子接送旅客，可以不用设趸船，是减少费用、降低成本、节约时间的一种方法。

船速慢下来，但惯性很大，在急流中往前直冲。

一只木划子在船首右侧前方出现，上面载着几个上船的旅客。

木划子上推前桨的桨手，用全力推着前桨，后面的艄翁用右手推着后桨，左腋下紧紧地夹持着长长的木艄。

木划子与轮船的距离愈来愈近，在轮船激起的波涛中起伏颠簸。正在这惊心动魄的瞬间，桨手迅速放下前桨，捞起一根南竹篙子，向波门边的铁环伸去，篙头的铁钩牢牢抓住了铁环，双脚向前一蹬，身子向后一倾斜，手上用力一拉篙子，木划子猛地向船舷撞去，其势迅猛。

后面的艄翁不慌不忙喊了一声：“坐稳！”将腋下的长艄柄往外一推，木划子轻轻地贴在波门边上。这时木划子上的旅客方才松了口气。

波门打开了，旅客很快就上下完毕。

等波门关上，木划子上的桨手仍用南竹篙尖向波门一撑，艄翁将长艄柄往怀里一扳，就轻盈地离开了轮船，载着到大兴场的旅客划走了。

初次递漂的旅客，真有点提心吊胆，觉得惊险万状，但桨手和艄翁习以为常，操纵灵便，不禁使人惊叹佩服。

涪顺轮又加快了速度，顺着激流下驶。

李明这时听见离他不远的方向，传来了一阵悠扬的笛声。

他抬头望去，只见一个与自己穿一样颜色长衫的青年人，吹着短笛。开始吹了一曲《四季美人》，接着又吹了一支古曲《谁家玉笛暗飞声》。

围在旁边看热闹的渐渐多起来，使本来已经拥挤的走道更加拥挤不堪。

李明正觉诧异，忽见那人放下短笛，从旁边提起一只深棕色小皮箱，打开箱盖，取出一瓶丸药，先说了几句江湖话：“兄弟初到贵龙码头[1]，一切礼仪不周，望各位拜兄海涵。”随即向旅客拱拱手。

他接着说：“兄弟姓李名应忠，家住重庆打铜街九百八十二号，济世药房就是

1 哥老会的行话：大爷称龙头，老幺称龙尾，所在的码头称龙码头，前面加一“贵”字，是尊称。

兄弟开的[1]。用祖传秘方，精制各种膏丹丸散。”他指着手上的丸药瓶说：“这是十全大补丸，采用珍贵药物制成。凡是失眠、头昏、眼花、盗汗……一切弱证、虚症，吃上一瓶，症状全消，吃上两瓶，延年益寿……”

李明这才明白，原来是一个跑江湖卖假药的人。

只听那李应忠还在说：“吃上三瓶，白发转青，吃上四瓶好处就说不完哪！兄弟惯说实话，我这药比李老君的仙丹差得远，还不能长生不老，立地成仙。兄弟这次到涪陵买药材，顺便带点丸药在身边济世救人，不是专门搭船卖药。要买的莫性急，等我把话说完。我这瓶丸药成本都要一块大洋，兄弟一个钱不赚，只卖一元一瓶。哟！嫌贵？不要紧，常言道得好：人在留名，雁过留声。兄弟主要图个名，打个对折，只卖五角。买去吃好了，给我李应忠传个名。哎！还嫌贵？俗话说：同船共渡，前世有三分因缘。兄弟与各位拜兄同船到涪陵，前世至少有六分因缘。好，再打对折，只卖两角五分。兄弟是个爽快人，两角五分有个零头，有些啰里啰唆的。好，零头抹去，只收整数，卖两角一瓶。嗯，还想少点？再不能少了，再少就变成不收钱奉送了。兄弟也不是吝啬人，奉送诸位拜兄也送得起，但是这次带的丸药不多，不能每位都送到，得不到的拜兄就要多心，又怕争先恐后，挤几个人到江里去了，兄弟担当不起这个责任。好，每瓶两角，一分也不能少，要买请快，卖完为止，迟来买不到就不怪兄弟带少了。”

卖药的李应忠刚说完，居然也有几个人喊买药。

李应忠点头哈腰，不断说：“劳驾，帮忙传递一下。”买药的钱传到李应忠手上，药瓶又传送到买药人手上。

李应忠等了一会儿，又喊了几遍：“要买的请快！”看实在没人再买了，才关上小皮箱提着走了。

涪顺轮上的伙食老板[2]祝幺爸向旅客兜售什锦盖浇饭，一手收钱，一手端饭。肚子饿了的旅客纷纷付钱端饭，很是方便。有的旅客肚子不大饿，又嫌船上的饭太硬，摇摇头表示不要。祝幺爸一会儿就卖过去了。

---

1 重庆打铜街不长，根本无九百八十二号，这是当时卖药人的一种骗人方法，济世药房可能有，也可能没有。

2 当时川江轮船上，公司为了减少麻烦，把旅客和船员的伙食包给人办，缴给公司一定的利润。承包伙食的人，称伙食老板。

李明有胃病，没有买盖浇饭，准备了一包饼干，略微吃了几块，感到口渴，但见人太拥挤，离水桶又太远，索性忍住口渴观看着舷外的风景。又有许多年没回涪陵了，离涪陵的距离愈近，愈发感到故乡景物的亲切……

涪陵终于到了，因为水位还高，趸船还没移到荔枝园码头，轮船仍在乌江小河里靠岸。

旅客中看见民成公司的班船早靠岸了，纷纷后悔：早晓得这样，不该搭涪顺轮。

李明提着小皮箱，随着拥挤的人群下到趸船上，看到码头出口处有几个穿短衣衫裤、身背短枪的人正在检查上岸的旅客。

李明心中一惊，因为据事先了解，涪陵码头一般不检查旅客，看来情况有了新的变化。他心里思考着对策，脚步不由放慢了。

后面一个人撞着了他的脚后跟，李明回头一看，见冯烂王仍然提着几床草席走在他身后。

“先生，我帮你提，随便给几个茶钱就行了。”不等李明表示同意，就从他手上夺过了小皮箱。

李明略微迟疑了一下：在重庆趸船上冯烂王打抱不平那一幕他是亲见的，好像不算很坏，让他拿着也好。

在李明迟疑沉思之间，他已随着人群上了木跳板，冯烂王紧紧跟在后面。

在出口处，侦缉队长徐大麻子戴着一副墨镜，站在一旁指挥几个特务搜查。

奇怪！对于一般人检查很松，专拣穿长衫的斯文人仔细搜查，对提皮箱的人更不放过，李明更是暗暗一惊。

他回头看看，冯烂王将小皮箱挟在腋下，像有意又像无意地用破草席掩盖着，他意味不明地对李明笑笑：“先生，在我冯烂王手上丢不了，多给几个茶钱就行了。”

李明来不及细想，已走到出口处了。见他是空手，一个长得很文秀，大家叫他申小旦的特务只略微检查一下就放他过去了。他一面走，一面紧张地注意后面的动静。

冯烂王弯腰点头招呼徐大麻子：“徐队长，回头喝酒算兄弟的。”说着照例递上一支揉得皱瘪的香烟。

徐大麻子没有接烟，不耐烦地挥挥手：“快，快走！”

冯烂王走了几步，又在招呼一个长得矮胖精悍的特务："杜五哥，多时不见，回头茶馆会。"

杜五哥转了转小眼珠，忽然问："烂王，你挟的啥东西？"李明听到这里，心里又是一紧。

在这紧张的时刻，那个卖假药的李应忠正走到木跳上，手里高高举起小皮箱，嘴里大声地吼着："莫挤，莫挤，龟儿把人挤到江里去就安逸了。"

徐大麻子和所有特务，不禁都把视线集中到李应忠手上提的那只深棕色的小皮箱上。

冯烂王大摇大摆地跟在李明身后走上了沙滩。

李明拿出一块银圆准备从冯烂王手中接过小皮箱来。

可是冯烂王没有接钱，也没把小皮箱交还他，低声说："先生，我顺路再给你提一段，多给几个茶钱就行了。快走。"

因为这里还在特务的视线内，从刚才的情况看，冯烂王更不像坏人。于是李明只好继续向前走，冯烂王在他身后十几步远跟着。

这时，李应忠走到了徐大麻子面前，不等徐大麻子开口，主动搭腔，扬着手上的一瓶十全大补丸推销："徐队长，我这十全大补丸，凡是一切虚症弱证无不立见奇效，徐队长房事过多，这是最好的滋补药。若徐队长要买，我可半卖半送不计血本。"

徐队长不等他说完，用文明棍敲敲他手上的小皮箱："少废话，打开看看。"

李应忠连声说："好，好。"把小皮箱打开放在地上，从里面取出几个小纸包，向徐大麻子面前一递，放低了声音："明人面前不说假话，美人乐、美人娇、颤声娇……这些春药我全有，只要徐队长肯赏脸，兄弟可以奉送几包，中意了再来买。"他声音愈说愈低，向徐队长脸上愈凑愈近，嘴里说话的唾沫已飞溅到徐队长脸上。

徐队长厌恶地往后退了一步，用文明棍一挥："滚，快滚！"

李应忠不慌不忙关上小皮箱，还在啰唆："哟！徐队长，买卖不成仁义在嘛！啷个这凶啊！"提着小皮箱走了。

这时陈福生不知从哪里钻了出来，对着徐队长耳朵嘀咕了几句。徐队长当即用文明棍向岸上一指："去两个弟兄，追上冯烂王仔细搜查。"

那个叫杜五哥的答应一声："是！"一招手："申小旦跟我来！"申小旦走路有

点像女人，喘着气还跟不上杜五哥的步子。

看见冯烂王走得不远，杜五哥大声喊："冯烂王，站住，站住！"

冯烂王回头站住了，正好卖假药的李应忠迎面与他擦身而过，匆匆去了。

冯烂王看见杜五哥急追上来，笑着说："杜五哥好性急，找我是先喝茶，还是先喝酒？"

杜五哥右手摸着插在腰上的手枪把，似笑非笑地说："冯五哥，对不起，徐队长的命令，公事公办，把小皮箱打开看看。"

李明距离十几步远，虽然没有回头细看，后面的动静听得一清二楚，不由紧张起来：这小皮箱的钥匙，还在自己身上，自己的安危不要紧，可是这些党的绝密文件……

李明一面思考对策，一面远远望去。

只见冯烂王放下了破草席，左手托着小皮箱，右手揭箱盖。出人意料，箱盖轻轻巧巧就揭开了，使李明大吃一惊……

杜五哥一努嘴，申小旦上前尖着手指在箱子里翻了一阵，李明紧张地注视着动态。

申小旦用窄嗓子说："杜五哥，全是一箱丸药！"

李明松了口气，更加惊异不定：怎么会变成了一箱丸药呢？怪事！

杜五哥也有点不相信，上前又亲自翻了一阵，才合上箱盖："冯五哥，你几时又卖起假药来了？"

冯烂王冷笑一声："我冯烂王自幼闯码头，行行都干过。杜五哥，我配的三七散，行血散瘀，专治打伤，你哥子需不需要准备点放在身上，以备急时好用？"

杜五哥知道冯烂王话中带刺，语含威胁，连忙赔小心说："冯五哥，这是徐队长的命令，请不要多心。"

冯烂王好像余怒未息，也似笑非笑地说："若怕风浪急，不敢卖假药。"

杜五哥拱拱手，进一步赔笑说："大水冲了龙王庙，望五哥包涵，回头请五哥喝茶赔礼。"急带着申小旦走了。

李明看见特务走远了，冯烂王挟着破草席，提着小皮箱过来了，想上前发问。

不等李明开口，冯烂王轻轻说声："快走！"急急赶在李明前面走了。李明只好紧紧跟在后面，一边思考判断：冯烂王究竟是啥人？

这时，卖假药的李应忠还在前面慢吞吞地提着小皮箱走着。冯烂王走得很急，在超过李应忠时，把李应忠撞了一下。李应忠一个趔趄，差点跌倒在地上，不禁生气地喊：“哪个龟儿……”但看清是冯烂王，随即改口，笑着说：“原来是冯五哥，啥事走得这么急?”

冯烂王站住了，也笑着回答：“李五哥今天的假药卖得不错啊!”

李应忠微微一笑：“啥不错啊！混碗饭吃，冯五哥回头见。”说完提着小皮箱继续往城门而去。

冯烂王看李明跟上来了，也不打招呼，却不走城门，沿着江边向长江的方向急匆匆先走了。

李明对冯烂王的身份已猜到了几分，也紧紧跟在后面走。

到了长江边上，到处是嶙峋的怪石，四周静寂无人，冯烂王才站住，用衣袖擦着汗，将小皮箱递过去：“先生，这是你的小皮箱，要多拿几个茶钱哟!”

李明迫不及待地接过小皮箱来，听冯烂王伸手要钱，他原判断冯烂王是自己人，不禁又迷惑了。他细看小皮箱，锁得好好的原封未动，果然是自己那口，看着冯烂王不解地问：“这皮箱是怎么调换的?”

冯烂王伸手说：“先生，钱！要知江湖事，只有滚龙滩[1]。”李明摸出几块银圆递过去。

冯烂王却没接钱，从衣袋里摸出那半元龙洋，放在嘴唇边吹吹，又放在耳朵边听听，仍放回袋里，向李明挤挤眼：“先生，这半元龙洋就足够我喝茶了。先生，再见。”

李明这才恍然大悟，原来冯烂王和李应忠都是派来掩护自己的同志，想喊住冯烂王，可是他已走远了。

李明不敢在这里久留，知道这时还不安全，必须沿着江边，走到荔枝园高伦家里，才能暂时脱离危险。于是提着小皮箱，沿着江边崎岖的小路，大踏步急急向荔枝园方向而去。心中暗暗想：看来做党的地下工作，一切要认真从头学起，要像冯烂王和李应忠那样，伪装得逼真，才能不暴露自己呢!

1　在哥老会码头混称滚龙滩，混的人也称滚龙。

第六章

一

出了石牛场，沿着一条蜿蜒曲折的青石板路走几里，就到了黄桷树垭口。垭口上有一棵茂密高大的黄桷树，像一把大伞屹立在路旁，树根如融蜡，沿着石头，浸进石缝，扎根在较大的一块面积上。树荫下有几条石方，横七竖八地摆在那里，供过往行人歇脚。

离黄桷树不远，有一间石头砌的小瓦房，大门敞开，摆着一套没有油漆的白木桌凳，因使用年久，颜色已经泛着黑黄，这就是杨嫂子的家。

杨嫂子有一个婆婆，已经双目失明，一个女儿小兰今年才六七岁。丈夫杨佑成在民成公司轮船上做工，常年不在家，老的老，小的小，一家人的生活担子主要由杨嫂子担起。租种金四家几亩包谷地，除了缴租之外，剩下不多，全靠杨嫂子赶场卖汤圆贴补家用。

这条到涪陵的大道上，挑担子的、抬滑竿的、跑小生意的……这些过路人，都喜欢在这棵黄桷树下歇气乘凉。一方面树荫下垭口风大，热天比较凉快，坐在这里可以看得很远，石牛河清清的流水注入长江，清浊分明，很是好看。更主要的是杨嫂子贤惠，经常烧一壶老鹰茶摆在这里凉着，供人无偿饮用。

由于杨嫂子人缘好，能干利索，虽然丈夫很少汇钱回家，三口人过得还可以，一家人老蓝布衣服穿得整齐干净。

金四的大管事熊世发今天收租回来，带着两个背短枪的家丁走上垭口，向两个家丁挥挥手："你们俩先回去，我歇息喝碗茶走。"

待两个家丁从那头走下垭口去了，熊世发整整衣衫，摸摸青缎瓜皮帽，走到杨嫂子家门口，轻轻咳了一声，拖长声音问："有人吗？"

杨嫂子走出厨房，一看是他，稍微愣了一下，一面用印花围腰揩手，一面答："我这里不是人吗！"

熊世发看见杨嫂子，眉开眼笑跨进门，坐在长凳上："杨嫂子，走累了口渴，泡碗茶喝嘛！"

杨嫂子不紧不慢地说："熊管事，开水没开哪！"

熊世发望着杨嫂子那结实健壮的身态，细眉大眼俊美的面孔，心里就像蚂蚁爬过，痒酥酥的，不怀好心。他笑着对杨嫂子说："不要紧，我等一等。"说完跷起了二郎腿，一抖一抖的，杨嫂子黑白分明的眸子一转："等啥哟！火都熄了，要重新发火。”

熊世发知道是赶他走的意思，笑容一收，板着面孔说：“杨嫂子，茶不喝不要紧，我那天说加押租的事，记着没有？”

杨嫂子撇撇嘴：“大管事的话，哪有记不住的。”熊世发露出几颗龅牙，冷笑着说：“记得就好！”

杨嫂子露齿一笑：“莫说那多！大管事，前天你明明说不加我的押租，还免去我今年的租谷。这又不是别人掰开你的狗嘴说出来的。”

熊世发看见杨嫂子一笑，露出洁白整齐的牙齿，以及嘴角边现出两个圆溜溜的酒窝，那妩媚动人的样子，恨不得一口吞下。他一本正经干咳两声：“杨嫂子，你嘴巴子厉害，我熊世发好说话，也不好说话，讲交情，也不讲变情。”

杨嫂子乜了他一眼：“你不好说话，不讲交情又怎样呢？”

熊世发却被问住，像一团棉花把喉咙堵住了，吞了一口唾沫，正想说话，杨嫂子已扭身进厨房去了。

熊世发对这个既漂亮又棘手的杨嫂子不怀好意已久，但总是可望不可即，有空爱在这里胡缠。

等了一会儿，仍不见杨嫂子出来，熊世发有点恼羞成怒，把桌子拍得震天响，叫道：“噫！安心让我坐冷板凳不成。”

“茶要开水泡，开水要柴烧，未必这点道理都不晓得！你枉活了几十岁，急啥？”杨嫂子端着一碗泡好的茶送到他面前。

熊世发转怒为喜，几颗龅牙更向外突出：“嘿嘿，这才像话。”他喝了一口茶，这茶苦得出奇，苦得他眉眼皱在一起：“这是茶，还是黄连，为啥这苦？”

杨嫂子扑哧一笑，心里十分痛快，她的确在茶里加了点佐料，强忍住笑说：“哟，大管事，你硬不识抬举，我知道你喜欢喝醉茶，多加了点云南沱茶在碗里，你又嫌苦。嫌苦就不喝茶，去喝白开水嘛！”

熊世发真怕又弄僵了，忙解释说：“不，不，我不嫌苦，我是说苦得有味。”为了证实他说的是真话，他端起茶碗又喝了一大口。这次不仅感到茶很苦，还感到有一种使人恶心的怪味，差点一口吐出来。但怕杨嫂子不高兴，忍住吞下，装出笑脸说：“好茶，好茶，只有云南沱茶才有这样的好味。”

杨嫂子没有搭腔，端了一个小竹凳，坐在门口屋檐的阴影里纳鞋底。

熊世发见杨嫂子没敬烟，只好自己摸出一支大刀牌香烟点上吸着。露出邪里邪气的笑容说："我说呀！杨嫂子，你男人成年累月在外，老的老，小的小，在这孤山野岭，晚上一个人不怕孤单！"

杨嫂子不时将钢针在浓黑的发上擦一下，一针针扎进厚厚的鞋底，中指上戴着一个黄闪闪的铜顶针，灵巧地纳着鞋底，低着头懒懒地没搭理。

熊世发又吞了一口唾沫，猛吸了一口烟，继续说着疯话："我说，杨嫂子，垭口上这几百年的黄桷树早成精了，谨防变个漂亮小伙子迷死你，难道你不怕？"

杨嫂子仍然专心纳鞋底没搭理。

熊世发看杨嫂子低着头，露出纤巧的一段脖子，虽不算白，但衬着白粗布的衣领，分外动人。于是站起来，声音突然压得很低，他知道杨嫂子的瞎眼婆婆在里屋纺线，传出纺车转动的吱咯声。"我说，杨嫂子，我熊世发最讲情义，保证你不愁吃穿。唉！人生一世，草木一春，不趁年轻快活几天，有啥味道。你丈夫把你这样一个长得花朵般的人儿，放在家里守空房，活一辈子有啥味！哪个年轻女人不偷点野食。杨嫂子呀！只要你……"说到这里，他见杨嫂子静坐不语，以为被他说花了心，乘机伸出手想摸杨嫂子的脖子。不等他手伸到，杨嫂子顺手一针向他手上扎去。

"哎哟！"他忙缩回了手，疼得嘴里嘶嘶叫。

杨嫂子看见熊世发那个怪样子，哧地一声笑了。

熊世发也跟着干笑了几声，他看杨嫂子并没有生气的样子，他自认为对女人很了解：开始总是有些假正经的。他又大胆伸出手去。

杨嫂子似笑非笑，举起钢针又要扎他的手，熊世发迟疑了一会儿，只得退回原位坐下，扔掉了香烟头，不觉端起茶碗要喝茶。碗到嘴边，他才想到这茶不好喝，又放回桌上，说："我说，杨嫂子，这黄桷树下前年杀了十四个人，都是用马刀砍头，你晚上不怕？"

杨嫂子听了这话，鼻子一酸，眼里含满了泪水。为了不让熊世发看见，头垂得更低，钢针扎在鞋底上也忘了抽出。

熊世发以为杨嫂子动了心，得意忘形，口沫飞溅地说起来："前年大旱，这些干人竟敢目无王法，想把贺胡子的共产军引来，并抗租抗粮，聚众吃大户，抢金家的粮仓，活该死。是我亲自监斩，杀在这黄桷树下。嘿嘿，金四少爷奖我五百块大洋，哎，硬头货。我说，杨嫂子，跟我做个相好，保你……"

熊世发的话，杨嫂子一句也没听进，两年前的情景仿佛还历历在目：党领导了那次抗租抗粮运动，因为条件不成熟，再加上这里靠近敌人心脏地带，敌强我弱，最后失败了。十四名骨干被杀害在这棵黄桷树下，因为她负责联络工作，没有暴露，所以没有引起敌人注意，幸存下来。这一方就剩下她一个党员了。

她亲眼看见自己的同志被杀害，敌人是那样残暴，惨无人道地用马刀活活砍头。可是，就义的同志一个个是那样英勇，临死不屈，给杨嫂子留下了深刻的印象。

杨嫂子怀着万分的悲痛，摸黑动员党的几个基层群众，把这十四个同志的尸体埋在对面的山腰上。

她等待着上级党的指示，可是联系断线了。她等啊！等啊！两年过去了，还没与上级党联系上。她的身份连她的丈夫也不知道，她像失去了父母的孤儿，独自应付着这恶劣的环境。

面前这个熊世发，就是她不共戴天的敌人，杀害烈士的刽子手。现在还不怀好意地企图调戏她。她强忍住自己满腔仇恨的怒火，不使在表面上露出来，应付着这个既凶残又愚蠢的敌人。她平静地继续纳着鞋底。

熊世发装着多情地说："我说，杨嫂子，你男人在外不想家，一定是逗花惹草地把你忘了。你守活寡，谁为你立贞节牌坊？这年岁，快活一天算一天嘛！"

杨嫂子抬起头来，故意逗他："谁晓得你对我是真心还是假意？"她接着一笑。

熊世发一听，乐得心花怒放，装出诚心的样子赌咒："我要不真心，日后死在漂亮婆娘的刀下。"

杨嫂子嘴一撇："谁信你赌的花咒[1]？"

熊世发急了："不信，我可跪下给你赌个血口大咒。"他看看左右无人，真的想双膝跪下赌咒，这时忽然从垭口那边来了一个中年货郎，摇着一个拨浪鼓，叮叮咚、叮叮咚地响得怪好听，口里喊着："针儿，线儿，镜儿，粉儿，各式花布，洋头绳。"

熊世发赶快把刚弯曲的膝盖伸直，觉得这中年货郎来得太扫兴，恶狠狠地扫视着他，巴不得他早点翻过垭口去。

可是，这中年货郎手里的拨浪鼓又叮叮咚、叮叮咚响起来，喊着："针儿，线

1　不实在的咒。

儿，镜儿，粉儿，各式花布，洋头绳。”还把担子放在垭口上，对杨嫂子问：“大嫂，买不买针线?”

熊世发看货郎不走很碍他的事，不等杨嫂子回答，抢着说：“不买，不买，各人快走！你这个货郎我从没见过，是哪来的?”

货郎不紧不慢地回答：“货郎，货郎，五湖为家，四海当床，你这位先生问得稀奇。”接着又问：“大嫂，买不买针线?”

杨嫂子把手上穿着线绳的钢针往鞋底上一别，站了起来。她早已注意到这货郎手上的拨浪鼓柄上，用红布缠了几道，眼一亮，心里不觉一动，忙答：“要买，要买，纳鞋底的钢针断了几根，有纳鞋底的大针吗?”

中年货郎连声说：“有，有，各式钢针样样均全，买多少?”杨嫂子用手一伸：“五根。”

货郎紧紧盯着杨嫂子脸上的表情：“我这钢针火色好，多买五根吧!”

杨嫂子摇摇头：“不多买。”

货郎感到失望的样子，取了五根针递给杨嫂子，收了钱，挑起货郎担就走。

熊世发看货郎走了，恨不得他走快点。可是杨嫂子又喊住了他：“客，喝杯凉茶，歇个气再走!”

货郎又放下了担子，熊世发又不便说什么，只是干着急。

杨嫂子端出一大碗凉茶，请货郎坐在她刚才坐的小竹凳上，慢慢喝着凉茶。

杨嫂子看熊世发用眼睛不断看着货郎，像要寻岔子的样子，暗暗有些紧张。如果不把熊世发打发走，不敢对暗号，更有暴露的危险。她并不慌忙，机灵的眼珠一转，向熊世发说：“大管事，来，我跟你说句话。”

熊世发喜得骨头都酥了，跟着杨嫂子到了黄桷树下。

杨嫂子未说话脸先红，声音很低：“既然你对我真心，还赌啥咒哪！今晚你到斜坡那个地棚里等我。”随着杨嫂子手指的方向，熊世发看见不远的对山上，有一个用高粱梗搭的地棚，可能是看守苞谷的人住过，这个季节空着。熊世发笑得从嘴里流出了口水，连声说：“好，好。”他想拉杨嫂子的手。

杨嫂子两手往背后一缩，后退了一步，笑笑，声音更低：“在这里不要动手动脚，谨防货郎看见不雅。快走，今晚在那里等我。”又指指那地棚。

熊世发来不及细想，已经乐得轻飘飘的，从垭口那边走了。杨嫂子看着熊世发远去的背影，冷冷一笑。

货郎这时已喝完了凉茶，把茶碗放在屋里桌上，连声说："大嫂，谢茶！"准备要走。

杨嫂子抢上一步，忙问："有纳鞋底的大针吗？"

货郎连声说："有，有，各式钢针样样均全，买多少？"杨嫂子用手一伸："五根。"

"我这钢针火色好，多买五根吧！"杨嫂子双手一伸："好，买十根。"

暗号对上了，货郎看四周无人，惊喜地说："同志，终于找到你了。"

"屋里坐！"杨嫂子说。

货郎把担子挑进屋，杨嫂子观察了四周的动静，急急关上门。杨嫂子忍不住激动得热泪盈眶，说："同志，我盼呵，盼呵，终于把党盼来了！"

货郎悄悄说："同志，上级党派人来涪陵了，叫你……"

二

熊世发回金家大院，打了一个照面，又在石牛场上一家鸦片烟馆混到天黑，正准备从烟铺上撑起来走。横睡在烟盘子对面的郑大小姐，声音有点沙哑，卖弄风情地说："熊管事，好久没来，我大小姐抬举你，今晚就在这里过夜吧！"

这郑大小姐原是郑家湾一个大绅粮的独生女，从小学会抽鸦片烟，烟瘾大得出奇，无人敢问津，嫁不出去。父母死后，更是树倒猢狲散，偌大一份家产，也被她送进了烟枪里。变成破落户后，在石牛场开了这家烟馆。

要是往天，熊世发遇到这种情况，也许会伸过手去拧一下郑大小姐擦了浓脂艳粉的脸蛋，马上关上房门，从铺上移开烟盘子，在烟铺上鬼混一番。

可是今天，他对于郑大小姐卖弄风情感到有些腻烦。他对她那扑上厚厚一层粉，抹上浓浓胭脂，像戏脸壳一样的瘦削脸蛋一点不感兴趣；那平平的，像男人一样的胸脯，他觉得索然无味。他摇摇头说："我马上要走了，还有事呢！"

郑大小姐哪里知道熊世发的心情，薄薄的两瓣嘴唇微微一撇："哟！熊管事，我郑大小姐是爱你有情义，你连这点面子也不给。"随着伸过一条腿压在熊世发的腿上。

熊世发将郑大小姐压过来的腿用力一掀，坐了起来，摸了一块银圆往烟盘里一丢。

郑大小姐看看熊世发向外走的背影，又看看烟盘里的那块银圆，熊世发今天对她这样粗鲁，有点出乎意料，心里无限感叹，心酸。她傻傻地看着烟灯发怔……

熊世发走出烟馆大门，从家丁手里拿过写着“金府”二字的灯笼，对他二人嘱咐说：“你们回去，我单独去办件事。”

他提着灯笼照路，出了石牛场，沿着大路，高一脚、低一脚踏在青石板上慢慢往前走。他心里想到今晚这个约会，就乐得轻飘飘的。用烧腊喉咙[1]唱着川剧：

吭哧咧哧哐！我爱你红装素扮美，有如观音云中现……
吭哧咧哧哐！我爱你倾国倾城貌，好比嫦娥下凡来……
杨柳枝普施甘露，把芸芸众生普度。
吭，吭，哧咧，哧咧，哐！
……

“哎哟！我的妈哟！”熊世发不小心踢在路上一块突出的石头上，差点一扑跌倒在地上。

他不敢走得太急了，举着灯笼低低地照着石板路，慢慢走着，不觉又唱起来。不过声音低多了，因为他必须垂头看路，不敢摇头晃脑，烧腊喉咙放不开：

神仙归洞天，空余杨柳烟，吭哧咧哧哐！
门掩了梨花深院，吭，吭，咧哧哐！
粉墙儿高似青天，恨天不与人方便，吭，吭，咧哧哐！
难消遣，怎留连？
……

熊世发走了一会儿，眼看要走到了，停住了脚，吹熄了灯笼。天上有点月黑头，隐隐可以看见垭口上的那棵黄桷树。山脚下长江的流水在静夜里发出的咆哮

1　发音不准，声音有些发沙发涩的喉咙。

声显得特别惊心动魄。

他定了定神，认清了方向，爬山向那个地棚摸去。

他看不清小路，在茅草和灌木中摸索着往前走，有时还要两手着地往上爬。他觉得手上提着的灯笼有点碍事，随手将灯笼提柄往地上一插，准备事完之后再来取。

他真不愧当过土匪，跟金大癞子当过多年保镖，居然手脚并用毫不费事，在黑暗中爬过这段毛狗路，走到了一个大坟堆前面。他看见这荒凉的大坟堆，不由倒抽了一口冷气，毛发直竖。

前年他亲自带人捉拿，又亲自监斩，在黄桷树下的十四个干人和共产党，就埋在这个大坟堆里，当地人叫十四坟。

据说每当夜间，阴风惨惨，常常闹鬼。有人听见过鬼叫："偿我命来，偿我命来！"

熊世发虽然不全相信这些说法，但毕竟做贼心虚，十四个人被活活砍头的惨状仿佛就显现在眼前。他觉得冷风扑面，坟堆上的茅草像鬼影晃动一般，到处都在簌簌地响。

熊世发摸了摸插在腰上的七子连小手枪，干咳了两声壮胆。战战兢兢快步走过了十四坟，爬上一个陡坎，是一片稍微平坦的红苕地，地里长满了繁茂的红苕藤。

他这时才镇静下来，想到他马上可以与杨嫂子相会，加快步子向不远的地棚摸过去。

摸到地棚口，他低低地叫了几声："杨嫂子，杨嫂子！"没有听到答应。

他向远远的黄桷树垭口看去，漆黑一片，看不见屋里有点亮光。

他又低声向地棚里叫了几声，仍无人答应。他感到懊丧，心想说不定自己来迟了，杨嫂子来过又回去了。

他站了一会儿，仍不死心，暗暗猜想，说不定杨嫂子躲在地棚里故意不答应。于是一面喊着，一面摸进了地棚。

"杨嫂……"子字尚未出口，脚下悬空，一个趔趄往前一扑，"哎"字还没喊出，已栽进了一个坑里。原来这不是守苞谷人住的地棚，而是地边贮粪的坑。

粪坑里装满了粪。熊世发挣扎着从粪里伸出头来，头上糊满了大粪，鼻里、口里、耳朵里也灌进了大粪，眼也睁不开。鼻子向外喷着气，把鼻孔里的大粪喷出，用手在脸上抹了一把，勉强可以呼吸了。

幸好，粪坑不宽，他挣扎了一会儿终于摸着坑沿爬了上来，踉踉跄跄从地棚蹿了出来。

他浑身沾满大粪，粪水沿着衣衫往下滴，瓜皮帽也掉在粪坑里了，屎蛆在头发间、脸上、身上蠕动。

他费了很大力气，用地里的红苕叶勉强揩去了脸上的粪便和蛆虫，吐掉了口中的大粪。他感到阵阵恶心，又翻肠倒肚地呕了一大摊。

这时，月黑头也没有了，四周漆黑。熊世发只得忍住难闻的恶臭，连滚带爬地摸下山。

他在路过十四坟时，一棵灌木的枯枝挂住了他长衫的后摆，像被人拉住一样，吓得他跪下哀嚎着叫饶命。他强力往前挣了一步，"哧"的一声，长衫后摆被撕掉了一大块。他灯笼也不敢去找了，急忙上了大路。

熊世发站在大路上却踌躇起来：像这个狼狈样子，怎么回去见人！附近又找不到水，只好摸到长江边上洗干净身上的粪便。他穿着湿淋淋的衣服，又摸上了大路。

深秋的晚上还是有点冷，江风吹到湿湿的身上，他牙齿碰得咯咯响，浑身打着寒战。

他这时惊魂初定，才细想这件事的前后情节，知道是杨嫂子捉弄他。于是对着黄桷树垭口的方向咬牙切齿，自言自语地说："好，把我戏弄得好，我明天不带人下你的瓦，拆你的屋，算我熊世发是龟孙！"

三

熊世发在黑暗中摸回了金家大院，东方已现出鱼肚白。熊世发推说是不小心摔倒在阴沟里，把金四瞒过去了。

他脸被灌木野刺划破了，跌得青一块、肿一块，浑身疼痛。因为着了凉，伤风了，头闷眼花，四肢无力，接着发起烧来。

他请医生看了，吃了好几服药，又用三七散内服外敷，将息了十多天，才告平服，退青消肿了。

熊世发刚可以走动，就按捺不住心里的这股恶气，带着十几个家丁，拿着锄头、钉耙，蜂拥着往黄桷树垭口奔去。

熊世发气势汹汹，站在杨嫂子屋门口，挽起袖子，正准备吆喝家丁动手拆屋。听见外面的闹声，从屋里走出一个头戴礼帽、身穿长衫、斯斯文文的先生，杨嫂子跟在后面也走出来了。

熊世发不由一愣：原来是刚从涪陵回来料理家事的胡方。这个落魄的酸先生，已经大大变样：不仅服装崭新，而且长得又白又胖。熊世发一见胡方那富态相，差点认不出来了。他知道胡方在涪陵轮船公司当文墨师爷，经常与高伦、朱佳富、罗天成交往。对于朱佳富他还不太清楚，但对于高伦和罗天成他是清楚的。高伦当过蜀军政府的参议，又带兵当过师长；至于罗天成，那就不用说了，这上、下川东的哥老会都听他的，自己也在罗天成名下当过小老幺。

熊世发不敢怠慢，堆着笑，向胡方招呼："胡先生，几时回乡的？兄弟都不知道，失敬得很。"

胡方看见熊世发身后一大群人，带着锄头钉耙，蠢蠢欲动的样子，有些奇怪，于是问："熊管事，这是干啥？"

熊世发感到有些尴尬，吞吞吐吐地说不出来："我们，我们……"

杨嫂子走了过来，似笑非笑地乜斜了熊世发一眼："熊管事，噫，你硬是真心帮我的忙，晓得我一个人忙不过来，带人来帮我挖土种麦子，是不是？嗯！事先又不打个招呼，我还没准备这么多人的饭呢！"

熊世发看见杨嫂子那带有嘲弄的笑容，想起那晚上栽进粪坑的事，不由火冒三丈，冷笑着说："杨嫂子，给你明说，我奉金四少爷的命令，今天要收房收地，房子马上就拆。"

杨嫂子并不慌忙，问道："熊管事，请问你，当初租地租房，契约是怎样写的？"

熊世发蛮不讲理地说："管你怎么写的，金家的规矩，老子今天就是要立即收房收地。"

杨嫂子面对着胡方说道："胡先生，当初租地的契约是请你代笔写的，你也是中人哪！"

胡方点点头："当初契约上写得明白：按时缴租，永不收房收地。"

杨嫂子不放松地问道："熊管事，我年年的租子从不积欠，是不是？"

只见熊世发突出的两颗龅牙一闪一闪："今年的租子未交。""哟！熊管事，你的记性被狗吃了！明明是你亲口说免去我今年的租谷。”杨嫂子的细眉毛微微上提，大声说。“这……”熊世发哽住了。

杨嫂子面对胡方说道：“胡先生，他们欺我妇道人家，你要主持公道哟!”

胡方点点头，问熊世发道：“杨嫂子句句实话，你还有何话说!”

熊世发眼下的肌肉抽搐了一下，勉强堆着笑：“胡先生，莫听她花言巧语，我就是要拆房!”

胡方看熊世发不讲道理，有些火了：“熊世发，有我胡方在这里，你休想逞强!”

熊世发听见胡方直呼其名，不假思索地说道：“胡先生，我是奉金四少爷的命令拆房，有话你到金家大院去说。”

胡方一听他搬出金四来压人，气昂昂地说道：“好，我正要找金四算清我给他老子写碑的钱。熊世发，你前面带路。”

这一下熊世发反而迟疑起来：他知道胡方是有名的胡痰气，犟起来像条牯牛，在他落魄当算命先生的时候，就喜欢把金四和金大癞子混说一通。有些话传到金四耳中，金四也从没计较。一方面因为胡家在石牛场是望族，另一方面觉得与这个穷酸计较没意思。现在更不相同，胡方背后还有高伦、罗天成为他撑腰。虽然金四并不怕胡方，但不看僧面看佛面，也不好把胡方怎样。再说自己带人拆房，金四一点不知，闹穿了对自己也不利。假若因胡方得罪了罗天成更不合算，他在罗天成手下当过小老幺，罗天成的手段他知道得最清楚。

熊世发的气焰顿时低了半截，赶忙赔小心说：“何必认真，看在胡先生面上，今天不拆房就是了。”

胡方额上涨起了青筋，仍然不肯放松地说：“今天不拆，难道以后还要拆?!当年佃字是我帮忙写的，我也是中人，若再找杨嫂子的麻烦，我是不依的。”

熊世发涨红着脸，感到不好下地。

杨嫂子却将弦一松，笑对胡方说：“胡先生，人家熊管事还是通情达理的，今天不拆，以后当然不会拆了。”回头乜了熊世发一眼：“熊管事，对吗?”

熊世发皮笑肉不笑，没有承认，也没有否认。

杨嫂子喊：“小兰，把你爸爸上次没抽完的香烟拿来。”小兰一会儿就把一包大刀牌的香烟拿来递给她妈。杨嫂子一人敬了一支，一包香烟就空了。小兰一把从她妈手上夺过空烟盒：“妈，烟盒我要。”

大家抽着烟，紧张的气氛一下就松弛了。

这时，从垭口那边出现了一长串人，两乘轿子，一乘滑竿，后面跟着十几个一律青色短衣打扮的人，有背短枪的，有背马刀的，簇拥过来。

轿子和滑竿在垭口上停下了。从第一乘轿子里走出了罗天成；第二乘轿子里走出了三姨太；滑竿上下来的是徐宁山。

罗天成早看见胡方，上前一步拉住胡方的手，亲热地说："胡师爷，朱总经理叫你把事办完早回涪陵！"

熊世发这时忙将香烟往地上一丢，整了整衣冠，上前打了一个千[1]，起来双手一拱，举过额头："老幺熊世发敬候大哥金安。"

罗天成只略微点点头，表示回礼，说："熊管事，多时不见，你好?"

"托大哥的福，小弟粗安。"熊世发双手又拱过额头。

徐宁山上前拍了拍熊世发的肩："熊五哥，这次罗大爷路过石牛场，顺路想拜访金家大院，烦五哥通报。"说着递上罗天成的红纸名帖。

熊世发双膝跪下，双手恭恭敬敬接过红纸名帖，大声说道："小弟不知龙头降临，未能迎风接驾，恕罪，恕罪。"接着又说了一句哥老会的海底[2]，使局外人半懂不懂："空中彩云现，蛟龙水底来。"

徐宁山也答了一句海底："三江五河波涛涌，五湖四海白浪翻。"

熊世发站了起来，双手捧着红纸名帖，回身就走。

拿着锄头、钉耙的十多个家丁，眼光被三姨太吸引住，看得呆了。熊世发走了很远，他们才醒悟过来，蜂拥着追去。

三姨太穿一件敞胸露臂的淡红色西式衣裙，质地似绸非绸，似纱非纱，像一层薄薄的蝉翼贴在雪白的肌肤上，被轻绡遮掩的部分隐隐约约显现出来。套着肉色丝袜的脚上穿着一双黑亮精致的高跟鞋。这身打扮，是朱佳富精心设计，从重庆定制的，把三姨太丰腴动人的体态勾勒得恰到好处，真像西洋镜里看见的西洋美人。

罗天成与胡方拱手而别，他和三姨太各自上轿。徐宁山也上了滑竿。

一行人簇拥着轿子和滑竿，往金家大院而去。

1　打千，一膝半跪、一膝半曲的礼节。

2　哥老会中的暗话、隐语。

第七章

石牛河流到金家大湾突然转了向，沿着山脚绕了一个大弯，然后再往前流走了。

金家大院就建在金家大湾这块三面临水、一面靠陆的半岛上。

临陆的一面，筑起高墙，开了一个很有气派的八字朝门，两扇钉满了铁皮的厚木门，经常关闭着。

左侧有一级一级的石梯通向石牛河，河边有漂亮的游艇供人摆渡出入。

若坐游艇顺流而下，从半岛伸出一个石嘴，游艇就在那里靠岸。然后又是一级一级的石梯通向一道侧门，进入金家大院。

在金家大院这个半岛里，在三个角呈品字形建有三座小碉堡，由二十几个带枪的家丁分别防守。这些小碉堡又与金家大院内宅分开，一般家丁是不许入内的。

金四的父亲金大，因为头上长过癞子，后来虽然治好了，但成了不长头发的秃头，所以大家背后都叫他金大癞子。

金大癞子早年在龚滩河[1]放筏子，后来有了积蓄，就到长江里当起船老板来了。光绪年间，他突然暴发起来，不断买田买地，再加上明抢暗夺，不上十年，就拥有万多担租谷的田地，房产更不计其数，俨然成了川东闻名的首富。

对于金大癞子的暴发，传闻很多。有的说金大癞子挖到了古代的窖藏，有金元宝、银圆宝，他一个人挑了几十担还没挑完。

有的说他在巫山峡里捡到了一颗夜明珠，这颗夜明珠放在米里就生米，放在金元宝里就生金元宝，放在银圆宝里就生银圆宝。所以金大癞子家里金元宝和银圆宝总是用不完，白米饭总是吃不完。

据说这个传说居然使绿林中的好汉、外号叫刀刀客的相信了，派人来拉肥猪。金大癞子扑河逃跑了，结果他的三个成年儿子被捉住了。刀刀客限期要金大癞子拿夜明珠去赎取，但金大癞子始终舍不得拿出夜明珠，所以刀刀客就将他的三个儿子杀了。

---

1 乌江进入四川境内的龚滩以下，至涪陵流入长江，称龚滩河。可通行较小的火轮。

有的又说：夜明珠最先是放滩匠杨老大捡到的，后来金大癞子昧下天良，暗杀了杨老大，夺取了夜明珠。这件事情被刀刀客晓得了，因为刀刀客原先也是放滩匠，与杨老大是结义的弟兄，为了给杨老大报仇，才杀了金大癞子的三个儿子。

这些传说是真是假，大家无法证实。有一件事大家知道是真的：杨老大帮金大癞子放木船出川，就音信杳无，事后杨老大的老婆——黄桷树垭口杨嫂子的婆婆娘，找金大癞子要过人，告过状，最后人财两空哭瞎了眼。金大癞子也是从那时起开始暴发。

流传最广、使人最相信的一种传说就是：金大癞子当了汉奸，把英国军舰引进了川江，英国人给了金大癞子很多银子。据说英国军舰“鲑鱼号”到了重庆小河抛锚，有人亲眼看见金大癞子从军舰上坐舢板上了岸。

关于金大癞子暴发的传说，在辛亥革命前后川东一带，曾当作茶余酒后议论的话料，经过一些人的加减，更变得有声有色。

随着时间的推移，大家议论的话料转换了：宣统皇帝怎样退位？袁世凯想当皇帝怎样死了？刘湘、刘文辉、王陵基、杨森怎样混战？贺胡子怎样打富济贫闹共产？东洋兵怎样出兵？蒋介石怎样是煞星下凡？又如洋人可以看穿地下三尺、峨眉山的镇山宝被洋人偷走、南川金佛山的金鸡被洋人吓得不敢叫了等传说时时更新。金大癞子发家的传说很少再有人提起了。

金大癞子后来生了金四，当作宝贝一样，为了吸取原先的教训，把一座金家大院建得很牢固，戒备森严。轻易不让金四出门。

金大癞子临死时，千叮咛，万嘱咐，仍不忘要金四不轻易出门。

金四秉承父训，真的不出金家大院一步，过着与外界隔绝的生活，对社会上的事情一无所知，事事靠熊世发帮他料理。

金家大院风景优美，石牛河常年碧蓝的溪水环绕而过，院内树木繁茂，郁郁苍苍，真是得天独厚。

这位草包公爷对吃、喝、玩、乐相当内行，派人四处搜罗奇花异草，把这座金家大院修整得新颖玲珑，假山怪石，苍松翠竹，处处花开，姹紫嫣红，美不胜收。特别是临近水边，亭、台、楼、阁比比皆是。

金四在鸦片烟瘾过足之后，带着打扮得艳丽娇媚的一群妻、妾、丫鬟尽情游玩。有时跟几个帮闲吟诗作对，说古论今。这大院真成了金四醉生梦死的安乐窝。

罗天成一行路过石牛场顺路来访，金四并不觉得稀奇。早年金大癞子为三个儿子被刀刀客捉去的事曾托罗天成疏通。因为刀刀客在绿林中自成一系，手下多是失业的船夫和官逼民反走投无路的农民，神出鬼没，干着打富济贫的营生。并且刀刀客与罗天成也有宿仇，当然不会听罗天成的上服[1]，仍然把人杀了。据罗天成了解，刀刀客并不是为了什么夜明珠！纯属为杨老大报仇。因此，罗天成与金家大院有了往来，只是近年不大走动了。

金四亲到河边，从游艇上把罗天成、徐宁山、三姨太迎进听涛轩正厅坐下，敬过了烟茶，寒暄了几句。

金四早被三姨太妖娆的西洋打扮吸引住了，只是限于礼貌，不敢放肆地盯住不转睛。他一面与罗天成他们说着闲话，一面装作漫不经心地打量着三姨太那大胆而富有挑逗性的体态和西式打扮：

三姨太淡红色轻绡的衣袖很短，镶着精致的天蓝色荷叶花边，两只滚圆洁白的臂膀裸露在外。一根淡红色缎带齐耳根束着满头油光发亮的黑发；眼睛虽然是单眼皮，但配上那经过精心描画的弯弯细眉，倍觉动人；一张嘴唇不算小，但经猩红唇膏的涂抹，配着洁白的整齐的牙齿，自有一番风韵；鼻子旁边的雀斑被扑上的香粉掩盖得不露痕迹；面颊上抹得不浓不淡的胭脂，更显得娇艳无比。金四再往下看，顿时觉得呼吸都感到困难了。

三姨太开得很低的鸡心领子，露出半截酥嫩的胸脯，脖子上戴着一串珍珠项链，衬着天蓝丝线精织的花边，实在色彩鲜丽。

金四已经忘形，正准备再往下看，听徐宁山干咳了两声，心中一惊，忙收敛了贪婪的目光，不觉面孔一红，有些不好意思，举起茶碗："罗大哥，请茶。"他暗暗观察罗天成的面色，好像罗天成并没在意，没有愠怒的表情，稍感放心。

徐宁山喝了一口茶，慢吞吞地说："金五哥，我们多年没来拜访，金家大院简直比《红楼梦》中的大观园还好，真会纳福。"

金四仗恃豪富，又不出家门，很少参加哥老会的活动，所以在哥老会中的地位不高；还是金大癞子在世时，给他在罗天成手下记名，当了一名小老幺。所以徐宁山称他为五哥。

金四被香烟熏得发黄的中指和食指间，夹着一支大炮台香烟，袅袅的烟雾向

1　哥老会中的话，即招呼的意思。

上飘散。他一张脸长得很秀气，但眼膛下黄里透青，虽然才二十多岁，显得比实际年龄老一些。他露出被鸦片烟熏黑的牙齿，态度很潇洒地说：“徐三哥，寒舍诗书传家，兄弟自幼熟读经史，对于琴、棋、书、画、诗、词、歌、赋略有研究。刚考中了一个监生，眼看举人、进士[1]稳稳可以到手，殊不知遇到废科举、兴学校，也只好作罢。兄弟秉性疏懒，读不惯新书。只好将一肚子诗情画意消磨于花木石泉之中，将先父遗留之家院，稍事修整，略加穿凿，闲空时吟诗种花。哪里比得上大观园，徐三哥实在过誉了。”

罗天成不待听完，差点笑了出来：这金四真是信口乱吹。监生根本不用考，可以用银子捐。再说废科举时金四还没有生出来呢！哪能入学、中举、点进士！

徐宁山像恭维，又像讽刺地说：“金五哥，像你这样的奇才，埋没林下，实在可惜、可叹。”

金四好半天不敢看三姨太一眼，怕罗天成多心。这时忍不住扫了三姨太一眼：看见三姨太坐得一本正经，态度端庄大方，脸上含着微笑，手里玩弄着一张白绸绣花手绢，不时用手绢在脸上拂拭，自另有一番风味。

听了徐宁山的话，金四好像很谦逊，叹了口气：“徐三哥，我哪里算得奇才，只不过多读了几本书，不很糊涂罢了。”他又偷偷看了三姨太一眼，发现三姨太也在斜着妩媚的眼睛偷看他，两人目光突然相遇，三姨太迷人地向他露齿一笑，接着像有点羞涩地低下了头。

金四好像受到了鼓舞，愈发想在三姨太面前卖弄自己的多才博学。他先看了一眼罗天成，接着对徐宁山说：“兄弟早年对制艺颇有心得，八股文做了几大本。心想科举虽然废了，但毕竟八股文是代圣贤立言，将来自己出资刻印送人，虽不想传文后世，也略存承先启后之意。我每读白话文，味同嚼蜡。近年无事，常看曹雪芹的《红楼梦》。这书虽然多用白话文描写，但愈看愈爱，觉得余香满口。我想，主要是曹先生精通八股，所以写出来的白话文也不同，自成一格。可见要写好白话文，必先学会八股文，八股文是不能丢的。”

金四看见三姨太专心在听，听到这里抿嘴一笑，愈觉得那涂着猩红唇膏的嘴

1 按清朝科举制度，童生参加县试、府试、院试取中叫秀才。童生始终考不取秀才，可以用钱捐得监生，取得与秀才同等的资格。秀才或监生参加乡试取中叫举人，举人参加会试及殿试取中叫进士（前三名称状元、榜眼、探花），方取得做正品官的资格。

唇鲜润无比，十分动人。

罗天成对于金四的这些话，似懂非懂，不感兴趣，觉得无聊，只顾衔着长烟杆，慢慢悠悠地抽烟、喝茶。

徐宁山知道这苕哥儿肚内没有多少墨水，这些迂腐不通的话，可能还是从他那几个帮闲清客处听来的。他一双眼睛一直停留在几个端茶送水的丫头身上。这几个丫头眉目都很清秀，还穿着十多年前的时装——高领、半圆下摆、绲边的衣衫。但一个个窈窕玲珑，在红绿纱衫掩映下，更显得体态轻盈，容光照人。他隐含嫉妒地想：这苕哥儿真会享受，艳福不浅。他看见金四贪婪的眼光不断向三姨太扫来扫去，已经着迷的样子，暗暗佩服朱佳富见识实在高人一等，把这苕哥儿的心理摸得真透：三姨太要不是打扮成西洋美人的样子，哪里能引得金四上钩！

冷场了一会儿，徐宁山才装作很赞赏金四的谈话，长颈子扭动了一下："妙论，妙论！就拿这'听涛轩'的命名来说，粗看'听涛轩'三字很不通：这里虽然濒临石牛河，但石牛河一湾流水，常年波平浪静，缓缓地流淌，哪有涛声可听……"

金四听到这里，不觉一愣。但听徐宁山接着说："细细想来，听涛轩边，那高大茂密的松树林，大风吹过，针叶颤动，发出的啸声如波似涛，方知这'听涛轩'三字取得贴切。不是胸中大有丘壑的人，是取不出来的。"

金四听了，不禁眉飞色舞："三哥太过奖了，我原也想不到这上面去，有一天我躺在床上抽鸦片……"他看三姨太含情脉脉在专注地听，忽然改口："我躺在床上研究唐诗，忽听浪涛之声大作，吃了一惊：莫不是石牛河走蛟发了大水！起床推窗一看，原来是风吹松林发出的声响，恰似波涛之声。所以兄弟悟出这'听涛轩'三字，非身临其境是想不出来的。"

三姨太咯咯地笑着，胸部高耸的部分在颤动："我早闻金先生的人品学问实在少有，今天见了真是名不虚传。听说金先生擅长国画，一定请金先生画一幅送我。"

金四听了这几句奉承话，特别出自三姨太之口，很是自得：连她都闻名，可见我的画名传得多远。何况三姨太眼波流动，眉目传情，更使金四喜得轻飘飘的，连说："我的国画也是徒有虚名，不过我的画：肉像宋朝的唐伯虎，骨像元朝的吴道子。对这两人的画，我是经过长期的仔细体味观摩，才能达到这样的成就。也只不过貌似而已，还谈不上神似呢！"

罗天成只觉得金四的话说得有点夸张，但自己在这方面的知识等于一抹黑，当然插不进嘴。

徐宁山毕竟要高明许多，他听出金四完全是信口胡说：连唐伯虎和吴道子是哪个朝代的人都搞错了。再加看见金四神气活现的样子，忍不住哈哈大笑起来，随即说："五哥，我虽然没见过你的画，但听你说得很雅，我想一定不俗，也请你一定画一幅送我，拿回涪陵去裱起来，让大家开开眼界。"

金四完全觉不出徐宁山的话隐含讽刺，反而兴冲冲地说："一定，一定。等我有空画几幅送你们，每人一幅怎样？"

正在这时，两个小丫头进来报说："太太请三姨太去玩，在草坪里等着。"

三姨太站起身来，顺手将花手绢塞在腋下，向罗天成望望。罗天成点点头表示同意。她向金四瞟了一眼，说："金先生，我去看看你太太就来。"

金四听说三姨太要走，怅然若失地站起来，他又提不出理由劝阻，只得客气地送三姨太出了听涛轩。三姨太好像也不愿离开金四，袅袅娜娜走了几步，还不断回头瞟着金四微笑呢！

二

三姨太一走，金四无精打采地与罗天成和徐宁山闲聊，连连打着哈欠。像传染病一样，徐宁山也跟着打着哈欠。

金四知道徐宁山鸦片烟瘾也发了，于是说："罗大哥，徐三哥，请里屋坐。"

罗天成知道是招呼进里屋抽鸦片，他本无烟瘾，对金四说："你们请便，我在这里坐坐。"

金四又与罗天成客气了几句，见他还是不肯去，只得与徐宁山去了。

罗天成静坐了一会儿，觉得无聊，站起来在室内踱了几步，走到窗栊前。栊上挂着一个鸟笼，一只画眉在笼子里跳跃着，发出悦耳的鸣声。

他逗了一会儿画眉，信步走出了听涛轩，沿着一个画廊往前慢慢走着，观赏着廊外种的美人蕉。忽然听见一座假山背后传来一个女孩子的抽泣声，罗天成觉得奇怪，跨过画廊低低的栏杆，他走近假山，听见另一个女人低低的声音："你不要哭了，要是被少爷和太太知道，生气了，会把你送进水牢去关起来的。"

那女孩子低低地哭诉着什么，罗天成听不真切。接着听见那女人叹了口气，劝道："我们谁都是人生父母养的，我也是因为家穷，欠了金家大院的租谷，硬被拉进金家大院，已经五六年了，还不知我父母是死是活呢！小妹子，想开点，你刚进金家大院不习惯，所以想父母。唉！到了这一步有啥法呢？除非跳进石牛河去淹死，活着谁也逃不出这金家大院。金家大院里不知有多少丫头受不了这种折磨跳了石牛河。唉！我以前在家里还许了人家，我那未婚的男人是我表哥，现在还不知怎样……"那个女人的声音愈说愈低，也跟着女孩子哭起来。

罗天成想绕过假山去把人看明白，脚踢着了一块小石头，发出的响声把她们惊动了。假山的缺口上露出了两张泪痕模糊的秀丽面孔，看见罗天成站在假山背后偷听，她们脸都吓白了，随即仓皇地逃走了。

这时一个声音在罗天成背后响起："罗大爷，少爷他们在听涛轩请你去。"他转身一看，一个十一二岁的丫头，垂手低头站在他面前。

罗天成又沿着画廊走回听涛轩，迎面碰见金四和徐宁山并排从月亮门走出来。

金四和徐宁山都抽足了鸦片，精神又重新振作起来。徐宁山对罗天成说："大哥，这次拜访金家大院，一定要好好看一下金家大院的绮丽风光，开开眼界。"回头对金四说："金五哥，你说怎样？"

金四连连点头说："好，好。"

他陪着罗天成他们走过松树林，展现在眼前的是一个荷花池，一座九曲桥横贯中间，把荷花池分成了两半。九曲桥中间有一座草亭。

他们边观赏着景致，边说着闲话。荷叶之间盛开着粉红色的莲花，几只白鹅在池里慢慢游着。

金四突然感叹地说："罗大哥，徐三哥，你们都是有田有地的人，为何不把现钱拿来买田买地，偏要冒风险去与高伦合伙开啥轮船公司。我就最看不起那些经商办实业的买卖人，我也最不爱与这些人结交。我们缙绅人家，比他们高贵得多。"

徐宁山瞥了一眼罗天成，装作仔细欣赏九曲桥边的一朵荷花，这朵荷花已开始凋谢了。

罗天成轻轻咳了一声："你说的也不见得对。现在共产党闹得这么凶，贺胡子对涪陵地区很熟悉，迟早要来的。红军一过来，你收租怎么保险呢？"

罗天成这句话也点着了金四的心病，远的不说，前年石牛场闹的风潮，把他着实吓了一大跳，后来虽然平息下去，但心里还有余悸。他虽然一心吃喝玩乐不问外事，但对于共产党的情况还是很关心的。他前几天听人说过：现在谣言很多，据说江西的共产党已突围出来，有向四川逼来之势，而贺龙的红军就近在眼前。金四沉默了一会儿说：“罗大哥，共产党来了，资本家同样是斗争的对象，难道办实业就保险?”

罗天成慢吞吞地说：“听说共产党保护工商业呢!”

徐宁山一听提起共产党，心里也乱，说：“好了，好了，不要再谈这些，今天快快活活玩吧!”

接着大家都沉默了。

他们不觉由九曲桥穿过了荷花池，上了几级阶梯，原来是一片绿茸茸的草坪。草坪正中竖着一个秋千架，一群穿红着绿、打扮得花枝招展的女人围在秋千架四周，发出一阵阵的嬉笑声。看见他们三人出现，突然静了下来。

金四的大老婆，穿戴得珠光宝气，雍容大方地招呼罗天成和徐宁山。与她并排站着的是三姨太。

三姨太一见金四，流动的眼波向他一瞥，未语先笑：“金先生，他们硬要我玩秋千，我实在玩不好。”

金四兴致勃勃地劝道：“三姨太一定玩得好，罗大哥，是吗?”罗天成从没见三姨太玩过秋千，只微笑不语。

推让了一会儿，三姨太始终不肯上去玩。

金四看三姨太站在这群女人之中，亭亭玉立，显得光彩夺目，好比鹤立鸡群。看看罗天成光着头，嘴边几根黄胡子，貌不出众的样子，心里不由嫉妒起来：这个老头儿艳福不浅，三姨太真是像鲜花插在牛屎上。

金四为了在客人面前要点面子，于是向其中一个长得最标致的姨太太说：“咏莲，你先上去玩一会儿，来个抛砖引玉，然后再看三姨太的。”

咏莲答应一声，将手腕上的金手镯轻轻往上一抹，轻迈碎步，款扭细腰上前，两手攀着秋千绳纵身一跳，就稳稳当当站在秋千板上。由两个小丫头轻轻一送，慢慢晃荡起来。

徐宁山站在一边目不转睛地盯着：咏莲身着绲边的橘黄软缎短衫，配着粉红绸裤，虽然颜色显得太俗气，但随着秋千的晃荡，绸缎在阳光下发出柔和的闪光，宽大的衣袖和宽大的裤脚在疾风中飘飘如飞。将咏莲那娇小玲珑、惹人喜爱的身段恰到好处地表现出来了。

秋千愈荡愈高，渐渐要与秋千架平齐。咏莲从手腕抹上去的金手镯又滑下来了，黄灿灿的反光使人眼花缭乱。

徐宁山和罗天成不由得叫好。

咏莲等秋千停定，轻轻一步纵下，站稳在草地上，已经汗流满面，气喘吁吁。一张动人的脸蛋红彤彤的，愈发显得秀美异常。金四面有得意之色，微笑着说："咏莲献丑了，该三姨太上去玩玩，让我们开开眼界。"

三姨太抿嘴一笑，再没有推辞，仍然穿着高跟鞋，轻摆软腰，挺着胸部，滚圆的臀部向后撅起，袅袅娜娜上前几步，两手扶住秋千绳，高跟鞋从草地向上一弹，就端端正正坐在秋千板上。不用小丫头推送，只略微一伸腿，一扭绳，秋千就荡起来。

待秋千荡得渐渐高了，三姨太不慌不忙款款地站起来。风灌进裙子，裙子像一把伞一样撑开了。随着秋千来回晃荡的节奏，裙子一张一收。金四张着口，看得呆了。

秋千愈荡愈高，与秋千架平行了。三姨太浓密的黑发，以及那束着黑发的淡红色缎带，天蓝色的荷叶花边，在风中不断飘动。

秋千更高了，好像要翻过秋千架去，使人提心吊胆，捏着一把汗。

三姨太在秋千上做着各种优美的造型动作：时而蹲下，时而站起，时而一脚悬空，时而腰部横担在秋千板上。像金鸡独立，像飞鸟展翅，像嫦娥奔月，像蜻蜓点水……

大家都看得呆了。个个屏住了呼吸，草坪上鸦雀无声。无数双眼睛跟着三姨太起伏的身段转动。

不但金四看得口角流涎，罗天成也从没见过三姨太有这一套出色的技艺。他对三姨太的身世可说一无所知，不知她是从哪里学来的，真是又惊又喜。

三姨太荡秋千这一幕，也是朱佳富事先没有设计，即兴来的一段意外插曲，却收到了极好的效果。

秋千慢慢荡低了，最后摆动的弧度愈来愈小，不等秋千静止，三姨太轻轻跳下，稳稳妥妥站牢在草地上，脸不红，气不喘，含笑看着大家。

大家这时哄地爆发出一阵喝彩声。

三

夜宴完毕，他们坐在望月亭里赏月。

望月亭建筑在伸出河中的一块岩石上，平静的水面在明月下闪烁着道道的银光。

亭子里摆着一张八仙桌，桌上摆满了瓜果、花生之类的食品。

月亮很明，亭子里没有点灯，三姨太正好挨着金四坐在亭柱投下的暗影里。

徐宁山抽着香烟，笑对金四说：“五哥，你多年没到涪陵，涪陵现在可变样了，新奇的西洋玩意儿多得很。你这个金家大院固然是人间少有的安乐窝，但人生如梦，为欢几何？不能去涪陵开开眼界，实在可惜。”

金四听了，半天不语。其实，在这金家大院里，他玩得也实在腻烦了。只是金大癞子临死有遗嘱，叫他轻易不要走出金家大院。他原以为金家大院不管什么都是好的，今天罗天成带来的三姨太，使他艳羡。再看看他身边的几个女人，比较之下，确实土气一些。并且罗天成还带了几本西洋画报来送给他，他翻看之后更是暗暗惊叹，原来外面还有那么美妙的一个世界。

徐宁山继续说：“就拿我们罗大哥新开的电影院来说。一块银幕上，人物活灵活现，比看戏还清楚，人物和景致都是逼真的，西洋美人跳着西洋舞，一个更比一个美。什么《火烧红莲寺》，什么《荒江女侠》，什么《红姑传》，惊险曲折，剑光侠影，实在引人入迷。唉！一般人只花一角钱就可以看见的玩意，你可能还没见过罢。”

金四早听别人谈过这些，的确也想看看，现在听徐宁山提起，更觉动心。不过为了面子，他装作鄙夷的神色说：“这些不过是西洋淫巧之物，有啥看头？还是我们中国的皮影戏好看！”

三姨太削好一个梨子，递给金四，咯咯一笑：“金先生，皮影戏只看得见暗影，这电影上的人就像真的一样呢！”

徐宁山看金四那苕哥儿样子，暗暗感到好笑。又想到今天在金家大院里没见一个男人，除了几个年纪较大的老妈子外，全是年轻貌美的女孩子和漂亮的妇人，真有点大观园的味道，这苕哥儿真想学贾宝玉呢！可是金四一脸的烟容，偏风流自负，更是可笑。

徐宁山站了起来，慢慢踱出了望月亭，回头喊着罗天成：“罗大哥，你看那月亮起了晕，明天我们回涪陵，路上该不会淋雨吧！”

罗天成也缓缓站起来，跟着踱了出去，看了看月亮，摇摇头说：“月亮有晕要起风，不会下雨。”

这时望月亭里只留下了金四和三姨太。金四吃完了梨子，三姨太将腋下的绸手绢抽出来递给他，说：“金先生，揩手。”那声音轻得只有金四一人能听见，他心里不由得一动。

金四接过柔软滑腻的手绢，手上还可以感到三姨太腋下的温香。似乎闻到一股似兰非兰、似麝非麝的香味。他揩了揩嘴，还给三姨太的时候，有意无意之中，摸触了三姨太柔软白嫩的手指。

金四完全忘了亭外的罗天成和徐宁山。他看见三姨太一只裸露的膀臂放在椅圈上，离他很近。三姨太正含情脉脉地注视着他，他受到了鼓舞，于是大胆地握住了三姨太的手。

三姨太的手微微缩了一下，但终于安静地让他握住了。

金四更是神魂颠倒了，他沿着三姨太的手向上抚摸到丰腴的手臂。在朦胧的月色中，隐隐看见三姨太迷人的微笑。他胆子更大了，手指突地滑到三姨太的胸前，可刚接触到花边的边沿，三姨太却失声地大叫一声：“哎哟！”

金四惊慌地缩回了手，感到意外，知道罗天成是不好惹的，吓得脸色变得煞白。

罗天成和徐宁山听到尖叫，都回过头往亭里看，有些惊讶。

三姨太站起来，手里拿着一只细瓷茶杯，不慌不乱地解释说：“好险，手拿滑了，茶杯差点摔到地上。”

金四收紧的心脏才一下松弛了，松了一口气。

三姨太在暗影里轻轻捏了金四一把，嫣然一笑，张开鲜红的嘴唇说：“金先生，今天的月光多好，我们也出去看看吧！”

金四平静的心又被挑动了，他跟着三姨太步出了望月亭。

三姨太走到罗天成身边，罗天成仿佛刚想起，对徐宁山说：“下月初六，是三姨太二十五岁生日，我准备庆祝一番。三哥，看需要请哪些人？你回涪陵后帮我安排一下。”

三姨太用裸露的臂膀轻轻碰了一下金四：“金先生，你能够赏光吗？”

金四哪里还能自主，毫不思索地回答：“去，一定去涪陵喝你的寿酒。”

徐宁山趁热打铁，对金四说：“五哥，到时我们就恭候了。”

金四拱拱手：“恭候不敢当，兄弟到时一定到涪陵亲候各位拜兄，并为三姨太祝寿。”

罗天成粗声粗气地说：“老弟，一言为定，不可失约。”金四斩钉截铁地说：“决不失约!”

月亮钻进了一朵云里，人影有些模糊了。平静的水面上荡起粼波，真的起风了。

忽然从风中传来了一阵凄厉的嚎叫声，使人听了感到寒毛直竖，是那样地悲惨。

金四看见三姨太感到诧异的样子，他含笑解释说：“不要害怕，这是不肯缴租的佃户在碉堡里受刑。我们金家大院素以慈悲为怀，但对狡猾的佃户是从不徇情的。”

这样的事情，罗天成与徐宁山司空见惯，并没有引起他们多大的注意。

云层更厚了，月亮被云层遮蔽，四周罩在更深的黑暗中。

第八章

一

对于李明的到来，高伦全家都很高兴。这不仅因为李明曾经冒着生命危险救过高太太和高茜，还因为高伦对李明的印象很好，在李明担任他副官的那段时间里，虽然时间不长，他对李明的性格是了解的。

高伦刚开始和李明认识时，觉得他有点冷冰冰的。但进一步接触之后，就感到他的心是火热的，有一股澎湃的内在激情。虽然高伦也赏识朱佳富，但与李明相比，总觉得朱佳富多有华而不实之处，特别是朱佳富从英国学来的绅士派头，使人多少感到有点矫揉造作，发散出一点酸味。

高太太在楼上腾出一间空房，一定要留李明在她家暂住几天。盛情难却，李明只好住下来。

事隔多年，高茜长大了，李明已认不出来了。高茜对他却一见如故，她六七岁的时候最喜欢李明给她讲故事，留下的印象很深刻。从高太太口中，她经常听见谈论李明的一些情况，也加深了她对李明的好感。她昨天放学后还叽叽喳喳与李明谈个没完。

李明今天一早到涪陵报馆去过，报馆负责人叫他过几天就去上班，要他担任副刊编辑。

李明回到高公馆，经过客厅门口，看见高伦坐在客厅里，便客气地招呼："高参议，今天没到公司去办公?"

高伦点点头说："今天我在家里等一个人，是事先约好的。"高伦看看壁上的自鸣钟，自言自语地说："九点过了，恐怕……"

李明怕打搅了高伦，正准备离开上楼。高伦喊住了他："李先生，有空吗?"

李明点点头，笑着说："我还没去报馆上班，当然有空。""请客厅坐。"高伦接着喊黄妈："泡茶。"

高公馆里，这时很静。高茜上学去了；高太太昨晚在高源家打了半夜麻将，这时睡得正香。

黄妈怕惊醒了高太太，进出都是轻手轻脚的。她把泡好的茶送进客厅后，到厨房帮许厨子择菜去了。高伦最反对用丫头，他家里只有一个黄妈里外照应，比其他男仆都忙。

沉默了一会儿，高伦端起茶碗喝了一口酽茶，慢吞吞地说："李先生，请喝茶。”

李明觉得沱茶太酽，有些苦味，只端起茶碗略微抿了一口。

高伦突然兴致勃勃地说：“你那天刚谈到前年上海‘一·二八’淞沪战役的情况，朱总经理来了，把话岔断。今天你接着说下去，你是亲自参加过这个战役的，知道的情况一定不少！唉，这些年我埋头搞实业救国，四川又闭塞，好多事情的内幕都不知道。”

李明沉思了一下，接着那天的话头说下去：“蒋介石不抵抗，但蔡廷锴等领导的十九路军在上海和全国人民抗日高潮的推动下，起来迎击日寇。高参议，日寇提出四天占领上海，可是，十九路军在上海人民的大力援助下，孤军奋战了一个多月。日寇四易主帅，死伤万余人，继续增兵到十万，军舰六十余艘，飞机百余架，但是还不能占领上海。蒋介石不但不支援，反而派第五军来制止十九路军抗战。第五军士兵激于爱国热忱，便也抗命，参加了对日作战。”李明谈到这里，声音提高了一点，愤慨地说：“可是被汉奸向日寇告密，日寇乘虚登陆，十九路军在弹尽粮绝的情况下，不得不退出上海。”

高伦对李明说的话感到有些不满足，说：“十九路军的事我大体知道，当时我还发起捐款支援十九路军抗日呢！”

李明迫不及待地说：“提起捐款，更使人气愤。蒋介石不但不支援十九路军，还把全国人民的捐款全部扣下作为他‘剿’共的费用。”

“哦，有这样的事！蒋先生实在岂有此理。”高伦还是第一次听到这情况，有些愤然。

“淞沪抗战爆发，我正在上海，参加了义勇军，在前线与十九路军并肩作战。有许多可歌可泣的事情真使人感动。这充分说明中华民族有悠久的文化，人民是爱国的，他们能够保卫中华民族的生存，击败侵略者。”李明将宽大的衣袖向上捞起，在臂部露出一道痊愈的伤疤：“我这疤痕就是日本的弹片削伤的，为抗日流血，我觉得光荣。可是，当我与十九路军一道撤离上海的时候，士兵都痛哭流涕，感到空有一腔热血不能洒到抗日的疆场，实在太令人丧气了。”

高伦问：“听说共产党在上海抗战中起了很大的作用，这方面的情况你知道吗?”

李明迟疑了一下，有些情况他当然很清楚，当时他就是党派到十九路军做士兵工作的。但是党内的有些情况当然不便对高伦说，他只简单地说：“中国共产党从‘九一八’事变后，就发表停止内战、共同抗日的主张。上海抗战，工人、学生、士兵的抗日情绪高涨，当然与共产党的动员组织有关。高参议，你参加过北伐，要不是共产党在工人、农民中做工作，群众怎么会那样拥护我们呢！”

高伦觉得李明的话说得很对，点了点头。

李明胸口忽然感到一阵剧痛，他知道他的胃病发作了。以前他家里很穷，全靠他哥哥李亮供他读书。他哥哥在民成公司民荆轮做水手，收入很微薄。所以李明读书时经常是饱一顿饿一顿，得了严重的胃病。胃病发作时胸口阵阵绞痛，像刀割一样。李明的个性很刚强，从不让人知道他有严重的胃病。他粗浓的眉尖微蹙，忍住阵痛，若无其事地端起茶碗喝了两口茶，强打精神说：“北伐时我跟着你，对我的帮助很大。你是老同盟会员，孙先生的忠实信仰者。现在蒋介石自己不抗日，还反对民众抗日，中华民族已到生死存亡关头，你应该带领我们青年继续干下去呀！”

高伦长长叹口气：“唉！四川的事情也难呀！刘湘他们互相打来打去，俗话说：神仙打仗，凡人遭殃。四川民众早已生活在水深火热之中。自从王陵基在重庆镇压民众，发生‘三·三一’惨案以来，大家都噤若寒蝉，民主被他们这些土皇帝剥夺完了。”

李明不大同意高伦的某些意见，婉转地说：“赵屠户[1]没把四川人镇压下去，他王屠户也没那高的法。最近四川民众抵制日货、抵制日轮的运动，声势就很大嘛！四川民众的爱国热情就像一座火山，一旦爆发出来是势不可当的。我想，只要像你这样的人领个头，大家就会跟着起来的。”

高伦欲言又忍，最后只是长长地叹口气。

李明知道对高伦不能太性急，要慢慢启发他的觉悟才行。

高伦注意到李明额头冒汗，脸色苍白，说话有些吃力的样子，于是问：“李先生，你是不是觉得不舒服？”

李明摇摇头。

高伦还想说什么，忽然黄妈进来报告：“有个坐轿的先生来了，要会你。”

---

1 指清末四川总督赵尔丰。辛亥革命前，四川人民掀起了“护路运动”，赵尔丰扣留了当时领导护路运动的缙绅颜楷、罗纶、张澜等。成都人民拿着光绪皇帝的牌位去督院请愿，赵尔丰下令开枪杀害了手无寸铁的请愿民众。四川人民痛恨赵尔丰的残暴行为，称赵尔丰为“赵屠户”。

高伦站起来迎了出去。

李明也跟着走出客厅，上楼回到自己的房间。他关上门，从一个小玻璃瓶里倒出几片药吞下，接着喝了几口开水。

他再也支持不住了，倒在床上，将枕头紧紧地捂在自己胸口上。

二

高公馆里开始有生气了：高太太在大声叫黄妈，黄妈在楼下答应着，接着是黄妈那双文明脚在楼梯上响。

从花园角落的厨房里，传来许厨子有板有眼的剁肉声。

闹山雀高茜也放学回来了，李明老远就听到她唱歌的声音，响着脚步声上楼来了：

啦啦啦！啦啦啦！
我是卖报的小行家，
不等天明去等派报，
一面走，
一面叫：
今天的新闻真正好，
七个铜板就买两份报。
……

楼梯还在响，高茜已在楼上说话："妈，买一份报吧！"接着听到高茜嗤嗤的笑声。

李明听到高太太的声音："死女娃子，一天疯三癫四的。你爹在客厅会客，谨防回头捶你。"

高太太的话还没说完，高茜已上三楼在喊："妈！快来，我皮鞋带子结成了死疙瘩，解不开。"

又是高太太在二楼的声音："偌大个姑娘没点用，皮鞋带子解不开也喊妈，看你怎么得了。"高太太上三楼去了。

隔一会儿李明听到高茜又在喊："妈，我的布鞋呢?"

高太太回应："黄妈刚才给你刷干净放在阳台上晾着呢!"一会儿，又从三楼传来了高茜的歌声：

啦啦啦！啦啦啦！

我是卖报的小行家。

大风大雨里满街跑，

……

接着李明听见楼梯像指头滑过钢琴的琴键一样，叮叮咚咚地响着，高茜下楼的脚步声，从三楼响到二楼，又从二楼响到楼底。她的歌声已从花园隐隐约约飘来：

啦啦啦！啦啦啦！

我是卖报的小行家。

忍饥耐寒地满街跑，

……

李明的胃疼稍好一些，他在脑子里把回到涪陵后的工作和感受整理了一下。

他回到了自己生长的地方，涪陵的山山水水，他都感觉得格外亲切。好几年过去了，涪陵变化很大，"长江后浪推前浪，世上新人换旧人"，地方上又换了一批新人。可是社会风貌和生活习惯变化却不大，说明四川在地方军阀封建割据下，长期闭塞不通，与外面诸省的差距拉大了。

前几年党受到盲动主义的影响，发动了石牛场风潮，组织海员和船民公开声援。事先没有周密的布置，事后也无妥善的对策，以致在军阀、土豪劣绅、地痞流氓的联合进攻下，党的地下组织遭到了很大的破坏，许多党员和骨干，英勇地牺牲在敌人的屠刀下。

他现在正着力与幸存下来的党员联系，想短期内把党的地下组织重新建立起来。他认为，只要有了党组织发挥核心作用，一切工作都可以顺利地开展起来。

在白色恐怖下，涪陵以及川东一带，看起来像一潭死水，可是巨大的潜流在地下汇集着，一旦冲出地面，是势不可当的。

随着民族危机的深化，蒋介石媚外反人民的狰狞面目更加暴露，党建立民族统一战线、一致对外的主张日益深入人心。民族问题是一个最敏感的问题，在国民党上层人物中已产生了分化，一部分向左靠了。为了在长江海员和乌江船民中开展工作，争取团结爱国的民族资产阶级，必须首先要做好高伦的工作；为了做好高伦的工作，必须首先从团结教育高茜着手。李明对于高茜的印象很好，他觉得像高茜这样的青年，在党的培养教育下，一定可以走向革命，在革命的烈火中锻炼成无产阶级的战士。

根据市委的敌情通报：涪陵地处长江与乌江汇合口，有“小重庆”之称，地理位置很重要。各派政治势力在这里交锋：日本人想在川江寻找航运代理人，有日本间谍的活动；蒋介石想把势力伸进四川，有中统和军统在激烈活动；英美势力想保住立足点，也在进行活动；而刘湘等地方军阀为了保住自己的地盘，密探也是无孔不入……

李明正想到这里，忽然听见敲门声：“李先生，请吃午饭!”这是黄妈的声音。

李明下楼走进饭厅，一张漆得黑亮的圆桌上摆满了菜肴，高伦一家人已经坐好了，李明知道他家的规矩，随便在一个空位上坐下。

高太太关照李明不要客气，随便吃。高伦家世代祖传的规矩，吃饭是不许讲话的。高茜悄悄地吃饭，她想对李明说话，嘴唇动了动，但看了看高伦，终于不敢犯规说话，只是含笑地瞟了李明一眼，几口扒完了饭，从黄妈手中接过茶杯漱了口，又接过热毛巾擦了嘴和脸，然后蹑手蹑脚出了饭厅，像得了解放似的，响着急速的脚步声跑了。

一顿饭很快就吃完了。李明漱过口，擦过嘴和脸，正准备上楼，高伦却对他客气地说：“李先生，请客厅坐。”

黄妈正忙着收拾饭厅，由高太太亲自泡上两碗茶——高伦饭后是一定要喝酽茶的。

高伦先向李明谈起：“据说，日本人在华北加紧搞阴谋，而蒋先生却亲临江西‘围剿’共军。最近有消息说：共产党失利，已突围出来，有向西南进军之势。不知确否?”

李明从党内知道一些情况，前四次“围剿”都被粉碎了，这次失利的详细情况还不甚了解，于是回答说：“高参议，共军向西南行军的事是确切的，但主要是北上抗日。”

高伦问：“你怎么知道红军是北上抗日呢?”

李明反而对高伦的问话感到诧异：“高参议，连具有中间色彩的《大公报》都登载了共军北上抗日的宣言，难道你还没看见?”

“哦！我最近忙没看报！看来，只有中国共产党是真心关注国家民族命运的，而蒋先生，唉……”高伦说。

高伦对李明是无话不谈的。固然因为李明曾做过他的副官，北伐时还在株洲救过高太太和高茜。并且，高伦认为李明朝气勃勃，充满热情，是有为的青年，见识高明。因此，稍稍沉默了一会儿，便对李明说：“刚才来会我的是张群的代表，他想说服我去省党部任事。蒋先生急于想把势力伸进四川，可是刘湘暗地反对。刘家是我的内亲，刘文辉和我很接近。自从二刘之战后，刘文辉被刘湘赶出四川到了西康，刘湘就与我面和心不和。蒋拉拢我，是想以川治川，各个击破。”高伦说到这里，有些激动，冷笑一声：“这个张群是有名的亲日派，蒋的亲信，一贯喜欢玩两面三刀。记得民国十五年，英国轮船在云阳浪沉中国木船，激起公愤，杨森正驻防万县，被迫扣留了英轮。但英国却用军舰炮轰万县街市闹区，死伤近万，造成了有名的‘万县惨案’。我因激于义愤，发起了签名抗议运动。有人写匿名信威胁我，事后查出，幕后就有张群。”

李明笑了笑，问：“高参议，你去不去省党部呢?”

高伦喝了一口茶，稳重地说：“我没有正面拒绝，拖一拖再说。这些人呀！还是要应付一下的。他们什么坏事都可以干出，不敷衍是不行的。”

李明转换了话题：“我看，蒋介石是一定要进川的，他名义上是中央政府，刘湘之流挡不住。四川的军阀都是各顾各，哪经得起蒋介石拉拢利诱？蒋介石对日本人屈辱退让，还没撤退到武汉，就已在安排四川这条退路。再说，四川素称‘天府之国’，粮、棉、盐、铁样样不缺，关起门来可以自给自足。自古以来，凡控制了四川，西南几省就不成问题了，正是蒋介石苟安西隅的理想天地。”

高伦表示赞同，补充说：“历代四川就是一块肥肉。三国时，诸葛亮未出茅庐笑指天下三分时就要取四川为基地；邓艾、钟会灭蜀时，有人就算定他们会争夺这一块肥肉而火并；辛亥革命前，四川爆发了护路运动，政局动荡，吓得摄政王不顾武昌安危调空了湖北新军，也正是要保住这块肥肉。”高伦说到这里，对着茶碗凝视片刻，有些迷惑地说：“我每每有些不解，共产党内精明有远见的人很多，好像忽视了四川，真有点奇怪!”

李明想说，但忍住了，党内的一些问题，不好向高伦讲，于是淡淡地说：“我想，共产党人不会不考虑。在共产党高级干部中，四川人不少，如朱德、邓小平、刘伯承、陈毅、吴玉章等。对于四川的情况，他们是了解的。”

高伦站了起来，在客厅里踱了几步，站住对李明说：“我在日本留学时，认识一个日本同学叫山野久治的，最近寄给我一封信，说……”

高伦刚说到这里，张秘书气喘吁吁地走了进来，对高伦说：“董事长，朱总经理请你马上到公司去，有重要事情研究，罗董事和徐董事已等着了。”

高伦向李明点了点头，客气地说：“李先生，以后有空再谈，失陪了。”跨出客厅走了。

三

张碧秀迟疑了一下，她看看李明，留下没走，坐到李明对面的一张藤椅上。

她今天穿着一件阴丹士林布的旗袍，外罩一件浅黄色细绒线织的外套。

李明正站起来准备走，但看张碧秀在离他不远的椅上坐下，只得又坐了下来。

沉默了一会儿，张碧秀淡淡蛾眉下，一对明如秋水的眼睛里流露出隐隐的哀怨，声音里饱含柔情，先开口对李明说：“李明，你回来这么久了，一次也没见，今天见了面，像不认识似的，难道你真的把我忘得一干二净?”

李明冷冷地说：“小姐，我现在是一个退伍军人，还没找到正式的职业，怎敢高攀呢!”

张碧秀听见李明的话中带刺，雪白的牙齿轻轻地咬着小巧而天然红润的嘴唇。看了看李明，没有生气，谅解地说：“看你，过了这么多年，还是那样粗鲁。”

李明只是淡淡地一笑，沉默地坐着。

张碧秀说话像淙淙的泉水，恬静之中，充满了丰富的感情，怀着依恋的心情回忆着：“明，多少年过去了，过去的影子也许在你心灵上淡忘了。可是，我……我怎么也忘不了你，忘不了过去那些幸福的记忆。我仿佛在梦幻中生活，一个多么甜蜜而可怕的梦啊！可是，这些不是梦，而是现实。明，我是多么矛盾和痛苦啊！你不会忘记吧！那时我们在学校里一起演戏，是你自编的剧本，叫《恩仇记》。一对男女青年为了爱情，冲破封建束缚，一起从家乡逃走，去寻找自由和幸福。你演男主角，我演女主角，在涪陵公演轰动一时。明，同学们都爱拿我们开玩笑。可是，弄假成真，我俩真的好起来了……”

张碧秀说到这里，声音有些颤抖，秀美的眼睛里闪烁着热情的火花，白皙的面孔顿时飞起了红云，充满了幸福和怀念的表情：“明，那时我们都很年轻，门户观念没有影响我们的爱情。与你在一起，我觉得浑身充满力量，蔑视旧的礼教，不怕恶意的中伤和流言蜚语。明，你给我带来了多少幸福的回忆和痛苦的思恋啊！

“我们经常沿着乌江散步，谈着革命和理想。你火一样的语言，奔放的热情，勇敢的行动，使我受到感染。我那时对革命，对未来充满了憧憬和希望。觉得与你在一起，生活很充实。

“你有时温文尔雅，很能体贴人，对于我的任性和娇气，表现出宽容；可是，有时又非常粗鲁。明，你记得吗？有一次跟你上轮船去玩，我对你哥哥满身油腻表现出轻视和嫌脏，你马上就不理我，像现在这样，用冷冰冰的语言对我说：‘小姐，我是一个水手的弟弟，恐怕辱没了你。’我记得你有一个月没与我说话，我不知为此流过多少眼泪，经历过多少不眠之夜啊！我开始想：你不可能长期不理我，因为你爱我是多么深厚。可是，我想错了，你是那样地固执和顽强，还是我主动向你承认错误，并且与你一道上轮船去，向你哥哥道歉，我们才和好如初。”

李明垂着头，看不清他脸上的表情，仍然沉默不语。

张碧秀说到这里，脸上的红云消退了，微蹙的眉尖，透露出心里的隐伤，泪水在眼里滚动，声音有点哽咽，语言断断续续：“你……你……那时要我……跟你……到广州，去……去参加……革命。”

张碧秀难过得说不下去了，雪白的牙齿把嘴唇咬了又咬，双手不断拧扭着一张白绸手绢，强忍住自己的激动，话语才变得连贯了：“我也答应与你一道去广州，已经买好了东下武汉的船票，我是瞒着家里人的，因为他们知道了绝不让我去。

“明，记得吗？在一个寒夜里，北风呜呜地吹着。我们事先约定，你在我家后门不远的一棵老槐树下等我，一道悄悄上船。

“我已准备好简单行李，留给父亲的信也写好了。可是，真要离开父母，离开温暖的家，跟你到那遥远的广州，到那陌生的天地去，我却迟疑彷徨起来。

“我爱你，也向往革命；但我也爱我的父母，留恋还算富有的家。我是独生女儿，父母从小宠爱我，把我看作他们的生命。

“我看见父母慈祥的面容和鬓角的白发，一想到马上就要离开他们，也许是永远地离开他们，我心里说不出地难受。

“墙上的自鸣钟敲了十一下，我们约定的时间到了，我提着一只小皮箱，轻轻推开正院的大门。

“走到院子里，一股刺骨的寒风迎面扑来，我打了一个寒战，忙紧了紧羊毛围巾，沿着高高的院墙，踏着干硬的泥土往前走。

“我走到后门，没有人发现我。后门已经上闩了。我伸手摸到门闩，想到马上可以与你相见，一道去广州，心里无限兴奋。

“可是，我摸着门闩的手停住了，我迟疑起来。我想到也许再也见不着父母，一种惆怅依恋的心情使我怔住了。一个强烈的愿望从我心里升起——想再看一眼我年老的父母，使我又提着箱子返回去了。

“往返推门的响声，惊动了我的父母，他们发现了我要出走的意图，母亲拉着我的手，流着泪，我也哭了……”

张碧秀说到这里，脸上露出怅然若失的表情，眼睛里的光芒暗淡了，她感到懊悔和歉疚，声音仍然很柔和，但含着悲伤：“明，我知道你永远不会原谅我，我终于没有与你一道去广州，这只怪我……”张碧秀实在难过得说不下去了。

李明默默注视着张碧秀，依然没有说话。

张碧秀洁白的面孔上，晶莹的泪水像粒粒珍珠滴在她的前襟上。

停了一会儿，张碧秀揩干了泪水，瞳孔四周浅蓝色的眼白变红了，她懊悔地接着说：“自从你走后，我等啊，等啊，盼不到你的来信。我是那样了解你的个性，我知道我们的爱情消失了，我知道我犯了不可弥补的错误，我心灵感到多么空虚啊！明，不管你相信不相信，我要向你说清楚，我一生中只爱过一个人，就是你。我以前爱你，现在爱你，将来也爱你。

“父母作主要我嫁给重庆一个姓白的男人，是一个做棉纱生意的富商。我开始反对，可是经不住父母软硬兼施和姓白的甜言蜜语，我终于嫁了过去。明，我承认我是多么脆弱啊！

“姓白的男人把我当成他的玩物，高兴时对我甜言蜜语，厌了时对我拳打脚踢。他酗酒，嫖女人，抽鸦片。

“我怎能忍受这样的屈辱和虐待，终于离婚了。我……”张碧秀用手绢蒙着面，抽泣起来。

李明这时缓缓地说：“小姐，时过境迁，这些往事在我的记忆中已经模糊了。

不过，我在你家屋后老槐树下，在寒风中等了你整整三个小时，险些误我上船，至今记忆犹新。小姐，追忆往事徒自使人惆怅，还是往前看，幸福要靠自己去斗争，去争取……”

高茜放学了，她站在客厅门口伸进头来，先向张碧秀点头招呼，然后对李明说：“李副官，我的一些同学今天晚上要来看你。他们都看过你发表在报纸上的抗日诗歌，要请你谈谈你参加淞沪抗战的见闻。”闹山雀不等李明回答，一阵风似的上楼去了。

张碧秀忙揩干了眼泪，站起来，整了整头发，声音里含着柔情：“明，时间不早了，我走啦!”

李明站起来，送张碧秀出了客厅，就停住步：“张小姐，再见。”

张碧秀鼻子一酸，又要流泪，期待地看着李明：“明，你再送我走走吧!”

李明送出了大门又站住了。

高茜追了出来：“张秘书，等等我，我要到朱嫂子那里找春燕玩去。”

张碧秀还期待地对李明说：“你真不送了?”

不等李明回答，高茜嘴一撇：“稀奇！张秘书，他不送我送。”她拉着张碧秀就走。走了几步，回头对李明说：“李副官，今晚你不要出去，他们晚饭后就要来的。”

张碧秀被高茜拉着走了好远，还不断回头看李明。在夕阳的残照下，她眼眶里的泪花在晶莹地闪动。

第九章

一

民福轮停靠在涪陵码头已经很久了。

生火工杨佑成帮机匠搞完了炉舱通风蒸汽机的检修，天已经黑了。

劳累了一天，他感到浑身酸痛。他从炉膛中拉出一块火红的煤渣，用煤铲撬进盛满水的白铁桶里，发出嘶嘶的声音，鼓着白泡，冒着袅袅的蒸汽。然后再从桶里捞出冷却的煤渣，从颈项上拿下擦汗的毛巾浸进白铁桶沤热的温水里，加上皂角，将手和脸上的油腻洗干净。

他攀着炉舱边成九十度角的梯子爬上花格顶，打开了水密门，走出了炉舱。

因为在炉舱里衣衫穿得很单薄，迎面吹来的江风很冷，使他打了一个寒噤。他赶快几步跑回船尾的舱房。

这间居住的舱房不过四平方米大，很像一间小笼子。宽不过两市尺的上、下双层铺，面对床铺靠墙是一张小条桌和上、下格的小衣柜。中间的一条过道，窄得两人不能擦身而过。天花板很低，杨佑成要略微低着头才能进出，否则要碰头。

走进房去就使人感到气闷。一根粗大的包着石棉泥的蒸汽管从房顶穿过。这管子冬天还好，可当暖气管用，可每到夏天，烤得人快要流出油来。打着赤膊不小心挨上去，马上要烫起果子泡。

在这有限的空间，船员都独具匠心，在铺的脚当头，自己搭起一个小搁架，上面摆满了瓶瓶罐罐等日用品。在小条桌的上方也搭了一个搁架，正好可以放两个洗脸盆。洗脸盆里除了放牙刷、漱口盅、洗脸帕、皂角之类的东西外，还要放盛着残汤剩菜的菜碗。

当时，人们称长江海员为“三子”。因为饭厅除船长、经理、大车[1]、领江等少数高级船员占用之外，大多数船员吃饭只得各找空地蹲着吃，很像一群猴子。干活时穿得破破烂烂，巾巾吊吊的，脸和手沾满了油污，活像一群叫花子。那时，社会上都是以衣衫取人，船员在外跑码头，上岸穿得太坏，真是寸步难行。不管人有多么穷，都有一身像样的服装上岸穿，回船马上脱下放好，一套服装可以穿十几年，又叫嘎嘎服。俗话说：船员两件宝——叫花衣，嘎嘎服。街坊羡死，婆

1　大车，即现在的轮机长。

娘饿死。船员上岸穿上嘎嘎服，衣冠楚楚，真像一群公子。

所以称船员：吃饭像猴子，干活像叫花子，上岸像公子。

杨佑成在房舱一看，睡在下铺的机匠已经不在房里，知道他已上岸去了。

杨佑成脱去了外面油腻的叫花衣，爬到上铺，舒展开累散架的四肢，放松了筋肉，舒服地长长吁了一口气。

他想闭上眼睛痛快地睡一觉，可是楼下机舱里发电机运转的嗡嗡声特别刺耳。他睁开眼，望着低低的天花板出神。他新近收到妻子的来信。信封是托人写的，里面没有信纸，装着几件物品：一丝苕干，一根白发和一根黄发并在一起打了一个结，一小片烟熏腊肉，一小片荷叶包着几颗茴香子。这是一封奇怪的信，因为他妻子识字不多，一直就用这种原始的方法与他通信。

杨佑成接到这封信后，只有他才能准确地懂得其中的内容，心中既甜蜜又辛酸：一丝苕干，是说家中的生活很困难，秋收过后，粮食已经吃光，现靠吃苕干维持生活，希望能汇一点钱回去；一根白发和一根黄发并在一起打了个结，是说瞎眼的婆婆和年幼的女儿小兰都很好，叫他不用挂念；一小片烟熏腊肉，是说去年的腊肉还舍不得吃，留着等他回家吃；一小片荷叶包着几颗茴香子，是说他的妻子何小香（这名字只有他知道，大家都叫她杨嫂子）盼他早日回家团聚，一家人都想念他。

杨佑成想到工钱，就有些愤愤。已经几个月没发工钱了，连平日的零用钱也全靠悄悄带点私货——这是很危险的，被公司稽查发现要没收。或者把这仅有二尺宽的睡铺让给旅客暂时休息得点报酬——自己不管多累，只得站着休息。

前不久，杨佑成被船上选为职工代表参加了民成公司的股东大会。据总经理陆祖福说：由船员自由选举，选举出的代表越有代表性越好。所以船员代表一般不指定，杨佑成居然也被选上了。

别人说陆总经理的哭功好，所以民成公司发得快，杨佑成原先还有点半信半疑。参加了股东大会以后，才知道陆总经理名不虚传，确实哭功好。不单会哭，而且能哭到点子上。

陆祖福总经理中等个头，穿着朴素，嘴唇上一撮东洋胡特别惹人注目。杨佑成是第一次听他做报告。他不用讲稿，出口成章，真是口若悬河，滔滔不绝：先是自责一番，说自己经营不力，如何亏空甚巨，难以维持下去，实在对不起全体股东和全体职工。说得激动时全场鸦雀无声，难过时他居然声泪俱下，脸上泪痕模糊，使听的人也觉凄然。最后不外乎摆出两种方案，供股东大会讨论表决：第一是增股裁员；第二是不增股不裁员，但要职工以工资的一部分买股票，即以股票抵一部分工资，要职工在福利工资上让步。股东则少分红，以渡难关。陆祖福一再声明，他极不愿采取裁员的方案，愿继续发扬民成精神，为桑梓服务，共同渡过难关。

股东只要不加股金，少分红也无所谓；职工为了不被裁员，保住饭碗，只有忍气吞声，同意以股票支付一部分工资。陆祖福先生又有了新的报告内容：每个职工都有股票，所以每个职工都是股东，人人都是为自己办实业，当然更应该与公司共患难，多干活少拿钱，收紧裤带渡难关。

杨佑成想到妻子的来信，确实很想家。虽然石牛场离涪陵不过百里路，一天路程就到了，但请不到替工，船上是不准假的。再说，请替工要现金，哪里有钱去请？因此这百里路途却似千里迢迢，想回，回不去。

其实民福轮经常从黄桷树垭口那段河道通过。黄桷树垭口就在长江边上，有时凑巧，他站在船尾，何小香和小兰在江边洗衣服，他们互相都可以看见，招手喊话。好似牛郎织女被天河阻隔，可望而不可即，那个味真有点不好受。船行似箭，很快就看不见踪影了。

有一件事，他一直瞒着何小香：他早加入了中国共产党。在前年与党组织失掉了联系之后，最近又与涪陵的党组织联系上了，他除了在船上干活之外，还要为党搞一些工作，所以他比以前更忙，这一点妻子是不知道的。

杨佑成愈睡愈烦躁，觉得房里太闷了。他干脆一个鹞子翻身，翻到了下铺，坐在床沿上，用脚向床底一搅，找出了鞋袜穿上，微弯着腰站了起来。

他迅速从衣柜里拿出一套整整齐齐的嘎嘎服，穿上毛蓝布长衫，戴上一顶深色凡立丁的鸭嘴帽。

他拿衣服时，带出了一个纸包。他打开纸包看了看，是一沓崭新的民成公司股票，使他苦笑了。这真是拿着金碗讨饭，股票又不能顶钱用。

他从纸包里拿出仅有的几张角票放在身上，又包好放回衣柜里。

杨佑成上了岸，清新的风迎面扑来，精神顿觉一爽。

他远望涪陵城墙内，在夜色的笼罩下，稀稀落落闪烁着昏黄的灯光。涪陵发电厂发出的电，不知是不够，还是线路太长，灯光总是不太亮。

城墙外的河坝，灯火繁密，声音嘈杂，人影憧憧。面河一长排捆绑房子，茶馆酒店生意正旺。

乌江边上停靠着一长排木船，大多是歪屁股，一看就知道是从龚滩河上游放下来的船。因为这种形状是龚滩河木船特有的，很能适应龚滩河槽窄滩浅、河道曲折的特点。

从木船上伸出的一块块木板长跳搭在沙滩上。木船上一根根长桅杆排列整齐，在夜空中隐约可见。

从乌江上游流放下来的木筏和竹筏，用粗粗的竹纤藤，系在打入沙里的木桩上。

在沙滩的空地上，人们东一堆、西一堆站在那里，围成圈圈看热闹。

杨佑成走到一个人圈前，只见人圈中的空地上，一个穿着长衫的中年人举着一根废纤藤扎成的火把，绕场走着，口里说："兄弟今天表演一个节目，叫作吃火吐火；我将这火吃进去，然后又吐出来。"

看热闹的观众，生怕火把烧着了衣服，纷纷向后退让，中间的空地很快就扩大了。

那中年人将纤藤火把插在沙滩上，火把的光亮把空地照得很明。他大声向观众说："在没有表演吃火吐火以前，兄弟向诸位介绍一种新出的牙膏。这种牙膏名贵高档，不管牙齿上陈年的老垢有多厚多牢，只要挤上一点在牙刷上，刷上几次，保证陈年老垢一点不存，牙齿洁白发亮。"他说到这里，一手高举一支软管牙膏，一手指着咧开的嘴，露出一口洁白的牙齿说："我的牙齿这样洁白发亮，就是用这种牙膏刷牙。大家如若不信，兄弟可以当场试验。"于是拿起地上一口铝锅，将牙膏挤点在黑黑的锅底上，用一块旧布轻轻一擦，顿时现出银白色发亮的铝来。

那个中年人继续说："这种牙膏，价廉物美，只卖一角一支，买上三支，奉送一支，要买的请快。"

有些观众见是推销牙膏的，失望地走了。

那中年人忙指着火把，这时燃着的纤藤只剩下小半截了，大声说："大家不要走，我马上就要表演吃火吐火。"

忽然观众中一个人尖叫起来："哎哟！我的钱包不见了。哎哟，被扒手偷走了。"这个人急得团团转。

这种事太普遍了，谁也没有去关心。很快，一些要看吃火吐火这种稀奇事的人挤上前了，把丢钱包的人挤到圈外去了。

杨佑成知道不等他的牙膏卖完，火把早燃过了，当然吃火吐火也无法表演，于是从人堆中挤了出去。

他往前走了几步，到了一家杂货铺门口，一张桌子上放了一个小茶几，茶几上一个香炉里点着信香，供着神牌子。茶几旁边一个穿长衫、长发蓄至耳下的先生，坐在一把椅子上，又说又唱。说的是二十四孝中董永卖身葬父，感动七仙姑下凡，甘愿嫁与董永为妻的故事。只听那说善书的先生拖声嗲气唱道：

葬父贷孔兄，
仙姬陌上逢，
织缣偿债主，
孝感动苍穹。
……

前面围着一堆穿破衣烂衫的人在凑热闹，仰着头全神贯注地看着说善书的先生那张不断翕动的嘴。

杨佑成没有停留，继续往前走。走过一家茶馆，里面正在说书，醒木拍在桌上，发出啪啪声。

杨佑成再往前走，就是一家酒店。门口砌着一口炉灶，一口大锅盛满水，一个木盆倒盖在锅里。木盆底部开着几个圆洞，锅里沸腾的蒸汽从圆洞往上冲。几个圆洞上放着拳头大的小蒸笼，一格套一格叠得很高，冒着热气的小蒸笼里散发出诱人食欲的香味，这叫粉蒸笼笼。小蒸笼里粉蒸着牛肉、羊肉、猪大肠之类。

一个卖梆梆糕的担子摆在店外，担子架上挂着一盏始终保持水平、装在一个铁叉里的瓦灯。卖糕的白发老头，时断时续地敲着竹梆，用苍老悲凉的音调喊着：“又白，又甜，又松，又软，又热的桂花糕哪！”

店堂正中吊着一盏双嘴的电石灯。白得带绿的火焰，散发着电石的臭味，把小小的店堂照得很亮。那时电灯的费用很高，一般人用不起，在这搬迁频繁的河市，用电灯的一家也没有。

杨佑成正准备往前走，一个人用手搭在他的肩上，话音带着浓厚的下江腔：“老杨，走，喝老酒去！”

杨佑成一听声音，就知道是涪顺轮的机匠张阿德。

张阿德看杨佑成有些迟疑，明白他的意思，凑近他耳边轻声说：“不要紧，我有钱。”随即拉着他往里走：“我哥俩好久不见。娘的稀匹，喝二两解闷。”

二

他们眼看楼下人多，踏着吱嘎吱嘎响的楼梯上了楼，靠窗一张桌子空着，他们坐了下来。

“领江[1]，喝酒还是吃饭?”跑堂的幺师跟着上楼含笑问。

他们要了几样小菜，其中有张阿德最喜欢吃的粉蒸肥肠，并要了半斤白沙干酒。

他俩都不喜欢多说话，闷闷地喝起来。

吊在楼梯口上的一盏单头电石灯，摇曳的白色灯光照在人的脸上，使人的脸色显得更加惨白。

几杯干酒下肚，张阿德惨白的脸上开始红润一些了，他举起酒杯说：“娘的稀匹，喝。”不等杨佑成回答，一饮而尽，举筷夹了一箸粉蒸肥肠放进口里，慢慢咀嚼着。

杨佑成酒量不行，喝了几口就上脸，满脸通红，也夹了一箸卤猪头肉放进口里，觉得佐料中花椒的味很浓，很合口味。

一阵吱嘎吱嘎的楼梯响，一前一后上来一老一少两个卖唱的。老头大约五十多岁，头发花白，身体佝偻，步履蹒跚，不时咳嗽一两声，手里拿着一把胡琴。老头身后跟着一个穿花布短衫、青布裤的姑娘，大约十七八岁，脑后垂着蓬松乌亮的辫子，长得眉清目秀。这姑娘脸含羞怯，默默无声，微垂着头站在老头身后。

拿着胡琴的老头走到一张桌边，手里捧着一个折子，弯弯腰：“先生，点唱一个吧!”带着浓厚的下江口音。

一个胖子酒客不耐烦地挥挥手，大声呵斥着：“去，去。不要吵我们，我们正谈生意。”

---

1 本指引水员。这里称领江，是码头上对船员的尊称，因为领江地位高，钱多，带着讨好奉承的意思。

一个瘦子贼兮兮地盯着那个姑娘，从怀里摸出一个银角子递过去：“老头，拣荤的唱一个。”

老头从瘦子手上接过银角子，又弯弯腰：“先生，唱首《声声慢》吧！”

老头坐在旁边一张空凳上，膝上摊开一块青布，胡琴搁在青布上。他拉着弓在弦上抽动几下，发出腊米腊、腊腊米腊的琴声，定准了音，轻轻咳了一声，向姑娘示意。

那个姑娘侧着身子，双手捻着辫梢，仍然羞怯地微低着头注视地板，用圆润清脆的嗓子唱起来：

寻寻觅觅，
冷冷清清，
凄凄惨惨戚戚。
乍暖还寒时候，
最难将息。
……

张阿德被姑娘凄切的歌声吸引住了，向老头和姑娘凝视了一会儿，放下了酒杯，垂头沉思着：他觉得老头的面影很熟，但一时又想不起来在哪里见过。

一首歌唱完了，老头站起身来问瘦子：“先生，再点唱一个吧！”

不等瘦子回答，胖子气鼓鼓地说：“老子正谈生意，就在那里咿呀咿呀的，去，去，去。”

老头带着姑娘缓步向杨佑成桌边移过来了，问：“先生，点唱一个吧！”

杨佑成正待回答，张阿德抢先问：“听你口音是下江人，老家哪里？”

老头听张阿德的口音，知道是同乡，多皱的脸上舒展开了，露出一丝笑容，答道：“先生，我老家是宁波庄桥，听你的口音好像也是……”

张阿德眼睛一亮，认出老头来了，忽然站起来双手拉住老头说：“李师傅，你还认识我吗？”

老头很觉意外，揩了揩眼，端详了张阿德一阵，颤声问：“你是……”

张阿德看老头没认出他，自己说出：“李师傅，我是阿德，你在捷江公司做加油，我那时还是生火呢！”

"啊！阿德，是你，差点认不出来了！"老头才认出张阿德，兴奋地说。

"李师傅，坐下。"张阿德扶老头坐下，看着姑娘问："李师傅，她是……"

"啊！是我的小囡。"老头对姑娘说："秋莲，来见过张师兄！"秋莲低低地叫了一声："张师兄！"

"请坐，请坐。"张阿德招呼说。

秋莲拘束地挨着阿爸坐下。

叫幺师添上了杯筷，张阿德殷勤地劝酒，李老头勉强喝了两杯，秋莲滴酒不沾。

张阿德与李老头用宁波话亲切地交谈起来，杨佑成一句也听不懂。李老头表情悲郁，张阿德同情地不断叹气。

过了一会儿，李老头和秋莲站起身告辞。张阿德挽留不住，从身上掏出所有的钱来，全数递给李老头。李老头开始推辞，但张阿德态度诚恳，一定要他收下。于是李老头感激不尽，连声称谢，只得收下。

张阿德问杨佑成："老杨，你还有钱吗？"

杨佑成也掏出身上的银角子递给张阿德。张阿德除了留几个银角子付酒钱外，又悉数给了李老头。

李老头感动得唏嘘良久，说："你雪中送炭，我和小囡会终身不忘。"

张阿德正色地说："李师傅，你怎么能这样说？我们既是同事，又是同乡，穷帮穷，这是天经地义的事。"

李老头对秋莲说："小囡，你给张师兄他们唱一首吧！"张阿德和杨佑成都摇手制止："李师傅，不必唱了。"

李老头不理会，自顾拉着胡琴。秋莲妩媚的目光感激地瞥了张阿德一眼，张开鲜润的嘴唇，露出皓齿，放开珠喉，凄婉地唱道：

风住尘香花已尽，
日晚倦梳头。
物是人非事事休，
欲语泪先流。
……

歌词的意义他们都不大懂得，但那姑娘哀痛的表情、悲切的歌声，使人感到心里发凉。

歌声刚止，李老头又对秋莲说：“小囡，刚才唱的是李清照的古词，你再唱一首自编的飘沦歌吧！”

张阿德正待阻止，秋莲已随着胡琴的伴奏唱起来：

风凄凄，雪茫茫，
风凄凄，雪茫茫，
飘呀！飘呀！
天寒心更凉。

泪涟涟，水茫茫，
泪涟涟，水茫茫，
泪呀！泪呀！
日夜流成江。

水悠悠，夜茫茫，
水悠悠，夜茫茫，
夜呀！夜呀！
夜长路更长。

夜深深，路茫茫，
夜深深，路茫茫，
走呀！走呀！
天明归故乡。

秋莲唱着唱着，泪水在眼眶里打转，歌声异常凄凉。唱完后她抿着嘴回过头去，不愿让人看见她眼眶里滚出的泪水。

三

张阿德送走了李老头父女俩，回到桌边坐下半天不语，只顾喝闷酒。突然一拳击在桌上，睁着通红的眼睛对杨佑成说："真是'船员上了岸，不卖油条就讨饭'！李师傅与我在捷江公司共事时还是身强力壮的。他得了肺病，公司把他解雇了，从此再也没找到正式职业。婆娘在重庆害病无钱医治死了，只剩下一个姑娘秋莲。长期失业，生活无着。李师傅年轻时会拉胡琴，不得已只得父女俩卖唱，想积几个钱回宁波老家。卖唱卖了几年，秋莲也十七八岁成人了，还是积不起钱，他们准备沿途卖唱回老家。但听说日本人要打仗，下江人也要往四川逃呢！所以在川江各码头流浪。他身体也不好，每天硬撑着出来卖唱。"

张阿德说到这里，垂下头沉思着，过了一会儿又抬起头来。杨佑成看见张阿德眼里含着泪水，被酒精烧得彤红的脸上露出异常痛苦的表情，声音发抖："我，我，我的阿妹……"

杨佑成感到有些意外和吃惊，他从没见张阿德喝这么多酒，忙劝说："老张，不喝了，我们回船去吧！"

张阿德看了杨佑成一眼，明白他的意思，解释说："老杨，我并没喝醉！我有一个阿妹，她要是还活在人间，也像卖唱的秋莲那么大了。"

杨佑成与张阿德是很好的朋友，但从没听他说有个阿妹。于是关心地问："老张，她是不是死了？"

张阿德摇摇头，回答说："不，她大概还活着。"杨佑成接着问："你阿妹现在在哪里呢？"

张阿德用双手托着腮，低声而痛苦地说："她！我把她搞丢了。"

"把她搞丢了！是怎样搞丢的？"杨佑成感到惊异。

这时楼上的酒客已经走光了，显得空荡荡的。电石灯里的电石气可能快放完了，喷着一点点绿幽幽的火，使楼上的气氛显得更沉闷。

张阿德凝视着黑沉沉的窗外，像回答，又像自言自语："我有一个阿妹，苹果脸，圆圆的一对大眼睛，长得惹人喜爱，很像卖唱的秋莲。唉！"他长长地叹了口气。

沉默了一会儿，也许是多喝了点酒，平时不太多话的阿德却唠叨着："我现在闭上眼睛仿佛她就站在我的面前，多么惹人喜爱的阿妹啊！是十二年前的事，我不满二十岁，阿妹只五六岁。我那时在上海一家机器厂做机修工。

“记得是一个初冬晚上，我刚下工，走到城隍庙附近的一个小巷里，听见一个人在叫我。我站住一看，认出是同乡阿根。他刚从宁波乡下回上海，对我说：‘阿德，你阿妹和阿妈快饿死了，叫我带信给你，你还不快回去看看。’

“我听了阿根的话，心里像刀绞一样。我阿爸卖劳工到金山[1]去了，一去石沉大海，音信全无。我兄妹俩全靠阿妈租种一点地生活，日子实在艰难。我十五岁就跟同乡到上海进机器厂学生意，刚出师，挣的工钱仅够维持自己的生活，很长时间没寄钱回家了。

“我找老板算清了工钱，坐火车回到了宁波洪塘。

“我家门前有一条小河，到洪塘街上的渡船往来都经过我家门口，于是我乘渡船到了家。

“可是，我的家呢？家到哪里去了？眼里看到的是一堆破瓦烂砖头。我呆住了，我的阿妈和阿妹呢？

“前浜的长兴伯正好路过，我忙拦住问：‘长兴伯！我阿妈呢？’

“长兴伯将锄头从肩上放下来，叹了口气说：‘死了！’

“死了？我阿妈是怎样死的，长兴伯没告诉我。我迫不及待地问：‘我阿妹呢？’

“长兴伯眼眶也湿了，指了指不远处：‘你阿妹住在船上。’

“我顺着长兴伯指的方向看去：不远处平桥下，一棵柳树上系着一条破旧的小木船，半圆形篾做的拱棚，我马上认出，这是我家的小木船。我家乡是有名的水乡，几乎家家都有一只这样的小木船。

“我向长兴伯谢了一声，不及细问，提着包袱就向平桥奔去。

“我到了柳树边，急切地喊：‘阿妹，阿妹！’没有回声。

“我踩着一块小木跳上了小船，弓着腰钻进船舱，依然没看见人。只见舱板上堆着凌乱的稻草，上面有一床破棉被。

“我钻出船舱四面一看，也没见人影。我焦急地大声喊：‘阿苇，阿苇！’仍没人答应。

1 指到美国去做苦工。

“我放下包袱，两手抱着双膝坐在船头上。等了一会儿，忽地看见一个小黑点蹒跚地向这里移动。

“我出师时曾回宁波一趟。小黑点慢慢大了，我已看清是阿苇：她右手拄着小竹竿，左手提一个小瓦罐，棉袄的破絮从烂洞绽出，完全成了一个小叫花子。我又悲又喜地站起来，一步纵下船去，伸出双手大声喊：‘阿妹！阿苇！’

“阿苇也看见我了，也加快脚步跑过来，惊喜地喊：‘阿哥！’阿苇扔掉了小竹竿，放下瓦罐，迎面向我扑来。

“我心疼地抱起了阿妹，阿妹搂着我的脖子，偎着我的脸，喊了声：‘我的阿哥呀！’就抽抽咽咽地哭泣起来。

“我看见阿妹丰腴的脸蛋瘦削了，原先红润的颜色消失了，瘦得皮包骨，也忍不住失声痛哭。

“阿妹的眼泪打湿了我棉袄的前襟；我的眼泪滴湿阿妹的黄发。

“半天，我才忍住泪；可是阿妹还在我怀里抽泣。我拍着阿妹安慰说：‘阿苇，不哭，有阿哥喜欢你！’阿妹很久才止住了哭泣，我给她揩干了泪水。

“从阿妹的述说中，我知道了一个大概：今年天旱，庄稼歉收，付不清田东的租谷。田东带人逼租，阿妈顶撞了田东几句，田东就拆了我家的住房。阿妈和阿妹只得住在这条破船上，靠讨饭过活。阿妈又气，又饿，又病，不久前终于咽了气，全靠乡邻帮助埋葬了。

“我看见放在地上的瓦罐里，盛着一些讨来的残汤剩饭，鼻子就一阵发酸。

“我要报仇，想找田东拼命去。可是看见阿妹紧紧依偎着我，不忍离去，黄瘦的脸上，一对大眼睛仍然那样明亮、美丽，惹人喜爱。我迟疑起来：要是我有三长两短，年幼的阿妹怎么办？我终于忍下了这口恶气。

“我祭奠了阿妈的坟，带着阿妹，摇着小船离开了家乡，沿着姚江流浪。

“我摇着橹，阿苇总是靠在我身边，被冻得发红的一双小手拉着橹绳帮我摇着，两条黄毛小辫随着橹脚发出吱扭吱扭的声响，像打拍子一样有节奏地摆动。

“我心疼地说：‘阿妹，去舱里捂着棉被暖和暖和。’

“她连连摆动两条小辫说：‘嗯，我不。’

“她一边拉动着橹绳，脸上含着微笑，一对美丽的大眼睛不住地注视着我，好像总也看不够似的。

“我说：‘要听阿哥的话，快去舱里。’

“她这才柔顺地松开橹绳，钻进狭窄的船舱里捂着棉被，伸出头来，双手托着腮，仍目不转睛地看着我。

“过不一会儿，她又钻出来了，能干地用枯枝点着火，放进瓦灶里，屈腿跪在舱板上，腮帮鼓得圆圆的，吹着火。等到柴火烧旺了，她用葫芦瓢从江里舀起清水倒进锅里，盖上锅盖，准备烧水煮饭。

“晚上，我们将小船停靠在背风的河汊里，躺在稻草上，盖着棉被还觉冷，她在我脚边蜷缩着，紧紧偎着我取暖，很久都睡不着。

“她有时会提出很多问题问我：‘阿哥，江水为什么这样蓝?’‘阿哥，鱼儿为什么在水里不会淹死?’‘为什么河水都往海里流？而海水为什么不见多?’

“我的解释不能使她满意时，她会撒娇地扭动着身子：‘不是，嗯，不是!’

“有时她睡在我脚边轻轻哼着儿歌：天上星，亮晶晶。什么星？北斗星……

“唱着唱着她忽然沉默了。我知道她在思恋阿妈了。于是我故意搔她的脚板心惹她，她马上会嗤嗤地笑起来。她也用手搔我的脚板心，我也忍不住嗤嗤地笑了。

“我们摇呀摇呀！从姚江进入小运河，到了仄山，停靠在一个小湖汊里。为了躲避风浪，把小船拉到湖滩上。

“天上乌黑的浓云，愈压愈低；北风愈吹愈紧，空中飘起了鹅毛大雪来。我觉得目眩头昏，浑身疼痛无力，发着高烧，我病倒了。

“米没有了。阿苇跪在我旁边忧郁地注视着我，一会儿问：‘阿哥，你喝开水吗?’一会儿问：‘阿哥，你好受一些吗?’

“我低低呻吟着，我烧得昏迷了。醒来时看不见阿苇。我轻轻喊：‘阿妹，阿妹!’只有篾篷外北风的呼啸，听不见阿苇的回答。

“我急了，披上了棉袄，勉力支持着爬出船舱。雪花扑到我的脸上，冰凉刺骨，我头脑反而感到清醒一些了。

“水面上弥漫着一层雾气，原野上一片银白，雪花在寒风中飞舞。我焦急地大声呼唤：‘阿妹，阿妹!’仍没有听到应声。

“正在我焦急的时候，从雪花飞舞的厚幕中隐现出阿妹的影子。她顶着寒风，艰难地挣扎着前进，脚步有些蹒跚，手里提着小瓦罐。

“我惊喜地喊：‘阿妹!’她的脚步放快了点，回答着：‘阿哥!’

“我迎上去接着，我看她提着的瓦罐里盛着半罐米粥，不用问就知道她背着我讨饭去了。我心里又疼又急，看她头上和身上撒满了雪花，嘴唇冻得发乌了，我眼里一热，泪水夺眶而出，叫了一声：‘阿妹……’就哽住了。我接过瓦罐，拂去阿妹身上的雪花，我们钻进了船舱。

“我叫她快到棉被里捂热。她柔顺地钻进被窝里，蜷曲着身子，稍微捂热了点，她动了一下，说：‘阿哥，我把要来的米粥热一下给你吃，出汗就好了。我发烧，阿妈就是用热米粥给我吃，出汗就好了。’

“我声音故意装得很严厉：‘老实躺着，不听话我不理你了。’她果然安静了。

“我被雪风一吹，反而觉得轻松一些。我挣扎着披衣起来。阿妹问：‘阿哥，你哪去?’

“我说：‘不许动，好好躺着，不然我要生气了。’她顺从地说：‘阿哥，我不动。’

“我生火热好粥，一人喝了一碗，又躺在被里。

“船外的寒风仿佛小了一些，我迷迷糊糊中，突然听见阿妹轻轻的呻唤声，我惊醒了，吃惊地问：‘阿妹，怎么啦?’她回答说：‘阿哥，疼!’

“我挣起来披上衣，从篾篷缝隙往外看，天已黑了，雪光映衬着，大地灰蒙蒙的，一片模糊。我摸索着点亮了油灯，见阿妹蹙着眉，眼睛里露出痛苦的神色，咧着小嘴低哼着。

“我摸了摸她的额头，好像不发烧。听见阿妹用微弱的声音说：‘阿哥，左腿疼。’

“我疑惑地问：‘左腿……怎么会疼呢?’

“她声音断断续续：‘阿哥，我……的左腿……被狗……咬了!’

“我吃惊地‘哎’了一声，忙揭开棉被，撩起她左腿的裤脚一看：果然在腿肚上，有对称的两排牙齿洞，血已凝结了，黑糊糊的一片。

“我生气地说：‘你怎不早告诉我?’

“她咬着自己的小嘴唇，沉默着，用可怜巴巴的眼光看着我。

“我以前听别人说，狗的牙齿有毒，被狗咬了，一定要将伤口的恶血挤出。于是我强忍住头晕，烧了开水，化了一碗盐水，从破棉袄里扯出一些花絮，蘸着盐水给她洗净瘀血。一面轻轻洗拭，一面轻轻问：‘阿妹，疼吗?’她摇了摇头，表示不疼。我看她眼里噙着泪，牙齿咬得紧紧的，知道她疼得很。

“瘀血洗净了，我用口对着伤口用力吮吸，她失声地叫了起来：‘阿哥，哎哟，好疼啊!’

“幸好她的伤口没化脓，在仄山休息了几天，我病好了，她腿伤也愈合了，可是腿肚上留下了对称的两排疤痕。

“我身上的钱快花光了，必须赶到杭州，寻找一个远房的亲戚借点钱，才能继续从小河往上海去。

“在一个晴朗的日子，风平浪静，钱塘江水平如镜，我们顺利渡过了钱塘江，在南星桥江边靠好船，我把一根竹竿插在河滩上，系上了船绳。

“我说：‘阿妹，我去一会儿就回，你留在船上，不要乱跑。’

“阿妹怀里抱着一只挖空的干葫芦在玩，这是我给她的，里面装着她的一些小玩意。我们那一带的乡风，船上的小孩每人都有这样一个葫芦。平时温顺听话的阿妹这时却固执起来，扭动着身子：‘不，阿哥，我也去，我一人在船上怕呀！’她用祈求的眼光注视着我。

“我迟疑了一下，知道阿妹住惯了乡下，从没见过像钱塘江这样多往来的船，并且不时还有发出机器吼声的小汽船驶过，所以她感到一个人留在船上害怕。我终于横下心说：‘阿妹，听阿哥的话，不要乱跑。’看她还是扭着腰不乐意，于是我带点威胁地说：‘阿妹，你不听阿哥的话，我就走了，不再管你了。’这句话很见效，阿妹勉强点了点头，我看她眼里又滚动着泪花。

“我心软了，又迟疑了一下，安慰她说：‘阿哥一会儿就回，借到钱给你买胡桃糖。’

“我走上了斜坡，回过头去看她，见阿妹蹲在船头，还眼巴巴看着我。我向她扬了扬手，大声说：‘不要乱跑，我给你买糖。’我看见阿妹点点头，在和煦的阳光下，脸上露出了微笑，小手轻轻地抚摸着她怀里抱的葫芦。一切是那么宁静、安详。我放心地走了。

“我在南星桥顺利地找亲戚借到了钱，不敢多停留，也没忘记给阿妹买一包胡桃糖。

“我走到钱塘江边，呆住了。潮水淹没了沙滩，漫到斜坡，我的心忽地一紧，感到不妙。该死！偏忘记了今天是大兴潮呢！

“我急急往江面看去，哪里还有阿妹和小船的影子！肯定是被潮水冲走了。

“我像发疯一样，沿着钱塘江边往上找，悲急地喊着：‘阿妹，阿妹！我的阿妹呀！’

“走了一段路，我看见一股回水中，有几块烂船板在浮动。我们那床破棉絮被潮水送到江边斜坡上，一半浸在水里，一半搁在淤泥上。

“我的心冷了，看看湍急的潮水，又看看手里的一包胡桃糖，我绝望地呼唤：‘阿苇，我的阿妹呀！你在哪里？你听见我的呼唤了吗？’我扑在地上痛哭起来……”

张阿德说到这里，他垂下了头，久久没有抬起头来。

杨佑成听了张阿德的叙述，他很同情张阿德的不幸，问：“老张，你阿妹难道就这样淹死了？”

张阿德抬起头来，在昏暗的灯光下，用衣袖擦拭着眼泪，继续说：“我在钱塘江边，往返找了几天。我希望不能找到活着的人，也能找到她的尸体。可是，找了几天，没有发现一点线索。有一天我走到六和塔下的江边，听见一个洗衣服的妇人，向另一个洗菜的妇人摆谈那次大兴潮，说那天一个大约五六岁的女孩随着潮水漂流，被一艘渔船救起来了。这女孩怀里抱着一个葫芦，所以才没有淹死。这女孩坐在江边怪可怜地哭喊着：阿德，我的阿哥啊！

“我听了这妇人的话，忙上前打听，这女孩到哪里去了？我知道这女孩一定是阿苇。

“那妇人说不准那女孩的下落，一会儿说不知哪去了，一会儿又说被人领走了。”

张阿德说到这里，长长叹了口气：“阿苇没有淹死，从此我再也没见过她，把她就这样丢了。唉！都怪我太疏忽了：海边长大的人，偏没想到大兴潮，何况是钱塘江有名的大兴潮啊！唉……”

楼上电石灯的火头更小了，夜深人静，时间不早了。他们付清了酒账，下楼走出店门。已经空旷的沙滩异常寂静，只有他俩脚步的沙沙声。

只有卖梆梆糕的老头还敲着竹梆，喊着：“又白、又甜、又松、又软、又热的桂花糕哪！”那声音在夜空中更显得悲凉，传向远方。

第十章

星期天中饭后，朱佳富被罗天成派人请去了，说是有重要事情商量。

深秋季节，天气很凉爽，杨宝瑜改变了睡午觉的习惯。这时坐在窗下的一张藤椅上，侧身面对窗外，用咖啡色的绒线织着一件毛衣。

她手指灵巧地织着毛衣，眼睛却凝视着窗外的景色，间或低下头来看看手中的织品。

乌江对岸的群山绵延起伏，伸展到天际，轻纱似的雾气，缭绕在山间。

天，灰蒙蒙的一片混沌。

杨宝瑜不禁思念起杭州。在这样的季节里，杭州的天多是蔚蓝的色彩，使人觉得心旷神怡。北高峰上，在苍松翠竹之间，点缀着一簇簇火红的霜叶，真是“霜叶红于二月花”，自有一番风韵。桂花树已开了花，在繁茂的枝叶之间，点点的淡黄色小花簇拥成球，散发出馥郁的清香，远远可闻，真是香飘十里。

她不禁想起白居易的两首词：

江南忆，最忆是杭州。山寺月中寻桂子，郡亭枕上看潮头。何日更重游？

江南好，风景旧曾谙。日出江花红胜火，春来江水绿如蓝。能不忆江南？

近来，杭州的景物，像一幅幅瑰丽的图画，不断出现在她的脑际。她昨晚在梦中迷迷糊糊之间，仿佛还身在杭州，听见窗外淅淅沥沥下着秋雨，雨打残荷声清晰可闻，醒来才知是梦中。

她心里觉得有一种淡淡的哀愁在折磨她，日子是在无聊中度过，空虚的感觉使她有些恐惧。朱佳富对她彬彬有礼，从结婚到现在，他们没有红过脸，更没有发生过争吵。

但是，她愈来愈感到朱佳富对她心灵上的空虚很少关心，彬彬有礼中使人感到有些虚伪造作。

当她开始发现，她对朱佳富炽热的爱情在一天一天地消退，使她自己感到暗暗吃惊，也使她彷徨痛苦。她也曾努力改善这种心情，想用她的柔情使快要熄灭的爱情之火重新燃得旺起来。可是，朱佳富丝毫不理解她，好像一点也不懂得她的感情。不是深夜酒醉归来倒在床上打鼾，就是对她一阵热烈抚爱之后，把一切忘得一干二净，最终使她感到心灰意冷。

她想：要是有一个孩子多好啊！她不止一次地站在圣像前祈祷着：“我仁慈的上帝！可怜可怜我吧，请赐给我一个小天使。”

可是，仁慈的上帝却异常吝啬，毫不理会她的祈求，至今还没给她送来一个小天使。

她父亲对她说的一句话：“你会像无根的草，会在异地枯死的。”近来常在她耳边回响。

“不，我不会枯死的。”她从心里挣扎着。

她愈来愈喜爱圣经，细细咀嚼着《圣经》中的每一句话。耶和华献身的精神，使她受到鼓舞和安慰。《圣经》里有些话像针对她说的，使她对于她的寂寞和空虚，暂时感到心平气和了。仁慈和宽恕是基督徒的美德。她对于天国的向往，使她暂时忘记了人间的痛苦。

门推开了。杨宝瑜回过头去，见春燕走了进来，站在她身边，嘴唇嗫嚅了几次，欲言又止的样子。她觉得诧异，织绒衣的手指停住了，看着春燕。

春燕低着头，蓬松黝黑的独辫从脑后弯曲着垂在胸前，她两手抚弄辫梢，轻轻地说：“小姐，请你给朱先生说，我不愿再到王牧师那里去学英语了。”

杨宝瑜有些不解，问：“为什么？”

春燕有些迟疑，沉默了一会儿，终于鼓起勇气说：“小姐，不知为什么，我看见王牧师的鹰钩鼻子和那双绿幽幽的眼睛，我就感到害怕，心里就发慌。”

杨宝瑜有些吃惊，蹙着眉说：“我的上帝，你说些什么啊！王牧师是英国人，奉了基督的使命，为了拯救人们的灵魂，远离祖国，远离亲人，渡过重洋，来到我们中国偏僻的四川，已经很多年了。这种献身的精神，是多么的崇高伟大！他眼睛虽然是绿的，但发出的光芒是多么虔诚和圣洁。春燕，你发疯了！是魔鬼的手蒙蔽了你的眼睛？你怎么会觉得是绿幽幽的！我的上帝啊！多可怕呀！”

春燕抬起了头，固执地说：“小姐，王牧师的鹰钩鼻子和那双绿幽幽的眼睛，使我联想起猫头鹰的样子，我实在怕啊！再说……”春燕停顿了一下，终于又鼓起勇气说：“再说，他老爱抚摸我的头和辫子，一双绿幽幽的眼睛老爱盯着我的胸部，每次上课，我一个生字也没听进去，我……”

杨宝瑜不等春燕说完，就惊呼起来：“我的上帝，你愈说愈不像话啦！王牧师是有教养的神职人员，决不会像你说的那样。我想是你年龄大起来了，有些神经过敏。你这是渎神的行为呢！我的上帝，请您宽恕她这些不敬的话吧！”

春燕眼睛里含着泪水，她急得快哭了：“小姐，我深知你的虔诚和善良。请允许我的要求，我死也不愿再去王牧师那里上课，我就是下炼狱也心甘情愿。”

杨宝瑜有些愤愤地说：“我的主啊！你这些荒诞的想法，多可怕啊！快祈祷吧，请求上帝宽恕你，你的灵魂仍可得救。”

春燕失声地哭泣着，跪倒在杨宝瑜跟前，双手扶住杨宝瑜的膝盖，头埋在杨宝瑜的双腿上，恳求着：“小姐，你允许我的请求吧！”

杨宝瑜没想到春燕这样固执，把到王牧师那里去学英语看得那样严重。春燕虽然是她父亲收养的孤儿，明是丫头，但从小与她形影不离，她把春燕当亲人看待。现在远离家乡，与父母音信断绝，更把她当成自己的亲人了。看见春燕跪在她膝前恳求，哭得那样伤心，心不禁软了。她抚摸着春燕的头，声音变得柔和了：“春燕，不去王牧师那里上课就不去吧！不要哭了。”她想到春燕对王牧师不敬，声音又变得严肃了：“可是，一个基督徒，对于上帝和上帝的使者，是丝毫不能怀疑的。”

杨宝瑜扶起了春燕，替她揩干了眼泪，亲切地对她说：“快去洗脸，把辫子重新梳好，你那些对王牧师不敬的话，不要对朱先生说。”她目送春燕走出去。

对于春燕的那些话，宝瑜虽然不相信，但是却搅动了她的心绪。她拿着手上的织品发怔，半天也没织一针。在她的心目中，上帝是至高无上的，而王牧师这位上帝的使者，她也认为是完美无缺的。她认为春燕有那种可怕的感觉，主要是来自少女发育期间神经过敏的变态心理。可是，春燕所说的猫头鹰的丑恶形象，像谁用笔描在她的心灵上，久久不能消失。难道自己也……杨宝瑜不敢想下去。

她拿起绒线织了几针，又停住了，轻轻地叹了一口气。春燕在不知不觉中成年了，她好像今天才发现一样。俗话说：男大当婚，女大当嫁。她想，应当注意给她选择一个丈夫了，可是随即产生一种惆怅的感觉。想到从小在身边长大的春燕也会离开，她就不太愉快，也怕考虑这问题。是自己的私心，还是对春燕的爱，她也说不清是哪种！她不愿想下去……

二

楼梯一阵响，高茜哼着歌上楼来了：

高粱叶子青又青，

九月十八来了日本兵，

先占火药库，

后占北大营，

杀人放火真正凶。

……

杨宝瑜听见高茜进了春燕住的小房子，嘻嘻哈哈、叽叽喳喳与春燕亲昵地说着话。她知道高茜有空就喜欢找春燕玩，对于高茜开朗明快的性格，她感到喜爱，也感到羡慕。

一会儿，高茜的皮鞋声在她的门口响起，咚咚咚地敲着门。

杨宝瑜微笑着说："小报童，请进！"

高茜推开门，拉着春燕进来了。

高茜做着卖报的姿势："朱嫂子，买一份报吧！今天有最新的消息：共产党领袖对日本外务部天羽声明发表讲话，请看共产党中央重申'抗日救国六大纲领'的消息。"接着娇憨地咯咯笑起来。

杨宝瑜显然受到了感染，心情愉快地用生硬的四川话答道："要……得，这安逸的新闻……要买……"尾音拖得过长。

高茜难得听见杨宝瑜说这样的四川话，嗤嗤地笑得更欢。

春燕眼睛还有些微红，给高茜搬来了一张红木椅，请她坐。

高茜没有坐，反硬推着春燕坐下。自己走了几步搬了一个圆凳挨着杨宝瑜坐下。

春燕要去倒茶，高茜也硬拉住不让去："不喝茶，一点不渴。"高茜看看杨宝瑜手上编织的毛衣，问："朱嫂子，给谁织的？"

不等杨宝瑜回答，伸手夺了过来，举起一看："哟！是朱哥的。让我来帮你织几针。"

杨宝瑜看高茜织了几针，微笑着叫起来："哎呀！你织错了，要害我返工的。"

高茜伸了伸舌头，将毛衣递了回去。

杨宝瑜用杭州话对春燕说了几句，高茜一句也没听懂。只见春燕站起来，到屋里去端出一盘干果来。这干果两头尖，中间圆，外形有些像使君子。

高茜摇着头，嘟着嘴，鼻子和眼睛皱在一起："使君子，我不吃，不吃，是打蛔虫的。"

杨宝瑜和春燕忍不住笑了。春燕说："高小姐，这不是使君子，是香榧子，杭州一带的特产，很好吃呢！"

杨宝瑜剥开了一颗，现出的果仁也有些像使君子，笑着喂到高茜口里。

高茜仔细咀嚼了一下，味道有点像花生米，果然香甜可口："咦，朱嫂子，这安逸的东西藏起来，现在才给我吃！"

春燕代答道："这是托人到上海带来的，刚带到不久呢！"

壁上的自鸣钟响了三下。高茜"哎"的一声站起来，对杨宝瑜说："朱嫂子，我约春燕到李先生报馆去玩，找他借书看。"

杨宝瑜点了点头说："好的，你忙什么！把香榧子吃完再去嘛！"

高茜站起来，掏出一张织边的府绸手巾，在桌上一摊，一面笑着说："好办！我带着路上吃。"一面不客气地将一盘子香榧子倒在手巾上，包起来提在手里。

杨宝瑜又与春燕叽里咕噜说话，高茜又一句也听不懂，她将春燕一拉："走呵，你们这些外国话，我听都听不懂！"

杨宝瑜和高茜忍不住又笑了。

春燕对高茜解释说："小姐对我说，要你回来在这里吃晚饭，晚饭后请你去看电影。"

高茜拍着手，高兴地说："要得，朱嫂子请看电影我是要看的。走，春燕大姐。"

春燕腋下夹着一本书，被高茜拉着手下楼去了。

她俩在街上亲昵地并排走着，一路吃着香榧子。高太太对高茜喜欢在路上吃东西的习惯很不满意，认为不像大家闺秀的样子，不知说过多少次，可是她就是改不了。

三姨太住的一座小洋楼紧挨着报馆，这原是轮船公司的房子，三姨太与罗天成是姘居，不便住在罗天成家里，所以这里成了她的小公馆。

高茜远远看见小洋楼的阳台上，三姨太、罗天成和朱佳富站在栏杆边说话，忙拉了春燕一把："快，朱哥他们站在那里呢！"她俩低着头，想快步走过去。

三姨太首先看见她们了，在阳台上招手喊："高小姐，快上来玩。"

朱佳富也招着手喊:“高妹!”

高茜拉着春燕,边走边抬头答应:“我们有点事,一会儿再来。”

她们很快走过了小洋楼,不远就是报馆了。高茜回头向小洋楼阳台上瞥了一眼,撇撇嘴,轻声对春燕说:“三姨太那妖里妖气的样子,我看见就有了!在那里进出的人都有点流里流气,朱哥偏与他们……”高茜瞟了春燕一眼,把后半截话咽回去了。

李明到报馆后,为了工作方便,住在报馆楼下一间不大的房间里。

高茜敲敲门,李明在里面说道:“请进!”高茜推开门,拉着春燕走了进去。

“啊!你们来了,欢迎,欢迎!”李明正伏在案上写稿,站了起来招呼他们坐下,并给她们每人倒了一杯白开水。

春燕将腋下夹的书,双手递过去,说:“谢谢李先生,这本书写得很好,我反复看过几遍了。”

房间很狭小,家具也不多,一张小床摆在靠后,一张写字台摆在玻璃窗下,一个书橱很大,上面排满了各种书籍。

在写字台的两端摆了两把藤椅,高茜与春燕各坐一把,房里显得十分拥挤。

李明抱歉地说:“你们坐着稍等一下,我这篇稿子马上要写好了,很对不起。”

果然,不一会儿李明写完了稿子,将毛笔套上铜笔套,笑着问:“今天是星期天,你们不去看戏?到我这儿来玩,有事吗?”

高茜的嘴最快,抢先说:“李副官,春燕被鲁迅先生的书迷住了,今天她还了《呐喊》,还要借《彷徨》。”

“啊!小高,你不是也喜欢鲁迅先生的书吗!是呵!鲁迅先生的作品青年人都很喜欢,他的语言是那样朴实精练,观察社会现象是那样的透辟明澈,立意又是那样的含蓄深刻,笔锋又是那样的犀利。鲁迅先生的作品主要是杂文,像一把把锋利的匕首,刺向敌人的心脏。《呐喊》和《彷徨》大都是鲁迅先生在‘五四’时期的作品。这些短篇小说,寓意很深,当时对青年影响很大,就是现在,仍有它的现实意义。”

李明一面说,一面将春燕还来的书放回书橱,立即将《彷徨》找出来递给春燕,并说:“你看过好几遍了,一定有很多体会,谈点出来让我们听听吧!”

春燕有点拘谨,美丽的大眼睛瞟了李明一眼,把书规规矩矩放在面前的桌上,沉默着没有回答。

高茜黑黑的眸子一转："春燕大姐，你就说说体会嘛！让我也听听。"

春燕羞涩地捻着自己垂在胸前的辫梢，辫梢上用天蓝色绒线扎着一朵绒花。她声音很低，柔和而清晰："我家朱先生和杨小姐也有很多书，我也看过不少，可是，可是……"春燕有些迟疑，她看到李明平易近人的微笑，心里的顾虑消除了："可是，那些书里说的事情，我觉得很陌生，不那么贴心。我读了鲁迅先生的这本书后，感到分外亲切，有些话真是说到了我的心坎上。我总觉得书中描写的故事和景物，很像发生在我的家乡。我童年时能记忆的事情，又清晰地呈现在我的面前。"

高茜知道春燕原是一个孤儿，从小在杨家长大。以前她曾问过春燕童年的事情，春燕的眼光马上暗淡了，摇摇头，简单地说："记不清了！"现在听她提起童年的事情，不禁问："春燕大姐，你真正的家乡在哪里呢?"

春燕凝神沉思，童年时留下的记忆，大多模糊了，可是有些印象却依然很清晰。

三

春燕小声回答，声音慢慢大了一点："家乡的地名我已记不清了。在我家门前，有一条小河，像《社戏》里描写的那样：不远有一个平桥，平桥边经常停着几条白篷的航船。河底长着碧绿的水草，只有下暴雨后河水才呈黄绿色，有点浑浊。平时清清的河水，缓缓地流动。水草在蓝澄澄的水中随水微微飘动。

"河里的鱼儿真多，在水草间穿梭嬉戏，吐着珍珠般的气泡，一串串浮向水面。

"有时鱼儿跳出水面，鱼尾在水面一弹，哗啦一声响，水面上被激起一圈一圈的波纹，鱼儿又潜入水底去了。

"田间沟渠纵横，小船可以直接从家门口通到田地里，家家户户都有一只小船。

"春天，小河两岸的豆麦长得青油油的。一到秋天，稻田里一片金黄色，沉甸甸的谷穗将稻梗压弯了腰。

"我还记得小时唱的一首儿歌：豆麦青，稻田黄，禾穗沉，丰收粮。田东逼租，官府要粮。囡囡饿肚，爷爷受凉。

“我家乡本是鱼米乡，可是我们的生活却过得很悲惨凄凉。

“我……有些事情还记得很清楚，好像发生在昨天一样……”

春燕难过起来，她那对美丽的眼睛充满了泪水，她低着头，一颗颗大泪珠沿着面颊滴下来。

高茜和李明同情地注视着春燕，春燕用手绢揩了揩泪水，接着说：“记得，我有阿妈、阿哥。我从来没见过阿爸，听阿妈说，阿爸到一个很远的地方去了，一直没音信。我阿哥在上海帮工。

“有一年，家里断粮了，阿妈病倒在床上，叫着我：‘阿苇，阿妈病了起不来，你一个人去湖边寻点野菜。’我回答：‘阿妈，我马上就去。’

“以前寻野菜都是阿妈带我一道去，如今我只得提着小竹篮，拿着小铲独自去了。

“记得到湖边要经过一家白墙大院，这里喂了几条又大又凶的狗子。往日与阿妈一道经过这里我都害怕，如今我独自一个人更害怕。我远远地站住了。看了一会儿，幸好大门关闭着，狗子不在外面。我赶快蹑手蹑脚地跑了过去。到了湖边，心还怦怦跳。

“想到阿妈独自躺在床上，要喝开水没人倒，我很快就挖满了一篮子，急着回去。可是走到白墙大院，见大门开着，几条狗子在门外咧嘴龇牙窜来窜去。我远远地站住了，怎么也不敢回去。

“太阳偏西了，我急得要哭，最后我只得走远道绕过了白墙大院。

“我快到家时，看见我家的屋顶烂了，土墙倒了，门口围了一大堆人。我跑上去分开人群一看，只见阿妈躺在地上哭泣。我丢下篮子和小铲扑了上去，搂着阿妈的脖子跟着哭了。我听阿妈说，是田东把我家拆了。

“家没有了，我和阿妈只得住在我家的一条小船上。这小船比那白篷的航船小得多，在舱里睡觉要蜷缩着身子。

“阿妈的病更重了，一天她呻吟着叫我：‘阿苇，阿妈不行了，我托人带信到上海去，你阿哥还不见回。唉！你阿爸也没得音信，我怕见不着他们了。’

“阿妈喘着气，闭着眼，歇息一会儿睁开眼对我说：‘阿苇，我多想喝一口虾汤啊！’说完又闭上眼，好像睡着了一样。

“我忙拿出虾钩和线，伏在河沿上，想钓虾给阿妈煮汤喝。

“虾子好像比鲁迅先生书里说的要狡猾，半天才钓了一点点，碗底还没铺满。

我将这点虾煮了一碗虾汤，端着爬进舱去，喊‘阿妈，虾汤。’不见阿妈答应，我以为她睡得太熟，放下碗，跪在阿妈的旁边，用力推着阿妈。可是，阿妈还是不理我。我有些急了。拉着阿妈的手，是冰冷的；抚摸阿妈的脸，是冰冷的。原来阿妈已经死了，我扑在阿妈身上嚎哭起来。

“看着阿妈被乡亲埋葬了，我已经把嗓子都哭哑了。

“还不见阿哥回来，我白天拄着小竹竿，提着小瓦罐到处去讨饭，晚上回来就独自住在小船上，我多怕啊！

“终于把阿哥盼回来了，我阿哥可喜欢我，跟阿哥在一起，我的心踏实了。

“阿哥摇着橹，小船在水上走呵！走呵！阿哥说要带我去上海上学呢！

“我们到了一个地方，小船搁在湖滩上。天上飘着雪花，雪下得可大啦！地上很快就积起厚厚一层雪。

“阿哥发着高烧，多急人，阿哥病了。我跪在旁边摸着阿哥滚烫的额头，听阿哥说着胡话，我多愁啊！

“我想，阿哥只要喝一点滚热的米粥，他的病就会好的。因为我以前病了，阿妈总是给我喝滚热的米粥。

“可是，缸里已经没有米，怎么办？心里急，要哭。

“我想了一下，提着小瓦罐，手里拄着小竹竿跳到雪地上，我想能去给阿哥讨点米粥来就好了。

“大地一片银白，已经看不清路，我用小竹竿探着路，迎着扑面的雪花，艰难地走了一段路，到了一个村庄。

“头两家关着门，我站了站，胆怯得不敢去敲门。

“往前又走了几步，看见一家大院敞开着门。我刚站在大门边，一条大黄狗窜了出来，狂叫着龇牙咧嘴，向我扑来。我吓得哭了，忙伸出小竹竿去挡，大黄狗衔住竹竿向后拖。这时又来了一条花狗。我哭叫着：‘阿哥呀！’那花狗已经咬住我的左腿，我被拖倒在雪地上。

“从大门里出来一个头戴皮帽、身穿马褂的老爷，喝住了两条狗：‘贵宝、花二，吁，进去，进去。’两条狗摇头摆尾地跟着那个老爷进去了。只见那老爷向地上吐了一口唾沫，砰的一声紧紧关上了大门。

“这时，不远一间小茅屋里，一个老大娘听见声音，走了出来，忙扶起我，口里叹息说：‘唉，这么冷的雪天，怎么还出来要饭！你大人呢？’

“我已冻得僵了，并不觉得腿疼，我对老大娘说：‘我，我阿哥病了。阿婆，你行行好吧！给我一碗米粥。’

“老大娘家正好煮了一锅米粥，她给我装了半罐米粥，对我说：‘小囡，快回去，你会冻坏的。’

“我谢了一声阿婆，提着瓦罐往回走。风雪更大了，我在风雪中挣扎着终于回到小船边。我阿哥站在船头正在喊我，看见我的样子真是又急又疼……

“我怕阿哥难过，没有告诉他我被狗咬的事。

“晚上，我在被窝里捂暖和了，伤口疼得我忍不住呻唤起来，阿哥才知道了。

“后来，伤口好了，在左腿肚上留了疤痕。我们渡过钱塘江，到了杭州。阿哥上岸去借钱，要我独自留在船上。钱塘江上，不像我的家乡：江上来往的航船又多又大，小汽船发出可怕的响声，驶过时激起很高的浪，把我们的小船浪颠一起一伏。

“听见阿哥要把我一个人留在船上，对于这个陌生的地方，我感到害怕，我要求阿哥带我一道去，可是阿哥不答应。我多么爱我的阿哥啊！我怕阿哥生气，只得同意一个人留在船上。我含着眼泪，眼巴巴看着阿哥走了。

“我抱着一只挖空的葫芦玩，里面装着一些我喜爱的贝壳、小石头。

“突然，我觉得奇怪，原先嘈杂的江边变得鸦雀无声。钓鱼的，担水的，洗衣的，淘米洗菜的，顿时走光了。在附近停靠的几条木船都起了锚，摇着橹在江中游弋，紧张地在等待什么。

“不一会儿，一阵雷鸣般的咆哮声，从钱塘江下游传来。我伏在船帮上向下游看去，只见汹涌的潮水，像一条白线横贯南北两岸，怒吼着溯江奔来。

“那一条白线愈来愈近，吼声也愈来愈大，江水被堵回倒流了。

“那些原先游弋在江中的木船，船头随着倒流的江水掉过头来，紧张地摇着橹。只有打鱼船像作战的勇士，迎着潮头而上，因为鱼是随着潮头的，正是捕鱼的好时机。

“我恐怖地看着潮头，像白马奔腾，像银山向我头上倾倒来了，我绝望地哭叫着：‘我的阿哥呀！’我抓住船帮的手松了，不觉紧紧搂住怀里的葫芦……

“潮头从我头上盖过去，我浮沉了几下，就失去了知觉……

“待我醒来，我怀里还抱着葫芦，躺在江边的大堤上，不知是浪把我送上了岸，还是被好心人从江里救了起来。我没被淹死。

“我挣扎着站了起来，看见不远的山上有一座古塔，一条马车路从堤上通过。

“我站不稳，又软弱无力坐下了。我看见周围站满了一群陌生的人，好奇地打量着我。

“我想起刚才发生的事情，哭喊着：‘阿德，我的阿哥啊！’我的声音是多么低微。

“我哭喊着：‘阿德，我的阿哥啊！’我的声音阿哥怎么能听见？

“一辆马车停在不远的道上，一个身穿皮袍马褂、头戴獭皮帽的老爷和一位穿皮大衣的太太从车上下来了，慢慢向我走来。

“那位老爷站在我面前端详了我一会儿，对那位太太说：‘仁慈的上帝，多可怜的孩子啊！我们把她收留下来吧！’

“那位太太鼻子里哼了一声，薄薄的嘴唇撇了一下，表示不赞同：‘我仁慈的老爷，还是少管闲事吧！我们走。’

“那位老爷说：‘太太，你看这女孩长得多漂亮呀！长大了准是一位美人儿，我们不会折本的。’

“那位太太乜了我一眼，没有再表示反对。

“那位老爷脸上露着微笑，用柔和的声音对我说：‘孩子，你感谢基督吧！我遵循上帝的旨意，愿意收留你，你会幸福的。’

“我知道他要把我带走，我哭叫着说：‘我不去，我不去啊！我要阿哥，我的阿哥啊！’

“那位老爷不顾我的反抗，向马车夫示意：‘站着干什么？给我抱走！’我挣扎着，但终于被抱上马车载走了。再也见不着我的阿哥啦……”

春燕怅惘地沉默了，她的头垂得更低。高茜问：“那位老爷和太太是朱嫂子的父母吗？”

春燕点点头。

高茜又问：“她爸爸和继母对你好吗？”春燕没有回答，泪珠又簌簌往下滴。

高茜从没想到春燕的身世这样苦，这样曲折。她站起来，走到春燕身边，同情地摇着春燕的肩，安慰说：“大姐，莫哭，莫哭。”

李明正想说什么，忽然外面传来了朱佳富和胡方的声音。春燕揩干了眼泪，忙站了起来。

高茜拉着春燕说：“大姐，朱哥和胡先生来了，我们走。”

春燕拿起桌上的《彷徨》夹在腋下，跟着高茜跨出门，迎面碰见朱佳富和胡方。

朱佳富笑着招呼："高妹，你有李副官给你讲故事，就不找我了。"

高茜拉着春燕一面走，一面说："朱嫂子还等着我们呢！大姐，快走。"

走出了大门，她们才放慢了脚步，默默地走过了一条闹街，转进了一条背街。高茜轻轻地问："大姐，朱嫂子对你好吗?"

春燕点了点头。

"朱哥呢?"高茜又问。

"他……"春燕迟疑了一下，看了高茜一眼，勉强点了点头。

高茜一手拉着春燕的手，一手亲昵地搭在春燕的肩上，她们慢慢往前走着。

"喂，书掉了。"一个人在喊。

高茜和春燕停住步，回过头来，看见一个穿长衫的男人，手里拿着一本书迎上来："啊！原来是春燕大姐和高小姐，这是你们掉在地上的书。"

春燕一看腋下的书果然没有了，把书接过来，她感到诧异，端详了一下这个男人：三十左右年纪，手和脸的皮肤黝黑粗糙，穿着一件毛蓝布长衫，显得不协调，一看就可以猜出是船员。

"先生，谢谢你。"她觉得这男人脸上的轮廓仿佛很熟悉，但又想不起在哪里见过。于是不解地问："先生，你怎么认识我们!"

那男人笑了笑："我是涪顺轮的机匠，高董事长和朱总经理家里的人，我怎么会不认识呢!"

"啊!"春燕明白了，但听那男人的语音含着浓厚的宁波腔，听起来很亲切，随便问了一句："先生，贵姓?"

"我姓张。"那个男人客气地回答，他虽然认识春燕，但从没面对面说过话，当他接触到春燕那对明亮的大眼睛时，他也觉得很熟悉，好像很久以前就见过一样。

高茜等得有些不耐烦了，拉了春燕一下："大姐，走。"

春燕跟着高茜走了很远，还在默默地思考，想从她模糊的记忆里，搜寻出以前究竟在哪里见过这位张师傅，但是，她始终想不起来。

那个人就是张阿德，他也站在那里看着春燕远去的背影发愣："多熟悉的一对眼睛啊!"他怎么也想不到：在几千里外的钱塘江，失散了多年的阿妹会在涪陵出现。这真叫亲人对面不相识啊!

第十一章

李明把朱佳富和胡方迎进了房内。朱佳富看见房里很窄，没有坐，笑着说："我们的革命英雄，自从你凯旋后，我们都忙着，没有与你多叙谈。今天特地在望江酒楼敬备菲酌，为我们的革命英雄庆功，老同学们在一起好好叙谈叙谈。"

李明微微笑了笑，回答说："佳富学兄，你真太会开玩笑了。我一个失意的退伍军人，在外漂流了几年，长江水流归东海，最后不得不回乡当个小编辑混碗饭吃，哪能与学兄相比，在英国剑桥大学取得了经济学硕士学位，带着富有而美丽的妻子回到家乡，真算是衣锦荣归。就拿你穿的这套西服来说吧！可能胡适之先生也没有这样道地的英国货，实在为你的绅士风度增色不少……"

胡方不等李明把话说完，忙插嘴说："算了，你俩以前在一起总是为鲁迅先生和胡适之先生的论点争论不休，闹到面红耳赤，何必呢！现在都是地方名人了，还是那样孩子气，为不相干的事情伤了和气不合算。今天到望江酒楼聚会，只准叙朋友的交情，不许谈政治，由我监酒。"

朱佳富听了李明隐含讥刺的话，脸色有些不自然。但很快就恢复了平静，脸上露出了微笑。他亲切地拍拍李明的肩，对胡方说："老胡，你不用担心，我早已放弃对胡适之先生的信仰，那是年轻时的幼稚无知。要不是内人的劝说，我也不会到英国留学。身在国外，心在国内，也向往着革命圣地广州。李明学弟能够为国家民族献身革命，使我深感惭愧。鲁迅先生文章的犀利深刻，风格的广远含蓄，胡适之先生的文章与之相比，实在望尘莫及，显得浅薄。今后还望李明学弟多指教愚兄。"说完彬彬有礼地向李明微微弯腰。

胡方被朱佳富的这些话弄得有点摸不着头脑，因为不久前还听朱佳富吹捧胡适之。他不由仔细看了看朱佳富脸上的表情：显得很诚恳的样子，又不像说的反话。心里真有点疑惑不解，又不便问朱佳富，站在一旁发怔。

李明望着朱佳富微微一笑，说："佳富学兄过谦，对我过奖了。说我为国家民族献身革命，实在愧不敢当。要是佳富学兄再为我加把劲，一顶红帽子就会落在我的身上！可能侦缉队的朋友就会光顾我那！我不过在蒋校长办的黄埔军校受了几天训练。作为一个军人，只知道服从，不过为了完成孙先生的遗志，参加了北伐，给高参议当了几天副官。在九江编余遣散，鄙人只知军人以服从为美德，就离开了军界，在外混了一段时间，只得回乡混碗饭吃，还望佳富学兄提携照顾。

那些赞美之词，小弟怎敢领受。”

李明这几句不软不硬的话，说得朱佳富脸上也微微有点发红。他那在金丝眼镜后面的一对不算大的眼睛微微眨了几下，等李明说完，就爽朗地笑起来：“老弟，你这张嘴巴比当年还厉害。唉！我们老同学各自展翅高飞，现在又飞在一起来了，散而复聚，真不易呀！聚在一起又喜欢打嘴仗。散了时，天各一方，着实有些想念。李明老弟，你放心。不但我不会给你戴红帽子，就是别人给你戴红帽子，有我哥子给你扎起[1]，也不要紧。”大概朱佳富近来与罗天成他们接触太多，不禁最后一句把袍哥话也说出来了。

胡方把朱佳富视为患难中的知己，对于李明也视为自己的小弟弟，赶忙排解说：“看你们站着打嘴巴仗，有言在先，我重申一下：今天只许诉朋友的交情，不许谈政治，由我监酒。”

李明看了胡方一眼，笑着说：“这不是三国时的群英会，你这个监酒又无尚方宝剑，喝酒哪来这么多规矩！”

胡方摇头晃脑地说：“这不是我定的规矩，你们没看见茶馆酒楼到处贴着醒目字帖：‘休谈国事’！走啊，莫嚼牙巴骨。”

李明收拾好桌上的稿件，放到抽屉里正准备走。

朱佳富看见李明床头放着一堆换下的衣服没洗，像有意，又像无意地说：“李明，已经二十七八岁了，该找个妻子啦！”

李明意味深长地说：“我没学会拉琴，哪里去找理想的妻子哟！”

朱佳富不自然地干笑了两声。

胡方没明白李明话中的意思，不解地问：“会拉琴与找妻子有啥关系？”

李明没有回答胡方，看着朱佳富微笑。

朱佳富用手轻轻捅了一下李明的胸部，脸上露着微笑：“你开哥子和嫂子的玩笑，看我不轻饶你！”

胡方还是没懂得这句玩笑话的意思，用老大哥的口气，一本正经地说：“李明，你以前与张碧秀的关系我们都知道，还要你学拉什么琴，就是现成美满的一对。她与我谈起你们以前的事情就伤心落泪，感到懊悔极了，她现在还深深地爱

---

1 扎起，撑腰和包庇的意思，袍哥话。

着你呢!”

李明听胡方突然提起这件事情，顿时沉默起来。

朱佳富也受了张碧秀的委托，想劝说李明。可刚一开口，就被李明半开玩笑的话堵住了嘴。于是趁机接过胡方的话头，说：“张碧秀心地善良，长得漂亮，你们以前的感情也好。当然、在你离开涪陵后，她在父母包办之下，与别人结过婚。在英国，贞操观念不是那么严重，结婚与离婚都很自由。我想李明受过革命洗礼，不会有封建思想，是应该想得通的。我们老同学都希望你们能够破镜重圆，言归旧好。”

李明似笑非笑地看着朱佳富：“嗨，这么严重，要是我不与张碧秀破镜重圆，就是有封建思想!?”不等朱佳富答话，李明叹口气，接着说：“我对于个人生活上的问题还没考虑呢！像我这样一个穷编辑自顾不暇，哪里还能养家糊口?”

朱佳富用手指掸了掸衣袖上的灰尘，脸上的表情有点捉摸不定，说：“你为革命献身的精神，我深感敬佩。欧洲有句名言：‘生命诚可贵，爱情价更高，若为自由故，两者皆可抛。’是的，为了博爱、平等、自由，许多志士抛头颅、洒热血，牺牲伟大的爱情，为理想而献身，他们的精神是不朽的。”朱佳富马上把话一转：“不过，我可能在英国受的影响很深。英国是一个讲求实际的国家，共产主义固然是一个伟大的理想，但毕竟是一个遥远的未来。正像天国那样渺茫。不如实际一些，让自己个人的生活过得舒适一点，也可以不误追求自己的理想。”

听了朱佳富的这番话，特别是他把共产主义与基督教的天国混为一谈，李明感到激动和愤慨，但他知道自己的身份和目前的环境，在朱佳富的面前，锋芒是不宜露的。但不回击一下也不行。于是笑着说：“佳富学兄对我又过奖了。要说献身，前方那些与日寇作战的兵士才算献身民族的解放。我一个地方小报的副刊编辑，不过做点抗日宣传，最多只能算为抗日贡献一点微薄的力量。对于共产主义和基督教我没有研究过，不像佳富学兄读过马克思的《资本论》，又跟妻子加入了基督教。不过，共产主义与天国是扯不到一块去的。”

胡方已经嚷起来了：“唉！叫你们今天不谈政治，怎么反而大谈特谈起来。这会伤和气的。”

朱佳富两手一摊，笑眯眯地说：“胡方兄太过虑了，决不会伤和气，我们是愈争愈亲热。李明，你说是吗?”

李明也笑着回答：“是的。俗话说，‘不打不成相识’嘛!”

胡方仍然有些不大满意："不管怎么说，今天不许再谈政治。走，天都快黑了，还站在这里打嘴仗，张碧秀可能在望江楼等得有些急了。"

朱佳富见李明愣了一下，微笑问："李明，张碧秀也是老同学呢！你去吗？"

李明毫不思索地回答："既然是老同学请我，我怎么会不去呢！"

二

望江酒楼是涪陵最有气派的一家酒楼，离报馆只有一条街。但朱佳富迈着步距相等的英国式方步，走得很慢，李明和胡方不时停下等他，走了很大一会儿才到。

楼下普座，已经坐满了酒客。朱佳富走入店堂，到处都有人站起来招呼："朱总经理，这里喝酒。""朱总经理，这里坐。"

朱佳富向熟人一一点头示意，一行三人被跑堂的迎上楼，进了一间宽大的房间。靠窗摆着一排茶几，房间四角的高几上摆着盆花，一盏电灯吊在天花板上，装的是重磅灯泡[1]，很亮。

张碧秀今天穿着一件白底蓝花的印花布旗袍，脚上穿着素袜素鞋，腋下的纽扣上塞着一条浅蓝绸手巾。头发上束着一根素色的缎带，满头的青丝披散在脑后。

朱佳富微笑着惊呼道："啊！多漂亮的白兰花！"

胡方看了看四周的花盆，不解地问："白兰花在哪里？"

张碧秀不大满意地说："朱总经理狗嘴里吐不出象牙！"她向朱佳富身后的李明点点头，微笑着说："请坐，请坐。"

朱佳富也笑着说："小张，我把李明请来了，你还骂我，可见好人是做不得的。"

胡方这才会过意来，想到张碧秀外号叫白兰花，于是说："骂得好，动不动就把女人比成供人观赏的花，太不尊重女权了。"

朱佳富哈哈地笑了。

他们在靠窗的椅上坐下。张碧秀坐在角落里，她没有正视李明，只是不时迅速瞥李明一眼，马上又低下头。

1　瓦数比较大的灯泡。

茶房刚泡好茶送上，酒楼的经理就亲自进房来说了几句招呼应酬的话，然后才退了出去。

沉默了一会儿，气氛有点僵，还是李明首先向张碧秀说话：“张秘书，你托高茜转给我的几首抗日短诗，我看过了，有两首还写得比较好，我们副刊准备登载。有几首虽然音节还能上口，但内容就要差一点。”其实张碧秀还写了几首抒情诗给他，是怀念他们之间爱情的，李明没有提起这些诗。

朱佳富像发现了新大陆，对张碧秀说：“哦！你什么时候开始写诗的？我一点都不知道。我们中国的女诗人实在太少了，要是在……”

张碧秀兴致好起来，抢着把朱佳富没有说完的话说出来，学着朱佳富说话的姿势腔调：“要是在英国，女诗人多得很呢！”接着笑问朱佳富：“朱总经理，这是你要说的话吧！”

朱佳富看张碧秀一变沉郁的常态，哈哈一笑，把他的尴尬掩饰过去了。

张碧秀从放在一个茶几上的月白色布制手提包里，取出一张涪陵报，递给朱佳富，指着副刊上一首短诗：“你看看这首诗写得怎样呢？”

朱佳富接过报纸来，先看标题——《逆流》。接着大声念着这首短诗：

龙吟虎啸，
莽莽群山走巨蛟。
鬼斧神工，
万水夺门激浪高。
……

朱佳富读到这里，连连叫好：“这四句写得有魄力，描出了千里川江的雄伟气势。”接着又念：

一时逆流汹涌，
难改历史航向，
大江东流去，
且看回声笑暗礁。

朱佳富读到这里，沉思不语，接着又念：

风起云涌，
展翅长空飞大雕，
听！
惊雷响，
展钟敲；
看！
旌旗奋，
烟云消，
红日冉冉照峡江，
山花遍地香，
锦绣河山分外娇。

朱佳富读完了，点点头说："这首诗还好，可是思想未免太激进一点。"

张碧秀笑问朱佳富："你猜这首诗是谁作的?"

朱佳富看了看作者的署名——嫣红，很像一个女人的名字，摇摇头说："这诗绝不是一个女人写的。"

对这个笔名，张碧秀在很多年以前就熟悉。作者很保密，知道的人不多。她看这首诗是嫣红作的，就贪婪地读了几遍，反复吟咏。作者有火热的激情、宽广的胸怀，对未来充满了必胜的信心。她想到自己的一些往事，更是别有一番滋味在心头，眼眶就饱噙着泪水，是对作者的敬仰，也是对自己不坚定的自责。这时听朱佳富说不是一个女人写的，她故意逗他说："你每次讲话，总把女士们摆在前面。好像你很尊重女权。现在看来，这都是假的！难道我们女人就写不出这样的诗吗！"

朱佳富摇头申辩说："不，不，我绝没有看不起女人的意思。我看……"他含笑瞥了李明一眼："我看这首诗很像李明写的。"

李明不由暗暗吃了一惊，他没有正视张碧秀投射过来的目光，微笑着摆手说："不是我写的，你不要乱猜！"

朱佳富还想说什么，胡方看酒席已摆好，站起来招呼大家："快入席，边喝边谈。”

这是一张小圆桌，所以不用讲究方位，随便坐下，李明恰好与张碧秀对面而坐。

朱佳富与胡方喝的是泸州温永盛产的大曲酒；李明和张碧秀不会喝酒，只好喝香花酒。

茶房进来打开了留声机，放的唱片是《夜半歌声》，一个男高音悲昂地唱着：

空庭飞着流萤，
高台走着狸狌，
人儿伴着孤灯，
……

张碧秀被这悲昂的歌声吸引住了，想起很多往事：李明还没投奔广州以前，是一个没有月亮的晚上，在寒风中，她与李明坐在乌江边的一块岩石上，李明也是用这样悲昂的声音哼着一首古曲——《钗头凤》：

红酥手，黄滕酒，
满城春色宫墙柳。
东风恶，欢情薄，
一怀愁绪，
几年离索。
错！错！错！
……

张碧秀虽然只喝了一点点甜甜的香花酒，两颊就呈现了浓浓的红晕。她迅速瞥了李明一眼，李明好像对于这悲昂的歌声并无感触。

她眼圈一红，想到这《钗头凤》正成了目前自己的写照，忙低下头，凝神继续听着唱片：

……
呵！姑娘哟！

只有你的眼，

能看破我的生平；

只有你的心，

能理解我的衷情。

你是天上的月，

我是那月边的寒星，

……

张碧秀的头垂得更低了：在李明与她约定同赴广州的前夜，他们在乌江边上同一地点，李明紧握着她的手，在她耳边喁喁情语，说的话与这几句歌词何等类似啊！她的心当时在怦怦跳动，她觉得她是世界上最幸福的人。

可是，这时她听见李明正与胡方在低声谈话，仿佛对这歌声完全无动于衷。她实在没有勇气抬起头去看李明，可是这歌声不断传进她耳朵里，字字句句都听得很真切：

……

你是山上的树，

我是那树上的枯藤，

你是池中的水，

我是那水上的浮萍。

呵！姑娘哟！

……

最后几句歌词，传进她耳朵里也显得模糊了。她强力克制住自己，才没让眼泪流出来。

唱片已经放完了，可是唱盘仍然旋转着，发出嘶啦嘶啦的响声。

胡方在大声喊："茶房，唱片放完了。"

茶房进来换唱片，嘶啦嘶啦的声音停止了。

张碧秀听胡方在说："只顾谈话忘了喝酒，来，面前的酒喝光再斟！"她才抬起头来慌乱地瞥了李明一眼，见李明正举杯喝酒，脸上也呈现出酒晕，更显得英姿勃勃。她只得又抿了一口香花酒。

这时茶房换了另一张唱片，一个男高音激昂地唱着：

谁愿意做奴隶！

谁愿意做马牛！

人道的烽火，

……

张碧秀听了这豪壮乐观的歌声，不禁产生了一种羞愧负疚的感情。李明对他俩以前的爱情仿佛忘得一干二净。她对李明毫无怨尤，只是感到自责，她感到自己的不幸，是自己当时意志薄弱造成的。要是当时自己不顾家庭的阻挠、父母柔情的束缚，与李明去了广州，说不定她与李明……

她现在觉得精神上空虚孤独，一种被时代遗弃的感觉，使她觉得心里冰凉。她像一个落水的人，不断挣扎着，想用自己最后的一点力气游上岸去。

唱片又放完了，茶房正想换上另一张唱片。朱佳富觉得歌声吵得人不能很好地谈话，挥手示意茶房不要再放，于是留声机关上了。

朱佳富已经喝了好几杯大曲酒，脸上红红地泛着油光。雪白的衬衫，褐色的领带，在电灯下白暗分明。朱佳富端详着胡方：这段时间胡方养得白胖胖的，嘴上的八字胡须显得很有气派。在朱佳富的支持吹捧下，胡方已经开了两次个人的书法展览，取得了很大的成功，重金求胡方写字的不少。

朱佳富对胡方的仗义相助，不但使胡方对他感激涕零，也赢得了社会上的美誉。

其实朱佳富对胡方的帮助，也不完全是为了友谊，而是有他自己精明的算盘。在英国留学好几年，除了获得硕士学位之外，他最大的收获，是仔细观察了欧美大亨们的一套手腕。英国一位勋爵曾经说过一句话："成大业者必先是一个人才的收藏家：凡有一技之长，哪怕是暂时用不上的人才，也要收罗起来以备后用。"对那位勋爵的话，朱佳富真是心领神会，参透了其中的奥妙。他不但收藏了胡方，并且利用他的社会影响，扶持提高了胡方的身价。其实，收藏品的价值提高了，受益最大的还是收藏家本人。他送春燕去学英语，聘请张碧秀做秘书，固然都由于她们长得很美，但主要还是想为他这位收藏家增添光彩。朱佳富虽然不是一位禁欲主义者，但在生活上还是比较严肃，不轻易胡搞的。他有他的哲学：他认为鲜花虽然美丽，折下拿在手里观赏，很快就会枯萎，就会颜败香消。不如栽在园圃里，慢慢观赏，更有一种不寻常的美感。他惊叹曹雪芹情而不淫的观点是大有学问！

在政治上，朱佳富也曾经受过革命思潮的影响，慷慨激昂地谈论过国家的前途，民族的命运，那不过是为了赶时髦，出风头。时过境迁，当年的豪情壮志已为个人向上爬的欲望所替代。他虽然不是搞政治的，但对于欧美政治家所进行的政治游戏，是很感兴趣的。左、中、右各派政治势力他都想利用，想从中捞到好处，左右逢源，目标只有一个：往上爬，成就他自己的事业。

他认为自己在英国学来的本事，在闭塞落后的四川，已是佼佼者。由于统治者长期实行愚民政策，包括当时的统治者，愚昧无知已到可笑的程度。举目涪陵，诸人尽皆平平，无一人是自己的对手。可是偏偏这时回来个李明。他们是老同学，李明早期的思想是激进的，他们曾经有过共同点，也有过分歧。李明敏锐的观察力，无所畏惧、勇往直前的进取心，使他感到暗暗敬畏，也感到嫉妒。单看高伦一家对李明那个喜欢劲儿，就使朱佳富暗地不自在，他知道李明的才干不在他之下，甚至还略胜一筹。

自李明回涪陵以后，分别多年，他感到李明虽然锋芒不易外露，但凭他的敏感，他觉得李明在政治上更加成熟了。虽然不敢肯定他是共产党员，但至少也是国民党左派。为了弄清李明的政治面目，他旁敲侧击进行试探，但李明仍然是高深莫测。朱佳富身边正缺少这样的左派朋友。他想利用老朋友的关系，极力拉拢李明。纵然李明不能为他这位收藏家收藏起来，至少也可借李明为他脸上贴金，装点一下门面也是好的。

他们的女同学中，张碧秀最美丽，被誉为校花，因爱素色打扮，故有“白兰花”的雅号。有多少有钱的公子哥儿追求她，她视若粪土，偏偏爱上了李明。羡慕和嫉妒使朱佳富感到痛苦，他这点内心的秘密藏得很深，谁也不知道。在他担任总经理后，他迫不及待地聘请张碧秀做秘书，虽然并不想占有张碧秀为情妇，也多少是为了满足自己的一点虚荣心，使他少年时的这点秘密痛苦得到补偿。可是张碧秀对他虽然尊敬，但在私生活上对他冷若冰霜，他微微感到惆怅。他知道张碧秀没有忘情于李明，干脆顺水推舟，以老同学的身份为他们撮合调解。

朱佳富举起酒杯，向大家环视一周，微笑说：“老同学散而复聚，真人生一大快事，我们要干了这一杯!”先一饮而尽，向大家照杯。

这香花酒味道是甜的，颜色是艳红的，对于不会喝酒的人来说，仍有点醉人。张碧秀的面颊已经红透了，听说要干杯，迟疑了一下，见胡方、李明都喝光了，于是闭着眼睛发狠喝干了杯里的酒。

朱佳富等每人的酒杯里又斟满了酒，又举起杯来，看看张碧秀和李明，微笑说：“这杯酒祝贺李明和张碧秀同学言归于好，大家非干不可。”

张碧秀的脸幸好原先就红了，听朱佳富直接提出来，觉得有些忸怩不安，偷瞟了一眼李明，忙低下头。

李明举起酒杯哈哈一笑：“朱兄未免不通，我与张碧秀是很要好的老同学，今后也是要好的老同学，同学的关系从未破裂，哪里存在言归于好的问题。当罚朱兄一杯。”

李明的话说得很含蓄，明明是只承认他与张碧秀的同学关系。张碧秀觉得很失望，水汪汪的眼波含着哀愁，迅速瞥了李明一眼，又忙垂下头。

朱佳富正要说话，突然公司一个茶房慌慌张张撞了进来：“朱总经理，胡师爷，高董事长叫你们马上回公司去，涪顺轮出事了。”

朱佳富吃了一惊，忙问：“船打烂了?”

茶房摇摇头说：“不是，为工资的事，船员闹起来，罗董事派兄弟伙抓了两个船员，事情就闹大了。船员罢了工，不肯开船。”

朱佳富略微松口气：“呵！原来是这回事。”他迟疑了一下，慢慢站起来，向张碧秀说：“张秘书，你陪李明继续喝酒，我与胡师爷去看看就回来。”

三

只剩他俩面对面喝酒，张碧秀的心在怦怦地跳动。她又喜又忧，反而不知所措。

李明很大方地对张碧秀说：“小张，我们不喝酒了，吃饭吧!”张碧秀含情的目光瞟了李明一眼，点了点头。

在吃饭当中，两人都没有说话。张碧秀碗里的几口白米饭，实在难以下咽，胸口像有东西哽住一样。她不知道李明这时想的是工作。

李明听了涪顺轮罢工的消息，很是关心。对于积欠工资的事他早有了解。这条船上罗天成的势力很大，封建势力对船员的控制很严，党在这条船上的影响还比较薄弱。虽然目前展开罢工斗争不适当，但群众既然自发地闹起来了，就必须正确地引导，发现和培养积极分子，把党的组织在这条船上建立起来。他本想跟朱佳富一道去看看，又怕露出过分关心会引起怀疑，所以隐忍住了。这时考虑着这件事情，并不是有意对张碧秀冷淡。

对朱佳富，他是了如指掌的：这个人很有权谋和机变，城府很深。早年也有过民主革命的主张，随着革命的深化，成了典型的英美派。在亚洲，自从日本军部发动法西斯政变以来，军国主义势力控制了日本，侵华战争的全面爆发已成定局；在欧洲，自德国的希特勒上台后，法西斯主义很是嚣张，日、德对英美在世界的利益造成了严重的威胁。为了建立抗日民族统一战线，像朱佳富这样的英美派，仍是要团结的。

饭吃完了，茶房上来收拾了桌上的碗筷，接着泡了两碗新茶。李明和张碧秀隔着茶几坐在窗前。

李明喝了一口茶，端详着张碧秀，他想与她谈话，但又踌躇着，考虑怎么谈。

张碧秀见李明在打量她，她感到紧张，也感到很拘谨。

李明对张碧秀感到既熟悉又陌生。他们曾经有过共同的思想：追求个性解放，向往民主自由。张碧秀这身令李明感到很亲切的素色打扮，多年来还没有什么改变。这的确把她天然的美丽衬托得很别致，淡雅的风格更惹人喜爱。当年漂亮的白兰花爱上了他这个清贫的少年，使得许多富有的同学嫉妒，也使他受宠若惊。他俩的爱情，也给他留下了很多甜蜜的回忆。当张碧秀没有跟他去广州，中途动摇退缩，他毫不迟疑地独自走了，也给他思想上带来很大的苦闷和怅惘。但他的性格是坚强的，他认为张碧秀不仅是对爱情的背叛，也是对革命的背叛。随着时间的推移，他们思想上的距离拉大了，他对张碧秀又有了一种陌生隔膜的感觉。他认为自己当年对张碧秀的热情，充满了小资产阶级的情调。自从他入党以后，火热的生活使他把这些事情淡忘了。

自从他回到涪陵以后，离了婚的张碧秀又突然在他生活中出现。在感情上他一时扭不过弯来，他对她很冷淡，她的眼泪并没有使他软化，他不能原谅她过去的事情。事后，他冷静地思考过，觉得自己带着个人的感情去对待张碧秀，是不恰当的。因为自己是一个共产党员，应该有广阔的胸怀，去团结教育每一个愿意跟着时代前进的人，用党的思想去影响争取他们投入斗争的滚滚洪流，在斗争中去改造世界，也改造自己。李明意识到这些，心里不安起来。他认为张碧秀正徘徊在十字路口，需要他伸出手去拉她一把。他早就想找张碧秀谈谈，现在只有他们在一起，正是谈话的好机会，于是亲切地对张碧秀说："小张，你怎么不喝茶?"

张碧秀看李明半天沉默不语，心里正觉透凉，听李明亲切地对她说话，一种温暖的感觉油然而生。

她端起茶碗喝了一口茶，怯生生地瞥了李明一眼，低头沉默不语。

李明点燃了一支香烟，吸了几口，凝视了一会儿袅袅上升的青烟，然后用柔和的声音对张碧秀说："碧秀同学，一个人的生命是短促的，我们不能单单为自己而活着。我们个人的幸福，比起国家的存亡、民族的命运、人类的解放来说，是微不足道的。现在的斗争是一场殊死的搏斗，在这一场伟大的斗争中，我们若沉溺于父母之爱、儿女之情，未免太自私了。古人说：'覆巢之下，安有完卵。'"

李明激动起来，用手捻熄了烟头，语气又和缓了，语重心长地说："希望你和我都把那些往事忘掉，儿女之爱是渺小的，回忆往事可能给人甜蜜，也可能使人徒自惆怅。"

张碧秀带着哭声说："李明，往事的印象是那样深刻，我怎能忘得一干二净呢!"

李明沉默了一会儿，耐心地说："除了儿女之爱，世界上还有一种崇高而伟大的爱：一些人为一个共同的理想联系在一起，他们忘我地奋斗着，他们之间的爱才是最充实、最深厚的爱。碧秀同学，希望你到沸腾的生活中来，我们的友谊是存在的。你若需要我的帮助，我随时都可以尽我的力量帮助你。"

张碧秀好像听懂了李明的意思，妩媚的眼睛里闪烁着动人的光辉，但一会儿又暗淡了，叹了一口气："唉！在这样的社会里，一个女人要自立，要想保持自己的洁白，是多么困难啊!"

李明对张碧秀的心情是理解的，也深表同情："小张，你的处境我是知道的。妇女真正解放的路是漫长的，只有当世界上消灭了一切寄生虫，妇女才能真正得到解放。"

张碧秀悲观地说："我能等到妇女真正解放的时候吗？在这样的社会里，我感到孤独，我感到害怕，我像惊涛骇浪中的一叶小舟，在茫茫的大海中随时都有覆没的危险。唉!"

"小张!"李明亲切地喊了一声，"我们不能等待，因为任何人也不会给我们恩赐，自己的解放要靠自己去斗争。你感到孤独是因为你把自己摆在时代的外面，当你从狭小的圈子里走出去，你就可以感到人民的力量是多么强大，天地是多么广阔，空气是多么新鲜。历史是无情的，我希望你振作起来，迎着困难去斗争。生活的道路是不平坦的，学步容易跌跤，跌跤后只要站起来，拍拍身上的灰尘，继续前进，仍然有光明的前途。”

张碧秀渐渐被李明这些话打动，她细细咀嚼着这些话。但是过了一会儿，她明亮的眼睛又暗淡了：“李明，我已经沾上了污泥，你会永远看不起我的。”

李明笑了，热情地说：“每一个人出淤泥而不染是不可能的。只要迎着革命的风暴走去，就会将我们身上的污泥冲洗得干干净净。白兰花会更加洁白美丽。”李明最后开了一句玩笑，顿时使气氛谐和了。

张碧秀哀愁的面孔有了笑容，她看着李明英俊的风度，坚毅的表情，与当年没有多大变化。她此时又喜又悲，心情异常复杂：喜的是李明对她表现关切，他的话使她明白了一些道理；悲的是今非昔比……

张碧秀的嘴唇嚅动了几次，眉尖微蹙，终于把话忍回去了，几乎不可觉察地轻轻吁了口气。

李明知道对张碧秀不能要求过高，以后还得慢慢影响帮助她。正准备说话，公司的茶房又在门口出现了：“张秘书，朱总经理他们有事不能来了，叫你们不等他们了。并说，怕用公章，请你也早点回去。”

李明站起来说：“我还有很多稿件要处理，我也走了。”

当他们走到酒楼门口分手以后，张碧秀还深情地注视着李明远去的背影，痴痴地站在那里。

第十二章

张碧秀痴痴地看着李明走远了，才带着茶房急匆匆赶回公司。

公司二楼会议室里，几盏电灯照得通明，董事会的成员围着长餐桌坐着。涪顺轮的童祖钱和胡方也列席。

徐宁山正用他那被鸦片烟烧哑的嗓子说话：“对闹事的船员只有采取坚决手段，关几个，开除几个，看他们以后还敢不敢闹事！我不赞成采取姑息办法。”

朱佳富向进来的张碧秀示意，叫她在后边一张椅子上坐下。

张碧秀刚坐下，就听见罗天成重重地咳了一声，喉头的痰咕咕响，向旁边的痰盂吐去。因为痰盂太远，吐得不准，一口浓痰吐到痰盂的反边上，吊在那里晃动，然后说：“徐董事的话我赞成，不办他几个，动不动就罢工不开船，我们这公司就不用开了。”

朱佳富见高伦瞥了罗天成一眼，没有说话。

高源这时悻悻地说：“用股票抵工资，又不是我们公司兴的，民成公司早就这样办了。他们行得通，我们为啥惹这么大的麻烦，稀奇！”

高伦扫了高源一眼，对这位花公爷侄儿的见解，他皱眉得多，现在他觉得高源的话有些道理，问童祖钱：“童经理，你一天都住在船上，对于船上的情况当然清楚，用股票抵工资为啥行不通呢？”

童祖钱看看罗天成和徐宁山，沉吟了一会儿，他是属于高伦的人，但又怕得罪罗天成和徐宁山，所以有点顾虑重重。但想到皮船长和伍大车依恃有罗天成和徐宁山撑腰，平时不把他这个经理看在眼里，心里就有气。他说：“据我了解，民成公司除了工资之外，适当允许自找财路：比如带点不占吨位和舱位的私货，允许船员把自己的床铺让给旅客收点小费。虽然没有公开允许，船上经理可以灵活掌握。他们的工资用股票支付行得通，是因为船员虽然得不到工资，还可以找点外快维持一家人的基本生活，就不会铤而走险，走向极端。”

朱佳富觉得奇怪：“咦！上次董事会决定用股票抵工资的会议你参加了，我事后也向你谈过，只要不影响公司的营业收入，可以让船员找点外快维持生活。古人早就说过：网开一面，路留一条。不留一条路让人走是不行的。”

童祖钱又迟疑了一下，平时的怨气使他不再顾虑，慢吞吞地说：“对船员带点数量不大的私货我是睁只眼闭只眼。但是，公司护航队我可管不了。汪队长的稽查员不管多少，见私货就抄、就没收，叫我有啥办法！”

提起这个汪队长，朱佳富就头疼。他是罗天成的心腹弟兄，对朱佳富的话也是阳奉阴违，他早想换掉。但是投鼠忌器，目前正是要利用罗天成的时候，所以迟迟没撤换。于是问：“这抄没的私货是怎么处理的?”

童祖钱摇摇头，幸灾乐祸地说：“这是汪队长的事，我怎晓得呢?”

高伦用食指在桌上敲了几下，大声喊：“茶房！去把汪队长叫来。”

徐宁山的神情有些紧张，不安地看着罗天成。罗天成噙着长烟杆斜着眼注视着高伦，大家顿时沉默起来。

茶房去了一会儿回来说：“董事长，汪队长亲自把两个为首闹事的船员送到警察局去了，还没回来。”

高伦又用食指在桌上敲了几下，回头对张碧秀说：“张秘书，你去财会上查一下，看有这笔收入没有?”

张碧秀答应着正准备去，朱佳富看罗天成眼睛都有点发红了，怕闹翻了下一步棋不好走，忙劝止说：“不用查了，财会上的人早下班了。”朱佳富为了缓和一下气氛，又把话引开：“这件事就不谈了，汪队长也是履行他的职责，主要怪我没交代清楚。”这样，室内的气氛才一下松了。

朱佳富想了想，于是问：“船员转让床铺也有收入呀?”

童祖钱听朱佳富提起这件事，气就大了，于是一盘子都端了出来：“船员转让床铺收小费，这是长江客船上不成文的规矩。那些在船上没有正式名义、不拿工资的西崽[1]，全靠这搞几个零用钱，我们也从未干涉过。但是最近皮船长和伍大车却私自定了一条规矩，要船员将收的小费提一半上缴，驾驶部归皮船长收，轮机部归伍大车收，名目叫关公钱，说是把这笔钱积起来修关公庙。”

朱佳富一听，这皮船长和伍大车是罗天成的人，哥老会崇敬关公，这肯定又与罗天成有关。

徐宁山又在看罗天成，罗天成又斜着眼在看高伦，高伦又用食指在敲桌子。朱佳富见此情状，不禁皱了一下眉头，忙说：“这些事情暂时不谈了，对这次罢工怎么处理？船票也卖出去了，不能按时开船，对公司影响大。”

1　服侍外国人的仆役，一般年龄较轻。后来船上中国高级船员雇用的仆役都沿用这个名称。西崽不属正式职工，仅靠吃剩菜剩饭、收点小费维持生活，是船员中的最底层。

罗天成叭了一口叶子烟，玉石烟嘴里一股烟油钻到他嘴里，忙向旁边吐了一泡清口水，用一张白市布手巾揩了揩嘴，哼了一声：“格老子没王法了！在老子手上罢工，有他酸枣刺拿的。抓起来的张阿德和吴思远，叫警察局先让他俩尝尝老虎凳的滋味，看还敢不敢带头闹事。”

朱佳富想了想，问道：“罗董事，船还开不开呢?”

罗天成两腮的横肉颤抖了一下，眉毛一竖，肉头很厚的拳头砰地往桌上一击。大家都瞪着他，只听得他说：“徐三哥，你叫吕幺爸带十几个兄弟伙上船去，谁不开船就跟我着实打。我不信他们是铁人，不怕打。人是肉做的，打在身上还是疼的，敢不开船！再闹就通通开除!”

朱佳富看了看高伦，高伦知道他再不说话不行了，因为罗天成只有对他还有点敬畏。他食指在桌上一敲，大声喊：“茶房，给我换碗酽茶。”

张碧秀见茶房不在室内，她站起来从高伦面前端过茶碗出去了。

高源一直就在偷瞧着张碧秀，但被朱佳富挡住了看不真切。他见张碧秀去换茶，眼珠子随着张碧秀窈窕的体态打转。张碧秀脸上还带着酒色，红艳艳更加妩媚动人。张碧秀给高伦换过新茶，又重新归座，身影又被朱佳富挡住了，高源只能看见张碧秀一部分黝黑的头发，以及那束着黑发的素色缎带。

高伦端起茶碗喝了一口茶，瞥了罗天成一眼，慢吞吞地说：“天成，我认为需要慎重考虑：目前民成公司正想把我们公司吃掉，若事情闹大了对我们不利。再说，镇压工人会影响名声，在目前也不合时宜。关人、开除工人都不是办法。我们公司发展正需要船上各种人才，懂得机器的更缺。以后的事暂且不说，据我了解，你的那位拜弟伍大车对机器一窍不通，连蒸汽机的气门也不会校正，目前缺少了那个机匠张阿德就开不了船。我敢说：不等我们自己开除人，民成公司就要出高价来挖我们技术好的师傅，会不赶自走呢!”

高伦环视大家，最后眼光停留在朱佳富身上：“这件事，我提议委托朱总经理全权处理，该让步的可以让点步。”又对罗天成说：“天成，也给你的兄弟伙打个招呼：凡事不要做得太绝，太绝了会逼出事来的。要想吃鸡蛋还要舍把米，要使牛耕田还是要喂草，杀鸡取卵的办法是不行的。民成公司在这方面做得比我们强。今后对职工必须示之以威，给之以恩，方能奏效。”

高伦停歇一下，又转对朱佳富说：“朱总经理以后还要规定一些办法，对技术高超的工人要适当优待，才能人尽其力、为我所用。现在已不比从前，光讲打、压那一套封建的办法是行不通的。”

高伦对罗天成他们用封建行帮的办法管理船舶早就不满意，他认为这是赶不上民成公司的主要之点；他的最后几句话是对罗天成而发的。

朱佳富与高伦的看法一致，已拟定了一个秘密方案，高伦采纳了朱佳富的意见：不能操之过急，方案分期进行，一点一点削弱罗天成的势力。

高伦看了一下罗天成的表情；见没什么特殊反应，接着说：“当然，不管采取什么方式，只有一个目的：为了公司的利益。否则就没有什么实际意义。”为了安抚一下罗天成，他对罗天成说：“天成，我们是老朋友了，民成公司这样欺侮我们，必须要同舟共济、精诚团结才行呀！”

罗天成正有些不舒服，想发作又不好发作，听高伦最后几句话说得很诚恳，于是正神说：“高大哥，天成是讲义气的，为朋友赴汤蹈火在所不辞，公司的事情由你说了算。”

徐宁山听罗天成这样说，暗暗感到着急。但不便公开反对，只不住向罗天成递眼色，罗天成好像又不懂得，徐宁山只有干着急。

朱佳富看到徐宁山的神态，不觉微微一笑：“既然董事会委托佳富全权处理，大家又无异议，我只有尽力而为，不负诸公重托，看诸位还有什么话要说。”

高源潇洒地用宽大的衣袖拂拂身上，其实他那件浅灰色派力司长衫上并无一点灰尘。这时张碧秀低下了头，连黑发和素色的缎带也被朱佳富挡住了，高源正觉无聊，听朱佳富在问，又无人答话，于是说：“既然委托你全权处理，还问我们干什么！你自己抓紧去办就行了。”

朱佳富微笑说：“今晚公司准备了夜点，请大家去餐厅用点心。我马上去处理这件事，争取明天按时开船。”接着对胡方说：“胡师爷，你给警察局写封文，找张秘书盖上公章，交给童经理，然后去警察局，会同汪队长立即把人保出来。我在楼下客厅等你们。”接着又补了一句：“对张阿德和吴思远要客气一些。”

在茶房的招呼下，大家纷纷离开会议室去餐厅。

朱佳富看见高源在缠着张碧秀说话，张碧秀的神情冷若冰霜，对高源爱理不理，但高源却死皮赖脸地问这问那。朱佳富皱了皱眉，喊了一声：“张秘书，叫人给楼下客厅的两位船员代表送两份点心去。”张碧秀答应着走了。高源只得怏怏地步出会议室，也用夜点去了。

朱佳富没去餐厅，在会议室里挺胸直腰，踱着方步徘徊，思考着应付罢工的办法。

二

朱佳富整了整西服，慢步进入客厅，他先向两位代表点头招呼，笑眯眯地对站起来的代表挥手说：“请坐，请坐，对不起得很，我刚回来，劳你们久等了。”两位代表坐了下去。

朱佳富看看桌子上摆着的两盘油炸汤圆原封未动，于是问：“你们怎么不吃点心！趁热快吃嘛。”两位代表仍然坐着，有些疑惑地注视着他。

朱佳富摸出一只镀金的烟匣，打开递过去：“请抽烟！”两位代表摇摇头没有伸手拿。

朱佳富点点头：“啊！不会抽烟！”然后自己取了一支香烟衔在嘴上，点燃吸了几口，然后坐到就近的一张椅子上。

朱佳富徐徐地喷了一口烟，对两位代表端详了一会儿，对一个穿着一身油腻工作服，皮肤很黑，很粗糙，肌肉发达有力的代表问：“你一定是生火工莫家华，多少岁啦?”

莫家华点点头.回答说：“二十二岁。”

朱佳富又问：“有婆娘吗?”

莫家华迟疑了一下，他不明白朱佳富问这些干啥，葫芦里卖的啥药！只无语地点了点头。

朱佳富用关心的口吻问：“有娃儿吗?”

莫家华慢吞吞地回答：“两个儿子，是一对双胞胎。”

朱佳富微笑夸赞：“好福气。”见莫家华有些不以为然的样子，接着说：“是呀！唉，靠你一个人做工来养活这些人是很困难的。”

另一个代表长得清瘦，大约三十岁，有些不耐烦了，声音洪亮地说：“朱总经理，我们不是来陪你谈天的，再说，我们这些穷船员与总经理谈天，也高攀不上。”

朱佳富并没生气，脸含微笑：“好，我就喜欢你这样的性格，人穷志不穷，有骨气。你就是茶房袁平吧?”

袁平斜眼注视着朱佳富。他平时接触的有钱有势的人，特别是罗天成那一帮人，都是凶神恶煞的，动不动就骂人，打人。像朱佳富这样文质彬彬，对人和颜悦色的还少见。他对他存着戒心，但俗话说伸手不打笑脸人，反而感到有点手足无措，不知怎样对付才好。他愣了一下，说：“朱总经理，我们船员大多有妻室儿女，全靠我们帮工挣钱去养活。可你们用股票抵工资，叫我们大家去喝西北风？长江的水喝多了又胀人。我们与你们讲理，你们动手打人，还抓走了两个船员弟兄。”袁平愈说愈气愤，声音提高了一点，“难道我们不是爹妈养的，难道我们喝西北风就可以活下去？你们的股票有啥用？不能吃，不能用，不能当！硬是不让我们活嘛！”

朱佳富仍然心平气和地说：“你说的都是实话，喝西北风只能使人冷，填不饱肚子。我的事情比较忙，下面做的许多事我都不知道，委屈了大家，很对不起你们。以后大家不要见外，有话可以到公司来直接找我说，可以免除一些误会。能为大家解决问题我一定尽力办。”

莫家华见朱佳富推得一干二净，忍不住顶了一句：“朱总经理，用股票发工资，船上童经理说，是奉你的指示办的。”

朱佳富稍微愣了一下：“嗨！他们完全把我的指示理会错了。我是叫他们动员船员，可以优先买公司的股票，要自觉自愿嘛！我们公司就像一个大家庭，船员弟兄个个都是大家庭的成员。你们艰苦一点，节约一些钱买公司的股票，年底按股分红，比存银行强嘛！我完全是一番好意，哪知被下面的人办走了样，好事办成了坏事。唉！我做总经理也有责任，交代不清楚，不了解下情。总之，让船员弟兄受了委屈，还要请你们原谅。”

莫家华说话很少，他与袁平不禁面面相觑，他们事先商量的一套谈判策略完全对不上号。没有预料到朱佳富会客客气气地接待他们，并且谈得头头是道，又说好话又赔小心。

还是袁平老练一些，单刀直入地问：“朱总经理，我们提出的条件你看过吗？”

朱佳富摸出一张字条，上面写着一些密密麻麻的小字，用手展开摊在桌上，脸上的表情很诚恳：“我能办到的事情一定马上办，暂时办不到的，以后争取办。唉！你们不知道，我上面还有个董事会，有些事情还要通过他们才行。这第一条：马上释放被抓船员，惩办肇事者，保证以后不随便抓人。我已派人到警察局交涉去了，叫他们把人保回来。”朱佳富回头吩咐站在后面的茶房：“去看童经理回来没有？”

茶房刚出去，正好迎面碰上童经理和汪队长带着张阿德、吴思远回来了。于是把他们领进了客厅，汪队长手下的几个稽查各自走了。

袁平和莫家华见张阿德和吴思远真的放回来了，惊喜地迎上前去，亲切问候，扶在椅上坐下。

朱佳富笑着说："张师傅，吴师傅，请你们原谅。唉！我回来迟了一步，让两位师傅受了委屈，抱歉得很，抱歉得很。茶房，泡茶。"

张阿德态度冷冷地逼视着朱佳富。他身上穿的那件嘎嘎衣，长衫的衣襟已经撕破，脸上有手划的伤痕。吴思远脸上更是青一块，紫一块。

张阿德与朱佳富还是第一次直接接触，他对朱佳富浓厚的洋气感到不顺眼。因为他曾在怡和洋行船上做过工，受尽了英国人的气，英国人那种矫揉造作、非常伪善的绅士派头，他是熟悉的，所以对于朱佳富怀着隐隐的敌意。

吴思远进客厅时的一股火气，被朱佳富左一个抱歉、右一个对不起给减小了。他暗想，朱总经理这人不错，主要是罗天成手下的人太坏。他射向朱佳富的眼光比较柔和了，不禁端起茶碗喝了一口茶，说："朱总经理，你要为我们作主。"

朱佳富正因张阿德冷冷逼人的目光感到尴尬，听吴思远这样说，不觉喜上眉梢，正色地说："我一定替你们作主，为船员办点好事是我总经理的职责。"

张阿德瞪了吴思远一眼，对他刚才说的话表示不满意。

袁平仍然不放松地问："朱总经理，既然放了人，还要惩办肇事者，保证以后不随便抓人，又怎么说？"

莫家华也愤愤地说："难道我们的人被打成这样就算了！"

朱佳富连连说："你们说得对，说得对。等我调查清楚后，一定要惩办，并且我可以向你们保证，我绝不会随便抓人。"

汪队长想不到朱佳富会这样说，要想反驳，但自己名义上属他管，他又是高伦的心腹，真正翻脸对自己不利，只是不满地哼了一声。

袁平听出朱佳富话中留有余地，不放松地说："总经理，保证你不随便抓人，难道你部下可以抓吗？"

朱佳富脸色很不自然，觉得袁平很厉害，不禁注视了一会儿袁平，然后若无其事、慢吞吞地说："字眼就不要钻了，反正以后不随便抓人就行了。"其实在这一条上他耍的花招不多，他更想利用船员闹事，借机限制削弱罗天成的势力。接着问："这一条你们满意吗？"

袁平、张阿德他们互相看了一会儿，都想不出有啥破绽。

袁平为了留有余地，没有正面回答满意不满意，进一步问：“总经理，第二条怎么说?”

朱佳富瞥了瞥桌上那张纸条，说：“第二条要求发清积欠工资，不许用公司股票抵付。好，这一条提得正当，一个工人不能拿到工资怎么养家糊口。我叫他们照办。”

听了朱佳富的回答，不仅童祖钱和汪队长感到意外，袁平、张阿德也感到迷惑，想不到他答应得这样干脆。

仍然是袁平发问：“总经理，我们家里都是等钱买米下锅，发清积欠工资的期限你要说清楚一些。”

朱佳富不觉又扫了袁平一眼，沉吟了一会儿说：“今天银行已经关门，现金取不出来了。这样好不好：你们明天开航，后天回到涪陵就先付一半，其余最多一月内付清。”

朱佳富看袁平他们还有点不满意的神情，于是带点诉苦地说：“唉！公司也有难处，现金短缺，营业上被民成公司抢生意减少了收入。可是，到处都需要现金：燃料、油料、物料、机修，哪一样不要钱？希望大家回去向船员弟兄解释一下。目前公司的困难很大，假若再不能筹集到现金，就有关门的危险。我们公司就像一个大家庭，你们每一个人，都是大家庭的成员。锅里有，大家碗里就有，有困难大家都要作点牺牲，才能渡过难关。”

袁平他们听朱佳富诉了一大串，有些话也是真的，有些话初听也很有道理，可细细一想，又觉得有点不对，但一时都找不出话来反驳。

朱佳富接着慷慨地补充：“公司不管怎样困难，你们的工资我保证照付，买股票由船员自愿。请你们放心。”

吴思远摸了摸脸上的伤痕，他恨罗天成那一帮人，他觉得总经理通情达理，于是说：“总经理，要是他们都像你这样体贴下情，我们也不会闹起来了。”

张阿德瞪了吴思远一眼，对他的话感到不满意。他对朱佳富有一种戒心，总觉得在他的微笑后面隐藏着一种不易捉摸的东西。

朱佳富感叹地说：“唉！以后你们有事可以来找我。唉！我的事情多，一时照顾不到的地方，随时可以来提醒我。这次若先来找我，也不致闹这么一场，使你们受了委屈。唉！都怪我事情忙，照顾不周，使你们受了委屈。”朱佳富左一个委屈，右一个委屈，反而使袁平他们不好再说什么。

不等袁平他们提出来，朱佳富主动说：“这最后一条：不许把头打人骂人。完全正确，提得有理。现在是中华民国，国民是国家的主人，当官的是国民的公仆，哪有仆人打主人的道理？孙先生就主张提高民权嘛！以后他们打人，可以来找我，一定支持你们。”

袁平他们被朱佳富这番话说得瞠目不知所对，比他们预想的还满意。袁平有些不放心，重申一句：“总经理，你要说话算话！”

朱佳富肯定地回答：“绝不食言。”

汪队长沉不住气了，忍不住站起来，对朱佳富不满意地说：“总经理，你这是……”

朱佳富一挥手，不让汪队长说下去：“不再说了，以后就这样办，不许随便打人骂人。”又含笑对袁平他们说：“各位师傅马上回去休息，明晨天不亮就开船，是很辛苦的。”

朱佳富已站起来送客，看张阿德还有些迟疑，关心地说：“张、吴二位师傅本来应该送医院去将息几天，但船上缺人，你们要委屈一下。”

张阿德和吴思远虽然觉得脸上和身上火辣辣地疼痛，也只好站起来跟着袁平、莫家华他们往外走。

朱佳富送到门口，连连说：“对不起，对不起，委屈你们了，等我有空再上船去看望。”

三

朱佳富回到客厅，童祖钱与汪队长仍坐在那里等着他。

汪队长有些激动地问：“朱总经理，你这样迁就放纵他们，他们以后无法无天，谁还敢管?!”

朱佳富嘴角露出一丝笑意。一场风波，凭他三寸不烂之舌，瞬时变得风平浪静，心里颇感得意。他没有马上回答汪队长的责问，摸出烟盒来让他们各人取了一支，然后自己取了一支，啪地合上了烟盒。茶房上前给他们点燃，恭敬地在一旁侍立着。

朱佳富喷了一口烟，示意茶房退出去。

只剩下他们三个人了。朱佳富舒适地坐在椅子上，见汪队长仍站在那里等他回答，表现出不满的样子。朱佳富平静地指着空椅子，说："汪队长，坐下慢慢谈嘛！"

汪队长只好坐下，猛吸了几口烟，烦躁地乜着朱佳富。

童祖钱也觉得朱佳富处理这事欠斟酌：全部答应了船员的要求，不但丢面子，而且开了这个先例，以后就不好办。

朱佳富不慌不忙，徐徐喷了一口烟。他觉得现在需要在天平的另一端加上一些砝码了，他问汪队长："你不是很喜欢看川戏？"

汪队长不明白眼前的事情与看川戏有啥联系，没有回答。

朱佳富不等回答，接着说："一台戏如果全是唱红脸[1]的角色，能把这台戏唱下去吗？汪队长，这不可能吧！"

汪队长眼睛一亮，仿佛有点明白了。

朱佳富微笑着向汪队长点了点头："汪队长，红脸和白脸[2]都要有人唱才行。今天我扮演的是白脸，你今后应该扮演什么角色呢？"

汪队长不禁脱口而出："红脸！"

朱佳富点头说："对，你应扮演红脸。汪队长，我们就各演各的角色吧！"朱佳富得意地笑了。

汪队长脸上的表情是一个惊叹号，朱佳富一看就明白他的意思：没那么便宜，我当恶人，你当好人！

朱佳富不动声色地说："你这个护航队长若装好人，还能捞到那么多外快吗？"朱佳富脸上的表情仿佛在说：你要名还是要利呢？

汪队长恍然大悟，用他那厚实的巴掌向自己腿上一拍："唱红脸就唱红脸，护航队反正挨骂，多骂几句还不是一回事。"

朱佳富看时间不早，站起来对汪队长说："今天你为船上的事情辛苦了，汪队长，回去好好休息吧！"

汪队长打了一个哈欠，他真的感到有点累了，起身告辞："总经理，明天见。"服服帖帖走了。

1　指戏剧中演员的脸谱，红脸一般象征凶恶的角色。

2　在戏剧中，白脸一般象征文明善良。

朱佳富看汪队长走了，胸中不由透了一口气：汪队长虽是他的下属，但他知道他不仅是罗天成的心腹，而且背景复杂，说不定是吃黑饭[1]的朋友，还是少得罪为妙。

朱佳富看童祖钱也准备回船，一招手说："童经理，不忙走，我还有话与你说。"

童祖钱只好留下。朱佳富凝思了一会儿，半天才开口："童经理，你看袁平这人怎样？"

童祖钱不明白朱佳富为何对这个茶房表示关注，回答说："袁平读过几天书，船员中文盲多，算船员中的秀才。他有点威信，平时喜欢跟着起哄，歪点子也不少，这次闹事他最使劲。我看以后得想法弄走，否则船上不会太平。"

朱佳富意味深长地笑笑："对，是要将他从船上弄走。过几天等这件事情冷下去后，我准备调他到公司当客运师爷，你看怎样？"

童祖钱自作聪明，以为懂得朱佳富的用意，表示赞同："对，你这方法妙。用升调的方法把他暂时调到公司，以后再叫他滚蛋。"

朱佳富知道童祖钱把他的意思理会错了，摇摇头说："不，这个人我看很有才干，我们业务要发展，正需要这样的人才。我准备重用他，先叫他当客运师爷看看，以后我还要委任他当客运课长呢！"

童祖钱看朱佳富说得很认真，不像开玩笑，惊异得差点跳起来："这样的捣蛋鬼要重用，我看不行吧！他能乖乖为你所用？"

朱佳富胸有成竹地解释说："你对这样的人一点不理解，喜欢闹事不是天生的。主要是有点才干，怀才不遇，所以喜欢戳乱子。我们只要加之以威，给之以宠，给点甜头与他尝尝，让他觉得大有奔头，他不仅不会戳乱子，还会以百倍的热情为我们工作。民成公司的陆总经理是少有的将才，他在这方面做得很好。他公司里收罗了各种人才，很多就是从船上越级提升上来的。俗话说：'十步之内，必有芳草。'我们搜罗人才不能舍近求远。我国许多贫穷的读书人没有出路，流落在下层的很多，是社会不稳定的因素。诸葛亮不过是南阳高卧隆中一贫士，刘备求得，终成蜀川之王业。我敢于说：《水浒传》中的吴用，假若能让他做官，肯定

1　民众对特务的贬称。

不会替晁盖出谋划策去智取生辰纲。则宋江少一足智多谋的军师，而宋天子可得一能干之官吏。一失一得差之千里。”

童祖钱点了点头，对朱佳富这些新颖而独特的见解很佩服，随即又表示疑虑：“将袁平这样的人调到公司，假若仍与船员一条心，岂不内外夹攻!”

朱佳富突然哈哈大笑，弄得童祖钱有些莫名其妙，傻看着朱佳富。

朱佳富忍住笑：“你为什么把我们自己的力量看得那样脆弱，没有魄力怎能成大事！假若真如你所说，小小一个袁平，除去他还不是易如反掌嘛，有啥可怕。先就怀疑别人不能为我们所用，唉！持这种想法的人不知埋没了多少人才。结果便宜了敌人，吃亏在自己，真是可叹。”

“啊!”童祖钱恍然大悟，不禁连连点头，非常敬佩，心悦诚服地说：“对！朱总经理真是高明。”

朱佳富看左右无人，将椅子移近童祖钱低声说：“唉！罗董事的那些人，只知打三摘四，狗屁不懂，依靠那些人怎能将公司办好！要与民成公司竞争，我们首先要搜罗一批人才，慢慢将罗董事的那些人换掉才行。”

童祖钱是高伦的人，早已听见高伦露过这样的口风，今天又听朱佳富明确向他提出这个问题，不禁眼睛和鼻子皱在一堆，顾虑重重地对朱佳富说：“朱总经理，换掉他们谈何容易！这些吃袍哥饭的佬儿，动不动讲白刀子进，红刀子出。高董事长兼总经理时也想这样办，但最后还是白费气力，不得不妥协完事。”

朱佳富意味深长地说：“童经理，他们演红脸，你就应该演白脸，要尽量取得船员的好感。把得罪人，容易引起船员反感的事情推给这些袍哥佬儿去干。”

童祖钱眼睛眨了几下，仿佛不全懂得朱佳富的意思：“为啥?”朱佳富慢悠悠地说：“这叫‘鹬蚌相争，渔翁得利’。”

他怕童祖钱还不懂得他的意思，往前凑了凑，补充说：“我们要充分利用船员对这些袍哥佬儿的不满，借他们的力量，一点点，一个个，慢慢把罗天成的人拉过来，挤出去，换上我们的人。”

童祖钱听完了朱佳富的话，不禁眉开眼笑，连声说：“妙，妙，朱总经理真是棋高一着，可以撒豆成兵。”

朱佳富沉思了一会儿，不放心地接着向童祖钱面授机宜：“不过，你要掌握得有分寸，要进行得不露痕迹。不然，他们会警觉。更不能与这些袍哥佬儿闹翻。这些人只知搞钱去花天酒地，其实一个个愚蠢透顶，你不妨略施两面三刀……”

童祖钱见朱佳富的手段这样厉害，惊疑地看着朱佳富，暗暗想道：“高董事长选朱佳富当总经理，算是选对了。像公司这样一个烂摊子，的确要朱佳富这样的才干，方能拨乱理财。可是像朱佳富这样的人一旦羽翼丰满，高董事长能驾驭吗?!”

朱佳富见童祖钱的神态，好像猜中了他的意思，忙说：“童经理，今天就谈到这里。你赶快回船将大家安抚一下，准备明天按时开航。”朱佳富今天只略动唇舌，把一帮人都弄得服服帖帖去了。他兴奋过度，不禁把自己肚里的货向童祖钱倒出太多，他见童祖钱惊疑的神态，马上警觉地收住了。

四

朱佳富送童祖钱到公司门口，看见三辆黄包车正好在公司门口停稳，杨宝瑜、高茜、春燕下了黄包车。

童祖钱站住客气地招呼：“朱太太，高小姐，电影才散场吗?”

杨宝瑜也站住了，微笑着正想回答，高茜抢先说：“罗伯伯的电影院，机子已经七老八十了，尽出毛病，停停放放，看起来急死人。一场电影放了三个多钟头，又是哑巴电影，演一会儿又要放字幕，这夜深才散场。”

朱佳富笑着说：“高妹，你莫急！你罗伯伯已派人到上海买有声电影的新机子去了，以后再不看哑巴电影了。”

高茜一对明亮的眼睛瞪得大大的：“朱哥，真的?!”

“你朱哥从不骗人，不信，你上楼去问罗伯伯。”朱佳富回答。

杨宝瑜提起黑金丝绒旗袍的下摆，走上了阶梯，向童祖钱说：“童先生，下次船开宜昌，再给买几斤上次买回的那种大板栗。”

高茜听了，接着说：“童叔叔，也给我带几斤。”

童祖钱一面走，一面笑着回答：“好，我给你们一人带一麻袋来，看你们吃不吃得完。”说着走了。

朱佳富对高茜说：“高伯留在公司一时不走。高妹，你明天还要上学，我派轿子送你回荔枝园。”

高茜正要回答，春燕在她耳边嘀咕了几句悄悄话，高茜黑黑的眸子灵动一转，回答说：“我今晚跟春燕大姐睡，明天一早回去上学。”说完左手拉着杨宝瑜，右手拉着春燕往前跑。

杨宝瑜差点被她拉跌倒了，笑着喊：“死女娃子，慢点，慢点。”这句四川话说得很不错。

朱佳富含笑跟在后面上了二楼，分手向会议室走去。

高伦他们还在会议室等他，朱佳富进入会议室，大家都向他点头招呼。

朱佳富坐下后，看见张碧秀还坐在会议室，眼睛有点发涩，显出很疲倦的样子，于是说：“张秘书，今天没你的事了，去休息吧！”顺便也对胡方说：“胡师爷，你也可以去休息了。”

其实朱佳富是不愿意他们对董事会研究的事情知道得太多。看张碧秀和胡方走了，朱佳富将刚才谈判的情况，简要而有选择地介绍了一下，也作了一些必要的解释。

高伦舒了一口气，觉得比他预期的要顺利，点头说：“这样解决很好，事态扩大对我们不利。天成，你说呢?”

罗天成对这样解决，有些不满，觉得太迁就。但看见高伦已加以肯定，不便硬顶。于是看了徐宁山一眼：“徐三哥，你说说。”

徐宁山刚才已过足烟瘾，平时又是夜醒鲜，毫无倦意。看罗天成指名要他说，他明白罗天成的意思。他迟疑了一会儿：要他暗地出点主意还可以，要他出头去得罪高伦和朱佳富，他觉得对自己没好处。再说，既然刚才董事会已委托朱佳富全权处理，生米已煮成熟饭，说也没用。但不说两句敷衍一下罗天成更不好。他取出了一支香烟，用指头捏着在桌上顿了顿，放在嘴上衔着，慢条斯理划燃火柴点着，看看朱佳富说：“朱总经理，这用股票顶工资，是民成公司兴的规矩，又不是我们兴的，难道就算了不成?”

这时从窗外传来发电厂汽笛长长的鸣声，这是快要关车熄灯的信号。

茶房上前点燃了长餐桌上准备好的蜡烛。汽笛声刚停，电灯就由明到暗，又由暗到明，最后慢慢暗下来，终于熄灭。因为习惯了明亮的电灯光，众人觉得几支蜡烛发出的光很昏暗，人影投射到白墙上拉得很长，显得有点阴森。

朱佳富拖长了声音回答：“今后提法要改变：不叫股票顶工资，应该叫推销股票，要船员购买。采取自觉自愿原则。”

徐宁山的沙喉咙放大了一点：“真是书生之见，船员会自觉自愿购买股票?”

朱佳富听了这句话，看徐宁山的态度很傲慢，感到有些恼火。他斜视了一眼徐宁山，觉得不先驳倒他，今后就不好办。他振振有词地说：“徐董事，下面不照我的方法办，当然就行不通。”他只笼统指“下面”，是为了避免冲突的一种策略。接着说：“不给船员留点生活出路是不行的，要让他们把船上这个饭碗当鸡肋——食之无肉，弃之可惜。饭要一口一口吃，要想把一碗饭一口吞下去是会哽住的。最先可以让他们少认购一点，造成了既成事实，再得寸进尺，慢慢往上加。为了不让他们拧成一股来反对，可以先在工资较高的船员中认购，一般工资低的船员可暂缓认购，加以分化。以后逐渐缩小包围圈，使其一个不漏，做到不自愿也要自愿。”

罗天成听朱佳富说得很有道理，不禁点头赞同。徐宁山也被说得张口结舌，不再多话。

高伦看时间已到下半夜，用手指在桌上敲了一下：“我看今天就商议到这里，有些事情以后再仔细研究。”

散会了，茶房提着灯笼照明，朱佳富把他们送到公司大门口。徐宁山与高源上轿先走了。

罗天成躬着腰正要上轿，朱佳富凑前一步，低声问：“罗董事，三姨太的生日快到了，金四怎么还没来?”

罗天成站住，直起腰来：“哦！我忘了跟你说，金四的管事先一步到了，金四明天就到。明天你早点到我那里吃便饭，如何?”

朱佳富在这里不便多说，点点头，客气地说：“好，一定去。请罗董事升轿。”

罗天成拱拱手，钻进轿子离去了。

高伦已进了轿，朱佳富突然想起一件事，弯腰扶着轿杆对高伦说：“高伯，高妹今天看电影回来迟了，内人留她在这里歇宿，叫黄妈明早把她的书包送来，她就从这里上学。”

高伦点头答应，轿子抬着走了。

朱佳富等他们都走了，没有马上进去，在台阶上踱了几步，然后站住，仰头望着那笼罩在夜色中的高山，暗暗盘算：金四来得正好，目前必须从金四那里搞到一笔钱，公司才能应付目前的危机……

他突然想到了李明，在涪陵这个地方，目前只有李明才是他的对手。他几次试探都没结果。要是李明是国民党左派还好办，假若真是共产党，必然会在船上工人中插手，那就不易对付了！

朱佳富不禁长长叹了口气，大有“既生瑜，何生亮”的感叹！

第十三章

大兴洋行的经理牟玉佛，是罗天成手下的一员大将。说起来很有趣，真是不打不相识，那是几年以前的事。

一个丰都人在河街一间不大的平房里，开了一家洋行。房子不显目，但一块金字招牌挂在门口很气派，“大兴洋行”几个金光闪闪的大字苍劲有力。

平房里一间大房是堆栈，像积木似的堆放着许多木箱，木箱上印着许多外国字。其实木箱里全是空的。

谁也不知道这家洋行究竟做啥生意。除了经理牟玉佛之外，只有一个雇员和一个仆役。

牟玉佛没有带家眷，好像很有钱，穿着讲究，过着阔绰的生活。客厅的摆设很讲究，四壁挂满了名人字画。陈列着唐三彩、青铜器之类的古董。一堂楠木家具，漆得红彤彤可以照人。

牟玉佛很好客，也爱搓麻将，整天不下牌桌都可以。

有一段时间，经常有人来这里搓麻将，他从不抽取头钱，并且好酒好肉招待得很周到。

他的赌运很好，许多人都输得精光走路。有人才开始猜测，可能他是专靠打假牌为生的彩客，开洋行主要是做样子。但是又得不到证实，谁也没有捉住过他的把柄。

于是来这里打牌的人愈来愈少，只有外地初来这里的客商，不明底细的船员，偶尔有几个人来打牌。

事情终于让罗天成知道了，他感到十分生气：因为牟玉佛没有到他那里去拜码头，拿言语，就胆敢在码头上开赌局打假牌。罗天成当时就把桌子一拍，桌上的盖碗茶托都震得跳起来了，大声喊：“今天的值堂管事[1]是谁？带几个老幺去把牟玉佛抓来。”

公口茶馆[2]的值堂管事正好是徐宁山。他伸着长脖子在罗天成耳边轻声说：“大

1 凡地方哥老会组织，每天都有一位五哥以上的人轮流值班，专门处理哥老会的日常事务，称值堂管事。

2 哥老会组织开设的茶馆。

哥，他公开身份是大兴洋行的经理，没有捉住他的把柄，随便把他抓来，恐怕惹起商界不服。许多开洋行的都有外国人做后台，闹大了恐怕不好吧！”

罗天成气得几根大猫胡子直竖，斜了徐宁山一眼，说：“撞码头不来进奉[1]，叫我手下的兄弟伙吃屁！未必就算了不成？”

徐宁山微微一笑，在罗天成耳朵边叽叽咕咕说了一阵，罗天成脸上的怒气顿时变成了笑容，点了点头。

徐宁山回头喊了一声：“吕幺爸，你拿一张罗大爷的名片，去河街请大兴洋行的牟经理来公口茶馆打牌。”

吕幺爸露出几颗黄黄的金牙，利索地答应了一声，从徐宁山手上接过罗天成的红纸名片，带着两个小老幺去了。

吕幺爸他们走后不久，罗天成、徐宁山又把一个叫许丰的外堂管事[2]叫来。这许丰自幼也学了几手假牌，也可充半个彩客，所以罗天成选他为外堂管事，专管陪客赌钱玩乐。他们三人坐在茶铺后面一间客室里等着，一切已安排就绪，专等牟玉佛到来。

不一会儿，牟玉佛果然跟着吕幺爸来了。他穿着灰色绸长衫，头戴一顶青呢博士帽，手指上几个沉甸甸的金戒指黄灿灿。他态度从容地向罗天成拱手问候：“罗大爷，兄弟久仰了。”

罗天成欠欠身表示回礼。徐宁山迎着招呼：“牟经理，请坐，请坐。”

牟玉佛面无惧色，大咧咧坐在椅子上。堂倌上来冲了一碗新茶。罗天成见他端起茶碗就喝，连袍哥的规矩都不懂，脸上露出不满的神色。

徐宁山坐在椅子上，向牟玉佛拱拱手问：“请问拜兄，在哪个堂口进步？”

牟玉佛知道这是在盘他的根底，摇摇头回答：“兄弟根基浅薄，未曾入流[3]。”

徐宁山感到有些诧异：跑江湖在川江各码头混饭吃的彩客没有参加哥老会，实是罕见。于是问：“牟经理，请问在家干啥？”

牟玉佛好像脸红了一下，答道：“兄弟几代人都是冥府[4]吹唢呐的。”

---

1 凡是跑江湖吃码头饭的人，必须将一定的进项送给当地哥老会组织，称为进奉。

2 哥老会中专管交际、联络的人员。

3 指没有参加哥老会。

4 旧时迷信，称丰都为阴曹地府，又称冥府。

徐宁山“哦”了一声，他知道牟玉佛出身微贱，属于下九流，所以没有资格入哥老会，便没有再问了。

罗天成听牟玉佛说没有海皮[1]，对他的失礼，当然就不追究了。过一会儿，罗天成慢吞吞地说：“听说牟经理很喜欢搓麻将，今天请你来凑一桌玩玩，你看怎样？”

牟玉佛没有推辞，回答得很干脆：“好！”

麻将牌早已在桌上摆好，徐宁山用手向牌桌一指：“请！”牟玉佛也没有向他们一一请教尊姓大名，就在牌桌上坐定。

搬了庄，大家按位又重新落座：徐宁山的庄，坐在牟玉佛下首；许丰坐在牟玉佛上首；罗天成与牟玉佛对面而坐。

四圈麻将快搓完了，牟玉佛输了几百元，神色自若，毫不在乎。罗天成与徐宁山没有大的输赢。许丰当然赢得最多，面前四川银行发行的钞票堆了很高一垛。

罗天成嘴角露出了一丝得意的笑容，他觉得牟玉佛很知趣，服服帖帖当了输家，也觉得徐宁山的计谋果然不错，真叫箭不虚发。

最后一圈，轮到许丰坐庄，和了一副清一色的筒花，牌摊了下来，高兴地喊：“满贯！”

牟玉佛看了看许丰面前摊下的牌，用手将其中一块五筒的牌用手一抹，顿时现出原形，原来是一块四筒。牟玉佛不露声色，只对许丰微微一笑，也没点破，把钱如数点给了他。

虽然牟玉佛没有公开点破，但许丰暗暗吃了一惊。因为他玩假牌从没被人识破过，现在被牟玉佛识破，说明技艺比他高明，脸红了。

临到牟玉佛最后坐庄，一连和了五个满贯，都是中、发、白凑成的三元会。不禁使罗天成、徐宁山感到诧异，不断使眼色与许丰，要他注意捉假。

许丰全神贯注地注意着牟玉佛的动作，但看不出半点破绽。眼看牟玉佛把输的几百元都赢回去了，并且还有盈余。许丰紧张得额上冒汗，假若牟玉佛的三元会不断和下去，后果真不堪设想。

最后一盘打到中途，轮到牟玉佛摸牌。他把牌反扣在桌上，用手在空中画了

1　指没有参加哥老会。参加哥老会为海皮。

一个圈，口里喊道：“发财呀！发财。”他正待用手去摸，突然暴发了一阵咳嗽，一口痰含在他口里，于是他站起来去屋角吐痰……

许丰一看牟玉佛应该摸的一块牌有暗记，他认出正好是发财，吓了一大跳。趁牟玉佛到屋角吐痰之机，迅速将黄张里的一块一筒与那块牟玉佛应该摸的发财调换了。

牟玉佛吐了痰，一会儿就回来了，伸出手去在要摸的那块牌上轻轻拍了拍，口里喊道：“发财呀！发财。”

许丰心里正暗暗好笑，殊不知牟玉佛把那块牌摸起摊开，果然是一块发财。他揩了揩自己的眼睛，清清楚楚看见还是一块发财。他惊异得呆了，那块发财明明被自己换到黄张里去了，怎么还是发财呢?!

牟玉佛已经和了，牌全部摊开：又是中、发、白凑成的三元会——满贯。

许丰蹦了起来，连喊：“有假！有假!”

大家的眼光都投到牟玉佛身上，但见牟玉佛不慌不忙，微笑着对许丰说：“许先生，你调换牌的时候眼睛看花了，正好把一筒认成了发财，把发财认成了一筒呢!”

许丰不相信，将换到黄张里去的那块发财翻开一看：嘿，果然是一块一筒。许丰更加惊疑地注视着牟玉佛：“咦！怪，怪，怪。”

牟玉佛推开牌站起来，含笑对三人拱拱手：“兄弟班门弄斧，请罗大爷、徐三哥、许三哥海涵。”

罗天成忍不住伸出大拇指说：“牟先生，好！玩得漂亮，玩得干净利落。”

罗天成身边正缺少这样的行家，当即由罗天成亲自引进，参加了哥老会，并一步登天，提升为三哥。

这都是那些年牟玉佛的往事。

金四到了涪陵，在这节骨眼上，牟玉佛偏偏病了。罗天成虽然着急，但与朱佳富暗自研究之后，认为：杀鸡焉用牛刀。像金四这个从不步出金家大院的草包公爷，只要三姨太的迷魂阵味儿搞浓一点，再加上许丰对付就绰绰有余了。

自从金四到来，罗天成带着三姨太陪着他逛戏园、看电影，着实忙了两天。

根据朱佳富暗中的安排，他们决定提前两天动手。因为三姨太生日那天肯定人多眼杂，很多事情都不方便。真叫：撒下天罗网，金四插翅也难飞。

二

许丰今天换了西装，手指上还多戴了一枚钻石戒指，风度变得大方而气派。他天擦黑就踱进了罗天成的小公馆。刚走到客厅门口，吕幺爸站在门口高声通报：“许三爷到。”

三姨太身边一个侍女掀开门帘：“许三爷，请进!”

客厅里，罗天成、徐宁山、高源、三姨太都起身相迎，齐声说：“许三爷，请坐。”

金四从未见过许丰，更不知他的根底。他坐在客厅里仅有的一张沙发上，见许丰气度不凡，大家这样隆重迎接，也从沙发上站了起来。

三姨太今天穿一件紫红色金丝绒旗袍，衩开得很高，腰身收得很细，胸部裹得很紧，把丰腴动人的体态恰到好处地显出来了。旗袍胸部绣着几朵浅黄色的小花，娇艳无比，领口别着一朵珠花。脖子上戴着一只金项圈，这是金四送她的礼品。脚上穿着一双浅黄色高跟皮鞋。她轻盈地扭动着软腰袅袅上前，握了握许丰的手说：“许三爷，好久不见，今天是哪股风吹来的?”回头给金四介绍：“金先生，这位是大商家许先生，这位是石牛场的金先生。”

许丰对金四拱拱手：“久仰，久仰。”金四也拱拱手：“幸会，幸会。”

大家又坐了下来，三姨太的侍女用托盘献上茶，拿着托盘退下去了。

金四自从到涪陵后，耳濡目染，觉得很多事情都是新鲜的。原先以为他那金家大院很了不起，相比之下，才觉得金家大院里的一切，大多已经过时了。涪陵街上一派繁华气象，妇女的时装艳服使人眼花缭乱，目不暇接。坐在他旁边的侍妾咏莲，是金家大院脂粉队中最出色的。但她穿着一套粉红缎子短衫裤，鹅黄色缎子绲边，宽大的衣袖和裤脚，头上的发髻，都是多年以前的装束，与三姨太那位侍女剪裁合身的花短衫裤和发式比起来，就显得俗气，甚至有点滑稽的味道。再看看自己的装束，虽然是上好的衣料，但衣领过高，衣袖又太窄小。再看三姨太，比起她到金家大院去时那套西式打扮，显得更加妩媚肉感，另有一番风韵。沉甸甸的金项圈，领口的珠花，更衬托得她雍容华贵，光彩夺目，真是仪态万方。

他暗暗懊悔自己为什么不早出来走走，外面这样好的花花世界原先竟然不知道！就拿室内这电灯来说，就使他惊叹不止，比蜡烛和美孚灯又不知强多少。连他平时最看不起的生意人，也使他改变了看法：这些大贾富商豪华的排场和享受，使他艳羡不已。

三姨太坐得离金四很近，一种从未闻过的香味阵阵袭来，使他神魂飘荡，有点想入非非。

三姨太轻启皓齿，微笑着对许丰说："许三爷，刚才金先生跟我们讲《石头记》，讲得真好呢!"

许丰正想回答，高源把话接了过去："金先生的博学世间实在少有，真是家学渊源。对于《红楼梦》的考证，中国除了胡适博士之外，只有一个俞平伯先生堪称红学家。今天听了金先生的高论，若写成一篇考证论文，我敢说一定会轰动中外。"这位花花公子今天穿着一套花呢西服，面如傅粉，唇若涂朱，真是翩翩少年。他今天是罗天成特地请来陪客的。他与金四相反，觉得三姨太平淡，而觉得金四的咏莲很有点古装美人的味道，令人神往。他不断偷看着咏莲，甚至对金四有一种莫名其妙的嫉妒。现在他这一番赞扬的话中隐含讥刺。

金四听阿谀奉承的话听惯了，他根本听不出高源在讥刺他，面有得意之色，口里却谦逊地说："过奖了，过奖了!"许丰只是笑而不言。

徐宁山看金四那苕哥儿样子，暗暗感到好笑，便凑趣说："不必过谦，再继续给我们讲讲，也好长点见识。"

三姨太端起金四的茶碗递过去："金先生，喝茶润喉，我们都想听听。"

金四听三姨太又在夸奖，更是兴高采烈。他从三姨太手上接过茶碗时，故意装作无意的样子摸触了下三姨太柔嫩的手背。三姨太望着他嫣然一笑，徐徐坐下。

金四见罗天成在场，不敢过分放肆，忙低头喝了一口茶。三姨太再没来接茶碗，金四只好怏怏地自己放回原处。他已半天没理身边的咏莲了，咏莲含羞低着头。在这陌生的环境里，她自己也觉得自己土气，有些拘谨和胆怯。

金四的身子动了一动，坐沙发还是第一次，有些不习惯。金家大院里的楠木太师椅虽然古香古色，也铺着棉垫子，但却没这洋玩意舒服。他看身边的咏莲怯生生地垂着头，在三姨太的面前显得土里土气，觉得俗不可耐。

金四从茶几的烟听子里取出一支三炮台香烟衔在嘴上，咏莲起身准备给他点火，但三姨太已先划燃了火柴。金四粗暴地瞪了咏莲一眼，咏莲不禁打了一个冷噤，又坐回原位，头垂得更低了，默默看着自己的绣花鞋出神。

金四喷了一口烟，开始说："曹雪芹这部《石头记》，又叫《红楼梦》。有人说，钗黛并美，我看确实如此。宝钗有宝钗可爱之处，黛玉有黛玉可爱之处。可惜二美不能并存。要是贾珠死后不留下寡嫂李纨和侄儿贾兰，《红楼梦》就不会悲金悼玉，以悲剧结局。许多看《红楼梦》的痴心人，就不会为黛玉而哭。”

大家听了金四这番议论，都有些不解，惊讶不已。徐宁山和高源不约而同，齐声问道：“是啥原因呢？”

金四没有马上回答，向咏莲看了一眼，喊了声：“茶！”

咏莲慌忙站起来双手将茶碗捧上，由于金四一直对她没好声气，心里紧张，手指有些哆嗦。慌乱之间，她手腕上戴的金手镯重重地碰击了一下茶碗，发出清脆的声响。茶碗里的茶水泼了一点出来，溅到金四的身上。一股怒气冲到金四的头顶。要是在金家大院，他会马上一脚向她踢去。在这里他只是不满地哼了一声，瞪了她一眼。

金四看咏莲的样子，觉得在这里碍眼，用手挥挥：“你回房去看看，有事再叫你。”

高源看咏莲姗姗地走了，有些怅然若失，很觉扫兴。

金四这才回答：“你们怎么连这点道理也不明白！要是贾珠死后没有留下寡嫂孤儿，中国自古有名训：不孝有三，无后为大。为了继承这房的香火，贾宝玉就可以多娶一个大老婆，算是贾珠这位长兄的填房。宝钗与黛玉都是大老婆，既不厚此，也不薄彼。岂不钗黛并美，传为千古风流佳话。”

大家听了金四这番高论，都不觉开心地哈哈大笑。徐宁山连连点头说：“妙论，妙论。要不是金先生博古通今，绝想不出这样的妙论。”

高源也点头道：“怪不得金先生为三位兄长娶了三位填房太太，已经不是钗黛并美，而是四美并存了。金先生何不写一部金楼梦以传后世，更是千古佳话。”

许丰听了高源的话，更忍不住好笑。

罗天成对他们的议论，半懂不懂，觉得枯燥无味，实在无聊，借故走了。

金四巴不得罗天成早点走，因罗天成不在，他的眼光可以肆无忌惮地在三姨太身上扫来扫去。三姨太已对他眼波流动，眉目传情。

徐宁山干咳了一声。金四忙把出窍的魂魄收了回来。

金四好像也听懂了高源话中带刺，又好像没听懂。他装作诙谐的口吻说：“啥四美并存哪！不过几个黄脸老婆。”他眉头一皱，接着一本正经地说：“唉！圣人说：不孝有三，无后为大。我三个哥哥死得好惨，要不是我为他们娶填房，留下后代，将来绝了香火，就要做孤魂野鬼。其实我是手足情深，只好如此……”

徐宁山赞叹地说："金先生孝悌如此，实在可敬。要是在大清朝是可以立孝悌牌坊的，我一定领头给你请旌。"

金四听徐宁山这样恭维，又见三姨太也听得笑眯眯的，便又谦逊又得意地说："立孝悌牌坊实在不敢当。若照大明朝的制度，只要地方缙绅保举，还可以做孝廉呢！其实，我不过秉承祖训，以孝悌传家而已。"

高源看金四把徐宁山的嘲讽当真，愈吹愈玄，忍不住好笑，但又不便笑出声来，憋得连连咳嗽。

三姨太两瓣涂着猩红唇膏的嘴唇一张，圆润的声音像珍珠般滚出来："金先生，你还是谈《红楼梦》吧！"

金四精神抖擞，叠着两个被香烟熏黄的指头说："曹雪芹写《红楼梦》耗尽了心血。单以《红楼梦》中人物的名字，雪芹就煞费匠心，不是随便取的：如贾雨村，就是假语村言的谐音；甄士隐，就是真事隐的谐音。贾府中四个女儿——元春、迎春、探春、惜春，取其每个名的首字，就是元迎探惜，即原应叹息的谐音，含义是极深的。"

这一番话，徐宁山和高源细细品味之后，觉得说得很有道理，他们都惊诧地看着金四：想不到这苕哥儿也不那么笨，居然在《红楼梦》中有这样的新发现。

其实金四出高价买了一本古本《红楼梦》，是脂砚斋的评本。在评语中有许多这方面的线索。徐宁山和高源没有见过这种古本。就是见过这种古本，可能也不会去读那些眉批小字，所以感到新奇。

金四见他这番话产生了效果，兴致更浓："《红楼梦》中的贾宝玉，其实也不是与宝钗结婚，这是高鹗续后四十回时改写的，原先……"刚说到这里，三姨太的侍女进来在她耳边低声说了几句。三姨太像风摆柳枝，扭着软腰跟着侍女走了。

金四看三姨太走了，陡地泄了气，怅然若失，没精打采地说："原先，原先……"他有气无力说了两个原先，后面的话还是没说出来。停了一下，才勉强把这句话说完："原先曹雪芹的构思，宝玉是与史湘云结婚。"

徐宁山与高源听了更觉稀奇。高源迫不及待地问："你有啥依据?"

金四伸了个懒腰，打了几个哈欠。徐宁山也被引得打起哈欠来，接着眼泪也淌了出来。他们的鸦片烟瘾都犯了。

徐宁山站起来，把话打断："不谈这些了。金先生，我们到你房里去坐坐。"

金四巴不得去过瘾，点头答应："好，好。"

高源和许丰知道他们过烟瘾去了，没有跟着去。

高源今天参加这次聚会，是朱佳富考虑再三才决定的。因为对罗天成有些不放心。虽然事先订过契约，但没有心腹参加，怕罗天成玩滑头，特别是徐宁山这人诡计多端。

高源看许丰在客厅里慢慢踱着步。许丰的底细高源是知道的，这个花哥儿不愿与他攀谈。他觉得很无聊，于是去打开了屋角桌上的留声机。一个像没有睡醒的女人，用软绵绵的声音在唱：

毛毛雨，

下个不停。

……

三

在楼上一间不大的密室里，顶灯没有打开，只有一盏台灯亮着。

朱佳富因为关系重大，应罗天成的要求，住在这间密室里指挥。

朱佳富与罗天成商量了一会儿：认为金四的管事熊世发是个老油子，久跑江湖，也认识许丰。为了万无一失，决定今夜要把熊世发引开，不让他留在金四身边。罗天成根据朱佳富的计策忙着布置去了。

朱佳富靠在一张躺椅上，闭着眼正想养养神。

门被轻轻地推开又掩上，朱佳富已闻到一股巴黎香水的气味。虽然高跟鞋落地很轻，他知道是三姨太进来了。他不想招惹她，仍然闭着眼，假装睡着了。

高跟鞋的响声在他面前停住。三姨太娇柔的声音钻进他耳里：“哟！总经理。你好自在，这样睡不怕着凉吗?”

朱佳富只得睁开眼睛，欠了欠身：“呵！三姨太，你不去陪金四到这里干啥?”

三姨太高提起旗袍的下摆坐在旁边的椅子上，露出一大段肥白的大腿，乜了朱佳富一眼，撇了撇鲜润的嘴唇：“我看见金四那苕哥儿样子，心里就发腻！”随即好像不满地说：“咦，总经理，难道我在这里坐坐都不行吗?”

朱佳富忙赔笑说：“哪里，哪里！只要三姨太坐在这里不觉发腻，我欢迎得很。”

三姨太架起二郎腿，将旗袍下摆更向上撩起了一些，连细花布的内裤也隐隐约约露出了一点。向朱佳富咧开鲜红的嘴唇露齿一笑："像朱总经理这样年轻漂亮的男人，有学问，又有魄力，据说还会拉一手好琴，谁还会发腻呢！朱总经理，你见了我不会发腻吗?"

朱佳富觉得这女人难缠，少沾惹为妙。但又不愿得罪她，忙笑着说："像三姨太这样既香艳又讲情义的女人，我哪会发腻呢！许多人都想把你一口吞下去。"

三姨太摇摇头，经过发卷细心卷过的黑发，一绺一绺卷曲着披散在肩上，不相信地说："算啦！朱总经理，别当面灌米汤，回头又躲着我。你有那么漂亮高贵的太太，又有一位花朵似的丫头，哪会看得起我呢！嗯，是吗?"她有点发涩而妖媚的眼光向朱佳富一乜，伸出一只脚搁在朱佳富坐的躺椅扶手上。

朱佳富看看三姨太搁在扶手上的脚，高跟鞋快抵到他的胸部，离自己下巴也只差几寸。对这个跑江湖的浪荡女人，他感到有些厌恶，厌恶的表情又不便露在面上，只是眉尖微微一蹙，不自觉地把身子挪动了一下，想离开那只精致的高跟鞋远一点。可三姨太反而再加上一只脚，两只高跟鞋已抵着了他的下巴。朱佳富的身子已不能再挪动了，只有歪着头避开鞋尖，免得触到嘴唇上。他还是第一次遇到一个女人这样大胆向他挑逗，一时不知怎样应付才好，真有点手足失措的样子。

三姨太看朱佳富尴尬的样子，忍不住嗤嗤地笑。她缩回了双脚，撇撇嘴儿："哟！原来你还是一个没见过世面的雏儿!"

朱佳富干笑了两声，忙掏出烟盒打开递过去："三姨太，请抽烟。"想借此掩饰过去。

他们各取了一支烟。

三姨太猛吸了一口，吐出的青烟，变成一个连着一个的小圈向空中飘去。

这时侍女敲门进来："三姨太，他们都在饭厅等你去吃饭。"三姨太心中不乐，一挥手："我不饿，叫他们先吃。"

侍女出去了，三姨太掩上门。

朱佳富见三姨太不走，和颜悦色地说："三姨太，他们等着你，你快去吧!"

三姨太嘴角露出一丝意味不明的笑："朱总经理，你把我当成诱饵抛出去引金四上钩。你稳坐钓鱼台，事成之后，就把我抛在脑后。你们男人多是没良心的。我们说清楚：事成了，你拿什么谢我?"

因为三姨太的报酬事先是讲妥的，现在突然又提出这个问题，分明是在节骨眼上卡着提价。朱佳富想了想，要是三姨太今晚再不出场，整个计划就完了，只得说："事成之后绝不亏待你就是了。"

三姨太却不放松："说清楚，不要用空话混过去。"朱佳富伸出了两个指头："再加两百块银圆。"

三姨太嗤地笑了一声："亏你说得出口。"接着说："我只要朱总经理不要忘记我就行了。"

朱佳富想不到三姨太这样难办，讨好地说："我怎么会忘记你呢！我买一只金手镯送给你！"

"你以为像我这样的女人，想的只是钱和金手镯吗！"三姨太含情脉脉注视着朱佳富。朱佳富装作不懂，安详地抽着烟。

侍女又来催促了一道，可是三姨太还是不动身。

"朱总经理，难道你还猜不出我的意思吗?"三姨太慢慢踱到了朱佳富的身后，两手放到躺椅靠背上，轻轻叹口气："哎，一个女人不仅需要金钱，她也需要男人！可像罗天成、徐宁山、金四这样的人，能称我的心吗?!"

三姨太说得更露骨了。朱佳富心里很急，要是三姨太再这样与他缠下去，不仅误了今晚的大事，要是罗天成起了疑心吃起醋来，后果更严重。他急于要摆脱她，于是说："三姨太，你的意思我明白，只要你今晚办成此事，要我用什么谢你都可以。"

三姨太暗暗觉得好笑，知道他在玩花招，荡笑了一声："对了，这才像话。不过我要来个现的。"说罢低头在朱佳富的面颊上噗地亲了个嘴。

朱佳富忙坐起来，两掌掩着面颊。

看朱佳富窘迫的样子，三姨太开心地笑了。本来她还想戏弄他一番，但看时间的确不早了。于是鄙夷地一撇嘴："朱总经理，别人说你有计谋，有魄力，原来却是银样镴枪头，没有见过大阵仗的白脸子。"

三姨太说完，顺手在朱佳富的鼻子上拧了一把，差点把他的金丝眼镜也弄掉了。她嗤嗤笑着，一阵风似的走了。

朱佳富忙站起来关上门，对着墙上的镜子照了照，只见面颊上留下了一个鲜红的唇膏印。他忙用手绢擦拭干净。他抚摸着还有点酸疼的鼻子，不觉忘了绅士派头，骂了一句粗话："这龟儿婊子……"

四

三姨太边走边想：朱佳富可能还真认为我喜欢他呢！她走进客厅，脸上还留着微笑。

正没精打采的金四觉得眼前一亮。在电灯光下，三姨太那身熨帖的紫红色金丝绒旗袍，把她身体的曲线衬托得更加动人。白天看起来有点抹得太厚的香粉现在恰到好处，真是明眸皓齿，黑白分明。

金四觉得咏莲有些碍眼，没带在身边。他半天没见熊世发也懒得去过问，可说更合乎他的心愿。

罗天成见三姨太进来了，站起来对金四说："我还有事要料理，对不起，暂时失陪了。"

金四见罗天成走了，不禁喜形于色：真乃天助我也！这两天总有人在身边，三姨太在他面前眉来眼去，可望而不可即，正有点干着急。

罗天成走后，三姨太看客厅里只剩下她与金四两个人了。故意问："许先生他们呢?"

金四朝后面努努嘴："搓麻将。"

三姨太望着金四娇丽地一笑："金先生，你怎么不打牌呢!"

金四摇摇头："我不喜欢打牌。"其实他在金家大院是常和家中的几房太太在一起打牌的。因为金四还牢记着父训：不许他与外人打牌。何况他的心完全被三姨太牵着走了，在这样美好的时光里，他怎会离开三姨太去打牌呢!

三姨太亭亭玉立地走到金四身边，正准备往旁边一张椅子上坐下。金四胆大包天，见左右无人，乘机拉着三姨太柔软的手往怀里一拉，三姨太站立不稳倒在金四的怀里。金四神魂飘荡，正欲搂抱住三姨太摸胸亲嘴，忽然高源大声在里屋喊："三姨太，三姨太，三差一，快来呀!"

金四一惊，忙松了手。三姨太挣扎起来，理了理散乱的黑发，口里答应着："就来，就来。"

金四低低地说："你不要去。"

三姨太含笑乜了金四一眼，又改口说："我不来了，你们另找角吧!"

高源已进了客厅，催促着："三姨太，你专约我来打牌，你不来怎行?"

三姨太看金四还暗地在使眼色，答道："你们不是已凑了一桌在战吗！金先生没人陪呢!”

“走了一个，三缺一。”高源看了金四一眼:“这样吧!三姨太去打牌，金先生给三姨太当军师。”接着又嘱了一句:“快来哟!”进后房去了。

三姨太抿嘴一笑，声音低低地说:“金先生，这时还早，公馆里人来人往，今晚……”三姨太脸一红，把后面的话忍住了。

见三姨太已公开许诺，金四神魂颠倒，来不及细想，被三姨太拉了一把，不觉跟着三姨太进了里房。

许丰、徐宁山、高源已在牌桌边坐着等她。

三姨太刚在牌桌边坐下，忽然又站了起来:“哟!这怎要得?金先生是客，我来打牌，让他空坐。使不得，使不得。”回头对金四说:“金先生，这样吧!你来打牌，我来给你抱膀子[1]。”

金四正待推辞，三姨太用鞋尖轻轻在金四脚上一点:“金先生，自己人打小牌玩玩消遣。”乘机又在金四大腿上拧了一把:“金先生，我跟你当军师，包把他们杀得落花流水。”不容金四分说，三姨太强按他在牌桌边坐下，喊着:“搬庄，搬庄。”

金四早忘了祖训，伸手去拿了一块搬庄的牌。正好，金四坐在原位不动。

三姨太给四个人发了筹码，搬了一张小圆凳紧紧挨着金四坐下。

金四听说是二十元一底的“小牌”，暗暗吃了一惊:这是要上万输赢的赌局。但牌已起在手上，不打丢人，已欲罢不能了。金四暗暗想:他们赌上万输赢还算打小牌，看不出这几个商人这样阔气。不禁感叹:世道真的变了。金四发狠一想:老子在川东是大绅粮，难道还拼不过他们么!我的牌艺也不错，未见得就输在他们手上。

金四定了心。但毕竟输赢太大，他全神贯注在牌上。三姨太热烘烘的身体紧靠着他，他也顾不得分心去理会。

一圈牌过去了。金四不但没输，还和了一个满贯，面前的筹码增多了。他觉得徐宁山、许丰、高源的牌艺很平常，思想上慢慢松懈了。

三姨太挨得这样近，那身上混合着的香水的气味撩得他心慌意乱。有时三姨

1　站在一旁看人打牌称“抱膀子”，是四川方言。

太在一旁指指点点出主意，脸差点要挨着他的脸，蓬松轻柔的黑发在他脸上拂来掠去。他的心已经不在牌上了，只是机械地摸牌出牌。

金四有时用脚去踩一下三姨太的高跟鞋；有时又有意无意地，用手拐在三姨太胸部碰碰。三姨太对他若即若离：有时任他踩着鞋尖；有时又迅速收回脚去躲避；时而故意把胸部迎上去碰他的手拐；时而闪开胸部避开他的手拐。他俩仿佛在玩捉迷藏的游戏。

在金四迷迷糊糊之中，不觉已打完了四圈。金四面前的筹码已经剩下不多了，大部分已经转移到许丰和高源的面前。结算一下，他已输了五千多元，这才使他有些清醒，猛地吃了一惊。

但为了面子，金四表面上还是装得很平静，又重新搬了庄，换了座位，继续打新的四圈。

金四还没想到是中了圈套，更没想到自己坐了三丁拐轿子。他认为不该与三姨太暗中调情，以致分散了注意力，所以输了这么多。

新的四圈开始，金四不再理会身旁的三姨太，集中精力在麻将牌上。可是手气始终不好，半天不开和。面前的筹码输光了，不断以记账的方式从许丰那里买回了筹码，接着一次又一次都输光了。

金四眼看输的钱已经早超过了万元关，手气仍不见好转。他头上开始冒汗，觉得电灯光格外刺眼。心里一阵燥热，站起来脱去了长衫，只穿着一件单薄的白绸短衫坐下打牌。

金四开始发毛了，出牌时将雀牌重重打进堂子里，发出刺耳的噼啪声。他渐渐不顾体面，恶毒地咒骂手气，咒骂雀牌不随自己的心。有一次出牌时用力太大，雀牌从堂子里反跳起来，差点打在高源的额头上。

这时三姨太紧挨着他，他也觉得不舒服了。好像他今天打牌手气不好，霉运是三姨太带来的。对钱的心疼，使他红了眼，真想发泄心中的怨气。他在金家大院是任性惯了的，他已瞪了三姨太几次，想在她身上出气，可是又不敢。

他拍着牌桌大声喊：“管家，我的管家哪去了？龟儿熊世发哪去了？”没有听到应声。他又拍着牌桌喊：“咏莲！咏莲哪去了？”

三姨太忍不住心中好笑，知道她再待在这里已经多余，她不声不响走了。

咏莲被喊来了。她在金四旁边坐下，正值金四一个满贯没和，反被许丰和了一个满贯，一股怨气正没处出。金四睁着一双布满血丝的眼睛，狠狠地盯着咏莲：

“你们一个二个都死绝了?!”

咏莲觉得委屈，怯生生地说：“你不是叫我……”不等咏莲说完，金四粗暴地向咏莲猛踢一脚，咏莲被踢倒在地上，呻唤着挣不起来。

高源忙离座劝道：“老兄何必生这么大的气，和气生财嘛!”他把咏莲从地上扶起来，趁机在咏莲胸部摸了一把。

咏莲被高源趁机占了便宜，也不敢作声，忍住身上的疼痛，仍坐在金四旁边。她想哭又不敢哭，泪水在眼睛里滚动。

徐宁山眼看金四这样发公爷脾气，这场牌快打不下去了，故意将面前的牌往桌上一倒，沉着脸说：“金五哥，你这样发脾气，这场牌就打到这里为止吧!”

金四看看徐宁山，又看看高源和许丰，都紧绷着脸。他稍微清醒了一些，知道这里不是金家大院。面前这几个陪他打牌的人，都是涪陵场面上的人物，是不好随便得罪的。再说自己这样浮躁也有失身份。忙赔笑说：“徐三哥，你们不要多心。都怪我平时把他们惯坏了，不教训一下不行。”为了缓和一下目前有点紧张的气氛，金四强忍住一肚子气，故意装出心平气和的样子对咏莲笑笑，声音也装得柔和：“咏莲，给我倒杯茶来。”

咏莲眼角还有泪水，只得跛着去倒了一杯茶来递给金四。她畏怯得浑身哆嗦，她知道这位公爷喜怒无常，灾祸随时都可能轮到她的身上。

八圈麻将打完了，金四输了一万多。这时客厅里的自鸣钟响了三下，已是凌晨三点钟了。许丰也觉得奇怪，怎么今夜的电灯过了午夜还亮着？就是逢年过节发电厂也是按时熄灯的。不单许丰这样想，涪陵城里装有电灯的人家也在纳闷。

徐宁山和高源是清楚的：为了配合今天的行动，朱佳富预先安排好发电厂加班，所以今晚电灯通宵不熄。

金四急于想捞本，觉得打麻将牌太慢，于是提议赌单双。徐宁山他们正求之不得，因为才赢了一万多元，离要求的数字差得远呢!

为了不让金四警觉，许丰是大赢家，故意迟疑地说：“天快亮了，该歇息一会儿才行。”

徐宁山少许输了一点，嚷着不依：“不行。俗话说：输家不放口，赢家不能走。”

高源也是赢家，劝许丰说：“许三爷，既然输家不放手，我们就不走吧!”

许丰装作勉强的神态，慢拖拖地说：“好吧!”

金四哪里知道江湖上这些名堂，又只顾要捞本，被他三人一吹一唱，哪有不上钩的。

麻将牌收起来了，赌单双用的赌具摆在桌上。一个白瓷盘子里放着两颗骰子，被一个细瓷碗反过来扣上盖住。

金四将白绸短衣的衣袖往上一撸，抢先说：“我来坐庄。”

许丰见金四抢先坐庄，心里有点着急：因为盘里的骰子归庄家摇动，寒家很难作假。他们互相交换了一下眼色，故意把赌注下得小小的，因此摇了几宝之后，输赢不大。金四捞本心切，见许丰他们下注很小，但也无可奈何。于是说：“许先生，你坐庄，我来押。”

许丰心里痒酥酥的：摇骰子作假，是他的拿手好戏。但表面上露出勉为其难的样子：“好吧！”

许丰双手捧着细瓷碗盖着的盘子，微微地摇了几下，骰子在盘里发出滚跳的声音，然后摆在面前，喊道：“快下注！”

金四想用堆糖罗汉的办法赢回来。他一连下了几注：二千元，四千元，八千元……因为用这种累进法，只要其中赢一次，便可以把本捞回。金四把这一着看家本领也使出来了。

可是，天不助美：押双是单，押单是双，金四下的赌注一次又一次地被许丰赢去了。他不仅额头冒汗，青黄色的脸也已经变得惨白。当最后下了三万二千元的赌注被许丰吃去，前后已经输了八万元左右。

金四正准备再下赌注。徐宁山见他们的目标已经达到了，再赢，局面就反而不好办。他递了一个眼色给许丰。

许丰双手按着盘子，正色说：“金先生，把输的赌账付清后再赌吧！”

金四平常娓娓而谈，说话非常流畅，这时急得鼓起一对没有光彩的眼珠，结结巴巴地说：“笑、笑、笑话，怕我……怕我……付不起欠账，这……这……这太不像话。”

许丰霍地站起来，向金四点点头：“我知道金先生不会赖账，那就请付清再赌吧！”

金四还要面子，摆着架子说：“岂……岂有此理，我……我……”

许丰脸色一变，厉声说：“好，请付吧！”

金四急得半天说不出话来，他哪有这么多现款付账，终于只挣得出一个字：

“这，这……”就哽住了。他从来没有丢过这样的面子。

咏莲见金四急成那样，知道问题严重，惊慌地看看这个人，又看看那个人，全是凶神恶煞的神态。

金四稍微镇静了一点，结巴好了一些：“我回头叫熊世发回家取来给你们。”

高源这时也站起来插话了，因为他也是赢家：“口说无凭，写下借据，请人担保，限期付清。”

金四还想挣扎：“写啥借据？难道不相信我！”

许丰往桌上猛击一拳，冷笑说：“金先生，不写借据，不请人担保，就不怪我许丰无礼了。”说着猛地从腰间摸出一把白晃晃的匕首往空中一抛，成一抛物线正好端端正正插在金四面前的桌上：“我们就白刀子进红刀子出。”随即往门外一吼：“兄弟伙，进来把金四的衣服剐下来。”

吕幺爸早带着几个人在门口等待多时，一听呼唤，发着喊一拥而进，团团将金四围住，真要动手脱衣服的样子。

金四哪里见过这阵仗，知道这些袍哥都是亡命之徒，不好惹的。熊世发又不在身边，自己一个人孤立无援，又怕又辱，浑身都抖起来。

咏莲已吓得拉着金四失声啼哭起来，更增加了一种恐怖的气氛。

好像罗天成被这闹嚷声惊动了，他一步跨了进来，不满地大声喝问：“吵啥？吵啥？在我这里乱吵，简直不把我罗大爷放在眼里。”

大家顿时鸦雀无声，咏莲的啼哭声也低了。

许丰向罗天成说明了情况。罗天成眉一横，对吕幺爸吼道：“瞎闹，出去。”

金四看见罗天成，仿佛遇到了救星：“罗大爷，你要把你的弟兄管一管。”

“金先生，我来迟一步，你受屈了，很对不起。”罗天成假意安慰说。

吕幺爸带着人悄声地退出去了。

罗天成在一张椅子上坐下：“坐下，大家坐下。自己人嘛！有话好说，何必红脸呢！”

大家都悄悄坐下了。

罗天成看了金四一眼：“金先生是川东首富，这七八万元真乃小事，不用伤了和气。”回头对许丰和高源说：“你们不放心，由我罗天成担保。”

许丰好像连罗天成的面子也不买账：“大哥，你怎么担保法？”

罗天成好像对许丰的态度不满：“哼！难道我罗天成担保也不相信吗？”好像

气更大了一点："不相信我，难道也不相信涪陵轮船公司吗！我明天就与高董事长商量，这笔钱先由公司代金先生付清。"

许丰才满意地点点头。

金四来不及思索，见罗天成答应找高伦商量代付这笔款，心里着实感激："罗大爷真够朋友。"

徐宁山轻轻喊了一声："罗大哥，公司要垫付偌大一笔钱，金先生连借据也没写一张，高董事长会同意垫付吗?"

罗天成装作沉吟了一下，对金四说："金先生，我是信得过你的，但轮船公司不是我一个人开的。看来，只有委屈你写一张借据，我才好应付。"

其实罗天成他们串演的这场戏，演得并不很高明，明眼人一看就破。但金四这个从不出金家大院一步的草包公爷，哪能识破其中的关节！他见罗天成仗义解围，还怀着感激的心情说："罗大爷，一切仰仗你维持。请徐三哥代写一下，我签字，兄弟以后定当重谢。"

徐宁山巴不得金四这样托他。纸笔墨砚都是现成的，他提笔就写；借据分写成四张，倒填了不同的日月。徐宁山写好后交给金四签字，解释说："半年内分四次还清，所以分写四张。"

金四接过来一张张仔细看过，一点也不含糊，他不满地提出异议："为啥倒填日期? 这大一分的利息未免太……"

不等金四说完，罗天成脸一沉："金先生，我为你垫付了现款，你连利息也不愿给，我只好撒手不管了。"

金四怕罗天成变脸，吓得不敢再说什么，只得拿起笔签了字——签字的手都有点颤抖。

客厅里自鸣钟响了五下，天快麻麻亮了。金四感到沮丧、羞辱、疲倦，鸦片烟瘾也发了，走路都有点不稳。咏莲虽然自己都有点跛，跌伤和踢伤的地方疼痛难忍，也只得强熬着扶金四回到那间临时卧房去。

待咏莲服侍他过足了烟瘾，天早亮了。咏莲蜷缩着身子在床角盖着毛毯睡熟了。

金四盖着毛毯怎么也睡不着，凝视着烟灯出神：把前前后后发生的事情仔细一想，才猛省过来。这明明是罗天成、三姨太他们设好的圈套，自己上了当！

他掀开毛毯从床上起来，穿着一双缎子绣花拖鞋在室内徘徊，想找熊世发商量对策，但熊世发连影子都不见。

金四正在急躁之间，响起一阵急促的敲门声。金四开了门，熊世发撞了进来："公爷，你……"

金四顾不得追问熊世发哪去了，就迫不及待地向熊世发叙述了昨夜的情况。

熊世发听完后，倒抽了一口冷气，暗暗叫苦，喊了一声："公爷，你为啥……"他想怪金四为什么不找他商量后再处理，可是想到自己昨夜没与金四打一声招呼，就跟罗天成手下的一位五哥一道去妓院里胡闹了一夜才回，于是把想说的话咽回去了。

看金四眼巴巴等着他出主意，熊世发叹了口气："唉！公爷。你不该在这样的借据上签字。"

金四好像很有把握的样子："签了字怕啥？我可以告罗天成他们串通聚赌诈骗，在法院花点钱也不能便宜了他们。"

熊世发有点埋怨地说："我的公爷哟！借据写成几张，又分别倒填了日期，他们已把你捆得紧紧的，你有啥人证物证告他们？唉！何况罗天成也不是好惹的爹爹。"

金四被熊世发点醒，不禁怔住了。眼睛眨了几眨："那，你说唧个办？"

熊世发想了想，也觉无计可施。苦着脸对金四说："公爷，这大一分的利息，利滚利，不上一年就要滚一番，只有赶快筹钱尽快还清才是上策。"

金四一切财产都是熊世发经手料理，于是问熊世发："熊管家，我还有这么多现款吗？"

熊世发摇了摇头："我的公爷哟！这些年田赋摊得那么重，金家大院开支又大，年年进的少，出的多，哪还有现款？"熊世发说的话半真半假。他已暗暗打定主意：趁机捞一把。

金四焦急起来："那怎么办呢！"他想到往年差钱，都是找佃户加租加押筹集的，不觉眼睛一亮："我不管，这八万元你从佃户身上筹去。"

熊世发对金四这句话感到哭笑不得："公爷，这又不是一点点钱，把那些穷佃户的骨头熬出油来卖也不济事呀！"

金四又愣住了："那怎么办？"

熊世发看了金四一眼："公爷哟，不卖田地哪能筹到偌大一笔款啊？"

金四含着颤抖的哭声说："那，只好卖田地了。"但接着有点不甘心地吩咐：

“也不能给我放过那些佃客，能熬出多少油就熬多少油。”

金四与熊世发商量了结果，决定不喝三姨太的生日酒了。他们当天就带着金家大院的人马，离开了涪陵，连夜奔回了金家大院。

在涪陵临走时，罗天成和三姨太送他们到大门口。金四一行的轿子走了几十步，还听见三姨太娇媚的声音：“金先生，以后有空再来涪陵玩。”

金四真是哑巴吃黄连，坐在轿子里气得直翻白眼。

第十四章

一

李明走出报社，寒冷的北风迎面扑来。他那毛蓝布长衫罩着的棉袄已经穿了多年，在寒夜里外出，显得有些单薄。他不觉拉紧了半新的羊毛围巾，加快了脚步。

转过僻街，进入了一条闹街。他怕走急了可能会引人注意，便放缓了脚步，像散步似的往前踱着。

茶楼和酒馆还开着门，正是夜市最旺的时候，从酒馆里传出划拳行令的喧哗声："五魁首哟！宝作对哪！一定如意呵！六、六、六……"接着传出一阵欢闹。

在寒风中，一个瞎子冻得耸肩缩头，手里拉着胡琴沿街走过，微弱的胡琴声像游丝般消失在寒风中。

穿着青布制服的警察，手里拿着木棒，背着手，神气十足地在街边东张西望，信步游逛。

一个浓妆艳抹的妓女躲在街角的阴影里，看不清面目，口里哼着淫词小调，像幽灵在阴影里摇荡。

走过了闹街，又转进僻街。家家都关门闭户，不时从关闭的门窗里传来一阵老年人的咳嗽声、婴儿的啼哭声。

李明走到离城门洞不远的一根电线杆前，稍微放慢了脚步，瞥了一眼电线杆，没有在预定的地方看见约定的暗记。他没有停留，折向一条小巷。

今天是约定的联络时间，假若他发现电线杆上的暗记，就出城到河市第一个联络点去碰面——他和冯烂王是常用第一个联络点的。可是今天电线杆上没有出现暗记，李明觉得奇怪：冯烂王是不是出事了？为了把情况弄清楚，他决定到第二联络点去联系。

沿着小巷走不多远，李明在一家小客栈门口停住了，看见门口贴着一张小纸广告：冯记膏丹丸散，专治一切疑难病症。

李明跨进门去，对幺师问："冯先生在吗？我找他买药。"

幺师仰头向楼上喊："冯五哥，生意来了。"接着对李明客气地说："从后面上楼！"

李明上得楼去，冯烂王已先在楼梯口等着，手里举着一盏美孚灯给李明照路。

冯烂王装作不认识李明："先生，买药请屋里坐。"李明跟冯烂王走进一间单独的小房。

冯烂王掩上门，把美孚灯放在只有三条腿的桌上，然后亲热地一把拉住李明的手，兴奋而低声地说："李明同志，我关节风湿病发了，所以没到城外去。不要紧，这里也很安全，幺师是自己人。"

李明这才注意到冯烂王走路时有点一跛一拐的。他见冯烂王还是那身破西服，关心地问："老冯，你这身衣服太单薄了，不冷吗?"

"坐，请坐。"冯烂王扶李明在一条凳上坐下，自己在床沿上坐着："冷？我一点不冷，心里热乎呢!"

冯烂王看着李明微笑，笑得那样的真挚："老李，你穿得也不很暖和啊！革命的同志，都是外冷心热呢！外热心冷才是真冷。"

李明每与冯烂王接触一次，都产生一种这样的感觉：冯烂王好像在台上演反派角色的演员，在前台演得那样逼真，那样惟妙惟肖。可是刚到后台，没有卸下戏装，就与同志们谈抗日，谈革命的理想，完全变成了另外一种人。李明回想起自己那次回涪陵，在船上和码头上的情景，自己开始也认为他真是跑江湖的烂王呢！想起这些就觉得好笑。李明每与冯烂王多接触一次，愈觉得他是一个很好的同志：不仅有丰富的对敌斗争经验，而且对革命充满了信心，有着非常鲜明的爱憎。李明好几次都想问他：为什么对江湖的秘窍掌握得那样纯熟准确，是怎样锻炼出来的？但地下工作的纪律很严，不容许多问无关的事情。对冯烂王的过去，李明多少有点神秘的感觉，认为有传奇的味道。

冯烂王的笑容收敛了，神色变得很严肃地说："我们的斗争还很艰苦，党的活动经费也很不充足。上次市委领导同志发给我一笔补助费，要我买点药治好我的关节风湿病。嘿，我这病是从小在船上铁板上睡多了得下的，哪能治得好！我不收下这笔钱又不行，只得收下了。老李的婆娘得了肺病，生活很困难，我把这笔钱送给他了。"

冯烂王说到这里，想起现在不是谈家常的时候，用手指敲敲额角："嘿，扯远了。"

他随即从衣袖的折缝里拿出一张小纸条递给李明，又从上装口袋里摸出两支瘪皱的香烟，递给李明一支，自己嘴里含了一支。他划燃了火柴正准备点烟，见李明已经看完了小纸条，将火递了过去，李明把小纸条点着烧掉了。

冯烂王又划燃了一根火柴给李明把烟点燃，然后自己才点燃了香烟，吸了一口，低声说：“市委领导同志要我告诉你，他们同意你的计划——争取高伦先从争取高茜着手……目前要加强党的建设，特别要加强川江海员中的工作。对爱国的民族资产阶级，我们要团结，船上不宜组织条件不成熟的罢工。如朱佳富想利用我们的力量排挤罗天成，我们也可以利用他们的力量扩大党的影响，结成有一定条件的联盟，因为罗天成是代表最反动落后的封建势力……目前四川仍然封建闭塞，市委认为：你在涪陵这段时间的工作很有成效，若条件成熟可以把抗日民气掀一掀，借以推动川东，甚至整个四川的抗日救亡运动。成都和重庆是军阀的老窝，控制严密，反而不如涪陵条件好，以后再仔细研究这个问题……”

正说到这里，李明和冯烂王都听到了房外有轻微的窸窣声。

冯烂王突然把声音提高了一点：“李先生，我这枝雪莲专医用脑过度，神经衰弱，你只出两块钱到哪里去买哟！添点，添点。”他打开小皮箱取出一枝枯花在手上摇晃。

“冯先生，我正是听人介绍你有雪莲，所以……”李明刚说到这里，听见房外幺师在喊：“冯五哥，要不要开水?”

冯烂王脸上顿时露出了笑容，放下了手上拿的枯花，推开门走出去与幺师叽咕了几句，又回房掩上门，低声说：“没有事！他是来关照我们快点，因为时间不早了。”

李明站起来问：“市委还有啥指示?”冯烂王摇摇头：“就这些了。”

李明取下自己的呢博士帽，从夹缝里掏出一张卷得很紧的薄纸卷递给冯烂王，冯烂王当即细心地放进衣袖的折缝，卷起袖口。

李明低声说：“转告市委负责同志，我保证按指示去办，尽快地把群众发动起来。涪顺轮的问题，我已安排人做工作去了。请领导放心……”

冯烂王端着美孚灯把李明送下楼，楼下堂口有电灯，不需要美孚灯，冯烂王将它搁在一张桌上。

这时的冯烂王又变成了另一个人，一派江湖口吻：“李先生，这雪莲泡酒吃，专治用脑过度，你买回去吃好了，请给我冯烂王传名。我还带有千年虫草，专治妇科病。李先生暂用不着，可以向熟识的太太小姐们推荐推荐。这些药只有我冯烂王有本事从西藏弄来，你拿钱也买不到。”送到门口向李明一弯腰：“李先生好走！无事来玩玩，生意不成仁义在，我冯烂王就是喜欢交朋友。李先生，明天请喝茶。嘿嘿。”

李明出了小客栈，迎着寒风急走着。走出了小巷，他的脚步放慢了，他耳边还响着冯烂王的一句话：“革命的同志，都是外冷心热呢！”是的，在冯烂王那猥琐的外表下，隐藏着一颗跳动的心，是一颗共产党员火热的心啊！

二

涪顺轮抵达万县，在钟鼓楼下的三大炮靠好头，已经天黑了。

这三大炮是巨鱼沱上紧靠岸边的一块岩石，外档水深流缓，在岩石上又凿出几个石鼻子，正好系缆绳，是一处天然的趸船。

张阿德在机舱检修炉水泵。在花格顶上，一个人在喊：“老张，张阿德！”

因为发电机运转的声音干扰，他听不大真切，抬头又没见人，仍低头专心拆装着零件。

喊的人从扶梯上下机舱来了，走到张阿德身后拍着他的肩：“老张！”

张阿德回头一看，把扳手当的一声放在铁板上，高兴地招呼：“啊！老杨，好久不见，从哪来？”他直起腰来舒展地扭动了一下。

舱底不高，张阿德的头已挨近顶上的花格板。因为双手沾满了油腻，他侧着身子，用手指了指破棉袄的口袋：“老杨，口袋里有香烟，自己取。”

杨佑成要掏出自己的香烟：“我有。”

张阿德笑着说：“你那蹩脚香烟暂时收起，我口袋里是‘大炮台’。”

杨佑成知道张阿德的脾气，就从张阿德口袋里摸出“大炮台”来，一人一支。因为张阿德手上有油，杨佑成给他递到嘴上。

杨佑成划燃了火柴，张阿德也不客气，低头在杨佑成手上就火点燃香烟，猛吸了一口，又问：“老杨，船从哪来？往哪开？”

杨佑成喷了一口烟，回答说：“从重庆来，开往宜昌。我们民福靠在你们外档呢！”

张阿德因双手有油，所以香烟始终衔在嘴上不能取下，被缕缕青烟熏得眯着眼，说道：“正好，我们也开宜昌。”

杨佑成看铁板上零乱地摆着炉水泵的零件，短时间内装不好，不愿多耽搁他，于是约他：“老张，多时不见，我弟兄俩去喝两杯，我在领江茶馆等你。”

“唉！你偏爱坐领江茶馆，那些领江架子大，使人受不了。难道你也看中了那位茶水西施?”张阿德不满意地对杨佑成说，吐掉了口里的烟蒂。

杨佑成爱坐领江茶馆并不是看中了茶水西施，因为他父亲杨老大与这些老领江都是在一起放过滩的老朋友，在领江中开展党的工作，是领导交给他的任务。当然这些事不便对张阿德说，他只淡淡一笑：“茶水西施那妖相我见到就够了。老张，快来呀!”

张阿德点头说：“好，我准去。”

发电机班的加油工吴永星是一个瘦瘦的小伙子，因为熬夜多，眼白上经常布满了血丝，脸色显得苍白。从当生火起，他就向张阿德学技术，张阿德也肯把技术教给这个不肯多言的宜昌人，这在宁波师傅中是很难得的。

最近吴永星突然提为加油，固然吴永星在生火中技术提高最快，但居然没从伍大车的小老幺中提拔，这连张阿德都觉得诧异。伍大车为这事还与童经理闹了意见。童经理说是公司下的条子，朱总经理的手令，把伍大车顶回去了。这件事在轮机部产生了很大的影响，大家无形中对童经理有了好感。

吴永星走过来，对张阿德说：“张师傅，杨师傅约你去喝酒，你快去吧！炉水泵我来装。”

对这个徒弟，他是很喜欢的。张阿德迟疑了一下：考虑到炉水泵是锅炉的心脏，关系重大，二车[1]指定要他检修，要是让吴永星代修，二车事后知道不好。他说：“永星，你帮我一起搞，好吗?”

吴永星于是蹲下来，将一个一个零件放进柴油盘里清洗，又一个一个揩干摆在一块干净木板上，边做边说：“张师傅，这回补发了一半积欠的工资，再没强迫我们买股票；伍大车对人也和蔼了一些；童经理向我们嘘寒问暖；想不到还提拔我做加油。你说，怪不怪呢!”

张阿德心里也奇怪，不相信那次罢工会使这些人立地成佛，谁知又在闹什么鬼？他闷着没回答，用力在拧紧一颗螺帽。

“张师傅，伍大车球经都不懂，买了一张轮机长派司[2]，机舱都不下，整天打牌，喝酒，嫖女人。我们一天累死累活拿的工钱当不到他的零头，还要我们拿钱孝敬他，动不动打人骂人。听说民成公司不像这样，哪天把我撩烦了，干脆跳船

1 即大管轮，轮机长的副手。

2 即执照。

到民成公司去。”吴永星只有在张阿德面前爱说心里话，说出来心里要痛快一些。

张阿德把螺丝扳手往铁板上一搁，粗声粗气地说：“怎么！又闷不住，非要把心里的话倒完才歇吗?”

吴永星知道师傅的脾气，抿嘴悄悄一笑，忙帮着将水泵活塞放进缸套里。

张阿德看吴永星闭紧了口，他一面用手电筒照射着缸套里的活塞，眯着一只眼，仔细观察涨圈搭口是不是错开了正常的角度，一面说：“我十几岁就帮资本家干活，资本家有胖的，也有瘦的；有外国人，也有中国人；有笑脸，也有凶相。他们的办法多少有点不同，我都领教过。不管在哪个资本家手下干，都还不是做牛做马，离不开一个‘穷’字？我三十了，连婆娘都养不活一个。民成公司又怎样！到那里去你就可以享福?”

吴永星看张阿德已经装好缸盖了，忙把清洗过的螺帽一个个递过去。忍不住说：“师傅，像你这样高的手艺，是应该讨得师母了。”

张阿德将扳手在吴永星脚边猛地一击：“少废话，嘴巴闭久了不会臭。”扳手碰击铁板发出一声巨响，把吴永星吓了一跳。他看张阿德紧绷着脸，悄悄伸了一下舌头，不作声了。

炉水泵从装好到试车，只听到扳手碰击金属的零星声响，他们再也没说话。

试过车，一切正常。张阿德紧绷的脸才一下松弛了，对吴永星说：“谁像你？十五岁就讨了婆娘，不到二十岁就三个崽儿，一家人拖得黄皮寡瘦。”

吴永星觉得委屈，也说到他的难处：“唉！还不是我爹办的好事！小儿讨个大媳妇，哪能怪我?”

他们收拾着工具和散放在铁板上的零星物件。张阿德说：“哼，怪你老子！一年生一个也怪你老子不成?”

吴永星敬畏张阿德，但有时也喜欢开点玩笑：“唉！师傅，你单身汉哪知其中的名堂，这个事要怪我婆娘。”

张阿德扫了吴永星一眼：“怪婆娘？难道你婆娘一个人能生孩子?”

吴永星故意说得吞吞吐吐：“我不……但我婆娘偏……”他忍不住哧地一声笑了。

张阿德也被惹笑了：“娘的稀匹，龟儿愈说愈不像话了。”随即正色地嘱咐：“这次补发的工钱，到宜昌要全部上缴给你婆娘，我再听你婆娘来告状，哼……”

吴永星推着张阿德到扶梯口：“师傅，杨师傅还等着你呢！你放心，我这次全部上缴。”

张阿德攀着扶手上了花格顶，刚迈出机舱就打了一个冷噤。寒风从破棉袄的破洞里灌进来，浑身顿时起了鸡皮疙瘩。

张阿德洗了澡，换上棉长袍，外罩一件毛蓝布长衫，头戴一顶鸭舌帽，这就是他冬天上岸的嘎嘎衣。

因为是枯水期，三大炮的岩石比涪顺轮高。张阿德沿着从石壁上凿出的石级，借着船上透出的灯光，手脚并用地爬上了岩石顶。走过了一段高低不平的路上了岸，接着上一个很陡的斜坡。

张阿德爬这个斜坡，已经熟透了。他不用电筒，不用灯笼，踩着斜坡上的乱石，一会儿就爬上去了。

他站在一条大道上。这条大道通往万县街，是一条青石板路。

张阿德在大道上站住歇息。这时正好一弯明月从云隙中露出来：长江滚滚的波涛在闪着光；斜对岸陈家坝的大沙滩上缭绕着轻纱似的雾气；下面巨鱼沱清清朗朗，在沱中抛锚的几条轮船上的灯光反映在水面，像各色彩缎在江面上闪动跳跃。再纵目向下远望，红沙碛向江心延伸，对面徐沱岩岸上屹立的文峰塔清晰可见。江水奔腾声像高空的雷鸣。

一阵寒风吹过，弯弯的明月被云遮住了，四周又变成一团漆黑。远远往上看：杨家街口的沙坝上灯火点点，正是夜市热闹的时候。

张阿德摸黑往前走了一段，路旁边渐渐出现了稀疏的铺房。

过了钟鼓楼，慢慢热闹起来：街道上出现了点着油灯的烧腊摊子、柑橘摊子。

领江茶馆到了。这是一家小茶馆，两旁摆着十几张躺椅。茶馆的老板娘诨名茶水西施，当年是一位颇有姿色的寡妇。几个领江船到时无聊，喜欢到这里来“电灯点火”——干燃。想学点领航技术的瓜达马子[1]也常来奉承领江，在一旁凑趣。其他船员不易与领江搭上帮，一般不进这家茶馆。久而久之，大家就称这茶馆为领江茶馆，它原来的招牌反而无人知道。其实茶水西施现在已经人老珠黄，四十出头。除了一弯细眉仍留下一点妩媚的痕迹外，当年的西施早变成了无盐[2]。但这里离靠船的码头近，仍有不少老领江喜欢在这里歇息谈天，与茶水西施攀

1　瓜达马子，舵工的英语译音。
2　传说中的丑女。

旧情。

张阿德没有进领江茶馆，站在门口喊了声：“老杨！走。”

这时卖香烟、望日葵[1]的余跰子正与冉大领江在吵嚷。杨佑成没有看见张阿德，正在给他们劝解。

只听余跰子大声说：“哟！冉大领江，你进门我就给你请安问好。要买橘子我就跑圆了，一会儿就给你买来了。我余跰子拍你的马屁也不是随便拍的，还不是想你多照顾点生意：买点香烟、望日葵。哟！你说我的香烟不好，未必我的望日葵也赶不上英国货？买我一角钱望日葵也是好的啥！人在锅边转，还不是想吃锅巴。未必我余跰子这冷天守在这里好玩啦！”

冉大领江分辩说：“我又没有叫你给我请安问好，更没有要你跑腿买橘子。我一贯抽英国香烟，你这些便宜香烟我当然不买。望日葵嗑多了光口渴。”

余跰子声音更大了：“哟，坐在茶馆怕口渴，未必你心疼茶水西施为她节省开水。”

冉大领江有些发毛了：“龟儿爬开点，老子不嗑你的瓜子。”

余蹿子乘机又蹦又闹：“哟！冉大领江，啷个开黄腔[2]哟！满口老子、龟儿。我们都是海了皮的哟！你是三哥，我是老幺，你怎么当了老子，我成了龟儿呢！我们到公口茶馆去说理，要诸位拜兄评评。”

张阿德知道冉大领江说错话，肯定非买余跰子的望日葵不可，不愿再听下去，上前拉了杨佑成就走。

走了一段路，两边酒馆、茶馆、杂货铺多起来，街上也有了电灯。

杨佑成拉着张阿德准备进一家冷酒店。张阿德忙止住说：“老杨，我补了点欠薪，今晚我请你到小桃园好好喝一台酒。”

杨佑成迟疑了一下，点头慢应道：“好吧！”接着说：“你是单身汉的钱多，讨了婆娘烧破锅。”

张阿德笑着说：“我弟兄俩多日不见，心里闷得很，要喝就喝个痛快。”

杨佑成习惯了船员的豪爽脾性，没有再说什么。

他们走过溪沟上的一座桥，不远就到了小桃园，二人上了楼。

1 即向日葵，这里是指葵瓜子，读作“望儿回”。

2 开黄腔，指说了犯规矩的错话或外行话。

楼上是一间一间的雅座。他们经过一间房门口，听里面很静，以为没有人。刚掀开门帘，袁平就站起来招呼："来得好，快来喝两杯。"袁平也认识杨佑成。

张阿德一看，不但袁平在这里，莫家华和吴思远也在这里。他们都起身招呼。

大家重新坐下，跑堂的堂倌添上杯筷。袁平又点了两道菜，给他们杯里斟满酒，笑着说："后来居上，先喝三杯。"

张阿德与杨佑成毫不推辞，连喝三杯才举筷吃菜。

张阿德看桌上摆满菜，已喝空了一瓶大曲酒，笑着说："人说：船员上岸像公子，这是指穿着。论吃来说嘛，应该是有钱上岸像公子；无钱上岸像叫花子。大家没补欠薪前，一个个上岸瞎溜，看着酒菜吃不成。今天又太铺张了。"

莫家华脸已喝得通红，抢着说："这几天守在船上吃伙食老板的梳子鱼和月亮肉[1]败了胃口，今天穷兄弟伙苦快乐。"

吴思远也有点醉意了，接口说："人说：戏子是孝和找来忤逆吃；我们船员是忤逆找来孝和吃。未必你这点都不晓得？"这句话的意思是指演员在台上演一家人时孝孝和和，下台后原来在台上的一家人却各吃各的；而船员平时争争吵吵，事后吃喝是不分彼此的。

显然，张阿德和杨佑成到来后，沉闷的空气顿时活跃起来。

吴思远又饮干了一杯酒。他外号叫假搬匠，喜欢吹牛抬杠，又叫杠子客。他唠唠叨叨地说起来："龟儿罗天成那伙人不让老子们活下去，他们稀奇古怪的名堂都做得出来。上次准备豁着一条命与他们拼了。嘿，吉人天相，遇上朱总经理，才得以逢凶化吉，还答应我们的三个条件。老子真痛快，干杯！"他举起酒杯向大家照了照，见没人跟他举杯，扫兴地把酒杯放回桌上。

莫家华扫了吴思远一眼："你莫把朱总经理的屁股拍肿了，把他吹成了活菩萨。我看，对我们的条件答应得这样慷慨，这里一定有名堂！"

吴思远听莫家华话含讽刺，额上涨起了青筋，说话像放炮，大声大气地反问莫家华："莫老幺，你说说，这里有啥名堂？我与张师傅被关在警察局是朱总经理派人放出来的，这不会假吧！答应先发一半工钱，已发到我们手上。"说着从衣袋

1　船员对剩菜的戏称：吃剩的鱼只剩下鱼刺、鱼骨，像梳子；猪肉吃去精肉，剩下带皮的肉，像弯弯月亮。一般船员当时多吃高级船员和旅客吃剩的菜。

里掏出一沓崭新的交行票[1]，在手上闪了两闪，然后又放回衣袋里："咦！这不会假吧！莫老幺，你怕婆娘是出名的。这崭新的交行票早不在衣袋里啦！全进了你婆娘的箱子，成了垫箱钱。"

这话点着莫家华的穴道。他最怕别人说他怕婆娘，他的交行票真的已经交婆娘了。他认为他不是怕婆娘，而是家里日子实在太紧。两个小孩穿的巾挂巾，缕挂缕，冬天来了，连屁股还露在外头。如今领到的这笔钱，正好可以给两个小孩各做一件新棉袄好过冬。听了吴思远的话，他也不甘示弱地说："假搬匠，要不是我们齐心不开船，把你们马上放出来，哪有这样撇脱！你龟儿不要嘴硬，平常不顾养家，还当作本钱吹牛。你晓不晓得？你婆娘收洗衣服，手都浸在水里泡烂了，挣点钱还帮你养活三个小娃。这又算哪一路的好汉？"

莫家华这一番话，句句打中了吴思远的养老疾。他是最爱面子的人，这时不但额头冒起的青筋更粗，拳头也握得紧紧的在挥动，像要动武的样子："我偏要说朱总经理好，你龟儿敢把我怎样?！你再要犟，我不相信你穿了铁背心。"

杨佑成看他们打嘴仗，怕真动武不好，正想劝解，被张阿德拦住了。因为他已掌握了这两个人的天性，举起酒杯对杨佑成说："让他们打嘴仗，我们好多喝几杯酒，多吃几箸菜。"接着向袁平看了一眼："袁平，快干！"

他们举起酒杯喝了一口。

莫家华不等人喊，就自己举起酒杯喝干了。然后对吴思远说："假搬匠，成都人我看得多，嘴头硬，专屙稀屎。我没穿铁背心，肯信你真敢动手。"

吴思远也喝干了面前的酒，杯底朝天，向莫家华照杯。随即说："哟，莫老幺，我们都喝干了，你杯里还留有残酒。少说废话，快把杯里的残酒喝光啊！"好像他俩刚才并没有发生过面红耳赤的争吵一样，接着又说着其他的事情，笑声不绝。

稍微沉默了一会儿，袁平慢慢地说："说真的，朱总经理这样的人，我还是第一次遇到。他采用以退为进的手法，明眼人一见便知。今天童经理找我谈话，他说朱总经理要提拔我到公司去当客运师爷，问我愿意不愿意。你们说奇怪不奇怪？在谈判的时候我顶得最凶，反而提拔我。不知这里面又卖的啥药，我实在识

1　国民党交通银行发行的钞票称交行票，中央银行发行的钞票叫中央券，四川地方银行发行的钞票称川票。这几种流通的钞票，当时在比率上有些不同。

不透。”

吴思远抢过话头：“啥药？人参膏。未必你还把它当成耗子药！”

张阿德也想不透其中的奥妙，他看了看杨佑成，问：“老杨，你看呢？”

杨佑成今天找张阿德喝酒，是李明交给他的任务，要他注意培养张阿德入党，在涪顺轮上把党的组织慢慢建立起来。李明也与他分析了涪陵轮船公司和涪顺轮的情况。他听张阿德指名问他，他先没有正面回答，却问袁平：“老袁，提拔你做客运师爷，你去不去呢？”

袁平有些犹豫地说：“我猜不透他们的用意，所以拿不定主意。”

莫家华的嘴又痒了：“袁师傅，把你这个智多星都难住了，看来朱总经理的道行不浅呀！”

杨佑成正想说话，堂倌端菜上来了。

吴思远喊了一声：“堂倌！”酒气上涌，想打嗝，半天打不出，后来一个呃逆终于打出来了：“酒，再来一瓶曲酒。”堂倌答应着出去了。

杨佑成说道：“不管耍啥花招，我看，穷兄弟伙要拧成一股绳，就有了力量。文来文对，兵来将挡。说书人有句老话：‘不入虎穴，焉得虎子。’叫你到公司当客运师爷，充其量是进虎穴吧！只要有武松的胆量，随机应变，怕啥！”

袁平眼睛一亮：“老杨，你主张我去？”

杨佑成点点头：“去，我主张你去！”接着望袁平一笑：“只要取得他们的信任，他们每办一事的动机你就可以更清楚了。不过，你们总经理是喝过洋墨水的，在公司当客运师爷，也不是轻松的事呀！”

袁平明白杨佑成的意思，很自信地说：“总经理喝过洋墨水，我也喝过土墨水呢！”

吴思远真的醉了，用拳头猛地往桌上一击，把大家吓了一跳。他口齿不清地骂罗天成，骂伍大车，最后站起来举着拳头摇摇晃晃往前蹿了两步：“莫老幺，莫，莫老幺，我，我打死你……”说着说着一个趔趄，要不是莫家华扶住他，已倒到地板上去了。

他从莫家华的手臂里挣脱出来，忽然放声干号起来，用手抓着自己的头发，扯着自己的衣服：“我、我不是人，我婆、娘双手都泡、泡烂了，我却、却打她……”

张阿德知道吴思远有这个毛病，喝醉酒喜欢发酒疯。他看时间不早了，对莫家华说：“莫老幺，把他扶回船去，我们随后就回。”

莫家华一个人扶不住吴思远，袁平帮着把他送走了。

只剩下杨佑成与张阿德两人了。沉默了一会儿，张阿德又提起刚才的话头：“朱总经理这人有些高深莫测，不知他肚里怀的啥鬼胎？上次罢工解决得太顺利了，我心里反而不踏实呢！”

杨佑成因为怕莫家华与吴思远嘴巴不稳，有些不便说。这时他反问张阿德：“罗天成与朱佳富比较，你最讨厌哪个人？”

张阿德不知杨佑成问这话是啥意思，想了想说：“我当然最讨厌罗天成。”

杨佑成一笑：“据我了解，罗天成与朱佳富他们有些不和。老张，朱佳富他们不过想讨好你们以便对付罗天成。既然你们最讨厌罗天成，为何不来个将计就计呢？”

“将计就计?!”张阿德还是不明白杨佑成的意思。

杨佑成解释说：“你们也可以利用双方的不和，争取朱佳富他们，去共同对付罗天成一伙，这不是更好一些？你们也可以少吃点亏啊！”

张阿德骤然明白了：“咦！对呀！我以前就没想到这点。老杨，你这个主意不错呀！”杨佑成笑而不言。

张阿德正想说话。忽听街上传来了一阵胡琴声，一个女人在唱：

月亮弯弯像把梳，
娇娃难找好丈夫，
一家欢乐几家怨，
秋去冬来万花枯。

月亮弯弯像把梳，
踏着孤影走江湖，
唱罢旧曲唱新调，
冬去春来柳枝绿。
……

张阿德凝神听了一会儿，突然站起来说：“是他们！一定是他们。”

杨佑成也听出了这唱歌的声音很熟悉："一定是秋莲父女俩，他们怎么到万县来了?"

"老杨！你等等，我去看看。"张阿德一阵风似的出去了。

过了一会儿，张阿德单独回来了，失望地说："分明是秋莲唱歌的声音，可是我出去寻了一遍，没有看见他们，也听不见歌声了。"他叹了口气，低头喝着闷酒。

三

在寒夜里，秋莲紧紧地依偎在阿爸的身旁，用手扶着阿爸在万县的街头踯躅。

他父女俩到万县已经好多天了。因为李老头病了，住在一家小客栈里，不能外出卖唱。

秋莲成天愁眉苦脸地守着患病的阿爸。她秀丽的面孔消瘦了，红晕消退，嘴唇的鲜红色彩变淡，漂亮的眼睛流露出的光芒也变得晦暗了。

他们的钱用光了，李老头只得忍住病痛，强撑着出来卖唱。

在寒风中，李老头驼背缩颈的，围着一条破旧的绛色羊毛围巾，蒙住了脸的下半部，时时发出嘘嘘的气喘，发出一阵阵低沉的咳嗽。

秋莲梳理过的头发被寒风吹乱了。刺骨的冷风掀开她短袄的下摆，灌进她的胸口，她不禁浑身瑟缩发抖。

他俩走过一家家茶楼酒店，点唱的人不多，一天的用费还没有着落。已经深夜了，他俩还在街道上艰难地走着，走着。李老头拉着胡琴，秋莲用悲凉凄切的音调唱着：

水悠悠，夜茫茫，
水悠悠，夜茫茫，
夜呀！夜呀！
夜长路更长。
……

秋莲唱不下去了，哇的一声哭了。

琴声也中断了。李老头站住，用空出的一只手抚摸着秋莲柔软的头发，声音凄切地说：“孩子，我们再走几家酒店，多挣一个铜板也是好的。唉……”李老头也唏嘘起来。

秋莲听阿爸突然爆发了一阵咳嗽，感觉阿爸的手冻得冰凉。她忍住了悲伤，紧紧拉住阿爸枯瘦的臂膊：“阿爸，我们回去吧！你病才好一点，这样要冻坏的。”说着又抽泣起来。

李老头长长地叹口气：“孩子，栈房钱已经欠几天了。唉！再走几家吧！”

“阿爸，你喝口热汤再走吧！”

“唉！孩子，阿爸苦了你，对不起你死去的娘……”李老头孩子似的哭了。

“阿爸，你别这样说，我知道你这时心里有多难受！阿爸，我再也不能失去你了。你若有个三长两短，叫我独自一个怎么过活？阿爸，天气这冷，你又没喝口热汤，好人也受不了。我们回去吧！”秋莲带着哭音说。

李老头用衣袖揩干了老泪，他看秋莲瑟缩悲伤的样子，心里有多疼啊！为了安慰秋莲，他强振精神：“孩子，不要难过，天总有一天会亮的。孩子，笑吧！我拉琴，你唱你新编的那首歌吧！”

他们又沿街慢慢地迎着寒风走着。李老头又拉响了胡琴。秋莲心如刀割，为了安慰阿爸，她凄婉地笑了。她用颤抖而圆润的声音唱着：

月亮弯弯像把梳，
娇娃难找好丈夫，
一家欢乐几家怨，
秋去冬来万花枯。

月亮弯弯像把梳，
踏着孤影走江湖，
唱罢旧曲唱新调，
冬去春来柳枝绿。
……

一支歌唱完，秋莲看阿爸的手已经僵了，弓在手上很不灵活，在一家吃食店门口，她站住了：“阿爸，你喝碗热汤再走吧！”她看阿爸还在犹豫，一手从阿爸手上夺过胡琴，装入蓝粗布的琴套：“阿爸，你喝碗热汤吧！”

他们进入吃食店坐下，秋莲给阿爸要了一碗牛杂碎，递给他：“阿爸，吃吧！”

李老头问：“孩子，你呢?”

秋莲站在一旁，活动着冻僵的脚，两手互相搓揉着取暖。她摇摇头：“阿爸，你吃吧！我不饿呢！”

李老头听秋莲这样说，心里一酸，老泪滴下来了：秋莲也饿了一晚上，还说不饿。李老头勉强喝了一口汤，停住了：“孩子，我一个人吃不下啊！”

“好，阿爸，我也吃一碗。你先吃吧！”秋莲看阿爸放下了筷难以下咽，只好这样说。她看阿爸仍然难过地看着她，没有动筷，只得又要了一碗牛杂碎，坐在阿爸旁边，低着头慢慢地吃着。

这时从里堂走出一个醉得脸很红的青年人，一顶呢博士帽歪戴着，吹着口哨，在秋莲面前站住了。他流里流气地盯着秋莲，打量了一下桌上放着的胡琴，知道是两个卖唱的。

这人是涪顺轮的陈福生。他看秋莲虽然穿着一件已经打了补丁的花衫，头发散乱没有精心打扮，但眉目秀丽，身材苗条，使人一看就动心。陈福生大声对李老头说：“喂，卖唱的老头，你这姑娘长得不错，跟我上船给我们船长唱唱解闷。”

李老头放下了碗筷，见他来意不善，忙站起来赔笑说：“先生，我们从不上船卖唱。”

“龟儿不识抬举，怕老子不给钱?”陈福生把帽子往后一推，从身上摸出一块银圆当啷丢在桌上：“先给一块硬洋，跟我上船去。”

“先生，今天已经夜深，我们不唱了。”李老头仍赔笑说。

“夜深！夜深怕啥？这都是夜深的买卖。”陈福生左手叉腰，蛮横无理地说，“你不去，叫姑娘跟我去。”

“先生，实实不能去，我们卖唱不卖身。”李老头苦苦说。

“好，你们不识抬举！”陈福生看食客中有人对他已表示不满，在愤愤私议，这里众目睽睽也不便怎样。他收起了那块银圆，贼哈哈地盯了秋莲几眼，恶狠狠地说：“老头，敬酒不吃要吃罚酒，你要后悔的。”

陈福生说完扬长而去，走到门口还回头盯了秋莲一眼。秋莲忙起身付了钱，拉着阿爸说：“阿爸，走。”

李老头拿起胡琴，秋莲扶着他的臂膊，急匆匆走出吃食店。

他们走到大桥边，这里人烟稀少。李老头已经累得走不动了，喘着粗气，咳嗽一阵紧一阵。他们走得慢了。秋莲说："阿爸，你歇息一会儿再走吧！"她正准备扶阿爸在桥墩上坐下，突然从暗影里蹿出陈福生。

"老头，叫你姑娘跟我走吧！"陈福生两手叉腰，站在他们面前说。

李老头吃了一惊，竭力忍住剧喘："先生，我们实实不能去。"

陈福生一把将李老头当胸抓住："不识抬举的老东西，去不去?"

李老头愤怒无比，一面气喘，一面断断续续地说："你……你怎么……蛮不讲理，我……我们……"

陈福生不等李老头说完，当胸就是一拳。李老头"哎哟"一声往后一仰，跌倒在地上。

秋莲哭叫着扑到李老头身上："阿爸，我的阿爸，阿爸呀！"她伤心地号啕起来。

陈福生拉住秋莲的双手："走！去陪我玩一玩就送你回来。"秋莲想挣脱陈福生，陈福生动强了，他紧紧地搂抱着秋莲。

秋莲用力推开了陈福生喷射着酒气企图吻她的嘴，挣扎着，挣扎着。她猛地用嘴狠狠地咬了陈福生肩膀一口。

"哎哟！"陈福生护痛松了一下，"不相信制服不了你！"他更加疯狂地使劲将秋莲抱住，要把她放到地上去。

秋莲已经累得精疲力竭，渐渐不支，终于被陈福生按倒在地上。

李老头几次想挣扎着站起来，但终于站不起来。他看陈福生已把秋莲按倒在地上，他不顾一切，用苍老衰弱的声音喊着："救命！救命！救命……"

第十五章

张阿德与杨佑成从“小桃园”出来，他觉得心里亮堂多了。他与杨佑成虽然在不同公司，但因经常在沿江码头上相遇，又加性情相投，结成了好朋友。他今天才知道杨佑成懂得的事情很多，心里暗暗感到敬佩。

弯弯的月亮又从云隙中露出来，清冷的月光照射在青石板路上。两旁的店铺都关上门了，街上行人稀少。

他们走了一段路，忽听从寒风中飘来了苍凉而微弱的声音：“救命，救命……”

他们站住谛听，这声音缥缥缈缈、若隐若现，好像就在不远的前方。张阿德拉了杨佑成一把：“快！”

他们加快了脚步，喊救命的声音更清晰了，前面桥头有黑影在晃动。

张阿德几步跨上前去，见一个老头躺在地上企图挣扎着站起来，救命的声音就是这老头喊出来的。

在旁边的地上，一个男人扑压在一个女人的身上，喘着气恶狠狠地说：“你咬，你咬，老子今天就要在这里把你玩玩。”

那女人的力气已经用尽，不断咬着那男子的胳膊。张阿德已经明白是怎么一回事了，顿时怒气冲天。他一步抢上前去，拉住那男人的双手往上一拖，抓了起来在月光中一看，原来是船上的陈福生。这人平时在船上狗仗人势横行霸道，张阿德对他早就有气。他也不考虑后果，当胸给陈福生一拳：“陈福生，你这个畜生，老子今天可不放过你。”

陈福生正准备用手去扯秋莲的裤子，眼看马上可以得手，想不到张阿德突然来了，将他抓起来当胸一拳。他站立不稳，向后踉跄退了几步，方才站稳，吃惊不小。

杨佑成已把秋莲和李老头从地上扶了起来，不觉失惊说：“李老伯，秋莲，原来是你们。”

张阿德一看果然是李老伯和秋莲，气更大了，暂时没顾他们，又扑上前去抓住陈福生的衣领：“狗养的东西，竟敢在街边上调戏妇女。”

陈福生也看清是张阿德，这个宁波机匠，他根本不放在眼里，胆子顿时大起来：“张阿德，你少管老子的闲事，给我爬开点，少找苦头吃。”

张阿德也不回言，举起拳头用力猛击了陈福生十几下，把他打倒在地上。

陈福生开始嘴硬，还在骂："你打得好，你打得好，老子回船找你算账。"后来实在挨不过疼痛，"哎哟、哎哟"叫着，嘴慢慢软了："张师傅，放手，放手，有话好说，有话好说。"

张阿德方才松手："狗东西，看你还逞不逞凶。"

陈福生摇摇晃晃地挣扎着站起来，怕张阿德再打他，忍住痛，一只手摸着腰部，一只手摸着头部，一瘸一拐地走了十多步才回过头来，威胁说："张阿德，你回船再找你算总账。"

他看张阿德又要扑上来，赶快夹着尾巴瘸着跑了。

张阿德这才回过身向李老头迎上去，关切地说："老伯，怎么样了？"

李老头已经站立不稳，一手扶着秋莲，一手扶着杨佑成，用颤抖的声音，喊了一声："阿德……"喉头哽住说不出话来。

张阿德看秋莲头发蓬乱着，花衫的前襟被扯破了一块，在寒风中飘动，眼里噙着泪水看着他。他一巴掌击在自己腿胯上："唉！老伯，你们怎么深更半夜还在卖唱……"

李老头喘息着向他们诉说了事情的经过。杨佑成说："来，老伯，我背你回客栈。"

"我背！"张阿德背起李老头就走，杨佑成与秋莲跟在身后。过了桥，转进一条背街，到了小客栈门口。

小客栈已关了门，门口高挂着木架纸糊四方招牌灯，里面点着一盏油灯，烘现出灯上的字……正面的招牌是"大溪小客栈"，两侧写着"未晚先投宿，鸡鸣早看天"。这就是当时最廉价的所谓鸡鸣小店，住宿的多是力夫小商之类。

喊开了店门，张阿德将李老头背进了住宿的一间小房，安顿在垫着稻草的木板铺上睡下。这么冷的天，床上还是铺的草席；棉被很薄，棉絮用了多年，硬得像一块板。

房里还有一张木板小床，是秋莲睡的。房内别无他物，已经剩不下多少空间了。秋莲让张阿德和杨佑成坐在木板小床上，她挨着阿爸坐在床沿。

房间四周用篾席做墙，一张脏得污垢起壳的小方桌上摆着一盏桐油灯，发出昏黄的一点弱光。

寒风从篾席的缝隙吹进，人像进了冰窖里，冷到了心头。

李老头躺在床上闭着双目，苍白的脸已经转成了金黄色，胸前一起一伏，喉头发出了哮喘的啸音。

秋莲用一只粗碗找店家讨了一点开水，坐在床前，含泪轻轻喊着：“阿爸，你睁开眼吧！喝口热开水。”

李老头眼睛睁了睁，略微抬起头来，秋莲一手托着他的头，一手端着开水碗喂着。

李老头喝了几口，微微摇了摇头，又躺下了。

秋莲把粗碗放到小方桌上，用忧郁的目光看看阿爸，又看看张阿德和杨佑成。冻得有点发乌的嘴唇嗫嚅了一会儿，低低地说：“张大哥，杨师傅，今天多亏了你们，我……”她说不下去了，低了头轻轻地啜泣。

李老头突然一阵咳嗽，秋莲把他扶起来吐痰。李老头吐了一大口在地上，大家都闻到了一股血腥气，看来他被陈福生当胸一拳打得不轻。

秋莲看阿爸吐的是血，忍不住哇地哭出声来，扑在阿爸的身上：“阿爸，阿爸，你怎样了？你有个三长两短，女儿怎么活啊！”

张阿德与杨佑成看李老头脸上显出痛苦的表情，忙齐声问：“老伯，老伯，你还有哪里不好受？”

李老头的眼睛睁开了，他精神仿佛好一些了，用手爱怜地抚摸着秋莲的头、脸、手，泪水从他枯瘦的脸上滴下来了。

过了一会儿，他好像平静了一点，用力要挣起来，秋莲忙扶他坐起，用棉袄垫在他身子后部。他头靠在棉袄上，用微弱的声音呼唤：“阿德，你过来，我有话要给你说。”

张阿德上前站在他面前。他要张阿德也在床沿坐下。秋莲正准备起身相让，他拉住了秋莲：“孩子，你也坐着。”

张阿德只好在床沿上坐下，离秋莲很近。秋莲的头垂得很低，看不清脸上的表情。

李老头注视着张阿德，脸上枯瘦的肌肉在痛苦地抽搐。张阿德见这情景，说：“老伯，有话你就说吧！”

李老头一开口，声音就哽住了，喘了一会儿，才断断续续地说：“阿德，我不行了。我可能回不了宁波啦！”他闭目养了一回神，又睁开浑浊的眼睛：“我十几岁就在轮船上干活，招商局，怡和洋行，日清公司，捷江公司，川江公司，民成公司，哪一家我没干过?”他声音悲咽，“可到头来，人老了，像一条狗被踢开了。我想把女儿送回宁波老家也不能了。对不起她死去的娘啊！丢下我女儿孤苦无依一个人，我死也闭不了眼啊!”

秋莲听到这里，心如刀绞，泪如雨下，扑在阿爸身上：“阿爸，我的阿爸呀!”

李老头说到这里，用手抚摸着秋莲蓬乱的黑发，歇息了一会儿：“阿德，我在这里举目无亲。我与你是宁波老乡，我若死后，你若不嫌弃，把秋莲留下给你做媳妇吧！我也就放心了。”

张阿德听到这里，这个不轻易落泪的硬汉子，也不禁簌簌泪下。他安慰李老头说：“老伯，你不要东想西想，好好养病，不要再去卖唱，我们穷兄弟伙会帮助你的。”他从身上摸出所有的钱，加上杨佑成也尽其所有，凑在一起，一共有二十多元，给他留在枕边说：“这二十多元你们暂时用着，我们下宜昌，只要几天就可回来，再来看你。老伯，你的病一定会好，宽心些。”

一股寒风从壁缝吹进，桐油灯的火焰跳动了两下被吹熄了。

杨佑成忙掏出火柴来，重新点燃了桐油灯，也安慰说：“老伯，宽心些，我们以后再来看望你。”

李老头看他们这样仗义相助，感动得半天说不出话。他长长吁了口气，摇摇头，声音微弱，每个字间隔很长，好像都是费了很大力气才吐出一个字来：“我……不行了，就像……桌上的……桐油灯，经不住……壁缝吹……进来的……风。阿……德，看在……同乡的分上，你可怜……她吧！她……虽然……跟着我……卖唱，但仍是……清清白白……的女儿……身啊!”

秋莲听到这里心肝碎裂般地难受：“阿爸，我的阿爸……”

李老头用尽了最大的力气说：“阿德，趁我……还在，你答应……我，留下……秋莲做……你的媳妇……吧！我才……放心啊！你也是……单身啊!”

张阿德脸上的表情异常严肃，紧紧地握着粗大的拳头：“老伯，我们同过事，又是宁波老乡。老伯，请你放心，我唯一的亲人，一个妹妹十二年前失散了，已没有亲人了。我会把你的女儿，当成我的亲妹妹看待。至于……”张阿德没有再说下去了。

李老头坚持说：“阿德，你……与秋莲正好……配成一对，当面答应……我，我才……放心啊!”

张阿德也很固执：“老伯，我张阿德虽然穷，至今还是单身汉，但也是光明磊落一条汉子。我比她年长许多，岂不误了她的青春？再说，也不能乘人困难的时候……我会像对亲妹妹那样疼她、爱她。我张阿德说话算话，老伯，你就放心吧!”

杨佑成对于张阿德的个性是了解的，看时间已经不早，再这样相持下去，怕误了开船。于是劝解说：“老伯，你就放心吧！秋莲的问题就包在我们身上，万一你有三长两短，绝不会使她受委屈。他与秋莲的事包在我身上，你就安心养病吧!”

李老头有泪无声，好像稍微感到了安慰，他闭目养神，一会儿像睡熟了，出气也匀净一些了。

张阿德悄悄站起来，轻声对秋莲嘱咐：“阿妹，你明天就请医生给他治病，钱不够用不要紧，我们过几天就会从宜昌回来的。”

秋莲不知说什么是好，她一双秀美的眼睛噙着泪水瞥了张阿德一眼，点点头，迅速含羞地低下了头。

二

张阿德与杨佑成离开小客栈，急匆匆赶回三大炮，各自回船。

涪顺轮的旅客上齐了。因为正值枯水季节，川江水位低落，大型一点的船吃水深，都改走中、下游去了，所以涪顺轮除客舱住满外，统舱的客人也不少，大舱和避风的走道都住得很挤。

张阿德回到房舱，脱下了上岸穿的嘎嘎衣，折叠好放进小衣柜里。刚换上油腻的叫花衣，准备下机舱去暖缸备车，伍大车的西崽小邹站在门口喊：“张师傅，伍大车有请，在上甲板餐厅等你。”

张阿德正惊疑不定，小邹低低关照说：“张师傅，你要小心，陈福生回来告了状。皮船长很生气，要伍大车立即办人，恐怕你要吃亏的。”

张阿德拳头攥得紧紧地说：“陈福生这王八蛋……”要是以往，遇到这样的事，他会束手无策，只有硬挺。今晚被杨佑成几句话一拨，心里亮堂多了。他略一思索，不慌不忙跟着小邹走了几步，正好遇着袁平在走道上招呼安排旅客。他附在袁平耳边轻声说了几句。袁平开始一愣，因为后来发生的事他不知道，接着不断点头会意。

张阿德看小邹还等在那里，不便久说，跟着小邹从扶梯走上了上甲板。

上甲板餐厅，是专供高级船员进餐、休息的地方，一般船员未经传唤是禁止去的。张阿德进入餐厅，看见皮船长坐在一张沙发上，嘴里含着一支雪茄。因为餐厅里装有暖气，虽说是这么冷的天气，皮船长也只穿着红条纹的长睡衣，跷着二郎腿，脚上的黄色皮拖鞋随着抖动的二郎腿晃悠晃悠闪动。

伍大车像一尊弥勒佛，将另一张沙发塞得满满的。满脸横肉，将一对原来就小的眼睛挤成了一条缝，使得他生气时也像在笑。他白市布汗衣的衣袖高高绾起，露出手臂上的一条吐舌咧嘴的青蛇刺青。对开襟汗衣上面的几颗纽扣没有扣合，敞开的胸上，隐隐约约现出一片黑乎乎的胸毛。

陈福生鼻青脸肿地坐在皮船长旁边的一张圆凳上，一只手用布带吊在颈上，头上戴的一顶黑缎瓜皮帽使他的脸显得更长。

一见张阿德跨进门来，皮船长就吼道：“好哇！姓张的，你真吃了豹子胆，连徐董事的亲戚你也敢打，我今天要看看你是不是铁铸的人！”

皮船长对张阿德上次闹事，早已恨得牙痒痒。补发欠薪、买股票的问题与皮船长利害关系不大。可是收不成关公钱，对他损失太大了。他早想寻岔报复，现在张阿德打了陈福生，正好趁机敲他一顿。这一方面在徐宁山面前好交代，另一方面也出出气。

张阿德正要回答，伍大车脸腮上的横肉痉挛了一下。他也收不成关公钱，但他对张阿德除了恨之外，和皮船长有些不同；他不能缺少张阿德，机舱许多技术性的活都要张阿德做。刚才皮船长与他商量，准备将张阿德吊在桅杆上痛打。伍大车怕打伤后无人替他干活，所以只同意先用恐吓的方法使他屈服，不得已才动手打，但不能打得太厉害，更不能伤了筋骨。这时伍大车凶神恶煞地说：“张阿德，你好大的胆子，你为啥打陈福生?”

张阿德把事情的经过说了。

陈福生结结巴巴地争辩说：“你胡说！那卖唱的老头和女人明明跟我上船来唱歌给船长听，你硬要他们随你去，我不依，你就出手打人。”

张阿德一听陈福生倒打一耙，气直往上冲，忍不住圆睁怒目逼上去：“呸，你当着人面要行凶强奸，现在反而血口喷人。你这王八蛋，我要你再尝尝我的拳头。”说罢将袖子一挽，真像要动手的样子。

陈福生的确被张阿德的拳头打怕了，看张阿德不顾一切逼拢来了，畏怯地退到皮船长身后，色厉内荏地说：“你还逞凶，你还逞凶。”

皮船长从沙发上站起来，将巴掌往餐桌上一拍：“你要反了，怕老子没有王法对付你。”

伍大车在沙发上挪动了一下，也威吓说：“张阿德，你要老实认罪，免得皮肉受苦。”

张阿德面无惧色，扫了皮船长和伍大车一眼：“嗯？你们袍哥也是讲行侠仗义的，陈福生深更半夜企图强奸良家妇女，行凶打人，你们说我该不该管?!”

陈福生涨红着脸，矢口否认：“我在大桥头，不，我没有在大桥头，是在……”他看见张阿德逼视过来的目光，有点心慌意乱，说得吞吞吐吐。

皮船长看陈福生那副草包相，微微皱了皱眉。他回头见张阿德不甘示弱的样子，就蛮不讲理地说：“强奸又怎样？卖唱的女人是啥良家妇女！”

“咦！你们不是信奉关圣人吗？他保皇嫂坐怀不乱。皮船长，话可不是这样说的。”张阿德想到今夜小客栈中秋莲父女俩的凄惨情景，他更按捺不住心中的悲愤：“谁无姊妹，若是你们的父母被毒打，你们的姊妹被人侮辱，也这样大方吗?”

皮船长从沙发上跳起来，大声吼道：“来人呀！跟我把张阿德捆起来。”

应声从门外进来两个护航队员，他们一人扭住张阿德一条胳膊，抖出一根棕绳想捆绑。但是张阿德力气很大，始终不能将他的胳膊扭到背后，双方相持地拉扯着。

这时童经理进来了，皮船长与伍大车坐在沙发上点头招呼。

童经理在一张藤椅上坐下，示意护航队员说：“放了。”接着皱着眉头回头问皮船长：“船长，民福轮已经开了很久，我们怎么还不开头。”

这时袁平进来向童经理报告：“童经理，我们再不开头，旅客要闹退票了。”

皮船长看童经理进来就叫把张阿德放了，心里有气，但一时又不便发作。等袁平报告完后，不等童经理回答，想借势出气，对两个护航队员说：“你们去看看，旅客有闹退票的就给我打!”

童经理脸一沉，厉声对正要去的护航队员说：“站住!”回头对皮船长说：“船长，且不谈旅客中各色各样的人都有，你吃不干。再说我们船主要是装客的，把旅客都打走了，我们的生意又怎么做?”

皮船长找不出话来驳童经理，只得站起来对两个站在一旁的护航队员说：“先将张阿德捆起，等我把船开出去再找他算账。”

这时忽地从门外进来几个人围着童经理，小小的餐厅显得很拥挤。莫家华领头说："童经理，朱总经理亲口答应过，不准随便抓人打人。今天你要打张师傅，我们坚决抗议。"

皮船长气得额上青筋暴起，气势汹汹地说："怎么？又要造反，我偏要……"说到这里，他无意中向外一看：这时天已亮明，餐厅门口、窗口露出许多面孔，主要是轮机部的船员，也夹有几个驾驶部的船员。他暗暗吃了一惊，把下半截话也咽回去了。

童经理是听了袁平的报告，才赶到餐厅来的。他完全按照朱佳富的布置：尽量在船员面前演白脸。他也没想到船员这么快就把餐厅包围了。他感到意外，怕又闹出事在高伦面前不好交代。因此，他没有征求皮船长的同意，当即说："张阿德，你下去备车开头，等我把事情调查清楚再说。"

莫家华等几个人一听这话，马上簇拥着张阿德走出餐厅，餐厅外的人也顿时跟着散了。

皮船长觉得很丢面子，强忍住的不满，这时向童经理发出来了："童经理，你这样姑息养奸，他们今天打陈福生，明天不是要打到我们头上来了？"

"皮船长，请抽烟。"童经理递过一支香烟去，同时也递给伍大车一支。站在旁边的西崽划燃火柴给他们把烟点燃。

皮船长现出悻悻的表情，猛地吸了一口，马上把烟喷了出来。

伍大车笑眯眯地看着皮船长和童经理。因为这事与他没有直接的利害关系，本来不带劲。再说，他和皮船长也有点不对劲。船上轮机部与驾驶部不和，在川江船舶上是老问题。皮船长近来看见轮机部在烧煤上弄虚作假收入不少，有些眼红，暗示要分成，并隐含威胁——达不到目的就要向上面告密。所以见童经理出面来处理这件事，他更犯不着为皮船长去得罪童经理，只是笑而不言地看肖神[1]。

因为皮船长和伍大车平时专横跋扈目中无人，动不动打三摛四。手下用的几个人也是流里流气，胡作非为：殴打旅客，甚至调戏旅客中的妇女也时有发生。所以旅客都争着搭民成公司的船去了，涪顺轮的旅客越来越少。朱佳富已经开始整顿这种情况，但收效甚微。他决心利用船员的力量把罗天成的势力慢慢挤走。童经理心领神会，也决心利用皮船长和伍大车的貌合神离，扩大他们的不和。所

1 看笑话的意思，四川方言。

以不久前童经理故意把皮船长为烧煤问题准备告密的企图透露给伍大车。他准备一个一个地收拾这些家伙。

童经理看皮船长和伍大车的神态，心中暗暗得意：自己的离间计果然收到了效果。为了不让皮船长太难堪，先对陈福生说："以后少在外面惹是生非，带累皮船长生气，快回去睡觉休息。我那里有跌打损伤的药酒，回头叫人给你送去。"

陈福生平常就有点惧怕童经理，正手足无措地站在那里，听童经理叫他走，乘机溜了。

童经理看陈福生走了，才笑着对皮船长说："船长，古人说：小不忍则乱大谋。上一次船员闹事，董事会没怪罪我们，若为这点小事又闹起来，我们都不好交代呀！"

看皮船长的表情稍微缓和点，童经理的口气变得更亲切。他上前拍了拍皮船长的肩膀，生怕别人听见似的低声说："我们公司马上就要发展，朱总经理对你印象不错，准备提升你去公司做总船长呢！可不能因小失大呀！"

皮船长脸上悻悻的表情消失了，觉得童经理很够朋友，脸上露出了笑容。他正想说话，一个年轻的瓜达马子进来恭敬地说："船长，机舱备车完毕，已回铃，请你上驾驶台。"

皮船长站起来，也亲昵地对童经理说："老童，船到宜昌我请客，去喝花酒[1]。"

驾驶台就在这层甲板的前部。皮船长几步就走到了。

皮船长进入驾驶台，看舵工、三副都站在各自的位置上。他举起望远镜观察了一下江面，拉响了一声汽笛，用洋泾浜英语[2]大声喊："解缆，绞锚！"

三

轮船离开了三大炮掉头出港，冉大领江穿着狐皮大衣，戴着狼皮帽接了班。为了看清航道，他将面前的一扇玻璃窗敞开了，寒风吹得皮帽和皮领上的绒毛一直颤动。他伸出一只手，虽然戴着皮手套，但手仍有点僵，用拇指和食指、中指

---

1 旧社会有妓女陪伴的酒宴。

2 上海有个叫洋泾浜的地方，外轮最初常靠这里，中国人在与英国人接触中学会简单的英语，称为洋泾浜英语。后又泛指发音不准确、不合语法的英语。

向瓜达马子指着航向，瓜达马子灵活地扳动着舵轮，轮船在呼呼的风声中急驶而下。

皮船长还没有离开驾驶台，因为有名的天险巴阳峡马上要到了。信号台挂着下水放行标志。

船前两山之间很宽敞，出现了一片平坦重叠的岩石，岩石的中间现出一条狭窄的低谷，这就是有名的巴阳峡。宽大的江面到此突然收小，巨大的流水灌入这个低谷。这狭窄的低谷形成的河道，远望恰似一条蜿蜒的安静流淌的小溪，既无惊涛骇浪，也无巨大的泡漩。但是轮船一进入巴阳峡，驾驶台里那个紧张劲儿，非几句话能形容得出：冉大领江已从坐的高凳上站起来，将前半身伸出窗外观察航道，拇指和食指、中指迅速而灵活地弯曲扭动；舵工早换了三领江，全神贯注于冉大领江指头的指令，同时又要注意前面航道的标志，舵轮频繁地扳动着。

皮船长为了加强船舵的操纵性能，抗拒江底急流的抬拱，只听把加车的信钟摇得丁零零直响。

驾驶台真是没有一点声息。只听水声哗哗，风声呜呜，机器吼鸣，船身抖摇，引起门窗发出咯咯的响声……

只见两岸的岩石向后急退，船首分开波涛发出亮晶晶的闪光。

巴阳峡河道狭窄而弯曲，船的两舷距离岩岸近在咫尺，仿佛船上的人用力一纵，便可以跳上岸去。轮船的速度很高，只要擦上岩岸伸出的怪石，势如拉朽，即使是船壳的钢板也会像豆腐一样，马上被划破。

一声长长的汽笛响起，轮船已驶过巴阳峡了，江面渐渐开阔。驾驶台里紧张的气氛陡地松弛了：有人开始走动，有人在轻轻咳嗽，有人在擦火点烟。

服侍皮船长的西崽小颜轻脚轻手走进驾驶台，态度恭敬，声音很轻：“船长，请用早点。”

皮船长点点头，跟小颜走出驾驶台。他的房间就在驾驶台隔壁，小颜已将早点给他端到船长室内。

皮船长进了船长室，这是船上最宽敞的一间舱室，虽然还是显得很紧凑，但比起一般船员的住室，真是天上与人间。室中一张小圆桌上，摆着一杯热气腾腾的牛奶，一盘散发着香味的面包，西崽已在每块面包上涂满了果酱。他瞥了一眼，并不能引起他的食欲：昨晚酒喝多了一点；万县那位年轻漂亮的妹儿实在有点迷人；加之为陈福生的事情闹了一阵，他现在实在感觉很疲倦。他只喝了几口牛奶，再也不想吃了。他现在唯一的需要就是睡觉。他躺在床上，用脚蹬开鸭绒被盖上，一会儿就发出了熟睡的鼾声……

因为万县开航迟了，当天到不了宜昌。巫峡和西陵峡是天险，当时没有标灯，是从不夜航的。当皮船长被西崽小颜喊醒时，船到了巫山，已是下午了。

他起来迅速在瓷脸盆里洗了脸，便到驾驶台指挥掉头抛锚，这里没有趸船可靠，船开进大宁河离岸十几米处抛锚。水手推木划上岸挖好了地牛[1]，然后从船上将钢缆引到岸上系在地牛上，船才算停靠稳妥。

几条木划子不等船靠好，纷纷划了拢来，靠在波门边，兜揽生意接送旅客。

岸上路边，迅速汇集了一些衣衫褴褛的小贩，向旅客闹喳喳兜售着土特产。

巫山的梨子是有名的：皮薄水多，肉嫩渣少，又甜又脆。在这个季节，过路的旅客多要买些带走。

用篾片编的小篓子，每篓可以装十斤、二十斤不等，不过两三角钱就可以买一篓，真是价廉物美。卖梨的小贩冻得清鼻涕直淌，瑟缩着身子，张开发乌的嘴唇不断叫嚷着："鸭蛋梨要买么！相因卖，相因卖，两个银角买一篓，又甜又脆真安逸。"

用梨子熬成的梨膏糖，深色的小口陶罐装好，用猪尿泡皮封好口，贴着印得很粗糙的商标。小贩提着罐子不断在旅客面前摇晃，高喊着："梨膏糖，梨膏糖，润肺又清凉。买一罐嘛！"

"喂！有少没得？"一些旅客在讲价。

"没得好大个少咯！你买好多哟！"小贩也在用活动的口吻卖弄生意经。

只听岸上闹喳喳，吵嚷嚷。只见白包头，蓝包头，线子帽，牛屎毡帽，人头攒动。

这时从路那边来了一群丘八[2]。一个斜背军官皮带、腰挎左轮手枪、上穿黄呢军服、下穿灰棉马裤、头戴灰军帽、灰布绑腿、穿一双黑皮靴的军官，身后跟着几个穿灰布棉军服的兵，都是横端步枪，歪戴军帽，风纪扣没扣上，从斜坡沿路摇摇摆摆下来了。士兵不断吆喝："让开，让开。"稍微让得慢一点的人，就用枪托往旁边一攘，有几个人一趔趄，差点从路坎上摔下来。

1 在地下挖坑，埋下粗圆木，以备停靠船时系缆用。

2 旧社会老百姓对兵的蔑称。因"兵"字分开写成"丘八"。

有个小贩往后一退，踩虚了脚，仰面从坎上跌下来，手上提的两篓梨子摔在地上，满坡梨子乱滚，纷纷滚到河里，河面上咚咚咚咚溅起水花。

那个军官昂头挺胸，目空一切，带着兵走下斜坡，上了一条渡船，渡到波门边上了船，气势汹汹地叫嚷着找船长和经理。

童经理还没上岸，听见闹声忙从经理室迎了出来。看见这群人的打扮，像是地方上的杂牌军，忙笑脸相迎："兄弟就是经理，请问老兄是……"

那个军官的颈项不知是有毛病，天生的僵颈子呢，还是由于过分傲慢，变得颈子有点僵，头只略微动了动，表示答礼。旁边一个背盒子枪的勤务兵代答道："这是倪团附！"

童经理是见过大世面的，他也曾跟高伦做过参谋，军长、师长这类将官见过不少，也不止一次到刘湘、杨森等家里做过客。现在见倪团附这个样子，心里忍不住好笑。但是面上并没露出来，仍是一脸笑。因为经理室容不下这些人，他客气地说："倪团附，久仰了。请到三楼餐厅坐。"

童经理在前面引路。上扶梯的时候，他担心倪团附颈项僵硬，容易碰头，回头关照道："对不起，注意碰头！"他的担心是多余的：倪团附颈项灵活地一缩，躲过了头上的障碍。

倪团附带着勤务兵进了餐厅，几个背步枪的士兵威风凛凛地站在门外。

西崽进去敬过烟，泡上茶。倪团附坐在沙发上，瘦瘦的脸上有一层严霜，斜眼看着童祖钱，声音拖得很长，带着官腔："你是经理吗？贵姓？"

童经理坐在另一张沙发上，欠身回答："兄弟姓童，名祖钱。"

"哦！童经理，幸会，幸会。"倪团附仍然板着面孔，僵着脖子，坐得端正笔直，说话冷冷的，"兄弟奉团长的命令，要征用这艘轮船明天送团长去万县师部开军事会议，特地通知你们，明天上午八时必须发航。若违抗命令，贻误军机，以军法从事。"

童经理听了，不禁吃了一惊：原以为倪团附上船不外借机捞点外快，想不到要强征用船。于是说："倪团附，敝船满载旅客要去宜昌，这些旅客怎么办？要征用船舶，也得让我们把旅客送去宜昌后方可。再说，贵团长要到万县开会，明天有上水客船路过巫山，顺便就可以搭乘前去，也用不着征用专船。"

"童经理，兄弟是个军人，只知按上司命令执行。"倪团附冷笑一声，"叫旅客上岸若有困难，兄弟可以协助处理，派一排弟兄赶上岸去就行了。若童经理还要推三阻四，军法无情，兄弟就不好担待了。”

因为涪顺轮不经常跑这条航线，巫山更少停靠，所以对驻军不熟悉，这个倪团附更是初见。虽然二十一军军部[1]有熟人，但远水难救近火，心里不免有点慌。把旅客赶上岸，对公司声誉有损，假若这次不能顶住，以后这条航线就无法走了。想了一想，童经理还是据理力争：“刘军长和杨军长都曾公开出过布告，严禁随便征用客货轮船，不知倪团附知不知道?”

倪团附脸色更加难看，威胁说：“童经理，若你不能照办，请随兄弟去团部一趟，你有理当面与团长说，不要使兄弟为难。”

童祖钱哪里肯吃那种眼前亏，忙改口说：“倪团附，我们一回生，二回熟嘛！有话好说。不过兄弟也不能完全做主，待我向公司请示后再商量。”

倪团附不以为然地说：“你们公司在涪陵，等你去请示要等到啥时候？贻误军机谁负责？将在外，君命有所不受，我看就不用请示了。”

童祖钱解释说：“请倪团附放心，我们船上有专用电台与公司联系，请稍待一会儿。”

倪团附傲慢地说：“不管你联系不联系，明天八点准时用船。”

童祖钱赔笑说：“是，是，保证误不了。”回头对身边的西崽低声吩咐：“请皮船长来陪客。”

西崽去了一会儿回来说：“皮船长上岸去了。”童祖钱一听，心里暗感有些恼火：刚才皮船长还在船上，怎么一会儿就上岸去了，明明是有意躲开。这些罗天成的兄弟伙，平时穷凶极恶，但见了刘湘这些双枪兵，就变得胆小如鼠，生怕事情惹到身上。他不由皱皱眉，只得起身说：“请倪团附用茶，兄弟去一会儿就来。”

童祖钱出去了半天，仍不见回餐厅。倪团附喝干了几杯茶，抽了十多支香烟，变得有些不耐烦，正想发作，童经理笑容满面来了，连声说：“对不起，对不起，累你久等了。”

倪团附鼻子哼了一声，他斜着眼等待童经理回答。

童经理好像忘了征用轮船的事情，尽说些不着边际的话：什么今年冬天不觉冷，明年春天可能会出现倒春寒；什么贵军驻防巫山真是好，巫山的梨子味道

1　当时刘湘是二十一军军长，军部常驻重庆。

美啊！

倪团附等了半天，看童经理尽说些牛头不对马嘴的话。他实在忍不住了，粗声粗气地说：“童经理，关于用船的事怎样？兄弟立等回信，要回去报告团长。”

童经理好像刚被提醒似的，含笑说：“哦！倪团附，这事好说，你不要急，总不会让你为难，好商量。请用茶。倪团附，这茶是金佛山出的云雾茶，长在天梯上，要冒着生命危险才能采得，一开、二开品不出味儿，三开、四开才能多少尝出味道，五开、六开才其味无穷。你看，这茶味怎样？”

倪团附见童经理说得煞有介事，也不愿让人笑话自己不懂喝茶，举起茶碗抿了一口，有点泛黄的眼珠子转了一转，装做内行的样子，连声称赞：“不错，好茶，好茶。这茶味儿愈喝愈浓，云雾茶真名不虚传。”

童经理强忍住笑，一本正经地说：“若倪团附喜欢，等会我送一盒给你，带回去泡着慢慢喝。”

倪团附虽然拿着架子，但态度较前和蔼了一些：“谢谢，谢谢。”

童经理还是继续说一大堆空话，倪团附心中有点犯疑，有些耐不住了，正准备催问。听见下甲板有大在喊：“倪团附，倪团附！”

门口一个兵伸进头来报告：“倪团附，团部的传令兵来了。”话音未完，传令兵已上了楼来，走进餐厅，喘着气向倪团附立正敬了个军礼：“团长的手令。”将一张便条递了过去。

童经理安详地微笑着，他心中有数。

倪团附看完了便条，脸上闪现了一下失望的表情。他故作镇静地点点头：“你回去报告团长，说我知道了。”

倪团附看传令兵走出了餐厅，向童经理说：“童经理，刚才团长又来手令催问，这用船的事刻不容缓，立等回信。”

童经理知道朱佳富的活动已经见效，倪团附说的是假话，还想借机敲诈几个。他也不点破，只淡淡说：“倪团附，我们一回生，二回熟，好商量。”

倪团附再也沉不住气了，果如童经理所料，刚才传令兵送来的命令是：船不征用了，叫他立即回去。他故意继续把弦拧紧，说得更厉害，想让童经理自己求情上钩。但见童经理仍然向他扯空话，他有些急了，只得自己说出来：“童经理，只要你够朋友，我可以在团长面前说情，暂时不征用你们的船。”

他以为自己放口，童经理一定会高兴，会自动提出条件来求他。但童经理表情平淡，说：“倪团附肯帮忙当然好哪！我童某素来是够朋友的。”说着从身上掏出一个皮夹。倪团附心中一喜，以为要送他一笔钱，但童经理递给他的却是一张相片。倪团附接过相片看后，不觉一怔：这是两人合照的半身像，穿着西服的那人明明是童经理，另一个穿军服的人明明是他们的樊师长。

童经理不动声色地收回了相片，一面放回皮夹，一面说：“我若不够朋友，樊师长也不会与兄弟合影。”

倪团附僵硬的颈项变得柔软了，不觉对这貌不惊人的童经理肃然起敬，但又显得有些失望的样子。

童经理知道现在是适可而止的时候，对这些人一毛不拔是不行的，因为以后还要经常走这条航线。他慷慨地说：“一回生，二回熟。既然倪团附看得起童某，交个朋友嘛！总不会让倪团附空回。”

倪团附已经失望，听童经理这样一说，不觉喜出望外，欠起身来，点头时，颈项显得特别柔和，满脸堆着笑：“不打不成相识，原来童经理是自己人，多有冲撞，请原谅兄弟是个武夫。”

童经理又从身上摸出一个信封，崭新的钞票从信封口露出点角来，递了过去：“一点小意思，请团附笑纳。”

倪团附假意推辞了一番，然后说：“恭敬不如从命，兄弟谢了。”从童经理手上接了过来，虽然不知确数，但摸着厚墩墩的，至少也是几十元。于是又眉开眼笑补了一句：“兄弟只好愧领了，童经理真够朋友。”

童经理应酬说：“团附太过奖了，以后敝公司的船舶路过贵地，还望团附多多维持。”

“包在兄弟身上，决不成问题。”倪团附用手拍胸说。

倪团附看见虽不如预计的那样多，但总算不虚此行，于是起身告辞。

童经理假意挽留便饭，客气了几句，将倪团附一行送到波门边才留步。眼送着倪团附一行上斜坡走远了，忍不住向江里吐了一口唾沫，骂了一句：“这群王八蛋，真比土匪还凶。”他长长地透了一口气。

第十六章

涪顺轮在宜昌等了几天客货，终于等齐了。因为早上开得迟，船过崆岭已经中午。

旅客八个人一桌，都在旅客餐厅用中餐。只有少数几个旅客，站在走道上，扶着栏杆眺望着西陵峡的景色。其中有一个漂亮的女人，也扶着栏杆观望着峡景。她穿着名贵的豹皮大衣，胸前的大衣扣子没有扣上，随便合拢掩住了胸脯。从敞开的部分，可以看见里面没有穿旗袍，而是穿着一件粉红色的绒线紧身衣。烫成波涛似的卷发一绺绺地垂散在耳根，露出一大段雪白玲珑的脖子。

袁平走到这女人身边，离两步的距离站住了，客气而有礼貌地说："小姐，请用午餐。"这个女人是童经理特意关照要袁平热情招待的，她的午餐是另开的。

这个女人被峡景迷住了，一心注视着这段惊险狭窄的航道，她仿佛没有听到袁平的声音。袁平于是把声音提高了一点："沈小姐，请用午餐。"

沈小姐回过头瞥了袁平一眼。她的五官是端正匀称的，描过的眉下有一双迷人的眼睛。她态度大方，指了一下外面问："茶房，这是哪里?"

袁平介绍说："小姐，这是崆岭，川江有名的天险。有一句顺口溜说：青滩、泄滩不算滩，崆岭才是鬼门关。"

沈小姐点点头，嗯了一声。她没有看袁平，专注地看着舷外。峡风从她虚掩着的大衣前襟灌进去了，她觉得冷，用白嫩纤柔的手紧了紧前襟。

袁平没有再催请，他隔沈小姐一定距离扶着栏杆，亲切周到地介绍崆岭的情况："小姐，你看那江心高耸的三座怪石，就是大珠、二珠、三珠，把航道分成了两半，我们船现在走的北槽。这北槽航道狭窄曲折，水面下暗礁犬牙交错，轮船稍微操纵不当就要触礁遇险。"

沈小姐用手掠了掠被风吹乱了的头发，略微瞥了袁平一眼，又凝视着江面。

这时轮船已进入了北槽，一个急浪从船侧涌来，船身骤然一倾斜。袁平忙喊："小姐，注意……"话没说完，沈小姐往后一仰，眼看要跌倒，袁平急上前扶住了。

沈小姐不禁露齿一笑，对袁平点点头表示感谢。她往后仰时：虚掩的大衣前襟敞开了，露出了苗条的身材，粉红色绒线紧身衣把腰收得很细，把胸部箍得很紧，胸脯长得很丰满。沈小姐将敞开的大衣前襟又虚掩上了。她仍然不想立刻去就餐，用手紧紧地抓住栏杆，以防再跌倒。她继续凝视舷外。

驾驶台传来车钟叮叮当、叮叮当的响声，很急促，加了一道又一道车。

烟囱冒出浓浓的黑烟，加强锅炉通风的羊角阀已经打开，蒸汽发出嘶嘶的啸音从烟囱边上一根小管冲出，棉絮般的蒸汽随风散了。机器的转速开得很高，船身都震动起来。

袁平没有扶在栏杆上，站在沈小姐身后不远处，耐心地等候着。他猜测不出沈小姐的身份：既无阔小姐那样的矜持娇气、大家闺秀那样的羞涩腼腆，也无阔姨太太那样的庸俗和装腔作势。并且她是独身一人，没有仆妇侍女。她态度雍容大方，穿着华贵，又不像一般的女人。童经理对她殷勤巴结，客气小心。

轮船正在大、二、三珠与柳林碛浅滩和金猴石、鸡翅膀等暗礁之间一条曲折狭窄的航道里逆流而上。

水手吴思远穿着臃肿的救生衣，站在船首右舷伸出舷外的活动打水台上，用一根涂着各色油漆表示尺寸的南竹篙子测着水深，口里不断用高亢的音调，像唱歌一样报着水深："丈四!""丈三!""丈二!""丈一!"江水愈来愈浅。

"丈二!""丈四!""丈五!"吴思远报到这里，没有再报了：江水渐渐深了，篙子已经探不到底。

驾驶台传来皮船长的声音："篙子不要了。"这是不再需要测深的命令。吴思远收起了篙子，把打水台吊起来了。

轮船冲过了一道激流，船身又倾斜了一下，就平稳了。崆岭已过，轮船进入较为平稳的航道。

沈小姐好奇地注视着南岸的岩壁，有一块天然生成的石头，很像一个青面獠牙的鬼王，并且描上了各色油漆，更是逼真。这鬼王披发张口，使人触目惊心，过崆岭时格外增添一种紧张的气氛。

沈小姐娇脆的声音在问："茶房，前面像一条狭巷的是什么峡?"

袁平忙含笑介绍："小姐，那是牛肝马肺峡。"

沈小姐兴致很浓地说："再看看。"

轮船进入牛肝马肺峡了，吃过午饭的旅客都站在右舷走道上，扶着栏杆向陡峭高高的石壁张望。

袁平指着石壁半腰叫沈小姐看："那五六片黄色的岩石，形如肝脏，所以叫牛肝；那牛肝上面有块像马肺的岩石，牛肝马肺峡因此得名。"

沈小姐已看清了："哦！真像！可是那马肺下半段好像残缺了。"

袁平有点愤愤地说："马肺原先是完整的。那是清光绪年间，英国军舰鲑鱼号开进川江时，为了炫耀武力，用前主炮击坏了，所以马肺缺了下半部。"

不远处站着一位英国牧师，说得一口流利的中国话，他早已用一双绿色的眼睛不断瞟着沈小姐，想过来搭话，但又有点犹豫。这时听袁平向沈小姐介绍马肺被损坏的旧事，趁机踱过来，搭腔说："不，茶房先生。我们大英帝国是最文明的古国，绝不会干出这样的事。我们帝国一贯重视保护文物，皇家博物馆就替贵国保管了很多珍贵的文物。"

袁平认识他，他是涪陵福音堂的王牧师，这次也搭涪顺轮回四川。

"小姐，你到过英国吗？"王牧师随即主动向沈小姐搭话。沈小姐含笑瞟了王牧师一眼，没有回答，只略微摇摇头。

旁边站着一位穿长衫的年轻旅客，斜视着王牧师问："牧师先生，你说是谁干的呢？"

王牧师耸耸肩，两手一摊："美、日、意、比、法、德、葡都有军舰在这一带巡游，谁知道是哪个干的！"他流露出不屑与人争辩的样子，马上把他的目光停留在沈小姐身上，正想搭白。

这时轮船早过了牛肝马肺峡，到了千人怨。沈小姐没有理王牧师，指着龙马溪口山坡上一个雪茄形的纪念碑问："茶房，那个碑是纪念谁的？"

袁平介绍说："小姐，那是英国人修的。"沈小姐有些好奇："英国人修碑干啥？"

袁平看王牧师贼哈哈地盯着沈小姐，鼻子里轻轻哼了一声，接着介绍说："清朝光绪年间，宜昌海关的河道监督勃兰田船长跟随英国军舰鲑鱼号开到青滩，几经周折，险些船沉身亡。一个姓金的中国船老板不知从哪里夺来了一本川江暗礁图，终于摸清了青滩的礁石，引导鲑鱼号开上了青滩。勃兰田为了显示英国皇家这一'伟绩'，就立下了这个纪念碑。"

船上拉响了汽笛，这是上青滩通知绞滩的信号。袁平知道这层甲板走道马上要作绞滩的准备，是不能站人的。他对沈小姐说："小姐，请用午餐吧！"

沈小姐点点头，袅袅娜娜跟在袁平身后走了。王牧师看沈小姐走了，觉得很扫兴，也怏怏地离开了走道。

袁平带着沈小姐去进餐，那里另有茶房侍候。他又回到走道，劝说走道上的旅客进舱，顿时走道上的旅客都走了，只剩下几个水手忙碌着，颇有点紧张的气氛。

青滩又叫新滩，是个枯水滩。这个季节正是青滩水位低于零点，水浅流急的时候。从滩头到滩尾相距一百二十米，水面落差达七米，其间有跌水二米的陡坎。东流的大江水一到滩头，如脱弦之箭，疾驰而下，冲击在矗立江心的许多礁石上，水急浪高，船行其间，稍有不慎.就有全船沉没的危险。青滩北岸有“白骨塔”一座，因堆积死难船工尸骨得名。当时流行一首歌谣：“打青滩，绞青滩，求神拜佛保平安，要是龙王发怒火，连人带船都完蛋。”

白木船过滩，先要烧钱化纸，祭奠龙王，祈祷淹死的船工不要取替身。轮船过滩，虽不烧钱化纸，但全船动员，真有点打仗的意味。

青滩原无滩，是明朝嘉靖年间发生岩崩，无数的巨石坠入江中阻断了河道，因而成滩，所以又叫新滩。滩中只有靠近南岸的一个狭窄的缺口可以通船。奔腾的江水怒吼着从这缺口冲出，发出雷鸣般的巨响，激起汹涌可怕的浪涛。下水船由这缺口驶下时，船头往下一栽，潜入水中，船尾向上一翘，很有点像跳水员入水的姿势。下滩后船头才慢慢抬出水面。初过青滩的人，无不瞠目结舌，惊恐万状。

上水船不管马力有多大，凭自己的力量是上不了滩的。必须由岸上引出一根粗大结实的钢缆，系在船上，由人力绞关往上绞，助一臂之力，方能绞上滩去。若机器出了故障，被激流冲下滩去，肯定触礁沉没。轮船进入青滩，名叫“上架”。轮船上架后，便只能前进，不能后退。

这时涪顺轮还没上架，因为听见汽笛信号，南岸的岩石上，一个人提着锣急速地敲着，“当当当”的锣声在峡谷里回荡。一霎时，从茅屋里，从山旮旯，从广柑林中钻出无数的人，只见满山都是人在跑，迅速跑下江边，向敲锣的人周围集中。这都是一群蓬头垢面、衣衫褴褛的当地居民：有大人，也有少年，甚至还有妇女。他们被锣声召集拢来参加绞滩了，事后可以按人头分一份微薄的报酬。此地山瘠民贫，这是一笔维持生活的主要收入，全由敲锣的滩头控制分配。

在轮船没有通航以前，过青滩的木船因为不熟悉青滩错综复杂的水性，都由青滩人上船放滩。所以青滩的放滩匠特别多。自从轮船通航以后，青滩的放滩匠多被请上船当领江，在领江中自成一帮，叫青滩帮。

这时，一条带着钢缆的艄船从南岸顺着水势，箭似的射出，向涪顺轮左舷漂来。水手头佬站在船首抛出绳头有一铅锤的引绳，准确地扔到艄船头部。艄船的水手迅速把钢缆系在引绳上，一吹口哨，在左舷走道上的七八个水手，马上拉着引缆，口里喊着："嘿哪！嘿哪！"用力向上收引绳。钢缆终于被引绳拉到船上，在船的腰部缆桩上系好后，水手头佬吹了一声口哨通知驾驶台，驾驶台拉响了长长的一声汽笛，通知岸上开始绞。

南岸前方，一块凿平的岩石上，装着一部人力绞关。刚才聚集拢来的一群人，攀着呈辐射状的许多长绞杠，顺着一条弧线，用力向前推着，发出叮叮当当绞关拨棍的金属声，钢缆慢慢被绞直了。

船上的烟囱冒着浓烟，快被炉火烧红了。机器怒吼着，盖过了流水的咆哮声。船首分开急流，一点一点艰难地前进。轮船前进一点，岸上的绞关又将钢缆绞紧一点。

快要上滩的时候，流水实在太急了，轮船被阻住停止了前进，拉得紧直的钢缆跟着轮船左右摇晃摆动。

这是最危险的时候：要是钢缆受力过大断了，或者机器出了故障，轮船就会失去控制，退到礁石上被撞烂。后退是没有活路的，这时只有前进，真是置之死地而后生。

船上锅炉舱里的生火工人紧张到极点，机器开足了马力消耗了大量蒸汽，必须迅速补充。新进的炉水温度很低，使锅炉里蒸汽的压力急剧下降。为了不使蒸汽压力下降，就需要使炉火生得更旺。烧过的枯渣要大量清除，生煤要大量抛进，都要消耗大量的体力，加上炉火的熏烤，超过摄氏六十度的室温，真使人受不了。

在幽深的炉舱底，两座炉门相对的锅炉，平时每座由两个生火工操作，现在已增加到四个人，并且每十分钟轮换一次。

刚轮换出来休息的八个生火工，满脸油汗和煤灰，只见两个瞳仁在转动。他们穿着衣不蔽体的单衫走出炉舱，也不顾寒风的吹袭，软弱无力地坐在炉舱门前的铁板上，背靠着舱壁，喘着粗气。

莫家华正在一座锅炉前生火。拉开炉门，一阵热浪迎面扑来，熊熊的炉火烤得人身上像要吱吱出油，汗如雨下，沿着面颊，沿着胳臂，沿着胸背，沿着腿脚，不断往下淌。他双手握着笨重的长炉耙，没有戴防护镜的双眼瞪着白亮亮的炉膛。他与另一个生火工，像跳舞，又像拼刺刀劈刺的动作，把炉膛里红红的枯渣不断拉出来，面前积了一大堆。破烂的衣衫被烤得发出焦味，快冒烟了。然后又将生煤一铲一铲迅速送进炉膛，均匀地撒开在火面上，哐当一声关上了炉门。

站在旁边的打杂工，用水皮龙对着红红的枯渣冲去，发出轰轰的响声。一团团白色的蒸汽弥漫开来，一股刺鼻的硫黄味使人呛得透不过气来，响起了一阵剧烈的咳嗽声。

蒸汽还没消散，没有完全冷却的枯渣被打杂工铲向旁边，然后一桶一桶倒向出渣口，再被一股水流从出渣道冲向江里去。

炉门又打开了……

这些动作急骤紧张地循环进行着。

炉舱与机舱隔着一个铁板壁。铁板壁上忽然响起了一阵急促的敲击声：这是机舱值班的管轮发出的警告信号，要炉舱把蒸汽压力马上增高。因为蒸汽不够供应急速运转的机器，压力在下降，机器的转速在慢下来。打滩时遇到这种情况是很危险的。当时生火工有一句顺口溜："耳听板壁响，心里着了慌，大山头上压，恐要一命丧。"

生火头佬从花格顶的空隙伸下头来，骂着粗话，催促着把炉火生旺些。于是，生火工的动作更快了，像一部机器，机械地重复着这些笨重吃力的动作。

莫家华热得张开口喘气，胸部像风箱似的起伏，他心里像油煎似的热得难受，看见旁边的铁桶里装着冷水，提起水桶从头上往下一倒。哗的一声，冷水从头淋到脚，马上产生一阵凉爽的快感，但很快就过去了……

待莫家华换班走出炉舱，迎面一股寒风吹来，不仅没有舒适的感觉，反而觉得恶心想呕吐，浑身软弱无力像要瘫痪一样。他缓慢地扶着栏杆上了楼，摸进生火住的房舱。这一间不到十平方米的舱里，要挤住十二个人，都睡的是狭窄得不能翻身的双层铺。莫家华躺在床上，不顾身上的煤灰，拉开破棉被盖上，不禁舒展地吁了口气。因为太累，虽然觉得饿，但也不想去吃晚饭。

轮船已过了青滩，进入了兵书宝剑峡，这是西陵峡的最后一个峡口，前面不远便是香溪。因为向前直至巫山峡都无理想锚地，虽然天色尚早，就在米仓口抛锚过夜。

二

因山高峡深，太阳略微偏西，峡谷里便照不到阳光，变得很幽深晦暗。这里是个风口子，寒风吹得很疾，旅客大多躲在舱里，走道上显得空荡荡的。

米仓口位于兵书宝剑峡南岸，水流较缓，是较理想的锚地。传说刘备进攻东吴时，在这里设有米仓，因而得名。

在米仓口对面的绝壁上，山腰间有一微凹的石龛，有一叠书样的物件摆在石龛里。传说诸葛亮将其平生所学，以及实战的经验写成一部兵书。因为无人可以传授，于是只得将这部兵书放入这绝壁腰间的石龛里，留待后来有志者取得。据说历代很多人都想取得这部兵书，但可望而不可即，不能如愿。清朝一位将军曾悬千金重赏，也未取得这部兵书。在石龛之上，有一条长长的裂缝，形状有点像宝剑。据传说，诸葛亮曾将其七星宝剑挂在兵书之上，后来宝剑化成一条龙腾空而去。龙尾扫着了青滩南岸的高山，所以发生了明朝嘉靖年间的崩岩事变，形成了青滩。当然，这仅是传说，只不过为兵书宝剑峡增添一点奇异的浪漫色彩，使游客对峡江风光更加遐想神往。

餐厅已经开始晚餐，袁平往来招呼旅客进餐。他见一个青年旅客扶着栏杆在风头上凝目往上游看，便上去关照："先生，风大，快进晚餐吧！"

那个青年旅客兴趣正浓，不愿离开，向袁平问道："请问，轮船为啥不停靠香溪?"

袁平理解这个旅客的心情，笑着解释："因为香溪不是锚地，抛锚不安全。先生，你是不是想看看王昭君的故乡，想在香溪河里洗洗脚?"

袁平一语道破了那个青年旅客的心事。青年旅客不禁笑了："是呀！据说王昭君在香溪河里洗过脚，所以香溪河的水常年散发出一股香气，是吗?"

袁平忍不住好笑："是有一股，但不是香气。"青年旅客感到奇怪，问道："啥气?"

袁平答道："宁波人吃臭螃蟹——好鲜，好鲜。"青年旅客更不解了，疑惑地看着他。

袁平笑着解释："昭君的脚缠得那样紧，一旦把裹脚解开在溪水里洗脚，岂不好鲜，好鲜。"

青年旅客听后也忍不住笑起来，当即纠正说："汉朝时，女人是不兴裹脚的。"

袁平说："反正女人的脚香不起来。不过，香溪确是一条美丽的小溪，碧蓝的溪水清澈见底，晶莹洁白的鹅卵石在水下格外可爱。两岸苍松翠竹像溪水一样常年青青。"

这时童经理的西崽小包在喊："袁师傅，童经理有请！"

袁平向青年旅客说："先生，快去进晚餐，开过就不再开了。"

袁平走进经理室，童经理正在喝酒，站起来招呼他坐。小包送上一副杯筷，袁平只得坐下。

经理室比船长室稍小一点，但靠壁放着一个大保险柜，更显得狭小。

童经理给袁平斟满酒，自己手上拿着一个鸡腿啃着。他刚收到公司来的电报，要他通知袁平，船到涪陵时，立即去公司报到。因为袁平还没给他一个确切的答复，所以找袁平来谈谈。

袁平喝了一口酒。童经理将鸡腿往碗里一搁，从面前拿起一张毛巾揩嘴擦手，干咳了一声："袁平，你看朱总经理这人怎样?"

袁平明白童经理是试探他的态度，微微一笑，回答说："我一个船上的茶房，哪有资格与总经理接近！童经理，你与总经理很接近，你看呢?"

童经理想不到袁平会反问他，愣了一下，随即笑着说："朱总经理待人宽厚，很有学问，是难得的好人呢!"说着从衣袋里摸出一张电报，递给袁平："总经理很器重你，要提升你到公司当客运师爷，叫你船到涪陵就去公司报到。老袁，不，现在要叫你袁师爷了，希望你不要辜负总经理的栽培，好好为公司尽力。"

袁平那天听了杨佑成的一番谈话，心里有了数，没有推辞："既然总经理看得起，只好勉为其难。我只怕搞不好这个工作，有负总经理的栽培。"

童经理听袁平说得很诚恳，很有点佩服朱佳富的谋略：袁平肚里有货，在船员中有威信。这种怀柔政策的结果，不仅使袁平为他所用，并且一箭双雕……

忽然房门被推开了。童经理见是皮船长，忙招呼他进来喝酒。

皮船长见袁平在这里，不禁皱了一下眉头，跨进来的一只脚又收回去了。他也看见了公司来的电报。他不理解为什么偏偏看中了这个平时捣蛋的袁平。对于低级船员他是看不起的，认为与这个茶房坐在一起喝酒是有失身份的事情。虽然袁平已经提升到公司去做客运师爷，但他仍转不过弯来。对于童经理的邀请他谢绝了，砰地关上门走了。

三

皮船长回到船长室坐下，口里含着雪茄，跷着二郎腿无聊地抖动。他翻开一本西洋画报，画报上那些穿着丝绸紧身舞衣、鼓起一对高高乳峰的西洋舞女把他吸引住了。他在室内再也坐不住了。从在英国船上工作起，他就喜欢欣赏旅客中的漂亮女人。这是从英国船长那里学来的消遣。

今天航行在西陵峡里，因为都是危险航道，他能离开驾驶台的时间很少，没有空闲在全船巡视一周。在米仓口抛锚后，虽然戴着墨镜去餐厅浏览了一会儿，但没看见一位动人的女人，姿色都很平常。

这时，他走出了船长室，因为是晚上，没有戴墨镜。他首先踱进底层的统舱，一股刺鼻的气味迎面扑来。统舱里地板上铺着稻草，旅客在稻草上开着铺，横七竖八睡着人。舱内烟雾缭绕，浑浊的空气中，汗气夹杂着叶子烟呛人的烟气，甚至还可以闻到烧鸦片烟的气味。在昏暗的电灯光下，有几个鸡鸭贩子聚在一起打纸牌赌钱，旁边有人摆着烟灯在抽鸦片烟。皮船长不想再进去了，捂着鼻子退了出来。

他又上楼巡视每个房舱，房舱里都是双层铺，一般旅客是住不起的。虽然也看见几个稍有姿色的女人，但都有同伴一道，他只略微停留一下，搭几句腔就离开了。

皮船长觉得很失望，当他准备上楼回房的时候，一只手还用绷带吊在颈上的陈福生，鬼鬼祟祟走来拉住了皮船长，低低地说："船长，有个妹儿长得真漂亮。"

皮船长停了步，急切地问："在哪里?"

陈福生附在皮船长耳边，声音更低："在旅客女浴室洗澡。"接着又叽咕了几句。

皮船长低声问："你房里有人吗?"陈福生摇摇头。

皮船长看左右无人，跟着陈福生往前走了几步，进了一间房舱里，悄声闩上门。果然里面住的几个水手到前尖舱打牌去了，房里只有他和陈福生。

陈福生用一只手挪开墙上的一面镜子，现出了一个小洞。他神秘地笑着看了皮船长一眼，向小洞一指。皮船长会意地踮起脚尖，轻轻地走过去，眯着一只眼对着小洞向里看，他心都快跳出来了。

隔壁是旅客女浴室，这个小洞是陈福生瞒着人用手摇钻悄悄在铁板上钻出来的，连皮船长也是第一次知道。通过小洞，皮船长把浴室里的情况看得清清楚楚：在昏黄的灯光下，浴室里水汽弥漫，一个浑身雪白的女人，正赤裸裸地面对着他……

这女人回过身去，用干毛巾擦净身上的水珠，穿上了粉红色的绒线紧身衣，笔挺的麦尔敦呢裤，满头的卷发披散在脑后，乌黑蓬松，发上的水珠在灯光下发亮。皮船长还没看清她脸上的细部，这女人已经推开浴室门出去了。

皮船长回过身问：“这女人住几号房间?”

陈福生一面将墙上那面镜子挪还原处，仍挡蔽住那小洞；一面轻声问答：“我了解过：住三号房二号铺。”

皮船长沉思一下，又问：“是单身一个人吗?”陈福生点点头：“是单身女人。”

皮船长脸上的笑容收敛了，干咳一声，威严地扫了陈福生一眼，语气很重地说：“你在墙上钻个洞看女人洗澡是很不好的，以后可不许这样。”

皮船长突然改变了态度，使陈福生不知所措。看皮船长踱出房去走远了，他低低地骂了一句：“他娘的，格老子假正经。”

皮船长走到三号房门口，因为风大，房门紧闭着。他从钥匙洞朝里窥视，果然那女人还穿着艳丽的绒线紧身衣坐在二号铺上，用干毛巾揩着发上的水珠。

皮船长回到船长室，镇静了一下，点着纸捻，用锡箔烧了两小包吗啡，提了提精神。西崽小颜推门进来上开水，皮船长安详地对他说：“去把三号房二号铺上那位小姐请来，就说我请她有事。”

小颜并不觉诧异，因为船长请女旅客谈话，已不止一次，司空见惯了。

小颜走出门去，皮船长对着镜子整理了一下仪容。头发虽然已经花白，但涂了发蜡——这是从英国进口的，显得青黑发亮，还应付得过去。只有满脸的肉疙瘩不好办，再加上像一个蒜头的酒糟鼻子，可说是美中不足。贴身穿着长条纹睡衣，外罩一件华达呢狐皮大衣。他自己顾盼了一会儿，觉得还有点翩翩少年的风度。

门敲了几下，皮船长含笑拉开门，见果然是那个女人，连忙说：“请进!”

这女人就是沈小姐。她脚上穿着皮底缎面便鞋，披着豹皮大衣稳重地走进来，神态端庄、大方。随风吹来一阵香气，皮船长舒适地吸了一口长气，客气地一摊手：“小姐，请坐。”皮船长顺手掩上门。

室内有了暖气，那位小姐将披着的豹皮大衣随手脱下搭在沙发的靠背上。她两手很自然地交叉放在胸前，毫不拘束地坐在沙发上。

皮船长神色严肃中透出和蔼，安详地用一只精致的细瓷茶杯冲了一杯可可茶放在沙发边的茶几上，又从一个小壁橱里取出一碟英国出品的水果糖，放在茶杯旁边。然后自己坐在不远的一张皮靠椅上，脸上露出慈父般的微笑：“小姐贵姓?

去哪里?”

那小姐一对黑白分明的眸子转动着，正在浏览室内的陈设。听皮船长问，瞟了皮船长一眼，露出一口整齐白净的牙齿微笑着回答：“姓沈。去重庆。”

“哦！沈小姐，这次搭乘敝船去重庆，我们感到荣幸之至，若服务不周，请沈小姐多多原谅。”皮船长彬彬有礼地说。他这时才看清沈小姐脸上的细部：白里透红的脸蛋上，五官长得很匀称，鲜润的小嘴唇配上电烫的像朵朵乌云的卷发，很有点出众。

沈小姐没有一点羞涩，很会说话：“船长先生，能够搭乘贵轮，感到荣幸的是我呢!”

皮船长殷勤地说：“没有什么好招待，请沈小姐别客气，喝杯可可茶，吃几颗水果糖吧！这都是英国货，是一个英国朋友带来送我的。”

沈小姐含笑点头，自然而大方地随便拿了一颗水果糖，剥去了外面的玻璃纸和锡纸，放在口里噙着。

皮船长暗暗在猜测沈小姐的身份，但很难猜：既不像大家闺秀，又不像小家碧玉，既无舞女的轻狂，也无知识分子的温文尔雅，更不像阔人的姨太太。

皮船长试探地问道：“沈小姐是重庆人吗?”

沈小姐无拘无束地喝着可可茶，吃着水果糖，一面从容不迫地继续打量室内的陈设。听到皮船长问话，她点点头，因为嘴里噙着糖，只轻柔地“嗯”了一声表示回答。

“沈小姐尊府是……”

沈小姐瞟了皮船长一眼，答非所问地说：“船长先生，什么时候才能到达重庆?”

皮船长回答了一个日期。沈小姐小嘴一嘟：“好慢啰!”

皮船长客气而关心地说：“沈小姐路途中无聊可以到我这里休息，看看画报，听听收音机。”他随手扭开了床头柜上的收音机，一会儿传出了一个女人的歌声：

我的心花怒放，
想着那甜蜜的辰光，
多情的人儿不要把我遗忘，
我怎么也不能进入梦乡，

……

皮船长又递给沈小姐几本西洋画报。沈小姐翻开画报凝眸看着。

皮船长看沈小姐不用多劝就喝茶吃糖，心里暗暗感到高兴。

沈小姐不知不觉喝了半杯可可茶，吃了五六颗水果糖。慢慢地她觉得浑身血液流动得快起来，脸上通红，感到发热烫手，眼睛发滞，软绵绵的四肢无力。

沈小姐放下了画报，她是见过世面的女人，知道上当了：知道皮船长给她吃的一定是英国出品的春春糖。虽然她并不是贞洁的处女，但对于皮船长这种恶劣的手段感到愤怒。这时她看见皮船长脸上假正经的表情消失了，一双邪恶的眼睛正贪婪地注视着她，像要把她吞下去似的。她对皮船长生满肉疙瘩的面孔和难看的酒糟鼻子感到厌恶。她怒视着皮船长，想斥责他：“你……”可是口舌有些不灵，显然除春春糖外，可可茶里也加了麻药。她挣扎着想站起来走，可是一点力气也没有，她又瘫倒在沙发上，她实在不能自持了。

皮船长看已经得手，吧嗒一声关熄了室内的电灯，将门锁拨下了锁簧，迅速将沈小姐抱着丢在床上……

寒风呼啸着掠过，只有船上发电机发出嗡嗡的响声，在寂静的夜空回旋。船长室内收音机还在唱：

我的心花怒放，
想着那甜蜜的辰光，
你热烈的亲吻使我心醉，
叫我怎么不把你想。
……

轮船上的灯光，在幽暗的峡谷里显得很微弱，有点像点点的鬼火，阴森森的使人毛骨悚然……

过了好一会儿，船长室的灯重新亮了。沈小姐草草穿好衣服站在房门口，打开门锁。她实在太气愤了，回身向皮船长打了一记响亮的耳巴子，拉开房门，抱着豹皮大衣冲了出来。她迅速下了楼，用拳头捶击着童经理的房门。

袁平刚走不久，童经理正准备睡觉，听见这异样急促的敲门声，忙打开了房门。沈小姐气冲冲地走进去，铁青着脸坐在一张靠椅上。

童经理对沈小姐很熟识，看见她气急败坏、衣衫凌乱的样子，觉得有些奇怪，轻轻掩上门，回过身来，一面给她倒茶，一面问："沈小姐，出了啥事?"

沈小姐板着面孔，沉默不语。

这位沈小姐是重庆红得发紫的交际花，虽然不过二十岁，但重庆军、政、财、商各界的名人她认识不少，与刘湘和杨森都有交情。为了打通各方面的关系，平时童经理对她很巴结。这次沈小姐回重庆，是童经理特邀她搭涪顺轮的。

童经理见沈小姐的神态，心里有些着慌，忙赔笑问："沈小姐，是不是那个茶房得罪了你？告诉我，好为你出气。"

沈小姐虽然是交际花，但眼界很高，居然在这里受到了皮船长这等人的戏弄，愈想愈委屈，不禁伏在桌上哭了。

童经理左赔一个小心，右赔一个小心，好不容易才使沈小姐止住了哭。他又亲自端水来让她洗了脸。

沈小姐终于平静下来了，才将事情的原原本本告诉了童经理。

童经理听完沈小姐的话，吓了一大跳，心中暗暗叫苦。对于皮船长这套板眼，他是早有耳闻。因以前上当的多是良家妇女和大家闺秀，人家怕把事张扬出去名誉不好听，只好忍气吞声，自认晦气吃了哑巴亏，所以从未闹出事来。这次偏偏遇到了沈小姐这位特殊人物，那还了得！皮船长担责是罪有应得，但公司的信誉要紧。若让这事闹出去了，旅客怎敢再搭公司的船，公司只好关门大吉。沈小姐上船后，他招待得很周到，偏偏没考虑到这上面去，以致闹出这样棘手的事来！他紧张地思考着对策。

沈小姐步步逼人地说："童经理，你马上给万县驻军的师长发个电报，船到万县时叫他派卫兵来接我，我要找他给评评理。"

童经理忙劝说："沈小姐，这都怪我一时疏忽没照顾好，但一定请你不要闹出去。不看僧面看佛面，你要怎样出气都可以，包在我身上。再说，这种事张扬出去对你也不好看！"

沈小姐冷笑一声："哼！这个哑巴亏我是不吃的。我又不是名门闺秀，怕闹出去不好。"

童经理凭三寸不烂之舌，说得嘴干舌燥，方使沈小姐的口气有了点缓和："老童，你我认识不止一天，你是够交情的，看在你的面上，但不能白便宜了这个老家伙，你说怎么办吧?"

童经理才算松口气，脸上露出了笑容，揩了揩额头上的冷汗。他摸透了沈小姐的心事，答道："第一，我让他拿出五百元银洋来为你压惊。当然，沈小姐不在乎这点钱，主要是不能便宜姓皮的这老色鬼。第二，我让他亲自向你赔礼道歉。"

沈小姐紧绷着的脸一下松弛了，扑哧一笑。因为她觉得有点冷，站起来将豹皮大衣披在身上，然后坐下对童经理说："老童，你这张嘴巴真会说，我不愿再见这老家伙。"沈小姐说到这里，抿着嘴停住了，脸上飞过一阵红晕。她微带青晕的眼睛瞥了童经理一眼，伸出白皙的手抚摸了一下自己蓬松的卷发，接着大方地说："假若像童经理这样懂交情，在一起玩玩没有什么了不起。不过……老童，看在你的面上，你看着办吧！"

童经理喜上眉梢："是，是。沈小姐对我这样看重，我实在惭愧。既然沈小姐不愿再见他，当面赔礼道歉就免了。"

沈小姐嘴一撇："哼！也不能太便宜这老家伙，要他书面赔礼道歉。"

童经理赶忙说："好，一切包在我身上，一定让你把气出够。"

他见沈小姐眼睛发饧，张口打了一个哈欠。于是说："沈小姐，我马上找这老家伙去，你等着我回信。倦了，就躺在我的床上休息。"

沈小姐确感疲倦，用手蒙着小嘴又打了一个哈欠。她脱去了豹皮大衣，不客气地和衣往童经理床上一躺："好，我等你回信，快去快来。"

童经理殷勤地打开厚厚的俄国毛毯，给沈小姐齐胸盖上。关掉了顶灯，只留下一盏台灯，他才出去轻轻掩上门。他走上楼去，推了推船长室的门，没有上锁，一推就开，跨进门去又回身把门掩好。

皮船长盖着鸭绒被，仰面睡得正熟，眼皮没有完全闭拢，露出一点眼白。嘴张得大大的，鼾声很大很响。

童经理拍了皮船长一下，他只翻了一个身又睡熟了。童经理只得用力推，大声喊："皮船长，皮船长，快起来。"

皮船长听见急促的叫声，腾地从床上坐起来，惊慌地问："啥事？"

童经理说："出事啦！"

"是不是走锚[1]了？！"皮船长穿上拖鞋，又穿上皮大衣。"你抛的锚抓得很牢，

1　锚在江底抓不牢发生移动，叫走锚。走锚易使轮船发生危险。

这下可跑不了啦!”童经理说。

皮船长定了定神，看见是童经理，才松口气：“唉！我以为走锚了，是瓜达马子叫我呢！原来是你。”

“你真自在，睡得很香，我可为你急死了。”童经理在沙发上坐下来。

皮船长用湿毛巾揩着眼垢：“啥事这严重！莫开玩笑。”“开玩笑？你自己做的事情还不明白?”

皮船长坐在床沿上，点燃了一支雪茄烟衔在嘴上，不慌不忙地问：“究竟啥事？深更半夜把我吵起来。”

“啥事!”童经理看见皮船长满不在乎的样子，冷笑一声，“你刚才好风流自在呀!”

皮船长微微愣了一下，知道刚才的事情童经理已知道了。但他并不把童经理放在眼里。吸了一口雪茄，满不在乎地说：“不错。刚才是风流了一会儿，这是自觉自愿。”

“哼！好个自觉自愿!”童经理看皮船长目空一切的样子，心里有气，“哼！你知道那个女人是谁吗?”

“管她是谁！我们又不作长久夫妻，逢场作戏，完事各走各。”皮船长的腿胯子闪得更悠闲。

“说得轻松！完事各走各。那位沈小姐是重庆红得发紫的交际花，你这回碰在钉子上了。”

皮船长这才慌了。他并不认识这位沈小姐，但久闻其名。知道连刘湘部下的师长、旅长都要巴结这个女人，在重庆神通大得很呢！他感到问题确实严重，嘴角衔的雪茄差点吓得掉下来：“哎，是她！你怎么知道是她?”

“现在我房里立等我发电报给万县驻军师长。皮船长，你把后事安排一下吧！这回你不吃卫生丸[1]才怪!”童经理的脸色很严肃。

皮船长的脸色顿时变得惨白。可能是暖气关了，他浑身像筛糠一样抖圆了，嘴角的雪茄也衔不稳，牙齿打战战，话也说得不连贯了：“这、这……唧个办？老、老……童，电……报发没有?”

1　吃卫生丸，枪毙的意思。卫生丸喻子弹头。

童经理看皮船长吓得那个样，心里觉得痛快，但表面关切地说：“我们是老朋友啦！我先关照你一声，我马上叫电报员把报发出去。”

皮船长忙说：“不忙。电报没发出就好办了。老童，我有办法。”童经理诧异地看着他：“你有啥办法？”

皮船长不再发抖了。他盯住童经理的眼睛：“老童，只要你够朋友，我自有办法！”

童经理装作讲义气的样子，拍拍胸脯：“我姓童的讲义气，难道你还不了解？当然够朋友。说说，你有啥办法？”

皮船长脸色铁青，眼里露出阴森森的一股凶光：“娘的！把她干掉，趁黑把她丢在江里去喂鱼。”

童经理暗暗吓了一大跳。他知道皮船长与罗天成那帮人绑得紧，这种杀人灭口的事情是能说到做到的。

“噢！老皮，不行。她在宜昌上船时很多人都知道，开船后她又发了一通电报到重庆，要刘军长派小汽车来接她。在我们船上失踪了没法交代。”童经理不动声色地编造了一些情况。他不敢说出沈小姐是他邀上船，也只有他知道沈小姐在这条船上。因为说出了实情，皮船长要杀人灭口，恐怕自己也危险。

皮船长又慌了：“这、这……怎么办？”脸上又改了颜色。

童经理看火候已到，没有再绕圈子，叹了一口气说：“唉！老皮呀！我们是老朋友了。你的事也是我的事，我不能看着你去吃卫生丸呀！”装作思考了一会儿，说：“这样吧，沈小姐既然是交际花，又不是青头姑娘[1]，我去试探一下，看多花点钱能不能私和。”

皮船长被童经理点醒，觉得有了一线希望，急不可待地说：“老童，那就全靠你了。这件事若能私和，我就花点钱也愿意。”

童经理故意说：“行不行还不知道呢！你等我的信。”

童经理回到经理室，见沈小姐满头的蓬松卷发散乱地堆在洁白的枕头上，已经睡熟了。他轻脚轻手退出来，又轻轻拉上门。他去厕所解手耽搁了一会儿，才上楼到船长室。

1　青头姑娘，指未出嫁的处女。

皮船长一见童经理回来了，急不可待地问："怎样?"

童经理坐在沙发上，慢条斯理地故意卖关子："难呀!"

皮船长急起来："老童，你好好跟她说一下，你是有名的利嘴，充其量多花点钱。你这回帮了我的忙，我皮某是感恩的。"

童经理好像尽了最大的努力："唉！老皮呀！开始她决不松口，口口声声说要告你。要不是我这张利嘴呀！嘿，恐怕……"

皮船长听说有了转机，忙问："她松口了？要多少?"

"两千元。"童经理伸出两个指头说，"并且要你书面向她赔礼道歉。"

"两千元!"皮船长苦着脸叫道，"我哪有这多钱!"

"老皮，两千块钱买条命，并不多呀！何况这事你干得太不像话了。"童经理说。

皮船长有些失望，他的确拿不出这么多钱。不觉心一横："管他娘的，一颗卫生丸怕啥！二十年后还可以变成一个小伙子。"他脸上又露出了凶相，长满肉疙瘩的脸在抽搐颤动。

童经理看了一眼皮船长："老皮，你一年工钱加上外水[1]，至少也有四五千元收入，为这事送命值得吗?"

皮船长叹口气说："老童，现在每年哪有这多收入，朱总经理不准再收关公钱了。唉!"

童经理站了起来："老皮，你既然横了心，我童某是尽了力的，只得由你去了。"

皮船长看童经理要走，又慌了。声音里含着哀求："老童，麻烦你再去说说，看少点行不行。帮了我这个忙，以后用得着我皮某，无不尽力。"

"我不能看着你摔下岩去。好，我再去磨嘴皮看看。"童经理说。

童经理跑进跑出，做好做歹，皮船长终于同意出一千元私和，算是讲妥了。

皮船长心疼地拿出六百元现款，对童经理说："老童，我裤腰带里的钱都拿出来了[2]，其他不足由你……"

不等皮船长说完，童经理慷慨地说："老皮，不要紧，不足之数由我先垫上。"

1　外水，指额外的收入，又称外快。

2　那时裤腰带很宽，中空，可以放钱。放在裤腰带里的钱，一般是不用的，情况紧急时方可动用。

谈到书面赔礼道歉，皮船长迟疑起来：“老童，我当面赔礼道歉就是了，何必要书面？这不是将把柄留在她手上？”

童经理看皮船长既愚蠢又狡猾，便说：“咦！你当面赔礼道歉多丢人！她也是要面子的，也不愿再见你。你最好这两天躲在楼上不要下去碰见她。怕见面触动了她的伤疤，她一反悔，对你就不利。我看还是书面道歉好些。相信我，包在我身上。这种事已经私和了，她也出了气，她是不会再闹出去挑起臭的。”

皮船长想了想，也只好这样了。于是说：“老童，我识字不多，只跟英国船长学过几天英语，你帮我写一张吧？”

童经理于是摊开纸，提笔立就。念给皮船长听了，并解释说：“这句‘无礼之行为’，很有伸缩性，就是沈小姐以后拿出来告你，也不要紧。”

皮船长真是感激不尽，连连点头：“对，对。老童，你真够朋友。”

童经理笑着对皮船长说：“老皮，这种事以后切不可再干了。把英国人给你的春春糖丢到江里去吧！以后再出事我可不管了。”

“当然，当然，再也不敢了。”皮船长苦笑着回答。

这件天大的事情经童经理使了一点手腕，算是风平浪静了，并且自己也落下五百元。皮船长还着实感激他；沈小姐也认为他很懂交情呢！

四

船走了三天，到万县时才中午过后。因为三大炮已经靠了两条船，所以涪顺轮只好在巨鱼沱抛锚。

张阿德记挂着秋莲父女俩，搞完了检修，向袁平借了几块钱，搭上渡船上了坡。

张阿德走过钟鼓楼，到了柑子园。山坡上种满了柑子：青色的枝叶上还有少数熟透的柑子无人采摘，柑子林的地上掉满了熟透的柑子，大多开始腐烂了。今年柑子丰收，因为拉差，轮船和木船出川少了，柑子运不出去，销路不好，所以腐烂了也没人采摘。

再往前走，街道上卖广柑和橘子的摊贩增多了。四川冬天总是雾沉沉的，一轮太阳被灰蒙蒙的雾气缭绕着，显得又大又红。虽然是腊月天，太阳烘烘照在身上，使人觉得暖和和的。一些没冻死的绿头苍蝇不知从哪飞出来了，在柑橘摊上飞来飞去。

怕冷的人手上提着竹烘炉，在街上逛来逛去。

街上出现了很多伤兵。这些伤兵胸前的棉制服左侧，用红线绣着一个十字，腋下拄着木拐子到处窜来窜去，估吃霸赊到处寻事吵闹。

张阿德看见一个伤兵抓住一个包白帕的老头，指着地上一个碎瓶子，碎瓶子周围有一些水渍，大声骂道："老子在前方打仗卖命，为国家负了伤，流落在万县谁也不管！我好不容易积了几块钱，配了这瓶水药，好治好我的伤。你龟儿吃了豹子胆，走路不当心，把我这瓶水药撞到地上跌碎了，赔老子的药来。"

那个老头急得脸上都改变了颜色，结结巴巴苦苦哀求："伤兵老爷，看见你我老远就让路，是你撞到我身上，怎么怪我！"

"你龟儿还嘴硬，不认错，我这瓶水药买成两块钱，你赔不赔？"那个伤兵圆睁怒目，举起手上的木拐子就打。

"伤兵老爷，伤兵老爷，我……"那老头抱着头，手上也挨了一木拐，渗出血来。

这时围了一圈人。一个小伙子蹲在地上弯腰闻了闻地上破碎的药瓶，站起来说："一点药味都没得，是一瓶清水。"

"你龟儿也想讨打，我的水药是清水？"伤兵又举起了木拐子，这小伙子吓跑了。

"赔不赔？"伤兵又对老头说。

"伤兵老爷，我哪有这些钱哟！"那老头快哭了。

"老子前方打仗卖命，你今天不赔我的药，定不饶你。"伤兵又要举起木拐子。

人群中有个学生模样的青年走出去劝解："有话好说，怎么随便打人？"

"你少管老子的闲事，我在前方打仗卖命……"伤兵又重复那句话。

那青年看伤兵不讲理，也火了，说："你有本事为啥不去打日本人？到利川里面去打自己中国人[1]，不说受伤，打死了也活该。"

那青年话音刚完，伤兵一木拐子就打在他的肩上："你龟儿硬想挨打……"

那青年反手将那伤兵的木拐抓住："你这个狗东西！"回头对那老头说："你

1　利川，属湖北，与四川连界。这句话的意思是指国民党"围剿"湘鄂川黔根据地。

快走。”

那老头被提醒，赶快跑了。

“好，你把人放走了，我要你赔！”伤兵大声叫嚷。

那青年用力把伤兵一推，伤兵跌倒在地上。不等伤兵从地上挣起来，那青年也跑了。

围观的人群知道那青年闯祸了，那伤兵马上就会邀约一大群伤兵来打架，于是一哄而散。

张阿德记挂着秋莲父女俩，也赶快离开走了。张阿德很快就到了秋莲他们住的小客栈。

敞开着的门边，一个管店的幺师坐在一条长凳上，衔着长长的叶子烟杆，眼睛半睁半闭地晒着太阳。

张阿德正准备进门，那个晒太阳的幺师拦住问：“找哪个？”张阿德收住了脚，看了幺师一眼，回答说：“找卖唱的李老头。”幺师瞥了张阿德一眼：“他不在了。”

张阿德觉得诧异，问：“哪去了？是不是转了客栈？”

幺师正准备回答，喉头有点发痒，爆发了一阵咳嗽，额上都憋起了青筋。半天才止住了咳，说：“转客栈！是的，转到丰都那个老客栈去了。”

“死了?!”张阿德吃了一惊。

幺师说：“死了。早去丰都报到啦！”张阿德继续问：“啥时死的？”

“死了几天啦！”幺师说。

“尸首放在哪里？他女儿呢？”张阿德焦急地问。

“埋啦！”幺师扫了张阿德一眼，接着说：“死后啥也没有预备，我这个店还要做生意，哪能长摆在店里。死后第二天，我托人向善堂说情，施舍了一个火匣子[1]，抬到官山[2]去埋了。”

“那……他女儿呢？”张阿德焦急地问。

“他女儿……”幺师摇摇头说，“不晓得哪去了。”

看见张阿德还没走，幺师奇怪地问：“你是他啥人？”

“同乡。”张阿德无力地回答。

---

1 火匣子，指薄木板草草钉成的棺材。

2 指无主的荒山。

幺师想了想："那天我下乡去了，不在店里。听说她被一个什么人领走了。"

张阿德准备再问，正好一个扁担客来歇店，幺师进屋招呼安顿去了。

张阿德失魂落魄地在店外站了很久，他知道在幺师那里再也问不出多少话来，快快地离开了客栈。

张阿德走遍了万县的大街小巷，询问了一个又一个客栈，但是没有找到有关李秋莲的一点线索。他心情异常沉重：想不到几天时间李老伯便成了故人。那天晚上李老伯向他嘱托的情景还历历在目，自己也保证照顾他的女儿。可是，现在连李秋莲的下落也不知道，不知又流落何方？他觉得内疚，好像自己做了对不起死者的事情。阵阵难过，他眼睛润湿了，只有当年在杭州钱塘江丢失了亲妹妹后，才有过这样的惆怅和沉痛。

他买了一些香烛纸钱，找到了幺师所说的官山，果然找到了李老头的新坟。坟上的黄土还没干透，一块木牌插在坟前，上面写着：宁波李福根之墓。墨迹还很新，墓前原先焚化的纸钱灰还在。

张阿德点上香烛，焚化了纸钱，跪在墓前垂头默思。他想着李福根悲惨的身世：在长江上劳苦一辈子，竟这样凄凉地死去，遗下一个女儿又下落不明。联想到自己的身世：妹妹阿苇现在不知流落何方？想来早已长大成人。他默祷说："李师傅，我对不起你。你放心，我一定要将秋莲找到，像亲妹妹那样看顾她……"张阿德已经泪流满面，接着握着拳头，悲愤地说出了声："李师傅，你是被陈福生，被这万恶的世道逼死的。我一定要为你报仇，我们决不能一辈子让人宰割，为人做牛做马……"张阿德实在抑制不住激动，他叫了一声："李师傅……"一拳头猛地往地上一击，几滴鲜血从拳头破皮的地方渗出来，滴在坟头的新土上。他扑在坟头上失声痛哭……

第十七章

朱佳富从重庆回来，已经好多天了。他在重庆会见了汇丰银行的彼特利克先生。因为事先有剑桥大学的老师威力克博士的书信介绍，彼特利克先生对他很客气，谈得很投契。叙谈之下，方知他也是威力克博士的学生，与他是剑桥大学的先后同学，比他早几年毕业。

英国人见面最喜先谈天气，好像他乡遇故旧一样，他们从重庆的雾，谈到伦敦的雾，从英国海洋性气候，谈到四川盆地丘陵性气候。从剑桥大学的大草坪，谈到英国小农庄的景色：牧草的芬芳，奶牛的铃铛声，恬静迷人的气氛。又从英国的绿色区域，谈到黑色区域……

最后谈到贷款的问题，彼特利克先生感到为难。因为根据章程，必须要有抵押品。信用贷款也要有殷实可靠的巨头担保。

经过朱佳富再三的请求磋商，彼特利克先生口气才放活动了。在一阵讨价还价之后，草拟了一份十万元的贷款合同。朱佳富把合同带回了涪陵，这合同要交董事会讨论研究后方能正式签订。

彼特利克先生还关照朱佳富说：英商怡和公司在川江的部分轮船，准备转让出卖。只要朱佳富够朋友，肯为英国人暗地帮忙，他可以牵线撮合，以低廉的价格、优厚的条件转让，甚至可以分期付款，并可以用公司股票偿付。当然，彼特利克先生这些话不是直截了当说出来的，而是以英国人固有的那种圆滑的外交辞令、含蓄诙谐的语调进行了暗示。

今天，在公司的会议室里，董事会会议正准备举行。

高源到得最早。已经是春天了，他穿着一件贡呢的夹袍，宽大的衣袖向上挽起。头上梳的飞机头油光发亮，脸上抹了一层雪花膏。

他的父亲是高伦的弟弟，父母都死得很早。高伦将家业分成两份，所以涪陵轮船公司高家的股份，高伦与高源各半。

这高源自幼不肯专心读书，总算混了个初中毕业，与他表妹结了婚。原也是自由恋爱，婚后感情尚好，但没维持多久：因为高源经常在外拈花弄草，他表妹源大少娘是眼里夹不得沙的人，仗恃娘家也是有钱人，开始小吵，慢慢大闹，渐渐感情变淡漠了。要不是高源对伯父有点畏惧，早闹到离婚了。

但他俩仅仅形式上保持了夫妻关系，隔室而居已经两三年。他们都很忙：高源自有一帮风流朋友，到处寻花问柳，花花太岁的绰号由此得来；源大少娘做姑娘时就喜欢搓麻将，自有她一伙太太、小姐约在一起打牌。高源要阻止源大少娘打牌，源大少娘就要理抹高源的那些脏事。久而久之，各行其是，井水不犯河水，谁也不干涉谁，反而相安无事。

高源自见了张秘书后，就像蜜蜂见到了花朵，一有机会就想缠住不放。但张碧秀对他冷若冰霜，使他无从下手。

高源曾在人前夸过海口：凡是被他看中的女人，从来没有搞不到手的。他前几天花了两百元托人在重庆买了一枚钻戒，当面要送给张碧秀，张碧秀不肯接受。他死皮赖脸非送不可，不肯收回，并说："张小姐，我送出去的东西是从不收回的，你不收就由你转送人吧！"

张碧秀只得不声不响地将戒指放在抽屉里。高源这一喜非同小可，一夜都兴奋得睡不着。心里想：哼！女人，我见得多呢！烈女怕缠夫，这是古人总结的经验，缠住不放就会成功。再说亮晶晶的钻戒，哪个女人不爱呢！

他第二天正想去找张碧秀，出门遇着三姨太，向他做了一个媚眼，含笑向他道谢："高先生，谢谢你。"

高源摸不着头脑，只得含糊答道："算不了什么！别客气。"三姨太把手伸到面前："高先生，这钻戒多漂亮！"

高源果然看见三姨太手指上戴着一枚钻戒，仔细一端详，正好是他送给张碧秀的那枚钻戒。不禁暗暗一惊，看着三姨太发愣。

三姨太咧开猩红的嘴唇一笑，眼波流动地乜着高源："今天张秘书把这枚钻戒送到我家里，说是高先生送给我的，我真高兴，这钻戒多好看呀！"说着将戴着钻戒的手指扭动了几下，望着钻戒笑眯眯的。

高源像被人泼了一瓢冷水，从身上冷到了心头，空欢喜一场。看着三姨太手指上的钻戒，真是哭笑不得。

三姨太眉欢眼笑地说："高先生有空常来玩！"她一扬手绢，挺胸，撅着臀部，扭着软腰走了。

高源看三姨太走了老远，还站在那里发愣。他心里又气又疼：这价值两百元的钻戒算丢在长江里了，连泡也没冒一个。他昨天想问张碧秀，但张碧秀有意躲着他，总在高伦身边不离开，寻不着适当的机会。所以他今天来得特别早。

果然会议室里只有张碧秀一个人在忙着查看茶房准备的茶、烟是否妥当。

张碧秀穿着一件蔚蓝色洋布驼绒里夹旗袍。看见高源独自进了会议室，客气之中，显得冷淡：“高董事，请坐。我去叫茶房给你冲茶。”

高源张开双手拦住：“慢。张小姐，你怎么把钻戒送给了三姨太?”

张碧秀后退了两步，脸上的表情很平静：“咦！你不是说：我不收就代你转送人吗！我完全遵照高董事的意思办理，代你送给了三姨太。她高兴极了，再三称谢呢!”

高源心疼地说：“这钻戒值两百元呢!”

张碧秀淡淡一笑，鲜润的嘴唇角露出一丝讥刺的神态：“高董事有的是钱，怕啥！还有啥东西要送人，吩咐我一声，我一定代劳。”

高源的脸再厚，也不觉有点发红，讪讪地说不出话来。

张碧秀柔中带刚地说：“高董事，请坐。我叫茶房给你冲茶。”扭身就走了。

高源的缠夫战术看来不灵了，原以为独居的白兰花伸手可摘，可是这位外表恬静温柔的小姐却像有刺的玫瑰花。高源只能瞪着眼看她走了。

墙上的自鸣钟打了十点。高伦从赵专员那里回来了，董事会的成员都到齐了。会议室里发出搬动椅子的凌乱响声，大家在各自的位置上坐好，会议就开始了。

高伦看了一眼罗天成身后坐着的三姨太，白眉毛不易被人觉察地皱了一下：因为这个会讨论的问题关系公司的前途，不能走漏风声，特别不能让民成公司知道。事先就通知不带无关的人参加，但三姨太还是来了，他也不便说什么。他炯炯有神的眼光照例先向大家扫视一周，端起茶碗喝了一口茶，轻轻咳了一声，开始声音很低，以后慢慢大了一点：“关于董事会决定找涪陵地区缙绅按田赋招股十五万元的事情，经我向赵专员疏通几次，至今还没眉目，看来是不行了……”

罗天成打断了高伦的话：“高老，上次不是说赵专员满口答应吗?”

高伦眉头又一皱。对于这件事情，赵专员开始是满口答应，但后来自己表示对蒋不抗日有些不满，不愿参加由蒋派人组织的国民党省党部，赵专员态度就有了变化。他不便对罗天成谈这些，叹了一口气：“唉！官场中的事情就是这样变化多端，不但口头答应可以不算，就是见诸文字公布的东西还不是粉牌上写字——可以抹掉。好，我们不谈这些。这十五万元股本不能招募也不要紧，其他办法还是有的。”高伦顿了一下，问朱佳富和罗天成：“金四那笔钱收到多少?”

罗天成抢先说：“金四这龟儿软拖硬抗，现在才收到三万多元。”其实罗天成不止收到这个数，私自吞了两万多。朱佳富明知也不好揭破，因为这事本来就见不得人，内伙闹翻了没有好处。再说公司收到三万多元已经不错了，何况朱佳富定下这条计策，主要是报私仇，他听了罗天成的回答，坐在一旁没有插话。

高伦对于这件事情虽然认为做得不太光彩，但金四这人在办地方公益上一毛不拔，他早就不满，所以勉强采纳了这计策。想不到涪陵地区已经对这件事情议论纷纷。高伦有些懊悔，因为自己同意过，又不便说什么。他想到今天与赵专员的谈话，于是说：“你们事情虽然做得周密，但没有不透风的墙。今天赵专员向我提起这件事情，隐隐表示不满。我看，为了堵住赵专员的嘴，还得给他几个才行呀！”

想不到朱佳富听了却摇手说：“高董事长，不必花这种冤枉钱。”

高伦想不到朱佳富会表示不同意。朱佳富的见解高人一等，他是深知的，现在却觉得这种态度未免又太不高明了。他叹了一口气，对朱佳富说：“佳富，对官场的内幕你可能还不熟悉。赵专员这人表面一脸笑，像个婆婆官。他是蒋派来的人，我们四川现在还是刘湘、杨森这些地方实力派占优势，蒋的地位只是口头上为他们所承认。赵专员目前没掌握实权，当然想拉拢各方面的势力站住脚，所以貌似温和，其实这个人……”他看了徐宁山和罗天成一眼，有顾虑，没有把话全说出。忍了一下说：“我看蒋先生甘冒天下之大不韪：对日退让，对内反共，是要蛮干到底的。”

三姨太坐在罗天成身后，好像对高伦的话很感兴趣，低着头侧耳细听。

罗天成似乎听得不耐烦，开口说：“蒋先生的事和我们屁相干，高老愈扯愈远了。”

高伦仿佛没有听见罗天成的话，继续说：“日本要吞并中国是既定的国策，蒋先生也是留学过日本的，不是不知道这种情况。寄希望于国际调解，不过是掩耳盗铃，自欺欺人。大敌当前，民族存亡的紧要关头，他却调集大军一心在江西‘剿共’，说明对日投降也是蒋先生的既定国策；只是碍于英、美和高涨的抗日民气，不敢公开投降而已。现在川湘、川黔、川陕公路快修成了，蒋先生是一定要进川的，不是刘湘和杨森之流能抵挡得住的。蒋先生迟早会躲在峨眉山下与日本人讨价还价……”高伦愈说愈激动。

徐宁山歪着长颈子向窗外张望；罗天成用小指上的长指甲无聊地挖着鼻孔里的脏东西，挖出来用拇指往地上一弹；三姨太不时抬起头来向高伦一瞥，又垂下头。

高伦也觉得自己扯远了，立即将话转入正题："蒋介石进了川，赵专员要掌握实权了。哼！那就厉害了。他对金四这事表示不满，还不是想敲几个。佳富，我看还是……"

朱佳富不等高伦说完，接过话说："我看不用花这钱。"

朱佳富说得很坚决，高伦不禁感到诧异，疑惑地看着他。

朱佳富知道高伦的意思，他不愿在此时此地把自己的妙计说出来，只拍了拍胸："董事长，赵专员方面的问题，由我包了。"

听了这话，不仅高伦疑惑，大家的目光也都集中在朱佳富身上，都猜不透这位智多星又有啥锦囊妙计。

朱佳富对高伦淡淡一笑："董事长，讨论下一个问题吧！"

高伦理会朱佳富的意思，于是用手指轻轻敲着桌子："好，下面由朱总经理谈找汇丰银行贷款的事情。"

朱佳富把金丝眼镜取下来，用绒布揩净了灰尘和水汽，然后戴上。他从放在桌上的公文皮包里取出一份合同放在自己面前，用手掌压着。他先谈了交涉的详细过程，接着将合同的内容扼要作了说明，接着要求大家发表意见。

沉默了一会儿，徐宁山首先发言："我看汇丰银行规定的利息比一般要高得多，并且要三年内分期还清本利，时间太短促了。"

高源因为碰了张碧秀的软钉子，心里很不愉快。特别是那只钻戒戴在三姨太手上非常刺目，钻石发出亮晶晶的闪光，好像眨着眼在嘲弄他一样。他自夸在追求女人方面是常胜将军，可是这次却打了败仗。他看见张碧秀坐在对面窗下的椅子上，态度自然大方。他在仔细研究：张碧秀叫白莲花好，还是叫白兰花妙？他研究的结果，认为以张碧秀的淡雅、素净、天然的美丽风韵，白兰花这个雅号实在取得很妙——白兰花不仅有淡雅的颜色，朴素纤巧的外形，还有幽远的清香，这是白莲花所不及的。高源目不转睛地看着张碧秀，联想到白兰花，真是愈看愈像。用白兰花形容她的美丽，实在恰如其分。

张碧秀发现高源那对邪气的眼睛老在她身上扫来扫去，淡淡的眉尖微蹙了一下，站起来换了一个位置，正好是高源视线的死角。高源不便歪过头去看，觉得扫兴。对朱佳富和徐宁山的话，他本来只断断续续听进一些，突然冒冒失失地说："我们给金四算的利息是大一分，我看汇丰银行的利息不高。说三年还清，到了三年还不清，他又奈何我们不得……"

要不是高伦不满地瞪着他，他还有许多“高见”要发表，如今只得没说完就停住了。

接着罗天成在说话，高源半句也没听进去。他虽然看不见张碧秀，可是心里老在她身上打转。他暗想：张碧秀离婚的丈夫是大棉纱商，她也看不上要离婚，可见金钱是打不动她的心，只有从……

他突然听见高伦的声音很大，用力在桌上一拍。高源吓了一跳，忙收住了胡思乱想，只听高伦气呼呼地说：“合同规定：公司的营业情况要每年向汇丰银行提出书面报告。这太丧失民族自尊心了。英国人不成了公司的太上皇？实业救国——办来办去却成了英国的第二家怡和公司，这个条件万万不能同意！”

朱佳富早听过高伦这个意见，他试图说服高伦：“董事长，我们要与民成公司竞争，不采取这种权宜之计不行呀！民成公司因为有捷江公司的买办董绍孙给他牵线，把捷江公司走川江的七八条船都拉过来了，董绍孙也做了民成公司的副总经理，幕后有美商的势力给他撑腰。我们利用一下英商的力量与他们抗衡未尝不可。每年书面报告营业情况，无伤大局，只要公司管理权牢牢掌握在我们手上，怎能说是第二个怡和公司呢？”

高伦很少有这样的激动，鼻孔里出的粗气把嘴唇上的白胡子吹得飘抖起来。他有点不满地看了朱佳富一眼，极力把声音放得平静一些，说：“英国是老牌帝国主义，手段老奸巨猾。该国商船和军舰在川江横行了几十年，特别是万县惨案，中国人死伤六七千人。我们四川人对他们恨之入骨，开展了抵制英商的运动。英国船在川江名声很臭，无利可图了，才改变了策略，想扶持代理人为他们效劳。英商曾暗地找过民成公司，陆祖福都不敢答应，怕惹起川人的咒骂。我们假若接受每年向英国人写书面报告这个条件，蜀中父老就会骂我们。本来向汇丰银行贷款已经是权宜之计，再权宜不就成了汉奸！”

朱佳富想不到这个对他言听计从的董事长把问题看得这样严重，还是第一次当众露出对他不满。朱佳富觉得这几个月来，高伦的思想有了急剧的转变，他隐隐感觉到与李明有关。他意识到，在高伦的眼里，李明比他的分量重，对高伦的影响很大。朱佳富沉默了一会儿，感到有些委屈地说：“董事长，我一心想把公司办好，这份合同的条款，还是经过力争才达成协议的。你看得这样严重，我事先的确没想到。”

高伦喝了一口茶，望着桌面凝思了一会儿。他觉得自己太急躁了一点，应该安抚朱佳富几句，便说：“佳富，这不怪你，你为公司已尽了很大的力。”

朱佳富心里稍微安定了点，慢吞吞地说：“董事长说得也有道理，实业救国也是我从小的抱负，我与董事长没有多大的分歧。按田赋募股行不通，若汇丰银行贷款的事又不行，单靠金四这几万元无济于事。你看，怎么办?”

高伦正在沉吟。罗天成与徐宁山半天没说话，在一旁看高伦与朱佳富舌战。这时罗天成的后腰被三姨太微微碰了一下，他轻轻咳了一声，对高伦说：“高大哥，听说日本人给你写信来了，信里说啥?”

高伦觉得有些意外，疑惑地看着罗天成：罗天成怎么会知道这件事？不久前高伦收到了一封信，是以前在日本留学时认识的一个日本同学山野久治从上海寄来的。他觉得奇怪：他与山野久治分别近三十年，从未有过联系，怎知道他的地址？细读了信的内容，更使人惊骇：山野久治的汉字写得很好——这是平常的事情，因为日本人很喜欢研究汉学。这位山野久治君自称在上海日本人办的一家公司供职。可是信中的内容，使高伦更不解，好像山野久治并不是远隔数千里，简直就在他身边一样，对他的情况了如指掌。信中除了诉说同学旧情之外，主要谈了涪陵轮船公司的窘境，自告奋勇愿为老同学帮忙，替他向日清公司说项，不附带任何条件，以最廉的价格将轮船转让给涪陵轮船公司。若一次付款有困难，可以分期付款，以五年甚至十年为期付清。

高伦对山野久治君的仗义相助，不感兴趣，连信也没回。除了李明之外，也没告诉任何人。他在日本留学几年，又是学军事，对日本军国主义势力的顽固狡诈是深知的。他认识到这只不过是日本军部间谍玩的一种笨拙的花招：企图试探、收买、拉拢他。不过，这说明日本人已经注意到蒋介石准备退居峨眉山下的打算，也把魔掌伸向了边陲的四川。高伦凭他在军、政界混了一段时间的经验，已经敏感地意识到闭塞的天府之国，很快就会成为各种政治势力的逐鹿场。英、美、日、蒋都在暗地里加紧活动。共产党在政治上是最敏感的，肯定也没有忽略四川这种新的政治形势——李明突然回到涪陵，高伦心里已猜到几分。虽然李明的公开身份是国民党左派，但从北伐时，李明在株洲救高茜母女，与农会的亲密关系，以及李明的言谈和作风，他认为像这样的人物不是共产党的很少。他没有向任何人点破这件事，一方面是因为他与李明的私人关系不错；另一方面出于一个中国人的爱国心，对于共产党建立抗日民族统一战线的政治主张，他是赞同和拥护的。民国十四年贺胡子当旅长驻防涪陵的时候，他们有过私人交往。对贺龙敢于扣留日本私运军火的船，软禁日本领事和吴佩孚代表的爱国行动，他最是佩服，并且全力支持，因此和贺龙建立了一定的友谊。他们已经多年没见面。但是他已听说贺龙在南昌起义后，又在鄂湘川黔边境一带活动。高伦只是对张国焘在川北通南巴一带的所作所为有些疑虑不满，觉得杀人未免多了一点，特别是把知识分子杀得太多。

他也知道共产党的高级干部，知识分子出身的很多，可是总有一个疙瘩在心里没解开。

罗天成看高伦在沉吟，半天没回答他，又追问了一句："高大哥，日本人写信给你是不是有此事?"

高伦威严地斜看了罗天成一眼："你听谁说的?"

罗天成被高伦一问，显得很尴尬，嗫嚅半天回答不出来。

高伦微微向三姨太瞥了一眼，三姨太垂着头在欣赏手上的钻戒，好像对这些谈话不感兴趣。

高伦接到日本人那封信后，拿给李明看，征询他的意见。李明也认为可疑，据李明分析，三姨太这个人最可疑。高伦不大相信：三姨太固然来历不明，但像这种跑江湖混饭吃的女人也不罕见，他看不出三姨太有丝毫破绽。

高伦见罗天成的窘态，心中不由一动，又迅速瞥了一眼三姨太。他觉得不应过早打草惊蛇，不等罗天成回答，他马上点头说："是的，我一个日本同学山野久治君不久前寄来过一封信。"这封信就放在他办公室保险柜里。他拿出钥匙来说："张秘书，请你去把那封信拿来，在保险柜第一格。"

一会儿，张碧秀把信拿来了，高伦读了信的内容。

朱佳富事先不知道有这封信，他隐隐感到高伦对他是有保留的，心里有些不自在。

高伦好像看透了朱佳富的心事，亲切地对他说："佳富，这封信我谁也没让看!"

朱佳富听后，表情才稍微变得自然一点了。

徐宁山首先说话："董事长，我看山野久治先生的善意值得考虑：第一，他没有提出什么附加条件。第二，日清公司的轮船若转让给我们，我们不单在川江发展，还可以把营业扩大到上海，与民成公司比比。第三，分期付款的限期长，将来营业的利润足可还账，不用再为筹集股金发愁。"

罗天成马上极力表示赞同："高大哥，汇丰银行的条件那么苛刻，要写营业报告——这不是变相出卖经济情报吗！日本人的条件比较优厚，我看山野久治先生是够朋友的。"

只有朱佳富和高源没发表意见：高源本身是糊涂虫，主要看高伦的脸色行事。朱佳富最喜发表自己过人的见解，此时却沉默不言，不禁使高伦感到奇怪。于是面对朱佳富说："佳富，你的看法呢?"

朱佳富平静地回答："日本人设计了大东亚共荣圈，吞并我们中国已成定策，全面战争的爆发迫在眉睫。那时日清公司在中国会成为敌产，因此现在想廉价转让给我们也是实情。在日本人看来：不过暂交我们保管一下，他们马上就会成为中国的主人。那时不但日清公司，中国所有的一切都会属于他们!"说到这里，朱佳富却闭上了嘴。

高伦在专注地听，他认为朱佳富胆识是过人的，但见他突然不说了，便焦急地问："你对日本人的建议究竟赞同还是反对呢?"

朱佳富知道高伦并不是无主见的人，可能早拿定了主意，要他明确表示意见，不过想借他的口去否定罗天成他们的意见。要是往常，不用高伦点将，他自己就会揣摩高伦的意图说话，但今天对高伦的暗示却装作不理会：一方面是由于高伦对汇丰银行贷款条件持否定态度，并且山野久治的信——这样重大的事情，事先一点口风也未向他透露过，这显然对他有些不信任。虽然高伦向他作了解释，进行了安抚，但心里总有些不自在。另一方面，他对高伦的脾气摸得很透，在这种情况下不能采取正面的方法去说服，只得采取侧击。沉吟了好一会儿，朱佳富才回答说："汇丰银行的条件不过有失面子，但英国人比较灵活，可以再交涉；现在全国人民抗日情绪这样高涨，为日本人做保管，可能也不是上策。权衡利害，何取何舍，我们听董事长的。"

高伦看朱佳富说话模棱两可，明白他有情绪，不便点明。他沉默了一会儿，感到三姨太那对妖媚的眼睛正注视着他的表情。心里暗想：要是李明的分析不错，当着三姨太的面议论这件事情有些不妥。他看了看墙上的自鸣钟，对大家说："上午的会就开到这里。公司备有中饭，饭后休息一会儿接着开会。"

二

朱佳富与大家一起吃过了饭，回到楼上卧室里准备休息一下。他见杨宝瑜站在窗前眺望远方的景色。从侧面看过去，面孔的轮廓更加清晰：长长的睫毛衬得蓝澄的眼睛更加妩媚动人，端正的鼻梁下，小巧的嘴唇非常秀美，颀长的身段，线条匀称柔和，比当年成熟丰满。端庄的表情，温柔的神态，真有点圣洁的风度。

朱佳富凑上前去，手搭在她的肩上，并肩站着。杨宝瑜只略微挪动一下身子，没有看他。

近来杨宝瑜脸上很少露出笑容，红润的脸变得苍白了。她喜欢独自站在窗前凝眸沉思，现出慵懒的娇态。朱佳富曾经问过她："亲爱的，是不是病了？"杨宝瑜强装着笑脸摇摇头，漂亮的眼睛里流露出一种说不出的哀怨。

朱佳富觉得她的性情仿佛愈来愈孤僻，除了跑教堂做祷告外，很少有其他的交往，她对自己已不像以前那样热情，他们好像突然隔着一条无形的鸿沟。

朱佳富有时也感觉到由于事情太忙，对杨宝瑜关心太少，所以彼此感情上慢慢变得淡漠了。他力图改变这种状况，极力想唤起旧时的激情。他向她检讨自己，赌咒发誓说以后要关心她，用动人的语言、诚恳的表情，饱含深情地回忆着结婚前的一切情景。

杨宝瑜深受感动，她孤寂的心灵受到朱佳富柔情的抚爱，她对他谅解了。她眼里含着泪水，激动地搂抱着朱佳富吻了又吻，倒在他怀里仍像孩子似的哭了。

可是这样的情景重复过几遍，事后朱佳富确实太忙，应酬太多，他在雄心勃勃地忘我实现他的抱负，仿佛又把她忘得干干净净。

杨宝瑜不再激动了，她感到朱佳富很像一个演员，声音和动作都有点装腔作势。

朱佳富有时也为她拉琴，可不知是琴艺生疏，还是杨宝瑜的心情改变，以前在杭州冷泉边上使她听后感动得流泪的那种美妙琴声，再也不存在了。她现在听来，提琴的旋律是那样呆板、凝滞、缺乏情感。

杨宝瑜看见朱佳富经常与一些妖冶美丽的女人接近，特别是三姨太见了朱佳富眼波流动那股风骚劲，使她疑惑，感到不放心。这种念头只是在她脑际闪现了一下，马上就消失了；她从小所受的宗教熏陶，知道嫉妒是有罪的。她马上向基督祈祷："上帝啊！宽恕我吧！一个女人犯了嫉妒的罪过多么可怕啊！何况这嫉妒没有一点根据。"

杨宝瑜不敢多从这方面想，可是当朱佳富热烈地拥抱她，吻她……她正在丈夫的抚爱中沉醉，感到幸福，无限快慰的时候，她突然想到丈夫对她可能不忠，朱佳富亲近了那些妖冶的女人又来亲近她，一种爱好洁净的心情，使她无法忍受。幸福和官能的快感顿时化为乌有，她突然会变得冷冰冰的，使朱佳富也感到不解。他若这时还要与她亲热，她就会像受了极大委屈似的，抽抽咽咽地哭起来。不过，这种情绪很快就会过去，一会儿就平静了；她觉得她的想法毫无根据，一种负罪和歉疚的心情使她主动将热烘烘软绵绵的身体凑过去紧紧偎在他的怀里，灼热的嘴唇吻在丈夫的嘴唇上……

她觉得朱佳富很有才干，正在往上爬，一天比一天飞黄腾达；她觉得朱佳富那种淳朴的书生气在慢慢消失，市侩的气息愈来愈浓厚。她发现自己对朱佳富的激情一天比一天淡薄，使她内心感到无限痛苦和可怕。她不止一次向上帝祈祷："上帝啊！这个曾经使我抛弃一切委身的男人，我愈来愈觉得平庸，我对他的爱在一天一天减退，多么可怕啊！全能的上帝，愿维纳斯女神重新燃起我快要熄灭的爱火，让我永远永远爱这个男人吧！"

朱佳富哪里能理解杨宝瑜这种复杂多变的心情。他这时搭在杨宝瑜肩上的手，感到她肌体的丰腴和温暖，他深情地抚摸着。他见杨宝瑜仍像毫无感觉地低眸沉思，亲切地问："亲爱的，你在想啥？是不是想念杭州？"

杨宝瑜苍白的面颊上，一点红晕迅速扩散开来，淡红的嘴唇显得润泽了。她瞥了朱佳富一眼，一丝温柔的微笑在嘴角露出来，摇了摇头，主动向朱佳富偎近了些。

朱佳富的手从她滚圆的臂膊移到她纤细的软腰，偎着她的脸，夸耀地说："亲爱的，我很快就会富有起来：洋房，金钱，轮船，工厂，上层社会——你不久就会看见，我多年的梦想可以实现了。"

杨宝瑜像被谁猛地刺了一针，她的情绪马上被破坏了。她的心在呻吟收缩。朱佳富最初写给她信中的几句话蓦地展现在她的脑际："……民族的存亡，国家的安危，我辈青年，人人有责……"这些话与朱佳富刚才的话形成多么鲜明的对比啊！现在他完全变成另一个人了。甜蜜的快感消失了，代之而起的是一种厌恶的情绪。只是因为他是她的丈夫，她才温顺地承受着这使人不愉快的爱抚。

朱佳富没有注意杨宝瑜脸上的表情，他的脸偎在她的脸上，一种细腻柔滑的感觉使他产生一种冲动。他用空着的一只手搂住她的颈项，吻在她冰冷的唇上。

杨宝瑜闻到一股烟酒混杂的气味，本能地用力推开了朱佳富，从他的怀抱里挣出来。

朱佳富被妻子这个粗暴抗拒的动作怔住了。他看见她晶莹的泪珠挂在长睫毛边。朱佳富感到困惑和难堪。

杨宝瑜对自己这个本能的动作也感到吃惊，她看见朱佳富不知所措的惶惑样子，又怜爱起他来：我这样对待他，他多么难受啊！我是他心爱的妻子，他是我的丈夫啊！怎么能这样对待他呢！她蓦地伸出双臂："佳富，我亲爱的，原谅我吧！"她扑在朱佳富怀里哭了。

朱佳富虽然学问渊博，对女人的心理活动也稍有研究，但面对杨宝瑜这种痛苦矛盾的心情，也有点茫然。

朱佳富正想安慰她，她已经从他怀里抬起头来，离开了朱佳富，缓步走到圣像前，以手画十，用虔诚的目光，凝视着头上有光晕的耶稣圣像，淡淡的嘴唇微微张动，喃喃地祷告着。朱佳富听不清她的祷词，见她的神情是那样专注，态度是那样庄重，好像忘了还有人站在一旁，整个世界只剩下一个上帝。她的整个心灵，完全投在神的怀抱里，上帝成为她此时精神上唯一的寄托……

春燕推开门，见杨宝瑜站在圣像前做祷告，放低了声音对朱佳富说："朱先生，董事长请你去。"

朱佳富点了点头。他见春燕穿着短夹袄，外罩一件阴丹士林蓝的短衫，丰腴的脸蛋红扑扑的，焕发出青春的光彩，天真无邪的眼睛像蓝天那样清澈。春燕已经长大成人了。

朱佳富早有自己的打算：准备将她培养成有教养的女人，给她找个有钱有地位的丈夫。一方面显示自己与众不同的宽厚，另一方面自己也可以攀上一门得力的亲戚。春燕经过杨宝瑜的初步教育，英语已有一定基础，接着朱佳富又送她到王牧师那里去学英语，想使她能更加精通。可是春燕上了一段时间课，却不肯再去了。不去的原因，杨宝瑜说得很含糊。朱佳富看杨宝瑜最近的情绪很不正常，也没追问。王牧师反而向朱佳富催问过几次，说春燕天赋很好，应该继续学下去，将来他可以保送她到英国去进基督学校。他觉得这是一个好机会，向杨宝瑜说过几次，杨宝瑜也表示赞同。可是春燕却固执地不愿去，杨宝瑜不肯过分强迫她。

朱佳富很不以为然，认为杨宝瑜太迂就了。但朱佳富也不愿撇开杨宝瑜，直接找春燕谈，这事才搁下来。

朱佳富见杨宝瑜还在专心祷告，没有惊扰她，只是瞥了她一眼，整了整西服，斯斯文文下楼去了。

三

春燕用鸡毛帚掸着桌椅上的灰尘，看见杨宝瑜已经离开圣像，自己倒了一杯热开水拿在手里，坐在一张藤椅上发怔。白皙的脸上没有一点红晕，没有一丝笑容，眼睛微红，还有泪痕。春燕关切地问："小姐，你哭过啦?"

杨宝瑜瞥了春燕一眼，没有回答。

春燕给杨宝瑜打来热水，拧干了白毛巾递到杨宝瑜手上。春燕感到杨宝瑜与朱佳富没有以前那样亲昵，看见刚才的神态，于是问："小姐，你与朱先生是不是闹了意见?"

杨宝瑜心里一惊：是不是春燕也感到了她的心情不正常？她心里的隐伤不愿让任何人知道，她摇了摇头说："没有。"

春燕知道她的性情，便不再问了。她对杨宝瑜的心情也能揣摩到一些。她很同情杨宝瑜，认为朱先生近两年的确变了，特别是当了总经理以后变化更大。她看见朱佳富与罗天成、三姨太这伙人在一起，对三姨太在朱先生面前那股妖娆劲，她心里很反感。春燕不禁把心里想的说出来了："小姐，朱先生经常与罗天成和三姨太那种人混在一起，会变坏的。"

杨宝瑜的手一震，茶杯差点滑到地上。春燕点着了她的心病，她的脸色更加苍白。她是第一次听见春燕说朱佳富的坏话，她从小所受的教养，使她不愿对人说丈夫的坏话，也不能容忍别人说丈夫的坏话。她生气地对春燕说："春燕，我不喜欢你说朱先生的坏话。朱先生是有学问、有教养的人。他与罗天成和三姨太接近，全是为了工作。朱先生是我的丈夫，你应该尊敬他。说主人的坏话是有罪的啊!"

春燕听了杨宝瑜的话，一点凄凉的感觉从她心里扩散开来。杨宝瑜的语气里含着主人的意味，在春燕天真的心灵里投下了一道不可磨灭的阴影。她顿时对杨宝瑜感到陌生了：她觉得杨宝瑜虽然把她当成小妹妹一样关切，但她们之间仍然有一道不可逾越的无形的屏障。她对杨宝瑜亲昵的态度消失了。春燕沉默了一会儿，拘谨地说：“朱先生说叫人来修理电灯，不知今天是不是会来人?”

杨宝瑜看春燕突然变得拘谨的样子，感到自己刚才的话也许说得过重了，她是很少责备春燕的。她拍了拍旁边的一张椅子，答非所问地说：“春燕，坐下来，别离得我远远的。”

等春燕怯生生地在椅上坐下，她才答道：“朱先生说，涪顺轮一会儿就派人来修电灯。”

春燕瞥了杨宝瑜一眼：“小姐，你还有话对我说吗?”

杨宝瑜想到朱佳富前几天对她提到的有关春燕的事情，今天准备趁机与她谈一谈：“春燕，朱先生的意思还是要你继续到王牧师那里去学英语，王牧师说将来可以送你到英国教会学校深造，这是一个难得的机会。”

春燕的头垂得很低：“小姐，你的意思呢?”

“我认为朱先生的话是对的，我希望你将来能成为一个虔诚的基督徒，一个有教养的人。”杨宝瑜看春燕没有明显地表示拒绝，以为她的心活动了：“孩子，你是一个孤儿，我把你培育成人了，这是上帝的意旨。王牧师是上帝的使者，一位有道德的人，你对他不应该有什么怀疑，怀疑他是一种渎神的行为……”

“小姐，我甘愿下炼狱也不去王牧师那里，上次你已经答应过我，为什么现在还要我去?”春燕不知哪来的这股力量，固执地回绝道。近来高茜经常约她一道去李明那里玩，听了李明给他们讲的话，以及读了鲁迅先生的一些著作，她像长久闷在室内的人，突然闻到清新的空气，使她明白许多道理，一些新的思想在春燕心里开始萌芽，她愈发觉得宗教有些空虚和枯燥。

杨宝瑜向春燕凝视了一会儿，从她苍白的脸上掠过了一丝怒意，但很快就消失了。她声音很柔和：“春燕，我是为你好啊!”

春燕愈来愈觉得她在这个家庭里形影孤单，她所尊敬的小姐，外表是那样端庄美丽，心地又是那么善良，但在节骨眼上总与朱先生和王牧师站在一边，一点也不理解她。

春燕近来常常做梦，一些模糊的记忆在梦中重现：她梦见失散了多年的阿哥找到了她，要带她走，可是朱先生与小姐留住不让走，她急得哭了……醒来才知是梦。梦中流的泪水打湿了洁白的枕头，鬓边的绒发也湿了，贴在鬓角感到冰凉。其实她连阿哥的面影都记不清了。她从小喜欢流泪，阿妈的死亡，阿哥的失散，在她心灵里留下的创伤是不容易愈合的。她是那么的聪颖，幼年时的印象至今仍然那样鲜明。

她虽然受了基督教的洗礼，从小跟着小姐去教堂做祷告，但对上帝可不那么热心。她对小姐的印象是极好的，虽然最近略有改变，但仍没有破坏她对杨宝瑜的爱戴。她已隐隐约约感到时代的车轮滚滚向前的声音。朱先生在变，杨小姐在变，她自己也在变，一切都在变……她已预感到她生活道路上的陷阱，她很悲观，她还不知道怎样避过这些陷阱，但她也不甘愿受命运的摆弄，极力抗拒着。她没有回答杨宝瑜的话，她抿着嘴又想哭……

虚掩着的门上响起了敲门声，春燕上前拉开门，茶房领了一个穿着油腻服装的工人进来，对杨宝瑜说："朱太太，这是涪顺轮机匠张阿德师傅，朱总经理叫来修理电灯的。"茶房说完退出去了。

"哦！"杨宝瑜站起来点头招呼。

春燕看这位师傅着实面熟，问道："张师傅，好面熟，仿佛在哪里见过。"

"哦！春燕大姐，你忘了！那次在街上我捡到你们掉的书……"张阿德说。

"哦！"春燕也记起来了，不过那次张阿德穿得比现在整洁。

没有配电工的船，一般电工活都是机匠兼任，所以张阿德被派来修理电灯。

杨宝瑜听了张阿德的口音，问道："张师傅，你是浙江人吗?"

"是的。"张阿德仰头在观察电灯线路，一面回答。

春燕给张阿德倒来一杯茶，客气地问："张师傅，你家在宁波哪里?"

张阿德接过茶杯正想回答，杨宝瑜看张阿德摸不着天花板上的电线，对春燕说："到外面去端个高凳来给张师傅垫脚。"春燕答应着去了。

张阿德喝着茶，对杨宝瑜问："朱太太，听口音你也是浙江人，春燕大姐也是浙江人吗?"

"是。我们都是浙江人。"杨宝瑜遇到同乡格外感到亲切，态度异常和蔼地回答。

"春燕大姐一口四川话说得很好，想不到她也是浙江人！"张阿德总觉得对春燕的面庞异常熟悉，若有所思地问："朱太太，贵府是浙江啥地?"

"杭州。"杨宝瑜拿出一听香烟，亲自取出一支递给张阿德，"张师傅，请抽烟。"

"杭州！"张阿德不觉脱口而出，他又从杨宝瑜手上接过火柴匣，自己点燃了香烟，正准备问下去，春燕已端着一张圆凳进来了。

圆凳仍不够高，春燕帮着张阿德把写字台抬过来，将桌上的玻璃板挪开时，压在玻璃板下的相片掉了两张在地板上。张阿德俯身拾起来：一张是年轻的杨宝瑜站在六和塔下照的，还是一个羞涩的大姑娘。另一张是春燕年幼时的相片，也是同时在六和塔下照的。张阿德只对杨宝瑜的相片迅速瞥了一眼，就将相片递给了春燕。

电灯很快就修好了，只是灯头有点小毛病。张阿德一面收捡工具，一面打量着春燕。春燕脸上的某些线条，真有点像阿苇，但对春燕的某些地方又感到陌生。一丝苦笑从他宽大厚实的嘴角露出来：这个亭亭玉立，长得像玫瑰花朵似的少女怎么也不能与当年瘦弱的阿苇联系起来。他仍不死心，想问清楚，但又觉得太冒昧。再说，他也很难相信会有这样的巧事。近来找不到李秋莲的下落，使他更加怀念失散多年的阿苇。他想，这可能是思恋太甚产生的错觉。张阿德觉得自己有些好笑，放弃了问明白的念头。

张阿德提着工具袋走了。春燕主动送他到公司大门口，看着张阿德远去的背影出神。她极力在记忆里搜索这熟悉的影子，好像不止一次见过，实在太熟悉了。但是她始终想不起来。

春燕啊！你又一次错过机会，将你日思夜想的阿哥放走了。要是你阿哥刚才把你年幼时在六和塔下的照片仔细看上一会儿，可能很快就会认出你来，不是就可以……

人就像不断运动旋转的星辰，谁知什么时候再相逢。春燕啊！这时你们兄妹若能相认，展现在你生活道路上的也许是另一番情景：悲伤的眼泪也许可以少洒几滴。唉！可是，你……

第十八章

一

李明关着门准备换衬衫，可是拿起洗净的一件衬衫一看，后襟上却破了个大洞。他不慌不忙找出了一块白布和针线，坐在床沿上缝补起来。多年的革命生涯，使他学会了许多生活上的本领，虽然不算高明，但还算可以应付过去。

他实在忙，桌上摆着啃了几口的烧饼，这是托公役去买来的。一面写稿一面啃烧饼，他已经习惯了这种生活，幸好自己的胃病今年还没犯过。

他一面缝补着衬衫，一面思考着最近的工作：中央红军已经撤出江西，经过湖南到了贵州。蒋介石亲自到了贵阳督战，妄想利用王家烈、刘湘、杨森……这些地方军去围堵消灭红军，也可以借红军的手削弱这些川军和黔军，他自己则可收渔人之利。这些地方军阀也看穿了蒋介石的阴谋，所以都虚张声势地守住自己的地盘不动。贵州只剩下一个王家烈在与红军周旋，因为红军到了他的地盘，为了保住他自己的利益，才与红军打了几仗，结果被红军打得弃甲抛盔一败涂地，险些连贵阳也保不住。红军到了离涪陵只有三百多里的遵义，毛泽东同志被选为党中央领导人。刘湘、杨森等人都慌了，以为红军要进入四川，调兵遣将着实忙了一阵，可是红军却从另一个方向走了。为了配合红军北上抗日，根据地下党委指示，李明除了加强上层统战工作外，还开展了各界、特别是青年学生中的抗日救亡宣传工作。学生组织了歌咏队、演讲队，到街头、码头去宣传抗日，涪陵地区沉闷的空气顿时活跃了。最近，李明提出了一个大胆的计划：由县中举行一个同乐会，把抗日的气氛大大地掀一掀。由学生负责动员家长参加。家长中地方上的缙绅很多，这些人不大上街，让他们在同乐会上听听抗日的呼声，可以使抗日的宣传深入到社会上每一个角落和阶层。经过一段时间的安排和筹备，已经得到上级党组织的批准，决定今天晚上举行。涪陵街上早几天就贴出了县中同乐会的海报，报纸副刊也为此出了专刊配合，所以这几天李明忙得吃饭的时间都没有。

李明正思索间，门外响起了脚步声，他知道这是谁来了。他将针线往没有补完的衬衣上一别，站起来大踏步走去拉开门：“小高，请进。”

进来的果然是高茜。她满脸含笑，迈着欢快的步子走到李明床沿边坐下。她看见李明摆在床上还没补好的衬衫，好奇地叫起来：“噫！李副官，你自己会补衣服！”

李明给高茜倒了一杯开水，放在她面前的凳子上，笑着说：“这有啥奇怪的，我的本事还多呢！还不是被逼锻炼出来的。”

高茜拿起李明的衬衫，毛手毛脚地拿着针线补了几针。“哎哟！”她的指头被钢针锥了一下，一滴血珠从针口渗出来。她秀丽的眉尖皱了一下：“嘘！”

不等李明找药棉花，她用手绢揩去了血珠，把手指放进红润的嘴唇里吮吸了一会儿，血止住了。

李明觉得高茜近来进步很快，知道她是从小娇生惯养长大的，针线活不需她自己动手，家中有专人做。他亲切地说：“小高，你想成为一个革命者，还必须严格要求自己，先从学会照料自己的生活做起才行。看你，补衣服还把手指锥了。”

高茜脸上现出了红晕：“嗯！”她点点头。她是很听李明的话的，有些不好意思地低下了头。

“小高，看你今天高兴的样子，我想你一定有很快乐的事情。”李明马上把话引开了。

“是呀！你猜，我为啥事高兴？”高茜一摆头，灵动的眸子看着李明问。

李明笑了笑：“让我猜猜看。第一，你被同学们选为学生会主席，所以你高兴。第二……”李明知道她已经被吸收参加了共青团，因为高茜还不完全知道李明的党员身份，与他没有组织上的联系，所以没有说出来，改口说：“我就猜不着了。”

“嘿！我也不告诉你！”高茜头一扬。

“小高，同乐会安排好了吗？”李明问另一个问题。

“当然安排好了。”高茜得意地说。

“我编写的台词，你背熟没有？”李明问。

“当然背熟了。”高茜头又一扬，额上的刘海在飘动。“怕吗？”李明有意问。

“当然不怕。”高茜每句答话里都有“当然”这个词。

李明点点头，表情却严肃了：“你要知道抗日也会犯罪的，你思想上要有准备，可不是那么简单呀！”

高茜瞥了一眼李明，她脸上的笑容收敛了，显出坚毅的表情：“李副官，请你放心。我要向你常讲的那些革命女战士学习。秋瑾女士砍头都不怕；五四运动北大的那些女学生不怕北洋军阀的大刀；上海‘一·二八’抗日战争，那些不畏日寇枪弹支前的纱厂女工，都是我学习的榜样。”

李明满意地笑了：“好，我相信你能经受得起最严酷的考验。”

高茜反而现出心事重重的样子，对李明说："李副官，我真担心不能把我爹动员去参加同乐晚会。他这几天为公司的事情忙得很。假若我爹不参加同乐晚会，我多丢人呀！怎么好去动员别人呢?"

李明看高茜蹙眉噘嘴的神态，笑了："不要紧，高参议约我今天下午去一下，不知有什么事要与我商量。我一会儿就去，可以在一旁帮你的忙。"

"好，你去帮我动员他，更有把握了。"高茜的眉头松开了，欢喜地拍着手。接着她抿着嘴神秘地看着李明笑而不言。

李明觉得高茜笑得有些蹊跷，疑惑地看着高茜秀美的脸蛋。

"李副官，我告诉你一个秘密：张秘书哭着要我爹帮你们解除误会，重修旧好。我想我爹请你去一定是谈这件事。"高茜放低了声音，真像告诉一件机密似的。

高茜见李明一怔，沉默不语。她嘴一嘟，用不大满意的口气说："李副官，我认为你对张秘书太冷酷了。张秘书这人可好呢！她也向我谈过你俩的事，提起来她就伤心落泪，对你感情深得很。难道你愿意一辈子自己补衣服？她既美丽，又能干，哪点配不上你？看，我里面穿的这件绒线衫就是她给我织的。"高茜说着卷起府绸白短衫的衣袖，露出里面鲜红色彩的绒线衫的一点袖口，伸到李明面前让他看。她见李明只略微瞥了一眼，仿佛不感兴趣，进一步说："绒线衫织得既精巧，又新颖，不信，你看。"高茜解开白府绸短衫，用手拉开大襟，露出很贴身的绒线衫，向李明凑近了一些："不信，你看，织得多好呀!"她用手指指着编织在胸部的细花说："这些细花织得多巧呀!"高茜随即又扣好了白府绸短衫，牵了牵胸部短衫的皱褶，用手掌抹平，眼睛睁得圆圆地说："李副官，你对张秘书的态度，我也有意见。"说时红扑扑的脸上现出不平的神态，秀丽的眉毛微微向上竖起。

李明很喜欢高茜这种率直的性格，他不愿继续谈这个问题，看时间不早了，说："快半下午了，你先回荔枝园，我随后就去。"

他虚掩着房门，送高茜出了报社大门，又送了一段路才回报社。他进了房，想接着补好那件衬衫好穿。可是拿起衬衫来却怔住了：补疤不知被谁补好了。他推开门张望了一会儿，没有看见什么人。只离开这么一会儿，是谁给他补好了这件衬衫？他非常诧异，在房里寻了一会儿，看见床角上摆着一本鲁迅先生的著作《准风月谈》。哦！他明白了，这是春燕借去的书，一定是她来过，见他不在，顺手给他补好了这件破衬衫。

高伦迈着方步，在阶檐下散步。二月艳阳天，和煦的春风轻拂着枝头的嫩绿。一株樱桃树的花枝伸出墙头，在阳光中绽开笑脸。娇小的鸟儿在小花园里婉转地鸣叫，欢快地在刚发出新绿的枝头跳跃。

春天来了，鸽子也在大江上空飞翔，脚上戴的鸽哨发出嗡嗡的啸声，在晴空飘响。

在江边的石滩上，一群孩子放着风筝。风筝在春风中飘动着愈升愈高。

民成公司的一艘轮船驶过，激起的浪涛发出哗哗的声响，起伏着涌向石滩，石滩被淹没了。可是放风筝的孩子们没有逃跑，他们将风筝线拉得紧紧的，赤着脚在石滩上欢跳，搅动着江水。浪花飞溅到他们的身上、脸上，他们也毫不在乎。

高伦的心情很沉重：董事会开过几天了。会上朱佳富力主接受汇丰银行贷款，将英商怡和公司走川江的轮船收买过来；可是罗天成力主接受山野久治的建议，以分期付款的方式将日清公司的轮船赊购过来。两种意见争论很激烈，各不相让，最后都等高伦裁决。

高伦权衡之后，觉得日本人的条件看起来仿佛很优厚，不附加任何政治要求。高伦虽不算知日派，但对日本的情况还是略微了解一些的。他猜想山野久治很可能是日本军部的间谍，而且三姨太形迹也很可疑，再经李明提醒，高伦更加深信自己的揣测。山野久治不但知道他的近况，而且好像亲自参加了各次董事会一样，对企业的秘密了解得很清楚。这件事不禁使高伦感到毛发悚然。日本间谍这样无孔不入，对有民族自尊心的高伦来说，很为国家民族的命运担心。他认为，山野久治明摆着是要用帮助涪陵轮船公司摆脱目前困境为诱饵，向他进行试探，并且不惜让三姨太有暴露的危险。可见日本军部下的决心和赌注是很大的，那用意很明显：不外乎最后拉他下水，充当日本人的汉奸走狗。

高伦想到这里，不觉鄙夷地一笑：真是认错了人，简直是白日做梦。他的脚步停住了，眼光停留在那株樱花树上：日本人很喜欢樱花，这艳丽的粉红色花朵虽然漂亮，但有如朝露，好景不长，正像日本军阀的命运一样。法西斯化是逆时代潮流而动，虽然可以显赫一时，不过樱花一现，寿命不会长久。

过了一会儿，高伦的眉头又紧锁起来。英国人的贷款条件虽然苛刻，但他对英国人的看法比对日本人稍好一点。因为英国国内采取的基本是民主政治，目前自顾不暇，法西斯化的德国威胁着它的安全，虽然以前在中国干了很多坏事，但现在与日本有矛盾，毕竟比法西斯要好一点。他只觉得每年要向英国人书面报告营业情况，有失民族尊严，所以有些迟疑不定。那么涪陵轮船公司的前途怎样？出路在哪里？这是高伦要重新思考的问题。

那天董事会上，高伦有一件事没有提起：在他拒绝到省党部去任职后，赵专员又向他主动提出建议，说中国新业公司要扩大业务，想在四川大量挖煤采矿，对航运交通很感兴趣，愿向航运业投资。若高伦愿意合作，他可以帮助联系。高伦知道中国新业公司是孔祥熙控制的企业，接受他们的投资，无异于引狼入室，白白把企业拱手送给他们。并且孔祥熙手下办实业的人，多是身兼国民党要职的官僚，贪污腐化，专在填饱私囊上下功夫，办事不讲效率，裙带成风。这帮人比罗天成那帮袍哥佬儿还伤脑筋。他知道中国新业公司最近在乌江里的长坝开铁矿，花销了几十万元还出不了矿，实在无法交代，就倚仗势力把附近几家小矿主的铁矿占为己有，才算勉强出了铁矿。所以高伦当面就回绝了赵专员，此事就没在董事会提出。

高伦想来想去，始终想不出一个好办法。他继续徘徊，想在纷乱的思路中理出头绪来。他想到民成公司，虽然他们之间在涪陵这条航线上竞争激烈，但他对民成公司的总经理陆祖福先生仍是佩服的。他认为陆先生是中国罕见的人才，学历不高——仅小学毕业，但靠勤奋自学，具有相当的学识，是一位颇有胆识的人物。

这陆祖福少年时期就有办教育以开民智、振兴实业以挽利权的志向，在合川的青年中惹人注目。后来在杨森手下办教育失望，又改走振兴实业的道路。他于民国十四年约集了几个志同道合的青年，全凭一张利嘴游说，以方便商旅、服务乡梓为号召，由合川人认购了两万元股金。在股金尚未收到分文的情况下，自筹三百元，再向友人借贷三百元作路费到上海，向合兴造船厂洽谈建造民成轮——这是民成公司发家的第一条船。这条船估价三万五千元，而募集的股金仅两万元，何况尚未收齐，要是换了别人，一定望而却步。但陆先生经过一番仔细思考之后，当机立断，与合兴造船厂签订了造船合同。民成轮造好了，在民国十五年正式投入营运。这以后十年间，川江中多少家底雄厚、资本殷实的公司，在外轮的排挤下，纷纷破产关闭，而民成公司却“异军突起”，后来居上，产业由当初的两万元积累到现在的几百万元；由专营航运发展成多种经营的实业公司，执川江航运的牛耳，并且正向长江中、下游发展。外商和国民党招商局也不敢小看民成公司，的确大大为中国民族航运争了一口气，令人鼓舞……

高伦站住了，不觉又考虑到与民成公司合并的问题。高伦原来一直是赞成与民成公司合并的，但陆祖福认为涪陵轮船公司已经穷途末路，迟早会破产，所以肆意杀价，合并条件的苛刻实在欺人太甚，高伦最后才决心与民成公司硬拼到底。他赏识朱佳富的才干，利用世交的关系，把朱佳富从民成公司那里挖过来加以重用，担任了总经理。朱佳富有权谋，也有机智，在短短的时间内，公司出现了新气象，财务上已经扭亏为盈。可是增加股金的问题不能解决，与民成公司竞争谈何容易！何况朱佳富独木也难撑大厦——处处受到罗天成这伙人的掣肘，一些改革不能顺利进行。对这一点，高伦兼任总经理时也最感头痛。朱佳富提出对罗天成的势力采取各个击破，一点点挤掉的办法，未必就行得通。当初他与罗天成合作办轮船公司，一方面是由于与罗天成在辛亥革命时有过交往，共同反满，有一定的私人感情。但主要还是企图利用罗天成一派的势力对付军阀势力。想不到如今反成了公司身上的毒瘤，遗下无穷后患。要是三姨太真有来历，罗天成这帮人更难对付。那天董事会上，朱佳富与罗天成争得面红耳赤，自己采取了比较稳健的姿态，没有轻率仲裁。他认为，要是没有想出适当对策之前过早撩动他们，那是很不利的。高伦这种深谋远虑和老成持重，又比朱佳富的锋芒毕露高明得多，这是多年阅历锻炼出来的。

这时墙外响起了银铃般的女高音：

不怕没闲空，
我们要用功！
不怕担子重，
我们要挺胸！
不做恋爱梦，
我们要自重！
不做寄生虫，
我们要劳动，
新的女性产生在受难之中！
新的女性产生在觉醒之中！
……

高伦听见这明朗的歌声，紧锁的眉头陡地舒展开来，他知道是家里的闹山雀回来了。近来高茜在家的时间少了，自己也很忙，见面的时间不多。高伦对这个独生女儿，表面看起来很严厉，其实心里很喜欢，听见她的歌声，高伦心里烦闷的阴霾像被一阵风顿时吹散了。

进朝门来的果然是高茜，她看见高伦站在阶檐下，忙闭上口，歌声陡地煞住了，向跟在后面进来的李明伸了伸舌头。

高茜老远就在喊："爹，爹。"

高伦照例不回答，只是慈祥地笑着点头。

高茜的脚步加快了，青绸的裙子随风向后飘动，微微卷了起来，白府绸的短衫在阳光下白得耀眼。

高伦看见李明，走下阶梯迎了上去，先向李明点头招呼。因为是常来的熟人，他很随意地指着花径边的石凳说："请坐。"他先在另一张石凳上坐下。

李明走得快，在半路上赶上了高茜，所以一道来了。他也不客气，就在石凳上坐下。

高茜站在高伦的面前，头发剪得比以前短，秀丽的脸上露出英姿飒爽的神态；因为走得太急，额上有点微汗。她用花手绢揩了汗，当作扇子不断向脸上拂动。其实天气并不热，这只是她一个习惯的动作。

"爹，我们学校今天开同乐晚会，欢迎各界参加，学生家长一定要去，你是必须到场的。"高茜不等高伦回答，就滔滔不绝地说，"朱哥，朱嫂子，春燕大姐，他们都同意去。我要求朱哥通知轮船上的工人也参加，朱哥也答应了。咳！今晚还有好多精彩节目呢！我现在不说，爹，你去一看就知道。为了给抗日的将士募集寒衣，胡方先生要在会上捐卖书法呢！爹，你要带头买哟！嗯，爹！你……"

高伦微笑着打断了高茜的话："喂！闹山雀，你说了一大堆，总要让我回答呀！第一，我今晚有事，不能参加；第二，我今晚不得空不能参加；第三……"

高茜打断了高伦的话，胸一挺——这是她妈认为最不雅相的动作，说："爹，第一，你要去；第二，你一定要去；第三，你非去不可。"

李明坐在石凳上微笑不语，看着高茜磨着高伦去参加同乐晚会的那副娇憨劲儿。

高伦正想说话，高太太从台阶上走下来了，微笑着招呼李明："李副官，多时不见，我们早盼你来了。”

高伦不等李明回答，抢先说：“李副官是天天来的。太太，是你太忙啦！在牌桌上看到的全是红中白板。”

高太太扫了高伦一眼，脸上带着笑容，轻轻哼了一声，表示对高伦的话不满。她见李明还客气地站着，忙说：“李副官，请坐，请坐。”

瞥见高茜在高伦旁边嘟着嘴，现出不高兴的样子，高太太奇怪地问：“咦！这女娃子有啥不高兴？乖女，说给我听听，啥事不顺心。”

高茜微微俯身把嘴凑近高太太耳边叽咕了几句，然后直起身来大声说：“我是学生会主席，我的家长不去，多丢面子。妈咦，你说怎么办？”

“好办，好办。乖女，不担心，包在妈身上。”高太太笑着说。丰腴的面颊上现出两个酒窝，细长的眉毛显得很弯。高太太虽然四十岁出头了，但因为保养好，操心少，所以显得年轻。

高伦对这位比他年轻十多岁的太太略微有点畏惧。罗天成常与高伦开玩笑，说他惧内。高伦也从不否认，在这方面他比较豁达。

高太太娘家姓刘，是四川赫赫有名的二刘没出五服的本家：她与刘湘平辈，是刘文辉的晚辈。高太太嫁给高伦的时候只有十七八岁，现在的高茜就是当年高太太的影子，长得极其相像。当年高太太还在成都女子中学读书，高伦以参议的身份代表重庆蜀军政府到成都与四川军政府商谈合并的事，曾应邀到女子中学作过一次讲演。高太太那时也是具有新思想的新派人物，她不禁对高伦这位英姿勃勃的青年军官产生了仰慕。高伦也对这位刘家的大小姐产生了好感。也可说是英雄爱美人，美人爱英雄，这门婚事一说便成。年轻漂亮的高太太当然很得高伦的欢心，高伦对她处处迁就。久而久之，高伦在高太太面前变得有点驯善听话。别人开玩笑说他怕太太，他毫不在乎地笑笑。

当然这都是早年的事情，现在一晃二十多年过去了，除了像罗天成这样的老朋友偶尔还笑谈两句之外，在上层社会中，大家都把高伦夫妇尊为模范夫妇，认为他们结婚二十多年从没吵过一次嘴，红过一次脸，这是极其难得和罕见的。

高太太出身名门，近年颇喜欢看看小说。外国作家如莫泊桑、巴尔扎克的作品看过；中国作家如冰心、巴金、郭沫若、鲁迅的作品也看过。只是有一个爱打麻将的毛病，上了牌桌把啥事都忘了。这着实使高伦感到不快，年轻时也劝说过她，后来习以为常，高伦认为不伤大雅，也就听之任之不加干涉了。

再说高伦听了太太的话，显得有点奇怪地笑着说："太太，今天怎么空闲，没到源侄儿媳妇那里打牌?"

高太太眼波仍然很流动，乜了一眼高伦："喂！你今天怎么空闲，没到公司去办公，有时间与茜儿谈话？你这个当爹的，一年难与茜儿说几句话，吃饭沉着脸，饭后只晓得喝酽茶，不然就低着头迈方步。喂！我看……"

高茜看高太太把话扯远了，拉了一下高太太的衣袖："妈……"

高太太向高茜瞥了一眼，明白她的意思，嘴角露出笑意："急啥？我答应了，比你爹亲口答应还牢靠，我保证他按时参加你们学校的同乐晚会。"

"唉！太太，我晚上确实有事！"高伦看高太太歪着头斜视着他，眉毛微微向上竖，像要生气的样子，忙改口说："好，去，去。"说罢看着李明爽朗地笑了。

高茜听爹已亲口答应，高兴得几乎要跳蹦起来。正值黄妈走过，提着一大篮子衣服准备到江边去洗，高茜从黄妈手上夺过提篮："走，我去帮你洗。"

黄妈吃惊地说："哎哟！小姐，你手上细皮嫩肉的，哪能干这种事，快给我。"

高茜提着篮子已经走了十多步远了。黄妈偷偷觑了一眼老爷和太太，这时高太太正与李明说话，脸上没有异常的表示，她才迈着一双文明脚向高茜追去……

高太太看附近没有空石凳，轻轻推了高伦一把。高伦挪了挪，空出一点地方，高太太紧挨高伦坐下。看高茜走了，她对李明说："李副官，你在外混了这么多年，怎么还不成家?"

李明想起高茜预先告诉他的话，知道高太太要与他谈张碧秀的事了。他淡淡笑了笑，很有礼貌地回答："谢谢高太太的关心，像我在外东奔西走，哪里顾得上成家。再说，我这样穷酸，谁愿嫁给我呀！只有等以后再考虑这些事。"

高太太不以为然地说："现在回到了老家，年纪也不小了，应该成家啦！听说张秘书以前与你很要好，怎么又散了?"

李明不愿提这件事。他对张碧秀的印象最近有些改变，但认为仍要看一看。再说目前自己的工作很危险，成家后反而是拖累。当然这些事情都不便对高太太明讲。他说："那是好多年以前的事了，我们都年轻不大懂事，现在就不用提了。"

高太太正色地说："你们男人不当一回事，女人总要痴心一些。张秘书向我说一次哭一次，对你的感情可深呢！我看，那些往事……张碧秀固然不坚强，自己拿不定主张。但一个女人毕竟要比男人脆弱一些，你还要原谅她才行。"

李明说："高太太，现在国难当头，国家民族处于生死存亡的时候，哪能谈这些事。以后再说吧!”

高太太有些不满意:“噢!你不用推三阻四,我看你们正是美满的一对。李副官,我与高参议做媒,这点面子你是要给的。张秘书娘家也有钱,她并不嫌你穷酸。要是你怕没有办婚事的钱,由我与高参议包了。不用你花一个钱。李副官,在株洲你冒着危险救出我与茜儿,我们还没好好谢你呢!”

李明有些面红筋涨,不知怎么回绝才好。

高伦毕竟见多识广,一见李明的神态,知道一时不便勉强,忙解围说:“太太,让李副官仔细想想,以后再说吧!”

高太太见李明这样固执,脸上不禁现出愠色,半晌才说:“好吧!李副官,你多想想吧!”

高伦为了缓和僵硬的气氛,忙站起来说:“李副官,请客厅坐。我还有几件事与你谈谈,你帮我拿个主意看,我实在不能当机立断。”

素以当机立断著称的高伦这么说,说明事情不单纯,李明跟着站了起来。

高伦与李明走上台阶,向台阶下的高太太说:“太太,告诉许厨子,今晚上添两个菜,我要留李副官吃饭。”

高太太答应了一声,正准备到厨房去吩咐许厨子。这时,高茜浑身湿漉漉的,水顺着青绸裙往下淌,手里提着一篮子洗过的衣服跨进朝门,咯咯笑着,沿着两边种着麦冬的砖铺路跑过来。黄妈在后面追,有点上气不接下气。

高太太看高茜的样子,生气地说:“死女娃子,不成体统,好好的小姐不做,要去洗衣服。怎么浑身搞得这么湿!”

高茜在高太太面前站住了,将提篮往地上一搁。用花手绢擦了擦脸上的水珠,低头看了看打湿的裙子,忙捞起裙子下摆拧水。

高太太看她里面齐膝长的白衬裤也在淌水,更有气了,圆睁着仍然还妩媚的眼睛瞪着高茜。

黄妈看高太太生气的样子,从地上提起篮子来,怕高太太责备她,对高茜,也像对高太太说:“唉!小姐,叫你不去偏要去。轮船开过,叫你跑到高处躲浪,你偏不躲。安逸,看浑身打湿了哈!”黄妈看高太太在不满地瞟着她,赶忙又申明一句:“太太,这怪不着我,这怎么怪得着我!”

高太太没有再理黄妈,让她提着篮子去晾衣服。她看高茜上身的白府绸短衫也湿透了,粘在鲜红的绒线衣上。高太太想到平时叫高茜用束胸把胸部束平,高茜总是不听。这时又看她前胸隆起，真的有了气，怒冲冲地说："不守家教的女娃子，哪像大家小姐，看你这难看的怪样子，谨防我揭你的皮。"

高茜好像并不怕高太太，脸上仍然含着笑容，继续拧青绸裙子的水。

高太太无可奈何地一跺脚："这怎么拧得干，快去把全身衣服换了，受了凉我才懒得管你!"

高茜放下裙子下摆，舌头一伸，一阵风似的跑了，湿裙子互相摩擦着窸窣响。

一会儿就从楼上飘来高茜的歌声：

枪口对外，
齐步前进!
不伤老百姓，
不打自己人!
……

高太太脸上的怒气消了，摇摇头，自言自语地说："这闹山雀一刻也不肯安静，真烦人。"说是这样说，可她嘴角反而露出了一丝笑意。

三

晚饭后，高茜与李明先走了。高伦拗不过高太太的催促，喝完一碗热茶，稍事休息了一会儿，只得同意去学校参加同乐晚会。高太太也放弃了晚上的一个牌局，陪着高伦到了学校。

学校的大草坪上，灯火辉煌，人声嘈杂。正面戏台上幕布低垂，张灯结彩。

戏台正面顶上挂着一块红布横幅，字是写在白纸上贴上去的。这笔恭正遒劲的颜字，一看就知是胡方的手笔。横幅从右至左写着"恳亲同乐晚会"六个字。两边一副对联也是胡方写的——上联是：假抗日故作姿态；下联是：真投降假装正经。还有一幅正额贴在红布横幅之上：民众要抗日。

他们被胸前戴着招待员红纸条的同学引到前面一排空位落座。

高伦认识的熟人很多，左右都是涪陵上层社会的人物，大家都在招呼他，他也站起来点头向这些人答礼。因为这所学校是涪陵最有名的中学，有钱人的子弟全在这所学校读书。罗天成、三姨太、徐宁山就坐在不远的位子上。高茜真有办法，连没有子弟在这所学校读书的朱佳富夫妇也请到了。高太太看见了，离开高伦走了过去，坐在杨宝瑜和春燕中间，亲昵地谈着家常。

胡方今天红光满面地坐在前排，因为他今天要卖字，为抗日将士募捐，心里觉得格外高兴。

高茜来后打了一个照面就走了，好像很忙。

李明与学校的老师和同学都很熟悉，在台前和台后走来走去。

操场边上像热闹的夜市，卖花生米、望日葵的小贩，提着篮子到处钻来钻去兜售着花生米、望日葵。卖梆梆糕、卖炒米糖开水、卖油煎年糕的小贩，生意兴隆，小摊边围满了人。

涪陵以前政治空气非常沉闷闭塞，很久没有这样的盛会了，大家都觉得很新鲜。

事前宣传发动工作搞得很好，又因为是恳亲会，学生家长大都来了。晚会还没有开始，凳子上已经坐满了人，迟到的人还找不到座位，就簇拥在四周。

晚会开始前，一个穿淡红色短衫、紫红裙，稍微化妆的女学生担任报幕员。她站在幕前向观众一鞠躬，从容大方地向观众宣布："家长们，同学们，各界父老兄弟姊妹们，欢迎，欢迎！热烈欢迎你们来参加我们的晚会。在正式的晚会没有开始以前，特聘请党部吴子吕先生和罗化平同学举行一次辩论会，辩论的题目是——'抗日的前途'，敬请诸位裁判指正。"

幕启，台下嘈杂的喧闹声慢慢静了下来。台上两张书桌八字形摆着：左边书桌后面对观众坐着一位青年学生，穿着芝麻布学生装；右边书桌后坐着的一位，戴着缎子瓜皮帽，穿着略显宽大的八团花马褂，八字胡须，眉目显得很清秀，看不出确切的年龄。

三姨太碰了一下罗天成，猩红的嘴唇向台上一努，轻声说："看，你的宝贝儿子。"

罗天成不满地哼了一声："这龟儿不听话，叫他不要跟在高茜后面起哄，偏不听。"罗天成的声音说得很低，连坐在他旁边的徐宁山也没听清他的话。原来台上那个罗化平是他大老婆生的儿子。

一些人在附耳议论，他们对党部的那位吴子吕先生都觉得从未见过，很有些陌生。有的说是重庆党部的，有的说是新调到涪陵党部来的。台下微微骚乱了一下，又平静了。

罗化平同学的声音很洪亮，首先发言："吴子吕先生，听说你很有学问，承蒙光临敝校指教，个人感到不胜荣幸。听说先生主张攘外必先安内，我在这里洗耳恭听先生高论。"

那位吴子吕先生慢吞吞端起茶碗喝了一口茶，眉毛皱了皱，轻蔑地扫了罗化平一眼。他说话了，声音异常尖，要不是蓄着胡子，简直使人怀疑他是一个太监："胡适之先生是中国知识界的楷模，他主张少谈些主义多读点书，很有道理。这国家大事自有领袖主持料理，我劝你们青年人第一要多读点书；第二还是要多读点书；第三硬是要多读点书。总之，多读书少管闲事，才有远大的前途。"

罗化平不慌不忙问道："请问吴先生，何以证明：多读书少管闲事，才有远大的前途?"

吴子吕露出不屑一答的样子，用手抹了抹八字胡须："读书才有学问，这是三尺孩童都知道的真理。有了学问才能做官，做了官才能发财，未必这点道理你都不晓得？就拿我来说吧！要不是用功读书，哪能在英国牛津大学荣获哲学博士，哪能在党部做官，哪能买田地讨姨太太!"

朱佳富听吴子吕说在英国牛津大学荣获哲学博士，不禁好笑，轻声对前排的高伦说："牛津大学是专门的贵族学校，吹牛！一般人是进不去的。"

果然，罗化平再问："吴先生，你是英国贵族吗?"

吴子吕觉得罗化平问得怪，不解其意，摇头回答道："我不是英国贵族，但是因为我是牛津大学的哲学博士，英王迟早会封我为爵士。"

"据说牛津大学专收英国贵族，我看吴先生只好等到封为爵士后再进牛津大学，那时再用功读书去荣获哲学博士，免得闹出今天这样的笑话。"罗化平刚说完，台下爆发了一阵低沉的讥笑声。

吴子吕先生干咳了两声："这个，这……"半天说不出来，又干咳了两声，终于急出几句话来："你没出过洋，哪里了解英国的事情！我虽然不是英国贵族，但我是中国贵族，我的祖先吴三桂被赏穿黄马褂，是清朝封了王的。"听了这话，台下的讥笑声更高了。

吴子吕眼看自己处于劣势，赶快转换话题："这个问题撇在一边暂且不谈，你不是要与我辩论'抗日的前途'吗！这个问题蒋先生国策已定，只有'攘外必先安内'，抗日才有前途。"

“请问先生，这‘攘外必先安内’，怎样解释？”罗化平问。

吴子吕面有得色，为了把话说得有分量，故意说得很慢：“攘外就是抗日；安内就是‘剿灭’共产党。为了抗日必先‘剿灭’共产党，这就叫‘攘外必先安内’。”

“请问先生，听说共产党坚决主张一致对外，全民族动员起来救亡抗日。并且，共产党已在东北组织抗日联军予日寇以打击。何以要先‘剿灭’共产党方能抗日呢？这其中的奥妙何在？”罗化平大声地问道。

三姨太又碰了一下罗天成：“听，你的宝贝儿子替共产党宣传起来了！”

罗天成低低骂了一声：“这龟儿回去我要好生管教他。这些学生也太不像话。”罗天成侧过头去，看见高伦脸含微笑，听得很专注，心里像被针锥了一下。他轻轻碰了碰三姨太：“走！”三姨太笑了一下，跟着他走了。

不一会儿，徐宁山也跟着走了。

吴子吕摇头晃脑再回答：“这是蒋先生博古通今的地方，不愧列为世界‘四大奇人’之一[1]。你想不先‘剿灭’共产党，还有我们的活路吗?！天天闹共产，吓得人心惊肉跳，哪有心思去抗日?!”

罗化平毫不含糊，紧追不放：“吴先生，把哪些人吓得心惊肉跳呢？”

吴子吕仿佛觉得罗化平问得太幼稚：“这还用问吗！吓得心惊肉跳的人当然是我们这些有田地产业的士绅。明末清初就有借鉴：满人入关占领中华，汉人中当官的还不是当官。若让李自成夺取了天下，可能丢掉的不止一个陈圆圆——吴三桂与洪承畴这种人还有好日子过吗！”

台下有人在议论：吴子吕怎么把自己比作吴三桂、洪承畴这样的汉奸呢！

罗化平说：“据吴先生的意思，‘攘外必先安内’，只不过为了保持少数人的私利，不惜当汉奸，置国家民族的危亡于不顾。孙中山先生早就主张平均地权，节制资本，扶助农工，共产党的行动并未超越这个范围，凡孙先生的忠实信徒当不会反对。何况共产党主动提出建立抗日民族统一战线的政策，愿意开赴前线抗日。在这国家民族生死存亡的关头，大家应该精诚团结，同心同德共同抗日，我们中华民族才有前途。这‘攘外必先安内’，据我看只不过清朝‘宁亡洋夷，不送家奴’的翻版。吴先生以为如何？”

---

1 当时有人吹捧蒋介石、希特勒、墨索里尼、东条英机为世界“四大奇人”。

吴子吕瞠目结舌无言对答，便老羞成怒，陡地站起来猛拍桌子，尖声大叫：“好呀！罗化平！你好大的胆子：公开为共产党的理论张目，诬蔑‘攘外必先安内’的国策。这就是对最高领袖的侮辱。我要你知道我吴子吕的厉害，尝尝民权主义的味道。来人呀！”几个歪戴帽子斜穿衣的家伙从后台闻声而出，腰里别着手枪，恭顺地对吴子吕点头哈腰，听候吩咐。

台上的气氛顿时紧张起来，台下的观众开始窃窃私语。

吴子吕尖声喊道：“将罗化平捆起来，带走。”

几个人一拥而上，抖出一根绳索，企图强力将罗化平的手臂扭向身后捆绑。罗化平挣扎着，大声抗议：“这是法西斯行为，你辩论不赢就用武力镇压。舆论不可欺，民意不可辱！”接着又举臂面向观众高呼口号：“抗日有理，安内无道！”

台下大部分观众也激愤起来，跟着振臂高呼：“抗日有理，安内无道！”

顿时台下骚动起来，胆小怕事的已经开始溜了。

朱佳富也准备走，但看高伦还稳坐着，迟疑了一会儿，终于没有走，低声向杨宝瑜说了一句什么。杨宝瑜心不在焉地点点头，没有看朱佳富，激动地全神注视着台上。

这时观众看见罗化平已被捆绑起来，更骚动了，口号此起彼伏。有人大声吼叫：“不许抓人！”

一群学生和工人冲上台去，朱佳富认出其中也有涪顺轮的船员，其中张阿德表现得特别激动和勇敢。他们把吴子吕围困起来，指着吴子吕鼻子责骂怒斥。

这时刚才那个报幕的女学生婷婷走到前台，吹了几声口哨。罗化平已松了绑，也跟着走到台前向骚动的观众双手示意安静。回头低声对围着吴子吕的人群说了几句，顿时那些人都微笑着散开走下台来，台上的气氛一下松弛了。

台下观众正觉奇怪，诧异地注视着台上又发生了什么事情。这时吴子吕走到台前，站在报幕员身旁，揭下头上戴的瓜皮帽，拢在头顶的满头浓密的黑发散开来披在耳后，又扯下粘上去的眉毛、胡须，原来是一个年轻漂亮的女学生。观众才知道原来是演戏，霎时台下爆发了一阵掌声和欢笑声。

春燕眼尖，一眼就认出人来，拉了拉高太太，惊喜地说：“是高小姐，装得好像，一点都认不出来。”

高太太也看清了：“这死女娃子疯三颠四，把我也瞒过了。怪不得声音很尖，有点不像男人，也亏这死女娃子会演。”

朱佳富和杨宝瑜都好奇地看着台上的高茜，忍不住笑了。

高茜也看见了他们，手里拿着那顶瓜皮帽朝他们挥舞致意。高伦瞥了高太太一眼，微笑不语。

幕布垂下了，幕布前只剩下报幕的女学生，用清脆的声音向观众报告："现在文娱节目正式开始：第一个节目，女声独唱——《松花江上》。"说完大方地退入幕后。

幕启，没有布景，只见一个化了装的女孩子，脑后垂着一根蓬松的独辫，穿着有补丁的花短衫，肩上挎着一个印花布包袱，迈着缓慢沉重的步子，表情凄婉地注视着远方，在笛子伴奏声中步入舞台中央，用高亢悲激的声音唱着：

我的家在东北松花江上，
那里有森林煤矿；
还有那漫山遍野的大豆高粱。
……
那里有我的同胞，
还有那衰老的爹娘。
"九一八"、"九一八"！
从那个悲惨的时候，
……

女孩子唱到这里，又长又密的睫毛边挂着两颗晶莹的泪珠。动人的歌声，逼真的表情，使台下听的观众深受感染。幕布下垂后，听众热烈鼓掌，要求这个节目重来一遍。

幕启，女孩子又重唱了一遍这首歌曲，唱完后她已不能控制自己的感情，失声痛哭起来……

听众的情绪更激烈了，到处高呼着："打倒日本帝国主义！""打倒汉奸卖国贼！""不愿做亡国奴的民众团结起来！"

高伦也很赞许这女孩子唱得好，忍不住问："这是谁家的女孩子？"

高太太碰了一下高伦："怎么！你连童经理家的巧芸也不认识了？"

"哦！"高伦笑着说，"化了装认不出了。"

“巧芸比我家茜儿小一岁，常来我家喊茜儿叫姐姐，喊得怪亲热的。”高太太也很兴奋，补了一句。

春燕和杨宝瑜也激动得眼眶润湿了。朱佳富文质彬彬地拍着手。

下一个节目是男女声大合唱。高茜拿着一根玻璃指挥棒，站在台前，背向观众打着拍子指挥。第一首歌是《救亡进行曲》：

工农兵学商，
一齐来救亡。
拿起我们的铁锤刀枪，
走出工厂田庄课堂。
到前线去吧！
……

《救亡进行曲》唱完了。高茜回过身来面向观众，她脸上刚才化装的墨渍还没完全洗净，白皙的脸蛋有些泛黑。她报了第二首歌的名字：《大刀进行曲》[1]。接着转身指挥唱起来：

大刀向鬼子们的头上砍去，
全国武装的弟兄们，
……

台下的听众被台上激昂雄壮的救亡歌曲所感染，会唱的也跟着唱起来，台上台下连成一片，听众的情绪也愈来愈激烈。一首歌唱完，口号声、掌声交织在一起。歌声一首比一首高亢激越：

向前走，别退后，
生死已到最后关头。

1　这些抗日歌曲，因当年流行的时间、地点不同，歌词稍有不同。

……

群众的爱国热情随着歌声不断高涨。同乐晚会正进行得热烈之际，突然，一个满脸麻子的军官，带着一连穿灰布军服的地方军，荷枪实弹，刺刀闪着白光，气势汹汹地冲进了会场，很快包围了戏台。

开始，有些观众以为又是像刚才一样在演戏，面带笑容伸长颈子看热闹。可是，台上的表演中断了，麻子军官已经带着十几个兵跳上台去捉人。台上唱歌的男女学生赤手空拳与官兵搏斗抗拒着，根本不像演戏。观众见情况有些不妙，脸上的笑容顿时消失。会场的气氛陡地紧张了，一部分胆小的观众又开始悄悄溜了。

朱佳富首先站起来轻轻喊了一声："不好了，要出事了，我们快走。"

杨宝瑜与高太太都站了起来，春燕也跟着站起来。可是高伦却端坐没动，注视着麻子军官。他认识这个人，是驻军中的王团长，多年以前曾经在他手下做过连长，后来他被削去兵权后，麻子转而投奔樊师长部下，居然混了个团长。

这时两个兵绑架一个人，从台上抓了七八个人簇拥下来。春燕眼尖，惊惶地说："看，李先生和高小姐被抓走了！"

"哎呀！"高太太惊叫了一声，被前面的人挡住了视线，着急地问："在哪里?"

"是的，董事长，李明和高妹也被抓走了。"朱佳富人高一些，也看清楚了，想排开众人挤过去，但怎么也挤不动。

高伦陡地站起来，铁青着脸，怒视着前面。正好面前的人群被军队驱散，王团长离高伦不远，正指挥军队把人押走。

高伦几步跨上前去，威严地对王团长问："王老二，你们凭什么乱抓人?"

王团长听见有人在喊他的小名，傲慢地斜眼一看，见是高伦，愣了一下，气焰稍微收敛了一点，忙堆着笑招呼："哦！高参议也在这里！对不起得很，使你受惊了。"

高伦指着李明与高茜他们问："他们犯了什么法，为什么要抓他们?"

王团长站得笔直，脸上的笑容消失了，头微偏着，话说得好像很客气，但客气之中隐含着一种骄慢的味道："高参议，兄弟奉师长的命令行事，暂时只得让高小姐和李先生去委屈一时。高参议若有话可去问樊师长，兄弟只知执行命令，请原谅我鲁莽。"说完一挥手大声命令："押走！"又对高伦一点头："高参议，失陪了。"接着神气地走了。

高伦气得脸色由青变白，他原以为王团长不认识李明和高茜，是误会。听了王团长的话，才知捉拿李明和高茜是预谋的行动。

高太太看见高茜在两个兵的挟持中挣扎，高声地怒斥着。她忘记了身份，哭泣着要追上去。

高伦一把将高太太拉住，高太太还想挣脱高伦的手追上去，喊道："我的茜儿呀!"

高伦比较冷静，更紧地拉住高太太不放："太太，你冷静一些，这种场合能与他们讲理吗?"

他把高太太托给朱佳富他们："佳富，把你伯母送回家去。"接着脚往地上一跺，怒气冲冲地说："我找樊师长去!"他头也不回地走了。

第十九章

一

高伦气冲冲到了师部，那里很多人都认识高伦。他们有的去向樊师长通报，有的将高伦安置在会客室里坐待。

马弁给高伦泡了一碗浓茶。高伦一口茶也没喝，绷着脸坐在沙发上，不发一言。

墙上的自鸣钟发出嘀嗒、嘀嗒的响声，在客厅内显得很有节奏；客厅外，不时有穿皮靴的军官走过，响着咯噔、咯噔的脚步声，由远而近，又由近而远，最后消失了。一切显得出奇的静。

高伦坐了一会儿，还不见樊师长出来接见，除了马弁进来照看了两次茶水外，半天没见一个人影。

樊师长有个外号叫樊哈儿，哈儿的意思即傻子。他这个外号的来历很有趣，在四川流传很广。

那是二刘之战[1]中，刘湘派这位樊师长打先锋。这樊师长进行战前训话，正值有一头老母猪在他身边走来走去。猪的主人想把这只老母猪赶回去，但又不敢过来，急得一头汗远远站住看着。樊师长突然指着这只老母猪问部下："这是什么？"他部下见樊师长问这么简单的问题，猜不透他的意思，都面面相觑不敢答应。于是他指着一个新兵问："这是什么？"那个新兵马上不假思索地回答："报告师长，这是母猪。"樊师长不满意地摇摇头："错了！"他又接着问了几个新兵，都说是母猪。最后问到一个跟随他多年的胡子老兵。那老兵摸透了樊师长的意思，不慌不忙地回答："报告师长，这是美人貂蝉！"大家都对那老兵的答话感到不解和诧异。樊师长脸上却露出了笑容，夸赞说："对，答得很对！这才是真正当兵多年的行家。"接着樊师长提高声音说："老兵中有句俗话：'当兵三年，母猪当貂蝉。'大家怎么连这点也不知道？泸州城里的女人多得很，任何一个都比母猪强。我素来是爱兵如子，大家弟兄吃素太苦了，打下泸州，我特准你们吃荤三天！"樊师长的战前训话就这样结束了。有人认为樊师长这段话说得太苕气：母猪怎么能当貂蝉！他樊哈儿这个外号从此叫开了。

---

1 指四川军阀刘湘与刘文辉之战。起自1932年冬，1933年夏结束，包括二刘岷江战役。刘文辉失败，退驻西康。此战时间很长，背景复杂，四川人民吃尽了苦头。

高伦见樊师长很久不出来接见，烦躁地站起来，在客厅里来回走动。樊师长与他不仅是熟人，而且以前对他还颇为巴结。因为高太太是刘家的大小姐，与刘湘是近亲。在二刘之战以前，高伦与刘湘这位内兄往来还是较密切的。自二刘之战以后，高伦觉得刘湘太跋扈，他有些偏袒刘文辉。后来刘湘打了胜仗，把他叔爷赶出四川，退居西康去了。从此刘湘就对高伦含恨在心，貌合神离，渐渐疏远了。这位樊师长见风使舵，对高伦也冷淡了。但像现在这样让他坐冷板凳还是第一次。高伦心里不禁感到有些愤然，走动的步子加快了。

又隔了一会儿，一个马弁掀开客厅的门帘高声通报："师长到!"

樊师长跨进门来，没有穿军装，穿着花条纹的长睡衣，腰上的布带系得很整齐，脚上拖着一双绣花缎面的拖鞋，一只脚微跛有点毛病。粗浓的眉毛下一对不算有神的细眼睛笑眯眯的。嘴唇上蓄着像弯弯柳叶似的八字胡，颔下光溜溜的没留胡髭，往后梳的头发油光光的。从外貌看不出半点傻相，与他樊哈儿的外号很不相称。

"对不起，累你久等了。"樊师长堆着笑，客气地一摊手，"高参议，请坐。"

高伦点了点头，与樊师长隔着一张茶几坐下。

樊师长好像毫没留意高伦紧绷的脸，亲热地说："高参议，你好久没来玩，我真想念你呢！唉，我们是老朋友了，许多事情还望你多指教呀！我常对刘军长说：像高参议这样有勇有谋的儒将实在少有。可惜你不肯在军界混。唉！军界实在没啥混头！还是高参议弃军就商好，实业救国正是富国安民的良方。我们蜀川有你们这些爱国的实业家办航运，千里川江变通途，不再难于上青天了。这都是你们实业家的功劳哪！当个实业家，既自由又光彩。兄弟我是行伍出身，大老粗啊！他们背后都叫我樊哈儿。我对朋友太讲义气，所以有几分傻相。我不像你啊！别无本事，只有在军界混混。唉！常言道：'当兵不自由。'高参议是过来人，像我这个当师长的就说不出的苦哪！在下级面前当婆婆——讨人厌；在上级面前要当小媳妇——公婆嫌，两头为难，不好做人。就拿最近涪陵的情况来说，《涪陵报》天天登载抗日的文章和诗词。爱国嘛，这是人之常情，兄弟也是中国人，岂有不爱国的道理。呃！高参议明白，我不像你无官一身轻，可以自由发表见解，我心里赞成同情也不敢表示出来。所以我对这些鼓吹抗日的行动，一直是睁只眼闭只眼，装作没看见，能担待就担待过去。

"呃！刘军长已经知道这些情况，三令五申要我采取措施取缔，我还是软拖硬顶地想遮盖过去。唉！下面偏偏不体谅我的苦心，近来愈闹愈凶：演讲会、报告会，还要成立什么抗日后援会，快把清清静静的涪陵闹翻过来，叫兄弟如何向军长交代？我劝这些人不能逼人太甚，大应适可而止。唉！高参议，兄弟这些苦衷无处诉说。我们是老朋友了，高参议在涪陵地区素有威望，还希帮忙劝劝他们：日本不过占领了东北，国联正主持公道准备干涉。就退一步想，中国的地方大得很，丢失一个东北有啥要紧！哪里谈得上立即要亡国灭种，纯是耸人听闻。何况我们四川地处西陲，东北三省离我们四川远呢！何必要杞人忧天，庸人自扰。唉！高参议是明白人，我现在……"

樊哈儿一点不傻，不等高伦开口，滔滔不绝先说了一大通，好像对知心朋友诉苦。其实这是先发制人的一种手段，给高伦一个软钉子碰，先用这些话把高伦的口封住。特别是所提成立抗日后援会一事与高伦直接有关：涪陵各界正酝酿成立抗日后援会，大家准备推举高伦任会长，高伦还正在犹豫，尚未决定是否担任会长。这时樊师长提出这个问题来，分明是指桑骂槐，给高伦一个委婉的警告，高伦哪会不懂！并且后来几句话，分明是汉奸言论。高伦不等樊师长把话说完，忍不住打断了他的话。他不单白眉毛竖起，而且圆睁双眼，质问道："樊师长既然内心也赞成抗日，何必对民众的抗日活动这样害怕？你口口声声说上级三令五申要你取缔抗日活动，据我所知，刘军长公开发表谈话是拥护抗日的。不知是刘军长表里不一，还是樊师长听错了指示，我实实不解！至于你说日本人占领了东北不要紧，我真有点惊异——樊师长未免太大方了。你们与杨森争夺这个小小的涪陵，不知互相打了多少仗。东北不是一个县，也不是一个专区，而是整整三个省，有我们几千万同胞呢！民众的抗日活动，你说是杞人忧天、庸人自扰。樊师长，恕我高伦直言，这样的言论出于守土有责的军人之口，可能不妥吧！樊师长，我记得当年你曾痛骂过镇压护路运动、残害民众的赵屠户。曾几何时！樊师长当年的豪情壮志何在？我想，你总不至于当樊屠户吧！"

高伦说出这番理直气壮的话，樊师长听了，脸上白一阵红一阵，幸好电灯光很暗，对方看得不甚分明。但樊师长毕竟是"将才"，不仅没有露出半点怒容，反而装作旷达的样子，仰面哈哈大笑："高参议，我真佩服你，英雄气概不减当年，凡事那样顶真。你是无官一身轻啊！唉！哪像兄弟……"说到这里微微摇头，现出无限感叹的样子。

高伦知道樊师长早年还直率，现在已变成老滑头；表面旷达，其实内藏奸诈，对老朋友没有丝毫诚意，想就这样敷衍搪塞过去。

高伦为了不让樊师长滑过去，马上转入正题。为了不使樊师长恼羞成怒，弄到翻脸的地步，他也把语气放和缓了："樊师长，我们是多年的老朋友了，我生性刚直，言语顶撞之处望勿见怪……"

樊师长含着笑又摇头又摆手："不，不。我哪会见怪，对于高参议这种直言的性格，兄弟佩服得五体投地，难能可贵啊！对于高参议的为人，我更敬重。呃，难能可贵啊！"樊师长一面说一面偷偷向门边示意。

这时一个马弁掀开门帘走进来，在樊师长面前双脚并拢，行了一个军礼："报告师座，有人会见。"

樊师长"哦"了一声，点点头："知道了，我马上就去。"

高伦对樊师长这些小动作洞若观火，知道他真的要滑走了。当即做了一个有力的手势："请樊师长暂留片刻，我还有几句话要说。"

樊师长刚从椅子上站起来，只得无可奈何地又坐下。

高伦两眼发出炯炯的光芒，逼视着樊师长："我无事不登三宝殿，我有事要向师座领教。今天晚上县中开了一个同乐晚会，学生邀请家长们看了几个宣传抗日的小节目，王团长口称奉你的命令当场捉去七八个人。请问，宣传抗日犯了哪一条罪?"

樊师长稍微愣了一下，马上装作若无其事地说："哦，高参议是为这事来的。"他皱了皱眉头："我刚接到王团长的电话报告，才知道这件事情。高参议，他们闹得实在太不像话，冒充党部的人参加什么辩论会；并且还明目张胆地攻击攘外必先安内的国策，诋毁蒋先生。赵专员已向上面报告，刘军长也有电话指示，兄弟只好采取断然措施，给点颜色他们看看。否则，他们会把我的忍让当成软弱可欺，我也无法向上面交代。"

高伦正色说："樊师长，把演戏中的角色硬说成冒充党部的人，我看未免可笑；'攘外必先安内'也并非国策，只是蒋先生个人见解。小女高茜不过一个天真烂漫的女学生，他们的爱国热情应该得到长辈的赞许才对。樊师长既然把我当成老朋友，小女也可说是你侄女，理应爱护。但你却命令王团长加以拘捕，岂不绝情！李明是跟随过我的副官，参加过北伐的革命军人，也遭到你们的拘捕。其他学生被捕也是无辜。望樊师长不要成了樊屠户，为某些人火中取栗，自取骂名，请师长三思！"

樊师长感到高伦的话句句刺在心上，一时语短，不知怎样狡辩。心中感到恼火，但又不便马上变脸。因为他知道高伦虽然是解甲的军人，但在军界中仍有一定影响。再说高伦虽与刘军长不和，这事也是奉刘军长命令行事，但毕竟高伦是刘家的娇客，高茜是刘湘的外甥女，他们终归是亲戚。日后他们若又和好了，自己不留余地也不好下台。因此，当高伦说完后，他装作大吃一惊的样子说："哎！王团长拘捕了高小姐和李副官！我想不会吧？王团长在电话中并未提及此事，他不会连高小姐和李副官也不认识，绝不会闹出这样的误会。绝对不会！"

高伦知道樊师长在装样子，也不揭破，说："我亲眼所见，王团长亲口对我说是奉你的命令行事。"

"哦！真有这样的事？"樊师长表演得逼真，"待我查清楚一定叫王团长向你赔礼道歉。"

高伦知道这又是缓兵之计，不放松地说："请樊师长马上查清楚，我高伦在这里坐候。"

樊师长只好答应："好，我马上问问。"

客厅角落里，桌上就有一部军用电话。樊师长接通了团部的线路："喂！我是师长，叫王团长接电话。……王团长吗？……你今天捉了些啥人？……哎！……你简直胡闹，赶快把高小姐和李副官放了，派人恭恭敬敬送回家。……哎！……你说清楚一点。……啊！……呃！……好，先将高小姐送回家，假若你伤了她一丝头发，我不会轻饶你！"

樊师长放下了电话筒，走到高伦面前，两手插在睡衣袋里："对不起，对不起！完全是误会，王麻子办事真糊涂。我已命令他立即将高小姐送回家，以后叫他亲自登府向参议赔罪。"

高伦脸色稍微温和了一些："樊师长，李副官和其他人呢？"

"唉！高参议，兄弟实在也有难处。本来你向兄弟说情，老朋友嘛！这个面子是要给的。可是……"樊师长沉思了一下："这事已惊动了重庆方面，兄弟也不能全部作主。高参议，你无官一身轻，我当官不自由啊！兄弟也是国民一分子，哪有不爱国之理。大事化小，小事化无，只要兄弟能成全的地方一定尽力。"

樊师长看高伦还没有走的意思，小眼睛眨了眨，慷慨地说："这样吧！今晚已经夜深了，请高参议回去安心睡觉，高小姐这时可能已回家了。我保证明天陆续把其余的人放出，只有让李副官他们委屈一夜哪！这也是没法的事。"

“真的?”高伦看樊师长说得很诚恳，追问了一句。

樊师长好像很委屈的样子：“哎！怎么老朋友这样不相信我！真的，一定!”

高伦这才起身告辞，樊师长送到大门口。临别时，握着高伦的手，真切地说：“老朋友，不要忘记了我，无事常来走动。我真羡慕你，唉！无官一身轻!”

高伦看家里的轿子已经派来等在门口，上轿走了。

二

高伦心情舒畅地回到家里，已经半夜了，电灯已经熄了，家里点上了蜡烛。

高太太还在落泪。高源夫妇以及朱佳富一家人还没走，宽慰着高太太。看见高伦回来了，大家都很高兴，向高伦问长问短。

高伦将樊师长的话复述了一遍，安慰高太太说：“太太，茜儿马上就会送回来，你放心吧!”大家方才松口气。

高伦看夜深了，要留朱佳富一家人在高公馆暂住一夜。朱佳富感到住在这里不便，看没事了，便告辞要回。高伦心中有事，也未深留，送他们走了。

高伦对高源说：“你茜妹可能已经送到半路来了，你带着轿子去路上接一接吧！源侄媳妇回家去歇息。”

高源马上带着轿子走了。源侄媳妇家离这里不远，又安慰了伯娘几句才走。

黄妈进来看桌上的消夜莲子汤全没吃，收捡下去，累不过也去睡了。

高伦看高太太眼皮都哭肿了，劝她去睡觉。高太太哪里有心思去睡。她想到在家当姑娘起，从没遇见过这样的事。她亲眼看见娇娇宝宝的女儿被两个兵挟持着抓走，真是疼在她的心上。要不是高伦当时死力拉住她，她会不顾身份哭着扑上去。现在虽然高茜马上要放回来了，但想到女儿受了这么大的委屈，比她自己亲受还难过。心里一阵发酸，泪水从面颊簌簌往下滴，用手绢蒙着鼻子抽泣。

“唉！太太，你……”高伦背着手，踱着方步，在高太太面前站住了。要是年轻时，他会替她揩眼泪，亲昵地安慰她。但现在老了，不好意思这样做，只是看着高太太，自己唉声叹气，说不出什么安慰话来。

高伦虽然不轻易动感情，可爱女的被捕，不仅使他感到痛楚，而且在心灵上震动很大。他万没想到，樊师长、赵专员这些人不给他留一点面子。照理应该先打个招呼，让他自己对女儿进行约束和管教，不该当众拘捕，何况高茜并无大错，不过宣传了抗日而已。涪陵各界筹建抗日后援会准备选他当会长，他还在迟疑不定，主要对樊师长、赵专员存在幻想，不愿撕破情面。这时高伦的幻想破灭了。

高太太哽哽咽咽地诉说：“茜儿……哪受过这种……委屈，我们……的颜面……在哪里！”

“太太，你那位哥哥也太六亲不认了。他还是茜儿的舅舅呢！我高伦无脸，他这样做，可能也太不光彩！”高伦感叹地说。

高太太止住哭，抬起头来，神情有些犹豫，最后说：“哥哥可能不知道，这全是樊师长和赵专员在捣鬼，未必他当舅舅的能这样忍心？虽说不是亲舅舅，我们没出五服呢！”

高伦皱着眉尖：“唉！太太，你怎么聪明一世，糊涂一时？樊哈儿明知我们与他军长是亲戚，没有你哥哥的命令他敢动我们茜儿？”

高太太看自己的手绢已经被泪水湿透了，想叫黄妈去换一张来，但想到黄妈已睡了，正在迟疑，高伦从身上掏出自己的手帕递给高太太。

高太太揩干了泪水，一想高伦的话说得在理，不觉愤愤地说：“刘湘自己不想一想，当初他不得势的时候，我爸爸还帮助过他，今天成了四川的土皇帝，真是六亲不认了。”

高伦冷笑一声：“哼！你哥哥还在为虎作伥，他迟早也是蒋先生菜板上的肉。我劝他不要与刘文辉火并，偏不听，对他自己的叔父都这样狠，硬是把刘文辉赶到西康去了。他完全中了蒋先生离间之计。他把我的好心当成驴肝肺，从此反把我恨在心上。哼！”

高太太却埋怨起高茜来：“茜儿也不听话，去演啥戏！何苦去招惹这种是非。”

高伦摇摇头：“这事不能怪茜儿，青年人都不关心国家民族的命运，我们国家岂不完了！”

高太太的埋怨话是故意说给高伦听的：她怕茜儿回来，会受到高伦的责骂。现在见高伦毫无责怪高茜的意思，也放心了。

过了好一会儿，终于听到门外人声闹动。高伦与高太太迎了出去：高源回来了，可是却是一乘空轿，哪有高茜的影子？不禁有些惊疑不定。

进了客厅，虽然春天的晚上很凉爽，高源却揩着额上的汗，喘了口气。

高太太焦急地问：“你茜妹呢！他们不肯放人吗？”

高源点燃了一支香烟抽着，摇头说：“王团长肯放人，可是茜妹却不肯回来！”

高伦也感到意外："为啥?"

高源在一张靠椅上坐下，没有回答，只顾抽烟。

高太太急了："哎，不忙抽烟，快说呀！你茜妹为啥不肯回来?"

高源喷了一口烟："伯娘，茜妹说：'其他人不放出，我一个人绝不肯走。'王团长又不肯放其他的人，所以僵持不下。"

"这死女娃子，一个人出来再说嘛!"高太太有些埋怨。"你当哥哥的也不劝劝她!"

高源有些委屈："伯娘，我怎么没有劝呢！向茜妹把话说了一大箩筐，她不听嘛！反说我不懂爱国，叫我有啥法咧!"

高伦也在靠椅上坐下，连声喊："黄妈，泡茶！……"突然想起黄妈睡觉去了，闭上口。

高太太亲自给高伦泡了茶，顺便也给高源泡了一碗。她挨着高伦旁边的一张靠椅坐下，担心地问："他们虐待她没有?"

高源端起茶碗，揭开茶碗盖喝了一口。因为热水瓶里的水不开了。茶叶还没浸开，浮在水面上，他喝了几片茶叶到嘴里，忙侧身吐在地上。说："王团长还算客气，没有把她与其他人关押在一起。茜妹单独住在一间干净的小房里。王团长还叫人给她送去消夜小吃，可是被茜妹全推翻在地，不肯吃，吵闹着要与其他的人关在一起。唉！茜妹的性情也太犟了。"

"这死女娃子不听话，让她吃点苦头。"高太太口里这样说，但还是不放心地追问："你亲眼看见你茜妹好好的吗？他们没有打她?"

高源皱了皱眉，好像嫌高太太问得啰唆。但仍然耐心地回答："伯娘，我不但亲眼看见，并且还亲自问过茜妹。茜妹说：他们只是在学校捉她时，把她的衣袖撕破了一块。"

高太太听说高茜的衣袖被撕破一块，又簌簌掉起眼泪："我的……茜儿呀！他们……这样欺侮你，叫妈……好心疼啊!"

高伦一直沉着脸没有插话，看高太太又在哭，便说："唉！太太，茜儿衣袖被撕破一块有啥要紧，又不是肉被撕掉一块，不要哭嘛!"

高太太哭得更伤心，冲着高伦嚷道："你说得好轻松，像我们这样人家的小姐，衣袖也被人撕破了，成啥体统！你高家怕王团长他们，我刘家不怕他们。我明天就动身回成都，找我族中人来理抹刘湘，未必刘湘连祖宗也不认了。老头子，你没得用!”

高伦素来就有些怕高太太，现在知道高太太痛女心切，所以更加让着她。沉默了一会儿，他声音放得很低地说：“太太，你到成都去搬兵，远水哪能救得近火？再说，你们刘家那些长辈现在谁不拍刘湘的马屁！哪个愿为你出头啊!”

高太太本来是说的气话，她知道高伦说的是真话，但在高伦面前不愿软口，眼睛睁得圆圆的对高伦说：“我找文辉叔，难道文辉叔也拍甫澄[1]的马屁!”

高伦眼睛一亮，微笑着说：“太太，你这算说对了。你自乾[2]叔被甫澄赶到西康去，看穿了蒋先生的诡计，日子过得很不得意，也倾向抗日。你自乾叔是有兵有地盘的人，必要时可以发动他向甫澄施加压力。”

说到这里高伦马上转换了话题，向高源关心地问：“你见了李副官没有?”

提起李明，高源心里就酸溜溜有点嫉妒。他知道张碧秀还深深爱着李明，所以始终不理他。他看着这朵白兰花摘不到手，干着急。他便乘机在高伦面前说李明的坏话：“伯伯，据王团长说，李副官还有其他重大问题!”

“哦！啥问题?”高伦暗暗吃了一惊。

高源说：“王团长与我常在一起打牌喝酒，所以有些交情。他说，李明原先是阻止军队抓人，发生了争执才被捉去的，本来不要紧。但赵专员打电话给王团长，认为李明编的报纸太激烈，要借此教训教训他。”

“哦!”高伦方才松了口气，“原来为这事!”

高源看了看高伦，说：“伯伯，我看茜妹被李明带坏了，以后要禁止茜妹与李明往来才好。”

“哼!”高伦只是哼了一声，表示对高源的话不满意。

高源见高伦并没把他的话听进去，忙改变话题。他显得神秘的样子，放低声音对高伦说：“王团长还秘密告诉我：这次抓人起初不是樊师长的意思，据说与罗天成有关。”

“是罗天成?!”高伦又觉意外。

---

1 甫澄，刘湘的号。刘湘后来与蒋介石发生了直接矛盾，联合山东军阀韩复榘反蒋。蒋介石枪毙了韩复榘，刘湘在汉口暴亡。当时四川有“枪毙韩复榘，吓死刘甫澄”之说。

2 刘文辉的号。刘文辉后来接受了我党建立抗日民族统一战线的主张，为人民做了一些好事，死后骨灰放在北京八宝山革命公墓。拙著《长江三部曲》之二还将写到他。

高源点点头，继续低声说："不知怎么搞的，学校同乐晚会上的情况，重庆马上就知道了，连晚会上的一些细节也知道。你说怪不怪！蒋介石的代表在电话上向刘军长提出意见；日本领事随即也用电话向刘军长提出抗议。这都是在不过两小时以内发生的事情。王团长有些情况也说得吞吞吐吐，好像蒋介石的代表是赵专员在电话里报告的；日本领事嘛，可能与罗天成有关。"

高伦听后，半天没出声，前后一思量，他认为高源说的消息大部分可靠。特别是罗天成的儿子罗化平与高茜一起演戏，却没有被拘捕，便是例证。想不到小小一个涪陵，情况这样复杂，联想到全川以至全国，真是不堪设想……

高源看高伦沉思不语，接着又说："王团长还向我透露：刘军长从重庆来电话指示，点名要将茜妹捉起来。赵专员对你不愿到省党部任职心怀不满，借机把茜妹捉去，是对你一点小小的警告。据说樊师长对你一时撕不破情面，还婉言在电话里劝说过刘军长，但受到刘军长的训斥，不得已才派兵捉人的。"

高源最后说的话高伦就认为不一定可信了。王团长与高源充其量不过酒肉朋友，向他透露出这么多内部消息，肯定是樊师长授意，有意为樊师长表白开脱。军政界这些虚虚实实的狡诈手段，高伦并不陌生，也是他平时深恶痛绝的。

高太太对这些谈话，并不感兴趣，再也忍不住了："老头子，你快拿个主意，我的茜儿怎么办？你好像一点儿都不着急。"

高伦的白眉毛皱了一下："太太呀！难道茜儿只是你一个人的女儿！我哪有不急之理。"

高伦凝思了一会儿，对高太太说："太太，等天亮后我们先去团部看茜儿，劝她先回家，下一步再营救李副官和其他人。樊师长亲口答应过我，今天是要放人的。"

高源看高伦不准备睡觉，要坐等天亮，自己不便回家，连连打了几个哈欠。他实在瞌睡来了，找了一床毛毯胡乱在躺椅上迷迷糊糊打了一个盹……

天亮了，花园里传来了小鸟叽叽喳喳的鸣啭。高太太催着用人和轿夫提前起床，大家忙着漱洗。

高伦和高太太一切准备妥当，只等轿夫吃过早饭就走。

殊不知，看望慰问的亲友陆续前来，送走一批又来一批，他们只好留下招呼应酬。

罗天成与三姨太也亲自来过，真有点像演员一样：除了表示同情和慰问之外，还主动提出愿去找樊师长疏通。

高伦沉得住气，不露声色地应酬着；只有高太太对他们显出冷淡的样子，还有几分愤愤的神色。

罗天成与三姨太刚走，朱佳富一家人来了。朱佳富告诉高伦：他已经找过王牧师，王牧师与重庆英国领事馆通了电话，领事先生答应出面向刘军长疏通，请高先生放心。

送走了朱佳富一家人，胡方赶来了，对高伦说："高小姐不肯单独出狱的行动已传遍涪陵。这种高尚品格大家都很敬佩：真是雏凤击翅便不同于凡鸟。樊师长这种压制民主、肆意践踏公民人权的专横态度，已经激起了公愤。要是他再不无条件放人，抗日后援会筹备处准备联合各界罢工、罢课、罢市进行抗议，并向全川发出宣言，让这些双枪兵认识到人民是不可辱的。高老，你就领着大家干吧！"

高伦知道胡方是抗日后援会筹备处的秘书长。胡方和很多人要推举他担任会长，李明也动员过他，但他始终迟疑不定。现在听了胡方的话，仍从他一贯的深谋远虑出发，持慎重态度。他有些不以为然地摇头说："胡师爷，叫他们不要轻举妄动。樊师长手上有枪杆子，手下都是些杀人不眨眼的魔王、兵痞、流氓、棒老二[1]、青洪帮集成的大杂烩。赤手空拳去反对他们，谈何容易。再说，樊师长昨晚亲口答应过我，保证今天放人。"

"高老，据我听到的消息，不但今天不会放人，并且可能还要将人从王团长那里转到监狱去。"胡方说。

高伦半信半疑："我看不会吧！"沉思了片刻，他对樊师长这种人的许诺也有点不放心。他觉得不能再耽搁，应该赶快去把高茜领出来。向胡方说："胡师爷，你去告诉大家，至少暂时不要轻举妄动，其他的事改天再谈吧！"说完向胡方一拱手，表示送客。胡方也不便久留深说，只得告辞走了。

接着前来的亲友，高伦叫高源夫妇代为招呼应酬。他与高太太各坐一乘轿子急急往团部赶去。

1　四川称土匪为棒老二。

三

因为高伦历来反对使用丫头，高太太陪嫁过来的几个丫头早已嫁人了。高太太出门总是黄妈跟在轿后服侍。黄妈因为昨天白天辛苦一天，晚上又熬夜，今天跟在轿子后面走，觉得头脑昏沉沉的。她迈着一双文明脚高一步低一步地往前赶，额上沁出了汗珠。

团部设在万寿宫里，不久便到了。在台阶上两乘轿子一摆平，高伦自己掀开轿帘出轿来了。黄妈上前给高太太揭开轿帘，后面的轿夫将轿子抬倾斜，高太太用手微微提起青色平绒的旗袍下摆，扶住黄妈，轻轻跨过了轿杆，出了轿。

门口站着两个背着汉阳夹板步枪的卫兵，并不认识高伦夫妇。但见高伦夫妇气度不凡，不敢怠慢，恭敬地问清了来意，一个卫兵马上进去通报。

一会儿王团长就迎了出来，客气地将高伦夫妇迎了进去。正殿旁边一间宽敞的房屋里摆着简单的桌椅算作临时客室。王团长招呼他们坐下后，勤务兵送上茶，他也面对高伦坐下。

高伦与高太太端坐着没有动茶。王团长今天的态度比昨晚显得客气一些，但脸上没有笑容，神情不冷不热的，令人捉摸不定，脸上像豌豆大的颗颗麻子，使人看起来觉得很不舒服。

高伦与高太太都沉着脸半天没说话，气氛有点僵。

僵持了一会儿，还是高伦先开口讲话："王团长，我可以会见小女吗？"

王团长没有犹豫，马上回答："可以，当然可以。昨晚樊师长就有命令叫把高小姐放出去，但是高小姐很固执，不愿单独出去。高参议，高太太，你们要劝劝她：一个出身名门的贵小姐，何必要与普通人在一起自找苦吃。"说到这里，不等高伦回答，大声喊道："勤务兵，去把高小姐请来。"

很快，两个兵押着高茜到了门口，高茜缓步走了进来。

高太太看高茜蓬乱的头发上还沾着稻草，说明她睡在草堆上。白府绸短衫沾满了灰尘和泥土，已经泛黄了。左边衣袖被撕破了一大块，露出淡青色的绒线衫，仿佛一夜之间就瘦多了，眼睛显得更圆更大。高太太以为高茜从未受过这么大的委屈，见了父母一定会哭泣。但是高茜态度从容，没有一点颓唐的表情，眉梢眼角流露出坚毅的神态，嘴边显出一丝亲切的微笑。她喊了一声："妈，爹！"就站住了。

高太太站起来，抚摸着高茜的头发，只叫了一声茜儿，就哽住了。

高茜扶高太太坐下，说：“妈！有泪也不能在这里流！”她用手指抹去了高太太眼角的一颗泪珠。

高伦看见女儿的样子，老眼里也有点湿润，但为了自己的尊严，没有让自己的感情在面部流露出来。

高太太紧紧地握住高茜的双手说：“乖女，你先跟妈回去吧！”

高茜缩回了自己的手，她的眉毛向上一挑，明澈的眼睛里射出逼人的光芒，扫了王团长一眼，然后坚决地对高太太说：“不，妈！我不会单独出去的。一起被捉进来，就要一起放出去。”

“乖女，你先跟妈回去，你爹会找樊师长放其他人的。你在这里受罪，妈心疼啊！”高太太又紧紧地握住高茜的双手，眼角又涌出了一颗泪珠。

高茜见高太太心疼她的表情，她受到了感染，妩媚的大眼睛里闪烁着泪光。她的嘴唇闭得更紧，紧咬着牙，腮帮上的肌肉紧绷着。她终于忍回了自己的泪水，喊了一声：“妈！”又抽回了自己的双手，倔强固执地说：“为什么单放我出去？我是人，难道他们不是人？我们唱歌演戏，宣传抗日没有罪。”

“乖女，你怎么能与他们比？你是小姐！”

“小姐又怎样！妈，你不是主张博爱平等吗！日本人来了，不分富人与穷人，都一样变成亡国奴。只有汉奸走狗卖国贼，才会反对抗日，才怕人宣传抗日！”

王团长沉不住气了，干咳了一声，脸上露出阴沉的微笑：“高小姐，我劝你不要执迷不悟，不要被人利用。一方面看在高参议的面上；一方面原谅你年幼无知，所以才同意单独放你。老实告诉你，今早樊师长又有电话指示：昨晚放你走是无条件的；今天要走还得办一点小小的手续才行。”

高伦感到意外，板着脸问：“手续！啥手续？”

“高参议，樊师长电话指示：高小姐今天肯走，需要写一张保证书——保证今后不再诋毁领袖，不再搞抗日鼓动宣传。要是今天还充英雄不肯走，那么就……”王团长故意不说了。

高伦忍不住愤愤地责问：“啥叫诋毁？抗日宣传也有罪吗？”

王团长的话软中带硬：“高参议，鄙人不懂政治，军人奉命行事。算不算诋毁领袖，抗日宣传有没有罪，请去问我的上级。”

高伦见王团长这种傲慢样子，气得须眉直竖，正要发作。高茜斜视了王团长一眼，嘴角露出讥讽的微笑，说："团长先生，保证书我可以写。但是我将照我的意志写：我保证不做亡国奴，抗日到底！"

王团长冷笑两声："嘿嘿。高小姐，我劝你不要太任性，在这里耍小姐脾气是不行的。不要以为你是刘军长的外甥女，老实告诉你，刘军长对你很生气，要是你再不醒悟，吃苦在后头。樊师长已接到军长的命令：下午就要押送你们到监狱去。高小姐，我劝你要三思，监狱可不像这里舒适。"

高太太一听，又急又气：急的是女儿要送监狱，气的是刘湘果然不认亲戚。她气得浑身抖颤，嘴唇哆嗦，半天才吐出一句话来："我们刘家怎么出了这种六亲不认的人！我要到重庆去找他说理，叫他把我也关起来。"

高伦知道太太气急了，有些不择话语。看王团长那股盛气凌人的劲，气也大了："太太，你与王老二谈这些干啥！他不配！"

王团长陡地变了脸，麻子颗颗红得像桑椹，站起来对门外的卫兵大声喊道："把高小姐带下去！"

高茜用手理了理蓬乱的头发，轻蔑地扫了王团长一眼，从容地转身准备走。

高太太眼眶里泪水在滚动，但她并没喊，也没有哭。她被高伦提醒，感到不能在王团长面前落泪，有失体面。

高茜看见高太太的表情，移动的脚步停住了，她亲切地喊了一声："妈，你要坚强一些，我们也不是孤立的。"接着神态很坚定地说："是的，我以前是一个娇小姐，我是一株柔嫩的幼树，愿承受暴风雨的洗礼；我是一块顽石，愿在烈火中锻炼；我是温室中的花朵，愿接受烈日的晒烤和冰雪的袭击。妈，旧世界的航船快要沉没了，我愿做旧世界的叛逆者，不愿做旧世界的殉葬者。"高茜一冲动，不禁把她最近写的诗里的语句也说了出来。

高太太整天忙着打牌，女儿的思想近来起了这么大的变化使她感到意外。面前站着的女儿，她感到有些陌生，不容易理解了。

"爹，你们回去吧！你一贯主张爱国，我是循着爱国的道路走的。我想，你们一定可以原谅我的。"高茜对高伦说。

高伦的脸一直紧绷着。他从高茜的身上，看到了自己年轻时的影子：当年自己参加同盟会跟孙先生闹革命的时候，也是这样单纯和满腔热忱。他知道李明近来对她的影响很大，理解高茜的变化。起先他还觉得一个女孩子不能与男孩子一样。出身于他们这样家庭的小姐，假若真的被送进监狱，毕竟是丢面子的事，所以对高茜的固执有些不满。后来，看见王团长的傲慢，想到刘湘的绝情，心里感到气愤，反而对高茜的坚强不屈产生了好感，觉得应该有这样的骨气。高伦觉得刘湘等对高茜他们演戏这样小题大做，醉翁之意不在酒，目的在借此警告他不要参与抗日运动。他认为高茜是代他受过，因此，他丝毫没有责备高茜的意思。这时，他听了高茜对他说的话，表示赞许地说："你做得很对！中国人应该有骨气。"

高茜听了高伦的鼓励，嘴角露出了一丝笑意，跨出门走了。

高伦本来还准备会见李明谈几句话，这时改变了主意，站起来拉着高太太的手："太太，我们走！"

王团长跟在后面送他们出了万寿宫的大门，粗声粗气地说："高参议，高小姐这样固执，是你亲眼所见，鄙人只好执行命令将他们转送监狱看押，听候上峰处理。"

高伦斜视王团长，回答说："悉听尊便。王团长，你们也不能欺人太甚，我高伦也不是那么好欺的。再见！"不等王团长回答，回头对高太太说："太太，黄妈陪你先回家，我找樊师长去。"

四

高伦坐轿到了师部，被迎到客厅坐下。今天和昨天大为不同，没有人来泡茶，他坐了半天冷板凳。去通报的马弁出来后，态度冷淡地说："师长说他现在很忙，没有时间接待，若高参议有什么重要事情商量，请改日相会。"

高伦一听，怒不可遏，陡地站起来："我自己找他去。"

马弁伸出手想拦阻，高伦将马弁推了一个趔趄，气冲冲大步跨出会客厅，噔噔噔……一口气上了楼。

马弁惊惶地追了上前："高参议，师长正在开会。"他知道高伦的身份，不敢过分无礼。

高伦不答言，很快走到樊师长的办公室门口，听见里面传出一阵欢笑声。

马弁看阻止不住，忙赶上前掀开门帘通报："高参议自己来了！"

高伦跨进门去，看见罗天成和三姨太在里面，还有那个大兴洋行的经理牟玉佛，正凑成一桌，陪樊师长搓麻将牌。

罗天成感到有些意外，忙站起来招呼。樊师长也搁下手上的牌点头对高伦说：

“高参议，请坐。”

三姨太看高伦板着脸坐在不远的沙发上，室内的空气顿时紧张起来，于是离开牌桌，扭着软腰走到高伦面前，眼波流动地笑着说：“董事长，你来得正好，他们三缺一，我只好凑个角，还是你来打吧！”

牟玉佛与高伦并不太熟，他觑了高伦一眼，仍低头看牌。高伦睨了三姨太一眼，只哼了一声，没有搭理。

樊师长对马弁吩咐：“给高参议泡茶。把别人送我的云南沱茶给浓浓地泡上一碗。”接着对三姨太说：“三姨太，快，该你摸牌。”

樊师长见高伦气冲冲坐着不走，不理不行了。正好四圈打完，只得暂时歇息。他走到靠近高伦的一张沙发上坐下，装得若无其事地问道：“高参议，我已命令王团长将高小姐送回家，你今天找我还有什么事呢?”

“樊师长，你口口声声把我当成老朋友，如今这样对待，未免太不义吧！”高伦开门见山地说。

“哦！高参议，为何生这么大的气，又发生了啥事?”樊师长装佯地问。

“樊师长，你昨晚亲口答应将小女无条件放出，为何今天出尔反尔，要写什么保证书！”

“哦！难道令爱还没回家？你说什么写保证书，我真不明白是怎么回事。”

高伦看樊师长在耍花招，一股气直往上冲，但不得不按捺住自己说：“今天王团长说，奉你的指示，要小女写保证书方能放出。难道你不知道?!”

“误会，纯是误会。高参议不用生气，待我问清楚。”樊师长装得逼真地从旁边办公桌上拿起电话，等接通了团部，慢吞吞地对着电话筒说：“是王团长吗！我是师长。……你说大声一点，我听不清楚。……噫！我不是这个意思。……哎！……好，以后再谈。”

樊师长搁下电话筒，转身对高伦说：“误会，果真是误会。唉！主要由于令爱过分傲慢，王团长有些不满意，所以要她写保证书。哎，我这个既当婆婆又当小媳妇的师长难呀！昨晚刘军长几次电话催我要严办。哎，你们是亲戚呀！军长也太认真了，我们外人也不好多说。我担着干系，决定把令爱放了再说，我们是老朋友呀！交情不同一般嘛！高参议，令爱忒任性一些。当然，像我们这样门第出身的小姐比较娇气，也是人之常情。可是王团长不谅解，我素来对部下宽柔，又不便过分压制。高参议，你要对令爱约束一下才行啊！”

“约束？她爱国要求抗日，我又不是汉奸，怎么约束？樊师长，不仅是小女的问题，你昨天还答应把李副官和其他学生放出来，为何如今反要送往监狱关押？他们唱唱抗日歌曲，演演抗日小戏也要囚之囹圄，这太过分了嘛！不要以为民气可欺，恕高伦直言：希樊师长以国家民族为重，不要为坏人所利用，徒留下千古骂名。”高伦说到这里，眉一横，锋利的目光扫视了罗天成和三姨太一眼。

三姨太接触到高伦锋利的目光，心里不禁颤抖了一下，但随即露齿一笑：“董事长，我与天成来，也是为高小姐的事向樊师长通融。樊师长也有难言的苦衷。不过请董事长放心，放人的事包在天成和我身上。”

高伦悻悻地说：“谢谢关心！”

罗天成好像很诚恳地说：“高大哥，请放宽心。辛亥革命时期我们共过患难，高小姐也是我的侄女儿，我们都会关心。刘军长对这个外甥女，也是恨铁不成钢的意思，恐怕也别无他意。不过，高大哥要注意，不要为‘奸党’所利用。”

“‘奸党’！谁是‘奸党’？”高伦激动地问。

三姨太忙把话岔开：“董事长，把心放宽些，参加打四圈麻将吧！”

他们又坐回牌桌边，开始搬庄。

高伦看话谈不下去了，只得起身告辞。樊师长也不挽留，送到房门口拱手而别。

高伦坐轿回到公馆，客厅里已坐满了人：凡涪陵绅、商、学、工各界的头面人物都在场。见高伦跨进客厅，一齐站起来向他点头问候。高伦与大家客气了几句，请大家重新归座。

胡方上前对高伦说：“高老，抗日后援会筹备处的委员都来了。大家希望你不要再犹豫，带头领着大家干吧！”

高伦向在座诸人环视了一周：大多数是熟人，不是朋友就是亲戚。其中老同盟会员就有好几个。在辛亥革命时他们并肩战斗过，都看不惯立宪派投机取巧，篡夺了革命果实，也不满一些革命党人逐渐变质腐化。后来都因反对蒋介石背叛孙先生的三大政策而遭到排挤打击。他们都有一段相同的经历和共同的命运。也有一些不认识的青年人，其中有教员和学生，这多是涪陵的后起之秀。

大家看见高伦没有表态，七嘴八舌殷切地催促：“高老，你跟赵屠户对着干过，怕啥？”

“高先生，这些光知搜刮民脂民膏的双枪兵太不像话，应该给他们点颜色看，让他们知道民众的厉害。”

“高董事长，抗日的要求都不能表达，难道要大家都做亡国奴吗?”

“高参议，只要我们涪陵出头干，全川各州府县都会声援我们!”

“伦兄，清王朝那样残暴，赵屠户还是被四川人斗垮了！……是可忍，孰不可忍！让他们随便抓人，民权何在?”

“高先生，你是革命的前辈，我们青年人愿跟着你干。爱国也犯罪，还有一点自由民主吗?”

高伦看见一张张热情激愤的面孔，受到了很大的感染。他在回家的路上，坐在轿子里仔细思考过：要是自己再不作出反应，樊师长、赵专员、罗天成这些人还会进一步欺到头上；自己原先“怕”字当头，主要对这些人还有幻想。现在后退是没有出路的，只有向前，才可以辟出一条新路来。

高伦站起来激动地说：“承诸位不弃，推举高伦担任抗日后援会的会长。我才疏学浅，恐有负诸位期望。现樊师长、赵专员逼人太甚，伦愿与诸位同舟共济。为国家民族，为抗日救国，许多志士洒热血，抛头颅，已走在前面。我有何惜?将来我要组织老子军与日寇决一死战。‘人生自古谁无死，留取丹心照汗青’。辛亥革命时，赵屠户没能砍下我的头；北伐时吴佩孚的子弹没能将我打死，我高伦可谓命大。为国家民族马革裹尸，死无憾矣!”

听了高伦这番慷慨激昂的讲话，客厅内群情激奋，爆发出一阵热烈的掌声。

高伦兴奋地看着一张张热情的面孔，他的脸色变得异常红润了，白眉毛下的一双眼睛更加炯炯有神。他又看见了民众的力量，仿佛恢复了青春，英雄的气概不减当年。他激动地跟着鼓起掌来。

第二十章

樊师长坐在会议室的一张沙发上，仔细听着侦缉队徐队长的报告。王团长半边屁股坐在一张木靠椅上，不断地打量着樊师长脸部的表情。

徐队长坐在樊师长对面的一张沙发上，因为他不是樊师长的直接下属，态度比较从容，说话也有条不紊："师座，涪陵各界正式成立了抗日后援会，高伦被公推为会长，并且通过了罢市、罢工、罢课的宣言，要求师座无条件释放被捕的人。他们已经派出了请愿团。他们的宣言请师座自己过目。"说着从公文皮包里取出一张油印的白色道林纸传单来，递给樊师长。

樊师长接过传单粗略地看了一下，随即放在茶几上。

王团长站起来，身子很挺直，粗声粗气地对樊师长说："师座，你拿定主意吧！高伦不过是下野的参议，有啥了不起。跟着他闹的不过是一些不知天高地厚的学生和穷做工的，再加上几个商家和酸文人。不复市、复工、复课就抓起来，不能对他们客气，只要……"

不等王团长把话说完，樊师长一挥手打断了他，不满地睃了他一眼："你只知道抓、抓、抓，要不是你太鲁莽，事情也不会闹到这种地步！哼！"

王团长见樊师长忽然改变了口气，怪到他身上，觉得不解，又有些不平：自己做的每一件事情都是根据樊师长的指示。他想申辩，但又不敢，张开的口又闭上了，机械地坐下。

樊师长猛吸了一口香烟，徐徐地吐着缕缕的青烟出神。局势的发展，完全出乎他的意料。刘军长与他的原意是想抓几个人，特别抓了高茜，是要给高伦一点颜色看看：不过想警告一下高伦不要跟着一群年轻人去闹抗日，更不要搞啥抗日后援会。想不到事与愿违，反而逼得高伦公开对抗起来。更没想到高伦的神通这样广大：不仅涪陵罢市、罢工、罢课，往返重庆与涪陵间的轮船也停班了。不知是一股什么力量，素来与涪陵轮船公司不和的民成公司，也采取了统一行动。外商的几条轮船路过涪陵递漂，码头推划子的船民也不去接送人。其他路过涪陵的轮船也不在涪陵递漂运客，连抛锚过夜也移到了离涪陵几十里的李渡。使商业素称繁荣的涪陵一下子瘫痪了。最使樊师长心疼的是税收。往日每天可以收入几千元的厘金，现在一个钱也收不到。贵州来的土货，也改由南川走木洞。樊师长也想进一步镇压，可是重庆军部传来的消息，更使樊师长大吃一惊：除了日、德、意几国领事外，英、美、法等国领事也出面为高伦说情。樊师长近来除了玩女人、赌钱之外，就是想方设法在地方上刮钱，对于国际上的一些变化一无所知，难免感到诧异。军部还告诉他：重庆和四川各界都纷纷通电声援涪陵抗日后援会，若不及时平息，大有波及全川之势。更妙者，是蒋介石的态度：他的代表原先向刘军长施加压力要求镇压，现在却暧昧起来，公开把事情的责任推给刘军长，还发表一些讨好四川人民的言论。这一来刘军长才知道上了蒋介石的当。原来蒋的代表玩弄了两面三刀的手段，想趁机削弱地方军的势力，为从实际上控制四川开路。刘军长更感头疼的是：被他赶到西康去的叔父刘文辉，也借机发表攻击他的言论，并且在西昌调兵遣将，大有为民雪愤，攻回四川之势。刘军长除了对蒋的代表大发一顿脾气之外，眼看自己将成为众矢之的，不禁气急败坏，在电话里把樊师长训斥了一番，限期要他想办法体面地了结此事。王团长是个兵痞出身的武棒槌，哪里知道其中的变化，莫名其妙地碰了一个钉子。

其实樊师长只想到这是高伦的神通，做梦也没想到共产党在暗中起了很大的作用：因为在樊师长的眼中，四川这几年捉了那么多共产党员，川北通南巴的红军也撤走了。他以为四川的共产党员杀的杀，关的关，已经搞得差不多了。

徐队长看樊师长只顾看着缕缕的青烟出神，他又从公文皮包里摸出一张名单拿在手上，想递给樊师长又没递过去。

樊师长瞥了一眼徐队长手上的纸，问：“啥?”

徐队长忙递过去：“这是师座要的名单。这次闹事的首要分子共是二十三名，我已调查清楚。”

樊师长接过名单，微微点了点头。

王团长碰了一个钉子，正觉得没趣，拘谨地坐在那里，这时认为正是表现自己的好机会，忍不住站起来：“报告师座，请将名单交给我。我保证不用半天时间，一个不漏地抓起来，看他们还敢闹不!”

樊师长哼了一声，扫了王团长一眼：“你懂个屁!”他看也没看就把名单往茶几上一放。

王团长看樊师长当着徐队长的面骂他“懂个屁!”不禁涨红着脸，讪讪地坐下。

徐队长也觉得奇怪：前几天樊师长要他查清首要，限定时间交出名单，自己派出了所有的侦察和暗探，忙得坐不暖席，终于按时定出了这张名单。可是樊师长连看也不看，不知是啥用意？他轻轻咳了一声问：“师座，王团长的意见值得考虑，这二十三名首要不说全抓，也要抓一部分。要不，好好一个涪陵快变成一座死城：连码头上的小工也罢工了，龚滩河里木船运来做榨菜的青菜头也烂在船上无人去起岸；耗子也快成精了。像高伦这样的人不便抓，也要择其次，把为头闹事的船员、码头小工、黄包车夫这些人抓他一些，杀鸡给猴看。据我看，其中共产党一定不少……”

樊师长不等听完徐队长的话，心中暗自好笑。因为他知道徐队长这帮人惯会无事生非，动不动就给人戴红帽子，借此邀功请赏。尤其在目前这种心情下，听了徐队长的这种话，觉得格外不舒服。他很想训斥徐队长几句，话到口边又忍住了。他知道徐队长虽然职位比王团长低得多，但毕竟不是自己的僚属，并且直属独立的特务系统。虽然自己不怕徐队长暗地向上级打假报告，终归不便像对王团长那样当面训斥。他从茶几上又拿起名单来看了看，其中除少数人不认识外，大多是涪陵头面人物：第一名当然是高伦，其他如朱佳富、胡方、高源等。樊师长微微冷笑了一声：“嘿嘿！徐队长，难道像高伦、朱佳富、胡方这些人你也认为是共产党吗?”

徐队长摸不透樊师长的情绪，正神说：“这些人当然不是，充其量不过为共产党所利用。”

“那么，谁是共产党呢?”樊师长嘴角露出一丝讥讽的微笑。“师座，目前还不清楚。”徐队长摇摇头回答。

“不清楚！为啥断定有共产党呢?”樊师长不放松地追问。他看见徐队长的狼狈相，好像自己心里窝的气得到了发泄，感到一种莫名其妙的满足。他瞥了一眼徐队长，又瞥了一眼王团长，两个都是一脸大麻子，心里好笑：大概麻子都是饭桶。

“这，这……”果然徐队长一时语塞，脸涨得通红，额上冒起了青筋，结巴半天，终于挣出一句话来：“师座，虽然目前还不能确定谁是共产党，但我已掌握了一些人的可疑线索。”徐队长的小眼睛里闪烁着狡黠的光芒，很有点像耗子的眼睛。

“我的徐队长，你可以凭可疑的线索打报告领赏，我可不能根据你的猜测办事。”樊师长嘲弄地说。他将那张名单毫不在意地又撇到茶几上。

徐队长在樊师长的嘲弄面前，不甘示弱：因为樊师长不是他的顶头上司。他反而镇定地说："师座，不放过一丝可疑的线索，是我们侦缉人员的工作信条。宁可错杀一千，不可放走一个。"

樊师长将香烟蒂往痰盂里一扔，看着徐队长似笑非笑地问："徐队长发现的可疑线索，可不可以讲给我听听？"

徐队长没有知难而退，神态严肃地说："师座，就拿在押的李明来说，他便是一个可疑人物。"

"哦！你是说报馆的李明可疑？"樊师长心里又觉可笑。因为这个李明原先给高参议当过副官，他是认识的，最多不过是跟着高伦跑的国民党左派。他很不以徐队长的话为然，但没有马上反驳，斜视着徐队长说："你说，有哪些可疑？"

"师座，去年李明搭涪顺轮回涪陵时，我们就觉得他形迹可疑。根据我们重庆特工掌握的密报：共产党派了一个二十七八岁左右的中年人回涪陵开展工作。照所说的特征看很像李明。密报还说此人随身携带的手提箱内藏有共产党的机密文件。我们得报后马上封锁了码头，对携带手提箱的中年旅客进行了仔细的搜查……"

"搜出来没有？"樊师长脸上嘲弄的笑容收敛了，急切地问。

"没有！"徐队长摇摇头，"李明没有带手提箱，我们放过了他。"

樊师长突然哈哈大笑起来："徐队长，这就是李明的可疑线索？"

"不，我们得到船上的暗探密报：李明是带有手提箱的，在趸船上由冯烂王接过去了……"

樊师长听徐队长又扯出一个什么冯烂王，皱了皱眉头，但仍耐心地听下去。

"冯烂王已经提着手提箱混过关去。我赶快派人追上去搜查。"

"查到没有？"

"冯烂王确实提着一只手提箱。打开查看……"

"是共产党的机密文件？"

"不是，是一箱假药。"

"哦！原来徐队长捉到了一个卖假药的。"樊师长嘴角又露出讥讽的微笑，"徐队长，你捉到一个卖假药的，大概又可以发笔小财哪！"

徐队长觉得樊师长今天的态度有些反常，明白他话里带刺。他装作不理会，继续说："奇怪就在这里：冯烂王是跑江湖混饭吃的，认识他的人很多，但从没见他贩卖过假药。正好那天我们检查了一个卖假药的小提箱，形状、颜色、大小与冯烂王那只假药箱完全一样，这明显是有预谋的掉包。”

“你当时为什么不将两个小提箱一起检查?”樊师长问。

“唉！当时没想到被他们瞒过去了，事后仔细思考，愈觉可疑。我们布置人对冯烂王进行了一段时间的监视……”

“大概有收获?”

“没有发现异常情况，可是……”

“徐队长，谈得扼要一些。”樊师长有点不耐烦了。

“是，师座。”徐队长挺了挺胸，接着说：“自从李明到涪陵后，船员、码头小工、船民、学生……都开始不安静了：罢工闹事，抗日宣传慢慢活跃起来。我觉得这些事情，就像蜘蛛网一样，条条线都与李明有关……”

“有啥根据?”樊师长大声问。

“目前还没有确切根据。”徐队长摇摇头说，“不过，《涪陵报》自李明当副刊编辑后，宣传抗日和革命的文章和诗歌就多起来，我作了一个对比统计……”徐队长根本连报纸也看不通，这是徐宁山给他提供的情报，他说成是自己的功劳。

樊师长看徐队长要从公文包里拿统计数字出来念，挥手阻止。他沉思了一会儿慢吞吞地说：“统计数字不要念了。《涪陵报》我也时常看，内容近来确实有些变化，不过李明未必就是共产党。他是一个失意的军人，不得志发几句牢骚，甚至说几句暴烈的话也是人之常情。这样的人好办。只要给官与他做，或者给点甜头尝尝，他就会一百八十度的大转弯：由牢骚派变成歌德派。像高伦这样的人反而不好办：官给小了他不愿干；官给大了对他又不放心……”

樊师长说到这里停住了，看着窗外凝思：他对徐队长的话半信半疑。要是往日，他是宁肯信其有，不肯信其无。他执行的也是“宁肯错杀一千，不能放走一个”的信条。可是今天，就算徐队长的话中有几分真实的地方，樊师长也不愿相信。因为目前若把事情与共产党扯在一起，又拿不出真凭实据，反而会使事件的解决复杂化。重庆的情况暂且不说，就讲这次抓人的事吧。赵专员原先是插了一手的，可是现在不但撒手不管，近来还与高伦眉来眼去，大玩两面派手法，还亲自去抗日后援会慰问。看来事情若不及时妥善解决，不但在刘军长面前无法交差，并且自己的地位也会受到威胁。对于军、政界那种反复无常、翻脸不认人的手段，他是深有感受的。搞不好刘军长来个舍车保帅，连他这个师长也保不住。何况事情一天不解决，他每天就要少收几千元厘金。虽然厘金不是他一人独得，但天长日久，个人的损失也不是小数。

樊师长看了看手表，站起来对徐队长说：“你对于可疑的线索可以进一步侦察，但没拿到真凭实据之前，不要把这件事随便与共产党扯在一起，更不要轻率向上级报告。”

徐队长也站了起来，他知道樊师长是送客的表示。他眼睛眨了眨，对樊师长最后向他嘱咐的几句话，好像有点不明白。因为樊师长以前也喜欢把事情往共产党身上扯，为何现在却变得谨慎持重起来……

二

樊师长等徐队长和王团长走了，坐在沙发上摊开双脚和双手，舒展地吁了一口气。

他看了看手表，约定的时间已经过了十几分钟，罗天成还没来。他无聊地扭开旁边台上的收音机，因为师部在白天开动了自备的军用发电机，所以日夜都有电源供应。收音机发出一阵噼噼啪啪的杂音。他很快拨准了所要收听的电台，一个女高音用软绵绵的柔媚声调，唱着一首流行的歌曲：

夜上海，夜上海，
你本是个不夜城，
华灯启，乐声响，
歌舞升平。
……

樊师长半闭着眼，一只手在沙发靠臂上轻轻地打着节拍：

酒不醉人，
人自醉，
胡天胡地蹉跎了青春，
晓色朦胧，
倦眼惺忪，

……

一阵丁零零的电话铃响了，樊师长睁大了眼睛。副官正准备走过来接电话，他做了一个手势，副官站住了。

樊师长亲自拿起话筒，果不出所料：是刘军长打来的电话。他不自觉地并拢了双脚，挺直了腰。旁边站着的副官见师长的姿态，也不禁肃然。

“是，我就是。……报告军座：高伦他们的态度强硬得很，不仅要求放人，并且提出公开道歉，严惩肇事者，保证再不干涉抗日救亡运动，还要……哦！军座已知道他们的条件。……是，是。……是，是。……请军座放心，事情保证很快就会解决。……好，好。”

樊师长放下电话筒，用手指在太阳穴上揉了揉，烦躁地关上了收音机。这时电话铃又响了，樊师长以为刘军长还有话没说完，迅速地拿起话筒，站得很周正。可是话筒里却传来了一个妇人妖媚的声音：“喂！是樊师长吗？你猜我是谁？……嗯，你这几天把我丢在一边不理我，我倒怪想你的。咯咯咯……”接着话筒里传来一阵柔媚的笑声，原来是他的姘头打来的电话。要是往日，樊师长听见这娇嫩的声音，早已眉开眼笑骨头都酥了。可是今天从电话里听见这卖弄风情的艳笑和挑逗的话语，心里却有些腻烦，在话筒里敷衍了几句，就砰地一声挂断了电话。

樊师长心事重重地紧锁着浓黑的双眉，两手抄在背后，在室内来回踱着，皮靴接触地板，发出沉重的咯咯声。副官仍然在一旁站得笔直，眼珠随着樊师长的身影转动。

接了刘军长这次电话，樊哈儿感到形势空前复杂。被刘军长赶到西康去的刘文辉已打着为抗日民众雪愤的旗号要出兵回川，川西的民众已发出通电欢迎；二十八军的邓锡侯也公开谴责刘湘。还有那位多子多老婆的将军杨森，也发表讨好四川民众的言论反对刘军长。这位在广安不许人穿长衫，派人守在城门洞专剪长衫下摆，又将剪下的下摆卖给帽子店做瓜皮帽的军长，好像从来就是主张抗日，站在四川老百姓一边的抗日将领一般。这杨森甚至提出别有用心的口号：欢送刘军长出川抗日。到处都有人在反对刘军长，好像整个四川的将领，只有他刘湘一个人不爱国。真是四面楚歌，日子很不好受。因此刘军长再次命令他要尽快结束这个事件，免得他被众人当靶子打。有一件事刘军长还没告诉他：刘文辉和高伦还在大邑策动刘家一族人反对他，说他六亲不认，不要祖宗。因为这是刘家的私事，所以刘湘不便对外人说。还有一点他也没有说，因为刘湘怕动摇军心：他手下的师长，速成系出身的王陵基，也就是制造重庆“三·三一”惨案的王屠户，也在谈抗日，借机反对他。

樊师长愈想愈恼火。事态发展真出乎他的意料。想不到仅仅抓了几个人就闹得这样不可收拾。以前随便杀掉十个、八个人，平常得很，也没闹得这样大。他不可能理解：当时抗日的问题是政治上很敏感的问题，最易唤起人们的民族感情和爱国热忱。

最使樊师长想不通的是，连杨森、王屠户也趁火打劫反对他们。他愈想愈气，不禁用拳头猛地往旁边茶几上一击，把心里默想的话说出了声：“杨森、王屠户这些龟儿也配谈抗日爱国!”

樊师长见副官惊惶地注视着他，感到自己的失态，强制定了定神，又用稳重的步子慢慢地踱着，因为一只脚有毛病，微有点不易觉察的蹒跛。

为了掩饰自己刚才在部属面前表现的过分浮躁，他整了整黄呢军装，用手掸了掸衣袖，轻轻咳了一声，慢条斯理地扭开了收音机，然后舒适地坐在沙发上半闭着眼，好像凝神听着音乐。这时女高音又唱着另一首流行歌曲：

望穿秋水，
不见伊人的倩影，
更残漏尽，
……

其实樊师长半句也没听进。他仔细思考着目前的对策。看来高伦他们的态度很硬，这个老家伙摆着一副拼老命的姿态，绝不妥协。最使他不舒服的是涪陵的一些绅商，平时好像对他樊师长毕恭毕敬，个个装作驯善听话的样子，仿佛只要他打一个喷嚏，就会把这些人镇住。可是现在个个都像吃了迷魂药，也赶时髦，跟着高伦唱起抗日的反调来了。这些绅商家底厚，罢市不做生意，不过少赚几个钱，并不影响生活；但是那些船员、码头小工、黄包车夫闹罢工，难道就不找钱吃饭了？日本人还远得很，对这些人有啥直接影响，为啥也饿着肚子闹得那么起劲？樊师长不禁想起徐队长的话来，未必真的有共产党在涪陵活动?

樊师长刚想到这里，副官通报：“报告师座，罗天成来了。”樊师长陡地睁开半闭的眼睛，站起来连声说："请，请！"

罗天成走进了会议室，一顶青呢博士帽拿在手里，露出泛青的光头，正冒着汗气。

罗天成虽然是涪陵的地头蛇，但以前樊师长并不把他看得十分干贵。现在涪陵就只有罗天成一派没反对他，他也没有仔细去考虑原因。照说哥老会早先的宗旨是排满兴汉，是一个具有鲜明民族色彩的民间组织。但是罗天成对于抗日运动，不仅不热心，暗地里还极力破坏。据樊师长安在重庆的耳报神前几天给他报告的情况：重庆日本领事馆与罗天成有联系，那天同乐晚会的事就是罗天成向日本领事报告的。但是罗天成与日本领事馆是一种什么关系，这关系是怎样挂上的，就不太清楚了。据樊师长的推测：日本浪人贩运军火，罗天成从贵州私运鸦片，可能是这样结下的缘。因为樊师长也包庇部下武装从贵州私运鸦片与日本浪人交易，对其中的内情也略知一二。以前罗天成为这类事情与他的部下常发生摩擦，但因为川贵边界一带纯全是哥老会的天下，自己部下参加袍哥的也不少，所以只得对罗天成容忍一点。樊师长现在不仅把罗天成当成涪陵地方势力中的依靠，并且把解决这次事件的希望寄托在他的身上。虽然罗天成近来与高伦有了裂痕，但只是貌合神离，并未公开反目。罗天成在这件事情中暗地里报告日本人，高伦也未必知道。樊师长还想利用罗天成居间进行调解，这就是樊师长近几天特别看重罗天成的原因。

罗天成与樊师长刚落座，樊师长就大声叫马弁："拿上好普洱沱茶泡上来；给罗大爷拿我的吕宋雪茄来。"

盖碗沱茶泡上来了，罗天成衔着樊师长敬上的吕宋雪茄吸了几口。不等樊师长发问，先开口说："唉！师座，高伦软硬都不吃，非要答应他们的条件才肯罢休！"

"软硬都用过？你是怎样用的？"樊师长问。

罗天成喷了一口烟，在大腿上拍了一巴掌："我先对他说了一大堆话，嘴皮都磨出了血，可高伦只当苋菜水，反而对我冷嘲热讽。他软的不吃，我就给他来硬的：我找人写了一封恐吓信，派我手下一个叫'草上飞'的弟兄晚上送去。这草上飞惯会飞檐走壁。他摸到高伦的卧室屋顶上，准备揭开屋瓦将恐吓信连同一把匕首掷进他室内桌上去。殊不知高伦预先得到消息，事前有准备，屋瓦还没揭开，埋伏在附近的人就将草上飞活捉了。高伦也没有为难草上飞，好酒好肉款待一番，一乘滑竿送回我那里，叫我当众丢人。你说格老子气不气人！”罗天成说到这里，恨得咬牙切齿地说：“不知我的哪个弟兄当了卖客点了水[1]，我要查出来决不宽恕，摆出龙书案[2]，捆成粽子沉乌江。”

樊师长认为这个袍哥佬儿用的方法实在不高明，虽然他自己也曾在袍哥中当过龙头大哥。他带点嘲讽的意味说：“你的草上飞被捉住怕啥？还可以派瓦上飞嘛！”

罗天成丝毫没听懂樊师长的嘲讽，还一本正经地回答：“唉！师座。我与高伦结过义，丢过海誓的[3]。我们在江湖上玩的就是仁义二字，被他把人捉住，戳穿是我干的，多丢人！他虽然没公开张扬，却用滑竿给我把人送回——用轿子送也要强点嘛。你想草上飞坐在光光的滑竿上，在千人百众的眼皮下送回，我怎么好再充仁义大爷？噫！樊师长，你也当过龙头大哥，未必这点理都不知？实实不能再这样干了！”

罗天成说到这里，瞟了樊师长一眼，放低了声音说：“师座，高伦实在不进油盐，你可以向他来硬的试试嘛！”

“嗨！你还叫我来硬的。罗大爷，难道你不怕别人说你不讲仁义吗？”樊师长斜视着罗天成说。

“在这里，只有你知、我知、天知、地知，别人怎会……”罗天成发现副官站在不远的门边，忙闭上口。

樊师长今天火气很大，一切看起来都不顺眼，刚才徐队长、王团长也碰了钉子。眼看寄托在罗天成身上的希望也落空了，他原先对罗天成表示器重的心情一下改变，他对罗天成也不顺眼了。再说，这件事情的起端是罗天成——要不是他向日本领事馆报告，哪会闹出这么大的风波？此时樊师长对罗天成更加不满，只是罗天成毕竟是涪陵码头哥老会的掌旗大爷，背后又有日本人，所以不便公开发作。他听完罗天成的话，沉着脸半晌不语，把利害得失暗自盘算衡量了一番。

樊师长对杨森、王陵基之流的趁火打劫，想起就火冒三丈，冷静不下来。拳头往沙发靠臂上重重一击，又不自觉地骂出声来：“这些乌龟王八蛋，高调谁不会

1 江湖上的黑话：出卖自己人称卖客；告密称点水。

2 龙书案，哥老会中惩罚人的一种隆重仪式。

3 哥老会的行话，即发过很重的誓。

唱，老子不仅说抗日，还主张共产，比比谁的调子高！”

樊师长看罗天成脸上变成了紫酱色，颈子上青筋鼓得粗粗的，知他发生了误会，忙解释说：“我是骂杨森、王陵基这些无耻之尤。”这样罗天成的神态才恢复了正常。

樊师长的决心已下，对副官大声吩咐：“通知王团长准备在监狱放人；马上备轿，我要到荔枝园亲自拜访高参议，先派人去通报。”

樊师长说完，好像忘记了罗天成还在室内，几大步跨出了会议室。

三

高茜他们被转到监狱，已经十多天了。这座监狱是庙宇改成的，四周围着高高的风火墙。

高茜被关进一间只有一个小窗，密不透风的小房里。

小房正中是一个神龛：里面一个青面獠牙的泥巴塑像，虽然缺腿少臂，但一对突出的眼睛凶恶地瞪着人，使人望而生畏。暗淡的光线更增加了房内阴森森的恐怖气氛。

神龛前摆着一个缺口的瓦粪罐，大便的人真担心把屁股划破，也没有盖子。屎尿的骚臭夹着刺鼻的霉味迎面扑鼻。高茜从出娘胎到现在还没闻过这样熏人的恶臭，过了很长时间还不适应这种气味。她的饭菜是家里派人送来的，但她从没与家里送饭的人见过面，是由狱丁转送进来的。她是玉粒金波也难以下咽。她与一个饿得快要发疯的女犯人关在一起，剩下的大量饭菜差不多都由这女犯人抓着吃光了。

这女犯人睡在离粪罐不远的稻草上，蜷缩着身子，盖着一堆破烂的巾巾，棉絮不像棉絮，毯子不像毯子。

高茜睡在一张临时架好的行军床上，铺着雪白的毯子，盖的是一床轻柔温暖的丝棉被，这也是家里送来的。与一般犯人比较起来，她依然受着优待。

同房关押的那个女犯人，披散着长长的头发，不时神经质地在狭窄的房内来回走动；有时一对发愣的眼睛发出冷冷的光逼视着高茜，使她不禁要打一个冷战。

高茜隐隐听说这女人是个谋杀亲夫的杀人犯，现在已经有点疯了，更增加了使人畏惧的恐怖气氛。

典狱长在王团长的授意下，故意将高茜与这个有神经病的死刑犯关在一起，想逼使这位娇小姐屈服。

在监狱里过的每个晚上，她整夜不敢合眼。房内没有灯，外面路灯昏黄的光从小窗射进，微弱的光柱投射在潮湿的地上，形成一个不规则的光环。

那个女犯人时而睡在稻草上，在寂静的夜里，发出窸窸窣窣的声音；时而拖着一双破鞋子在房内咯噔咯噔地慢慢走动。她有时还走到高茜的行军床前停下来，离高茜的头部是那样近，发出呼哧呼哧的鼻息声，冷冷的目光逼视着高茜，像在研究这位奇怪的犯人，又像寻人搏斗的野兽，随时都会伸出利爪向人扑过来，将人吞噬……

有时好不容易等这女犯人在稻草上睡熟，可是房内刚安静一会儿，屋梁上、墙壁上、地上到处又都发出了响声，像蛇蝎在草丛里爬行，又像鬼魂在室内飘荡。

房内耗子成群结队窜来窜去，发出吱吱的叫声。有一回，还有一只耗子从高茜头上跑过，长长的尾巴扫着了她的嘴唇，她忍不住惊叫起来，忙用丝棉被将头紧紧地蒙住。那个女犯人被惊醒了，房内又响起沉重的脚步声、粗粗的鼻息声……

有一天晚上，过了子夜，停电的汽笛响了，听来是那样凄厉。

外面走道的电灯熄灭了，监狱里一片漆黑，卫兵的脚步声由远而近，又由近而远。外面已经挂上了马灯，可是微弱的光线却透不进房内来。

高茜捂在被子里不能入睡，她想得很多，她知道李明他们就关在对面不远的一间牢房里。

她七八岁就认识李明，那是北伐时期。李明经常带着她玩，给她讲一些有趣的故事，在她幼小的心灵里撒下了追求真理的种子。在李明讲的故事中，劳动人民是那样勤劳勇敢，却过着悲惨的日子；一些骑在人民头上的富人，是那样贪婪、愚蠢而冷酷，却过着舒适的生活。儿时给她留下的印象是深刻的，虽然有些情节已经记不真切，已经淡忘了，可是美和丑的熏陶却在她心里扎下根。对美的向往，对丑的憎恶，使她对于新事物特别敏感。

家庭的影响对她有双重性。父亲是具有新思想的开明人物，平时对她的管束不算严，也允许她看一些杂书。父亲的小小书库里，除四书五经以外，还有古今中外的一些文学名著。她从初中起，就酷爱阅读巴金、郭沫若、鲁迅等当代作家的著作，使她的思想在文学的潜移默化中有了一个飞跃：向往革命，向往民主自由。但是，她从小过着娇小姐的生活，使她思想感情的发展，受到了一定的局限。因此她也曾崇拜过朱佳富的博学多闻，向往朱佳富口头介绍的欧美物质文明。

只有当李明重新回到涪陵，在短时间内，她的思想在抗日爱国的热情鼓舞下，才发生了真正质和量的变化。李明向她提供了一个新的天地，他用深入浅出的方式向她讲解的一些革命道理，都是高茜前所未闻的。她很快就感觉到朱佳富的浅薄庸俗、欧美文明的虚伪丑恶，一下就对朱佳富疏远了。

她与李明进一步接近，愈发感觉到李明的正直高尚和忘我的革命精神，与朱佳富形成了鲜明的对比。李明知道像高茜这样家庭出身的青年，仅仅知道一些革命道理是不够的，必须引导她到革命的洪流中去锻炼，和民众结合，才能使她得到不断的进步。在李明的指示下，学校的地下党组织加强了对高茜的教育争取工作。高茜表现很好，分配给她的任务，她都毫不迟疑地去做，从不退缩。很快，她就被吸收参加了共青团，从此她更加主动积极了。

这次她感到自己若是同意单独出狱，就是对李明及其他同志的背叛。她也考虑到：自己关在狱中，她父亲一定会运用他的社会地位和关系营救他们。所以她毅然拒绝了单独出狱。这行动马上得到了李明的称赞和鼓励。自从转移到监狱以后，虽然监狱的规矩很严，李明却能利用放风的间隙，很巧妙地传递信息给她。不知李明是通过什么渠道，对外面的消息知道得很及时。高茜从李明传来的小纸条中获悉：他们不是孤立的，涪陵的民众动起来了，全川的民众也动起来了，这使她受到极大的鼓舞。她和全川的民众站在一起，她激动，她兴奋，她感到光荣。

夜是很静的，监狱高墙外传来了更锣声和打更匠模糊的吆喝声。从监狱的刑讯室里，不时传出受刑人声声的惨叫，使高茜每夜都难以入睡。

这时一群耗子又从高茜床上跑过去了，她胆子变得稍微大一点了：她嘴里发出嘘声，用手拍着床沿……

又一个白天，高茜坐在床上，感到身上有一种难耐的奇痒。她用手伸进身上一摸，摸出一只芝麻样大的小生物来。她瞪着一对大眼睛，在暗淡的微光中惊疑地注视着这只从没见过的小生物。她想：这一定是寄生在人身上的虱子，因为她曾听人说过这种东西。她不禁紧张起来，顿时浑身都感到麻酥酥地难受。她不知道怎样处理这只小生物，把虱子放在手板心上，看着它爬行蠕动。

突然，一只肮脏的手，尖着两个指头，从她手板心上将虱子拈走了。高茜吃惊地抬起头来，原来是那个女犯人站在她的面前。她见她将那只拈去的虱子，熟练地放在两个拇指甲间，轻轻一挤压，发出低微的脆响，虱子在指甲间挤破了。那女犯人见她望着自己，嘴角边闪现了一丝柔和的善良的笑意，但这表情瞬间便消失了。这女犯人很快恢复了那副使人害怕的面容，离开了高茜，拖着一双破鞋，嘀嗒嘀嗒响着，在室内漫无目的地走动。

四

每当家里送来了饭，高茜难以下咽的时候，她总看见那个女犯人站在一旁，那对射着冷光翻着眼白的眼睛已变了样：闪烁着饥饿的火，贪婪地注视着她碗里雪白的饭和美味的菜肴。苍白的嘴唇微微翕合。

高茜知道她饿得快疯狂啦！有一回，她把饭和菜拨了一半盛在一只碗里递给她，正考虑没有多的筷子，但见她已用手连抓带扒，把碗里的饭菜横扫一空。那女犯人放下碗，对高茜露出了一丝凄凉而善意的笑容，满足地走开了。

渐渐地，高茜对这女犯人的印象改变了。她觉得这女犯人并不那么可怕，在女犯人脸上瞬间出现的笑意，是那样温柔、善良和凄凉。这女犯人外貌是那样使人害怕，可是相处这么多天，却从没侵犯过高茜，连一点不礼貌的举动也没有。这温柔、善良和凄凉的笑意，虽然消失得很快，但绝不是一个疯子能有的表情。高茜甚至坚信：在这女犯人的可怕外貌下，一定有一颗善良的心。这样一个人怎么又成为谋杀亲夫的凶手，简直使人不可思议。她想询问她，但看见她那呆滞的表情，她终于忍住了。

监狱里给那女犯人的囚粮，实在是太少了。高茜每餐都分一些饭菜给她吃。由于暂时解除了饥饿，她不单脸色变得红润，呆滞的表情也慢慢消失了。那女犯人用高茜送给她的毛巾洗了脸，略微将蓬乱的头发用手梳拢了一下，整个的外表便改观了。高茜发现她还很年轻，不过二十多岁，虽然异常憔悴，但长得很秀气。

那女犯人对高茜更加友好和善了，经常看着高茜露出纯朴的微笑。她们互相开始交谈一些简短的话。高茜觉得那女犯人的声音非常甜脆动听，说话很有条理，并看不出半点精神病的样子。高茜暗想：“哦！她原来是被他们折磨成那样的。”她对那女犯人的畏惧心理慢慢消除了。

一天，那女犯人突然问：“小姐，你犯了啥案被捉进来的？难道你也杀了人？”

“不，我没杀人！我是为了宣传抗日才被他们抓进来的。”高茜亲切地回答她。

高茜看那女犯人迷惘地低头沉思，以为她没听懂自己的话，问道："抗日是怎么回事？你懂吗?"

想不到那女犯人却点头说："懂，我懂，抗日就是打东洋鬼子。小姐，这也有罪吗？难道这与杀人犯是同样的罪？他们把你与我关在一起?"

高茜点点头，随即又摇摇头，她很不容易一下子向她讲清这个问题。

那个女犯人没有再问，大家都沉默了。

高茜根据她的谈吐，认为她可能还多少受过几天教育，难道她真会谋杀自己的亲夫吗？她的亲夫又是什么样的人呢？她忍不住好奇地问道："听说你杀过人，真的吗?"

出乎高茜意料。那女犯人抬起头，脸上和善的表情消失了，眼睛里露出恶狠狠的凶光，回答说："真的，一点不假，我杀了人。"她扬了扬右手，"就是用这只手拿着刀子杀的。"说到这儿她脸上现出惋惜怅惘的神态："可惜，我的力气太小，只是在他脖子上戳了一刀，没有伤着要害，没能杀死他!"

高茜感到害怕了：她果然是个杀人犯！于是进一步问她："是你的丈夫吗?"

"是的。"女犯人随即又摇头否认："不是。"

高茜听了她的回答，更觉奇怪："那么，究竟是你啥人呢?"

"是我名义上的丈夫。"

"名义上的丈夫!"高茜惊异地凝视着她，接着问："你为啥要杀他呢?"

高茜这个提问，好像触动了那女犯人心灵上最疼的伤疤。她没有回答，用双手蒙着脸，抽抽咽咽地哭泣起来，瘦削的两肩不断地耸动。

高茜见她突然哭得那样伤心，感到惶惑了。知道她一定有一段悲惨的经历，她对她产生了无限的同情。她忘记了女犯人身上的肮脏，拉她并排坐在行军床上。

过了一会儿，那女犯人的哭声止住了，放开了蒙脸的双手，用破烂的衣袖揩干了脸上的泪水。她使自己的情绪安定了一会儿，含着悲愤的声音，向高茜低低地叙述她的遭遇。

她的爸爸在海关建立的信号台工作。一座小茅棚建在夔府峡里一块平坦的岩岸上，门口竖立着一根成十字形的信号架。工作很单调：每天在一定的时间里挂出禁航或通航的信号球。因为峡里航道曲折狭窄，不能让两艘轮船同时进峡。为了避免碰撞，所以设了这个信号台。一家人过着几乎与世隔绝的生活。

在悬崖绝壁上，一条石梯小道，从小茅棚通向江边，有一条小船靠在那里，这是她家与外界联系的唯一通道。

峡里因山高壁陡，只有到中午阳光才能照进峡里，晒到她家的屋顶上。

她的童年就在这里度过了。只有当爸爸脸上有笑容的时候，才偶尔带她坐着小船到夔府去一趟。领了工钱，买好一个月的粮食、油盐和其他必需品，又坐小船赶回信号台。

她幼小的心灵，也像峡中的天气那样晦暗阴森。她没有兄弟姊妹，也没有其他的同伴。她除了帮助妈妈做一些事情外，空闲时就坐在茅屋前一块稍微平坦的石头上，两手托着腮，默默注视着岩下湍急奔腾的江流，看着江面鼓起的泡漩和变幻的波涛出神。仰头只能看见很窄的一线天空：蔚蓝色无云的天空，以及灰蒙蒙一片混沌的天空，都是异常单调的。只有蔚蓝色的天幕上衬着朵朵白云的时候，她才感到有趣。那时她天真的脸上含着微笑，她根据各种形状的云朵，想象成她心灵里最美妙的东西，她快乐了，暂时沉醉在这遐想的迷梦里。她的小嘴唇不断微微张合，但听不清她的声音。她大概是在默念着那些云朵像什么。但这样的天气是很少的，天空灰蒙蒙一片混沌的时间居多。

而且，满眼是望不到头的悬崖绝壁，灰秃秃的岩石与灰蒙蒙的天空浑然一体，是那样的单调无味。

只有春天，才是峡里的黄金季节。晴朗而有云彩的艳阳天很多，她的心情也像春天一样开朗了。岩下长江流水从浑浊变成了碧蓝，缓缓地流过岩脚，哗哧一声，一条江鱼跳出水面，又啪地一声潜入水底，多么有趣。灰秃秃的岩石缝隙里，长出嫩绿的枝叶，在江风中摇晃，开着一簇簇紫色、粉白色、橘黄色……各种瑰丽色彩的岩花，真是好看。当她在小茅棚出生的时候，正是春天里岩花盛开的季节，她爸爸给她取了个名字叫岩花。她长得虽然没有岩花那样美，她的生活中也从没显示过岩花那样瑰丽的色彩，但是她却像岩花那样生在绝壁上，成长在绝壁上，过着孤独而寂寞的童年。

她的爸爸被海关解雇了，她想不出她爸爸有什么过失。她看见爸爸妈妈唉声叹气、愁眉苦脸的样子，她也跟着感到难过和不平。

他们离开了那座小茅棚，她心里高兴极了。以往每当轮船隆隆地开过，她的心也不止一次被轮船带走。她多么想离开这个孤独晦暗的地方，到外面去看看那广阔的世界。

她兴高采烈地帮父母将简单的行李搬上船。离开这个鬼地方有什么不好？她不理解父母为什么那样发愁！

小岩花啊！假若她知道她向往的外部世界是这样肮脏和冷酷，她死也不会离开那与世隔绝的小茅棚，她宁愿过着孤独的生活。可是幼小的岩花哪里就能理解人世的艰辛和悲酸呢！她是怀着快乐的心情跟着父母投到这外部世界上来的。

她爸爸自离开信号台后，一直没找到固定的工作，家里的生活更加穷困。她这才知道父母亲带着她离开那与世隔绝的信号台时，为何愁眉不展！

她父母亲在生活稍微好点的时候，也送她读过几天书。小学没毕业便辍学了。

他们一家人始终挣扎在饥饿线上。民国二十年四川大旱，父母亲无法养活她，凭媒人的花言巧语，将她嫁给了一个陌生的男人。这男人比她大二十多岁，而且到了男家才知道是做小老婆。唉！生米已煮成熟饭，叫岩花又有啥法呢?!

……

岩花向高茜叙述到这里，停住了，苍白憔悴的脸上，显出怅惘悲戚的表情，木然地垂下了头，眼角的一颗泪水滴了下来。

高茜对岩花诉说的生活，她异常陌生，也觉得很新鲜。她对岩花仿佛更了解啦！她很同情岩花的遭遇，但又想不出什么话来安慰她。

高茜有些不解地问：“你怎么说那人是你名义上的丈夫呢?”

岩花欲言又忍，苍白的面颊上飞出了一朵红云，现出腼腆的样子，接着伤心地哭泣起来。高茜更觉奇怪了，见这句问话引得岩花这样悲伤，反而觉得有些惶惑。

岩花忍住了哭泣，低低地说：“因为……因为他从来没与我在一张床上睡过觉。”

岩花的回答，使高茜更加不解。

岩花看高茜疑惑不解地看着她，她迟疑了一会儿，凑近高茜的耳边低低地说了一会儿。高茜听了，开始脸上也飞起羞涩的红云，接着变成了激愤。什么采阴补阳——这真是高茜从未听过的事，想不到竟有这样惨无人道的丑行，对女性这样无耻的摧残。她骇异地瞪着一对大眼睛望着岩花。

“我不同意，他就打我，咬我。”岩花愤怒地解开她的短衫，只见脖项以下，露出斑斑驳驳的疤痕，整个前胸没有一块完好的皮肤。

岩花又难过地继续说：“我恨他。像这样的丑事又不敢对人说。他外表对我很好，我父母亲哪知我这样受罪。”岩花一边将解开的衣衫扣拢，一边说：“这样活不如死了好，我不能忍受这样非人的生活，我要杀死他。”岩花声音变低了，无限惆怅地说：“可惜，可惜我气力太小，只在他脖子上戳了一刀，没能戳死他。”

高茜沉默了一会儿，问：“你那男人是干啥的？”

“他很有钱，是涪陵轮船公司的董事。”

高茜更加骇异，迫不及待地问：“叫啥名字？”

“徐宁山！”

“哦！”高茜想不到这个“长颈鹿”是这样卑鄙无耻！她愤愤地说：“畜生，真是畜生！”

高茜问岩花：“你为什么不向法院控告他？”

“法院！”岩花凄然地摇摇头，“小姐，法院会为我说话吗？我被关到这里来后，徐宁山怕我在法庭上揭出这丑事，他买通典狱长，经常整天不给我吃，想要饿死我，杀人灭口。”

“哦！”这又是高茜所没有想到的事。她正准备说话，这时牢门哐当一声打开了，亮光大量照进牢房，正座神龛上残破的神像显得更加凶恶，岩花的脸色也显得更加苍白憔悴。

典狱长站在门口，一反常态，谦恭有礼地微微弯腰说：“高小姐，樊师长有请！”

高茜觉得诧异：樊师长请她干啥？她从容地拢了拢头发，整了整衣衫，走出了牢房，牢门又哐当一声关上了。

高茜听见高墙外人声鼎沸，锣鼓喧天，唢呐声声，不知发生了什么事情。

在监狱办公室门口，她遇见了李明等六七个一齐被捕的人，个个面带笑容向她点头招呼。

进入办公室，出乎意料的是：办公室里坐满了人。高太太首先站起来迎上前，紧紧地拉住高茜的手，悲喜交集地喊道：“茜儿，你……”高太太眼角滚出了激动的泪珠。

“妈！不要在这里哭。”高茜用轻柔的指头抹去高太太眼角的泪水。她随后看到爸爸也在这里，还有朱佳富、胡方以及其他一些不认识的人，都上前向他们亲切慰问。

高伦握着李明的手安慰道：“李副官，你们受苦了。”

这时，樊师长的副官高声喊道：“请静一静，听师座讲话。”樊师长装出一副笑脸，摊开两手：“请坐，大家都请坐下。”办公室里座位不够，多数人只得站着。

樊师长说话了：“诸位，这是一场误会。本师长素来赞成抗日。军人守土有责，不能保卫国家民族还算啥军人?”他听见有人在窃窃私议，有人在冷笑。他的厚脸也不禁红了，硬着头皮说下去：“高参议与我结交多年，对本师长的为人是了解的。”他瞥了高伦一眼，见他脸上没有特殊反应。接着说：“我奉上级命令，原意不过是劝导诸位在宣传抗日时，不要妄议国策，免为异党利用。可是王团长不经请示，私自抓人捕人，特别是误抓了高参议的千金和《涪陵报》的李明先生。鄙人在这里表示歉意!”

王团长军服整齐站在樊师长身后，见樊师长把一切责任推在他的身上，麻子脸现出委屈愤愤的样子。

突然，樊师长严厉地大声宣布：“王团长私自横行不法，有违军纪，马上绑送重庆军法处论罪。”

樊师长话音未落，等在王团长身后的几个马弁，马上拿出绳索，动手捆绑王团长。

王团长被弄得措手不及：想不到樊师长翻脸不认人，拿他当替死鬼。他拼命挣扎着，大声向樊师长嚷嚷：“师座，你怎么把我送军法处？我……”

樊师长不等王团长说完，脸一沉，厉声说：“送走，快送走!”

马弁已经把王团长背剪双手捆绑好，挟持着推走。走了很远，还听见王团长惊慌的叫声：“冤枉呀！冤枉!”

高伦冷冷地看着樊师长的这场表演。这是事先协议好的：原先要樊师长召开大会，在涪陵广大民众面前公开道歉和惩办肇事者。后来在樊师长反复交涉下，经研究，为了适当照顾樊师长的面子，才改在这里举行。

樊师长向大家拱拱手，他忘记了他现在穿的是将军服，没有行军礼。最后说：“本师长也有失察之责，望诸位拜兄海涵[1]!”他不伦不类说了一句哥老会的行话，算作结束语。

……

1　哥老会中，“拜兄”是互相最客气的尊称；海涵，即大度包涵的意思。

大家已不顾樊师长他们还留在办公室，簇拥着高茜、李明等人走出监狱。

他们刚走出监狱，高茜、李明等人便被几个女学生戴上大红花。这时监狱外已经人山人海，个个笑逐颜开，扬眉吐气。抗日的歌声、抗日的口号此起彼伏，欢呼声、鼓掌声交织成一片。

人海中有衣冠楚楚的商人绅士，更多的是工人、黄包车夫、学生，还有从河坝挑水卖的担子客……

贫儿院半工半读的学生组成的乐队，平时只供人结婚时租用，这时站在前列，起劲地敲着洋鼓，吹着洋号，比办喜事更热烈使劲；一群穿得破破烂烂的叫花子也自动跑来，腮帮鼓得圆圆的，吹奏着欢快的唢呐；码头上打围鼓[1]唱川戏的票友也组成一队，打着川戏的曲牌锣鼓……

县中学生唱着抗日歌曲，会唱的都跟着唱起来：

工农兵学商，
一齐来救亡，
拿起我们的铁锤刀枪
……

高茜的大眼睛里充满激动的泪水，她看见民众这样热烈的场面，真正感到民众力量的伟大。她与民众站在一起，感到幸福和骄傲，她心里也充满了斗争胜利的喜悦。

慢慢地，她秀丽的眉毛皱了起来：她脑子里呈现出那个受凌辱的岩花的影子。她已经吩咐家人把被褥和衣物留给岩花，可是又能对岩花有多大的帮助呢？这些吃人的魔王还在折磨她，要置她于死地哩！高茜在认真地思考着这个问题……

1　旧社会在四川茶馆里，爱好川剧的票友，晚上利用休息时间自动组合清唱的一种文娱活动。

第二十一章

一

樊师长穿着条纹的长睡衣，腰上的布带松散着，坐在小客室的沙发上。他头仰靠在沙发上，嘴里衔着雪茄烟，眼睛半睁半闭，在等着一个人的到来。

最近发生的事情，使他很不顺心。为了平息这次事件，他败得很惨。虽然高伦他们最后让步，只在监狱办公室道歉，但也已经够失面子了。何况这其中的细节，《涪陵报》在头版显要位置作了详尽报道，这与在民众大会上道歉，又有啥区别！

将王老二交军法处论罪，更是打在王老二身上，疼在自己心上。他原先这样做只是为了缓和舆论，是掩人耳目的权宜之计。准备等事情平息，舆论缓和之后，悄悄将王老二放出来，另调一个团就行了。殊不知将王老二送到重庆军法处以后，弄假成真，给判了个就地正法，推到菜园坝枪毙了。其中的详情樊师长至今还没弄清楚，不知刘湘是怎么想的。

对这件事的谣传很多。据说刘湘为这事请教了他的神仙军师刘从云。刘从云是迷信道门的道首，冒充神仙下凡，为刘湘练了一师神兵，称模范师，由刘湘自任师长。刘湘很迷信，见了刘从云还要跪拜，凡遇危急疑难事情，事事向刘从云请教。由刘从云弄神弄鬼，请神扶乩，按上界真武祖师法旨办理。二刘之战时，因刘文辉势力不弱，又是刘湘的幺爸，刘湘迟疑不敢动兵。请教神仙军师刘从云后，由真武祖师在扶乩的沙盘里写了一首似通非通的打油诗，经刘从云解释：真武祖师说，刘湘有神帮助，定可以打赢这次战争。刘湘便大胆地动了手，果然打了胜仗，把刘文辉赶到西康。自此刘从云更是身价百倍，刘湘对他的鬼话字字照办。这次涪陵事件，全川震动，刘湘惊惶万分，处理王老二这件小事也请教神仙军师。说也作怪：扶乩的沙盘里乱笔只写了一个斩字便不动了。反复几次，沙盘里仍然只有一个斩字。大家都说王团长该死，这是神的法旨。军法处因为已废除了斩刑，只好判为枪决。

樊师长并不真是大家所称的哈儿，他明白这不过是刘湘借神仙的法旨压服军心，以王团长一条命，缓和四川人民对他的攻击，巩固他已经有点动摇的地位。这种舍车保帅的故伎，又能瞒得了谁？樊师长心里暗自愤愤地说：“你刘湘为了讨好民众，自己脱身，杀了王老二。但我又怎向部下交代？唉！”

樊师长拿起茶几上一张石印的大纸，这是军法处宣布处决王老二的布告，里面有这么一段话：

刘军长爱民如子，素为蜀中父老所称道。爱国为军人天职，国难当前，日本进逼，刘军长已向最高当局请缨杀敌，愿开赴前线与日人决一死战，马革裹尸以尽军人天职。

查涪陵事件系团长王老二未经奉命，私自擅专，破坏抗日，违背刘军长之初衷。为了严肃军纪，判处团长王老二枪决，以儆效尤。

民众抗日的心情是正常的，但查近有异党和匪类造谣惑众，乘机生事，借抗日之名，行破坏治安之实。刘军长为了报答蜀中父老殷切之期望，确保社会治安，凡无端聚众生事者，当严惩不贷……

樊师长没有继续看下去，见后面落款是刘湘的名字，不觉鄙夷一笑。他自言自语挑剔说："前面口口声声刘军长这，刘军长那，后面颁布人又是刘湘，口气不一致，不合行文规矩，这布告写得狗屁不通！"随手将布告扔在茶几上，心头一阵烦躁，将嘴上衔的一大截雪茄取下丢进痰盂里。

"报告！"

樊师长见是副官，回答说："进来！"

樊师长示意副官坐下，问："你到王团长家里去过吗？情况怎样？"

副官坐在不远的沙发上，低声回答："师座，王团长的家属又哭又闹，说她男人死得冤枉，口口声声说她男人是奉师座的命令行事，扬言要上告。"

樊师长半天没说话。他当然知道王团长死得冤枉，为这事他向刘军长发过牢骚。刘军长在电话里向他解释说："杀个把团长算什么！你要明白我们现在的处境，各方面都在利用涪陵事件打击我们。蒋介石也没安好心：一方面向我们施加压力，要我们镇压取缔抗日活动；一方面又说我们的不是，以讨好四川人民。最可恨的是刘文辉、杨森这些人，也反对我们，没安什么好心。原来还算听话的川东老百姓，一下子像喝了刘军师的神水，变得天不怕、地不怕起来。我们已经四面楚歌，再不转弯，眼看就要丢掉目前的地盘。"刘军长又在电话里谈到高伦的问题："高伦与我们刘家是亲戚，他虽然也是留日的士官生，但与我幺爸感情很好，与保定系的人处得好些。我也不好公开把他怎样办。你对他可以明松暗紧，暗暗提防他。"……

副官见樊师长半天不语，催问道：“师座，你看这事怎样处理？”

提起这件事，樊师长心里就异常烦躁：“他家属要告我，我又去告谁？真是岂有此理！再闹给我抓起来。”

副官摸透了樊师长的脾气，隔了一会儿，轻声说：“师座，王团长的家属固然可恶。不过……”副官说到这里欲言又止，注视着樊师长脸上的表情。

“说下去！”樊师长示意说。

“不过，师座明鉴：应该考虑下级军官的情绪……”

樊师长半个上身向前倾斜，吃惊地问：“谁？谁有不满的表示？”

副官摇摇头说：“目前还没发现。师座，假若王团长的后事处理不当，恐怕下级军官心寒，望师座三思！”

樊师长低头凝思了一会儿。副官的话提醒了他。王团长是棒老二出身，手下连、排长多是他绿林中的生死朋友，最讲江湖义气，搞不好发生兵变，更加不好向刘军长交代。不觉放松了口气：“你认为怎么办才好？”

“师座，人已死了，王团长的妻子又是重庆较场口的货[1]，说不上与王团长有啥情义，不外闹几个钱。给点钱安抚一下，一定会风平浪静。这样做，使部下深感师长待人宽厚，今后方能令出必行。师座固然不怕上告，但家丑不可外扬，若为这事又闹得满城风雨，则一波刚平，而一波又起，对师座不利呀！鄙人肤浅之见，望裁夺。”

樊师长对副官要他拿钱安抚王团长家属，很不以为然，因为这要他自己掏腰包。及至听到后来，他眼睛一亮，不觉把副官多看了两眼。他知道这位副官读过几天书，所以心里空松，看问题要比别人入木三分，实在与众不同。若王团长家属把这事到处公开张扬，对自己确实不利。刘军长手辣心毒，反复无常，也可能找神仙军师卜个卦，就把自己也交军法处……

樊师长不愿在下属面前承认自己考虑不周，慢吞吞地说：“这些事我也考虑过，不过……”樊师长踌躇一下，显出十分慷慨的样子说：“这样吧！王团长跟我多年，从我的军饷中拿两千元给他老婆，算我个人给她的抚恤。”

副官知道不能再说了，他认为一条人命给两千元未免太刻薄，何况是现役团

1　当时重庆较场口一带妓女最多，故重庆较场口的货变成了妓女的别称。

长，为他受过而死。但副官没有说出自己的心里话，反而奉承说：“师座这样豪爽大方，实在难得，我马上去办。”

樊师长看副官出去了，看了看手表，眉头不禁皱了皱：相约的时间已过，他等的人还没来。他觉得坐得太久，想舒展一下筋骨，便站起来由后面一个小门转出去，踱过一条走道，不觉到了卧室门口，轻轻推开门进了卧室。

卧室里的布置相当富丽。他随军没带家属，黄脸老婆带着子女住在重庆上清寺樊庄。一张双人钢丝床，厚厚的进口气垫上铺着雪白的床单，有一个女人头枕着鸭绒枕睡在床上。她满头蓬松黑亮的卷发在雪白的枕上散开，一条腿屈着，一条腿斜搁在钢丝床的半圆形靠背上，穿的粉红绸睡衣的下摆滑到腿根，露出白嫩的一条大腿。

听到脚步声，那个女人从枕上转过头来，见是樊师长，乜着一双妖媚的惺忪睡眼，懒懒地从床上坐起来。这女人原来是吃过皮船长春春糖的沈小姐。

沈小姐将披散的卷发向耳后一拢，向樊师长露出雪白整齐的牙齿，柔媚地一笑，随着噘起猩红的嘴唇娇嗔地说：“你眼巴巴把我从重庆请来，也不陪着我玩，把我撇在一边理也不理，你们男人呀！多是无良心的。”说时，一对宝石耳坠微微地晃荡着，闪着瑰丽的光彩。

“唉！小姐，你是冤枉我！我就是想你，所以才派人接你到涪陵来。”樊师长装着委屈的样子说。他伸出粗大的手，准备拧一下沈小姐白嫩细腻的脸蛋。可是沈小姐头一偏，避开了。

沈小姐的嘴唇一撇：“你说得比唱得还好听！要不是因为你最近惹了祸，知道刘军长对你不满意，要央求我替你美言疏通，哪会想我？早把我忘得一干二净啰!”

沈小姐的话点着了樊师长的心病。沈小姐原是他的相好，后来被刘军长看中占了去，自己为了怕军长多心吃醋，就主动疏远了她，不敢再与她往来。近来樊师长听到传闻：为了涪陵的事，刘军长虽然拿王团长去开了刀，没有处分他，但有许多人在军长面前攻击他——因为涪陵这个防区比邻区强，是川东第一个肥缺，每年有几十万元进账，个个眼红。军长已露出要调动换防的意思。所以他才悄悄把沈小姐接来，的确想央求沈小姐在军长面前美言疏通。他还没向沈小姐提及此事，就被她猜中，一语道破。他想不到与沈小姐离开才两年，她便在军长身边练得这样精明，不觉有点尴尬，索性摊开说：“唉！为涪陵民众闹事，弄得我食不甘味，坐不暖席……”

沈小姐翻身下床，一双赤脚显得很精巧，脚趾甲上也涂着蔻丹，红白相映娇艳异常。她穿着缎子拖鞋，亭亭走到梳妆台前的凳上坐下。她从镜子里看见樊师长站在她身后端详着她秀美的体态，嘴角不禁露出了一丝微笑。她一面用骨梳梳理着头上的卷发，一面看着镜子里的樊师长说：“你食不甘味，坐不暖席！可是军长的日子也不好过呀！刘军长既要对付不听上服的民众，又要对付西康那位幺爸，他对蒋先生也不放心。”

沈小姐说的这些情况樊师长早已知道。二刘之战以前刘文辉来策反，他接受了四十万元，答应反水[1]。这事被刘湘侦悉，幸好自己在军长身边安有耳报神[2]，自己随机应变，主动上门向刘湘报告此事，刘湘才没怪罪他。他反而落得四十万元，在重庆上清寺修了一座有大花园的公馆——樊庄，真是人人称羡。他虽然把这件事在刘湘面前掩饰过去了，但自己做贼心虚，生怕刘湘识破他的花招。再说刘湘此人也诡计多端，表面上相信他，谁知心里的真实看法又如何呢！

樊师长一只粗大厚实的手搭在沈小姐肩上，装作亲昵多情地说：“你对我的恩爱我一直不忘于心，只是碍于刘军长不得不对你疏远。我思恋之情很切，有时我梦中喊着你的名字喊出声来……”

不等樊师长说完，沈小姐扑哧一笑，嘴角露出嘲讽的笑意：“师座，你未免太会扯谎，你梦中喊出声来自己又怎么能听见！”

樊师长被沈小姐指出话中的破绽，涨红着脸，正想找话辩解，沈小姐将骨梳往梳妆台上重重一搁，愤愤地说：“为了讨好你的刘军长，把我当成礼物送给他，还说什么思恋之情。哼！”

樊师长讪讪地无言以对，空气一时僵住了。

沉默了一会儿，沈小姐忽然回眸一笑，用一只柔嫩的纤手抓住樊师长的另一只手，柔和地抚摸着：“唉！你把我忘得一干二净，我可忘不了你！还是我们女人痴心啊！”

樊师长看沈小姐改变了态度，心中一喜，趁机问道：“听说军座有调我换防的意思，你可知道？”

---

1 即反叛。
2 即密探。

沈小姐丢掉樊师长的手，连搭在她肩上的那只手也推开了，她站了起来：“我又不是刘军长的参谋长，怎么能知道呢？”说着离开梳妆台，走到不远的一张沙发上坐下，噘着嘴不理樊师长，只顾伸出双手，自己欣赏着指甲上涂的艳丽蔻丹。

樊师长知道沈小姐是故意卖关子，拿架子。想不到这个雏儿变得这样老辣滑溜了。樊师长因为有求于她，只好厚着脸皮跟过去；半真半假地深深一揖：“我的小姐，只要你这次帮我的忙，我一定重重谢你。”

沈小姐弯弯的细眉一挑，眼角眉尖都是笑：“这才像话，给多少？”

樊师长想不到沈小姐会这样逼问，愣了一下，知道已经不能再含糊下去，伸出五个手指在沈小姐面前晃了晃：“只要能保住涪陵这个防区，给你五千大洋。”

沈小姐轻蔑地一撇嘴：“好大方呀！哼！五千大洋！樊师长，你还把我当小孩盘哪！你蜀平轮船公司虽然不开了，但全部资产在民成公司搭股，一年要分几万元红利；涪陵这个防区你一年有几十万元进账。哼！给五千元，亏你说得出口！”

樊师长只得狠了狠心，说：“给你一万元行吗？”

沈小姐才微微点了点头，慢吞吞地说：“其实呢，照我们的交情是应该帮干忙的。唉！等我以后老了，人老珠黄不值钱，你们这些有钱势的大人先生，谁还会认得我呢！”接着她郑重地对樊师长说：“实话告诉你吧！刘军长调动你的命令已经下了，在参谋长手上呢！只等宣汉的军队撤回，就会通知你换防。”

沈小姐的话一出口，樊师长大吃一惊：想不到刘军长决定得这样快。宣汉那一带不但苦寒，没有大油水，而且靠近苏区。徐向前的大部队虽然撤走，但零星的共产党游击队也够伤脑筋的。忙焦急地说：“这，这怎么办呢？”

沈小姐不慌不忙地说：“只要你够交情，莫急，包在我身上。”

樊师长还是有些惊疑，既然命令已下，他考虑沈小姐是不是有这大的神通。

沈小姐似笑非笑地瞟着樊师长说：“老樊，难道你的眼光只看到涪陵这么一丁点地方，你就没有更大的抱负？”

樊师长不明白沈小姐话中的意思，望着她发愣。

不等樊师长发问，沈小姐又说：“比如说，你就不想当军长？就不想到重庆、到成都去当海外天子，做土皇帝？”

樊师长看沈小姐愈说愈玄，但她脸上的表情很严肃，不像开玩笑的样子。他目不转睛地凝视着沈小姐那张年轻漂亮的面孔，想从那对娇媚的眼睛里看出她说这些话的真意。他怕是刘军长派她来试探，所以不敢冒昧回答，言不由衷地说：

“我的小姐，目前只要我不去宣汉，保住涪陵这块地盘就心满意足喽！”

沈小姐轻蔑地瞟着樊师长，不满地说：“你这样不中用，哼！”

“我的小姐，当军长，去重庆，去成都，这怎么可能呢？我只有这个力量，只有量体裁衣嘛！”樊师长辩解说。

“上前年，自乾派人找你，你答应反水，收了四十万元修了樊庄。眼见甫澄知道了，你玩了个鬼机灵，主动去报告，耍了个两面派，混过去了，你当我不知道！要是反水过去，还不是比师长高嘛！”沈小姐不动声色地说。

樊师长听了大吃一惊：这样隐秘的事她怎么知道？他端详了沈小姐一会儿，惊诧地问：“你莫非是自乾派来的……”

沈小姐头往后一仰，哈哈大笑，粉红色轻绡掩裹下的整个身体都在抖动。

沈小姐停住笑，坐正了身体，胸脯还有点起伏。她牵动了一下睡衣的下摆，将露出的一段大腿遮住，嘴角露出一丝轻蔑的微笑：“你认为我是自乾派来的奸细，是吗？老实告诉你，刘文辉要雇我当奸细，他还不够格呢！你以为那件事情，主动向刘湘报告，被你瞒过去了？嘿，刘湘也不是那么笨呀！连我沈小姐都知道了内情，难道他不知道？不过时间未到，他不便下你的手。这次枪毙王团长可能就是一个信号，接着要你换防，下一步又怎样？你值得考虑呀！樊师长，我们有过很好的感情。俗话说，‘一夜夫妻百日恩’，何况你给我破身，是我第一个男人呢！我为你感到焦急呀！”

樊师长见沈小姐最后几句话说得很诚恳贴心，不像装假，但还是不敢冒昧，试探地说：“沈小姐，我们的交情实在不同一般，你对我的恩义我是知情的，等我大婆娘死后，一定接你到樊庄主持家政。”

沈小姐看樊师长又在耍花招，忍不住弯腰咯咯地笑个不住，半天才伸起腰来，两个宝石耳坠还在摇晃，两只白嫩的手按在自己还在颤动的胸脯上：“我的师长，你惯会说笑话开心。你老婆还年轻得很，等她死了，可能你也到丰都驻防去了。我不需要你这样的空头支票，只要你不过河拆桥，把我忘得一干二净便行了。”

樊师长看沈小姐变得真是厉害，便不绕弯子，盯着沈小姐那双动人的眼睛问：“你的意思要我怎样办？”

沈小姐正举着自己的左手，看着食指上那枚钻戒。她瞟了樊师长一眼，笑容消失了，正神地说：“我的师长，识时务者为俊杰，路是明摆着，你怎么聪明一世糊涂一时，难道真变成哈儿了?!”

樊师长见沈小姐说得轻巧，必有好的计谋，虽然沈小姐最后不客气地点了他的绰号，也毫不在意，央求着说：“我的好小姐，有话你就直说吧，我最喜欢直来直去。你怕我过河拆桥忘了你的好处，我可以给你丢个海誓。”

沈小姐抿嘴一笑，说：“樊师长，刘军长把他幺爸赶到西康去了，主要是蒋先生支持他。蒋先生控制着中央政府，谁也斗不过他。如今蒋先生快被日本人逼得无路可走了，我们四川自古称天府之国，正是蒋先生理想的退路。可是刘军长被蒋先生养肥了，现在暗地拼死反对蒋先生的人入川，蒋先生对他已很不满意。你老跟着刘军长能搞出多大的名堂！不如去暗地投靠蒋先生。要是靠上蒋先生，你就会要枪有枪，要钱有钱，要人有人。把蒋先生迎进四川后，将来当个军长、省主席又算得了什么！”

沈小姐这一番话正说到樊师长心尖上。他想不到沈小姐这么一位交际花，却有这样高明的见解，不由有些惊诧。罗天成曾给他向日本人拉过线，答应暗地给钱给枪，但是他看见全国人民抗日情绪这样高涨，日本人又离得远，鞭长莫及，所以不敢答应。现在沈小姐提出暗地投奔蒋先生，实在是上策。他脸上不禁露出了笑容，但他转念一想，脸上的笑容顿时消失了。他疑虑地说：“上次刘文辉拿钱来策反，我主动报告了刘湘，他们都说我不讲信义。我这次去暗地投奔蒋先生，蒋先生怎么信得过我，除非有得力的拉线人才行。”

沈小姐站起来，走到门口看了看，然后轻轻将门掩上，背倚在门边，两手交叉放在胸前，乜着樊师长说：“得力的拉线人，远在天边，近在眼前！”

“谁?”樊师长确实吃惊。

“我!”沈小姐用指头指着自己端正的鼻尖，笑眯眯地加重语气说。

“哎！你……”樊师长差点惊叫起来。他瞪着一对因酒色过度而有点浑浊的眼睛看着沈小姐。对这个娇艳的女人，他感到既熟悉，又陌生……

二

樊师长久等的客人到了，他在小客室接待这位客人，含有很大的机密味。

小客室的门紧紧关着，并且放下了厚厚的棉门帘。马弁和副官都在门外侍候，未经呼唤不许入内，这更增加了神秘感。就是重要的军事会议，也从没有这样严格的布局。这位客人一口下江话，三十岁左右，戴一副金丝眼镜，穿一件线春长衫，像个斯斯文文的读书人。可是不戴礼帽，蓄着平头，挺精神，又像一位军人。并且这位自称是重庆军务督办署的人，马弁和副官都从来没见过，而樊师长对他又这样重视和客气。大家悄悄议论，这客人绝非寻常人物，但谁也猜不出他的真实身份。

樊师长对这位来客也是初识。他接到刘军长的电话通知：为了涪陵问题，军务督办署指派段玉兴先生为督导特派员协助解决，涪陵侦缉队归其指挥。要求樊师长竭力配合特派员的行动。

段玉兴落座后，没有多客套，开门见山要樊师长介绍涪陵近况，很有点不客气的味道。

樊师长看过督办署发给段玉兴的委任手令，不过是少校军衔的督导特派员，可却这样盛气凌人，心里很不自在。但转念一想：原先在重庆从未见过这位特工人员，见他那个派头，很可能是南京蒋先生派来的。因为他听沈小姐介绍说：刘军长暗地反对蒋先生的势力直接伸进四川，但见刘文辉依然对他虎视眈眈，有受两面夹击的危险。老奸巨猾的刘湘不得不对蒋先生作些让步敷衍，所以最近蒋先生派来了一批先遣人员，其中有专长的特工不少。

樊师长已决定由沈小姐拉线投靠蒋先生，对南京派来的人当然不敢得罪。所以樊师长对段玉兴的傲慢不便计较，反而显得特别客气。他在向段玉兴介绍情况的时候，故意大事化小，小事化无，怕把事情说严重了，更对自己不利。最后说：“……总之，涪陵事件已经圆满解决，工人已经复工，商人已经复市，学生已经复课。善后若有不妥之处，望段特派员多加指教。”

段玉兴看樊师长递过一支三炮台香烟，没有伸手去接，摇了摇头说：“谢师座，烟抽多了头昏。”说着将金丝眼镜取下用手绢擦净，然后戴上。一张圆脸表情很平板：“师座，据我了解，释放高茜、李明等人的时候，整个涪陵城像要闹翻过来，庆祝游行的队伍长达几里，可能比涪陵所有的街道还要长。大腹便便的商人，长袍马褂的绅士，衣衫破烂的叫花子、学生、教师、海员、工人、黄包车夫、小贩……各色人都有。洋鼓洋号，锣鼓唢呐，真可谓惊天动地，洋洋大观。唱过激的歌曲，呼过激的口号。师座，刚才没听到你介绍到这些情况。现在涪陵抗日后援会无所顾忌，三日一小会，五日一大会：时事报告，抗日宣传，攻击蒋先生，为异党张目，搞得实在热闹。师座，这些情况又说明一些什么问题呢？”

段玉兴咄咄逼人的话，使樊师长局促不安，想掩饰已不可能。他深深地叹口气说：“主要是高伦这个老家伙在作怪。”

段玉兴一声冷笑：“嘿！师座，你看错了。高伦不可能有这么大的号召力，这背后肯定有共产党在活动。”段玉兴伸出右手的食指在空中画了一个圈。

樊师长对特工人员这一套司空见惯。他们动不动就扯到共产党，不扯到共产党恐怕这些特务就会失业。所以心里对段玉兴的话很不以为然，但也没有反驳，只是看着段玉兴微笑。

段玉兴脸色很严肃，声音低而重：“高伦不过是个退伍军人，一个小轮船公司的董事长，工人、学生会听他的话吗？涪陵抓人不过几天，整个四川都动起来了，连刘文辉在西康也发表了宣言。高伦哪有这么多人去联络发动？只有共产党才有这个力量。”

樊师长开始觉得段玉兴的话多少有点道理，脸上的笑容收敛了，沉吟了一会儿说：“民国二十年共产党准备各城市暴动，四川破获共产党地下组织不少，就是漏网的也很少。安静了这些年，难道共产党会突然从天上降下来不成！地下也冒不出来呀！哪来的共产党呢？”

段玉兴声音拖得很长：“师座，你未免小看共产党了。用他们的话说：星星之火可以燎原。一颗火星就可以引起一场大火呢！”

“喏！在涪陵谁是这颗火星呢？我想高伦不会是共产党。朱佳富?！这人我不大了解，这次调门很高，跟着高伦闹得很起劲，大家都称他是高伦的智囊，高伦办的事情大多由他谋划……”

不等樊师长说完，段玉兴不客气地打断了他：“高伦不是共产党，朱佳富更不是。这个朱佳富是英国剑桥大学的经济学硕士，他妻子杨宝瑜出身江浙名门，是虔诚的基督徒。朱佳富的调门高，不过取悦民众，趁机想捞点政治资本。师座，要注意曾经在法国勤工俭学的留学生，其中可疑分子多！”

樊师长暗暗有点吃惊，想不到段玉兴对涪陵的情况这样熟悉。朱佳富的根底连他还不知道，而段玉兴却一清二楚。樊师长皱着眉：“可是涪陵没有留法学生呀！谁是共产党呢？”

段玉兴看樊师长那样迂，不禁想到他的绰号，真是樊哈儿，但没说出口来。他一对小眼睛里露出狡黠的微笑，点点头说：“师座，谁是共产党？这正是我奉派到涪陵要查清的问题！”

“有线索吗？”樊师长关心地问。

段玉兴自信地说：“师座，不是我夸口：共产党很难从我眼皮下混过去，逃不过我如来佛的手板心！”

“段先生，如有需要，我当尽力帮助。”

“谢谢师座，目前还不需要。”段玉兴眼睛眨了眨，站起来告辞要走。

樊师长为了笼络段玉兴，客气地说：“段先生，今晚准备举行一个宴会替你接风，请赏脸。”

段玉兴双手摇着说：“万万不可，兄弟此来望师座严守秘密。”

樊师长听段玉兴如此说，不便再邀，亲自将他送出小客室。段玉兴傲慢地与他拱手而别。

沈小姐柔媚动人的身影在樊师长心上晃动。他已决心把赌注押在蒋介石身上，沈小姐成了举足轻重的人物，决不能稍有怠慢。樊师长没有停留，迫不及待地向卧室走去。

三

徐队长读过几天私塾，清末时在涪陵衙门当过捕快，缉捕过革命党。当时年轻，为人精明能干，很得班头的赏识，眼看可以往上爬，偏偏发生了辛亥革命，革命党推翻了龙廷。

从湖北带一标新军入川镇压民众的端方，在资州也被新军中的革命党杀掉。人人痛恨的赵屠户，也被四川人民杀死。

涪陵的官也吓得溜之大吉。徐队长怕得要命，不仅怕革命党对他报复，而且乌江两岸的绿林好汉也不会轻易放过他。他想逃跑，可他不像当官的那么有钱，平日挣的钱，早花天酒地花光了，无钱寸步难行。想化装潜伏下来，可是一脸的金钱大麻子，诨名叫金钱豹，在这人口不算很多的城市又怎能藏得住。他那时恨不得有个地缝钻进去。后来想起金大癞子的跟班熊世发，已被提升为大管家，徐队长曾经与他拜过把。于是他急如丧家之犬，白天不敢走大路，趁夜摸个通宵到了石牛场，到金家大院找到熊世发。幸好熊世发还讲交情，留他在金家大院小碉堡里避了一阵风头。后来听说原来的捕头也在重庆警察厅当上了课长，他才离开金家大院回到涪陵观风色。涪陵也发生了变化，像罗天成这些在清朝不敢公开露面的袍哥大爷，居然成了涪陵码头的霸王，与官府平起平坐。为了保险起见，他不但剪了长辫子，而且托人介绍他进了哥老会，拜罗天成为大哥，在码头上跑跑腿，混碗饭吃。

他福至心灵，找人借钱做盘缠，到重庆去找那个当课长的班头。空手去不好意思，他在涪陵买了两坛榨菜，亲自挑着搭船到重庆。下船后，他又挑着两坛榨菜寻到警察厅找到了那位老上级。那位课长见他老远挑着两坛榨菜来看他，累得满头大汗。榨菜虽然不值多少钱，“千里送鸿毛，礼轻仁义重”，着实有点感动，当时就安置他做了一名密探。重庆这个大码头的繁华风光实非涪陵可比，他就像乡巴佬进城，样样感到新奇：这里连骂人都与涪陵不同。

他在重庆当密探混了几年，哪知后来出现了共产党，这非辛亥年的革命党可比，异常机智勇敢，使他这个有金钱标志的密探当不下去了。幸好他善于巴结卖命，老上级又升官了，念旧提拔他当了涪陵侦缉队的队长，回到涪陵可说是衣锦荣归，好不势派！

段玉兴特派员到了侦缉队，徐队长有老上级关照，知道他来头不小，专门把望江酒楼的掌墨厨师请到侦缉队，办了几桌海参席，在侦缉队大厅举行欢迎宴会。

一些小特务出出进进，大厅里几张圆桌很快就准备停当。望江酒楼的掌墨厨师名不虚传，是一位能做四川各种名菜的老手。色、香、味俱全的名菜摆满了圆桌：丹凤朝阳，童子全鸡，口袋豆腐，满堂红，全家福……皆是四川传统名菜。再加上一只腰圆形大瓷盘盛着的“青龙戏珠”：两条盘在瓷盘里像竹叶青蛇的东西，口对口中间有一颗滚圆晶亮的大珍珠，这大珍珠是用特殊食料做成的。蛇样的东西栩栩如生：蛇皮还是青的，使人见而生畏。这是望江酒楼自己独创的名菜——全川独一无二。四川人没有吃蛇的习惯，要不是听到介绍，知道是用乌江里的青鳝[1]做成，简直使人不敢下箸。

徐队长去楼上特派员住室催请了几次，段特派员才迈着骄矜的步子，慢吞吞地下楼来了。

听到楼梯响，大厅里顿时鸦雀无声。徐队长领头，大家列成两行，站在楼梯口恭迎。段玉兴刚在梯口出现，立即爆发出一阵热烈的掌声。

段玉兴在这群小特务面前反而和蔼可亲，脸含微笑，一一握手。

1 青色的鳗，乌江里的特产。

大厅里发出一阵凳子凌乱的响声，大家各自落座，段玉兴这桌由徐队长亲自作陪。

段玉兴左右都有一个穿红着绿、浓妆艳抹的女人坐着相陪。

两个女人都腰肢轻扭，脸上堆着妖媚的笑容，向这位特派员卖弄风情。

段玉兴彬彬有礼地向旁边一位眉目清秀、穿水红绸缎短衫的女人问道："请问太太贵姓?"

这位女人从没遇到别人这样问过她，一时不知怎样回答，只是抿着嘴笑。

段玉兴的问话，使徐队长不禁也感到奇怪：哪里有客人把出局的妓女叫太太的，难道这位特派员连花酒也没喝过！忙在一旁代为回答，指着那位穿水红绸缎短衫的女人介绍说："这位叫赛昭君！"又指着那位穿蔚蓝绢绸短衫的女人介绍说："这位叫水仙花！"

段玉兴仿佛对这两个古怪的名字有些诧异，问徐队长："这两位都是我们自己人?"

徐队长忙说："不，不是。"其他桌上的小特务都伸着头向这边好奇地张望着。

段玉兴提高了声音："难道是家属！"他见徐队长仍摇头否定。他陡地神态严肃地问："她们是什么人?"

徐队长有些摸不着头脑，猜不透段玉兴的意思，他真不相信段玉兴没喝过花酒！只得说："特派员，这两个都是出局的姑娘，我叫来陪特派员喝酒的。"

段玉兴忽然用手往桌上一拍，向徐队长训斥说："简直不成体统，身为公职人员，尽干这种有伤风化的事。我已向你交代过：这次宴会不许外人参加。怎么把妓女也叫来了?"最后加重语气，重复了一句官腔："简直不成体统！"

两个出局的妓女不知段玉兴的身份有多大，但见徐队长居然站得规规矩矩受着训斥，足见这位官儿不小。看见段玉兴发怒的样子，吓得浑身颤抖，脸上变颜改色，站起来显得手足无措。

大厅里的特务们都面面相觑，瞠目结舌，因为喝花酒是官场司空见惯的事情，都不知这位特派员怎么认起真来。

徐队长看见拍马屁错拍到牛屁股上去了，他毕竟是老手，不慌不忙地问道："是不是叫她们走?"

"走，快叫她们走！"段玉兴口气很坚决。

两个妓女不等徐队长开口，惊慌地离席而去，刚走了两步，段玉兴挥手止住:“慢!”

大家都诧异地看着段玉兴,不知段玉兴又有何花样!两个妓女更是吓得心惊肉跳,手软脚耙。

段玉兴仔细地将两个妓女浏览一会儿,声音却变得异常柔和,慢悠悠地对徐队长说:“不要为难她们,出局应该给的钱,一个不要少。还要派人与她们院妈说清楚,不是她俩不会侍候得罪了客人!去吧!”

两个妓女松了口气,觉得这个官儿很古怪,刚才那样厉害,现在又变得这样通情达理,不禁多看了一眼。还是那个赛昭君比较机灵,身子屈了屈,恭敬地说:“谢特派员!”她不知道特派员是一个什么官,也跟着徐队长他们这样称呼。

徐队长拿钱打发两个妓女走了,大家才正式开席。

徐队长经过刚才这场风波,知道这位特派员厉害,暗自感到有些敬畏,变得有些拘谨起来。

开始喝的是涪陵特产的百花露酒,段玉兴酒量很好。嫌露酒太淡,又改喝泸州温永盛的老窖大曲。传说温永盛老窖有两百多年历史,喝起来确实比贵州茅台酒香醇。

段玉兴接受了众特务的敬酒,来者不拒,几十杯酒下肚,一点没有醉意。徐队长暗暗估计,虽然酒杯小,但这几十杯酒,至少一斤出头,真是好大的酒量!

段玉兴喝酒时态度很随和,不时向人点头微笑,与刚才的严厉态度不一样,大家拘谨的心情慢慢消失了。大厅里沉闷的空气开始活跃,有了猜拳行令的叫声。开始大家还有顾忌,声音很轻很小,后来看见段玉兴依然笑容满面,毫不介意,胆子慢慢壮起来,声音越来越高。

过了一会儿,段玉兴站起来。徐队长拍了拍厚实的巴掌,提起大家注意。大厅里顿时静下来,眼光集中在段玉兴身上。

徐队长大声宣布:“现在段特派员要向大家讲话。鼓掌欢迎!”大厅里响起了一阵掌声。有的特务嘴里还含着菜,闭着嘴,两腮胀得圆鼓鼓地笔直站立着,既不敢咀嚼,也不敢吞下去。

段玉兴用右手的拇指和食指托动了一下镜架,轻轻咳了一声,向大厅中站立的特务环视一周:一个个鼠眉獐目,形态猥琐,都不堪入目。其中有些人印堂发黑,脸颊泛青,一定是鸦片烟鬼。只有少数几个现出精悍的样子,段玉兴的目光在这几个人身上略微停留了一下。

段玉兴大声说：“弟兄们，戴老板[1]向你们问候。只要刘军长同意我们收编，你们就是戴老板的人了，保你们不愁吃穿。只要能忠心为党国效劳，同心协力对付共产党，你们就不缺钱用，也可以得到提升……”

段玉兴的下江口音，使许多人半懂不懂，加之突然冒出一个戴老板来，都不知道戴老板是做什么生意的！许多人在交头接耳窃窃私议。“为党国效劳”这句新名词大家很少听见，以前上级训话都是说：“为某军长或某司令效劳”，因此觉得新鲜。不远，有个特务低声向一个小特务解释：“戴老板是做大生意的商人，跟着他有钱用。”这句话偏偏被段玉兴听见了，不觉盯了那特务一眼，皱了皱眉，心里不由暗想：将来收编，一定要把这些饭桶换掉。

徐队长一直注视着段玉兴的表情，见他皱眉头，忙大声吼道：“雅静！不许在下面说话。”

段玉兴接着说：“目前我们共同努力清查共产党，为党国效劳，以后戴老板会论功行赏，保证大家有奔头……”

段玉兴娓娓而谈，大家眼巴巴等他讲完，爆发了一阵机械的掌声。接着一阵筷子响，大家又狼吞虎咽地吃喝起来。

四

宴会后，天已经黑了。侦缉队驻地也是庙宇改的，布局与改作监狱的庙宇差不多。这些有高墙大院的庙宇逐渐香火稀少，正好改作这种用途。

徐队长亮着手电筒，领着段玉兴穿过一曲游廊，走过一段院坝。院坝是青砖铺成，地上少人行走，长满了苔藓，滑溜溜的。这段玉兴又穿的是皮底靴子，要不是拉了徐队长一把，他已滑跌到地上去了。

徐队长有点醉了，但段玉兴喝了那么多酒，好像全无醉意，兴致很好，一定要观看他们的刑讯室，他只得强打精神陪伴他。徐队长虽然穿的是布底鞋，被段玉兴突然拉了一把，自己吓了一跳，脚下一滑，却一跤仰面摔倒了。跟在后面的特务——外面人称他杜五哥，徐队长叫他杜鲫壳（可能因为他长得矮胖矮胖，办

---

1 指军统的特务头子戴笠。

事精明能干)，忙上前扶起徐队长。徐队长站起来，顾不得疼痛，怕在段玉兴面前丢人，紧走了两步，仍赶在前面领路。可是手电筒跌坏了揿不亮，幸好不多几步便到了。

杜鲫壳打开了一间大厢房门上的铁锁，开亮了电灯，站在门口侍立着。

房里分成两间，里间排列着各种刑具。不用徐队长介绍，段玉兴内行得很，一一指出这些刑具的名称和用途。五花八门的刑具使人触目惊心，有些刑具上还留存有紫色的血污和粘着的人发。

段玉兴忽然看见了一根四方铁杠，铁杠两端都有一孔，他却叫不出名字，眼光停留在上面沉默不语。

徐队长看见这正是表现自己的机会，忙凑上去介绍说:“特派员，这刑具是商鞅变法时就有的，但久已失传，我是从一本古书中发现，经过我仔细揣摩，才重新制作出来。这刑具名苏秦背剑，不伤皮肉，不露形迹，任他钢铁好汉，也熬不过这一关。”接着眉飞色舞地说明它的用法。

段玉兴知道徐队长在信口开河，胡诌乱道，但对他所说的不伤皮肉、不露形迹，很是赞赏，说:“你们这里旧式刑具太多，很多已过时了……”

徐队长拦断了段玉兴的话:“特派员，世间没有过时的刑具，任何时候用在人身上照样难受。”他指着那些刑具，叫了几个名称:“这几种刑具都是秦始皇那时传下来的，一个朝代发明增加一点，所以刑具就够我们用了。将来再一代一代传下去，对付老百姓的刑具肯定会更多，但永远不会过时。”

段玉兴见徐队长打断他的话，心里很不高兴，不禁怒形于色地说:“你懂个屁！现在是民国，还挂着民主民权的招牌，这些原始的刑具容易伤外部的皮肉，让人一见就知道。用了重刑，怎么能让人相信我们是实行民主民权呢！英国人送给我们一批刑具，它们摧毁了犯人的内脏，碾碎了犯人的骨骼，外面一点不露痕迹，这才是文明的产物。时代变了，你们怎能死抱住这些原始的刑具不放呢！……”段玉兴看徐队长不学无术蠢乎乎的样子，认为是对牛弹琴，突然停住不说了。

徐队长碰了段玉兴的钉子，反而装作听懂的样子说:“特派员实在高明，说得对，说得对。”

段玉兴只略微点头，剩下的刑具只马虎看一下便过去了。由杜鲫壳关灯锁好门。

徐队长这时才觉得刚才那一跤摔得不轻，尾脊骨火辣辣地刺痛，走路都有点瘸，仍强忍着在前带路。幸好杜鲫壳还带着一支手电筒，他们一行不敢从原路回去，绕路回到大厅。

大厅里一些小特务还在喝酒。段玉兴嗅觉很灵敏，闻到了一股不知从哪里飘来的烧鸦片烟味。他隐忍不发，因为涪陵侦缉队还没收编。他暗暗记在心里。他与徐队长一起上楼回住房。

段玉兴的住房在楼上，徐队长尽量给他弄得很舒适，借来了宁式床、太师椅。

徐队长看段玉兴坐在一张太师椅上，在有荷叶灯罩的电灯下，翻看着一大堆侦缉队的档案材料。他想借此告退出去休息：尾脊骨实在奇痛难忍，长衫上还沾着地上的泥水，至少也要换件衣服，叫人用七厘散化酒揉一揉。他对段玉兴告别：“特派员，我不打扰你，明早再来恭候。”

段玉兴仿佛毫不理会徐队长的心情，放下手里看的材料，说：“徐队长，请留步，我还有要事相商。”

徐队长只好无可奈何地坐在不远的一张太师椅上，等着段玉兴问话。

段玉兴喝酒不上脸，愈喝脸愈发青。这时他脸上呈淡青色，说明有点醉了，但恰如其分，心里很好受，兴致也很高。他喝了一口刚泡的热茶，望着黑洞洞的窗外，凝视了一会儿，然后问徐队长：“听说重庆警察厅已经发现涪陵地下共产党的线索，可是被你放跑了，请你谈谈这方面的情况。”

“线索?！也不算啥线索！重庆警察厅的密探在重庆码头上，发现一个身穿长衫，手提小皮箱的青年人行动可疑，正好与他们从奸细那里得来的情报吻合，就是这么一点线索。”徐队长听说警察厅把责任推到他身上，很有点不自在，不想把自己怀疑冯烂王和李明的事谈出来。

段玉兴不放松地追问：“据说，他们施展调包计把你骗过去了，有这事吗?”

徐队长见隐瞒不住，只好将当时现场的情况述说一番。虽然他也认为是调包，为了推卸自己的责任，却说：“调包的可能性不大，因为当时现场在我们目光控制下。”

“你说可能性不大！说明调包的可能性还是存在！”段玉兴精明地挑剔着徐队长的话。接着，站起身来，来回踱了几步，点燃一支香烟抽着坐下，拿起桌上那叠材料翻了一会儿，对徐队长说：“这里面有些材料很有用。这次涪陵闹的事二十三名首要的材料，我还要仔细研究。这张有关《涪陵报》各种文章的统计材料，很重要，很重要。”

徐队长刚才被段玉兴挑剔话柄，心里很不自在，现在见段玉兴对他收集的材料很重视，心里一乐，脸上便露出微笑。这些材料大多是徐宁山搞的。这徐宁山是重庆警察厅的秘密情报员，专负监视地方官绅的动向，涪陵只有徐队长知道他的身份。因为最近突然被他小老婆刺伤了脖项，在家里养伤，所以没来会见段特派员。

段玉兴对于冯烂王和李明的情况又仔细询问了徐队长。他认为这是一个疑点，决不能随便放过，但又嫌证据不足，掉包的可能性，也难断定。他认为陈福生的报告也不一定可靠，他对徐队长说：“轮船上的那位陈福生，听说在重庆码头抵赖妓女的嫖账，冯烂王出来打了抱不平。他的报告也未必可靠，想陷害冯烂王的可能性……”

徐队长看段玉兴心计很多，知道是不好伺候的上级，所以一直没再插嘴。他见段玉兴闭上口沉吟起来，不知他又在转啥念头，疑惑地注视着他表情的变化。

段玉兴心里暗想：假若冯烂王是共产党的人，怎么会冒着危险为妓女打抱不平？可他疑点又很多……

段玉兴沉吟了一会儿，突然下定了决心，对徐队长说：“不过，我们也不能放过任何一个疑点。对李明不能随便惊动，这样的人没有真凭实据是不能动的，怕又闹出事来。我们可以从冯烂王身上找突破口，只要是真的共产党，很难从我眼皮底下混过去。”段玉兴说到这里，脸上带笑，现出异常自信的样子。

徐队长试探地问：“特派员，是不是把冯烂王马上抓起来?”

段玉兴不假思索地说：“不，不抓！我请他喝酒。”

“喝酒?”徐队长不明白段玉兴的花招。

段玉兴脸上现出狡黠的冷笑：“是的，我请冯烂王喝酒，从侧面敲敲他！”他接着低声向徐队长面授机宜，徐队长不住地点头。

徐队长看段玉兴再没有话说，站起身来准备告辞。

“徐队长，那位赛昭君……”段玉兴脸上的表情使人捉摸不透，徐队长不知段玉兴突然提到那个妓女有啥用意，迷惑地注视着特派员。

“那位赛昭君长得还不错。是的，还有些动人的地方。”段玉兴吞吞吐吐地说。

徐队长以为段玉兴又要责备他，忙回答说：“特派员，我与她们从不往来，不信，你可以调查。”徐队长硬着头皮这样说。

“逢场作戏，嗯，逢场作戏我并不反对。可是，在下属面前切不可有失体统。”段玉兴说出这番话使徐队长很感意外，不知怎样回答，只是看着段玉兴发怔。

“嗯，那个赛昭君确实有几分姿色。”段玉兴瞟着徐队长重复说着这句话。

徐队长毕竟是老手，马上明白了段玉兴的意思，大胆问：“特派员，是不是把赛昭君叫来让你再仔细看看?”说完盯住段玉兴脸上的表情。

段玉兴没有正面回答，还是重复那句老话：“嗯，那个赛昭君确实有几分姿色。是的，确实有几分姿色。”

“是，我派人马上去叫来伺候特派员。”徐队长已经拿准了段玉兴的意思。

“好吧！可是要机密。”段玉兴没有再绕弯子，终于放口。

徐队长想起刚才在大厅里，段玉兴当着那么多小特务为这事训斥他，心里骂道：“龟儿子，原来是假正经，呸！”但徐队长嘴上却说的是另一句话：“放心，保证机密。”

段玉兴点头微笑，看徐队长离开了，才收敛了笑容，伸了个懒腰，口张得大大地打了个哈欠。

第二十二章

一

冯烂王的名字叫泥鳅，其实这只算是乳名。娘生他的时候，没有啥吃的，他爹只得用从田里捉来的泥鳅烧了一碗白水泥鳅汤给他娘滋补。他爹眼泪汪汪对他娘说:“奶娃娘，我们命苦，给娃儿取个名叫泥鳅吧!”

泥鳅命更苦，七八岁就死了爹娘，从家乡流落到重庆，讨过饭，在轮船上当过杂役，当过码头小工……

自从入党以后，因他对长江各码头很熟悉，人很机智，党就派他当了一名地下交通员。

他为了应付川江里复杂危险的环境，决定以当烂王为掩护，结交了许多江湖上的朋友，也学会了江湖上的各种手法。谁也看不出在这烂王的外表下，有一颗对党、对人民事业的赤胆忠心。在敌人面前他神色不变，在惊涛骇浪中他应付自如，从未出事，每次都出色地完成任务。他在川江各码头混得有点名气，一些人怕他，一些人爱他。不管是怕他或爱他的人，当面都亲亲热热称他冯五哥或者冯烂王，他原先的名字反而无人知晓了。

冯烂王今天从涪陵码头上了岸，还是穿的那套破西服，只是换了一顶半新的博士礼帽，紫酱色的丝织领带打得松松的。原先手上拿的几床破草席换成了一只小皮箱。自从那次掩护李明到涪陵后，他为了麻痹敌人，便以假当真，干脆丢了破草席，代替李应忠卖起药来。

冯烂王进了城门洞，就警觉到身后有侦缉队的便衣特务在身后跟踪。他走到电线杆前没有停步，继续往前走。为了证实一下自己的判断，冯烂王在一个卖甘蔗水的小摊前站住了，不问价钱，端着一杯甘蔗水仰脖便喝，斜着眼向来路迅速一瞥:果然两个穿长衫戴墨镜的人，在不远处停住了脚步。

冯烂王嘴角闪现了一丝轻蔑的冷笑，从身上摸出一枚铜圆，用食指轻轻一弹，铜圆旋转着飞向空中成抛物线落下来，正好落在卖甘蔗水的老头手上。卖甘蔗水的老头看见冯烂王这个麻利准确的动作，不觉咧着缺了两颗门牙的嘴笑了。

冯烂王不敢多耽搁，接着又往前慢慢走，走了十多步，在装着顾盼之际，又偷瞟一眼身后:两个穿长衫、戴墨镜的人又跟上来了。

冯烂王不认识这两个人，完全可以确定是跟踪他的。他身上带着重庆地下党两封密信，一封给李明，一封是给另一位由重庆地下党敌工部单线联系的同志的，这位在敌人内部工作的同志与李明没有横向的关系。他眼看与李明接头的时间快到了，远远看见李明已经从对面走来。

冯烂王忙把博士帽歪戴到一定的角度，这是有危险的暗号。

冯烂王刚把危险的暗号发出，看见前面街口上，侦缉队的杜鲫壳领着几个人堵在那里，他不禁暗暗吃了一惊。看来这不是一次常例的跟踪，他马上判断出自己有被捕的危险，一个念头闪电般在他脑际一现：把密信毁掉……但他立刻否定了自己毁信的念头，因为根据杜鲫壳站在街口，没派人跟踪李明的情况判断，他们的目标不是李明。不，一定要完成任务——冯烂王下了决心，想出了一个大胆的办法……

李明已看见冯烂王发出的危险信号，装着不认识冯烂王的样子，准备对直走过。在两人相距很近的时候，突然，冯烂王大声打了一个喷嚏，一条黏糊糊的鼻涕，不偏不倚刚好飞到李明油亮光滑的皮鞋尖上。

冯烂王忙掏出一张又脏又皱的手绢，连声说："先生，对不起，实在对不起。"在两个跟踪特务的视线之下，给李明揩拭了鞋尖的鼻涕。

李明被冯烂王这个突然动作弄得一愣，后来觉得鞋筒内被塞进了一样东西，方恍然大悟。他装作生气的样子咕哝着："怎么这么不小心，岂有此理！"面带不悦拂袖而去。

这只是一瞬间发生的事情，冯烂王早直起身来，提着小皮箱继续往前走。

一封密信已经传递给李明，另一封密信藏在他博士帽的丝带里，是比较保险的。他感到很轻松。

冯烂王看见杜鲫壳已带着人向他迎上来了，他满不在乎地晃荡着手上的小皮箱，若无其事地先点头招呼："杜五哥，嘻，硬是外甥打灯笼——找（照）你舅子不到，这可找到你了。我们先喝茶或是先饮酒呢?"

杜鲫壳用手摸着插在腰上的连枪，没马上回答，眼光停留在冯烂王那口小皮箱上。

冯烂王将小皮箱提起往杜鲫壳面前一凑："杜五哥，是不是还要检查我的小皮箱哩！没关系，自己弟兄，要看请看！"说着自己动手打开小皮箱，露出一箱子药瓶药包："杜五哥，你我弟兄伙好说话，送你两瓶补药不收钱，吃好了给我传个名也是一样。"

杜鲫壳陡地从腰上抽出连枪，抵着冯烂王腰部："冯烂王，少在孔庙门前卖文章，也不要半天云张口袋——装疯（风）。实话告诉你，你的事犯了！”

冯烂王面不改色，把杜鲫壳拿枪的手扒了一下：“咦！杜五哥，你叫我不装疯，你也半天云张起口袋来了。把你的吹火筒收起，当心走火不是玩的，不要吓我，开玩笑也不是这样开法。”他不慌不忙关上皮箱，“杜五哥，喊你把吹火筒收起，怎么还不收，当心走火。你狗坐箢篼——不识抬举，我最近发了点小财，今天不喝豆豆酒，诚心请你到望江酒楼喝百花露酒，未必你硬是要跟我装疯？”边说边用手拨开了杜鲫壳抵在他腰上的连枪。

杜鲫壳看冯烂王谈笑自如，于是缓缓将连枪插回腰间，口气也缓和了：“冯五哥，你好运气，你把钱留起二天请我，我们特派员请你到侦缉队去喝酒。”

“哧！你们侦缉队那个庙子里都是泥塑的菩萨，见水就垮，哪来的铁观音。”冯烂王说。

“特派员，不是铁观音，特派员是上级派来的官，请你今天去赴宴！”杜鲫壳解释说。

“哧！哧哧！杜五哥今天啷个搞的，专跟我开玩笑，我又不认识舅子啥特派员！怎么会请我喝酒赴宴？走哟，不要挨时间，隔会望江酒楼坐满了没空位，又说我雨后送伞——假人情。”

杜鲫壳不愿再与冯烂王磨下去耽搁时间，跟踪的两个特务已站在冯烂王身后，他头一偏，示意几个特务：“走！”

杜鲫壳回身走在前面。几个特务不容分说，推着冯烂王就走。

冯烂王大声嚷起来：“哧，杜鲫壳，今天安心跟我过不去，特派员请喝酒，哪有这种请法！”

杜鲫壳只顾带着冯烂王往前走，不与他搭白，任他独自吵嚷。街道上的行人见是侦缉队捉人，纷纷两边避让。

冯烂王被挟持着进了侦缉队，被带进了大厅。果然大厅里摆着一桌酒席，一个戴金丝眼镜的斯文人迎上前来。

杜鲫壳报告说：“特派员，把冯烂王请来了。”

段玉兴微笑点头招呼：“哦！是冯先生，请坐。”

冯烂王仿佛才松口气，没有马上回答段玉兴，对身边的杜鲫壳抱怨道：“杜五哥，你做点好事，不要这样吓我，把我魂吓脱了，还要请端公先生招魂。当真请我喝酒，我哪有不来的，何必这大阵仗。”他随即取下博士礼帽，露出梳得光光的飞机头，向段玉兴深深一鞠躬："特派员，幸会，幸会。"他放下了小皮箱，彬彬有礼地戴上了博士帽，一屁股坐在桌边一张太师椅上，手在破西服上装左胸前小袋里拨弄了一会儿，摸出几支皱瘪的廉价香烟，准备每人敬上一支。

段玉兴没有伸手去接，将桌上放的一听小大英香烟揭开盖子，往冯烂王面前一推："请冯先生抽这！"

冯烂王看是小大英香烟，忙把手上的香烟放回上衣袋里，眉开眼笑，尖着指头从烟听里取出一支香烟自顾点燃，猛吸一口，连连称赞："好香，好香，小大英名不虚传。"将香烟夹在手间滚动，端详着香烟头上印的招牌。

段玉兴冷静地观察着冯烂王每一个细小的动作，想找出破绽。"请问拜兄贵姓?"冯烂王请教段玉兴。

"姓段。"特派员回答，"听说冯先生很讲义气，我最喜欢结交这样的朋友，今天请你喝酒，冯先生不要见外，请入席。"

"好说，好说，不敢当。"冯烂王嘴上衔的香烟吸得只剩个烟蒂，往地上一吐。他把太师椅往桌前一挪，与段玉兴相对而坐。

杜鲫壳领着几个特务远远侍立，徐队长却不在场。

斟了几巡酒，冯烂王将酒杯往桌上一放，双手一拱："兄弟冯泥鳅，重庆水巷子小码头，义字出六。请问拜兄贵龙码头?"

段玉兴知道冯烂王要与他搬海底，摇摇头回答说："不曾进步[1]。"

冯烂王显得失望，对段玉兴露出鄙夷的神态说："原来是块白板[2]!"他只顾低头喝酒，不再搭白。

段玉兴开门见山，准备来个单刀直入，探探冯烂王的虚实："今天请冯先生喝酒，一方面交个朋友；一方面有要事相求，请冯先生……"

不等段玉兴把话说完，冯烂王停住了杯箸，打断了段玉兴的话，接口说："特派员只要看得起兄弟，凡事无不尽力，我想特派员一定是要买药。"说着离席拿起小皮箱放在一张空凳上，揭开箱盖，取出一瓶一包的丸散介绍："我兄弟是个急性人，先看药后喝酒。这是十全大补丸，凡是弱症、虚症无不奇效；这是全鹿壮阳丹，壮阳补肾亏，绝不伤阴，是补药中的上品……"冯烂王表演得并不比李应忠

1　指没有参加哥老会。

2　白板是麻将牌名。这里指一无所有，含有对段玉兴没有参加哥老会的轻蔑意味。

差，手舞足蹈，把一本卖假药的生意经背得滚瓜烂熟，使段玉兴简直插不进嘴，只得由他把生意经说下去。

段玉兴好不容易找到一个间隙，脸一沉，厉声说：“把你这些假药收起，我不买假药。冯烂王，你不要装佯。老实告诉你，你的事犯了！当我不知道？看你说不说！说嘛！继续宾客相待；不说嘛！侦缉队里刑法无情。”

冯烂王早看穿了段玉兴他们这些鬼把戏。从情况判断，他们并没掌握多少证据，不过想旁敲侧击寻点蛛丝马迹。心中不禁暗暗冷笑：你虽然比徐队长狡猾，我今天不戏耍你一番不算角色，看我冯烂王的手段！但他表面上露出丧气的样子，合上小皮箱，归回原座，垂头不语。

段玉兴见冯烂王垂头不语，以为已经初步奏效，想乘胜追逼，猛地往桌上一拍：“冯烂王，你究竟说不说！”

冯烂王身上仿佛一哆嗦，忙站起身来弯腰说：“请特派员不生气，我说，我说。”他好像全部解除武装，显出灰溜溜的样子。

段玉兴脸上露出笑容，装出和蔼的样子说：“冯先生，请坐。坐着慢慢说。只要你够朋友，我也够交情。”

“是，是。”冯烂王仿佛惶恐的样子，又坐下了。

段玉兴以为是姜太公钓鱼——稳坐钓鱼台，放长线钓大鱼，不用急切收线，想再有意松弛一下：“冯先生，喝酒，抽烟。不急，慢慢叙谈。”

冯烂王仿佛看见段玉兴又给他了点好颜色，顿时忘形：一手举杯喝酒，一手从听子里取烟。

因为用的是涪陵出的红磷火柴，不论在哪里一划便可划燃。冯烂王嘴里衔着香烟，拿着一根红磷火柴随手在自己跷起的破皮鞋上一擦。火柴擦燃了，先是冒着一团绿火，发出呛人的硫黄味，过了一会儿才发出红火，自己点燃了香烟。他吸烟很饿相，猛吸一口，香烟就有很长一段变成了白灰：“特派员，真人面前不烧假香，我的事就实说了……”

“好，好，实说才好。”段玉兴凝神倾听。

冯烂王将脚上一双破皮鞋蹬掉，索性双脚一收，蹲在太师椅上，身子前倾，想离段玉兴近一些说话。指间夹的香烟，烟头上一大截烟灰掉到那碗坛子肉里。他看见段玉兴看着坛子肉上的烟灰皱眉头，慌忙用手想把那截还没散开的烟灰从肉肘子上抓出，可是用力过大，结果弄巧成拙，浮在汤里的肉肘子反而打了个滚，烟灰全掉进汤里。冯烂王的几根手指也浸上了油汤，他忙缩回手来慌乱地往身上擦拭了几下。

段玉兴镜片后的一对眼睛，很感兴趣地注视着冯烂王这些细小的动作。

冯烂王还没开口讲话，他指间那支香烟，只剩下烟蒂烧手了。他又取了一支香烟来对上火，才将烟蒂扔掉。

冯烂王吐了一口烟雾，方才接着刚才的话说："特派员，真人面前不烧假香，实话对你说：我们跑江湖卖药，大部分是掺假。假若卖的是真药，我们岂不饿死了。萝卜充人参，洋芋当天麻……不过要假得漂亮，没拜师傅还学不会哩！"

"我要你说的不是这事！"段玉兴威严地说。

冯烂王沉默了一会儿，好像无可奈何地说："特派员，我实话对你说了，你可要手下留情，不要送我住班房[1]。住班房我可没人送饭，没得钱团监要跪马桶[2]。"

段玉兴安抚说："请放心，冯先生。只要你实招出来，我素不亏待人，我们合作的日子长呢！"

"合作！难道特派员有鸦片烟要卖？"冯烂王说，"实话对你说，我除了卖假药之外，顺便还替人带点少量的鸦片，我不过得几个担心钱填饱肚子。假若特派员托我捎带，只要数量不大，我冯烂王保证为你效劳，可以分文不取！"

段玉兴看冯烂王东拉西扯，愈谈愈远。他仔细观察了冯烂王脸部的表情，以及各种动作的细部，仍看不出半点破绽，完全是久跑江湖混饭吃的烂王，没有哪点像共产党的样子。

段玉兴与冯烂王捉了一阵迷藏，毫无收获，最后单刀直入地说："冯烂王，你少废话，老实招认：你与共产党有啥关系？说，快说。"

冯烂王听段玉兴直接点出这个问题，知道不能再假装糊涂含混下去了，苦着脸叫屈道："咦！特派员，你可不能冤枉人。我每回听到你们提起共产党，就怕得手软脚耙，牙齿打架，哪还敢与共产党有关系！"

"怕啥？"段玉兴冷冷地问。

"你们都说共产党是一群青面獠牙，挖人心、吃人肝的凶人。我冯烂王虽然

1　旧称监狱为班房。

2　旧时，新犯人入监，必须拿出钱来给狱卒和同监的老犯人送礼或者请客，称团监。没得钱团监，狱卒和同监的老犯人就会想法折磨新犯人，如跪马桶之类。

穷，但心子有一颗，肝子有一副，难道不怕他们挖去吃了！哪会不怕呢！”冯烂王回答。

段玉兴沉思了一会儿：像这么一个人，怎么会是共产党！共产党也不会要这样的人。但是……段玉兴思考到这里，脸上不觉露出一丝奸猾的笑容，决定不再绕圈子试探，准备使出最后一着绝招来考验冯烂王是真是假。他心里暗想，鼻里不禁哼了一声，斜着眼问道：“请问冯先生，你是拜师学艺跑江湖当烂王，还是半路出家在江湖上混饭吃?”

冯烂王一时摸不透段玉兴问这话的意思，随口答道：“当然拜过师学过艺，说起我师父么，那才是顶天立地，了不起的烂王，不但在川江人人敬畏，那年到上海，连上海的麻皮金荣[1]也另眼相看。我师父向我谈到当时的盛况，真是使……”要不是段玉兴不耐烦听下去打断了冯烂王的话头，他还会眉飞色舞、兴高采烈地说下去。

段玉兴说：“冯先生，你空话少说。既然你拜过师学过艺，我请问：你出师时要经过何种仪式?”

其实冯烂王并未拜师学艺，为了地下工作的需要，他不过以烂王的身份作掩护。因为他结交广，见闻多，段玉兴这个提问他一点不感到为难，脱口答道：“闯三关!”

段玉兴盯着冯烂王脸上的表情，进一步问道：“冯先生闯过三关吗?”

冯烂王知道他若表情上显出半点犹豫，都会引起段玉兴的疑心，回答得很干脆：“闯过。”

段玉兴站起来一摊手：“冯先生，请!”

冯烂王不知段玉兴又玩的什么鬼花招，跟在他身后跨出大厅，穿过一段曲折的回廊，到了一列偏房前站住了。

二

杜鲫壳小跑上前推开第一间房门，段玉兴皮笑肉不笑地对冯烂王说：“冯先

1　指当时上海的青帮头子黄金荣。因黄金荣脸上有麻子，故称麻皮金荣。

生，请进。”

冯烂王心中疑惑，跨进门去，暗暗吃了一惊：见地上埋着两行互相交错的利刀，雪亮锋快的刀刃朝上，他知道这是闯三关中的第一关——过刀山，要打着赤脚踩在刀刃上走过去。想不到段玉兴这只狡猾的老狐狸要当场考验他是否真会闯三关，要是他不能安稳地从刀山上走过，他假烂王的身份就会暴露，后果便不堪设想……

段玉兴见冯烂王站住了，有些迟疑的神色，冷笑一声，得意地说：“冯先生既然投过师学过艺，我想对于此关定当熟悉，一定履利刃如平地，也让我开开眼界。”

冯烂王脸上露出轻蔑的微笑，没有正眼看段玉兴，将嘴上衔的烟蒂吐到地上，脱了破皮鞋和袜子，作了一个深呼吸的动作，闭着一口气，赤脚踩着锋利的刀刃，迅速走过了刀山。

段玉兴见冯烂王走过刀山，脚板没有划破，也感到惊奇，不由大声喝彩：“好！冯先生艺高一筹，兄弟实在佩服。”

其实冯烂王还是第一次过刀山。他知道其中的秘诀，只要掌握住几个要领：第一，要屏息凝神；第二，脚板要微微弯曲，只能让肉皮较厚的脚掌和脚跟接触刀刃；第三，脚板踩在刀刃上绝不要前后移动。他根据这几个要领，再加上他的胆大心细，果然安稳地过了刀山。他听见段玉兴的赞扬，一面满不在乎地穿鞋袜，一面回答说：“小意思，特派员太过奖了。”

第二间房虚掩着门，可以听见抽风箱的声音。段玉兴不用杜鲫壳上前，自己便推开门，向跟在身后的冯烂王笑说：“冯先生，这第二关你一定闯得更精彩！”

冯烂王知道这闯三关的项目共有十多项，出师时由师父任选三项考试，但不知段玉兴第二项选的什么，要是遇到自己没有听说过的项目就糟了，心里也有点紧张。他跟着段玉兴跨进第二间房内，见一个小特务拉着小风箱，炉火熊熊，一块铁放在炉火里已经烧得通红。

段玉兴笑眯眯地说：“冯先生，请！”

冯烂王知道这叫天狗舔日——要用舌头去舔一下这块烧得火红的烙铁。这个项目难度很大：必须事先让舌尖蘸满唾液，舔烙铁时，动作要快，轻重适度，只能让舌尖上的唾液接触烙铁，舌尖马上要缩回，否则便要受伤。他并且知道，事先最好能在舌头上涂上一层带有麻醉性的中药，可以减轻舌头被烫炙的痛苦，可是他并没准备这样的中药。他也顾不得这些了，对段玉兴说："特派员，我只得献丑了。"

冯烂王面带微笑，用铁钳夹起火红的烙铁，伸出舌头向烙铁舔去，只听嗤的一声，一股白烟向上一冒，真使人骇然。

段玉兴见冯烂王舔了烙铁，面不改色，神态自如，伸出大拇指夸赞："冯先生，你真是了不起！"

冯烂王的舌尖虽然没烫坏，但一阵阵刺心的疼痛使他额头都在渗汗。他放下了烙铁，强忍疼痛，故意张开口伸出舌头让段玉兴看一看是否烫坏，然后缩回舌头，爽朗地笑道："特派员，这种功夫不是一天可以练成，你若要学我可以教你。当然，你不必向我行三跪九叩的大礼拜师。"

段玉兴只哼了一声并未答话，向杜鲫壳摆头示意。冯烂王过了第二关，尚不知第三关又是什么内容！心里正暗自猜疑，但见杜鲫壳端了一口铁锅放在炉火上，铁锅里盛了大半锅菜油。

段玉兴等杜鲫壳将一颗拳头大的铁球放进油锅，便对冯烂王说："冯先生，在滚油锅中伸手将铁球拿出，我想这一定是你的拿手本领。"

特务刚拉了一下风箱，冯烂王摇手制止："慢拉风箱！"

段玉兴阴阳怪气地问："为什么要慢拉风箱？难道冯先生怕过这第三关！"

冯烂王心中暗暗冷笑，他知道这一关叫下油锅。在外行看来可能十分惊险，但在内行看来其实十分平淡，比头两关容易得多，没有什么可怕。他大声质问段玉兴："特派员，你把我冯烂王当成白板了，你要我下油锅，为何不备下神水？"

段玉兴见冯烂王说得非常在行，努嘴向杜鲫壳示意，含笑看着冯烂王。

杜鲫壳端上一个瓦钵，瓦钵里盛满一钵黑紫汁液，放在冯烂王的面前。

冯烂王伸出两个手指，先蘸了一些黑紫汁液放入口中尝了一尝，验明是上好的麸醋不错，然后双手端起瓦钵，把钵里盛的麸醋倒入油锅里，然后将空瓦钵向地上用力一摔，只听哐啷一声，瓦钵摔得细碎。这摔瓦钵的动作名叫"吓鬼请神"，是掩人耳目的过场，其实是毫无意义的。

"鼓风！"冯烂王故作威严地叫了一声，那小特务忙用力拉着风箱，炉中的火焰又旺了。一会儿，油锅便沸腾起来。

冯烂王缩起破西服的衣袖到肘部，张开五个手指向沸腾的油锅里伸去，迅速抓起铁球扔到地上，铁球在地上滚动着停止在段玉兴的脚边。

冯烂王胜利地闯过了三关，不但不知道其中诀窍的小特务看呆了，连略知内情的段玉兴也惊叹不止。

冯烂王从一个小特务手上拿过抹布揩净了手上的油渍。段玉兴笑容满面，很客气地递过来一支香烟，对他说："冯先生，艺深胆大，粗中有细，真江湖上的英雄！"

冯烂王点燃了香烟猛吸一口，喷了一口烟，随即说道："特派员，我不过跑滩混碗饭吃，哪能算英雄！"

段玉兴带着冯烂王又回到大厅。他见冯烂王闯过了三关，心中对他的疑惑已消除了大半：共产党员绝对不会闯三关，这闯三关的诀窍是江湖中的秘密，就是师父也不肯轻易传给徒弟的。他见桌上的菜肴已冷，吩咐杜鲫壳道："换一桌热菜来，我要与冯先生痛饮几杯，为冯先生压惊。"

冯烂王忙推辞："不敢当。特派员，你把我当成共产党，我受了冤枉，哪里有心肠再饮酒啊！"

段玉兴一改平常高傲的神态，笑着安抚冯烂王说："冯先生，切莫多心，这叫大水冲了龙王庙——自己人不认得自己人。俗话说：不打不成相识。今后我们交个朋友！"

冯烂王仿佛余气未消，嚷嚷说："高攀不上，特派员是大官，我冯烂王是穷跑滩的，你与我交朋友，就是你不怕失身份，我冯烂王也怕折寿，这个朋友不交的好！"冯烂王话中含的隐刺，段玉兴哪里听得懂，还连声说："冯先生不必过谦，兄弟荣幸得很！"

冯烂王因博士帽上还藏着另一封密信，急于脱身，不愿在这里多耽搁；要是自己的行动偶有不慎，又会引起段玉兴的疑心。忙说："特派员，只要你不再把我当成共产党，我冯烂王便感恩不尽，今天你请我吃这一台酒，比鸿门宴还难吃。这些那些不要说了，我今天还要去卖假药混饭吃，否则晚上连房饭钱都成问题。有道是：江湖——就是将就口的意思。我冯烂王一天不卖假药，便一天没得饭吃。特派员，改天再来叨你的光，我现在可以走吗？"

"可以，可以，冯先生既然事忙不肯领情，完全可以随便走。"段玉兴堆着笑说，"以后冯先生发现了可疑的共产党，请马上来向我报告，定有重赏，决不会亏待你。"

冯烂王不慌不忙提起小皮箱，向段玉兴弯腰点头，含糊地答道："一定替特派员效劳，谢谢你，回头见，等我把假药卖了赚了钱，要请你到望江酒楼喝百花露酒哩!”

段玉兴客气地站起身来：“冯先生请便!”

冯烂王走了几步，杜鲫壳凑近段玉兴面前低声提醒道：“特派员，我们还忘了检查冯烂王身上，是不是……”

段玉兴摇了摇头，杜鲫壳不便深说，退在一旁站着。

一群小特务亲眼看见冯烂王过三关，又看见段玉兴对他变得异常客气，敬佩的眼光一齐投射到冯烂王身上，讨好地把他恭送到侦缉队的大门口，目送着他扬长而去。

杜鲫壳见冯烂王走远了，不解地对段玉兴说：“特派员，你怎么把冯烂王这么便宜地放了?”

段玉兴回答说：“不要再难为他，这样的人我们正用得着，我自有办法。”

三

段玉兴来到涪陵后，雷厉风行搞了一段时间。他原以为自己办法多，很快就会找出共产党的线索。可是空忙了一阵，共产党的影子却杳若黄鹤。

上级一道一道密电，申斥他无能。这是军统局与四川地方势力的特务组织第一次合作，要是不能在短期内出成绩，就要让刘湘他们看不起，堂堂军统局的体面何在？并且这种合作，正是军统特务系统渗透地方的大好机会，为分化瓦解四川地方军阀，迎接中央势力进川打前锋。中央政府尽管与地方实力派有各种矛盾，但反共是一致的，只有在反共旗帜的掩护下，才有可能迅速把老头子[1]的势力伸进四川的每一个角落，这是老头子的如意算盘。江西中央红军北上，老头子最近亲自飞贵阳督师，要贵州、四川的地方军打头阵，就是想坐收渔翁之利。可是贵州的王家烈，四川的刘湘、杨森、邓锡侯……也不是憨子。为了保存实力，他们不过虚张声势地堵击一下。恨得老头子不知骂了多少声“娘的稀匹”，但也无济于事。

1 指蒋介石。

段玉兴受了上级的申斥，脾气变得愈来愈暴躁，一肚子火就发在徐队长身上。开始徐队长不是自己人，他还不便过分不客气，但后来徐队长由段玉兴介绍，秘密参加了军统局，正式填了表，并授予上尉军衔，变成了他的下属，段玉兴当然就不必再像以前那样顾忌。

绰号叫“金钱豹”的徐队长，可说已是三朝元老，也不是简单角色。短短一段时间，他把段玉兴的性格已经摸透了：看段玉兴表面斯斯文文，很有点读书人的风度，可是内心却异常残忍。看他道貌岸然，目不斜视，装作正人君子的样子，其实是个色情狂。那个名叫赛昭君的妓女，本是徐队长的相好，为了奉承讨好这位特派员，只得割爱相让。段玉兴从到来的那天起，每夜避着人，在午夜悄悄派人把赛昭君接来，不等天明又派人悄悄送走，从无虚席。

徐队长对段玉兴格外小心，在段玉兴的斥骂面前，他装得很恭顺，心里却另有自己的想法。

这时，段玉兴的心情好像舒畅了一些，他站在卧室的窗边，背着手看着远处的风景。

乌江像一条蔚蓝色的缎带，在落日的余晖里闪闪发光。乌江特有的歪屁股木船，在缎带上行驶着，两舷伸出无数的船桨，像蜈蚣的须脚，在缎带上划动，溅起白色的水花。包白帕、衣衫褴褛的船夫，喊着乌江号子，用力扳动着船桨。

乌江西岸山峦叠翠，一棵棵苍翠的松柏迎风晃动。火红色的野花在暮色中暗淡了，江面上慢慢升起了灰蒙蒙的雾气，蔚蓝色的缎带隐没在轻纱般的雾中。

天黑了，乌江边上停靠的木船亮着船灯，像稀落的点点寒星。最后暮色与雾气交融在一起，窗外一片混沌。

段玉兴读过几首唐诗，面对这具有诗情画意的乌江暮景，他想吟诵几句赞美赞美，可是搜索枯肠也找不出一首能应景的诗句。正在独自点头晃脑之际，听见脚步声，他知道是徐宁山来了，缓慢地回过头去。

“特派员，怎不开灯！”徐宁山扭亮了电灯。

黑暗的室内骤然明亮了，段玉兴眯细着眼，连说：“请坐，请坐。”接着客气地敬烟，亲自给徐宁山泡上一碗沱茶。

涪陵二徐中，徐宁山的身份虽只是秘密谍报员，其实负有替刘湘监视下级军政各界的任务，是刘军长设在川东的耳目。他手上掌握了一个谍报网，所以这种人正是戴老板感兴趣的人物，因此段玉兴对徐宁山很客气。

像徐队长这样的三朝特务，有奶便是娘，段玉兴用简单的方法就迅速收买过来了。可是对徐宁山就不能采取简单鲁莽的方式，弄得不好，让刘军长知道就会惹出纠纷和麻烦。只能采取放长线钓大鱼的办法，等时机成熟了，慢慢收线。

徐宁山脖子上的伤口已经愈合了。刀子是从喉管旁边戳过去的，伤口愈合后留下一长条疤痕，新生的嫩肉泛着浅红色，非常显眼。他为了掩饰，把长衫的衣领做得特高，本来颈项很长，这一来更有点像长颈鹿。因为他流血过多，脸形更瘦削，颧骨高突，眼窝深陷，嘴唇皮包不住黑黄色的牙齿。要不是一对眼珠子不断转动，与骷髅差不多。

“特派员，你看《涪陵报》去年发表的一首诗，其中有许多蛛丝马迹可寻。”徐宁山摸出一张折叠的旧报纸，递给段玉兴。

段玉兴接过来在灯光下一看，那张报纸上徐宁山用红笔画了一个方框，将这首诗醒目地圈出，就是署名“嫣红”，标题《逆流》的那首诗。段玉兴没有细看，将报纸放到桌上，抬起头来故意问：“徐先生，你对这首诗有何看法呢?”

徐宁山喝了一口热茶，不用看报纸，他已经把这首诗背得滚瓜烂熟：“‘一时逆流汹涌，难改历史航向，大江东流去，且看回声笑暗礁!’这几句其意很明确，作者是把我们形容为逆流和暗礁，最终阻挡不了革命的胜利。‘听，惊雷响，晨钟敲。看！旌旗奋，烟云消。’——多么得意忘形啊！这是胜利的欢快呀！‘红日冉冉照峡江，山花遍地香，锦绣河山分外娇。’——嘿！好一个美丽的新世界，大概是共产主义社会吧!”

段玉兴很感兴趣地注视着徐宁山：“徐先生，这又能说明什么问题呢?”

徐宁山的嘴唇嚅动了一会儿，狡黠地笑着说：“特派员，共产党有一首歌曲，有这么一句：‘团结起来到明天，英特纳雄耐尔一定要实现。’这首诗的作者，他心目中的新世界，可能就是英特纳雄耐尔吧!”

段玉兴对这个长颈鹿似的鸦片烟鬼，好像才认识似的看了又看：他想不到在这些平平的特务中还有这样的佼佼者。问：“徐先生，你是说作者宣扬的共产主义?”

“对，这首诗的话，说得很曲折，宣传的正是共产主义。很明显，写这首诗的人，不是共产党员，也是激进的革命者。特派员，查出这个嫣红来，找出共产党就不难了。”徐宁山得意地打了个哈哈。

“徐先生，英雄所见大致相同。”段玉兴从一份卷宗里抽出两张信笺纸来递给徐宁山:“这首诗的原稿我已从报馆搞出来了,请看。”

徐宁山接过来一看,果然是那首诗的原稿,是石印的红条格,用的白磅纸。

段玉兴想考考徐宁山,问道:“徐先生,从这原稿上你看出问题没有?”

听段玉兴这样说,徐宁山仔细地看了一阵,摇摇头。

段玉兴指着原稿纸说:“徐先生,这娟秀纤细的字迹,一定出于一个女人的手笔。再请看这信笺最下角印有一行红色小字,又说明什么问题呢?”

因为光线太暗,徐宁山的眼睛又不好,看不清这行小字是什么。段玉兴找出一个长柄放大镜递给徐宁山。

徐宁山透过放大镜看清了这行小字:羊城印制社。但他仍然不解地问:“这是印制信笺的商家名称,又能说明什么问题呢!”

“线索就在这里!”段玉兴解释说,“据我了解,这羊城印制社在广州,并且这种石印在广州早被淘汰了,说明这信笺的主人若干年前到过广州。在涪陵地区若干年前到过广州的人不多,我们清查的范围就可以大大缩小了。”

徐宁山心中怦然而动,喜形于色:“特派员,九年前高伦和李明都到过广州,难道这首诗是高伦或李明写的!”

段玉兴凝神沉思了一会儿,说:“高参议还不可能有这样激进的思想,再说这样的新体自由诗他也写不出来。”

徐宁山急不可待地说:“一定是李明,他又是《涪陵报》的副刊编辑。”

段玉兴笑了笑:“对,写这诗的人很可能是李明。可是,这是一个女人的笔迹呀!”

徐宁山深陷的眼珠子转了转:“特派员,可能是李明写好初稿,找一个女人誊写的。”

段玉兴对考察徐宁山的结果,觉得很满意,笑着说:“我俩的看法又不谋而合啊!”

“喏!特派员,是不是把李明抓起来审问?”

“李明不承认怎么办?承认诗是他写的,不承认他是共产党又怎么办?”段玉兴皱了皱眉头。

“用刑!不怕他不承认!”

“徐先生,你要下的这着棋就太不高明了。”段玉兴带着教训的口吻说,“刑法对共产党人未必有效,何况李明并非冯烂王可比,有一定的社会地位,没有确凿的证据是不能随便动的。他这首诗也未公开宣传共产主义，诗无达诂，他也可以作其他的解释。”

段玉兴又从卷宗里拿出两张纸来，递给徐宁山：“徐先生，再请看！”

徐宁山见是从作文本上撕下的方格纸，上面写满了字，从内容看很像中学生的作文。

段玉兴看徐宁山现出迷惑的样子，指点说：“这是高茜的笔迹，你与那首诗的字迹对一对看！”

徐宁山用放大镜看了一会儿，惊叫起来：“高茜！这首诗是高茜的笔迹。”他不觉用钦佩的眼光看着段玉兴：从戴老板那里来的人果真不简单。

“对，这是高茜的笔迹。《逆流》这样的诗，像高茜这样的女孩子是写不出来的。很明显，这是李明写好诗，让高茜给他誊清。李明为什么要这样做，说明他预有防范。不过反而露出了痕迹，愈加使人对他怀疑。”

徐宁山对段玉兴考虑事情的周密更加佩服得五体投地，问：“特派员，下一步棋应该怎样走呢？”

“不要急，急了成不了大事。单凭这点证据是不够的。下一步我自有安排。”段玉兴异常自信地说。

两个人说话之间，抽了很多支香烟，室内烟雾缭绕，徐宁山剧烈地咳嗽起来。

段玉兴打开了前后的窗子，烟雾一会儿便飘散了。

段玉兴在室内踱了几步，站在徐宁山面前，出人意料地说：“徐先生，我们发现了一个重要的线索。我告诉你，切不可向外张扬。”段玉兴压低了声音说：“有关方面发现，涪陵城内有一部秘密电台，隔一定时间向外发报，使用的密码我们现在还破译不出。只要找到这部电台，还怕找不出共产党吗？”

徐宁山不假思索地脱口而出：“搜，全城挨家挨户搜。”

段玉兴不满地哼了一声：“哼！徐先生，你用的方法太落后了！”

徐宁山不禁愕然：“啊！不搜怎么查得出来呢！”

段玉兴淡淡一笑，有把握地说：“有办法！英国朋友发明了一种无线电定位仪，在世界上还算稀有，送了两部给我们戴老板。徐先生，等南京送来这部仪器，共产党就跑不了啦！”

段玉兴得意非凡，他认为这最后一招是有把握的，仿佛他已经查获了共产党的地下组织。他哈哈地笑了。

第二十三章

一

千厮门码头往上一级一级的石梯坎，因为重庆还没有广泛安装自来水，到江边担水卖的担子客络绎不绝，虽然盛夏太阳很大，但石梯坎总是湿漉漉的。

一乘一乘的滑竿自成一行，与水担子互不相混。瘦骨伶仃的轿夫抬着的滑竿上坐着有钱人，两根南竹竿子压得很弯，一起一伏闪跳着，不断步步往上爬。

石梯坎虽然被水打湿了很滑，但轿夫脚上穿着竹麻[1]草鞋，踩在石梯上很稳。因为坡陡，滑竿成了六十度角，坐滑竿的人脚朝上，头朝下，但因为座板竹帘下垂一个弧度，脚尖和头部正好在一条水平线上，坐滑竿的人并没有特别不舒适的感觉。

坐滑竿的人，自己拿着伞遮着强烈阳光的晒烤，有的闭目养神，有的看书报。穿得阔气的太太小姐们，神色自若地左顾右盼，仿佛不是坐在滑竿上，丝毫也不担心轿夫踩虚脚会跌下一旁的悬崖。

抬滑竿的轿夫虽然瘦骨伶仃，光脚肚上根根青筋暴突，看不出却有一把硬脚力。他们一步一步不断往上爬，不住用肩上搭着的一条黑旧的毛巾，揩着汗水。

要是滑竿上坐的是娇艳的太太小姐，因为重量比肥头胖肚的先生要轻，轿夫还有余裕的精力，诙谐地说个四言八句逗逗笑，也不伤大雅。如前面轿夫说："肩上一朵栀子花。"后面轿夫立刻接过下句："有刺扎手莫摘它"。前面轿夫说："前面有个之字拐。"后面轿夫马上答道："伙计慢拐我不转。"

要是滑竿上坐的是肥头胖肚的先生，就只听到轿夫呼哧呼哧的喘息声，汗下如雨，脚杆打颤颤，再听不到轿夫的四言八句了。但有时也有例外——前面轿夫说："一只肥猪巴掌膘。"后面轿夫答道："两个金刚压弯腰。"以这来嘲讽坐滑竿的胖子。

一路上都是石梯坎，没有可以歇脚的平地，必须到了城门洞，在拱形的门洞下才有一块较平坦的地方可供歇脚。平时这里异常热闹，也非常拥挤。

涪顺轮今天到得较早，太阳刚偏西，张阿德就做完了检修，准备上岸去踏踏地气[2]。他换上了一件月白竹布的嘎嘎衣，用手提着长衫的下摆，一个劲往上爬。

---

1 竹麻，用竹纤维制成的麻。

2 船员长期生活在水上，上岸踩在地上叫踏地气。据说对人的健康有好处。

他虽然早已习惯了爬坡，但到了城门洞，仍不免要歇息一会儿。

张阿德稍微歇息一会儿，正准备走，忽然看见一个人手里提着一个陶瓷的新夜壶往城门洞一放，向站在那里歇息的一群人大声说道："兄弟别无所能，从小拜师只学得一门绝技。是一门什么绝技呢？说起来简单，做起来困难……"

张阿德也觉得奇怪，停住了脚步，夹杂在人群中好奇地看热闹。

那个人指了指地上的新夜壶说："兄弟学的一门绝技，就是把头钻进这个夜壶里去。"大家看他说得可笑，发出了一阵笑声，接着七嘴八舌地议论起来。

那个人用拳头在夜壶的颈口比试了一下，接着说："大家看得很清楚，夜壶颈口这么小，连一个拳头也放不进。但兄弟的头这么大，却可以从颈口钻进去，你们说这算不算绝技？"

有一个观众好奇地催促："你不要吹牛，快钻进去看看！"

那个人白了那个观众一眼，接着笑容满面地说："你哥子文火煨蹄髈——哪有这炟和[1]！我连晌午饭都没吃，难道白钻给你看。大家要看我的绝技不难，只要凑一角钱，让兄弟可以喝两碗稀饭填肚子。凑齐了，我马上当场钻给你们看。"

那个人说完，将头上戴的一顶破草帽揭下来，往众人面前讨钱："要看绝技的凑钱，不要多，也不能少，只凑一角钱！"

大家见他说得逼真，都急着想看稀奇，一人向草帽里丢一个铜板，很快就凑足了一角钱。

那个人将钱揣到身上，把破草帽戴回头上，向大家双手一拱："兄弟感谢各位老大。在家靠父母，出门靠朋友。兄弟已经饿得肚皮贴着脊梁骨，承各位老大相帮，两碗稀饭钱已经有了着落，再三感谢各位老大。"他说完提起新夜壶就走。

一个凑钱的人急了："喂！你还没钻夜壶呢！"

那个人脸上做了一个滑稽的怪相，摸了摸头："过说么！我没讨婆娘，头还没变尖[2]。我的头是肉做的，用刀把它削尖未必不痛！夜壶口这么小，怎能钻得进？请各位老大原谅。俗话说：天雷不打饿肚人。我现在肚子是空的，天雷都要优待我，各位老大更应原谅。"他又是拱手一揖。

大家这才恍然大悟，知道上当了。但听那人说了许多好话，样子又滑稽惹乐，

---

1 炟和，四川方言，有软弱可欺的意思。占便宜也叫占炟和。

2 俗传老婆偷人，男人便变成了尖脑壳，尖脑壳的含义相当于戴绿头巾。这里是有双关意义的俏皮话。

再加凑的钱也不多，人群发出一阵解嘲的笑声一哄而散，听任那人提着夜壶走了。

张阿德走出城门洞，爬了几十步石梯，到了水巷子街上，一个人突然拦腰抱住他：“好呀！我找了你好久，今天才算碰上了。”

张阿德一看，原来是民福轮上的杨佑成。他们自从在万县三大炮分手之后，已经大半年没见面了。

碰见了杨佑成，他心里觉得非常高兴，心里有很多话想对杨佑成说。张阿德紧紧地握着杨佑成的手说：“老杨，这几个月我们两条船总不能靠在一起，听别人说，你有事在找我，啥事?”

杨佑成这时却抓住张阿德的手，拉着就走：“老张，快，到朝天门搭木船摆渡到窍角沱。”

张阿德看杨佑成素是慢性人，这时急急的样子，心里不解：“老杨，到窍角沱干啥?”

杨佑成却故卖关子，只说：“到了窍角沱你自然会知道!”

张阿德见杨佑成脸带微笑，又不像有啥紧要事情的样子，便不再问。他俩松开手，一道从河街沿城墙边到了朝天门。他们又从朝天门城门洞往渡船码头走。

他们下着一步一步的石梯。这朝天门的石梯一步一步往下延伸浸入江水中，不管水位怎么枯，浸入江水中的石梯总不会全部露出水面。

张阿德跟着杨佑成走到沙咀上，江边靠着一排木渡船。一个船工将南竹篙子戳在沙岸上，好像马上要把渡船撑开划走的样子，口里大声喊着：“弹子石，窍角沱，野猫溪……要渡江的走紧，马上开船哪!”

沙滩上有人在跑，生怕搭脱了这班渡船。

张阿德和杨佑成看渡船上只坐了稀稀朗朗几个人，知道离开船的时间还早，不但没跑，反而在沙滩上停住了脚步。张阿德摸出香烟来一人取了一支，他们慢慢吸着香烟上了木跳板，在木船上找了空位坐下。果然，一支香烟抽完了，还没开船。

那个船工仍然做着马上要撑开划走的样子大声喊：“弹子石，窍角沱，野猫溪……走紧，马上开船哪!”又有人跑得气喘，抢着上船。

等了一会儿，一船人凑齐，那船工才真的一篙子朝沙岸上一点，把渡船撑开了。那船工不慌不忙放下篙子，架上前桨，不快不慢地推着船桨。

嘉陵江与长江在这里汇合，时过六月，小河的水也变得很浑浊，冬春时两江汇合处清浊分明的颜色消失了。只见汇合处浊浪翻滚，泡漩汹涌。

渡船顺江而下，势如箭发，先靠弹子石，接着便靠窍角沱。他俩从这里跳上岸，沿着江边的一个乱石滩走了一会儿，才沿着一条小径爬坡。

张阿德想对杨佑成说李秋莲失踪的事，但因为走得急，在路上一直没机会说。他这时见杨佑成只顾在前埋头爬坡，走得很快，疑惑地说："老杨，你今天闹的啥鬼，慌慌张张赶到窍角沱来干啥?"

杨佑成头也不回地回答："不忙，马上你就会知道!"

张阿德见他不说，只好隐忍住跟在后面走。他俩走上了一条狭窄的河街，街上铺着破破烂烂的青石板，到处是稀泥菜渣，显得很潮湿肮脏。街道两边都是歪歪斜斜的南竹捆绑的房子，多数是平房。这里居住着纱厂女工和海员家属，间或住着一家肩挑背磨的小贩。

在沿江一排捆绑房子中，有一间夹在两间楼房中的平房，杨佑成领着张阿德到了这间平房门口站住了，可是门上却挂着一把铁锁，房主人不在家。

杨佑成看了看落坡的太阳，毫不着急地说："我们站着等一会儿。"他意味不明地看着张阿德微笑。

从隔壁楼上临街的窗口伸出一个妇人的头来，向杨佑成打招呼："杨大哥，已经拉过放工汽笛了，来我这里坐等一会儿。"

张阿德认识这个妇人，是民福轮一个水手的家属，但叫不出名字。

杨佑成仰头对那妇人回答说："封大嫂，封大哥今天当班，要迟点才能回来。"

封大嫂二十多岁，长得很结实，皮肤却是黑红色，是个油黑人。她已缩回头去，从旁边临街的竹梯下楼来了。

杨佑成给他们介绍："这是封大嫂；这是涪顺轮的机匠张阿德。"

封大嫂"哟"了一声，好奇地不断打量着张阿德，好像很熟悉似的，亲切地点头微笑说："张师傅，今后我们是邻居，不用客气，请与杨大哥到我家去坐一会儿，喝杯茶。"

封大嫂的话，使张阿德更摸不着头脑，不解地瞟着杨佑成。更作怪的是，这位平时很忠厚的杨佑成只是微笑不语。

封大嫂眼尖，喊了一声："她回来了。"

杨佑成忙推了一把张阿德："老张，你看，是谁来了?"

张阿德还没回过头去，就听见了一个女人清脆的声音喊着："杨师傅!"

杨佑成急急回答:“秋莲，你看是谁来了!”

张阿德急回过头去，正好与这个女人面对着面，惊喜地叫了一声:“你……”他脸涨得通红。原来他面前站着的正是在万县失踪的卖唱的姑娘李秋莲。

李秋莲提着饭盒，头发上沾满了棉絮，脑后剪成两条短辫子。见到张阿德，她疲倦的神色顿时消失了，明媚的眼睛里闪着兴奋喜悦的光彩，脸上现出了很深的红晕，毫不羞涩地喊了一声:“阿哥!”将饭盒塞到张阿德手上，急急打开了门锁，推开了薄板门:“杨师傅，请屋里坐。”

张阿德手里拿着饭盒跟在杨佑成身后进了屋内。

杨佑成看房里已经很昏暗，秋莲点着了菜油灯，他笑着说:“秋莲，我把老张找来，可以交差了。”

秋莲从张阿德手上接过空饭盒，没有直接回答杨佑成，大方地对张阿德说:“阿哥，你陪杨师傅坐一会儿，我去买点东西就回来。”

房里用篾席隔成两间房，都很狭窄。外间摆着一张小桌子，几根条凳，剩下的地方已经不多了。封大嫂看见屋里太拥挤，没有进屋去，站在门口与杨佑成说着客气话。

李秋莲利落地用湿毛巾揩着头发上沾的棉絮，很快就揩净了，在里间屋换了一件印花布短衫。她递给封大嫂两只热水瓶:“大嫂，帮我到老虎灶去打两瓶开水，我买点菜去。”

封大嫂接过两只热水瓶，看秋莲喜滋滋兴冲冲的样子，一切事情杨佑成早告诉过她，她笑着说了一句玩笑话:“秋莲啊！啥时请我喝喜酒?”一面瞥了张阿德一眼。

秋莲羞涩地一低头，提着一只篮子就跑了。

张阿德正感手足无处放，看封大嫂和秋莲走了，才稍微自然了一点。

不等张阿德问，杨佑成将秋莲的事仔细对张阿德说了。

原来杨佑成看张阿德那条船脱班了，民福轮先到万县，他不放心秋莲父女，就独自去小客栈看望。走到小客栈，想不到李老伯已经死了，已草草埋在官山上。秋莲哭得泪人儿似的，像一只失群的孤雁，正不知如何是好！杨佑成怕秋莲独自留在万县等张阿德发生意外，就将她接上民福轮带回重庆，托封大嫂照料。封大嫂很同情秋莲的遭遇，给她租下了这间小平房暂时住下。封大嫂又托人给纱厂领班说情，补了一个名字，秋莲就进纱厂做了挡车工。

找到秋莲，张阿德心里悲喜交集：想到已找着了秋莲不禁喜形于色；但想到自己失散了多年的亲阿妹，可能今生难逢了，脸上喜色消失，显出怅惘的样子。

杨佑成找张阿德好多次，两条船始终没遇在一起，互相错过了。其实杨佑成找张阿德，除了秋莲的事外，还有一件最重要的事情：他把张阿德的情况向李明做了汇报，李明指示要杨佑成找张阿德谈谈，准备吸收他入党。

封大嫂打回开水，给他们泡上茶，又把一个泥煤炉提到街边，帮忙生了火，秋莲才提着篮子回来了，篮子里装满了蔬菜。秋莲谢了封大嫂，封大嫂家里有事，便告辞走了。

天黑了，屋角摆着小煤炉，更显得燥热，秋莲给他们借来了棕叶扇，他们扇着扇子，边喝茶边谈天。

秋莲在昏黄的菜油灯下忙碌着，因为平时只有一个人吃饭，缺少的碗盏都是向邻居借来的。在这狭小的房里，秋莲却搞得很有条理，利用空间的本领，只有船员才可以与之媲美，不愧是海员的后代。几碟小菜很快就摆在桌上，有金黄色的油煎泡蛋、翠色的韭菜炒豆腐干、葱白炒的鱼香肉丝，还配上一碟磁器口沙炒小花生。

秋莲穿的一件印花布短衫的后襟汗湿了，脸也热得红通通的。她含笑站在桌边，双手在围裙上揩拭："阿哥，你陪杨师傅喝酒。"显然秋莲把杨佑成当成客人，把张阿德当成自己人。

张阿德开始有些局促不安，慢慢习惯成自然了，往杨佑成和自己杯里斟满酒。

杨佑成看张阿德只顾喝酒吃菜，埋头不语，觉得很有趣。因为有些话不便在这里说，为了打破沉寂的气氛，他叹口气说："李老伯辛苦一辈子，死后只睡了个薄板棺材，草草埋在官山。唉！真使人寒心。"

想不到秋莲站在旁边听了，心里一阵难过，几颗晶莹的泪珠从眼角滚出来，她回转身装作炒菜，想掩饰过去。

杨佑成已注意到秋莲的神情，想不到自己的话惹得她伤起心来，忙安慰道："秋莲，你不用伤心，有老张，有我们大伙，你不用为自己的以后担心，我们都会照顾你的。"

张阿德自从来到这里，还没直接与秋莲说过一句话，这时再也忍不住了。他厚实的手掌往桌上一按，神情异常严肃："阿妹，我张阿德是顶天立地的汉子，说话算话。李老伯与我同过事，共同挨过洋人的皮鞭、把头的打骂。我们都是一条苦根，我的亲阿妹十二年前在钱塘江丢失了，你现在就是我的亲阿妹，有我张阿德在，就有你的活路，我会尽一切力量照料你，你放心。”

秋莲听了张阿德这番话，不知是感动，或是其他原因，止住了的眼泪又簌簌往下淌，最后用手蒙住面，失声哭泣起来。

张阿德手足无措看着秋莲，不知自己的话怎会引起秋莲更大的伤心，他想安慰她，可是找不出适当的话语，最后唉了一声，端起酒杯一饮而尽，低着头沉默不语。

看张阿德笨嘴笨舌的样子，杨佑成有些好笑。他对秋莲的心事早猜到几分，但不便说穿，为了使气氛轻松一些，他爽朗地笑道：“今天大家重逢，应该高兴才对。老张，干杯。秋莲，你也来吃！”

秋莲止住了哭泣，撸起围裙擦干了泪水，勉强装着笑容，柔媚的眼光瞥了张阿德一眼：“阿哥，你陪杨师傅多喝一杯，我马上就来吃。”

张阿德端起酒杯：“杨大哥，请。”

秋莲弄完饭菜，为了减轻室内呛人的煤气，将小煤炉提到门外，烧了一壶开水，然后才上桌吃饭。她这时平静了，不断给杨佑成和张阿德碗里夹菜。她停留在张阿德脸上的目光，是那样温柔和深情，使张阿德窘得不敢看秋莲一眼。

张阿德看自己与杨佑成碗里堆满了菜，可是秋莲碗里却是一碗白饭，他很想给她碗里夹菜，但有些迟疑，鼓了很大的劲，才挣出一句话：“阿妹，你怎么不吃！”这句话说出口，他态度反而变得自然了，他也给秋莲碗里夹满了菜。

喝过酒，吃了饭，张阿德想帮助秋莲收拾碗筷，秋莲坚决不让他插手。他见房间实在太小，两个人反而不好转身，只得作罢。

喝了几碗新泡的浓茶，时间不早了。他们怕迟了渡船收渡过不了江，涪顺轮和民福轮第二天清早便要开航，他们站起身来准备走。

秋莲知道海员的生活，便没挽留。他们走出门，秋莲忙叫了一声：“阿哥，等一等。”她从里屋拿出一条香烟塞到张阿德手上：“阿哥，给你买的烟。”

张阿德稍微迟疑了一下，终于无声收下了。秋莲的心很细，这样周到，使张阿德很感动：从来没人这样关心过他。他拿着香烟的手指有点颤抖，幸好天很暗，谁也看不见他这激动的表情。

二

坐渡船到了朝天门，时间已经不早，渡船是最后一趟。

杨佑成和张阿德熬夜已成习惯，并不感到十分疲倦。他们从朝天门城门洞边上了城墙，城墙上很宽，他们并排摸黑走了一段路。

杨佑成还有许多重要的话要对张阿德说，停住了脚步，看见路旁边横躺着一尊生铁铸成，早已弃置不用的牛儿炮，这还是咸丰年间遗留下来的古董，在夜色中现出黑乎乎的轮廓。他指着牛儿炮说："老张，我们坐下歇一会儿吧！"

张阿德答应一声："好！"他们在牛儿炮身上坐下来。

牛儿炮一部分已埋入土里，四周长满半尺深的牯牛草，已经上了露水，露水沾到脚杆上凉幽幽的怪舒服；六月的夜已开始退凉，江风吹在身上使人真感到舒畅。重庆大城里虽然并不清洁，到处是积存的污水，但很奇怪，夜蚊子却很少。

杨佑成关切地问："老张，你和秋莲的喜事还是早点办了吧！"

他看不清张阿德脸上的表情，在黑暗中听张阿德不满地说："老杨，你怎么也说出这种话，难道你还不清楚我的为人！"

杨佑成低低地劝说："这是李老伯的遗愿，秋莲是个能干的姑娘，难道你还看不出她对你很钟情吗！老张呀！你们同是天涯受苦人，我看正好是美满的一对：她有了依靠，你也有了帮手。老张，你快三十岁啦！该结婚了。"

张阿德一急："你，你怎么说我也不答应。"他剖明自己的心迹："我大秋莲十一岁，正因为秋莲是位好姑娘，我不能误了她的青春。我把她当亲阿妹看待，她同样有了依靠。"

"老张，男人比女人大十一岁算得了什么！何况这是李老伯的遗愿，秋莲自己也乐意，为啥这样固执！"杨佑成还想说服他。

张阿德的口吻毫无妥协的余地："老杨，不管你怎么说！我张阿德决不改变主意：她当我是亲阿哥，我当她是亲阿妹！"

杨佑成深知张阿德的脾气，便不再劝说了。沉默了一会儿，杨佑成在考虑怎么向张阿德提说入党的事。

张阿德突然叹口气，改变了话题："唉！老杨，我们船上皮船长和伍大车愈来愈不像话了！"

杨佑成关切地问："又发生了啥事？"

“嘿，取消了关公钱才不久，大家的日子稍好过一点，他们又想出了新花样，又改要大家出川主菩萨[1]的香火钱。这一着很毒辣：川籍船员反对，他们指控说不敬四川的老祖宗，忘了根本；要是客籍船员反对，他们便煽动川籍船员，说四川水灾旱灾不吉利，都是这些客籍船员不敬川主菩萨，光吃川粮造成的，借此挑拨两种船员之间的关系，制造不和，他们好趁机浑水摸鱼。”张阿德愤愤地说。

杨佑成摸出香烟盒，看看烟已经空了，将空烟盒揉成一团扔得远远的，伸出手对张阿德说：“给我一支香烟!”

张阿德摸出来的也是一个空烟盒，也揉成一团扔得远远的。他对杨佑成说：“你等一会儿，城门洞卖炒米糖开水的洪老幺也卖香烟，我去买一包。”他想把手上的东西交杨佑成暂拿着，才猛地想起这正是秋莲给他买的香烟，他忍不住笑了：“我又没喝醉！怎么拿着金饭碗还去讨饭，秋莲送我的香烟也忘了，我的记性真是被狗吃了。”说得杨佑成也笑了。

他们抽着香烟，两个红红的烟头在黑暗中闪烁着。从朝天门城门洞飘来了洪老幺含着睡意的叫卖声：“炒米糖开水，藕粉哪！面茶，盐茶鸡蛋……”在寂静的夜空中听来，显得无限凄凉。

重庆还保持着古老的风俗：白天中午要放午时炮；夜里打更报时。这时传来了更锣响，打更匠沙哑的嗓子在喊：“关门闩户，谨防偷儿；清吉平安，小心火烛……”使人听起来有些模糊不清。

张阿德感到口渴，问：“老杨，你渴不？我们去城门洞照顾洪老幺一碗炒米糖开水。”

“好吧!”杨佑成也觉口渴。

他们站起来折回城门洞，见洪老幺蹲在地上，睡眼惺忪地打着瞌睡，口里下意识地喊着：“炒米糖开水，藕粉……”他面前摆着一个小担子：一头挂着一个糍粑灯笼[2]，大竹篮里放着碗盏调羹和装糖的瓦罐子；另一头木炭小炉子上放着一把铜炊壶，壶嘴向外吐着白色的蒸汽。

洪老幺听见脚步响，猛睁开惺忪的眼睛，打起精神喊：“炒米糖开水，藕粉……”

1　李冰在四川西部修都江堰，川西人民世代受益，后世尊李冰为川主菩萨。
2　一种油纸做的灯笼，可以折叠，携带很方便，走夜路的人常用它。

张阿德认识洪老幺："喂！洪老幺，来两碗炒米糖开水！"

洪老幺将篾笆扇往后颈衣领里一插，站起来用开水冲着碗里的炒米糖，边说："噫！你两位师傅好久没照顾我的生意，今天未必开了天门，要来喝炒米糖开水！"

杨佑成接过碗来吃了一调羹，啧啧称赞："好甜！"

洪老幺又蹲在地上，背靠着洞墙，摸出一节竹根水烟棒，从牛皮烟盒里掏出烟丝装上，又从耳朵上取纸捻点燃，尖着嘴唇吹亮了纸捻，把他一张瘦脸照得红红的。他烧着水烟，不断将烟棒碰在地上磕着枯烟灰。他听杨佑成称赞"好甜"，不禁自吹起来："杨师傅，我洪老幺的炒米糖开水远近驰名，连上海的船员来到重庆，都慕名要吃我洪老幺卖的炒米糖开水。杨师傅，你碗里我特别加了双料白糖，难道你还没尝出来！老主顾嘛，不加双料的糖怎对得起人！"

张阿德先喝完，将空碗递给洪老幺。洪老幺问："张师傅，再来一碗？"张阿德摇摇头。

洪老幺仍不死心："炒米糖开水吃腻了，给你来碗杭州西湖藕粉好不好？不亏你，还是加双料白糖。"

张阿德仍然摇头。

洪老幺失望地叹了一口长气，闷着头烧水烟。张阿德顺口问道："洪老幺，你生意好不好？"

"好，好个亏！"洪老幺将烟棒使劲往地上一磕，然后插在腰上，捏熄了纸捻仍放回耳朵上夹好："以前你们每趟水到重庆，晚上都要照顾我的生意，不是喝几碗炒米糖开水，就是吃几个盐茶鸡蛋。现在也不肯来了。老主顾如此，其他人不用说得！连木炭钱也不够，我洪老幺不改行要饿死哪！"

杨佑成也把空碗递回洪老幺，付了钱，笑着说："洪老幺，假若你收股票，我天天来吃你的炒米糖开水和盐茶鸡蛋。"

洪老幺不觉也愤愤起来："假若我收股票，还说个屁！每天拿板板车拖几车来也不够卖。不是我不收股票，买白糖，买鸡蛋，买炒米，买木炭……还有这种捐，那种税，他们不收股票要现钱！民国、民国，愈民愈稀奇：自从盘古开天地，哪有关饷发股票，从没听说过。开始是民成公司兴的花样，后来变成一股风，其他公司也用股票关饷。股票又分不到红，只当废纸，我洪老幺拿来发火都不要，揩屁股又嫌太硬！害得我洪老幺生意也不好了，我不改行要饿死哪！"

杨佑成听洪老幺唠唠叨叨发牢骚，并不感到奇怪，凡做船员生意的小贩都有这样的牢骚。

他们改从河坝走了，准备由磨儿石回船。

洪老幺洗着碗，懒洋洋地说：“慢走!”他打了一个哈欠，又睡眼惺忪地提不起精神，喊着：“炒米糖开水，藕粉……”

江边的路虽然不好走，码头上轮船的灯光映衬着，能够看清路。他们都没有说话，全神贯注地看着路，生怕踩虚脚滑滚到江里去。

到了磨儿石，这里是一片平坦的石滩，因为这里的石头适合打磨子，凌乱地摆着一些石磨毛坯。

张阿德很兴奋，见这里静静的没有人影，提议说：“老杨，我俩难得碰在一起，在这里坐一会儿谈谈。”他觉得心里积压着很多话无人可诉，他对杨佑成很信任，想把关在心里的闷气出出。

张阿德的提议正合杨佑成的意思，马上点头表示赞同。他们并排在一块石头上坐下。

“老杨，我们穷船员难道就没有出头的一天？他们花样翻新，斗来斗去我们总斗不过他们，我不相信这是命中注定。”张阿德先说。

杨佑成说：“你们东一榔头西一棒子，力没往一处使，没击中要害。”

张阿德摇摇头，疑惑地说：“老杨，我不懂你的意思。”

杨佑成不慌不忙地说：“老张，皮船长、伍大车以及其他人这样狠，欺压我们，使我们过着牛马不如的生活，他们靠什么？俗话说：‘八字衙门大打开，有理无钱莫进来。’他们背后有人给撑腰，他们有哥老会，有军队，有政府，有监牢；而我们一无所有，只有听任他们宰割。我们与他们斗，争取一些福利，不过暂时解决一点问题，并不能维持多久，最后还是两手空空。”

张阿德听杨佑成说得很有理，但还是不明白，问：“那！我们究竟应该怎么办呢?”

杨佑成说：“只要我们也有替我们撑腰的政府、军队……岂不就把问题永远解决了!”

张阿德不以为然地说：“你说得轻巧，他们会让我们有为我们撑腰的政府和军队吗?”

杨佑成淡淡一笑：“要他们同意当然是办不到的，我们要把力量集中起来，与他们斗，斗垮他们的政府和军队，建立我们穷苦人自己的政府和军队。”

张阿德还是有疑虑：“我们穷弟兄的力量怎么才能集中得起来呢?”

杨佑成趁热打铁：“老张，只要有一个组织把所有的穷兄弟组织起来，力量就大了，谁也挡不住。”

张阿德问：“可是哪里有这样一个组织呢!”

杨佑成看火候已到，便挑明说：“老张，你怎么这样糊涂，难道连共产党也没听说过?”他微微一顿：“共产党就是我们工人、农民以及穷苦大众的组织，只有跟着共产党走，我们穷弟兄才有出头的一天。”

“咦！老实呀，我怎么没想到呢!”张阿德拍了拍膝头，接着问：“共产党就是红军吗?”

“红军是共产党领导的工农武装，共产党就是帮我们穷弟兄打江山的。”杨佑成轻声解释。

张阿德兴奋地说：“老杨，你说得很对，我们去投奔红军，好好干一场!”

杨佑成慢吞吞地说：“其实，不一定要参加红军才能干革命。”

“那！不去参加红军，又怎能找到共产党呢?”张阿德反问道。

杨佑成故意说：“老张，参加共产党有被杀头的危险呢!”他想再考察他一下。

“老杨，你怎么这样怕死！为了将来过好日子，死了也甘心!”张阿德对杨佑成的话有些不满。

杨佑成含着微笑，声音更轻：“我俩早已心贴着心，你只要有这个决心，不怕杀头，我就实话对你说了。老张，你不用到处去找共产党，我就是共产党员，你想不到吧!”

“哦!”张阿德惊喜地抓住杨佑成双肩问，“老杨，真的?”“这怎好说着玩，当然是真的。”杨佑成严肃地说。

“唉，老杨，你怎么不早说!”张阿德好像有点埋怨他。

杨佑成意味深长地说：“老张，现在告诉你也不迟呀!”

接着，他们两双粗糙结实的手，紧紧地、紧紧地握在一起了。

三

张阿德自从入党以后，心里顿时亮堂了，他不再是在黑暗中摸索的行路人。党的光辉照亮了他前进的道路，他充满了信心和力量，心里从没像现在这样充实。

涪顺轮每到重庆，他都要抽时间到窍角沱去。秋莲上工去了，为了方便，总是把钥匙寄存在封大嫂那里。他每次去，都要把秋莲日常生活缺少的东西检查一遍，然后尽可能补充齐全：米缸里装满米，水缸里挑满水，劈好柴火，做好煤块，常常不等秋莲放工回家，就锁上门不声不响地走了。

封大嫂对张阿德的行动感到有些诧异，有时笑问："张师傅，啥时请我们喝喜酒?"

张阿德总是脸红筋涨，不知怎样回答的样子，异常窘迫，不愿多说就走了。

封大嫂认为张阿德是一个乖僻的人，有些行动不易理解。很快，封大嫂便改变了自己的看法：张阿德对邻居极肯帮忙，他闷声不吭地帮别人挑水劈柴，代买煤炭……封大嫂对张阿德有了良好的印象。

张阿德尽量避着秋莲，他真像对亲妹妹那样爱护她，关心她。他每接触到秋莲大胆而热情的目光时，觉得心慌意乱，他借口船上有事，很早就渡江回船。

张阿德的忠厚憨直，更得到秋莲的敬爱。这个自幼失去母亲的少女，跟着父亲卖唱度日，过早感到人间的辛酸和冷暖，使她过早成熟，养成她很有心计的性格。自从她父亲临死的时候将她许配给张阿德，她就把张阿德看成自己的未婚夫。她开始仅仅把张阿德看成自己的依靠，可是随着她和张阿德的进一步接近，她对这个身材魁梧的宁波老乡，更加了解，知道他心地善良正直，在茫茫人海中是难得再寻的理想丈夫，她不由衷心地爱着他。

每当她与张阿德在一起，就有一种说不出来的愉快，剩下自己独自一个人的时候，她感到异常孤寂和空虚。少女的羞涩曾使她心跳，甚至害怕，她期待着张阿德的爱抚。可是她感到失望了，张阿德对她始终保持着一定的距离，真像阿哥爱亲阿妹一样。她逐渐产生了一种焦虑的情绪：难道他不喜欢我，不爱我？这种羞人答答的事情又无人可以诉说，她脸上的红晕变淡了，柔媚的眼睛里的光芒变得忧郁了。

她与张阿德已经很久没见面了，每当她精疲力竭下工回家，看见家中收拾得很整洁，知道张阿德来过又走了，好像有意避着她，一种惆怅的感觉从她心里扩散开来。她悲伤难受得哭了。

她从小读过几天书，能看懂唱本和通俗小说，知道许多忠贞的爱情故事。她经历了几个不眠的晚上，决定要好好试探一下张阿德对她的真实态度。

她扳着指头计算，涪顺轮恰好今天要到重庆。临上工时她向封大嫂留下话：

叫张阿德等她，她有重要的事情与他商量。

果然，张阿德来了，他听了秋莲留下的话，便没有走，煮好了晚饭等秋莲回家。他不知道秋莲有什么重要的事情要与他商量，心里有些纳闷。

放工的汽笛拉响半天，秋莲还不见回来。张阿德看房里已收拾得齐齐整整，再也无事可做，洗净了手脸，搬个小凳在门口歇凉。

天擦黑，秋莲回来了。她看见门口坐着的张阿德，脸上阴郁的神色一扫而光，嘴角眉梢都是笑意，亲热地喊："阿哥！"

张阿德给她打了一盆热水，秋莲也毫不客气地洗了脸，然后用湿毛巾收拾了发上的絮花，进屋换了一件干净的浅花竹布短衫，重新梳了头，两根剪短的辫子扎得很蓬松，辫梢上用粉红色洋头绳扎上一朵小花。秀丽的面孔现出娇艳的红晕，处处闪烁着青春动人的光彩。

吃饭的时候，张阿德觉得秋莲灼热的目光不断扫在他的脸上，他拘谨地低头吃饭，不知什么原因，他怕接触到秋莲这样的目光。

"阿哥，天气这样热，把外面的长衫脱掉吧！"秋莲见张阿德脸上在淌汗，不断用毛巾揩拭着汗水，关心地说。

"不用！"张阿德连头也没抬，生硬地回答。他一直不见秋莲提说，又不像有重要事情要商量的样子。

秋莲见张阿德不肯脱长衫，便没再说，拿起葵扇用力扇着。张阿德觉得扇来的过河风非常凉爽，知道是秋莲有意给他扇凉，更是局促不安。

晚饭吃过了，秋莲再也不让他动手，给他泡了一杯浓茶放在他面前，自己动手麻利地洗碗筷，很快就收拾得干干净净。

秋莲给张阿德端来洗脸水，又说："阿哥，把长衫脱掉吧！看你一脸汗！"

张阿德只是摇头，他用盆里的雪白毛巾洗脸，闻到一股香胰子[1]的幽香，更使他有些心慌意乱。

秋莲见张阿德只是摇头，固执得有些好笑，她上前要亲自动手给张阿德脱长衫。

张阿德像被虫咬了一口似的，向后退了一步，不让秋莲的手触着他，连忙自

---

1 即香皂。

己动手脱去外面的长衫，露出贴身的一件蓝土布对开襟汗衫，已经打了无数补丁。这些补丁粗针大线补得很不高明，显然是张阿德自己动手补的。

秋莲从张阿德手上接过长衫，挂在一根竹竿上。对于张阿德贴身的汗衫这样破旧，她并不感到奇怪，因为她父亲做过船员，外面穿着嘎嘎衣，都是这样皮面光。她说："阿哥，你的破衣服以后拿回来我给你补。"

张阿德无声地点点头。他不肯脱长衫，并不是怕露出贴身的破汗衫，他认为在大姑娘面前脱下长衫实在不雅相，这时被迫脱下心里很不自在。

"喏，背上破了一个洞。阿哥，脱下来让我马上给你补好。"

张阿德见秋莲又要亲自动手的样子，吓得两手交叉抱着两肩，连声说："不用；不用。"

秋莲看张阿德慌乱的样子，不觉抿嘴一笑，进屋拿出一件新做的汗衫来塞给张阿德："阿哥，这是我晚上无事时自己剪裁缝制的，不知合不合你身，穿上试试看。"说罢有意避进里屋去了。

张阿德手上拿着秋莲硬塞给他的汗衫，虽然是白粗布做的，但细针密线缝制得很精巧，不觉发起怔来：他人活到近三十岁，这些年谁也没给他做过寸布半缕的物件。心里一热，平时没有掉过半滴眼泪的硬汉子，眼眶润湿了。

"阿哥，换了没有？"秋莲在里屋问。

张阿德"哦"了一声，忙脱下旧汗衫，换上新的汗衫。

秋莲出来，从张阿德手上接过旧汗衫来，靠近菜油灯仔细检看了一会儿，她拿出针线竹箩，找出几块零碎布头来，坐在桌边缝补。

张阿德将菜油灯的灯草拨了一下，使光线亮一些，把菜油灯往秋莲面前挪近一些。秋莲正用雪白整齐的牙齿咬断线头，瞥了张阿德一眼，嘴角露出甜蜜的微笑，低头专心缝补着。

张阿德见秋莲仍没提起有什么重要事情商量，忍不住问道："阿妹，你有什么事要与我商量？"

"嗯！"秋莲仍低头缝补不语。

沉默了一会儿，张阿德不见秋莲开口，又催问："阿妹，快说呀！我还要回船呢！"

"阿哥，明天早上开船吗？"秋莲问。

"不开船。我们明天要检修机器，在重庆暂停一天航。船上的童经理布置明天在重庆做一天清洁。”张阿德回答说。

“今晚有班吗?”

“没有。”张阿德回答。

“阿哥，明天不开航，今晚又不当班，难道不能陪我多坐一会儿!”秋莲瞥了张阿德一眼，有些嗔怪地说。

半天，她没有听见张阿德回答，她觉得很委屈，泪水挂在睫毛边，牙齿轻咬着嘴唇。她极力想忍住泪水，头垂得更低，眼睛被泪水弄模糊了，一针扎在自己手指上，渗出了鲜红的血珠，她也不觉疼。

一个瞎子从街上走过，拉着胡琴，一个女孩的童音唱着:

头回声，
响嗡嗡，
享福的人们，
都还在梦中;
二回声，
赶路匆匆，
街头灯影暗，
夜色正朦胧;
三回声，
进厂就开工，
东方鱼肚白，
太阳还未红。
……

秋莲知道是那个小女孩用一根木棍牵着她的瞎子父亲沿街卖唱。偏偏小女孩唱的是《回声歌》。她想到纱厂女工的生活，天不亮就上工，天黑才放工回家，还要忍受工头的打骂凌侮，得的工钱少得可怜；又想起自己以前卖唱的生活，父亲的死亡，只剩下自己孤苦一人，虽然张阿德对她很好，但总像不理解她爱他的心情。

秋莲凝神听了一会儿，凄凉的胡琴声渐渐远去，她再也忍不住自己的泪水，簌簌地不断从面颊上流下来。她木然地放下了针线。

张阿德突然见秋莲悲伤流泪，他只以为这卖唱的歌声引起了秋莲对过去生活的伤心，思念她的父亲。张阿德无限同情地安慰说：“阿妹，各人都有自己的伤心事，不要想过去那些事，我会照顾好你今后的生活，不要悲伤！”

想不到秋莲听了他的话，反而更伤心了，蒙着面哭出声来。他觉得有些惶惑了，不知怎样安慰她才好。见她汗和泪混在一起，他从桌上拿起那把葵扇，不断给她扇着凉风。

“阿哥，你为啥不喜欢我！”秋莲忍住哭，抬起头来，泪流满面地问张阿德。

秋莲这句话问得很奇突，张阿德更惶惑了。他急得额上冒起了青筋，看着秋莲闪着泪光的面孔出神，半天才挣出一句话：“不，我喜欢你！”

秋莲揩干了汗和泪，声音还有些哽咽：“那么，为啥老避着我？”

张阿德这才明白了秋莲的意思，他不善于扯谎：“这，这……”他半天还是没说出来，最后说：“阿哥以后尽量陪你就是。”

他给她端来了洗脸水，让她洗净了汗和泪水。

秋莲不禁破涕为笑，变得平静了，又继续缝补着破汗衫。

秋莲抬起头含笑瞟了张阿德一眼，见他坐在那里发呆，有意撩他说话：“阿哥，听说你以前有一个亲妹妹，是怎样失散的？”

张阿德像突然被人触着了痛处，纯朴的脸上顿时现出痛苦的表情，垂下了头。

秋莲有些后悔：不该拿这个问题去触动他的痛处。正想把话引开，张阿德已抬起头来，轻轻地叹口气，声音仿佛很平静：“唉！我说过，各人有各人的伤心事。那是很多年以前发生的事情……”

秋莲默默听完张阿德对过去与妹妹失散的经过的叙述，见他惆怅和痛苦的表情，她也跟着难过起来。她温柔的目光停留在张阿德的脸上，她想安慰他，但一时又想不出适当的话语。

张阿德对于阿妹的失散，虽然仍感痛苦，但自从他入党以后，他懂得了更多的道理，知道自己悲惨的家事，比起整个阶级的苦难，实在是微不足道的，他很快就平静了。

秋莲沉默了一会儿，笑得很妩媚：“阿哥，你妹妹真的像我吗？”

张阿德端详一会儿秋莲的面孔，点点头说：“你俩都有一对漂亮的眼睛，只是……”张阿德又沉默了。

“真的!”

“当然真的。我最近还看见一对眼睛与我阿妹更相像!”张阿德说。

“谁?”秋莲好奇地问。

张阿德凝神沉思了一会儿，所答非所问地说道:“不但与我阿妹眼睛相像，脸上的表情神态也和我阿妹一个模样！并且又是在杭州长大的。”

“谁？我认识吗?”秋莲问。

张阿德回答说:“春燕！你不认识她。”

“春燕是谁?”

“我们总经理太太的陪嫁丫头。”

“咦！我那次听你说过：朱太太是杭州人，也是我们浙江同乡。你阿妹又是在杭州失散的，莫不真是你阿妹?”秋莲为了安慰张阿德，只是随便这样说说。

张阿德心中又一动，眼睛里闪射出一种奇异的光彩，但瞬间便消失了，不禁摇着头苦笑着说:“不，天下不会有这样的巧事!”

秋莲见张阿德怅然若失的样子，她想了想说:“阿哥，你以后见了春燕问她试试，失散的时候她已六七岁了，可能还记得。”

张阿德认真地说:“我想问，但想到不会这样巧，又怕太冒昧。以后碰见我一定要问问。”

谈说之间，秋莲已补好最后一个补丁。

张阿德摸出一块火车头怀表，这怀表是他花一块银圆在旧货行买来的，虽然走得不准，但大概时间是可以看出的。他一看怀表，时针已指过了十一点，不禁吃了一惊，哎哟一声:“糟糕，真糟糕!”

秋莲瞪着双眼诧异地看着张阿德，问:“啥糟糕?”

“渡船已经收渡了!”张阿德焦急地说。

秋莲松了口气:“看你着急的样，真把我吓了一跳。收渡有啥要紧，你不是晚上不当班吗?”

张阿德搔了搔头发:“这，这怎么……”

秋莲说:“今晚你在我床上睡一夜，我到封大嫂那里去挤一夜就是了。”

“唉！你忘了，今天封大哥也在家。”张阿德说。

“这……”秋莲迟疑了一会儿:“这样吧！你睡我的床，我坐一宵，反正明早我四点钟就要上工。”

“不行。”张阿德说，“你在纱厂干活那么累。你不管我。我到渡船码头去坐一夜，等到开渡。”

“不行！”秋莲的语气也很坚决，“我怎能让你去渡船码头坐一夜。”

张阿德为难地沉吟了一会儿，说：“好，我在外面屋坐一夜，你自去睡。要是不答应，我只好去渡船码头。”

秋莲知道不能再勉强他，只好同意。

夜，已经很深了，秋莲盖着薄被辗转不能入睡，外房的动静她听得很清楚：张阿德虽然手足很轻，吸烟和喝茶的声音仍然很清晰。

一种压抑不住的情感使秋莲感到害怕和慌乱，她愈来愈觉到张阿德在她心上的分量。她是有心计的姑娘，她想：我有这个丈夫多好啊！她朦胧感到幸福离她很近，她若不及时抓住它，可能夜长梦多，稍纵即逝。命运总是喜欢捉弄人的。她对张阿德忠厚憨直的性格，又怨又爱：爱的是这种性格的丈夫是理想的；怨的是他像木头人，一点不理解她的心情，看来还要自己羞人答答……她脑际闪现了一个念头，自己也觉得自己脸上烫手，一定是羞得通红。

“阿哥。”她轻轻喊了一声，没有听见答应，于是提高点声音喊：“阿哥！”

“嗯！喊啥？”张阿德问。

她说：“阿哥，天气这么闷热，我睡都睡不着。”

张阿德的声音：“今夜是有点闷热，你用扇子扇一会儿嘛！”他伸手从门缝里将葵扇扔到秋莲床上。

过了一会儿，秋莲又喊道：“阿哥，我好怕啊！”

又传来了张阿德的声音：“我在这里，不要怕，快睡。”

“哎呀！我床下在响，该不是菜花蛇！”

“大惊小怪，怎么我没听见！”张阿德凝神听了听说。

秋莲的声音更急了：“阿哥，快来看看，床下的响声更大了，我怕呀！”

静寂了一会儿，显然张阿德有些犹豫，但终于端着菜油灯推门进来了。

张阿德撩起床单，见床下什么东西也没有，说：“不要大惊小怪！”

“阿哥，你不要出去，我多害怕哟！”秋莲央求说，“阿哥，你就坐在那张凳上，用扇子给我扇一扇。”

张阿德摇摇头，讷讷地说：“这，这不行。”

“阿哥，你不是说喜欢我吗！”秋莲娇憨地伸过一只滚圆的白手臂来，硬将扇子塞到张阿德的手里。

张阿德无可奈何地将菜油灯放在桌上，坐在床边一张独凳上，侧着身子背对着秋莲，认真给秋莲缓缓地扇着。

秋莲见张阿德背对着她的样子，抿着嘴微笑说：“阿哥，我给你唱个歌吧！”

“快睡，难道你唱歌还没唱够！”

“嗯！我要给你唱一个。”

秋莲躺在床上，轻声地唱起来：

月亮弯弯像把梳，
娇娃难找好丈夫，
一家欢乐几家怨，
秋去冬来万花枯。

月亮弯弯像把梳，
踏着孤影走江湖，
唱罢旧曲唱新调，
冬去春来柳枝绿。

秋莲唱完一首，正想再唱一首，外面突然飞沙走石起了风暴，菜油灯吹熄了。张阿德正要起身去关窗点灯，秋莲拉了他一把：“阿哥，我怕。”

秋莲从床上坐起，紧紧抓住张阿德的双手。

一道耀目的闪电，接着响了一声巨雷，秋莲放开张阿德的双手，忽然扑到他怀里，将他搂得紧紧的。

张阿德接触到秋莲热烘烘软绵绵的身体，手足无措地感到惊愕。

秋莲的声音里充满了柔情：“阿哥，你怎么像木头人一样，难道你不爱我！”

张阿德感到秋莲灼热而润湿的嘴唇正紧紧地吻在他的嘴唇上，他……

第二十四章

八月的天气正是秋老虎，异常酷热。杨宝瑜一夜没睡好，早上天气很凉爽，她坐在门口风口上看《红楼梦》。这部书她很喜爱，已经反复看过几遍。每重看一次，不但不觉厌腻，仍然有一种新鲜的感觉。

由于她从小丧母，养成了孤僻的性格。她仿佛从林黛玉身上，看到了自己的某些影子，对于林黛玉多愁善感的性格产生了共鸣，深表同情。每次看到黛玉葬花、黛玉归天等章节，她的眼睛里都含满泪水。虽然不大运动，但她的身体可不像黛玉那样瘦弱，反而像宝钗那样的丰满，体态又不失苗条，在朱佳富眼里自有一种动人的娇态。

她近来愈发觉得烦闷，与朱佳富在感情上愈来愈感到格格不入。近来高茜常来约她去参加一些抗日救亡活动。朱佳富当着高茜的面表示赞同，背地却劝阻说："太太，你的身体不太好，在家看看书，听听唱片和收音机里的音乐，多好呀！何必要到外面去东奔西走？今天为抗日战士募捐，明天又参加演讲会，烈日炎炎，你的身体吃得消吗?"

她温柔地回答道："佳富，我待在家里感到多闷呀！让我出去晒晒太阳，透透气吧，否则，我快得软骨病啦！我也是国民一分子呢。佳富，许多年以前，你给我的第一封信中不是说过：'国家的灾难，民族的危机，有热血的青年岂能坐视。'日本人强占东三省，又想侵吞华北，我能坐得住吗?!"

朱佳富听杨宝瑜引用他许多年以前的话来说服他，一时语塞，顿了一下说："太太，抗日救国我是赞成的，我也是抗日后援会的热心分子。可是，太太，抗日后援会参加的人太杂，担水卖的挑夫，拉黄包车的车夫……什么人都有，我知道你是最爱清洁的，在一起开会活动，天气又热，汗气熏人，令人想要呕吐，你怎么受得了。"

杨宝瑜委婉地反驳道："高小姐受得了，我也受得了。挑夫，车夫……这些没有受过教育的人都动起来了，我们受过教育和文化陶冶的人，岂能落后?"

朱佳富摸透了她的脾气：莫看她很温顺善良，一件事情只要下了决心，便异常地固执。其实他不愿杨宝瑜去参加抗日救亡，有他自己的想法：因为近来风声很不好。上次闹事以后，樊师长他们表面上让步了，他知道没有那么简单，他们不过迫于各界的压力，不得不缓和一下民情，采取以退为进的策略。暂时的平静，意味着他们在等待寻找镇压的借口和时机。

朱佳富也跟着高伦热火朝天地干了一段时间，他对于政治问题，还是很敏感的。全国抗日的民气高涨，他认为不顺应这股不可抗拒的潮流是不行的。他在英国所受的教育，使他崇拜民主政治，对法西斯和军国主义有反感，这也是一个原因。

朱佳富平时以政治上的弄潮能手自负，看准潮头的涨落，使自己立于不败之地。最近他也曾赴罗天成邀请的几次宴会，也正是这个意思。高伦出于策略上的考虑，不愿公开与罗天成闹翻，所以朱佳富与罗天成交际，也得到高伦的暗示和默许。朱佳富从罗天成口中知道了樊师长要向民众开刀的消息，这种事又不便对杨宝瑜说，怕杨宝瑜说他胆小怕事。

朱佳富更不愿杨宝瑜与那些粗犷的人接触，认为有失体面。他对高茜近来与这些下等社会的人混在一起，已不断皱眉。

朱佳富近来发现李明与杨宝瑜她们往来较前密切，虽然光明正大无可非议，但他对李明从来就有一种说不出原因的嫉妒，这是朱佳富感情上受不了的。他认为李明闯入了他的生活，隐隐感到他在家庭中的地位受到了威胁，家庭中崇拜他的两名基本群众，迟早也会像高茜那样，与他产生离心的倾向。

一天晚上，杨宝瑜与春燕参加了李明主持的时事报告会回家迟了，朱佳富的脸色很不自然。春燕兴奋地对他说："朱先生，今晚李明先生讲得真好，许多人都感动得哭了。"

杨宝瑜已卸妆，穿着睡衣准备安寝，对春燕的话表示赞同，笑眯眯地点头。

朱佳富积压在心里的闷气，终于爆发了，他不便责备杨宝瑜，却对春燕借题发挥："春燕，我看你还是到王牧师那里去补习英语吧！愿基督保佑你，不要做迷失道路的羔羊。你毕竟不是小姐，还是要对我的话尊重一些才好。"

杨宝瑜脸上的神色变了。她知道朱佳富从没直接斥责过春燕，凡事都是她去说的，今晚突然提到春燕去王牧师那里学英语的问题，并且脸上的气色很不好，最后一句话明明是影刺她的。她见春燕木然的表情，心里也不好受。但她不愿与朱佳富发生争吵，更不愿春燕知道他们的不和，便对春燕说："不早了，你回房去睡吧！"

春燕受到朱佳富的斥责，虽然不是声色俱厉，但她了解朱佳富的个性，这比一般人的声色俱厉还严重。特别是最后一句话，说得虽然含蓄，却分明指出她不过一个丫头的身份。一种冷冰冰的感觉从脚冷到头，她缓缓地回自己房间去了。

第二天朱佳富看见杨宝瑜郁郁寡欢的样子，立即向她解释，用甜言蜜语安抚她，她心上的阴影始终没有消散……

这时杨宝瑜看着《红楼梦》，慢慢有点倦意，书上的字迹有些模糊起来。她干脆把书放在膝上，闭目想休息一会儿。可她刚刚合上眼，却听到一阵脚步声。杨宝瑜睁开眼，见春燕怯生生地走到她面前，恭敬地说："小姐，上海寄来的信，朱先生叫我送给你。"

春燕近来更变得沉默寡言，对她与朱先生不再像以前那样亲昵。这种改变使杨宝瑜有些奇怪，但她也没有去仔细考虑原因。

杨宝瑜听说是上海寄来的信，觉得有些诧异，因为她和旧日的亲友和同学早已不通音信。她从春燕手中接过信来，信封上的字迹很陌生。她撕开了封口——朱佳富遵守英国人的风俗习惯，从不拆看杨宝瑜的私人信件。

信中的内容是这样的——

亲爱的姐姐：

愿上帝赐福于你。我想，你一定过得非常幸福。

七年时间过去了。我已经长大成人了。亲爱的姐姐，记得当你离开上海跟姐夫去四川的时候，我哭了，我是多么依依不舍啊！但是七年来不通音讯，你在我脑子里留下的印象，随着岁月的流逝，慢慢变淡了。我想你的外表一定有很大的改变，在路上相遇，我们姊弟都可能互不认识了！

"一·二八"日本人在上海打仗，我家在闸北的丝厂被日本人的炮火毁为灰烬。当时我妈正好在丝厂里，也尸骨无存。亲爱的姐姐，你的心地是那么善良，看在上帝面上，求你宽恕她吧！愿阿妈的灵魂在天国安息。

爸爸只剩下浦东一家丝厂了，日本人这几年在上海横行霸道，丝厂快被日商逼得破产了。

爸爸头上的青丝已成白发，眼看日本人迟早要占领上海，许多厂商都想迁往内地，准备迁往四川的特别多。爸爸也想将丝厂迁往重庆。

想不到我们也要到遥远的四川去，姐姐，你却比我们早去了七年，上帝的安排是多么奇妙啊！

爸爸近来很着急，因为运输很紧张，没有特殊背景的厂商都租不到轮船迁厂。

听说姐夫在轮船公司当总经理，爸爸叫我写信求求你，希望你看在仁慈的上帝和你亲生妈妈的面上，要姐夫帮忙在短期内把我家的丝厂迁往重庆。

爸爸今年初去过重庆，厂址都买好了，在重庆窍角沱。

爸爸那时没去涪陵看你们，他至今深感懊悔，叫我转告你：希你原谅宽恕他。

爸爸说：他决不留在上海做亡国奴，更不愿工厂落入日本人手中。因此，要是不能迁走丝厂，我家就一无所有了。我们将来只有赤手空拳逃出上海，去过贫苦的难民生活。

我善良的姐姐，虽然我妈对你不好，姐姐对我的爱抚和关心并没两样。我至今还感到姐姐的温暖。记得吗？当七年前你与姐夫去杭州结婚，我闹着要跟你们去，妈妈最后禁不住我的哭闹，只得让我跟着你们去了。姐姐，我是亲族中唯一参加你们婚礼的人，在你们新婚的床上，我睡在你与姐夫的中间，你还给我讲了几个好听的故事呢！我想，你一定会答应爸爸和我的要求，不会坐视我们破产。

我去年回杭州乡下住了一段时间，到灵隐寺去过。你教过书的小学已经不存在了，被国民党办了一所警官学校，四周架起了电网。我碰见了几个你当年的学生，他们都成人了。他们对你很关心，向我询问你的近况，我很尴尬，我对你的近况知道得实在太少了。你这几个学生抗日热情很高，他们都准备参加救亡团体，徒步去内地宣传抗日。他们说，若有机会去四川，还准备去看你呢！

冷泉的景色依旧，没有多大改变。你与姐夫亲手在冷泉边种下的丹桂树已经长大开花，淡红的簇团，真是好看。浓郁的花香在空中飘散，多么沁人心脾，令人沉醉。愿姐姐和姐夫的恩爱，也像这丹桂的香味那样浓郁久远。

并问姐夫安好！

敬祝

安康

弟宝生，1936.8.6.

杨宝瑜贪婪地一口气看完了这封信，异常兴奋，眼眶里含满了泪水，可是脸上却含着微笑。她将信递给站在面前的春燕说：“少爷来信了！你看看，老爷他们都要来四川开厂。”春燕是她从娘家带来的人，她当然要把这令人高兴的消息告诉她，想让她也分享她的快乐。

春燕脸上的微笑闪现了一下，她的确为小姐感到高兴。但她想到自己不过是她家地位卑微的丫头，看完了信，为了不使小姐扫兴，勉强笑着说：“小姐，老爷和少爷来了，你就不感到孤独了。”她说完拘谨地站在一边低着头，看着自己的布鞋尖。这双布鞋是杨宝瑜新近给她的，虽然还新，但样式比较陈旧了。

“春燕，快请朱先生上楼来，我要马上与他商量。”杨宝瑜没有注意春燕的表情，她两颊透出红晕，妩媚的眼睛里闪着喜悦的光彩，突然变得年轻多了。

朱佳富被请上楼来，春燕主动避开了。

朱佳富只穿着一件硬领衬衫，没有打领结，因为天气热，领口敞开，但袖口却扣得规规矩矩。他坐在不远的一张藤椅上，从侧面看着太太的表情。他很久不见她这样容光焕发了。朱佳富诙谐地笑着说：“太太，你现在显得多么年轻，多么娇美啊！你收到信这样高兴，能让我看看吗?”

“佳富，你看吧！我就是找你商量这件事情！”杨宝瑜将信递给朱佳富，柔情地注视着他。

朱佳富在认真看信，杨宝瑜的心境特别好。她见朱佳富脸上有微汗，将她坐的椅子向他挪近了一些，拿着葵扇，轻轻给朱佳富扇着，一面注视着他面部的表情。

朱佳富看完了信，脸上的笑容收敛了，用手指掸着信纸问：“太太，你怎么看呢?”

“当然，我无条件宽恕他们，与他们和解。一个基督徒是不应该记恨的。”杨宝瑜毫不思索地说。

朱佳富站起来，放下手上的信纸，从杨宝瑜手上拿过葵扇，一边扇着一边在室内踱步。

杨宝瑜猜不透朱佳富的想法，眼珠跟着朱佳富来回的身影转动，见他半天不说话，不觉焦急地问：“佳富，你说话呀！”

朱佳富在杨宝瑜身边坐下，将葵扇递还给杨宝瑜，平板的脸上露出一丝嘲讽的微笑：“想不到他们今天会找我这个不称心的女婿帮忙！他也会来四川！”

杨宝瑜见朱佳富的态度，心里觉得很不舒服，脸上的光彩暗淡了。

“太太，宽恕人是基督徒的美德我理解。但你父亲和继母也是基督徒，他们为什么不能以博爱待人，对你这位独姑娘这样狠！今年来过重庆，并且知道我们住在涪陵，从此路过也不来看看，哪有半点仁爱之心！只有需要我们帮忙，才想起你这个女儿和我这个不称心的女婿。太太，你能够宽恕，我却不能宽恕。”他最后一句话的语气很重。

朱佳富提的也是事实，杨宝瑜又想不出理由辩护和反驳，只觉得他语言刻薄，异常刺耳。他嘲讽的人毕竟是自己的亲骨肉，她心里觉得很难过。杨宝瑜含着眼泪说：“佳富，难道你已经不爱我！”

朱佳富想不到杨宝瑜会这样问他，他态度稍微缓和一点，将手放到杨宝瑜的手上，杨宝瑜像针刺似的急速缩回手。

“太太，我还是像以前那样爱你，你不用怀疑。”朱佳富看太太缩回手，毫不介意地说。

“你若仍然爱我，就应该无条件宽恕他们，我毕竟是他们的亲生女儿呀！我们的婚姻，他们以前虽然反对，但我并没有动摇，也没有嫌你清贫。我让你安心在英国留学，毫不迟疑地做了你的妻子，抛弃了江南的舒适生活，跟你回到四川。你不肯帮助他们，怎能说明你还爱我呢！”杨宝瑜克制住自己的感情说。

“真是妇人之见！”朱佳富最不愿别人提他清贫时的情况，现在第一次听杨宝瑜提及，有些不耐烦了，“要我帮助他们，实难从命。”

朱佳富站起来气冲冲地走了。

“真是妇人之见！”——这句话杨宝瑜细细咀嚼，对她多么轻蔑啊！朱佳富从来没用这样的语气说过她。她感到委屈，感到难过，泪水从面颊上簌簌往下流：“仁慈的主啊！只有您才是我永恒的安慰。”

她让自己的情绪平静了一下，用冷水毛巾洗了脸。她坐在写字台前，展开信笺，准备先给她弟弟回封信。她提笔凝神沉思一会儿，写道：

亲爱的弟弟：

听说我与你姐夫在冷泉边种的丹桂已经开花，实在百感交集，慨叹万分。

对往事的追忆，徒使人惆怅而已。情景依旧，但人事全非，我与你姐夫已貌合神离，爱情已成泡影。冷泉边上丹桂飘香，十里西子湖畔梦中再现。

若不是日寇挑衅，我定当整装东下，和家人团聚，重游故乡：扫亲墓于龙井，访故旧于灵隐，拜基督于受洗的圣堂，重叩教父之门，忏悔于密室，求基督慈悲之心肠，寄我灵魂，脱我于痛苦之中……

杨宝瑜写到这里，她的笔停住了，把信从头看了一道。因为心中的抑郁无处发泄，信笔写去，文笔还流畅凄婉，但自己也觉得未免把她与朱佳富的关系说得过分严重了。她冷静考虑了一会儿，觉得把这情况告诉反对他俩婚姻的家人，无异于自打嘴巴，她的自尊心是万万受不了的。

她想到这里，气不觉消了大半。她认为朱佳富刚才的态度也情有可原：父母与她断绝关系达七年之久，父亲今年数千里之遥来到重庆，也不来看顾亲生的女儿，心肠实在太狠了。她心情矛盾地犹豫一阵之后，长长地叹口气。她想：在冷泉边教书的时候，虽然感到孤寂，但她心灵从没像现在这样空虚。高茜拉她出去参加一些抗日活动，她心里觉得开朗愉快，仿佛从沉闷的室内走到原野里，空气是多么新鲜啊！可是朱佳富却百般地暗地阻挡……想到这些，杨宝瑜对朱佳富又反感起来，情绪又有点激动。她抬起头看见了耶稣肃穆的圣像，一种对宗教的虔诚感情油然而生。她反省自己，向上帝祷告："上帝啊！我近来多愁善感，记恨易怒，我愿宽恕一切人，请赐我以来和吧！"

她心里顿时安详了，将原先写好的信笺揉成一团，扔进了屋角的废纸篓。

春燕进来给她倒了一杯凉茶放在桌上，又退出去了。

杨宝瑜看着春燕窈窕的身影出了一回神。她想，这孩子跟她十多年，在冷泉教书，她寂寞中承春燕相伴，现在春燕已长大了，应该给她找一个理想的丈夫嫁出去，才不负春燕相伴她一场。但一想到春燕要离她而去，她心里就不好受……

杨宝瑜东想西想，一杯凉茶喝完了，才收敛心神，重新提笔写信……

二

高公馆和以前大不相同，来拜访的人很多：既有抗日后援会的办事人员，又有涪陵各机关团体的官员，还有青年军官，多是高伦以前的部属，还有其他形形色色的人物……

黄妈两只文明脚实在忙不过来，厨房的许厨子犟脾气发了几次：留宾客吃饭次数太频繁，他一个人实在忙不过来。最后不得已从公司调来两名茶房临时帮忙招呼茶水，把黄妈派给许厨子支配打杂，才算暂时缓和下来。

楼下的客厅也不够用了。高伦决定，干脆把楼下客厅改成接待一般的客人，把胡方师爷调来接待；二楼全部腾出来招待有地位的客人和女宾。黄妈也从二楼迁到后花园专供用人住的一排小房去住。高太太极感不便，但也无法可想，许多事情只好自己动手，有时还把张秘书临时请来招待女宾。

高太太不愧是贤妻良母，近来高伦夸赞过她好几次。她麻将牌已经多时不打了，除了管理操持家务外，还要招待女宾。这位大小姐出身的太太，平时不大关心政治，近来耳闻目睹，在高伦潜移默化之下，居然夫唱妇随，什么抗日救国，什么停止内战、一致对外，也常常挂在嘴上，向女宾宣传。募捐、慰劳她也带头参加。他俩原先就被上层社会誉为模范夫妇，现在更为人所称道。

高太太唯独对高茜感到不放心。近来高太太也开通得多，原先认为名家小姐在外抛头露面有失体统的想法淡漠了。因为如赵专员的小姐，樊师长的千金，都是与高茜相近年龄的同学，也跟着高茜宣传演讲，演街头剧，唱抗日歌。高太太也感到时代变得很快，不弱于辛亥革命对青年人的冲击，也不差于“五四”运动。闭塞封建的四川，在抗日爱国热潮的冲击下，旧的意识在崩溃，青年人都以高唱抗日救国为时髦。各阶层的人都动起来了，连赵专员和樊师长也只能睁只眼闭只眼，再也不敢公开反对，最后连他们自己的千金小姐也劝拦不住，被卷进了这股潮流。高太太感到这是一股不可抗拒的历史潮流，这股潮流将把人们推向哪里去？她就模糊不清了，连高伦也说不出来。

上次高茜坐牢，高太太哭了好几场，把高伦责怪了好几次，把樊师长、刘湘痛骂过不止一次。高茜最后平平安安回来了。但再让高茜出去领头闹，她总不放心。高伦年过半百，自己也四十出头，只有这个独生女儿，叫当妈的怎也放心不下。她本来准备送高茜到川西娘家去，托她舅舅管教约束。不仅高茜坚决不去，高伦也不赞同，再说高茜从小没离开过自己，也有点舍不得。后来接到高茜舅舅来信说，川西现在的情况与这里也差不多，她舅舅也为表兄妹的事情伤神，只得罢了。

她想约束高茜不让出去，但哪里约束得住？高伦自己就像老小伙子，愈闹愈精神。高太太只得叹口气：“唉！有其父必有其女。”对女儿的行动听之任之，最后自己也不知不觉卷进了这股潮流。

因为今天楼下和二楼都有客，高伦只得在三楼卧室等待朱佳富。这段时间他的社会活动很多，公司的事情全部委托朱佳富酌情办理，自己很少过问。

上次开的董事会，为了筹集资金扩大营运，发生了分歧，争执不下，会议没有通过决议便不欢而散。对于涪陵轮船公司出路问题，高伦原有些举棋不定，经过最近这段时期的斗争，他最后下定了决心，所以请朱佳富来商量办法。

另外，朱太太亲自来找过他，把她家里来信的情况讲给高伦听，要求高伦能够帮助解决，所以也准备顺便与朱佳富谈谈这件事。

高伦听见门响，以为是朱佳富来了，开门见是高源，有些不悦：这段时间很少见他的影子。对于高源的为人，高伦很不喜欢，训斥过多次，但没有多大效果，也就懒理他了。

高源有点怕高伦，在伯父面前总是装着循规蹈矩的样子。这时他掩上门，坐在一张红木太师椅上。这间房不大，由于高伦近年来是与太太分室而居，只摆了一张帆布行军床。因为天热，行军床上铺着灯草席子，一床草绿呢军毯整齐地折叠着放在床头，福建出的羊皮漆花方枕头放在军毯上。

房里的家具也不多：红漆书案前摆着藤扶椅，两张太师椅中间放着一只古香古色的茶几。书案上摆着两个白瓷帽筒、一只小闹钟以及文具纸张。

最惹人注目的是靠壁放着的大书架，那上面线装书、洋装书都有，外文的仅有日文书籍，多是高伦留学日本时读的日文军事著作。

行军床上，凌乱地放着几张新到的《申报》和一本《东方杂志》，都是上海出版的。因为消息较快，特别是《东方杂志》，印刷很精美，图文并茂，当时四川上层社会订阅的很多。这杂志高伦可能刚刚看过，这时收拾起来整齐地放在书案头。他多年来养成的习惯，就是生活上也是有条不紊的。

高源闯进来后，隔着茶几坐在另一张太师椅上。他神秘地低声对高伦说："伯伯，听说樊师长暗地与蒋先生挂上钩，刘军长为这事拍桌子大骂樊师长卖主求荣，可能有一场摩擦。"

高伦对高源报告的消息早有所闻，并且连交际花沈小姐是拉线人也知道。因为樊师长身边一位副官以前是自己的下属，对高伦颇为景仰，不久前曾把详情透露给他。他没有问高源的消息来源，他知道高源是从他那些吃喝玩乐的酒肉朋友那里听来的。

高伦不以为然地说："摩擦？对这位刘军长我最了解……"高伦没有往下说，因为他知道高源嘴巴不稳，有些话传出去不便。

高源看高伦对这个秘闻不感兴趣，接着声音放得更低，真像十分机密的样子："伯伯，刘军长派了一位特派员到涪陵住在侦缉队，据说专为上次涪陵事件来的，要查共产党。伯伯，有人关照我，叫茜妹不要与李明往来，说李明有共产党的嫌疑。"

高伦的确吃了一惊：昨天李明来向他谈过这件事情。据李明得到的消息，蒋特活动得很厉害，想下高茜的毒手，企图从高茜身上打破缺口，追查共产党。李明与他商量，准备把高茜送到重庆，再转到陕北去。高茜也有这个要求，因为当面不便与高伦说，特托李明转一封信给他，要求爸爸支持她，并要爸爸代为向妈妈劝解。李明回到涪陵已经两年，虽然没有向高伦明说自己是共产党员，但对高伦保留不多，基本上已经推心置腹地谈过，并向高伦暗示，他已得到上级指示：把高茜的事情办妥后，不久便要离开涪陵，因为他也有暴露的危险。虽然他的处境比高茜更危险，但不把高茜的事情安排好，送到安全地方，他是不会走的。

为这事高伦昨夜失眠。李明不计个人安危，对高茜安全负责的精神，使高伦对李明更加信任。高茜那种不怕危险、不畏艰苦、追求真理的性格，高伦年轻时也有过。说实话，高伦真心喜欢高茜的这种性格。对儿女之情，高伦是很旷达的。最近他从李明那里看到许多中国共产党的公开文件，包括毛泽东的一些著作，对于共产党有了更深刻的认识。他也初步掌握了阶级分析的方法，知道蒋介石代表官僚资产阶级的利益，成了中国革命的绊脚石。只有中国共产党才是中华民族的希望，中国共产党提出的建立抗日民族统一战线的主张是完全正确的。只有全民抗战，才能驱除倭寇，收复失地，堂堂中华方能屹立于东方。把高茜交给这样的政党去哺育，他是放心的。俗话说："天下无不散的筵席。"儿女是不能守一辈子的。年轻人的未来，父母最好不要包办，让他们自己去努力，去争取实现他们自己的理想。

高伦也明白，樊师长他们暂时不便对他采取行动，可是先对高茜下毒手的可能性很大。并且李明向他暗示，高茜已参加共青团，若留下她不放反而成问题。

可是要下决断是不容易的，毕竟只有这么一个独生女儿，特别是高太太，高茜走后她怎能经受住这个打击？他颇有些踌躇，准备多考虑一下，至少让高太太有个思想准备。如今连高源也听到风声，说明情况已经十分危急了。高伦虽然心中焦急，但多年军事上的锻炼，使他很有点泰山崩于前而色不变的气概。

高伦淡淡地对高源说："再听到什么风声马上来说。"

高源见高伦神情虽然淡漠，但摸透了他的脾气，知道伯伯是很重视这消息的。

高源还没走的意思，又极为神秘地说："伯伯，你听说过赵专员与金四的事情吗？"

高伦听高源把赵专员与金四扯在一起，不禁问："什么事情？你说说。"

高源摸出一支香烟点燃吸了一口，徐徐喷着缕缕青烟。高伦不觉微蹙着眉，因为他今天要处理的事情很多，何况高茜这件事情始终挂在他心上，怕高源长篇大论，催促说：“说简单一点。”

高源笑嘻嘻地说：“好，我尽量说简单一点。”接着就眉飞色舞地讲起来。

有一天，赵专员派人拿名片请金四来涪陵赴宴，说有要事相商。

金四上次到涪陵吃了闷亏，吓得再不敢离开金家大院一步。这次见赵专员有请，因与赵专员素无来往，感到有些不妙。来请的人口气软中带硬，金四更知道凶多吉少，想推病又不行，只得硬着头皮到涪陵。

赵专员见了他，态度很平和，只是说：“自己到涪陵很久了，对于地方上的缙绅一向很少亲候，因公事太忙，只好请金先生来叙叙。”

客宴上，赵专员招待得很殷勤，金四慢慢放心了，只顾吃菜喝酒，以为真是赵专员拉交情。

宴会后，闲谈了一会儿，赵专员不动声色地拿出一张检举呈文给金四看。金四看后吓得魂不附体，被鸦片烟烧得寡瘦发青的脸顿时苍白了，拿着呈文的手指都有点颤抖。

赵专员把金四看过的呈文收回来，虽然脸上没有笑容，依然口气平和地说：“金先生，别人告你吸毒运毒。要知道蒋委员长对吸毒运毒是深恶痛绝的，亲任禁烟禁毒总监，曾布告全国，对吸毒运毒的人处理不轻呀！”

金四惊魂初定，才挣出一句话：“请专员明鉴，这是诬告，纯属诬告，因检举人与小人有仇。”

赵专员仍然慢条斯理地说：“我也不一定相信，金先生乃世代缙绅，我想一定不会知法犯法自取罪咎，所以我把呈文压下来了，没有交禁烟委员会去处理，特请金先生来商量。”

金四也学乖了一些，听赵专员的口气，知道是要敲竹杠，又要花钱，真比挖了心头肉还痛。他马上说：“我听赵专员的吩咐。不过近来天干地旱，粮食收成不好，佃户租子收不齐，我手头也很拮据……”

赵专员听他叫起穷来，见他不会说话，真是名不虚传的草包。他淡淡一笑：“金先生说的也是实话，我是体察下情的，以后有什么困难，可以直接找我，有欠租不缴的刁民，我一定替你重办。”

金四听赵专员这么说，心放下了，以为赵专员真是糍粑心肠，可亲得很！他站起身来说了几句客气话准备告辞。

赵专员客气地说："金先生请留步。"接着好像很为难地说："我对金先生是信得过的，可是为了堵住检举人的嘴，好办他诬告之罪，以儆效尤，还要金先生委屈一下，暂留几天。我在专员公署后花园给金先生准备了几间干净房间，可供金先生暂住。金先生可以在专员公署内自由行动，无聊时也可以找我聊天。为了防止外人非议，这几天最好不要外出。等你住了几天之后，我就可以证明你并不吸毒，一定要重办检举人诬告之罪，代金先生出气。你看如何？"

金四听了目瞪口呆，暗自叫苦，只得打肿了脸充胖子，连声答应："好，好，能在这里天天亲近专员先生，我不胜荣幸！"

就这样，金四便在专员公署后花园住下来。赵专员说话算话，让他自由自在赏花游园，一日三餐酒席相待，专员有时还亲自陪他饮酒谈天，下棋消遣。为了怕他寂寞，还从窑子里选了几个有姿色的姐儿陪伴。

金四那么大的鸦片烟瘾，怎么熬得过去？他原以为只要花点小钱，就可以贿赂差役、妓女给他私带鸦片烟泡进来过瘾。殊不知他要啥都照办，就是不给他带鸦片烟，个个虎起脸，现出公事公办的样子。金四的大管家熊世发每天进见金四，从不阻拦，就是监视严密，无法将带进去的鸦片烟递给金四。

熊世发只得去托侦缉队徐队长帮忙，徐队长很慷慨地答应了。想不到徐队长那么大的神通，也休想夹带丁点鸦片给金四。似乎专员公署里个个都变成了正人君子，人人严词加以拒绝。徐队长最后也只好回信：爱莫能助。

金四鸦片烟瘾发了，开始是哈欠、眼泪、鼻涕不止，渐渐支持不住，吃不下饭，睡不着觉，竟至卧床不起。赵专员还假惺惺地派医生看病，亲自问候病情。

金四自出娘胎来哪尝过这种味道，尽管他爱色如命，也将几个花枝招展的妓女退了，只留下带来的侍妾咏莲在身边照看。

嘿，天无绝人之路。正当金四辗转不眠，过不了架的时候，有一天，一股烧鸦片烟的香味不知从哪里飘来。金四开始不敢相信，以为是自己神志不清产生的幻觉，不大理会。可是香味愈来愈浓，金四强力从床上挣扎起来，由咏莲扶着，循着香味找去。外面有一间小房，住着赵专员的两个勤务兵，说是指派来供他驱使的。金四循迹进了小房，嘿，他简直不敢相信自己的眼睛：只见两个勤务兵横卧床上，中间摆着烟盘子，他俩衔着烟枪对着烟灯吞云吐雾，在抽鸦片烟。

金四好像捞到了救命木板，竟不顾体面向两个勤务兵打躬作揖，央求让他抽几口过瘾。开始两个勤务兵死活不肯，说怕赵专员知道了要掉脑壳。金四不顾后果愿出重价，两个勤务兵装腔作势推推就就。金四把价格从十元一只烟泡出到一百元，两个勤务兵才勉强同意。

金四抽鸦片烟从没这样饿相，烟子吸进口里去，半丝烟雾也不逸出。一个勤务兵计数，一个勤务兵裹烟泡，过一次瘾就立下一张借据，并且都是倒填月日大一分的利息……

高源说到这里，见高伦不断皱眉头，不时在看闹钟。不知高伦是对赵专员的做法不满，还是嫌自己太啰唆。今天他是有事求伯伯来的，想讨高伦的喜欢，见高伦的神态，赶忙收尾："伯伯，你想，金四在专员公署住了一个星期，他的烟瘾又大，据说……"高源伸出两个指头："据说金四写了二十万元左右的借据，赵专员才客客气气将金四送走。神不知鬼不觉，二十多万元的竹杠就敲到手了。赵专员这条计策很厉害，他只处理了吸毒，剩下运毒故意含糊，其实是弓满不发，留个尾巴威胁金四，好让金四变卖田产乖乖把二十多万元付清。否则这运毒一条更厉害，按法令是要枪毙的，金四这草包公爷哪能不怕！"

高伦听高源添油加醋说完，这高源连金四和赵专员当时是怎么想的都说得很详细。姑不管这些细节的真实性，金四被赵专员敲了一笔大竹杠肯定是真的。由这事他联想到那次董事会，因赵专员对罗天成他们赌钱抬金四的三丁拐轿子流露出不满，意欲要分几个，高伦表示要给点钱敷衍一下赵专员，但是朱佳富当场表示不赞成，并说他自有妙计堵住赵专员的嘴，事后自己忘了问朱佳富用何妙计。从现在这件事情看来，高伦猛然醒悟，一定是朱佳富给赵专员打的条。因为赵专员是个不务实际的白面书生，这样周密厉害的绝招，只有朱佳富才想得出来。金四不破产也够他受了，不知朱佳富又分了多少钱，真是既得利又报了父仇。

对于朱佳富的才干，高伦是赏识的，金四父子作恶多端，也是罪有应得。但高伦总有点认为朱佳富这样做未免太不光彩，有些下作。所以高伦听了不断皱眉。

高源今天来是想伯伯通融一下，要提前支点公司的红利去用。自朱佳富主持公司业务两年来，公司已有盈余，每年可以分到红利。因为高源花天酒地乱用钱，家中的进账早用光了，把源大少娘的私房钱也挪用了，两口子差点打架。高源半天不敢提说这事，看高伦此时的态度还算平和，正准备提说，张秘书上楼推门通报："董事长，朱总经理来了！"她见高源在内，连门也没进，扭头去了，高源很觉扫兴。

朱佳富被高伦迎进门来。高源知道暂时不便提说了，看卧室太小，高伦一定有要事与朱佳富商量，自己留在这里也有所不便。他站起来与朱佳富客气几句，告辞走了。

高伦轻轻掩上门，见朱佳富浅色西服穿得很齐整，不住揩汗，递了一把葵扇给他："佳富，请宽衣。"

朱佳富知道高伦在生活上古板，只脱了西服外套，领带仍然很周正，照例胸挺得很直，目不斜视，抱歉地说："来迟了一步，在赵专员那里耽搁了。"

高伦看朱佳富容光焕发，志得意满的兴奋样子，知道他因为金四的事情得了手，所以这样高兴。高伦装作不知道，没有点穿这事。

刚才高源来打搅了一阵，有些事情他还在思考。李明上次还隐隐约约向他提说一件事：国民党中的左派，愿意继续与共产党合作的一些老同志，正在秘密酝酿成立一个革命的组织，希望高伦也能参加。他听了很兴奋，觉得自蒋介石叛变革命以后，拥护孙中山先生三大政策的左派同志，各奔东西，像一盘散沙，发挥的力量很小，是应该组织起来才能为国家民族贡献更大的力量。当时因为还有其他事情没有深谈。李明不仅以前做过他的副官，救过高太太和高茜，而且自从回涪陵以后，将近两年的所作所为，使他更了解李明。他常常暗想：在政治上依靠李明这样的人，社会一定能治理好；在经济发展办实业上则依靠朱佳富这样的人，国家一定会富足起来。李明要走了，他有些惋惜，决定今天下午把一切事情放下，好好与李明推心置腹地谈一谈。

高伦喝了一口浓茶，开门见山地说："佳富，我的事情很多，以后公司的事情你要多负一些责任。"朱佳富点点头。

高伦停顿一下继续说："关于公司的前途问题，我考虑再三，觉得像我们这样的小公司要想继续存在下去是很困难的。日本人的建议根本不能接受，英国人的帮助也不可靠。"他看朱佳富嘴唇动了一下想插言，他示意止住："你的意见我也仔细考虑过了，英国虽是老牌帝国，但渐渐外强中干，日趋没落，它对希特勒法西斯采取绥靖政策就是一个例子。英国人在外交上比较圆滑，对日本人敷衍。我们办实业是想救国，靠英国人的帮助来救国是不切实际的幻想，我们至多只能暂时利用一下，不是长久之计。何况江浙财团迟早要把手伸向四川，像我们这样的小公司早晚要破产。佳富，你的才干我是相信的，这两年在你努力之下，公司有了起色；但盈利不多，也只够维持现状。"高伦的眉毛下炯炯有神的眼睛，注视着窗外："公司前途在哪里？我觉得像我们这一类公司不应再互相倾轧，只有联合起来对付帝国主义和官僚资本的吞并。"高伦不觉把最近掌握的新名词也用上了，这些名词，朱佳富这位经济学硕士也并不陌生。

高伦端起茶碗沉思一会儿，将茶碗放下："我想民成公司的总经理陆祖福先生是有识之士，近来表现很好，涪陵罢航时，他与我们采取了联合行动，不会连这点见识也没有！"

不等高伦说出，朱佳富已猜到高伦的意图，问："老伯，你的意思是想与民成公司合并，是不是？"

"是的。"高伦肯定地说，"陆祖福先生算一个人才，他很有实干精神。民成公司在川江这样困难复杂的环境中能够异军突起，在航运业中独树一帜，始终立于不败之地，没有卓识远见的人是办不到的。民成公司的根基比较稳固：它拥有煤矿、船厂、农场、布厂、仓库、码头……更重要的是搜罗了很多的人才。只有与民成公司合并，将来才斗得过他们。"

朱佳富认为高伦说得很有道理，虽然他对英国人抱有好感，但也没辩驳。他已摸透了高伦的性格，知他很有点军人的风度，深思熟虑作出决断之后，是很难改变的。他想了一想说："老伯的决策我同意，有两个问题不能不事先考虑好……"

高伦看朱佳富的话停顿了，示意说："你说！"

"第一，罗天成和徐宁山反对怎么办？第二，若民成公司合并的条件苛刻又怎么办？"

"我早考虑过了。"高伦说，"罗天成和徐宁山若反对由我负责处理。我们高家的股占七成，充其量我把涪陵发电厂变卖退股给他们。"

高伦沉思了一会儿又说："后一个问题，我想陆祖福不会太苛刻。彼一时此一时，原先彼此成见很深，我们公司又面临关闭破产，所以前年谈判合并他杀价；现在情况有了变化，目前日寇大兵压境，江浙财团又想吞并民成公司，我们现在利害一致。并且我们公司业务有了起色，略有发展，陆祖福会刮目相看的。我找你来商量的事情就是如何与民成公司谈判合并。"

朱佳富知道高伦什么都考虑好了，所以没有抢先说自己的看法，等待着高伦继续说。

"佳富！"高伦亲切地说，"与民成公司谈判，我想只有你才能担此大任，非你去不可。"

朱佳富早料到这一着，假装谦逊地说："老伯过奖了，小侄浅薄，未必能担此大任。"

高伦没有与朱佳富客套，继续说出自己的想法："你马上去重庆，先探探陆祖福先生的虚实，不要先把自己的底亮给他们看。我的决心已下，就是条件苛刻一点也要合并，不过尽你所能，力争到优厚的条件更好。"

"当然，当然。"朱佳富点头说。

接着高伦又详细交代了一些细节，以及谈判的策略，他知道朱佳富一点就明，便没多说。

朱佳富看高伦仿佛没有话再说了，准备起身告辞。殊不知刚站起来，高伦又示意他坐下，微笑着说："佳富，你家庭问题处理得不好，朱太太到我这里告状来了。你太太含着眼泪，话说得很快，杭州口音又重，要不是春燕做翻译，我好多话都听不懂。"

朱佳富不觉脸一红。杨宝瑜从没与外人谈过家庭的事情，这次为娘家迁厂的事开了例，他觉得有点难为情。

高伦严肃地说："佳富，我不是基督教徒，并不主张无原则地宽恕一切人。但这件事情不纯属家庭问题，也不纯属个人恩怨问题。你岳父不愿丝厂落入日本人手里，想把工厂迁到重庆来，这是抗日爱国的行动，我们一切抗日爱国的人士都应该支持这样的行动。"

朱佳富想不到高伦的话说得这样尖锐，脸上更有点发烫。他不同意帮助岳父迁厂主要是一时激动，后来看见杨宝瑜失魂落魄、闷闷不乐的样子，心里也有点软了。但见杨宝瑜几天没与他说一句话，自己也不愿主动迁就她，所以还僵持着。如今听了高伦的话，便来个顺水推舟，笑着说："宝瑜未免小题大做，这点小事也来投诉老伯。我不过一时说的气话，想不到她就当真了。"

高伦点点头说："这样才好！"随即沉思了一会儿说："我们涪顺马力虽大，但只适合走川江，恐怕经受不住吴淞口的风浪。这样吧！我们若能最近与民成公司合并就不成问题，民成公司有好几条轮船走下游。若一时合并不成也不要紧，我找三北公司或招商局联系，要他们派船去运，想来我这点面子还是有的。"

朱佳富连连称谢："实在不行最后只得仰仗老伯！"

朱佳富看高伦心事重重的样子，望着窗外凝思，半晌不语，方起身告辞。

高伦也没再挽留，送到楼梯口郑重嘱咐："去重庆愈快愈好，决不能耽搁。"

第二十五章

杨宝瑜与朱佳富不说话僵持了几天，由于朱佳富主动和解，在朱佳富一阵甜言蜜语之后，又感动得含着眼泪投进朱佳富的怀抱，懊悔自己不该去投诉高董事长。向外人谈夫妻间的分歧还是第一次，所谓“家丑不可外扬”，虽然高董事长是长辈，事后终归有些难为情。

俗话说“久别胜新婚”，其实夫妻在闹过意见又和解之后也胜过新婚，少年夫妻愈闹愈亲热就是这个道理。

朱佳富认为杨宝瑜娇美不减当年；杨宝瑜也暗自责怪自己神经过敏：朱佳富虽然有些改变，但对自己的爱情依然像当年那样深厚。

有一次，朱佳富居然兴奋地为杨宝瑜拉了一首舒伯特的《小夜曲》。杨宝瑜听得神往，虽不像当年在冷泉边上那样感动得落泪，但随着音乐的旋律，她显出柔媚的沉醉神态，说明琴声仍不乏感染力。

朱佳富马上要动身去重庆，杨宝瑜显出依依不舍的神态，他便提议一道去重庆，办完事情好好玩几天。杨宝瑜本来喜欢沉静，不喜外出，要是以前一定不会去，这次正沉浸在“小新婚”的温情里，居然欣喜地答应了。

杨宝瑜看见春燕仍然郁郁寡欢，就向朱佳富提说到春燕的婚事。朱佳富心中忽地一动：汇丰银行驻重庆的代理人彼特利克先生的英国妻子死了，因彼特利克先生在中国住久了，很喜欢中国女人的东方美，向朱佳富透露过想娶个中国姑娘做妻子。像春燕这样漂亮的姑娘，一定会中彼特利克先生的意。彼特利克先生与朱佳富是剑桥大学的先后同学，也是在英国老师威力克博士指导下，取得了经济学硕士学位。英国很重视同门之义，他们都是威力克博士的学生，同一个师门，所以在中国格外亲热。朱佳富认为这是天生的良缘：春燕能嫁给这样一位有教养、有地位的外国绅士，应该心满意足了，自己也可以加深与彼特利克的私人关系，对于自己将来的事业是有好处的。

朱佳富把自己的想法告诉了杨宝瑜，把彼特利克先生的情况着实夸耀了一番，当然，自己可以从这婚姻中捞到好处的想法打了埋伏，没有向杨宝瑜说。他知道这位娇小姐出身的太太，是相当清高的，怕惹起她的反感。

杨宝瑜是基督徒，从小接触的牧师多是外国人，英国盛行基督教，所以其中英国牧师占多数。对于外国人，杨宝瑜绝不像春燕那样有猫头鹰的感觉。相反，她对这些传教士都有比较好的印象。她崇拜他们那种为宗教献身的精神，特别是英国牧师给她的印象更好：彬彬有礼的绅士风度，以及完美的宗教感情，都使她感到崇敬。对这些外国牧师的景仰，是与她虔诚的宗教热情融合在一体的。一听朱佳富说彼特利克先生是英国人，又是有学问的硕士，并且是基督教徒，心里就有好感。只是听说彼特利克先生已经四十多岁了，与春燕的年龄悬殊，有些迟疑不决。

朱佳富解释说："太太，春燕不过你家收养的一个孤儿，并非名门小姐，多少年轻漂亮的丫头嫁给年老的有钱人当姨太太就是最好的归宿。否则只有嫁给粗俗的穷苦人，终身过着劳累穷困的生活，甚至堕落风尘供人玩弄，最后花谢叶落香消玉碎。年龄悬殊在欧美上流社会更是常见。从生理上看，女人年过四十便逐渐衰老，而男人四十岁正当壮年，以古稀之龄而有生殖能力者屡见不鲜！"

杨宝瑜听朱佳富说得也有道理，但还是不放心："我们暂时不让春燕知道，待我亲自见过彼特利克先生再定。"

朱佳富也表示赞同："这样也好！"

朱佳富想了想说："英国人门第观念极强，我们最好给彼特利克介绍说，春燕是你的妹妹。太太，你看怎样？"

杨宝瑜很喜欢春燕，立即表示赞同："当然可以，我一直把她当成我的妹妹，只是名分上没有这样公开罢了。"

朱佳富偕同杨宝瑜，带着春燕到了重庆。因为公司的营业处房屋狭窄，居住不便，这时袁平已从客运师爷提升到重庆营业处当主任，预先为朱总经理在大梁子渝江饭店二楼订好了一套房间，他们三人便住了进去。

第二天朱佳富出去拜客。杨宝瑜照例不愿一道去与那些人周旋，留在旅馆又觉得无聊，便按原先商量好的计划，带着春燕出去理发。

春燕从来没进过理发厅，让男理发师在头上摸来动去觉得很不习惯，脸上羞涩的红晕显得很浓。

杨宝瑜要她剪去背后低垂的长独辫，还要理发师给她烫发。当时重庆烫发还很稀罕，春燕怎么也不愿意，杨宝瑜不好过分勉强她，最后只得同意她把独辫剪短，梳成两条辫子，辫梢烫得很蓬松，在前额梳了刘海，也烫得卷曲蓬松。那时没有电烫，是用烫钳在钢炭火上烧热卷烫的。

从理发厅出来，春燕被剪去了长独辫，很不习惯，总觉得丢掉了什么东西似的心神不安。她觉得很奇怪：小姐为什么在这时偏要她剪去蓄了多年的独辫子？

在涪陵住了两年，重庆变化很大。由于进川的几条公路修通，街道已经变了样，差点认不出路来。市中心闹区，马车已经绝迹，汽车多了，虽没上海那样多，但汽车喇叭洪亮的嘟嘟声，随处可闻，不时还有流线型的小轿车飞快地驶过。

几条主要的街道上，许多陈旧的建筑物被拆除了。有石梯不宜通行汽车的许多地方扩建成宽阔的马路，一排排高大整齐的建筑物在宽阔的马路两旁建起来，有的还没完工，支着高高的脚手架，工人还在上面忙碌着。

只有背街僻巷，还保持着古老的原样。重庆虽然已有了自来水公司，但大多数没有改建的街道，依然靠担水卖的挑夫，从长江，从嘉陵江，沿着陡峭的石梯把水担到街上叫卖。因此，就是晴朗的天气，街道的青石板上，也被水桶漏出的水弄得湿漉漉的不好下脚，背街僻巷尤其严重。

人们大多数还照老方式生活着。重庆已经几十万人口，可连一家煤球店也没有。春燕想到早上闹的一个笑话就不觉好笑。那是天亮后，杨宝瑜在梳洗，听见街上有小贩叫着："花咧，花咧花……"她忙叫春燕上街去买一束花回来。春燕马上上街去，看见一个人担着一对箩筐，口里叫着："花咧，花咧花……"已经从饭店门口走过去了。春燕忙赶上前去喊着："卖花的，等一等。"那个人好像没听见，仍然一面担着箩筐走，一面声音叫得更高："花咧，花咧花……"春燕好不容易才把担箩筐的人叫住，春燕已经赶得喘气，说："买花！"那个人有些莫名其妙，摇摇头又准备走。春燕走拢才看清：原来箩筐里装的是黄泥巴，是卖给人加在煤里做煤球用的。春燕往回走，心里纳闷：为什么卖黄泥巴要叫"花咧，花咧花"哩！走进饭店才猛省过来：原来这人喊的是："黄泥巴，黄泥巴……"因为喊得很快，听起来就像喊的"花咧，花咧花……"春燕说给杨宝瑜听了，连躺在床上还没起来的朱佳富，也忍不住跟着笑起来。

街上行走的人中，下江口音的人增多了。烫发、涂口红、抹胭脂、穿着高跟鞋的女人虽然不多，但也不罕见。女孩子蓄独辫子的却寥寥可数，春燕才意识到杨宝瑜叫她理发的原因。

穿过一个十字路口，那儿宽大得有点像一个广场，居然像上海一样，中间筑着水泥的圆墩，一个交通警拿着五色的指挥棒在指挥汽车通行。

不觉到了小梁子，这里新开了几家大百货公司，虽没上海的永安公司和先施公司那种规模，但临街面巨大的玻璃橱窗是以前罕见的。春燕对这样的玻璃橱窗并不陌生，在上海时经常跟着小姐逛这样的百货公司，但前两年重庆是没有的。

春燕站在玻璃窗前，首先她看见玻璃的反光，映出她的身影，连自己都吃了一惊，差点自己也认不出来了。她俊秀的脸蛋配着新理的发式，显得容光焕发，更显妩媚动人。穿的一件白绸上衣是杨宝瑜新给她的，虽说样式有点过时，但她穿在身上很合贴。她今天早上给杨宝瑜洗贴身的亵衣，因为感到气闷把束胸取下，忘了束上。她从玻璃的反光里看到自己高高隆起的胸部，顿时绯红着脸，不自觉地将胸部的绸衫往外扯了扯，想弄得平板一些。白绸的短衫配着鸡皮皱的绸裙，更显得亭亭玉立，十分惹人注目。她看见过路的人在注视她，她没敢再停留，低着头跟在杨宝瑜身后进了百货公司。

杨宝瑜指着一些女人的用品问春燕喜不喜欢。春燕觉得更奇怪：以前跟小姐逛百货公司，只是默默跟在身后，杨宝瑜每买一样东西马上就递到春燕手上，让她放到提包里由她拎着，从没征求过她的意见。因为这些东西都是小姐自己喜爱的用品。小姐难得给她买一样新东西，她穿的和用的都是小姐的旧东西，不是式样不好，就是用腻了才给她的。

杨宝瑜给她买了漂亮的缎带，式样新颖的赛璐珞发夹，镂边绣花的漂亮手绢，以及其他一些女人喜爱的小物件，都是新到的上海货。并且交给她拿着时都说明是特意给她买的。这些用品的确使春燕感到喜爱，她从来没有用过这样时新的用品。因为杨宝瑜自幼不喜花花绿绿的新奇玩意，也不喜过分装扮，用的东西虽说一般质量较好，但外观多朴素大方，用后落到春燕手上，就更显陈旧落后了。

春燕猜不透杨宝瑜突然给她买这些东西的原因，心里反而有些忐忑不安。她最后想：也许是老爷和少爷要到重庆来了，小姐心里特别高兴的缘故吧！老爷将要到来，多年以前的事情又出现在她的脑际：在钱塘江边六和塔下的那一幕情景，至今还很清晰。老爷叫马车夫强力抱她上马车……她想：要是当时不把她强力抱上马车拉走，她若留在那里，她阿哥一定会沿着钱塘江来找她，也一定会找到她。与疼爱自己的阿哥失散，再也见不着了，在她心灵里留下的创伤是不会随着时间的推移愈合的。老爷要来了，反而使她有一种说不出原因的不安，她对未来的命运含着隐忧。杨宝瑜在她心灵里留下的印象较好，她甚至以感恩的心情服侍她。近来她听了李明讲的一些道理，借阅了鲁迅的一些著作，她开始思索人生的道路。春燕是一个聪明的姑娘，她感到朱先生不喜欢她与李明接近，尽管朱先生没有斥责过她。她对朱先生感到有些害怕，她怕什么连自己也说不清楚。所以她不敢时常去找李明，甚至连高茜也慢慢疏远了。她愈来愈感到杨宝瑜并不了解她，也并不真正关心她，她对杨宝瑜在感情上也比以前淡漠了。当她有了这样的感觉以后，她感到惶惑。因为她一直把小姐当成善良的化身、自己的依靠，她开始为自己将来的命运担心。尽管这样，她对杨宝瑜的印象仍然是良好的。谁不爱美呢！她看杨宝瑜给她买了这么多惹人喜爱的东西，忐忑不安的心情一会儿就消失了，她投向杨宝瑜的眼光里含着深厚的感激之情！

杨宝瑜自己也买了几样小东西，她们上了楼，楼上是时装部。好几个石膏塑的男女模特儿身上，穿着质地轻柔高贵的时装样品。特别是女人的时装：新颖的式样，穿在人体模型上是那样高贵大方；色彩是那样调和；与身体配合得那样熨帖。春燕跟在杨宝瑜身后，瞪着一对流动的眼睛好奇地浏览着。

杨宝瑜在一个石膏女模特儿面前站住了，恰巧这模型的发式与春燕的发式一个样。她看看模型又回头看看春燕，想比较一下谁美。春燕的五官比石膏模特儿更匀称一些，春燕的一对眼睛比模特儿更美、更动人：模特儿的眼睫毛过分夸张地向外弯曲，显得有些俗气；可是春燕的眼睫毛长得恰到好处，黑宝石般的眸子衬着浅蓝色的眼白，转动灵活顾盼有神；脸上细部的线条比石膏模特儿更精致柔和，有无邪的安琪儿般的表情；身段也比模特儿苗条而健壮；只是春燕的肤色没有模特儿白皙，微黑中透出红晕，呈现出健美的色彩。杨宝瑜还嫌模特儿的姿态过分装腔作势，而春燕的姿态天真大方，憨厚朴实。她不禁暗暗赞叹：上帝啊！您赐给她一个这么美丽的外表，但愿您再赐给她一个美丽的灵魂吧！

春燕见杨宝瑜微笑着不断地端详自己，觉得有些奇怪。她俯首看看自己的衣裙，又抬头从旁边的穿衣镜里看看自己的面部，看不出有什么不正常的地方。

杨宝瑜亲切地拉着春燕空着的一只手，指着石膏模特儿穿的那套时装问道："春燕，你喜欢这套时装吗？"不等春燕回答，接着用赞美的口气说："这套时装设计得多精巧，多美呀！要是我年轻十岁，一定要穿上它。你看，真像一件艺术品。可惜，我年轻时没见过这么好的时装！"

春燕看这石膏模特儿身上的服装：一件短袖衬衫配一件西式筒裙。短袖衬衫是高级白府绸做的，袖口缩在臂弯以上，短袖与肩部连接的地方均匀的皱褶向上隆起，袖口收得很紧，镶着玫瑰色的荷叶边却像鲜花怒放；衣领开得很低，向外翻曲，领角绣着一朵小小的红玫瑰。领边用翠色的丝线织成精致的花边，把一段晶莹的脖子充分露在外面；西式筒裙是蓝青色凡立丁做的，精美的褶裥很挺直，与衬衫配在一起恰到好处。

春燕说："小姐，你现在并不老呀！"

杨宝瑜没有生养孩子，生活养尊处优，皮肤依然那样细腻白皙，颀长的身段依然那样苗条袅娜。她听了春燕的话，嘴角露出了一丝笑意，侧过身从穿衣镜里把自己的影子打量了一会儿。她毕竟发现了一点细微的变化，她眼角边已经出现了不易觉察的细小皱纹。她摇摇头说："不行，并不年轻啦！"她又问春燕："春燕，你喜欢这套服装吗？"

春燕不知道小姐为什么再三问她，抿着嘴一笑，点了点头："嗯！喜欢。"

一个梳着飞机头的青年店员，站在一旁注意了很久，这时笑容满面地走了过来，客气地兜揽生意："太太，这套时装是新从上海运来的，是上海目前最流行的时装。"

杨宝瑜指着春燕说："你看，她穿上合适吗？"

"这位小姐穿上真是锦上添花，多漂亮呀！实在合适不过。"店员搓着手奉承地说。

春燕第一次听见别人称她小姐，羞涩地垂下头看着自己的鞋尖。

"买下！"杨宝瑜连价钱也没问，对店员说。

春燕吃惊地抬起头来，她实在不理解小姐为什么突然给她买下这样漂亮的服装："不，我不要。"不知什么思想支配她说出这句话。

杨宝瑜诧异地看着春燕，不理解她为什么会拒绝："为什么？"春燕仍然低着头，声音很低："我不喜欢！"

春燕的回答更使杨宝瑜不解：她刚才明明说喜欢，怎么一会儿又说不喜欢？

不等杨宝瑜开口，店员对春燕说："小姐，现在上海流行这样的服装，重庆马上也会流行。像小姐这样苗条的身材，穿上这套服装真是太好了。不信，小姐可以先穿着试试。"店员随即指着试衣间，要春燕去试穿。

杨宝瑜见春燕站着没动，对店员说："不用试了，多少钱？"店员说了数目，杨宝瑜付清了款。

春燕一手拎着提包，一手拿着盛有服装的纸盒。

杨宝瑜又给春燕买了一套花布短衫裤，春燕很喜欢这套白底蓝花的细布衫裤。

青年店员见春燕已经拿不下这许多东西，杨宝瑜也没帮忙拿一点，对她俩的关系有些猜不透。从年龄看很像姊妹，并且面貌也很相似。从有些情况看又像主仆。店员没有再细想：反正是阔气的主顾。于是叫来了一个杂役，帮春燕抱着纸盒，自己在前面引导，给杨宝瑜介绍各种商品。

接着杨宝瑜给春燕买了皮鞋、内衣、丝袜……杂役也抱不下了，青年店员也帮忙拿着几个纸包。

杨宝瑜愈是慷慨地给春燕买东西，春燕心中的不安愈是加深，她实在想不出杨宝瑜这样慷慨的原因。这种反常的现象，使她想起从涪陵动身前的一些事来。

杨宝瑜规定她每天要复习几个钟头的英语，因为杨宝瑜的英语还不够会话的程度，指定她和朱先生说话时用英语，不许说中国话。春燕的英语原先是杨宝瑜给她启蒙，是无聊时作为一种消遣教的。但是春燕很聪慧，很快就把中学的英语读本背得烂熟。朱佳富对春燕学英语也很热心，不时加以指导。他认为春燕学会英语很有用，他相信他不会久居人下，很快就会挤进上层社会，将来家中的外国客人——特别是英国客人肯定会增多，春燕懂得英语招待客人就比较方便。另外，春燕学会了英语，不仅可以使他得个对人厚道的美名，而且也可以像戏曲中烧火丫头杨排风为杨家将增光一样。朱佳富送春燕到王牧师那里学习了一段英语，后来春燕不肯再去，事情便拖下来了。现在又突然要春燕复习英语，练习会话，使春燕疑惑不解。更使春燕奇怪的是朱佳富虽然忙，总是抽时间与她用英语会话，一丝不苟地纠正她不正确的发音和语法上的错误。为了锻炼她的阅读能力，朱佳富还把他订阅的《泰晤士报》拿给她看，还把一本英文原版书——《莎士比亚剧选》给她，要她认真阅读，不懂的地方可以问他。《泰晤士报》她翻看不起劲，可是《莎士比亚剧选》却把她吸引住了，觉得很有滋味。

春燕联想到这些情况，她有一种不祥的预感。

店员叫来了两乘黄包车，她们坐着回到了渝江饭店。见朱佳富拜客没回，杨宝瑜看看手上小方表的指针已到十二点，她们都觉得饿了，她立即叫春燕去通知茶房开餐。

二

朱佳富到重庆后，立即放出空气，扬言要购买船只，扩大业务。并且虚张声势找日清公司、怡和公司谈判转售川江航轮的问题。

在公开的场合，他暗示已与汇丰银行谈妥了大宗贷款，有恃无恐。在重庆航运界，很多人都不把涪陵轮船公司这样的小公司放在眼里。朱佳富为何许人？很多人更不知道。但事情牵扯到汇丰银行，不会不引起一些人的注意。他们亲眼看见朱佳富与彼特利克共乘一部小轿车，一起参加重庆上层社会的宴会，与彼特利克形影不离。彼特利克的福特牌小轿车经常停在渝江饭店门口，一些好事的人探听到：这轿车已借给朱佳富使用。不仅彼特利克先生经常去渝江饭店拜访朱佳富，而且在渝江饭店里，还不时可以看见英国领事先生。

朱佳富造成这样的假象之后，暗地里观察着民成公司总经理陆祖福的动静。

民成公司有一位文墨师爷史学范，朱佳富以前在民成公司船务处当职员的时候，与他有比较好的交情，不时向朱佳富透露一些消息。

果然，陆祖福对于朱佳富的动态很重视，召开了智囊团会议，并且董事长郑春林也参加了。会议的情况严格保密，史学范也没有资格参加会议做记录，而由陆祖福最心腹的中文秘书周任国参加做记录。

会议开过不久，陆祖福却派史学范给朱佳富送了一张请帖，为了表示隆重，请帖上除了抬头姓名是由史学范用出色的仿宋体填写外，其他都是铅印的。当时重庆石印比较普遍，铅印是很昂贵的。请帖用大红硬洋纸，镶印着金色精致的花边，真使朱佳富受宠若惊，看了请帖的内容，更是骇异——

×××先生台启：

适逢朱佳富先生来渝小憩，特敬备菲酌，座设金城饭店大厅，于十月四日下午六时，为朱佳富先生洗尘。敬候大驾光临，不胜荣幸。

陆祖福

谨订

民国二十五年十月二日

朱佳富看请帖后面空白处，由陆祖福亲笔批注：

请朱佳富先生务必屈尊偕夫人阖府光临。

专候。

祖福　即日

陆祖福用这样隆重的方式宴客，而且被宴请的主角，原先是自己公司的一般职员，其尊姓大名并不见报刊，也未见于地方名流考，只是一家地方性小公司的总经理，实在没有先例。不仅史学范不解，连聪明过人的朱佳富也摸不着头脑，不知陆祖福这一手其中有啥奥妙。

史学范还摸出丝绸衬底可以折叠的帖子，要朱佳富收到请帖后在上面签字。朱佳富的名字居于首位，他在自己名字下签上：准到。并展开折帖顺序看着以下名单。

黄玉庵——朱佳富知道这是实力雄厚、历史悠久的巨富洋行的总经理，重庆著名的黄氏弟兄中的老大。巨富洋行以经营川江航运为主，比民成公司开办早。黄家民国初年以经营自流井川盐起家，除了经营航运外，还开了几十家大字号，贩运土特产。因为黄家实力雄厚，再加巨富洋行是与法商合办、轮船挂的法国旗，托庇于法国，所以连地方军阀都畏它三分，不敢拉巨富洋行轮船的差。所以民成公司在吞并了若干小公司以后，目前只有巨富洋行黄氏弟兄可以与之对垒，为陆祖福囊括川江航运的心腹之患。像黄玉庵这样有分量的人物，竟排列在自己之后，朱佳富不由更加惊异。

四老太婆——不用提名道姓，不但四川，就是西南几省的工商界无不知道这位人物。这是“麻乡约”目前的老板娘。“麻乡约”在西南邮政交通业中堪称老前辈，开办于前清道光年间，原名“麻乡约信轿行”，已有百年历史。前清时代，在交通梗阻、邮政未兴的条件下，为适应商旅往来和民间传书带信、汇寄银两的需要，应运而生。随着内地商业的发展，“麻乡约信轿行”由最初的业务，发展到代运货物行李。由于历史悠久，信誉卓著，历百年而不衰。四老太婆乃“麻乡约”的继室，“麻乡约”于光绪年间死后，由她继续经营。邮政兴办之后，才更名为“麻乡约运输行”，专营交通运输。凡运尸体棺木等别人不愿干的事情她都干。往来于西南官道驿路上的运输队络绎不断，成百上千的挑夫担着挑子，插着“麻乡约”的旗帜，就是绿林好汉也是不敢动的。近年四老太婆把“麻乡约运输行”改为“兴记”和“福记”两号，将“兴记麻乡约运输行”这块招牌出租给别人经营，每年坐收租金几万元。“麻乡约”与四老太婆发家的事迹，在西南有各式各样的传说，都多少带点神秘色彩，传奇性很强。朱佳富当然对四老太婆闻名已久，因四老太婆深居简出，能够见到她的人不多，这次陆祖福居然邀请了四老太婆作陪，实在令朱佳富感到振奋。

林子材——朱佳富知道他是达胜生丝公司的董事长，是刘湘派系的人。他的心不由一动：他岳父是办丝厂的，将来迁厂到重庆，有这个机会结交四川生丝业的巨子，以后用处很大。

潘上由——朱佳富知道这是潘师长的弟弟，重庆金融界的头面人物，在重庆曾家岩建有一座潘公馆，花园中的奇花异草比樊庄还多，为人罕见。更稀奇的是：在花园中修了一座尼庵，养着几十个青年尼姑，这些尼姑穿着绸缎的袈裟，平时养尊处优，个个长得桃红花色。这件事在重庆招来很多流言蜚语。潘上由听到这些流言蜚语，委屈地辩解说："家慈吃素好佛，就是招谣惹议也顾不得了。"

傅自昂——这个人物朱佳富很感陌生。哦！他想起来了：这人是下台的厅长，现在是合康银行的董事长，思想有点新颖，王屠户在重庆制造"三·三一"惨案时，他反王最力，颇受群众拥护。也喜欢说直话，人称傅大炮。

朱佳富看知客单后面还有许多人名，有认识的，也有不认识的，多是重庆工商界的知名人物，就没有一一细看，递还给史学范。

朱佳富送走了史学范，有些惊疑不定，猜不透陆祖福的用意。他最后下了决心：不入虎穴焉得虎子，总不是鸿门宴、单刀会。朱佳富并不怯场，认为这是在重庆工商界出头露面的好机会，绝不能轻易放过，到时随机应变把陆祖福的真实意图摸出来。

为了说服杨宝瑜一道去出席这次宴会，朱佳富很费了点唇舌。杨宝瑜不喜交游，也不喜浮华的场面，连彼特利克先生几次邀请，她都没去参加宴会，固执得很。朱佳富算是摸透了她的脾气，特别向她介绍，这次宴会中有达胜生丝公司的董事长林子材先生参加，她爸爸迁厂来重庆，先与这样的生丝界巨头认识一下是有好处的。果然杨宝瑜心里活动了，感到朱佳富也关心起自己娘家的事来，非常感动，居然违例答应一道去参加。

届时——朱佳富为了矜持，硬是等到下午六时，才坐着从彼特利克先生处借用的福特牌小轿车到达金城饭店门口。站在门口的侍役拉开了车门。为了显示阔绰，朱佳富递给侍役一张五元法币的小费。

"谢谢。"侍役接过钞票堆着笑谦恭地说。

一位穿派力司西服的中年人迎上前，态度很大方潇洒。朱佳富认识这是民成公司的副总经理，上海圣约翰大学的毕业生董绍孙——陆祖福最得力的臂膀。

董绍孙也认识朱佳富，亲切地握着朱佳富的手说："欢迎，欢迎。"

“这是敝内!”朱佳富向董绍孙介绍杨宝瑜。

“朱太太赏光，荣幸得很。”董绍孙还是第一次认识杨宝瑜，客气地微笑着说。他不觉看了看跟在杨宝瑜身后的春燕，看穿着不像侍女，不知怎样称呼。

“这是我妹妹!”杨宝瑜按事先与朱佳富商量好的称呼介绍。春燕听了，不觉愣了一下。

“欢迎，欢迎杨小姐光临，请!”董绍孙向春燕说。随即向他们三人一摊手，赶在前面带路。

朱佳富一行进入大厅，沙发上坐着的客人停止了谈话，很多道眼光都好奇地投射到他们身上。大家对朱佳富很陌生，但见陆先生这样看重，以为一定是一位了不起的人物。他们看朱佳富相貌平常，一副金丝眼镜架在鼻梁上，显得有点书呆子味，觉得有些失望。眼光随即转移到朱佳富身后，大家被杨宝瑜和春燕的美丽惊住了：杨宝瑜穿着一件浅色派力司旗袍，脸上只薄施脂粉，颈项上挂着一串光彩夺目的珍珠项链，体态端正，神情安详。春燕穿着新从百货公司买来的那套上海时装，项上戴着赤金丝穿花项圈，是很精致的一件艺术品，这是杨宝瑜母亲的遗物，她今天要春燕戴上的。虽不施脂粉，但眉目秀丽，唇红齿白，红扑扑的脸蛋有如含苞待放的玫瑰。大家看得呆了。

董绍孙见大家都站了起来，他向大家介绍：“这是朱佳富先生，这是朱太太，这是朱太太的令妹……”

朱佳富见董绍孙有些沉吟，忙轻轻对董绍孙说：“叫春燕!”

“这是朱太太的令妹杨春燕小姐。”董绍孙话音刚落，大厅里的客人都鼓掌表示欢迎。

从大厅侧面一间小房内走出几个珠光宝气、雍容华贵的妇女，拥着一位衣着朴素，约四十岁的妇人，向杨宝瑜他们迎来。

董绍孙见朱佳富不认识，忙介绍：“这是陆太太。”

朱佳富忙弯腰点头表示敬意。接着听董绍孙又介绍了其他几位太太，朱佳富一面微笑招呼，一面记在心上。当介绍到沈小姐时，朱佳富不免多看了她几眼，见果然长得很漂亮。因为他听童经理谈过她与皮船长的事情，皮船长写的道歉书还在朱佳富手上，童经理没拿给沈小姐。朱佳富准备作为把柄将来要皮船长听自己的指挥。猛想起近来流传的沈小姐为南京政府拉线的事，觉得这样的女人以后用处很大，不觉堆着笑巴结地对沈小姐说：“在这里能认识小姐，我觉得无限光荣。”沈小姐乌黑的眸子向朱佳富脸上一转，大方地伸出白嫩的纤手让朱佳富握着摇晃了几下，抿嘴向他嫣然一笑。

陆太太是陆先生的原配夫人，是一个土绅粮的姑娘，文化不高，不善应酬，今天特地把沈小姐请来帮忙照顾女宾。

杨宝瑜向陆太太她们客气了几句，便由沈小姐一手拉着杨宝瑜，一手拉着春燕，怪亲昵地跟在陆太太她们身后，又走进专门招待女眷的小房去了。

朱佳富没有看见陆总经理，心里正感奇怪，董绍孙已抱歉地对朱佳富说：“陆总经理有事到民福船上去了，走时留下话，说六时准回，但是……我已派人催请去了，请朱先生原谅。”

“哪里！哪里！陆先生太客气了。”朱佳富说。

这时大厅里的客人又重新落座。董绍孙引着朱佳富到客人面前，将客人一一介绍。

首先走到一个穿杭绸长衫，脸带烟容，约四十岁的客人面前，董绍孙说：“这是巨富洋行总经理黄玉庵先生。”

朱佳富见黄玉庵蓄着八字胡，脸膛黄中带青，架着二郎腿不断闪动，于是客气地说：“久仰，久仰。”

黄玉庵今天本是不愿来的，他认为陆祖福小题大做，区区一个朱佳富——不过一家小公司的总经理，有啥了不起！值不得这样盛大隆重欢迎。但是考虑之后，终于勉强来了。因为近来经人调和，他与陆祖福的关系稍有改善，并且自己在北碚开办的山柴胜煤矿全靠民成公司投资兴建的北川铁路运输，目前最好不得罪陆祖福为妙。他见朱佳富貌不惊人，更是有些轻蔑。他只是冷淡地略微点了点头表示答礼。

接着介绍另一个人：三十多岁，剃的光头，穿着毛蓝布长衫，拿着一把棕叶扇徐徐扇着，已先站起来鞠躬致意。

“这是‘麻乡约’的管账先生袖珍算盘。”董绍孙笑着说。

袖珍算盘对董绍孙的玩笑毫不介意，自我介绍：“敝姓王三横一竖，大家都叫我袖珍算盘，朱先生以后也可以这样叫。”

朱佳富照例说声：“久仰，久仰。”回头低声问董绍孙：“四老太婆呢?”这句话偏被袖珍算盘听清了，解释说：“敝东改日向朱先生领教，抱歉得很。”

董绍孙知道朱佳富不熟悉重庆工商界一些内情。这四老太婆吃斋念佛与木鱼为伴，从不出佛堂。“麻乡约”一切经营大权都操在袖珍算盘手里。他不便向朱佳富细说，听袖珍算盘已作解释，接着又介绍下一位：“这是达胜生丝公司董事长林子材先生。”

朱佳富听说是林子材，格外客气地握握手，说：“久闻林先生大名，如雷贯耳，今日幸会，林先生真名不虚传，风度超人。改日定当登门领教。”着实灌了几句迷汤。

林子材穿着一件富春纺长衫，相貌威严，虽然才三十多岁，胡髭甚浓。欠起身来，声音洪亮地说：“好说，好说。朱先生过奖了。”

朱佳富特地又握着林子材的手摇了几摇：“我国以农立国，蚕桑为国计民生利益之所在。林先生执川丝牛耳，为桑梓服务，鄙人钦佩之至，改日一定奉访。”

朱佳富一再颂扬的话，确实起了作用，林子材听了心里觉得很舒服，对朱佳富初步产生了好感，说：“听说贵泰山[1]乃江浙生丝业前辈，最近要迁厂来渝，四川生丝业有贵泰山参与开拓，实蜀川之幸。”

朱佳富暗暗吃了一惊：林子材的消息如此灵通，迁厂的事情也知道了。忙说：“敝岳丈异地生疏，还要仰仗林先生大力合作为乡梓尽力，开发农村经济，鄙人改天奉访面谈。”

林子材客气地说：“改日一定恭请朱先生来舍下小酌，则蓬荜生辉，舍下增光不少。”

朱佳富在这时不便与他深谈，于是又客气了几句，跟着又走向下一个。

不等董绍孙介绍，一个四十多岁穿西裤衬衫的人，书生气十足，从沙发上站起来主动和朱佳富握手，并关心地问候：“高老已多时不见，身体可好？上次涪陵事件我真为高老担心。想不到高老令爱高茜小姐青出于蓝，后生可畏，吾辈要奋起直追才行呢！”

朱佳富不知此人是谁，看样子与高伦很熟悉。董绍孙已在介绍：“这是傅自昂先生。”

“哦！”朱佳富惊呼了一声。高伦口中经常提到此人，想不到带过兵，当过厅长的人却是一副书生样子，很像一位中学校长。朱佳富知道这是高伦的老朋友，

---

1 泰山，指岳父。

也与陆祖福很亲密，忙双手握住傅自昂的手用力摇着：“听高董事长时常提及先生，今日方得幸会，真相见恨晚。有劳傅先生挂念，高董事长一切均好。”

傅自昂坐回沙发上，感叹地说：“唉！要不是涪陵事件闹得全川轰动，我真以为高老再不关心政治了。岁寒，然后知松柏之后凋也！在此国家民族发生严重危机的关键时刻，高老能挺身而出，真不愧老同盟会员，老当益壮，佩服，佩服。”

朱佳富在这里才第一次听人谈到政治，正准备答话，可是董绍孙已把话接过去：“傅先生是重庆抗日后援会的委员，抗日救亡也不落后呀！”

傅自昂是有名的大炮，说话直率，这时愤愤地说：“重庆抗日后援会徒有虚名，包而不办，反不如外州县。刘军长虽到成都去了，还热心指示消灭重庆的野狗之类的事情，到处‘告奶，告奶奶’，一片野狗的悲嚎，实在热闹。幸好柔顺毛长的叭儿狗不在消灭之列，否则刘军长的太太队伍不知要流下多少慈悲的眼泪，要把重庆浸在泪河里了。”

傅自昂这番话语带双关，在“太太”之后加上“队伍”二字，固然有点夸张，但刘湘明的和暗的太太至少比他警卫班的人多。刘军长也学杨森成了打狗将军，近来在成都指示重庆整顿市容。警察抬着狗笼，执着打狗棒到处追捕野狗，打狗声和狗嚎声确把山城弄得很热闹，真有点紧张的气氛和火药味道。刘湘家中养着许多叭儿狗也是事实，叭儿狗并不属于被消灭之列。

董绍孙比较稳重，听傅自昂说出这番话，赶忙带着朱佳富离开，介绍下一位：“这是新渝银行董事长潘上由先生。”

对这位家中养了几十个青年尼姑的潘上由先生，朱佳富不禁好奇地打量着，差点笑出声来：妙，真妙。原来潘上由身体肥胖，眼睛笑成一条缝，剃着光头，头上不知受过伤，还是长过疮，留下几块疤痕，真像和尚的戒疤。若是穿上袈裟，真像江西景德镇烧制、供家中摆设用的白瓷笑罗汉。怪不得重庆有罗汉戏尼姑的笑谈。

他们握了握手，客气了几句……

董绍孙给朱佳富一一介绍完毕。参加宴会的几十位客人，大多数对朱佳富不了解，都是看陆先生的面子前来应酬。所以介绍完毕之后，朱佳富被安置在正中的沙发上，孤孤独独地坐在那里没人前来搭腔。董绍孙已被人有事请走了。

朱佳富抽着香烟，看见不时有人投射过来好奇的目光。这些人三个一群，五个一组，各自谈得很闹热，朱佳富真有坐冷板凳的感觉，有点尴尬。

幸好这时一个穿芝麻布中山服，嘴唇上蓄着一撮浓厚的小胡子的人，在大厅门口出现了。他四十多岁，穿着有点像小学教员，中等身材，神态却自然大方，两眼炯炯有神，风度不凡。

朱佳富认出这就是民成公司总经理，南京政府刚任命为交通部次长的陆祖福先生。

大厅里所有的客人都站起来异口同声地点头招呼："陆先生来了。"

陆先生举起双手向大家致意，声音里还含着浓厚的合川土腔："对不起，让大家久等了，怠慢得很。"他一眼就认出了朱佳富："哦！朱先生来了。"朱佳富上前正准备与陆先生握手，陆先生双手一伸，掌心对着朱佳富："看，我从船上刚赶到这里，手上粘了油腻还没洗。请稍等一等，我洗过手便来。"

穿着白衣服的饭店茶房，引着陆先生到旁边的洗手间去了。

一会儿，陆祖福匆匆回到客厅，一面走一面用白毛巾揩着手上的水渍，随即将白毛巾递给茶房拿走。他首先紧紧握住朱佳富的手，亲切地说："朱先生，多时不见，你好吗?"不等朱佳富回答，他放下了朱佳富的手。因为客人都围上来，一双双手已向陆祖福伸过来。他认识所有的客人，一一握手，亲切地互相问候寒暄。

大厅里乱了一阵，大家重新归座。陆祖福紧挨着朱佳富，在双人沙发的空位上坐下。

他从裤子表包里摸出一块火车头怀表，这是上海出产的廉价怀表。他摇了摇放在耳边听了一下，然后把怀表摊在手上说："看，停摆了，今天就是它误了事，指针老留在四点上，要不是天黑了，我还以为才四点钟呢！这块火车头怀表，我用了十多年，已成老牙货了。"

朱佳富知道陆祖福的生活很有规律，平常办事很准时，现在才知道他迟到的原因。

恭恭敬敬站在旁边的副总经理董绍孙，穿着西装革履很洋派，与陆先生形成了鲜明的对照。这时董绍孙从身上摸出一块金灿灿的开金瑞士怀表，递给陆祖福说："陆先生，把我这块怀表拿去用，保证准时，不会误事。"

陆祖福没有伸手去接，摇着手说："不要，不要，你这表是舶来品，我这个乡巴佬消受不了。”随即将火车头怀表递给沙发后面站着的茶房：“翁副官[1]，明天拿去洗油修好，今晚暂时找个闹钟送到我房里去。”朱佳富这才注意到沙发后站着陆祖福的随身茶房和一名保镖，都是衣冠楚楚，比陆祖福穿得好。

董绍孙收回自己的金怀表，对陆祖福的话毫不在意，脸上仍笑眯眯的。

陆祖福这才对朱佳富说：“朱先生离我而去，祖福后来实在懊悔，今天请朱先生赏光，想促膝好生谈谈。”

陆祖福说的是真心话。他开始觉得朱佳富染有英国绅士那种矜持迂腐的派头，最多不过是书呆子，未必有何真才实学！朱佳富前来投奔民成公司时，陆祖福见过一面，留下的印象不好，就批交人事处安排一般的工作。后来朱佳富被高伦挖去，两年多的时间就把涪陵轮船公司办得有了起色，陆祖福方懊悔自己以貌取人，凭最初的印象判断误事，使这到手的人才离他而去，实在可惜。

“陆先生这样盛情相待，鄙人实在愧不敢当。”朱佳富知道陆祖福不喜欢别人称呼职称或官衔，喜欢互相以先生相称，“今天一定要仔细听听陆先生的教诲。”

“朱先生太客气。”陆祖福脸含微笑说。

天已黑定，大厅顶上吊着的树枝状的装饰电灯，把大厅照得亮如白昼。这金城饭店是一座巍峨的大理石建筑，宴会大厅更是富丽堂皇，重庆第一流的宴会大多在这里举行。

陆先生见酒宴已经准备就绪，对董绍孙说：“董先生，开始吧！”董绍孙招呼大家入席。陆祖福拉着朱佳富的手：“朱先生，请。”

三

陆先生今晚兴致很好，他首先向大家介绍朱佳富：“诸位先生，今晚的宴会是为朱佳富先生洗尘。蒙诸位先生光临，祖福无限感谢，朱先生留学英国剑桥大学，得经济学硕士，现任涪陵轮船公司总经理……”

朱佳富见坐在他旁边的黄玉庵仰头看着大厅的顶穹，脸上没有表情。他与朱佳富坐在一起，没有搭过一句话，这时听陆祖福称赞朱佳富，脸上微露出轻蔑的

1　陆祖福兼任有官方职务，有副官编制。他仍用的是原先的茶房，所以也喊茶房叫副官。

冷笑。

陆祖福介绍完毕，大厅里响起了一阵有礼貌的掌声。

接着由朱佳富站起来答谢：“佳富不才，蒙陆先生过奖……”他不卑不亢，毫不怯场，语言流畅，发表了简短的即席演说，给人的印象还不错，照例迎来一阵掌声。

当陆祖福带头向朱佳富敬酒时，只有黄玉庵稳坐不动，略微欠了欠身。

也有许多看陆祖福眼色行事的次一流人物上前凑趣，争着与朱佳富碰杯。

陆祖福不善饮酒，由董绍孙代他离席到处敬酒。笑语声、碰杯声、碗筷声在大厅里回荡。

陆先生很古板，照例男女宾不同席，今天更是男女宾各在一处分开招待。许多被杨宝瑜和春燕的美丽倾倒的人，觉得很扫兴，那两位女士只是让他们看了一眼就进入女宾的小房去了，一直没有出现。

潘上由忍不住站起提议：“我们应该向朱先生夫妇敬一杯，谁去把朱太太请出来。”

因为陆祖福深知潘上由的为人，不禁微微蹙眉。

朱佳富深知杨宝瑜脾气孤僻古怪，怕别人去闹僵了不好下台，忙主动接口说：“我去叫来敬大家一杯！”

杨宝瑜不会喝酒，在陆太太和沈小姐等女眷相劝之下，勉强喝了几口，脸已绯红。她今天情绪特别好。因为陆太太与她谈家常时，知道她娘家要迁厂到重庆来，只因运输有困难，尚不知何日方能迁来！杨宝瑜的四川话虽然有点进步，但陆太太大多听不懂，这里除了春燕在旁翻译补充外，还有沈小姐在一旁解说。陆太太安慰她，主动热心快肠地说：“朱太太，你不用担忧，等我跟陆先生说，叫他马上派船去运。朱太太可能多年不回上海了，也可以跟船回上海看看，我要陆先生给船上说，挪出一间房好好招待你。朱太太明天就等我的回信。”

杨宝瑜想不到娘家迁厂的事解决得这样快，这样顺当，不觉喜上眉梢，连声说：“陆太太，谢谢你。”

正在这个时候，朱佳富进来请她，想不到没费什么唇舌，杨宝瑜毫不迟疑马上就跟他进了大厅。

杨宝瑜脸上绯红的酒色，更添了几分妩媚。珍珠项链在灯光下奇彩耀目。她与朱佳富并排站在一起，含笑注视着大厅里的客人。

有的人在窃窃私议。他们打听到杨宝瑜是江浙一位实业家的姑娘，想不到这位貌不出众的朱佳富却捡了这个炽和，对朱佳富又羡慕又嫉妒。

潘上由目不转睛地注视着杨宝瑜，他感到不满足，因为春燕没跟着出来，但又找不出什么借口，只得罢了。

连眼观大厅顶穹，傲慢自大的黄玉庵也把目光投向站在旁边不远的杨宝瑜身上，举着酒杯，看得呆了。

敬酒完毕，沈小姐已站在杨宝瑜身后，立即接进小房去了。有些人的目光还停留在小房门口，但被门帘遮掩，看不清里面，真有点怅然。

酒宴完毕。大家知道陆先生的宴会很严肃，既无酒后舞会，又无鸦片烟招待。爱玩的，有鸦片烟瘾的，都陆续告辞走了。

走得最早的是黄玉庵和潘上由：前者有鸦片烟瘾；后者爱玩。傅自昂再三对朱佳富说，要他代向高伦致意，然后走了。

最后剩下“麻乡约”的管账先生袖珍算盘还没走，他是有事要找陆先生面议。

朱佳富有点觉得奇怪：袖珍算盘后腰上仿佛有一个硬东西，把他那毛蓝布长衫顶了起来，看形状又不像手枪匕首之类，也不像装钱用的皮裹肚。

这时袖珍算盘摇着棕叶扇向陆祖福走来，身上发出一种奇怪的低微而零乱的窸窣声，在靠近陆祖福的一张沙发上坐下，看着陆祖福说：“陆先生，你建议我们运往成都的货物改由轮船运叙府走水路。我与四老太婆仔细商量过了，觉得这个建议很好，比起旱路长一点，但可以少依靠力夫。唉！现在比不得前清，又比不得民国初年，现在的力夫没那么驯善，动不动就不听夫头的招呼，经常为力钱的问题闹事。”袖珍算盘说到这里，苦着脸：“陆先生，我们觉得轮船收费九折优待，水脚还嫌过高，我们‘麻乡约’从中落不到多大好处。四老太婆的意思，要陆先生八折优待。请看……”袖珍算盘放下了手上的棕叶扇，伸手从后腰摸出一件东西来，朱佳富更加惊异：原来他从后腰上摸出一个比巴掌稍大的算盘来。想不到袖珍算盘真的随身带着一个袖珍算盘，果然名不虚传。

袖珍算盘左手托着小算盘，右手拇、食、中三个指头都蓄着长长的尖指甲，由于眼睛近视又没佩戴眼镜，头低着靠小算盘很近，尖着右手三个指甲熟练而灵活地拨动着小巧的算盘珠；他口中像念经的和尚，喃喃不清，滔滔不绝地报着一些数字和算盘口诀；小算盘珠子互相碰撞，发出欢畅的嘀嗒声。一会儿，算好抬起头来，他指着小算盘上显示的数字对陆祖福说：“陆先生，请看，你们就是八折收费我们盈利也不多。”

陆祖福因为有话要与朱佳富说，知道这位袖珍算盘难缠，不愿与他多作纠缠，说：“王先生，你明天可以直接找董先生商洽。”

袖珍算盘仍不肯走，又低头拨动小算盘。只见他嘴唇不停翕动，听不清声音，半天才抬起头来，还想对陆祖福说什么，但见陆祖福正全神贯注地与朱佳富说话，方缓缓将小算盘放回后腰，慢吞吞地起身告辞：“陆先生，改天见，四老太婆的意思务必要你们八折优待。”

大厅里只剩下陆祖福和朱佳富了，董绍孙此时不知哪里去了。

陆祖福看空荡荡的大厅里，有几个茶房在抹桌扫地，为了说话方便，便把朱佳富请到旁边预先租下的一间房里。

翁副官和保镖坐在房间外面，房门紧闭着。只有听到陆祖福开门呼唤，翁副官才进房去泡茶加水。他们知道陆先生办事的习惯，不愿让人随便去打扰。

这是一间颇为讲究的房间，山城的秋老虎已过，时近寒露，深秋凉爽的夜风吹进室内，使人觉得很舒服。

朱佳富与陆祖福面对面坐着，皮沙发已蒙上淡青色布套，在灯光下色彩格外柔和。

朱佳富到现在还猜不透陆祖福这样盛大招待他的原因。他虽然放了点空气，造了点假象，自己也不相信会产生这样的效果。他的酒量很大，虽然今天喝的酒不少，但却没有醉，只略微有点兴奋而已。

陆祖福不喝茶，不抽烟，面前摆着一杯白开水。他客气地亲自给朱佳富敬过烟，自己却看着朱佳富吐出的缕缕烟雾出神。

朱佳富也在留心观察陆祖福的神色，想从中发现一点线索，以窥破陆祖福内心的奥秘。但陆祖福表面上率直得接近于天真，而内心却深不可测。

陆祖福微笑指着室内飘散的缕缕烟雾说：“朱先生，我们要看清事情的原貌，绝不能被烟幕所迷惑。”接着颇为含蓄地揭示：“朱先生到重庆之后很忙呀！天天是日清、怡和、汇丰的座上客。”

朱佳富明白陆祖福话中的意思，他遵循“装聋作哑福在其中”的古训，叹了口气：“唉！涪陵轮船公司根基浅薄，佳富不才，自任总经理以来，业务稍有起色。但我认为偏安一隅不是善策，必须以进为守，增添资本，购置新轮，向外发展业务。陆先生，我们是各为其主，我感高董事长知遇之恩，千里川江是很好的逐鹿场，尚不知鹿死谁手哩！”朱佳富自认这番话说得很得体，想继续造点假象以探陆祖福的虚实，不露自己的真情。

陆祖福深邃锐利的目光向朱佳富脸上一扫，知道他在继续放烟幕。他对朱佳富的才干，现在暗暗感到欣赏，觉得与董绍孙比较之下，各有所长：一个是英国留学生，一个是美国人在上海办的教会学校圣约翰大学的毕业生。朱佳富胸藏韬略，世故圆滑，权变机智；董绍孙大刀阔斧，泼辣精悍，重实务，讲效率。若朱佳富为军师幕后筹划，董绍孙为先锋，则相得益彰，人尽其用。陆祖福纵观自己的智囊中虽不乏明智之士，但认为缺乏佼佼者，尽皆平平。民成公司若要发展，没有出类拔萃的人物为左右臂是不行的。所以陆祖福每感不足。他的用人口号是：上层过找，下层过招。下层人员用招生的办法择优录取，上层人员就靠自己到处物色。他留意搜罗这种栋梁之材已久，时时嗟叹这种人才难寻。可是朱佳富到了自己手上又让飞了，而朱佳富到涪陵轮船公司初露头角，便光彩照人。陆祖福暗地对心腹人感叹：“我以貌取人，想不到朱佳富乃川人中之和氏璧也！”

陆祖福虽然只有小学毕业的学历，更谈不上留学外洋，但幼有异志，勤奋好学，博览群书，天文、地理、政治、哲学，凡能搜罗到的书都读，逐渐博古通今。近年更留意考察欧美实业界的情况，虽然不通外语，特聘请一位英文秘书；董绍孙更成了他的行走的欧美百科全书。因此他每每卓识超人。他知道朱佳富在涪陵轮船公司绝不能施展抱负，迟早也会飞回来。现在他认为时机已经成熟，所以为朱佳富举行了这样盛大的宴会先夺其心。除了董绍孙知道内情外，他智囊团中的其他心腹也不明白陆先生的锦囊妙计！

陆祖福见朱佳富还在他面前玩花招，知道不露点见识出来是驾驭不了他的，便说：“烟幕，烟幕，朱先生还在施放烟幕，我陆祖福虽然笨拙也一眼便知。”

朱佳富见陆祖福明确点破，暗暗吃了一惊，但仍装镇静反问道：“陆先生说是烟幕，有何根据?”

陆祖福喝了一口白开水，不慌不忙说：“孙子说：‘知己知彼，百战不殆。’涪陵轮船公司的决策人物是高伦，他的为人我是深知的。他要是愿意依靠英美和日人早就飞黄腾达了，何至今天在涪陵偏安一隅坐冷板凳。日人步步进逼，国家民族灾难深重，高参议是热血汉子，民族观念极强，他现在哪有心肠扩大业务搞什么实业救国！何况是借外资来扩大业务，他更难同意。朱先生不是放烟幕又是啥呢?”

朱佳富只知道陆祖福有点名堂，但他认为一个未曾留学的道地四川土产，未见得就高明到哪去。特别是陆祖福以前没重用自己，更认为他不识人如此，恐怕是徒有虚名。现在听了陆祖福这番分析，认为此人确实不凡，于是反问道：“陆先生认为我是放烟幕，我放烟幕的目的何在呢？”

陆祖福不假思索地说：“涪陵事件时，我令民成公司的船中断了涪渝航线，与涪陵轮船公司采取了一致行动，这是给高参议一个信息。我想高参议是明白人，他一定懂得我的意思。”陆祖福微笑着瞟了朱佳富一眼，“朱先生这时到了重庆，并且放出这样的烟幕，我当成是高参议给我的信息，朱先生以为如何？”

朱佳富装作不懂：“信息！陆先生当成什么样的信息？”

“很明显，我们现在面临的情况一样，利害相同。高参议是识大体的人，他是想把涪陵轮船公司与民成公司合并，加强实力，免得被特等大鱼鲸吞。朱先生，我说的对吗？”

朱佳富好像对陆祖福的话不信服，问道：“照陆先生说，我们想与民成公司合并，那么我们又放烟幕干啥？”

陆祖福正色说：“我深知你们，但你们还不深知我！你们放烟幕的目的，主要是试探我的反应，为谈判合并加重你们的分量，表示你们并非穷途末路来要求合并，以利讨价还价耳！朱先生，对吗？”

朱佳富见陆祖福句句主动，急想改变自己被动的局面：“非也！若陆先生权当烟幕未免失策。涪陵轮船公司正处在十字路口，就算高董事长有与贵公司合并的意图，若不能争取到有利的条件合并，陆先生，难道敝公司董事会有罗派存在你也不知道！也可能扭转方向走另一条路呢！”

陆祖福沉吟了一下，他认为朱佳富说的也有道理，他说：“所以我说你们不深知我，以致你们才有这多余的顾虑，绕了一个不必要的弯子与我说话。当然，这顾虑也不无原因。说老实话：民成公司既要对付外轮的竞争，又要应付政府的压力，不在合并其他公司时占点便宜，不在工人头上动点脑筋，我们能够存在和发展吗！我们杀价迟迟未与贵公司合并，除了经济上的利益外，还有一个主要原因：我考虑合并后罗天成那一帮人不好处理。民成公司从开办起，就不允许帮派势力和封建把头在船上操纵左右，一切权力集中在公司手里。老实说：不采取这种比较先进的方式管理，民成公司就没有今天的发展壮大。我们的口号是挽回利权，服务乡梓；我们的政治纲领是民生主义；我们的行动准则是民成精神。唉！高参议想利用这些人的势力办实业，真是失策，后来虽有觉醒，但已奈何不得。罗天成这帮人若渗入民成公司，就会一个螺蛳弄坏一锅汤。”陆祖福有些话忍在口里还没尽说：他那时认为涪陵轮船公司奄奄一息，殊不知高伦却伯乐识马，挖去了他身边的和氏璧。朱佳富当了总经理以后，把涪陵轮船公司办得有了起色，他想要收回朱佳富这块和氏璧。

朱佳富见陆祖福说得很诚恳，也不想再绕弯子了，试探地问：“那么你现在的想法呢？”

“我刚才说过，我们现在面临的情况一样，利害相同。高参议有联合以御强敌的胸怀，我岂有不响应之理。说实话，涪陵轮船公司在我眼里不足轻重，可朱先生离我而去，怪我不识人。为了先生的缘故，我也愿涪陵轮船公司早日与我们合并。”

朱佳富想不到陆祖福把自己看得比涪陵轮船公司还贵重，眼睛一亮，受宠若惊地说：“陆先生对我未免太过誉了。英雄所见略同，高参议真与陆先生不谋而合啊！”

陆祖福爽朗地笑了，两手放在沙发扶手上，身子挪了挪，让自己坐得更舒服一些。他想当场考一下朱佳富：“朱先生，你看民成公司将来的前途如何？”

朱佳富胸有成竹地说：“民成公司的船舶分四种类型，每类船舶的命名，各以一字为首：第一类以‘民’字为首；第二类以‘成’字为首；第三类以‘江’字为首；第四类以‘山’字为首。陆先生已经规划了民成公司的发展前途，何必问我？”

陆祖福故意问道：“发展前途与船舶命名有何联系？”

“嘿，这四类船舶所命名的首字连起来，岂不是‘民成江山’四字？陆先生早就规划好了，怎么故作不知呢！”朱佳富将这谜底点破。

陆祖福微笑问：“朱先生知道这‘民成江山’的含义吗？”

“这‘江山’二字的意义当然不是指国家政权，陆先生不过想先将川江独霸作为基地，然后直指长江中下游。从狭义讲，西起叙府，东至吴淞口，使万里长江成为民成公司一统江山；从广义讲，是想向海洋发展，不但垄断长江，还想垄断海洋，让民成公司的菱形公司旗在世界的海洋上到处飘扬。根据国际公法，海轮上的甲板等于所属国的领土，那样一来岂非广大的海洋上处处有中国的领土，民成的江山！这就达到了陆先生实业救国的志向。”朱佳富说出的这番话，正中陆祖福的胸怀。

陆祖福听了不胜感叹："朱先生知我肺腑！"

朱佳富听了不禁微笑，面有得色，但还是谦逊地说："鹏程万里其志非俗鸟可识，佳富不过俗鸟而已。"

陆祖福很兴奋，他站起来亲自给朱佳富敬烟，毕恭毕敬划燃火柴让朱佳富对着火点燃。然后归座，情真意挚地说："朱先生，我的志向能如愿吗？"

朱佳富沉思片刻，他略微将思路整理了一下，说道："陆先生独霸川江已成定局，指日可定。"

"不那么容易啊！巨富洋行资本雄厚，又托庇于法国人，与我正旗鼓相当，势均力敌，目前在川江只做到平分秋色！"陆祖福皱着眉半真半假地说。

"陆先生已锁住了巨富洋行的咽喉，怎么这样讲呢？"

"朱先生，此话怎讲？"

"巨富洋行黄氏宗族，不过靠自流井的盐巴养肥的纨绔子弟，手下不过几个粗俗的烂条师替他谋划，哪及陆先生卓识远见。就拿黄氏弟兄经营的山柴胜煤矿来说。他们只知道高价收买矿山，以为只要把民成公司经营的天富煤矿四周的矿山买尽，就会将天富煤矿窒息困死，至少也会限制住不让发展。可是陆先生沉着冷静，专心投资修成运矿的北川铁路，真是收到了一箭双雕的效用：一方面可将天富煤矿的原煤运至嘉陵江边，降低成本以利竞争；另一方面掌握住运输动脉，等于卡住了山柴胜煤矿的脖子，锁住了它的咽喉。山柴胜煤矿用人力肩挑背磨将煤运至江边，运量既少，成本又高，哪有竞争能力？已成骑虎难下之势。我看，不用多久，山柴胜煤矿迟早是陆先生囊中之物。"

"朱先生，黄玉庵也准备自修一条专用铁路呢！"

"陆先生不用过虑，黄氏弟兄皆狂妄自大，铜臭熏天，待人寡恩薄幸，就算他有修铁路的银洋，也缺乏修铁路的人才。靠他手下几个不学无术的封建把头是成不了事的。就是动工兴建，必旷日持久，不是短时可成。"

"黄氏弟兄还有法国人呢！"

"陆先生对法国人更不须多虑，如今德国步步进逼，把军队开进了非军事区莱因兰。法国自己的马奇诺防线的工程都修不及，哪里顾得了黄氏弟兄！"

"朱先生，愿如你所说，则民成公司之福。不过，黄家就是失掉山柴胜煤矿这条后应，但巨富洋行在川江的实力也不弱。"

“陆先生，巨富洋行在川江的实力虽然不弱，但如浮根之草，其命只在旦夕！”

“朱先生，你有何根据?”

“陆先生，你办的民成船舶厂是你手上最厉害的牌呀！怎么忘了？巨富洋行自己没有船厂，重庆也另无像样的船厂，你掌握了修船这件法宝，又等于卡住巨富洋行的脖子。他们的船不能老不修呀!”

“嗯！巨富洋行的船可以开到上海去修呀!”

“陆先生，你怎么这点都不清楚：蒋介石都要被日本人逼到四川了，将来日本人占领了上海，巨富洋行的船还能开到上海去修吗!”朱佳富说完，与陆祖福的目光相遇，他们都哈哈地笑了。

陆祖福暗暗称庆：自己以貌取人，差点误了大事。朱佳富幸好是被高伦挖去，若被黄玉庵挖去重用，可能局面就大不相同了。他钦佩地说：“朱先生，聆君一席话，胜读十年书。”

朱佳富客气地说：“陆先生过奖了。”但掩不住他的得意。

陆祖福继续问道：“朱先生，就算川江举棋可定，但中下游呢?”

“陆先生，目前世界大战迫在眉睫，民成公司在中下游虽然已有基础，只有等到战争以后方能摆上议程，以后的形势很难预测。中下游有实力的招商局，陆先生不用害怕。官办的企业，官僚机构臃肿，贪污腐化，竞争能力是不强的，招商局从来就是赔本生意。最可虑者是世界列强，恐怕不会心甘情愿让中国人自己办的航运企业大大发展。民成公司的发展前途，只有看以后国内外政治形势而定了。”

陆祖福听了朱佳富这一番议论分析，更是佩服不已，又站起身亲自给朱佳富换了一杯热茶。

“蒋先生一定会退守四川，他最近任命我为交通部次长是有深意的，我还在迟疑不决，所以现在还没前去就职。诚如朱先生所料：说实话，像黄玉庵之流我并不放在心上。”陆祖福说到这里又蹙着眉：“但蒋先生退守四川，江浙财团大多亦官亦商，必蜂拥而至，这实在是我心腹之患。朱先生，你看有何良策？希不吝赐教。”

朱佳富低头沉思一会儿，抬起头来对陆祖福娓娓而谈：“若江浙财团蜂拥而至，其势凶猛难当是实情。但国民党内部派系众多，互相矛盾重重。他们新来乍到，像陆先生这样的地方实力派他们一定争相拉拢。我想蒋先生委任你做交通部次长就是这种意思。陆先生可以因势利导，利用他们之间的矛盾，走中间路线，事事骑墙，在夹缝里求生存，这是上策。在政治上对左、中、右各派都不得罪。可以利用国民党内其中一派，与之有条件地暂时妥协联合，采取以毒攻毒的办法自然奏效，可使自己立于不败之地。”

陆祖福连连点头表示赞同，问道：“朱先生，你看可以与哪一派暂时联合呢？”

朱佳富好像早已深思熟虑，说：“孔、宋、陈等人最是难办，最好对之采取敷衍应付。江浙财团绑得很紧，地方色彩浓厚，常引起其他地方出身的官僚不满。我们中国人长期闭关自守，狭隘的地方观念严重。政学系中张群是四川人，你们原先便有交情，这派力量大可利用。此外如经济系中的翁文灏、孙越崎毕竟是学者出身，稍微开明，都可以暂时联合利用。”

陆祖福很同意朱佳富的意见，其实他以前也是采用的这种策略，如联合利用刘湘的势力，与张群和张公权也有私交等。但想到有一个问题，又忧心忡忡：“若让这些人的资本渗入民成公司，万一鸠占鹊巢，岂不搬起石头砸自己的脚？”

朱佳富不以为然，提醒陆祖福说：“陆先生，民成公司创办时，你采取的策略很好嘛！现成的经验为何不借鉴？”

陆祖福知道朱佳富所指：民成公司创办时，陆祖福等几个发起人都是无资本的青年，为了能控制民成公司的实权，他们利用发起人的优越地位，在公司章程中定下一条：凡在董事会任职者，皆不得兼任公司行政职务。因此陆祖福等人始终得以掌握公司实权。

朱佳富补充说：“最好只让他们投入象征性的一点资本，可以采取干股分红的办法。这些人只要有钱可贪，是乐得少管闲事，自去逍遥自在的。此外，在国际上尽量与欧美交朋友，依靠欧美发展实业固不可取，但争取国际上开明人士的支持，以牵制国民党那些官僚们也是高明的权宜之计。凡是能为我们所用的力量都应争取。在国内，甚至对共产党也不妨暗送秋波，利用左派对付右派。毛泽东所主张的统一战线，比王明的关门主义高明得多。我们也可以建立我们的统一战线，谁被谁统战过去，现在还不见分晓呢！”

陆祖福被朱佳富一席话将脸上的愁云驱得一干二净。他笑着说：“朱先生，我刚才说过：我开这样盛大的宴会，急于与涪陵轮船公司合并，醉翁之意不在酒——是想朱先生能早日与我朝夕相处，时时可以请教。民成公司的主任秘书一职，早给朱先生留下，虚位以待，望朱先生俯就。我若去南京就任交通部次长，一切公司日常事务就要由主任秘书代行总经理职责，望朱先生万勿推辞。”

朱佳富实在想不到陆祖福竟然把他抬到民成公司主任秘书的要职，这是民成公司握实权的中枢位置。他心里喜之不胜，假装谦逊地说：“佳富不才，蒙陆先生错爱，敢不肝脑涂地以报陆先生知遇之恩。”

陆祖福见朱佳富已答允，兴致勃勃地说：“朱先生，你通知高先生，我要亲自去涪陵走一遭，尽快谈妥合并的事。”

朱佳富实在没预料到此次来重庆的任务，竟完成得这样顺利和圆满。

第二十六章

杨宝瑜今天心里很欢快。

陆太太并没爽约，派人来通知她：陆先生已经答应派船帮她爸爸迁厂，批条要董副总经理从速解决。

董绍孙也特为这事来过，告诉她：只要她爸爸准备就绪，随时都可以派船去运。

她觉得发信通知她爸爸太慢，决定发电报给她爸爸。她自己拟了一个电报稿，自己也认为太长，但减少字数又怕说不清楚误事，她要朱佳富给她压缩一下。

朱佳富看了电报稿后，提笔作了一番删节，仍然还有几百字，基本上保存了原意。但杨宝瑜看了朱佳富的修改稿后，并不觉得满意，认为有些字不该删，删后不能准确表达她的感情。

朱佳富很久没有这样细致体贴杨宝瑜的感情了，他建议说："太太，你何不挂个长途电话到上海，在电话里当面谈谈?"朱佳富对岳父迁厂的事情也热心起来。他认为岳父是江浙实业家中有影响的人物，自己原先感情用事差点误事，今后一定要设法取得岳家的好感，才可以作自己在社会上发展的后盾。自己根基浅，底子薄。他认为在这样的社会里，没有财富和实力，寄人篱下，单靠真才实学是不牢固的。除了要与英国人拉关系外，岳家这种现成的力量不利用，真是傻瓜。

杨宝瑜当然并不知道朱佳富内心的想法，听了朱佳富的提醒，她高兴地说："噫！挂长途电话是好办法，我原先怎么没想到呢！亲爱的，还是你聪明。"她觉得很感动，深情的目光停留在朱佳富脸上，用柔嫩的手抚摸着朱佳富的脖子，自己的脸颊轻轻地偎到朱佳富的脸颊上，微饧地半闭着眼，轻轻地互相挨擦着。

朱佳富已经很久没得到杨宝瑜这样主动的亲昵爱抚了。他紧搂着她的细腰，凝视着这张美丽的面孔，正想托住杨宝瑜雪白晶莹的脖子亲吻，忽然看见春燕穿着花衫的影子在门帘边闪动了一下，忙缩回了手，轻声提醒杨宝瑜："春燕!"他们相视一笑分开了。

杨宝瑜大声喊着："春燕，春燕!"

春燕撩开门帘进来，杨宝瑜看她穿着一件旧花衫，亲切地责备说："我给你说过，把我给你买的新衣裳穿上，不要再穿我给你的旧衣裳。我已向大家作过介绍，你是我的妹妹，应该像个小姐的样子。"她以为春燕是爱惜新衣裳，补充一句说：

“穿旧了，我马上给你制新的。”

杨宝瑜见过了彼特利克先生，她的印象很好，觉得彼特利克先生谈吐文雅，学问渊博，彬彬有礼。更可贵的是，彼特利克先生能说一口流利的中国话，并且很尊重中国的风俗习惯，能用筷子津津有味地吃中国餐，甚至能背诵讲解唐诗。还是虔诚的基督徒，从彼特利克先生口中知道，要不是他母亲的劝阻，他早考进了神学院，差点当了一名牧师。只是彼特利克先生天庭上秃得过早，棕色的头发中已出现不少白发，与春燕的年龄相差太大。要不是这些，真是春燕的理想伴侣。杨宝瑜因此还有些迟疑，所以还没向春燕正式提出。

春燕低头不语。近来朱先生和小姐突然对她另眼相看，又公开认作妹妹，使她猜不透原因。心里不安的感觉使她失眠，丰腴的面颊消瘦了，眼睛更显大了。她听了杨宝瑜的责问，变得淡了的嘴唇嗫嚅着，一会儿方回答：“小姐，我……”

杨宝瑜马上纠正：“春燕，我说过多次，叫我姐姐。”

朱佳富接口说：“叫我朱哥。”他已对彼特利克先生提说过春燕的事。彼特利克先生搓着手，赞美地说：“啊！多美的姑娘呀！眸子真像黑色的宝石，眼波真像秋水般明澈……”彼特利克先生还有许多赞美的话没说出口，因为他知道中国人的习惯，恐怕有伤绅士的风度。他笑眯眯对朱佳富说：“硕士先生，我能娶这样出身名门的东方美人做妻子，实在太满意啦！”为了早日成就这段姻缘，彼特利克先生又说：“我们以后不但是剑桥大学的学友，还是连襟至亲，当然会竭力为先生效劳啰！”

朱佳富认为他的收获季节到了，对春燕没白培养。他怂恿杨宝瑜在陆先生举行的宴会上正式介绍春燕是她的妹妹，要杨宝瑜把春燕装扮成小姐的样子，也是他的主意。他自己近来对春燕也格外客气。

春燕认为小姐的心灵像清清的泉水，一眼便可见底；但她认为朱先生的内心却像一汪深潭，黑洞洞的使人莫测深浅。她对朱先生有点敬而远之，有一种莫名的畏惧。由于自己的地位，以及对自己处女贞操的本能护卫，她对朱佳富始终保持一定的距离。因为她见得太多了，像她这样地位的丫头，表面上地位似乎比其他丫头高一些，但被凌辱玩弄的例子也不是少数。经过这些年的相处，她知道朱佳富在生活上是比较严肃的，从没对她有过非礼的举动，在这方面她稍微感到放心。可是，她感到朱佳富在绅士的风度下，有一种令人不可捉摸的东西，尤其是金丝眼镜后那对眼睛，时刻闪烁着使人不安的变幻莫测的光芒。新的担忧在她心灵里萦绕着，在朱佳富的面前，她更感到拘谨。

春燕有些忸怩，可能因为突然改口不好意思，她没有称呼，直接报告说："董先生在客室坐等。"她没有回答杨宝瑜亲切的责问，她并不是爱惜新衣裳，主要是对穿新颖名贵的时装不习惯。从穿衣镜里，她看见自己穿上时装的样子，心里有一种说不出的不舒服，总觉得有点像供人玩赏的洋娃娃。

杨宝瑜听说董先生在客室坐等，不等朱佳富搭腔，抢先说："看你，怎不早说，让董先生久等了？"对于董先生，杨宝瑜显得特别热情关心。

朱佳富知道杨宝瑜对董绍孙热情的原因，主要惦记着娘家迁厂的事，心中暗暗感叹："人说女生外向，其实不然。女人呀！十个有九个都是顾娘家的。"他没把心里的话说出，对杨宝瑜说："太太，我先去陪董先生谈谈，你把头发梳理一下随后便来。"接着附在杨宝瑜的耳边叽咕了几句。杨宝瑜脸上飞起红晕，她一照镜子，果然刚才把头发弄得凌乱了。她娇笑着向朱佳富点了点头，又看了一眼站得不远的春燕。春燕看他俩亲昵的样子，习惯地将脸背过去……

朱佳富穿过春燕的住房，跨进客室，见董绍孙跷着二郎腿坐在沙发上，上身穿着薄呢西服，下身却穿着夹绸马裤。董绍孙看见朱佳富，一下从沙发上跳起来，用英文夹杂着中文招呼："哈罗，密司脱朱，你好，见了你我很高兴。"

朱佳富握着董绍孙的手摇晃了几下，客气地说："密司脱董，我同样也感到高兴，请坐。"他知道董绍孙是美国人在上海办的圣约翰大学的毕业生，在捷江公司与美国人的关系很密切。美国人不像英国人那样古板、讲绅士派头。

他们重新在沙发上坐下。他见董绍孙抽着香烟，春燕已在他面前泡了茶，便自己取出一支香烟点燃吸着。

董绍孙看见朱佳富在注视他下身穿的夹绸马裤，知道这位英国留学生可能认为他穿得不中不西，有失绅士风度，便解释说："陆先生不喜欢奢华，更不喜欢中国人穿价格昂贵的西装，所以我来个折中，上身洋装而下身中装。"说完爽朗地哈哈大笑，张开双腿，两手抄在脑后枕在沙发靠背上，脚上穿的一双美国式的流线型皮鞋向上翘着。

朱佳富知道将来他们要共事，并且董绍孙是陆先生的左膀，也是民成公司有功之臣，不能怠慢。他诙谐而幽默地说："如此说来，我要向董先生学习，也要上穿洋服下穿中装了。"

董绍孙马上正襟危坐，正色地说："那可不必，陆先生虽不喜欢，并不反对别人穿西服。陆先生对民主自由是赞成的，不会干涉别人穿衣服的自由。我不过与陆先生共事久了，久而久之受了他的潜移默化，在服装上不像以前那样讲究罢了。”

朱佳富正待开口回答，这时杨宝瑜进入了客室，点头微笑招呼：“董先生，你好！”

董绍孙站起身来，客气地说：“朱太太好！”

杨宝瑜身后跟着春燕。春燕拗不过杨宝瑜的劝说，不但换了新装，杨宝瑜还细心地给她描了眉，一点看不出人工的痕迹，颊上涂了淡淡的胭脂，打扮得恰到好处。

朱佳富看杨宝瑜站着没坐，春燕手上拿着她的精致女用皮包，问道：“太太，你准备出去?”

杨宝瑜回答说：“到邮电局去挂长途电话。”

“太太真急！”朱佳富微皱着眉尖。

杨宝瑜没理会朱佳富的话，笑着对董绍孙说：“董先生坐一会儿，我到邮电局挂个长途电话便回。”

“朱太太挂长途电话到哪去?”董绍孙已落座，关切地问。

“上海。”杨宝瑜想到马上就可以与多年不见的父亲通电话，脸上的笑容就没有消失过，“董先生，我马上给爸爸打电话，叫他约定一个时间，看有多少吨位，好麻烦董先生派船去运。”

“唉！朱太太，你切不要自己去邮电局挂长途电话。”董绍孙摇手说。

“为什么?”杨宝瑜不解地问。

“唉！到上海的电话要中转十几次，没有直达线，可能半天也挂不通。”董绍孙看见杨宝瑜身后的春燕，颈项上戴着那天宴会上见过的金项圈，皱眉说：“朱太太，春燕小姐戴着这只黄灿灿赤金丝编织的项圈外出，太危险了，重庆的棒客[1]多得很。难道你没听说过棒客为了抢劫金戒指，把人的手指都剁掉了！切记，切记，出外戴不得珍贵首饰。”

春燕一直低头看着地板，杨宝瑜看了春燕一眼，微微伸了一下舌头，笑着说：

1 即土匪。

“为了金戒指剁了手指还可以活；为了金项圈剁掉头，就活不成了。真亏董先生提醒。”

站在一旁一直沉默不语的春燕，也忍不住抬头嫣然一笑。

“这样吧……”董绍孙考虑了一下，“我今天特地来约请朱先生和朱太太、春燕小姐去逛街。你们可能油荤吃腻了，我请你们到储奇门白记豆花店吃豆花饭，饭后我带领你们去邮电局，找齐局长办夜点招待，在那里等接上海的电话。但不知朱太太和春燕小姐对道地的四川风味有兴趣吗？”

“要得，要得！”杨宝瑜把话音拖得过长，虽然说得有点像四川话，终归有点不自然。只有当她心情特别愉快的时候才喜欢说几句四川话。她在朱佳富旁边一张椅子上坐下来，对春燕说：“不上街了，把皮包放回房里去吧！”

春燕点头答应着下去了。

董绍孙问：“朱太太，派船到上海去迁厂，你随船去吗？”

杨宝瑜瞥了朱佳富一眼，因为在这个问题上他们有分歧。朱佳富没有正面阻止她回娘家，昨天晚上就对她说过：“第一次回娘家应该双双回去，你一人单独回去不好。但我目前忙着公司合并的事抽不开身，并且我们结婚这些年从没长期分开过。”杨宝瑜觉得朱佳富的话也有道理，中国的风俗是这样，回门是要双双回去的。何况近来他们双方都有愉快的事情，感情上较前融洽，真有点小新婚的味道，杨宝瑜对朱佳富也有些依恋。但是，断绝了关系的娘家，想不到在抗日的浪潮中和解了，多年没见面的老父弱弟，她思恋之情也可以想见。现成的机会不去相见，心里实在丢不下，所以有些两难。

朱佳富知道杨宝瑜从不吃豆花，说有涩味，见她愉快地答应了董绍孙的邀请，知她是为娘家才勉为其难。他听到董绍孙提说去上海的事，见杨宝瑜在注视他的态度，沉思了一下。想起刚才杨宝瑜在卧室内对他的亲昵温存，心里还甜丝丝的，当他再一次接触到杨宝瑜温柔期待的目光时，不禁动了感情，对杨宝瑜一笑，慷慨地许诺：“去，去。等我把公司合并的事抓紧理出头绪，我陪太太去一趟上海。”

杨宝瑜想不到朱佳富会马上同意，不顾董绍孙在旁，忍不住一手搭在朱佳富的肩上，兴奋地说：“真的？”

朱佳富抚摸着杨宝瑜的手，再次肯定地说：“太太，我不但陪你去上海，还要再去重游杭州，去冷泉边看看我们种的丹桂树。太太，你看好吗？”

杨宝瑜听朱佳富说得这样动人，富于感情，她觉得朱佳富并没有变，仿佛仍是当年冷泉边上月夜拉琴，朝气勃勃，富于进取精神的那个青年。她激动得眼里噙着泪水，哆嗦着嘴唇说："亲爱的，谢谢你，真谢谢你。"要不是董绍孙在场，她真会让眼泪流出来，扑倒在朱佳富的怀里。她拉着朱佳富的手，紧紧地捏着。

董绍孙到过外国，见惯了这样的场面，不以为奇。只是心里艳羡地想："朱佳富貌不惊人，想不到讨了这么出色的一位太太。"

董绍孙凑趣地说："朱先生亲自陪伴朱太太去一趟上海最好。陆先生对我说过，要趁现在上海一些厂搬迁和关闭的大好机会，廉价买进一批修造船的材料和机器，并从失业工人中招进一批技术好的工人。他决定采纳朱先生的意见，悄悄将民成公司修造船厂扩大。朱先生此去，正好可以顺便完成这个任务。"

杨宝瑜在短时间的接触中，就对董绍孙有好的印象。她上前亲自给董绍孙敬过烟，说："以后我爸爸迁厂到了重庆，运输上还要仰仗董先生帮忙呢！"

"嘿，朱太太真是舍近求远，朱先生马上是我们公司的主任秘书了，那时可不必求我帮忙啰！"

"他呀！……"杨宝瑜乜了朱佳富一眼，随即对董绍孙说："他不会关心我娘家的事的。"

朱佳富看杨宝瑜的神态，忍不住笑了。对董绍孙说："董先生乃陆先生股肱，人缘好，不但我岳家的事要仰仗，将来对我也要多多指教才好。"

董绍孙喝了口茶，从西服上衣口袋里摸出一张雪白的手绢揩揩嘴，然后说："朱太太的事我当然尽力。陆先生把朱先生看得很贵重，比作汉之张子房，蜀之诸葛亮。我萤萤之光，哪及皓月之明。但愿我们在陆先生的统率下，精诚团结，共同为'民成江山'尽力，为国家民族争光。"

朱佳富见董绍孙说得诚恳，也慷慨激昂地说："佳富乃一愚氓，承陆先生知遇，愿与董先生同舟共济，聊尽绵薄之力，让陆先生'民成江山'的理想得以实现，则国家民族之幸。"

董绍孙突然把话一转："朱先生，陆先生识人，得道多助。为了扩建民成船舶厂，季集仁先生也答应出任厂长哩！"

"哦！"朱佳富知道季集仁先生是留学生中的先辈，著名的老翻译家，莫泊桑的作品很多年以前就由他翻译介绍给中国读者。有近作辛亥革命三部曲，在上海出版后，很受民众欢迎。因国际形势渐趋紧张，白报纸的来路很成问题，为了挽回利权，解决文化用纸，据说他正在川西筹建纸厂。居然被陆先生请来担任厂长，朱佳富不由得佩服陆先生深得人心，感到振奋："陆先生既占天时，又占地利，再加人和，'民成江山'准能成功，可是……"

董绍孙看朱佳富说到这里没有继续说下去，取出怀表一看："哦！快五点钟了，白记豆花店俏得很，上午卖两锅，下午卖两锅，卖完便关门决不再卖，我们走吧！"

杨宝瑜见董绍孙说得那样认真，心里很不以为然：豆花有什么好吃！不觉笑了。

朱佳富已站起来："太太，董先生盛情难却，我们准备走吧！"他暗地向杨宝瑜微笑示意。

杨宝瑜明白朱佳富的意思，当即站起来对董绍孙说："董先生与佳富先走一步，在大门口等我，我一会儿就来。"

董绍孙知道女人出门不比男人出门，啰唆事多，有礼貌地说："那我们先走一步，朱太太随后快来。"他与朱佳富踱了出去，边谈边慢慢走。

在饭店大门口稍站了会儿，杨宝瑜就来了。董绍孙没见春燕，忙问："春燕小姐怎么没来?"

朱佳富代答道："她还要在家里等一位客人，不去了。"

二

在董绍孙的提议下，他们不坐小轿车，因为从渝江饭店到储奇门步行较近。民成公司有一部小轿车，是董绍孙托美国朋友买来的，因陆先生上下班喜欢步行，不愿坐车，所以董绍孙也不好意思上下班坐车，每次都陪陆先生步行。久而久之也锻炼出脚力来，觉得在办公室坐久了，在街上走走也别有一番风味，街道两旁的市面，可以使人增加不少见闻。因此，民成公司颇为漂亮的新式小轿车经常摆在车库里。

董绍孙与朱佳富都不用手杖，穿西服而不用手杖在街上显得很特殊。董绍孙在前引路，杨宝瑜紧挨着朱佳富，慢慢走着，观望着两旁的街景。

街两边人行道旁，有不少凉粉摊子，虽然已近深秋，重庆的气候仍很暖和，绿头苍蝇到处飞。卖凉粉的小贩手里拿着棕叶撕成细丝的蝇刷，拂动着不断起飞的苍蝇，口里叫喊道："凉粉，凉粉，麻辣酸甜样样俱全的凉粉，吃了又凉又饱。"

“喂！来一碗凉粉好吗？吃了硬是安逸得很啦！”

杨宝瑜看见居然有不少衣衫褴褛的人，端着凉粉碗蹲在地上，用筷子挑起长长的凉粉放进口边，用力一喝，嘶噜一声就全进了口中。绿头苍蝇有的趴在碗边，有的趴在凉粉上，有的围着凉粉碗嗡嗡地飞转，吃凉粉的人毫不在乎；有时将竹筷略微挥动几下，想把苍蝇赶走，但仍然低着头吃得津津有味，被辣得呼哧呼哧地吐气，鼻子旁边冒出了汗珠。有的一碗吃完，还感不足，喊着小贩：“喂，再来一碗多加红。”

杨宝瑜皱皱眉，认为太不卫生了，看着都有点恶心。她不禁加快了脚步，不觉与董绍孙成了并排，她才放慢脚步等着朱佳富。

地下非常潮湿，到处是污泥。杨宝瑜脚上穿的是一双崭新的皮鞋，黑亮亮的反光，鞋帮上已经沾上了污泥。她微提着旗袍的下摆，踮着脚尖，尽量选择稍干一点的地方下脚。有时差点踩着街边上丢下的死老鼠，要不是怕有失身份，她真会吓得惊叫起来。

董绍孙不时停下脚，回头等他们。他好像并不怎么留心地上，已经见怪不怪，仍然左顾右盼向前走。

朱佳富有时看见杨宝瑜要踩进积水凼，忙伸手拉杨宝瑜一把，杨宝瑜看见有人在看他们，还像少女一样，有点腼腆地缩回手去。

这里到储奇门有无数级石梯左弯右拐而下，很少有一点空旷平坦的地方。

杨宝瑜看朱佳富和董绍孙下石梯很从容，连脚下也不看。她穿的皮鞋后跟不算高，但皮底踩在潮湿的石梯上格外滑，尽管她低头凝神注视着每一步石梯，有几次差点滑跌了。她再顾不得行人投射过来的目光了，将一只手伸给朱佳富拉着，还用另一只手攀住朱佳富的肩膀维持重心。

在石梯上下的人中，稍微体面的都躺在滑竿里由轿夫抬着。像他们这样装束而步行的人是少有的，惹得人们都诧异地注视着他们。她真懊悔有现成的小轿车不坐，却沿着石梯艰难地往下步行。

董绍孙看杨宝瑜的神态，明白她的意思，正好有一乘空滑竿来了，他要杨宝瑜坐滑竿下去。

杨宝瑜忙摇手拒绝：“董先生，谢谢你，还是慢慢步行好。”董绍孙以为是杨宝瑜客气，正待劝说，朱佳富知道杨宝瑜的意思：她来四川七八年了，还怕坐滑竿。她曾经坐过一次，看见滑竿倾斜成那陡的角度，由两个瘦骨伶仃的轿夫抬着，吓得心跳，生怕被摔下来了，从此就再没坐过滑竿。朱佳富忙笑对董绍孙说："你要她坐滑竿真像要她的命，我们慢慢往下走吧！已经不远了。"

董绍孙笑着说："朱太太应该入乡随俗，慢慢习惯才好。"

杨宝瑜听董绍孙话中隐含规劝，正有些不好意思，可是董绍孙的话已经转了："重庆上坡下坎，下江人生来乍到是有点不习惯。现在时局愈来愈紧张，下江人以后涌到重庆的会多起来，朱太太却先来了一步，与他们比起来，已成'老四川'和'老重庆'了。"

杨宝瑜与朱佳富相视一笑，没有回答董绍孙。

走到了一块稍微平坦的地方，虽然是下坡，杨宝瑜已经在用花手绢揩脸上的微汗。

董绍孙提议说："在这里站着休息一会儿吧！"

这个提议正合杨宝瑜的意思，她从朱佳富手上收回手，站住了。

朱佳富趁董绍孙往下看的时候，凑近杨宝瑜耳边轻声说道："你爸爸反对你嫁给我来四川，现在他们也要来了，上帝安排得多么巧妙啊！"

杨宝瑜听朱佳富又提旧怨，感到不高兴，轻轻瞟了朱佳富一眼，朱佳富马上露出了表示歉意的笑容。杨宝瑜又才放心了，迅速地在朱佳富手背上拍了一下，微笑地瞟着他。

三人站住休息谈说了一阵，又接着往前走。过了好一会儿，终于走完了石级，到了平地，是一条宽大的正街。

街边人行道上比较干燥，摆着许多卖水渍货的地摊。

有一个小贩，手里抖动着五颜六色的针织品向路人兜售："相因卖，相因卖，硬是炟和。"

有一个小贩手上拿一叠锡纸，纸上插着一排钢针，尖声地叫着："洋钢针，洋钢针，一个十八圈买一包，硬是关火。"

他们慢慢从地摊面前走过，小贩见他们的穿着，不像买这种便宜货的人，便缩回手去向后面过路的人兜售。

董绍孙向朱佳富介绍：这些地摊上卖的货，都是轮船上发生海损事故，江水浸入船舱湿渍了的日用百货。这些货由公司赔偿后，再贱价售给批发商，由批发商略为整理加工，便交小贩四处贩卖。重庆因此出现了水渍货行业，从事这行业的人在千人以上。养肥的批发商最大的要算……

董绍孙刚介绍到这里，忽然一个人点头哈腰向他招呼：“董先生，我找了你几次都没找着。我们是老主顾哟！近来水渍货稀少，还是要照顾照顾我，批点货给我维持住门面呀！要吃不起饭哪！”

杨宝瑜好奇地打量着站在地摊前与董绍孙打招呼的这个人：矮胖的个子，穿着一件毛蓝布半新长衫，头戴一顶布瓜皮帽，腮帮胖得圆鼓鼓的，像口里含着一块冰糖。他手上托着一只铜墨盒，一个学徒模样的青年人用毛笔在那墨盒里蘸起墨汁在账簿上记账；记完账后将毛笔往耳朵上一搁，随即从腋下将挟的算盘取出，嘀嗒嘀嗒地拨动着算盘珠算账；账算清后，那学徒报出数目。小贩马上将钞票和铜圆递给这个矮胖子。矮胖子忙把铜墨盒盖上递给学徒拿着，先将一叠铜圆在手掌上熟练地一摊，一眼就将数目点清了，点清的铜圆不断往肩上挎着的一条粗布口袋里放，只听铜圆发出互相碰击声落下袋底。接着才开始点钞票，随后也塞进袋里。这些动作都是在几分钟内完成的，迅速利落。小贩有赊欠，还争执了几句。等小贩付完了现金，学徒马上从旁边他挑的箩筐中拿出配好的水渍货递给小贩。小贩口里在叽咕，嫌滞销货搭配太多；矮胖子口里老子龟儿地与小贩嚷嚷几句，待学徒记好账，这笔交易才算结束。

董绍孙看他做完了这笔生意，才笑着回答矮胖子：“林汤圆，你硬没安好心，总希望我们多打烂船多出货损，你好有水渍货卖！”

林汤圆也笑着说：“董先生，行船过水三分险，何况川江礁石像钢刀，自古打烂船是天经地义的事，啷个怪我！要不是我林汤圆给你们的水渍货找销路，摆着烂掉锈坏一个钱也捞不回。”

朱佳富站在一旁看着微笑不语。

董绍孙在林汤圆肩上轻轻捶了一拳：“好啦，你是有名的一张利嘴。我回去给商务经理打个招呼：林汤圆嘛——老主顾，是要优先照顾的。好，以后见。”董绍孙看朱佳富夫妇站在一旁等着他，不愿再纠缠，加快脚步走了。

走了几步，杨宝瑜觉得这矮胖子很有趣，董绍孙与这样的人好像谈得很融洽，奇怪地问：“他叫林汤圆，应该是卖汤圆，怎么改行了？”

董绍孙回答说：“他最早卖过汤圆，大家喊惯了，不好改口，他自己对别人喊林汤圆也不见怪。”

朱佳富笑着说：“他说得好可怜，没有水渍货卖了，他就吃不起饭了。”

董绍孙摇手摆头说：“他喜欢哭穷。嗨，朱先生可不能小看他，林汤圆比耗子还精。‘海水不可斗量，人不可貌相’，别看他装出那副寒酸相，他靠卖水渍货起家，现在已是百万富翁，小梁子那几家大百货公司都是他开的，可说得上是重庆的百货大王了，但他依然舍不得丢掉卖水渍货的老行。其实，他现在主要经营百货批发生意，已控制了重庆百货批发业的大部分。只要他林汤圆发个电报到上海，上海的厂家马上便给他发货，派头大得很哩！上次宴会没请他，主要是陆先生认为他为人太刻薄，市侩气太浓，不大喜欢他。”

“哦!”朱佳富和杨宝瑜不禁回过头去，想再看一眼这位离奇的百万富翁。可是，那个怪人已经走远了。

经董绍孙一说，朱佳富被提醒了，问：“是不是那个不识字，早年喜欢晚上举着美孚灯，站在白象街新蜀报馆门口，照亮着读报栏，要别人读报给他听的林明和?”

“对，就是他。”董绍孙点头回答，“现在有人在家里天天读报给他听了。这人可称铁算盘，他现在除了雇用一个管账先生外，偌大的生意，用的全是只吃饭，不拿正式工钱的学徒。”

杨宝瑜看那些地摊上的百货仿佛是新崭崭的，看不出有半点水迹，不解地问：“董先生，这些货怎么看不出半点污染的痕迹呢?”

董绍孙看了杨宝瑜一眼，见她这么感兴趣，微笑着回答：“朱太太，生意深得很！林汤圆可以说是这方面的专家，在外国是可以得学位的。比如说上海来的麻纱汗衫有水迹，他们放在水里揉洗后，用粉浆浸过，再晾干用石炭碾压，就成了崭新漂亮的麻纱汗衫。他们用的方法多得很，真是光怪陆离。若朱太太有兴趣，以后有空我引你去参观一下林汤圆加工水渍货的工场，真可以增长见识呢!”

谈说之间，天渐渐黑了，已走到储奇门，转弯不多几间铺面就到了白记豆花店。

董绍孙走在前面，一个围白布围腰、肩上搭着一张白毛巾的堂倌笑迎上前：“董总经理，今天的河水豆花刚出锅，请楼上坐。”

他们跟堂倌上了楼，楼上跟楼下一样，张张桌满。

董绍孙正在迟疑之间，堂倌真有本领，不一会儿就劝说动了几个顾客，笑眯眯地让出一张空桌来，自动挤到另一张桌上去了。

堂倌特地重新抹干净红漆桌子，亮堂堂的，可以照人。

等三人落座，堂倌不需要吩咐就端上一钵热腾腾、白花花、颤闪闪的豆花，浸在淡黄色的甜水里。几碟泡茶摆在钵子四周，每人面前放着一小碟调合[1]。

朱佳富介绍道：“这个店专卖豆花，其他只有泡菜、卤菜，是不卖炒菜的。”

杨宝瑜看见调合里浮着一层火红的辣椒油，就不敢蘸佐料，将一箸豆花放进口里，好像嫩合合的还有点味道，不过略略有点涩口。看见董绍孙兴致勃勃的样子，感到盛情难却，夸赞说：“味道不错！”

“哎，你怎么不蘸佐料！吃豆花就是佐料有味。”董绍孙对杨宝瑜说，自己将一箸蘸满红油的豆花放进口里，舌头只略微搅动一下，就吞下肚里去，发出表示满意的轻哼声：“白记豆花，嫩、韧、热三大特色，别家是赶不上的。”

朱佳富对堂倌说：“再来个调合，免红。”

董绍孙才想起：“哦！朱太太还不吃辣椒，入乡随俗才好呀！”

杨宝瑜脸微微一红，她觉得董绍孙随便，说话爽直，正不知怎样回答，听董绍孙在喊：“堂倌，堂倌！”

“董先生要啥？”堂倌迅速跑过来，含笑问。

“堂倌，到对面烧腊摊称半斤灯影牛肉来，不要红。”董绍孙吩咐堂倌。看堂倌去了，他接着对杨宝瑜说：“朱太太，灯影牛肉是重庆的名产，烧腊摊的东西，可能你还没吃过，好吃的东西多咧！”又自我吹嘘起来：“广东人会吃，也赶不上四川人，以后下江人到了重庆，小心把舌头都一齐吞下去了。”

杨宝瑜只是笑笑，不管董绍孙吹得多凶，她还是认为杭州的臭面筋、臭蟹糊比啥都好，海味才真是好鲜、好鲜！

灯影牛肉一大盆端上来了，杨宝瑜虽然不相信灯影牛肉有多美，但董绍孙特地要来给她尝的，不便拂意，用筷子夹了一片好奇地端详：每片有小巴掌大，其薄如纸，红彤彤的可以透光，对着灯看，看得见灯影。她放进口里嚼了一口，噫！真还有点味道，香鲜爽口。一片灯影牛肉她很快就嚼完了，不禁又夹起一片……

董绍孙见杨宝瑜把灯影牛肉吃了一片又一片，知道很中她的口味，关心地说：“朱太太，这灯影牛肉一次不能吃得太多，因为牛肉是用炭火烘干的，吃了口渴，开水喝多了，灯影牛肉在胃里发胀了，人就受不了。嘿，这灯影牛肉还有一个粗

1 即佐料。

俗的名称[1]呢！”

杨宝瑜好奇地问：“董先生，灯影牛肉还有一个什么粗俗的名称？”

董绍孙迟疑了一下：“我说出来，也许朱太太会多心的。”

这更引起了杨宝瑜的好奇心，偏要董绍孙说，董绍孙始终不肯说，杨宝瑜便不好再问了。

朱佳富也吃得额上沁汗，嘴里辣得嘶嘶地吸气，还在不断叫着：“堂倌，再来一个调合，多加红。”他一边吃豆花，一边还与董绍孙兴致很高地喝着泸州大曲。

杨宝瑜再没动筷夹豆花吃，口里慢慢咀嚼着灯影牛肉。因为左右桌上都坐满了人，不便说话，朱佳富与董绍孙只是偶尔谈两句不相干的话。

杨宝瑜无聊地浏览着楼上，只见在正面的木柱上贴着醒目的红纸标语：“休谈国事！”这样的标语随处可见，没啥稀罕。在顾客中，衣冠楚楚的人不少，都是说四川话的。杨宝瑜暗想：可能这里只有我一个下江人吧！这时恰好一个有浓重下江口音的人在喊叫：“香榧子买么！小胡桃要吗！”

杨宝瑜诧异地看去：一个人颈上挂着一只扁平玻璃箱，玻璃箱里盛着香榧子和小胡桃。像这种挂玻璃箱的小贩，杨宝瑜在杭州常见，在重庆居然能看见这样的小贩，并且卖的是故乡的特产——香榧子和小胡桃，是多么亲切啊！特别是这小胡桃，自从离开上海后就没见过。她仿佛不是坐在四川味特别浓厚的白记豆花店楼上，而是坐在“柳浪闻莺”的树荫下憩息，黄莺在柳枝间穿梭跳跃，婉转的鸣叫使人心花怒放。微风吹皱了湖面，听着从太湖石旁边走过的小贩叫卖声：“香榧子买么！小胡桃要吗！”……

小贩没有遇到顾主，已走到楼梯边准备下楼，杨宝瑜才从沉思中惊醒过来喊道：“侬来，阿拉小胡桃要格。”

小贩迅速回来了：“太太，这是地道的家乡货。”小贩已听出杨宝瑜的杭州口音。

杨宝瑜买了一些香榧子和小胡桃，给了钱，与小贩闲谈了几句，才知道这小贩原是工人，随着工厂内迁到重庆，因为工厂没开工，所以领不到工钱，只有当小贩暂时维持生活。

---

1 这粗俗的名称叫“胀死狗”。为何要用一个有点骂人意味的“狗”字？待考。所以后文董绍孙始终不肯说出这个名称。

小贩走了。杨宝瑜看她面前堆着的香榧子和小胡桃，她忘了问小贩，难道香榧子与小胡桃也随着工厂内迁了？

董绍孙好像看穿了杨宝瑜心中的疑惑，吞下一口豆花说：“重庆的下江人多了，就有人从下江贩土产来卖，朱太太喜欢吃香榧子和小胡桃，我们公司的船常运，以后我叫他们送一车给你。”

杨宝瑜笑着说：“其实，我也并不喜欢吃，不过看见家乡的东西……”她脸上的笑容消失了，声音也低了。

董绍孙举起杯对朱佳富说：“朱先生，快干杯吃饭。”说完一饮而尽。

“朱太太，我们吃过饭马上到邮电局挂上海的长途电话，你与令尊今晚就可以对着讲话，约好了起运的时间我就派船。我跟陆先生说，要他派朱先生去上海办事，让你回家乡去看看。迟了，若日本人来了，可能就看不成了。”这是董绍孙的特点，粗中有细，善解人意，与人接触就会给人留下良好的印象，连陆祖福都佩服他这一点。

杨宝瑜心里也兴奋无比，只略微吃了一点饭，就放下了碗筷，心完全放到与父亲今晚的通话上去了。

董绍孙不等饭吃完，就大声叫着：“堂倌，去对面烧腊摊再买一斤灯影牛肉来。”

朱佳富已吃完了饭，不解地问：“饭都吃过了，还买灯影牛肉干啥？”

杨宝瑜已猜出董绍孙的意思，她乜了朱佳富一眼，在这方面他总是笨头笨脑的。

董绍孙说：“给朱太太带回去吃，让春燕小姐也尝尝。”

杨宝瑜客气了几句。一会儿，灯影牛肉买来了，里面用荷叶、外面用纸壳包得很好。在董绍孙的吩咐下，堂倌也找来一张大纸壳，将桌上堆着的香榧子和小胡桃包好。董绍孙付清了钱。

朱佳富站起来慢吞吞准备走，杨宝瑜看着面前的两个纸壳包，自己拿着太不像话，照例应该朱佳富拿，可是朱佳富在这些方面总想不到。看见董绍孙像要伸手代拿的样子，心里急了，忙伸手拿起两个纸壳包往朱佳富怀里一塞。朱佳富看见杨宝瑜脸上的娇嗔，方才醒悟过来，意识到只有自己拿着最合适，望杨宝瑜笑笑，忙用两手捧着纸壳包。

出了白记豆花店，从明亮处骤然到了街上昏暗的地方，只见漆黑一片。杨宝瑜正担心路不好走，但见门口停着一辆小轿车，从前座旁边敞开的玻璃窗里伸出司机的手招着：“董先生，在这里。”

原来民成公司的小轿车已经停在门口等候，杨宝瑜方才想起董绍孙刚才对堂倌低语了几句，她只听清一个“车”字，原来是吩咐堂倌打电话要车。

朱佳富这时机灵了一点，抢在董绍孙前面腾出一只手来拉开了后座的车门，将纸壳包往软座上放好，让杨宝瑜先坐上去，随即客气地要董绍孙坐后座。

董绍孙用力将朱佳富推进后座，砰地关上车门。司机已打开前座的车门，董绍孙钻进前座，随手拉上车门，对司机吩咐：“邮电局！”

司机发动了引擎，按了两声喇叭，前面黄色的车灯亮了，照着前路。小轿车开动了，车尾的小红灯转瞬便消失了。

三

春燕在黑暗中站在阳台上，已经很久很久了，她不是观看江对岸涂山巍峨的夜景。

弯弯的月亮照射在江面上发出的银波，使人感到凄凉。黄桷垭文峰塔的影子在朦胧的月光中若隐若现，固然富有诗意，春燕却没有那样的雅兴去欣赏。

清冷的月光照射在春燕凝然不动的身上，将她的黑影清晰地投射在粉白的墙上，把她精致柔美的线条准确地呈现出来。她凝然不动的姿态，很像一座大理石塑像，假若把这座塑像搬到万国博览会去展览，不知会吸引多少艺术家的赞叹：啊！天才的杰作，多美的塑像呀！

一朵乌云渐渐遮盖了弯弯的月亮，粉白墙上的美丽影子暗淡了，模糊了，最后消失了。

朱佳富与杨宝瑜还没回来，春燕想：也许小姐此时正与老爷在电话里交谈，小姐一定沉浸在幸福的欢乐中。但这种欢乐半点也不属于她。她愈想愈害怕，仿佛自己孤独地站在茫茫大海中的一块礁石上，一个长着鹰钩鼻子、眼睛射着绿森森光芒的怪物向她扑来了，而这个怪物并不是要一口吞噬她，而是想把她的心灵撕碎，慢慢地凌辱她。

是的，这个怪物很像猫头鹰，王牧师给她留下过这种印象，今天下午彼特利克先生来访，也给她留下了这种印象。

今天下午，杨宝瑜留下她专门接待彼特利克先生。她对彼特利克先生的印象原比王牧师好。这彼特利克先生彬彬有礼，对汉学也颇有研究。这个外国人，不但可以朗朗地吟诵唐诗，而且还有许多对于唐诗的精辟见解，而王牧师只会装腔作势，没有感情地用拉丁文或英文朗诵圣经，圣经的内容干巴巴的，千篇一律，没有味道。更使春燕有好感的是：彼特利克先生目不斜视，微微一瞥从不超过颈部以下；而王牧师的目光总是贪婪地在她胸部扫来扫去，使她心慌害怕。

可是，今天下午春燕这种良好的印象，被彼特利克先生自己破坏了，春燕至今回忆起来还感到心惊肉跳，多么可怕啊！

今天彼特利克先生来访，春燕客气地将他迎进客室，他们隔着一张铺着镂花台布的小圆桌，各自坐在沙发上。

他们有时用英语，有时用国语交谈。彼特利克先生称赞春燕的英语说得很好，并说他正需要这样的人做助手。春燕以为这不过随便说说，她淡淡一笑就过去了。

春燕含着歉意地转告他，朱佳富夫妇临时被友人邀约走了，请彼特利克先生原谅。原以为主人不在，彼特利克先生很快就会走的。

但是，彼特利克先生却迟迟不走。他今天精心地修过面，发上还涂过发蜡，发式也别具匠心，将秃了的前额掩饰得恰到好处。

他开始滔滔不绝地谈论中国的古诗，有时把一些诗人的朝代搞错了，春燕并不反感，他毕竟是外国人啊！她有礼貌地听着，不时点头微笑。

彼特利克先生喝干了一杯又一杯春燕给冲的速溶咖啡，对玻璃盘里的各式奶油西点，只略微尝了尝。咖啡是朱佳富常喝的，西点是杨宝瑜事先预备好的。

彼特利克先生一次又一次地邀约春燕马上到他家里做客，都被春燕婉言谢绝了。

但彼特利克先生的兴致很好，仍然喝着咖啡谈中国的古诗，谈的多了，不免有许多重复的地方，但不能老是重复。彼特利克先生转换了话题，开始夸耀他的财富，他收集的中国珍宝，他的……

春燕有些惊异。她不理解彼特利克先生有这样高雅的风度，怎么会像市侩一样庸俗地夸耀自己的财富和珍宝。她还是有礼貌地微笑听着。

春燕渐渐感到不安了，彼特利克先生丝毫没有马上走的意思，因为主人不在，访问者应该坐坐就走。春燕虽然没有到过英国，也懂得这是英国绅士不成文的规矩。

更使春燕不安的是：彼特利克先生一贯守规矩的目光慢慢放肆起来，最初只是偶尔往春燕胸部一瞥，渐渐那目光不断地在她胸部逡巡，最后紧紧地盯住不放。彼特利克先生脸上出现了潮红的色彩，他的呼吸仿佛都开始急促起来。

春燕脸上的笑容消失了，不安地侧着身，不让彼特利克先生的目光正对着她。她已没仔细听彼特利克先生变得有些凌乱的话语，心里怕得怦怦跳动。

彼特利克先生反而更被春燕侧影的曲线迷住了，他站起来一边谈着一边在室内徘徊，渐渐靠近春燕的身边，他低下头伸手要看春燕戴的金丝项圈。春燕惊吓得不知所措地跳起来，望着伸过来的一双长满了白色汗毛的手，她本能地用双手交叉着掩住自己的胸部，惶恐地后退着。

彼特利克先生毫不退缩，喃喃不清地说："春燕小姐，不用害羞，朱先生已同意了！我明天就来正式求婚。"

春燕惊骇地站住了，她不相信自己的耳朵，声音慌乱地问道："彼特利克先生，你说什么?"

彼特利克先生也站住了，加重语气说："朱先生已将你许配给我啦!"

她听清了彼特利克的话，最近一系列反常的事情一齐兜上她的心头。啊！原来朱先生把我……她丝毫不怀疑彼特利克的话，近来一些事情的谜底解开了。她感到愤慨，她陡然像沉下幽深的冰谷里，一阵透骨的寒气掠过她的心头，她浑身都战栗起来。

彼特利克移动着脚步，又向她逼来，伸出双手企图拥抱她。她急速地后退，感到恐怖的眼睛里含着泪水："彼特利克先生，请别这样！请别这样!"

彼特利克由于呼吸急促，喉头发出咕噜的哮声，真像野兽扑食的低吼；绿森森的眼睛发出荧荧的邪恶的光焰；鹰钩鼻子下的大嘴巴因为喘息张开着。啊！猫头鹰，多像猫头鹰呀！而他的双手也像猫头鹰的双翅离她愈来愈近，快触到她的肉体了。

由于过分惊恐和愤慨，春燕浑身又是一阵战栗，她已经无地可退了。一种绝望的情绪支配着她。只有许多年前，与阿哥离散时，在钱塘潮冲击的孤独小舟中，她曾经有过这样的绝望感觉。淡漠的往事这时却清晰地呈现在脑际，她不觉惊恐而悲哀地发出一声惨叫："我的阿哥呀!"

彼特利克被这突然的惨叫吓了一跳，稍微迟疑了一下。春燕利用这个机会从彼特利克腋下的空隙中逃走了。她推开房门，站在走道上。

她喘了口气，为了不引起别人的怀疑，她强压住自己的惊悸，稍微镇静了一点。这时彼特利克已经手拿礼帽和手杖，彬彬有礼地跨出门来，深深地向春燕弯腰鞠躬：“小姐，明天再见！”仿佛没有发生过什么事一样，迈着均匀的步子，燕尾服的后襟向上一翘一翘地走了。

春燕这才回到房里，扑到床上失声痛哭。反抗？她觉得在这黑暗的社会里，自己一个女孩子是多么脆弱啊！她想到朱佳富，不由浑身一哆嗦。不反抗？难道嫁给这英国佬去受凌辱！

她哭声止住了，想到杨宝瑜，她觉得自己有了一线希望。她坚信这纯是朱佳富的主意，拿她去从彼特利克那里换取好处。她想：小姐从小心地是那么善良，有时真的把她当作妹妹一样。她怀念在杭州冷泉边上与杨宝瑜度过的一些日子，她有一种天真的想法：要是不遇到朱佳富拉那鬼琴，从中闯进她们的生活里来，她们永远过着那种和谐朴素的生活该多好啊！她又想：那次朱佳富硬要她去王牧师那里补习英语，她哭着央求小姐，就没再逼她去了。这次，她只要用基督的名义去求求小姐，也许就可以平安地过去……何况，彼特利克说的并不一定是实话：小姐没征求过她的意见，朱先生怎么会把她许配给彼特利克呢？彼特利克可能说的是骗她的假话，朱先生难道没有一点中国人的良心，会忍心将她嫁给比她岁数大得多的洋人！并且，自己与他们朝夕相处，服侍他们这么多年，从没犯过什么过错，何况他们平常对自己从没大声责骂过，还比较不错……可是，近来这些反常的事情又怎么解释呢！她从床上坐起来，低头看着自己身上穿的这套高贵的时髦衣服、漂亮的丝袜、精致的女式镂花黄皮鞋、黄灿灿的金项圈——这是杨宝瑜母亲的遗物，平时珍藏得很好，这次也给她戴上装饰。啊！这些都是不祥之物，厄运的预兆。

春燕从床上下地，迅速脱下衣物鞋袜，取下金项圈，穿上她原先穿的旧衣服鞋袜。

她的目光停留在床头上，她抚摸着床头上挂的一只镂空的小葫芦，已经变成绛黑色，因为经常抚摸，变得很有光亮。这只小葫芦，曾经在钱塘江救过她的命，靠它的浮力才没葬身汹涌的潮水中。她一直不离身地带着它，里面装着她最喜爱的小玩意儿，无聊时倒出来玩玩。近几年长大了，不常玩这些小玩意了，但仍然不离身地带着它。她觉得带着它有一种说不出来的慰藉，因为这是阿哥给她玩的东西。阿哥的面影她已记不清了，但阿哥是好阿哥，很喜欢她，在她心灵上刻下的影子怎么也磨灭不了。她抚摸着小葫芦，在这厄运到来的时候，她多么思恋她的阿哥啊！只有这小葫芦是她带来的，才真正是她唯一的东西啊！

她晚饭也没吃，一直站在阳台上等着小姐回来，她准备问清楚。她胡思乱想，惊疑不定，矛盾着，痛苦着。万一他们逼着她嫁给彼特利克怎么办！死——她开始想到死，她茫然四顾：弯弯的月亮被乌云遮蔽，再也不出现了，一切沉浸在无边的黑暗中。她心灵里不断挣扎，差点喊出声来：我不愿死啊！死的恐怖袭击着她……

一个明亮的面孔仿佛在黑暗中出现在她面前：这是李明的面孔。她感到李明先生是一个正直的人，不仅借了许多鲁迅的书给她看，并且她从李明那里听到不少的道理，明白了许多事情。因为朱佳富不喜欢她接近他，才慢慢疏远了。李明的生活俭朴得令人吃惊。她想到有一次去李明那里还书，门虚掩着，她推开门进去，李明却不在房里。她看桌上还摆着笔墨文稿，像正在写作的样子，一杯白开水还冒着热气，一只焦黄的烧饼才啃了几口，放在一张旧报纸上，这一定就是李明的中餐了。看惯了朱佳富夫妇富裕的生活，使春燕感到吃惊：李明并不那么穷，显然是为了工作顾不上吃饭，吃一个烧饼就当一餐。听高茜小姐说，李先生还有严重的胃病呢！春燕感动极了。见李明还没回来，她无意中发现李明床上放着一件白市布衬衫，后襟已经破了，一块白布蒙在上面只补了一半，针线还在上面没取下，补得很不高明，针线疏密不匀，歪歪斜斜，显然是李明自己在补。她不觉拿起衬衫，用灵巧的手替他一会儿就补好了，低头用牙齿咬断了白线，随手将带线的针别在补丁上。可是李明还没回来，她留下书就走了……

春燕想到李明，她心里感到了一点温暖，她想：也许告诉李明先生，他会给我拿个主意。因为李明先生懂得那么多，对人又富有同情心。可惜，李明先生不在重庆。再说，这样的事情怎好开口去告诉一个比较陌生的男人。李明明亮的面孔在她面前消失了，剩下的仍然是无边的黑暗。春燕啊！你又错过机会，倘若能勇敢地抓住这明亮的面孔多好啊！

这时，饭店门口响起了小轿车的喇叭声，在寂静的夜里显得非常刺耳。

她已听见朱佳富和杨宝瑜欢快的说话声，他们回来了。

阳台上露气很重，春燕因为站得过久，头发和衣衫都润湿了。她轻轻地抚摸了一下沾上露气的头发，迅速离开了阳台，准备去开门。

第二十七章

杨宝瑜回到渝江饭店，虽然已经深夜，兴致仍然很高。上海的长途电话居然很快便挂通了，好像在邮电局齐局长办公室里并没等多久，其实还是等了两个多小时。因为齐局长真的备了茶点，点心是打电话叫冠生园送来的标准粤点。再加齐局长健于谈吐，能把一件普通的事情说得趣味横生，所以两个多小时不知不觉就过去了。

没有到长途电话间去接电话，齐局长叫长途台直接转到办公室里。

董绍孙拉着齐局长到外间去了，说是有重要事情需要单独谈谈，留下杨宝瑜与朱佳富在室内。

杨宝瑜知道董绍孙是借故出去，让他们与上海谈话方便。

话筒里传来她父亲的声音，虽然电话有点失真，她仍然能听出是她父亲的声音无疑，只是苍老多了："是宝瑜吗？"

"爸爸，是我。我就是宝瑜，在重庆与你通话。"杨宝瑜的声音有点颤抖。

"宝瑜啊！愿你看在上帝的面上，原谅我。孩子，我老了，离进天堂的日子不远了。"

"爸爸，不要这样说！"杨宝瑜眼里含着泪花，"愿上帝保佑你，爸爸！你将来的日子还长呢！"

"孩子，我真的老了。你弟弟还年轻，帮不了我多大的忙。"杨老先生陡地变得愤激起来："日本人炸平了我两家工厂，你继母也被炸死了。孩子，你原谅她吧！愿你继母的灵魂在天堂好好地安息。"

"爸爸，遵从基督的意旨，我一定原谅她，愿她的灵魂在天堂好好地安息！"杨宝瑜将她爸爸最后的一句话充满感情地重复了一遍。

"我剩下浦东一家工厂，也是最大的一家工厂，我不愿落在日本人手里。日本人迟早要占领上海，我也不愿留在上海当亡国奴。孩子，希望你们看在基督，看在抗日的面上，帮助我把工厂迁到重庆。"

"爸爸，你放心吧！佳富现在已经是民成公司的主任秘书了，陆先生亲口答应我：只要你拆迁的准备工作搞妥，负责一次给你运到重庆。假若佳富有空，我们也随船去上海接你。"

"佳富呢？"杨先先生听说运输不成问题，喜悦地问。

“佳富就站在我身边，你要与他讲话吗?”

杨宝瑜将话筒递给朱佳富，轻声说：“爸爸要与你讲话。”

“我是佳富!”朱佳富接过话筒说，情绪没有杨宝瑜那样激动，声音也缺乏热情，但还是很有礼貌。

“佳富，上帝的意旨是不能违抗的，宝瑜比我早几年到了重庆，我马上也要到你们那里去了。”

“唔!”

“佳富，你弟弟宝生很年轻，将来工厂迁到重庆，建厂和营业的事还要靠你多帮忙。孩子，我老了，离上帝不远了，我的产业将来终归是你们的。”

“爸爸！你放心，这是我应该做的，是我义不容辞的责任。重庆很好，宝瑜过得很愉快，你们来了也会喜欢重庆的。四川也是蚕丝之乡，蜀锦是自古有名的。爸爸，你是大有可为的。”朱佳富说得很热情，但心里暗想：老滑头，现在要利用我，想用空头支票笼络，哼!

杨宝瑜见朱佳富把“爸爸”二字喊得很脆，很亲昵，并满口答应帮忙，感到安慰和放心了。她感激地充满柔情地将细腻的手搭在朱佳富的肩上，与他偎得很紧。朱佳富用空着的一只手搂住杨宝瑜的细腰。

朱佳富与杨老先生在电话里谈了一些迁厂的细节，简单地交换了一些看法，然后把话筒递回杨宝瑜手上：“爸爸还要与你讲话!”

朱佳富松开抱在杨宝瑜腰上的手，坐在一张藤椅上，点燃一支香烟，慢慢喷着烟雾，安闲地听杨宝瑜与她父亲继续讲话。

“孩子，抗日使我们一家人和解了，这是因祸得福。愿上帝保佑你，让我早日抱上外孙就好了。孩子，你是不是有病，来上海时去医院看看吧!”

杨宝瑜红着脸瞥了朱佳富一眼，父亲问的话使她怪不好意思，这也是她深感怅惘的事情，她多么希望上帝赐给她一个安琪儿啊！她娇嗔着说：“爸爸，你说这干吗!”

朱佳富不知道电话里说的什么，看神态猜想与自己有关，他走过来轻声问：“爸爸说什么?”

杨宝瑜没有回答，只用拳头轻轻地当胸击了朱佳富一下，用含情脉脉的目光注视着他。

长途台每三分钟报一次时间，已经报了五次，超过规定的次数，再不能多谈下去了。杨宝瑜与她爸爸互道了再见，搁下话筒，余意未尽地结束了通话……

回到渝江饭店的房间后，杨宝瑜猛然想起电话中她爸爸没有问春燕的事情，仿佛已把春燕忘却了，自己也忘了告诉春燕的事情。但不知春燕与彼特利克先生今天谈得怎样了？他们有意识安排春燕与彼特利克先生单独谈谈。

“小姐，彼特利克先生……”春燕迫不及待想告诉杨宝瑜今天发生的事情，对于彼特利克今天不礼貌的丑恶行径，她想小姐一定会同情她的。

杨宝瑜兴奋的余波还没有消失，不等春燕把话说完，就打断了她：“彼特利克先生走了多久啦？”她不让春燕有回答的机会，接着说：“春燕，我与老爷通过电话啦！他们不久就要来重庆，我与朱先生下月就跟船到上海去接他们。假若你与彼……”杨宝瑜想说：春燕最好与彼特利克先生赶快举行订婚仪式，再随同回上海、杭州去看看，回来再举行婚礼。但猛想到还没与春燕正式谈过这件事情，就把想要说的话咽住了。

对于春燕与彼特利克先生的婚事，杨宝瑜迟迟没与春燕说，主要因为她俩年龄实在不相当，还有些犹豫。但朱佳富却力主这门婚事，还是老理由：认为像春燕这样出身低贱的女孩子，能够嫁给彼特利克先生这样有教养、有地位的绅士做正式的太太已经非常理想了；何况年龄悬殊的婚姻并不少见，中国多，外国更多，欧美外公娶外孙女做妻子的并不鲜见。杨宝瑜虽然没到过外国，她知道朱佳富说的并非假话，巴尔扎克的小说中就有外公娶外孙女的情节，并不为怍。杨宝瑜虽然觉得这门婚事总有点说不出的别扭，但也觉得朱佳富的话是有道理的。她认为一个基督徒，命运是由上帝安排定的，上帝的罪人应该无条件服从上帝的安排：春燕被钱塘潮与哥哥冲散，遇见她父亲被收养，这是上帝的意旨；春燕从小偏跟自己长大，自己与她亲密无间，这也是上帝的意旨；彼特利克先生死了妻子，偏看上了春燕，正好都是基督徒，这难道不是上帝的意旨！她的思想被朱佳富劝说活动了，所以她同意安排了今天春燕与彼特利克先生的单独会见。

杨宝瑜迟疑了一下。她不愿在这个时候与春燕谈这个问题，她知道春燕对外国人缺乏好感，对王牧师的看法春燕就存在偏见，她可能要下一番说服的工夫才行。对于女孩子的心理，她是了解的，有朱佳富在场，不便谈这些问题。再说，自己心里现在正愉快，她还有许多事情准备与朱佳富慢慢商谈，也不愿为这事破坏目前愉快谐和的气氛。她没有留意春燕的表情，也没有注意春燕为什么又换了旧衣服，她对春燕说：“夜深了，你休息去吧！明天上午我有事要找你好好谈谈。”

春燕一听，心变冷了。她敏感地意识到杨宝瑜一定是与她谈彼特利克求婚的事。她觉得小姐变了，变得使她感到陌生，一点也不理解她的心情。她预感到对杨宝瑜抱的希望靠不住了。

她悲哀而忧郁的目光在杨宝瑜脸上停留了一会儿：杨宝瑜容光焕发，脸颊上的红晕多么鲜艳。她木然地离开了。

春燕回到自己的房内，脱衣上床躺下，将一床薄棉被盖在自己半胸上，她关熄了电灯。

弯弯的月亮又从乌云中露出来，清冷的月光从窗子射进，将窗格的阴影投映到盖着的棉被上。春燕越想越可怕：明天！明天就要决定我的命运。与彼特利克结婚，简直太可怕啦！一股泪水从春燕的面颊上流下，沾湿了雪白的鸭绒枕。

在寂静的深夜里，一点轻微的声音都很刺耳。传来了隔壁杨宝瑜轻声的笑语，但听不真切。春燕自己安慰自己，也许善良的小姐会帮助她逃脱这场厄运。她从枕下抽出手绢擦干了眼泪，翻了一个身。

一阵欢快的提琴声从隔壁飘来，他们还没睡，朱佳富在拉琴呢！

春燕对这提琴的声音感到无限的憎恶，欢快的旋律像根根钢针扎在她的心上。她拉上棉被将头部蒙住，但琴声仍然拍击着她的耳膜，春燕不觉把自己心里的话说出了声："琴，路吉福[1]的琴，善良的小姐被魔鬼的琴声迷住了心窍，可怕啊！"春燕低微颤抖的声音里含着绝望。她用双手使力堵住了自己的双耳。

琴声不知是什么时候停止的，春燕迷糊中做着噩梦：仿佛她在宁波乡下挖野菜，一大群龇牙咧嘴的恶狗围住了她，她用竹篮东拦西挡，绝望地叫道：阿妈，阿妈呀！

仿佛她不是在宁波乡下，漫天的飞雪向她身上洒来，她提着讨饭的破瓦罐，握着竹棍的手冻僵了。冷，好冷啊！从敞开的黑漆大门扑出一条大黄狗，龇牙咧嘴向她扑来。她用竹棍去挡，大黄狗衔住她的竹棍往后拖，她跌倒在厚厚的雪地上。这时又奔出一条花狗来，她恐怖地喊阿哥，可是却怎么也喊不出……

她仿佛被花狗咬伤了，但并不觉得疼，在白茫茫的雪地上，迎着飘飞的雪花蹒跚地走着，脚上的伤口往下淌着血，鲜红的血滴在雪地上……冷，好冷啊！

1 魔鬼的名字，有蝙蝠的丑恶外形。

她仿佛在钱塘江上的木划子里，眼见银山般的潮头向她迎面扑来，她绝望地高叫：“阿哥呀！”……

春燕在梦中恐怖地挣扎，手碰着床头挂的那只小葫芦，发出哐当的声响，把她从梦中惊醒了。她的心还在怦怦地跳，额上已沁出了冷汗。

她从棉被里伸出雪白滚圆的臂膀，用手抱住小葫芦，不让它发出声音。梦中的情景还在她脑际萦回，她不禁轻轻地抚摸着小葫芦。

映射在棉被上的暗影消失了，室内黑洞洞的。远远传来打更匠的更锣声，使人听了倍觉凄凉。

二

天亮时，春燕却例外地睡得很熟。

朱佳富今天起得很早，他没有惊动春燕，自己到小浴室去盥洗。春燕住的这间房，设计上是保姆间，从卧室出来必定要经过这里。朱佳富盥洗完毕回来经过春燕床边的时候，虽然脚步很轻，她仍然被惊醒了。刺目的阳光从窗子射进，春燕见自己将棉被撩在一边，穿着贴身内衣的上半身露在外面，本能地拉过棉被迅速掩住。等朱佳富目不斜视地走了过去，进了卧室，她才撩开棉被披衣下床，很快就收拾好了。

她拿着毛巾和漱口杯进了盥洗室，从白瓷脸盆上面挂的镜子里，她看见自己平时淡蓝的眼白上布满了血丝，眼皮微微有些浮肿，两颊的红晕消失了，显出憔悴的苍白色。

她一反常态，无心再仔细梳妆打扮，只胡乱盥洗完了，粗略地扎了双辫。待她回到室内，朱佳富已经穿戴得衣冠楚楚地准备出门去，手里还握着一根手杖。他瞥了春燕一眼，吩咐说：“春燕，今天有客人要来，收拾一下好招待客人。”

春燕垂着头，没有答声。

朱佳富还想说什么，犹豫了一下，终于没有说出，拄着手杖走了。

茶房送进了早点。春燕昨夜没吃晚饭，但并不觉饿，只拣了一个鲜肉包子吃了。

她等着杨宝瑜起来，要想问个明白，趁朱先生不在家，有些话要好说一些。可是太阳很高了，杨宝瑜还睡得很香甜。

因为不愿饭店茶房进来打扰，杨宝瑜对茶房吩咐过：除了小浴室和客室外，其他地方的清洁由自己做，当然是由春燕做哪！春燕的手脚很轻，做完了两间屋的清洁，杨宝瑜还没醒来。

她觉得坐在房里闷得难受，她拉开小门走到阳台上。重庆深秋的天气是温暖舒适的。对岸最高的涂山还是峰峦叠翠，郁郁苍苍的树林毫无秋意。大江里白帆点点，冒着黑烟的小火轮鸣着汽笛穿梭般上下行驶，一片繁忙的景象。春燕无心观看景色，忧郁的目光凝视着远方，想着心事。

听见室内的响动，春燕从沉思中惊醒过来，忙从阳台上回到室内，推开卧室虚掩着的门。

杨宝瑜已经盥洗完毕，自己折叠好双人床上的棉被，两个雪白的鸭绒枕头与棉被整齐地并排放好，自己穿着雪白的绸睡衣坐在梳妆台前梳头。

小提琴没有放入琴盒，摆在小圆桌上。春燕站在小圆桌边，她的手不小心碰着琴弦，发出叮咚的响声，她像触着红火似的赶忙缩回手。

杨宝瑜从梳妆镜里看见春燕的神态，觉得有些奇怪，但没有细想，她还沉醉在昨夜小新婚的甜蜜中。她说："春燕，你朱哥昨晚的琴拉得多好呀！你听见没有?"

春燕唔了一声，点点头，随即又摇摇头。

杨宝瑜又从镜子里看见了春燕这个矛盾的动作，回过身来注视着春燕，见春燕低垂着头，默默无语的样子，奇怪地问："春燕，怎么啦！是不是病了?"

春燕懒懒地回答："没病。"

杨宝瑜回过身去对着镜子，她自己梳好了发，照例是由春燕给她别上发夹和发饰。她觉得春燕今天好像变得笨手笨脚的，别发夹时牵动了发丝，有点疼痛的感觉。

她微蹙了下眉尖，但马上就舒展了，亲切地对春燕说："春燕，要是你出嫁了，我真会觉得不习惯。"杨宝瑜的声音含着依恋的颤抖。

春燕心中一动，觉得有了希望："小姐，我愿服侍你一辈子，永远不出嫁。"

杨宝瑜忘了纠正春燕对她的称呼，笑着说："傻姑娘！男大当婚，女大当嫁，哪有永远不出嫁的理。只要你嫁出去，成了高贵的太太，不要把我忘了，当成亲戚常来常往就成了。"

"真的，小姐，我永远也不愿出嫁。我求求你，请允许我陪伴你一辈子!"春燕眼含着泪水说。

杨宝瑜好像被春燕真挚的情感所感动，叹了口气：“春燕，我也舍不得你离开我呀！可是，我不能那样自私，你像一朵含苞待放的鲜花，我能让你守着我凋谢枯萎吗！”

春燕正给杨宝瑜戴一支精巧的翡翠发饰。杨宝瑜觉得应该正式向春燕谈谈了，时间已经不多，因为彼特利克先生约定今天下午就要前来按照英国的礼节正式求婚。她问：“春燕，你对彼特利克先生的印象如何?”

春燕浑身顿时颤抖得很厉害，她手上拿着的翡翠发饰滑落到地上去了，发出清脆的碰击声，翡翠发饰在地板上跌成了数段。

杨宝瑜回过头看着地上翡翠发饰的碎段，脸上闪现了愠怒的表情，因为这是她母亲遗留给她的纪念品，也是她最喜爱的发饰。但她见春燕失魂落魄，浑身微微颤抖的样子，以为是她因失手跌碎了翡翠发饰引起的。她不愿再责备她，反而安慰春燕说：“不要紧，跌碎就算了，换一支发饰好了。”她站起身又去取出一支珠花发饰。这支发饰因很珍贵，她不常戴，也比较喜欢。她将珠花发饰递给春燕，又在梳妆台前坐下。

春燕因手指颤抖，珠花发饰总是戴不好。最后杨宝瑜只得从春燕手上拿过来自己戴上，在镜子里自己端详了一会儿，觉得满意了才站起来。

春燕仿佛平静了一点，她木然地坐在床边的双人沙发上。

杨宝瑜也挨着春燕坐下，重新问道：“春燕，你给我谈谈，你对彼特利克先生的印象如何?”

“彼特利克，他……”春燕很激动，说不下去了。

杨宝瑜今天的心情很好，她没有留意春燕脸上的表情，和颜悦色地问：“说呀！他怎样?”

春燕终于鼓起勇气说出：“彼特利克，他昨天很无礼！”

杨宝瑜感到吃惊，她的眼光停留在春燕的脸上，急促地问：“说呀！彼特利克先生怎样无礼?”

春燕嗫嚅着，她羞于出口，想到彼特利克丑恶的无礼举动，她不禁打了个寒战，心里还有余悸。

杨宝瑜见春燕欲言又忍，觉得奇怪，也有些不安，感到事情可能牵扯贞操大事，焦急地问：“快说呀！说出来有我给你作主！”

春燕终于说了:“彼特利克拉我的手,企图拥抱我……”

“还有吗?”杨宝瑜关切地问。

春燕摇摇头。

杨宝瑜放心地松了口气,看着春燕微笑不语。

春燕以为杨宝瑜听了一定会生气,想不到竟望着她微笑,她局促不安地挪动了一下身子。

杨宝瑜回想到自己第一次让朱佳富拥抱亲吻的情景,那时她还伤心地哭了呢!她自以为很理解春燕这种少女的感情,便说:“傻姑娘,彼特利克先生是爱你呀!这值不得大惊小怪。一个女人长大,恋爱、结婚、生孩子,都是很自然的事情。一个女人没有男人爱是可怕的。春燕,用不着害羞,每个女人都要经历这样的过程。”

春燕想不到杨宝瑜会说出这番轻描淡写的话来,她感到有些愤慨:“他爱我,可是我不爱他呀!”

杨宝瑜正在用小剪刀修饰她的指甲,她没有看春燕的表情,和蔼地劝说:“彼特利克先生是有学问、有修养、有地位的绅士,又是一位虔诚的基督徒。你嫁给他,马上可以成为高贵的太太。是的,现在你也许还不爱他,是因为你现在还不了解他,对他感到陌生。等将来你们结婚后,你就会了解他,爱他。基督曾经说过……”

春燕对于杨宝瑜下面的话,一句也没听进。看来朱佳富把她许配给彼特利克的事情不用怀疑了,不等杨宝瑜说完,她眼里闪着泪光抗议说:“小姐,不管彼特利克的情况怎样,我绝不愿嫁他!我愿终身过着贫贱的生活,誓不做他高贵的太太!”接着她把语气放缓和一些,想央求杨宝瑜改变主意:“小姐,彼特利克是外国人,绿眼睛,鹰钩鼻子,真像猫头鹰啊!他的年龄至少可以做我的父亲了,难道你忍心逼我嫁给他!”

杨宝瑜觉得春燕最后一句话有些刺耳,她认为自己对春燕很好,完全是照基督的旨意去做的。为了春燕的婚事,她也仔细考虑过了,她认为春燕嫁给彼特利克是不错的。她已与朱佳富暗地商量过了,准备从她的私蓄中拿出五千元来在上海给春燕办嫁妆。她觉得好心无好报。但基督教对她从小的熏陶。使她不易动怒,觉得应以宽恕之心待人。何况春燕与自己从小形影不离,陪伴自己十几年,随着自己远来重庆,也可说是自己家乡在这里的唯一亲人。因此杨宝瑜仍然心平气和地说：“春燕，我是为你好呀！你朱哥是有远见卓识的人，他都认为这婚姻适合。”

“朱先生，他……”春燕痛苦地垂下头，她不愿把自己心里的话说下去。

杨宝瑜等了一会儿，见春燕垂头不语，她说：“春燕，我觉得你对外国人存在偏见，外国人也有好的呢！仁慈的耶稣不也是外国人吗！难道你看见上帝的圣像也怕吗?”

春燕老老实实地回答说：“小姐，每当我跟你进教堂的时候，看见耶稣的圣像我心里就怦怦地跳动。我从小就太怕猫头鹰了。”

杨宝瑜认为春燕的话是渎神的，对上帝大不敬，她再也忍不住了，站起来对春燕斥责道：“你胆敢对仁慈的上帝这样冒渎，春燕，可怕呀！快向上帝请求宽恕吧！否则，你的灵魂会堕入炼狱，让烈火永世炙烧。”

春燕从没见杨宝瑜这样大声斥责人，她说几句老实话又有什么过错呢？难道说假话不算渎神？她开始有些慌乱，但一会儿便平静了。要是以往，她是决不会惹得小姐再生气的。她想到彼特利克昨天的丑态，就忍不住从肉体到心灵产生一阵战栗。要嫁给彼特利克，实在太可怕了，不如死了进炼狱也比这强。她说：“小姐，我宁死也不嫁给彼特利克，炼狱的烈火也没有彼特利克那样可怕。”

杨宝瑜悻悻地注视着春燕，她不能原谅春燕渎神的行为。朱佳富曾经告诫过她，要她督促春燕刻苦攻读福音书，可是她却疏忽了这一点，自己也有罪啊！她回头望着窗外的天空，默默地祷告着：“仁慈的上帝啊！以你的明智开导开导春燕吧！你宽大的胸怀，能够包容万物，不要抛弃迷路的羔羊。上帝啊！只有你的全能方能拯救她的灵魂。”

春燕见杨宝瑜回过头沉默不语，望着窗外不理她，一阵辛酸从胸中涌出，她失声地蒙面痛哭着。

杨宝瑜看见春燕悲伤的神态，她的心软了。她想：彼特利克先生的年龄可能是太大了一点，慢慢地劝说她吧！可是彼特利克先生已约定今天下午前来求婚，在春燕没有想通以前，最好缓一下吧！她决定等朱佳富回来商议，因为朱佳富这时正在彼特利克先生那里，可能快回来了。

杨宝瑜的声音缓和了：“春燕，你不用悲伤，我们都是为你好呀！你仔细想想去吧！”

春燕忍着悲痛正待站起身来，恰好朱佳富这时回来了。他示意春燕不走，春燕只好又坐下。

朱佳富放好了手杖，杨宝瑜从他手上接过博士礼帽放在帽筒上。

朱佳富瞥了春燕一眼，见她正用手绢揩着泪水，知道杨宝瑜已与她谈过这件事情。他刚从彼特利克那里回来，彼特利克再三要他成全这件婚事。朱佳富估计不会有什么大问题，女孩子嘛，毕竟是脆弱的，凭他在家庭中的权威肯定可以促成此事。他毅然接受了彼特利克的要求，从彼特利克手上接过一只小皮匣，里面盛着一枚白金钻石戒指，这是作为订婚信物用的，他代为接受带回来了。

朱佳富悄悄在杨宝瑜耳边低语了几句，杨宝瑜一怔，觉得朱佳富将订婚戒指带了回来，实在太冒失了。但在春燕面前，她不便责怪他，何况他们正沉浸在小新婚的迷恋里，怕破坏了他们目前甜蜜和谐的气氛。他们已经商议好一道回上海去的细节。她把这次旅行看得很重要——与父亲的和解，夫妻感情的弥合，可说是双喜临门，要是春燕这件婚事办成，也了却她多年的心愿，给春燕找到了合适的归宿。可是，偏偏春燕不愿意，真有点心烦。

朱佳富将小皮匣递到杨宝瑜手上，向春燕瞥了一眼。

杨宝瑜明白朱佳富的意思，她觉得逼着春燕同意是不恰当的，只有慢慢劝说她同意。可是自己心爱的丈夫已收下彼特利克的订婚信物，若不赶快成全，就会使丈夫感到难堪和尴尬……

朱佳富见杨宝瑜拿着小皮匣犹豫的样子，知道她是左右为难。他从杨宝瑜手上拿回小皮匣，轻轻揭开：红色天鹅绒的垫子上盛着一只白光闪闪的戒指，钻石颗粒很大，白色透明没有一点杂质，闪射着耀眼的光芒。连杨宝瑜也没见过这样珍贵的钻戒。

朱佳富对春燕微笑着说："春燕，彼特利克先生是经济学者，是有学问、有地位的绅士。我告诉你一个喜讯：彼特利克先生向你求婚，愿娶你做他正式的妻子。我代你收下了他的订婚钻戒，现在交给你自己保存。彼特利克先生对我说：你们在重庆教堂举行正式婚礼后，他就带你回伦敦蜜月旅行。春燕，你马上就会成为高贵的夫人，我祝贺你！"朱佳富说完，郑重地合上小皮匣，要递到春燕的手上。

春燕不待接触小皮匣，火速缩回手来藏在背后。朱佳富只得将小皮匣放在春燕身旁的茶几上。

朱佳富观察春燕的神态，见她仿佛羞答答地低着头，半天也没提出反对，他感到放心了。春燕在他印象里很柔顺，对他很尊敬，觉得自己在她面前是有权威的。他估计她虽然暂时不大愿意，但见生米已煮成熟饭也会随遇而安的。他还认为金钱和地位对春燕这种低贱出身的人是会有强烈诱惑力的，何况春燕也受过基督教的洗礼，羔羊是不会反抗的。朱佳富为了与杨宝瑜结婚进了基督教，他是不相信圣经的，但他对圣经在一些人精神上的作用是深信不疑的。

春燕听完朱佳富的话，就像听见宣判死刑一样的可怕，心灵的痛楚使她麻木了，一时没能作出反应。朱佳富的伪善她早已看穿，可是她一直认为善良仁慈的杨宝瑜却坐在一边沉默不语，她唯一的希望幻灭了。

春燕抬起头来，已经没有泪了，打着呃逆，多半天才忍住，声音颤抖得几不成声，她对杨宝瑜说："小姐，多谢你把我抚育成人。我服侍你十多年，小姐在冷泉边教书，有了我做伴才不致过分孤寂，也可以抵我的房饭钱。我的身体是自由的，我清清白白到你家，你们也让我清清白白走吧！"

杨宝瑜与朱佳富面面相觑，被春燕这番话说得不知所措。

杨宝瑜听了春燕的话，心里也很难受，她正想安慰春燕几句，准备与朱佳富商量：这件婚事最好缓一下。这时突然发出一声巨响，杨宝瑜吃了一惊，朱佳富看见他的提琴被春燕猛地推跌在地上，气急败坏地扑上前去："琴，我的提琴……"他从地上拾起已经跌破的提琴来。

杨宝瑜看见朱佳富手上拿着破琴，她上前去心疼地抚摸着裂缝，怒气冲冲对春燕嚷道："春燕，你疯啦！"

春燕的脸色白中透青，爆发了一阵狂笑："小姐，你善良仁慈的心，被路吉福的琴声迷住了，这琴是罪恶的根源。"春燕说完又发出一阵撕心裂肝的狂笑。

杨宝瑜与朱佳富吓得不觉往后退了一步，认为春燕真的疯了！

可是春燕却平静了，泪流满面地对杨宝瑜说："小姐，我现在对你还抱有好感，你也是不幸的，愿上帝能让你保持良知，使你幸福。"说完像一阵风似的走了。

"春燕，春燕……"杨宝瑜跟在春燕身后追出去。

春燕扑在自己床上伤心地抽泣起来。杨宝瑜坐在床沿上，用手轻柔地抚摸着春燕的肩背。

卧室里响着朱佳富急促徘徊的脚步声。杨宝瑜对朱佳富丢不下：丈夫心爱的提琴跌碎了，一定深感心疼，何况这琴又是他们爱情的媒介啊！还有，春燕拒绝这件婚事，他怎么去回复彼特利克先生呢？他一定很着急！她看春燕仿佛平静了一些，感到稍微放心了。她不能丢下丈夫不管，在这样的时刻，他多么需要妻子的爱抚去分担焦虑。她爱春燕，但她更爱自己的丈夫，她只得暂时抛开春燕，回卧室去了……

过了一会儿，杨宝瑜见朱佳富平静了，方从卧室出来看春燕。她见春燕的床上是空的，以为春燕在阳台上，可是到阳台上一看没有人。她找遍了小浴室和会客室，仍不见人。她先是低声喊，后来放高了声音："春燕，春燕……"只听喊声在室壁回响，没有春燕的应声。

杨宝瑜走出房外，从走道寻过去，仍没见春燕的踪影。她感到不放心了，轻声唤着："春燕，春燕……"下了楼，一直寻到大门口。

饭店看门的白衣侍者对她说："朱太太，我见春燕小姐从街那边走了！"

杨宝瑜步下白玉石的阶梯，照侍者指的方向寻去，从街上熙熙攘攘的人群中始终没发现春燕的影子。她感到失望了，自己安慰自己：也许她是出去散散心，一会儿就回的。

杨宝瑜回到房里，心中总不放心。她检查春燕的行李，除了春燕身穿的一套旧花衫外，其他衣物整整齐齐地摆在衣箱里，一件也不少。她总觉得春燕床头缺少了一件什么东西，她猛地想起，春燕从来不离的小葫芦不见了。她开始还存在侥幸的想法，以为也许是换了一个位置。可搜寻的结果，小葫芦也和春燕一样杳无踪影。

杨宝瑜焦急不安了，春燕唯独带走了小葫芦，这是不祥的征兆，她知道这是春燕带到她家里的唯一东西。她急促地喊着："佳富，佳富！"

朱佳富刚从卧室门口出现，她指着春燕的空床："春燕，她……"杨宝瑜声音哽咽，带着哭音……

三

春燕忍住悲痛，毅然带着小葫芦离开了渝江饭店。

由于精神上受的刺激过大，她像个梦游患者一样，靠潜意识信步往前走着。人行道上一个擦皮鞋的儿童拦住春燕："小姐，皮鞋擦吗？"

春燕直着眼往前走，对这儿童的问话丝毫没有反应。她视而不见，听而不闻，险些把擦皮鞋的小木箱踢翻。擦皮鞋的儿童搔着蓬乱的头发，瞪眼望着春燕远去的背影，可能在想：多么古怪的一位小姐呀！

一个身材颀长，背影苗条的妇女，觉得春燕老是跟在她背后走，感到有些奇怪。她见春燕眉目秀丽，半新的花衫干净利落，又不像歹人。当这个女人穿过马路到了对街的人行道，发现春燕仍然保持很近的距离跟着她，自然更觉奇怪。这个女人回头站住了，注视着春燕秀丽的面孔。可是春燕毫不停留继续一直往前走，要不是这女人的脚收得快，差点被春燕踩着了脚背。

春燕走，走，不断往前走，穿过一个十字街口又一个十字街口。她紧紧地抱着小葫芦偎在自己的胸前。街上闲逛的男人见了她，都把目光投射到她美丽的身影上。待她走过去了，还贪婪地回过头去欣赏她可爱的背影。

春燕穿过闹街和僻巷，在重庆城里绕了一个大圈，又绕回了大梁子。当她看见渝江饭店高大的建筑时，猛地一惊，她清醒了，在不远的路边上停住了脚步。她长长地喘了口气，泪水沿着面颊簌簌往下滴。她看见有人在注视她，忙掏出手绢揩干了泪水，强忍住难耐的悲痛。她正准备迅速离开这里，当她向渝江饭店大门口投去最后一瞥时，看见从饭店大门走出来几个人，猛地吃了一惊。她忙向电线杆后一躲，只见彼特利克与朱佳富并排迈着英国绅士标准步法，下了白玉石阶梯，杨宝瑜紧跟在朱佳富身后。

春燕见彼特利克有礼貌地向朱佳富夫妇告辞，钻进了停在门口的一辆小轿车。小轿车开动了，向春燕藏身的电线杆这边开过来了。春燕本能地转动了一下身子，让电线杆更好地挡住自己。见小轿车远去了，她才松口气。

在电线杆的掩护下，她忍不住再向渝江饭店大门口看去：朱佳富已经走上了台阶等着杨宝瑜。杨宝瑜站在阶梯下左顾右盼，向街两头张望，久久不肯进去。

春燕看不清杨宝瑜脸上的表情，她知道杨宝瑜在张望什么！一阵冲动，使她差点从电线杆后冲出，向杨宝瑜奔去。这冲动只是瞬间的事，很快就消失了，伸出的一只脚迅速收回，张开的口闭上了。她看见朱佳富在呼唤杨宝瑜，杨宝瑜终于怅惘地回身步上阶梯。

当杨宝瑜跟着朱佳富进了大门，那熟悉的身影在春燕视线中消失了，几颗晶莹的泪珠从春燕的睫毛边滚出来。她暂时忘了自己的痛苦，低声喃喃地说："小姐！愿真有个上帝唤起你的良知，否则，你也会不幸啊！"

春燕没再停留，迅速离开了这里。她从一条僻巷绕过了渝江饭店，沿着大梁子往下走。离渝江饭店远了，她放慢了步子，茫然四顾，举目无亲，人地生疏，何处是她的归宿？

春燕不愿嫁给彼特利克，只想离开，想逃避这场厄运。当走到小十字交叉路口，她踯躅彷徨起来：自己往何处去？自己能够在这样的社会里自立吗？到哪里去找一个适合自己干的工作？自己并不怕吃苦。可是，当她接触到过路的人投射过来的奇怪的眼光时，心灵不禁一阵战栗，冷，冷，冷啊！她虽逃过彼特利克的魔掌，一个孤身的青年女人，在这冷漠万恶的社会里，她能逃过其他的欺凌和侮辱吗？她凄然了！

她不能在十字街口停留过久，穿过街口，径直沿着人行道往前走。

一个一个的念头，在她脑子里闪过，李明的影子又在她脑际呈现了一会儿，她随即苦笑着否定了：这事怎好去麻烦他呢？何况他不在重庆。

到了过街楼，不觉沿着石梯从信义街到了朝天门。她站在朝天门两江汇合处的沙嘴上，举目可以看见长江和嘉陵江，轮船驶过激起的波涛一浪盖过一浪，在沙滩上汹涌。

江风很大，被风鼓起的旧花衫在风中飘动。她衣衫太单薄了，可是她已经不觉冷。她纵目远眺咆哮奔腾而去的长江，默默地想：万水相通，长江流到海里，可能会与我宁波老家门前那条小溪沟通吧！一个念头在她脑际闪现，逐渐清晰……“死不是我最好的归宿吗！让一个白色的浪花吞噬，把我清清白白的女儿身冲走，到大海里去，与我家乡的清溪流水会合，去见我的故乡……”

要作出这样的决定是痛苦的，但是春燕认为，这比清清白白的身体让人去凌辱、去摧残、从精神上加以折磨，要好得多！

春燕的嘴角露出一丝凄婉的微笑，她紧紧地依偎着怀里搂抱着的小葫芦，她移步迎着沙滩的浪花走去，浪花飞溅的水沫已扑到她美丽的面颊上。

几个洗衣妇高高卷着裤脚站在沙滩上浸透衣服，浪花淹过她们的膝盖，她们又用力拧干洗净的衣服。她们见春燕站到水边，好心地关照说：“大姐，啷个跑到沙滩上玩啰！轮船过去有浪，谨防打湿脚哟！”

春燕不禁迟疑了一会儿，收住了脚。她想：这里人多，会被人救起来的。

不远处靠着一排渡船，一个船夫站在一条渡船上，用南竹篙子抵在岸上高喊：“走紧！走紧！弹子石，窍角沱，野猫溪，要过渡的走紧！”

她跟着一个穿花衫的少妇，不觉上了木跳，又跟着上了渡船，木然地坐在舱里的木板上，正好与那穿花衫的少妇并排坐在一起。

“大姐，到哪里去？”白发苍苍的老艄翁问春燕。

春燕不知怎么回答好，正在犹豫，她身旁那位少妇以为老艄翁问的是她，答道：“到窍角沱！”春燕也机械地说：“到窍角沱！”

老艄翁伸手收船钱：“船钱！”

春燕摸摸身上，分文没带，苍白透青的脸上也现出了尴尬的红晕，不知所措。她身旁那位少妇年龄与春燕相仿，稍显大一些，这时接过老艄翁找给她的铜圆，不解地问：“老爷爷，到窍角沱怎么要收四个铜圆？”

老艄翁不紧不慢地指了指春燕回答说：“咦！你们两个人为啥不收四个铜圆咧！”原来春燕与那少妇长得一样秀美，又是一道上船，并排坐在一起，老艄翁把她俩当成姊妹了。

那少妇看了春燕一眼，春燕的外表引起了她的好感，她见春燕涨红着脸，半天摸不出钱来，知道她可能一时忘了带钱，说：“大姐，你不要摸了，船钱我已经给了。”

春燕觉得与她素不相识，怎好让她代给船钱，可是自己实在分文没带，有些不好意思地说：“怎好让你……”春燕连耳根也羞红了。

那个少妇不等春燕说完，拦住话头：“大姐，同船过渡有三分因缘嘛！不要客气。”

春燕感激地瞥了那少妇一眼，随即低垂着头，她心里一阵痛楚，泪水滚到睫毛边了。

渡船开出去了，到了中流，春燕望着湍急的流水、汹涌的泡漩，这正是将她清白的身体投入江中的最好机会，正准备站起纵身扑江。

那少妇却一把按住她，责备地说：“大姐，你是第一次坐渡船！船到江心不能站起来摇晃，谨防翻船。”

春燕看见一船渡客都有点不满意她刚才的动作，她的头垂得更低，只好安静地坐着。她想：我怎能带累一船人呢！

渡船很快就到了窍角沱，春燕却木然地稳坐不动。那少妇站起来准备走，见春燕毫无起身的意思，回头关照她说：“大姐，窍角沱到了，怎么还稳起不走？未必让船把你载到野猫溪，要回头多走好几里冤枉路！”

春燕又机械地跟着那少妇跳上岸，渡船又往下划走了。

春燕还愣愣地站在江边的大石头上。那少妇觉得奇怪，仔细打量着她紧紧抱着的小葫芦，问道：“大姐，你到窍角沱哪里？怎么不走呢？”

春燕含糊地点了点头，跟在那少妇身后往前走了十多步。

一个肤色黝黑的中年妇女在江边洗菜，已洗好了一大篮子，站在那里对那少妇喊：“秋莲，秋莲，我叫你不用过朝天门去接，偏要去！是哈！在路上错过了接个空，张大哥已回家半天了。”

秋莲见是封大嫂，忙跑过去帮封大嫂提着大篮子往坡上走，问道：“封大哥回来没有?”

封大嫂有点胖，虽然秋莲替她提着大篮子，她空手爬坡还很吃力，喘了口气回答：“嘿，现在他与张大哥是城隍庙里的鼓槌——配成对了：两条船只要同时到，他们约在一起回家，又一同上船。我们也放心些。”

秋莲看春燕已经沿着到野猫溪的江边崎岖小路往下走远了，她便没再注意了，听说张阿德已回家，恨不得早点回去。她提着大篮子走得很快，在坡上不断停步等封大嫂。

春燕哪里知道这好心给她付船钱的少妇就是她的亲嫂子啊！真是对面不相识。

封大嫂才爬到半坡，秋莲已爬到坡顶。封大嫂边喘气、边爬、边嚷嚷说：“秋莲呀！看你走得那么急，真不害羞，张大哥隔天一趟水，一天不见，就急得这样，嘿……”听见秋莲在坡顶哧哧笑，待封大嫂上了坡，早不见秋莲的影子了。封大嫂笑眯眯住了嘴，用蓝布围腰揩着手，加紧脚步往前赶。

秋莲站在门口，指着封大嫂住的楼上说：“大嫂，菜篮子已给你提上楼去了。”

“好麻利!”封大嫂夸赞说，“你怎没拿两蔸洗净的白菜给张大哥下火锅！我看张大哥在涪陵买回一挂𤆵和猪肝，下火锅最关火。”

秋莲把背在身后的双手伸了出来，一手拿着一蔸白菜：“还要你说！我早拿了。等会我把猪肝切成片子，也送一碗过去与封大哥下酒。”她顾不得再与封大嫂说话，闪进了房内，正与张阿德碰个满怀。

她与张阿德的结婚仪式很简单。那次正好民福轮到了，杨佑成算作媒人，封大哥一家算是宾客。因为封大嫂楼上宽敞点，由封大嫂帮忙办了一桌早八碗，摆在楼上，大家快快活活喝了几杯白沙干酒，二人就正式成亲了。

今天纱厂修锅炉，秋莲没上工，硬要过江去接张阿德。算封大嫂说准了，二人在路上错过，张阿德反比她先到家。

“咦！哪个要你去江边洗衣服，跟我坐好歇息!”秋莲看张阿德把她穿着上工的补丁衣服放在篮子里提着，准备下河去洗，秋莲一把夺了过来放下。

张阿德见秋莲回来了，只得坐下。但屁股还没坐稳，他看见门背后有一双秋莲穿过的旧鞋放在那里，沾满了污泥，又站起身来弯腰拾起鞋子放进篮子里，提起篮子说：“我闲着没事，鞋子不洗放在门背后难看，让我一齐拿去洗吧！”他怕秋莲又劝阻，已跨出门外了。秋莲见劝阻不住，只得由他，亲昵地说：“快去快回，回家也不陪我多坐一会儿，偏忙这忙那！我未必自己不会做。”

张阿德在秋莲面前真有点口迟言笨，没有答话自顾要走。秋莲见张阿德篮里没带皂角油，顺手把皂角油碗拿起追出去放在篮子里，又重新嘱咐一句：“快去快回哟！”

张阿德嗯了一声，算是回答。

秋莲站在门口微笑望着张阿德的背影，直到转拐看不见了才回屋，嘴角还留着笑意。

张阿德已经有了一个温暖的家，他年轻多了，觉得自己浑身都有使不完的劲。自从由杨佑成介绍秘密参加共产党后，心里充实多了。他像一只漂浮在海上的小舢板，终于靠了岸。有了党，他就觉得有了依靠，对未来充满了信心。有几次秋莲看见张阿德在梦中微笑，只以为张阿德因为有了温暖的家而高兴，哪知他心里的这个秘密。

张阿德可能因心境不同的关系吧！他时常想：既然找到了秋莲，也许还可以找到失散多年的亲阿妹。有一天晚上，他真的做了这样的梦，醒来自己也觉好笑，因为梦中找到的阿妹还是十多年前的老样：是一个扎着两条羊角小辫的黄毛丫头。那天晚上秋莲随便的谈话，他一直留在心中。的确，朱总经理家的春燕大姐，他初次见面就觉得面熟，仔细回忆，春燕脸上的某些轮廓，依稀有着当年阿苇的影子。真有这样的巧事就好了。他准备有机会时要找春燕大姐问问。

张阿德洗衣虽没秋莲那样麻利，但洗衣的技术也不差，这是长期单身汉生活锻炼出来的。他很快就洗好了衣服和鞋子，提着篮子准备回家，忽然看见不远的一块高大的岩石上，站着一个穿花衫的女人，在那里凝视着岩石下汹涌的浪涛。他觉得奇怪，因为这一带很荒凉，除了间或有挑水、洗衣、洗菜的人外，是没有闲人会到这里来玩的，何况是一个年轻的女人！她站在岩石上向汹涌的浪涛凝视什么？是不是想投江自杀！因为张阿德在长江上奔走了多年，见到和听到不少这样的事：南京的燕子矶，武汉的龟山头，宜昌的南津关，万县的三大炮……不知有多少走投无路，或者婚姻不自由的青年男女，在这些地方葬身江底，永做屈死的鬼魂。

张阿德看不清那穿花衫女人的面目，但愈看愈觉可疑。他不觉提着篮子沿着江边崎岖的小径，向女人站的地方走去，他想：是一个什么人呢？我能够帮助她吗？

距离愈缩愈短，他突然看清了那女人的面目，啊！仿佛是春燕大姐！但为何脑后长长的独辫变成了两条不算长的辫子？她怎么会到这里来？难道自己看花了眼？张阿德揩了揩眼睛，凝神注视：啊！是她，是她！张阿德看清了。他放下了篮子，加快步伐赶过去。因为他看见春燕站在岩边几次想往江里跳，可能由于对生的依恋，犹豫着，彷徨着，欲跳未跳。

张阿德焦急地高声叫道："春燕，春燕！"他与春燕还隔着一块巨大的岩石，光秃秃的岩石又陡又滑，张阿德因为很慌急，爬上半腰又滑跌下来。他怕来不及了，不禁把心里想的话也喊出来了："阿苇——春燕；春燕——阿苇！"

春燕在岩石上放下了小葫芦，因为她怕带着小葫芦跳江淹不死。她正横心欲往江里跳，仿佛听见有人在呼唤："春燕、春燕！"她停住了脚步，回头四顾，没有看见人影，因为张阿德正好被岸石挡住了。啊！她想：这是死神在呼唤——这里不会有人认识她！她又听见了："阿苇——春燕；春燕——阿苇！……"她觉得这喊声忽远忽近，她依然没有看见呼唤的人。

她脸上露出凄然的苦笑。谁也不知她叫阿苇，只有阿哥在十多年前这样叫她，她已十多年没听人这样叫了，分明是临死前的幻觉无疑。

她不再犹豫了，抬头向天边洁白的云朵瞥了最后一眼，将要沉落的夕阳照射在她美丽的脸蛋上，她终于横心跳江……

待张阿德费了很多时间爬上刚才春燕立身的岩石，春燕的踪影已消失了。他高叫着："春燕，春燕……"只有江水咆哮的声音，四周寂静得可怕。

张阿德站在岩石边上往下看，只见翻滚的浪花在夕阳中发着闪光，他悔恨地一顿脚："唉！迟了一步……"他实在不解春燕为什么要到这里来跳江。

当张阿德的眼光接触到留在岩石上的小葫芦，他的心急剧地跳动起来，迫不及待地拿起来端详：虽然年代久远已经改变了颜色，他还是很快就认出了这是阿苇十多年前随身带的小葫芦，是他亲自挖空瓤子给阿苇的，当年的刀痕还依稀可以辨认。他默默地叨念着："是她，真是阿苇。"张阿德拿着小葫芦，像当年在钱塘江边寻找阿苇一样，沿着长江边往下找，可哪里有阿妹的踪迹？走着走着，一条小溪阻住了去路，他只得站住，看着江水绝望地叫着："阿苇，阿苇——我苦命的阿妹呀！"

他听见小葫芦里咯咯地响，他拔开软木塞将葫芦里的东西倒在一块平坦的石头上：贝壳、清溪里的五色彩石——张阿德都很熟悉，这是阿妹幼年喜爱的东西，阿苇当年把这些东西拿在手上摩挲玩耍的情景仿佛就在眼前。张阿德捡起一个油纸包，见包得很严密，他一层一层打开，现出一张泛黄的半寸相片：幼年的阿苇站在六和塔下。这是春燕一直细心保存着的纪念品。张阿德望着幼年阿苇熟悉的面容，泪流满面，痛苦地呼唤着："阿妹啊！你为什么寻死？你为什么不多等一会儿啊！我的阿苇……"

多年离散的阿妹终于寻着了，可来不及相认就迅速地消逝了，现实多么无情啊！张阿德望着奔腾的长江出神，他心中充溢着难言的怅惘和悲痛。长江啊！你吞噬了多少无辜的生命，奔腾的江水汇集着多少辛酸和眼泪啊！

张阿德抱着小葫芦失魂落魄地回到家，天已黑了，秋莲抱怨地说："叫你不去洗偏去！菜饭都快凉了，怎么这时才回？"在昏黄的菜油灯下，秋莲没注意张阿德的神色，忙着热菜。

她没有听见张阿德回答，奇怪地问："装衣服的篮子呢？"

张阿德还沉浸在悲痛里，自言自语地喃喃说："丢了，又丢了！"

"丢了！"秋莲感到诧异，她才注意到张阿德的神色不对："怎么会丢了呢？"

"迟了一步，丢了，永远丢了！"张阿德痛苦地说。

"丢了就丢了，怕啥？看你失魂落魄的样子！"

"哎！你说什么？哪有这么轻巧！"张阿德不满地说。

秋莲疑惑地说："阿德，你怎么这样小气！一个破篮子，一件旧衣服，一双烂鞋子，丢了就算了，看你灰心丧气的样子！"

"哦！"张阿德才发觉自己没说清楚，秋莲误会了，他的确忘了把篮子提回。他对秋莲说："我失散了多年的阿妹找到了！"

"真的？"秋莲惊喜地问。

"真的，可是来不及说一句话又丢了，永远丢了！"张阿德沮丧地说。

"阿德，你今天怎么啦！东一句西一句让人听不懂。坐下，快跟我坐下，休息一会儿慢慢说。"秋莲扶他在凳上坐下，将热茶递到他手上。

张阿德看秋莲正好奇地注视他腋下挟的小葫芦，便拿出小葫芦指着说："这是我阿妹的葫芦，我去迟了一步，她跳江了，唉！……”

“噫！”秋莲已认出这葫芦，惊异得差点跳起来。

张阿德喝了一口热茶，没有注意秋莲惊异的表情，他的情绪稍微平静点，才慢慢把事情的经过讲给秋莲听。

秋莲真不相信有这样的巧事：春燕真是阿苇，而且与自己同船过渡，她代付船钱的那位大姐会是春燕。不禁连声叹息：“唉，唉！早知……”她把与春燕相遇的经过讲给张阿德听了。

张阿德痛苦地长长叹了口气，低着头不言语。

“唉！”秋莲惋惜地长叹了一声：多么可爱的姑子呀！她与春燕的相遇是短暂的，但留在她心灵里的印象非常深刻。

“阿德，不要难过，你丢了亲阿妹，还有我呢！”秋莲装着笑脸安慰，大胆地搂着阿德的脖子……

秋莲的安慰使张阿德觉得温暖，他不解地说：“唉！阿苇为什么会到这里寻死呢？”

秋莲心里也这样疑惑。他们相对沉思无语，都忘了去寻找丢失的提篮，也忘记桌上的饭菜又冷了。

四

春燕失踪了，对杨宝瑜的震动很大。她泪流满面督着朱佳富派人去寻找，也请人到唐家沱去守住寻尸[1]，但都没有任何结果。也登报悬赏寻找过。仍没有消息。

彼特利克先生听说春燕失踪了，特地通知警察局派人寻找，也石沉大海音讯渺无。

陆祖福先生已亲去涪陵直接与高伦谈判合并的事情。朱佳富不愿过拂杨宝瑜的意，留在重庆陪着杨宝瑜等待春燕的信息。高伦已有电报来催请朱佳富立即回涪陵，因为合并的条件已谈妥，要等朱佳富回去商量一些细节。他实在不能再耽搁了，对杨宝瑜说：“太太，我们已尽了最大努力，也对得起春燕了。”

1 长江流到唐家沱转了一个急弯，在急弯处形成一个巨大的漩流。尸体流到这里就在漩流里盘旋，不易漂走。凡在唐家沱以上落水的人，其家属多在这里寻尸收殓。

杨宝瑜不止一次埋怨过朱佳富，认为春燕的失踪，是他逼出来的。但看见朱佳富后悔的样子，四处奔走寻找很卖力气，也不好再埋怨他。她眼里噙着泪水固执地说："春燕跟了我这么多年，从没过错，我生要见人，死要见尸。否则，我的灵魂永远不安，上帝会惩罚我的。"

为了寻求灵魂上的慰藉，杨宝瑜一次又一次到教堂，向上帝祈祷。她认为春燕的失踪，她自己有责任。她请求上帝宽恕她的罪过。虽然她在牧师面前不止一次地忏悔，牧师也代表上帝宽恕了她，她仍然不能心安。

有一天，好消息传来了：朱佳富告诉她，已经在唐家沱寻到了春燕的尸体。

杨宝瑜一定要亲自去看春燕的遗体，并要朱佳富买上等棺木去收殓。

朱佳富劝阻说："太太，我一定买上等棺木收殓春燕的尸体，找一个山清水秀的地方埋葬。春燕太不幸了，愿她的灵魂在天堂里安息吧！可是，现在重庆瘟疫流行，亲爱的，你的身体要紧啊！"

杨宝瑜对朱佳富的关心很感动，可是她泣不成声地说："春燕一直与我形影不离，失掉她我多么不习惯啊！既然找到了她的尸体，我最后不去见她一面，她在天堂里也会说我心狠，我的灵魂也永远不安啊！亲爱的，不要阻拦我，我是一定要去看看的。"

杨宝瑜的话，朱佳富听了好像异常感动似的："太太，你的心情我很理解，你实在要看，我就陪你一道去吧！"

彼特利克先生听见找到了春燕的尸体，自告奋勇去外交使团交涉，居然得到同意，将春燕的棺木埋葬在万国公墓。

杨宝瑜觉得有点不妥，因为万国公墓里埋葬的都是外国人，但朱佳富劝道："春燕的尸体能埋入万国公墓算是有福气，万国公墓受国际法的保护呢！永远不用担心后世毁墓，春燕的坟墓可以永世长存！再说，万国公墓景色秀丽，可以俯瞰嘉陵江和长江，实在是个好地方。"杨宝瑜听了朱佳富这番言语，也觉得有道理。万国公墓建在曾家岩最高处，在一所教会中学旁边，她曾在彼特利克先生的邀请下，去参观过这个万国公墓。那里的环境确实很好，很幽静，离天主教堂和耶稣教堂都不远。公墓里十字架林立，绿草如茵的地上，开着各色小花。她最终同意了。

民成公司派民福轮专送朱佳富夫妻和牧师，带着棺木去唐家沱收殓。

在朱佳富再三婉言劝告下，杨宝瑜戴着厚厚的纱布口罩蒙住了口和鼻，只露出一对大眼睛在外面，朱佳富也是同样的装束。他们离尸体二十多步远，朱佳富拉住了杨宝瑜不让再往前去，可是杨宝瑜固执地又前进了十多步，终于被朱佳富拉住了。牧师也戴着口罩，稍微又前进了几步。

尸体摆在不远的江岸上，盖着一床草席，成群的绿头苍蝇在上面嗡嗡地乱飞乱爬。

不顾朱佳富的劝阻，杨宝瑜坚持要揭开草席看尸。草席被一个工人揭开了：尸体已经发胀了，不知是什么原因，尸体赤裸裸的寸丝不挂，面目已经模糊不清了，只能看清是一具女尸。杨宝瑜身后拥着一大群看热闹的人，民福轮的船员也混在人群中，其中也有杨佑成和封大哥。

杨宝瑜一阵心酸，流下的泪水把口罩都打湿了一大片。她不愿春燕的尸体赤裸裸地摆在光天化日下让人看，忙叫人用草席遮住。

尸体用白绸裹了一层又一层，杨宝瑜不断画着十字："上帝啊！愿春燕的灵魂在天堂的极乐世界里安息吧！"她不断地祷告着，祝福着。

杨宝瑜将春燕穿过的衣物带来，由于尸体膨胀了，穿不上，只好全部放在棺木里殉葬。

只有春燕戴过的那只黄灿灿的金项圈，杨宝瑜坚持要放进棺木的时候，微微发生了争执。朱佳富与杨宝瑜偎得很近，他扶着她的肩，生怕她会昏倒，低低地对她说："这只金项圈是母亲遗留给你的纪念品，葬了多可惜啊！"

杨宝瑜含着哭音说："她跟我一场，这只金项圈不给她带走，我不安啊！"朱佳富沉默了。

人群中有的称赞："多厚道啊！"有的激愤地说："把人都逼死了，猫哭老鼠假慈悲。"这些议论，声音都很轻，当然朱佳富夫妇没有听见……

棺木送到万国公墓安葬了，由牧师主持了安葬的宗教仪式。

墓前，立了一块石碑，刻着：杭州杨春燕之墓。旁边还用钢筋水泥竖了一个大十字架。

杨宝瑜离开墓地的时候，虔诚地画了一个十字："春燕啊！你安息吧！我这样厚葬你，也算尽了我的心意，请你宽恕我吧！"她不安的心情仿佛平静了，自认为已补赎了她的罪过。杨宝瑜哪里知道，在万国公墓的登记簿里用英文记录着：杨春燕——汇丰银行彼特利克硕士之未婚妻，葬于1936年10月28日。

……

张阿德听到杨佑成和封大哥告诉的消息，急匆匆与秋莲赶到万国公墓时，人都走光了。看公墓的印度老头不管张阿德怎么解说要求，都不肯打开铁栅门让他们进去。

张阿德捏着拳头激愤地说：“阿苇啊！你死得好惨，他们的心好狠！死了也不放过你，把你单独与外国人埋在一起。总有一天……唉！”他重重地在自己胸上捶了一拳。

“阿德，我们走。”秋莲眼里也噙着泪水说。她知道阿德在这方面性子很烈，怕惹出事来，因为有几个洋人老爷从那边迈着绅士的慢步过来了。

张阿德要不是想到自己是个共产党员，他真会找他们拼命。当他接触到秋莲祈求他马上离开的目光时，顺从地带着秋莲离开了万国公墓。

第二十八章

特派员段玉兴今天红光满面，分外高兴，见到下面的特工人员也主动点头微笑招呼。特务们摸不着头脑，根据经验，认为还是敬而远之避开为好。他们总觉得这位特派员喜怒无常。特务们这样小心谨慎是有原因的——昨天徐队长手下一个叫申小旦的特务，就无缘无故被重责了军棍。

申小旦原先的名字没人喊，因他不仅喜欢憋着嗓子唱几句小旦腔，而且生得文弱，走路说话都有点小旦味，大家都叫他申小旦。

这申小旦昨天因为唱了几句《铡美案》中秦香莲的唱腔，被段玉兴路过听见了，马上沉下脸来训斥道："岂有此理，在长官面前如此放肆，太不成体统了！太不成体统了！"

申小旦吓得垂首挺立，连声认错，以为不过受几句训斥就算了。

殊不知段玉兴向站在身后的杜鲫壳一努嘴："重责五十军棍！"

连杜鲫壳都觉得未免惩罚太重，再加他知道申小旦是徐队长的亲信，所以迟迟不肯动手，代为求情说："请特派员息怒，念他初犯，下次如若再犯，加倍处罚。"不等段特派员表态，他转脸对申小旦大声说："特派员待人宽厚，念你初犯，谢过特派员各自快滚！"杜鲫壳以为段玉兴因为查不出李明与高茜的有力证据，也找不出共产党的其他线索，方才受到重庆方面电话斥责，心情恶劣，此刻不过作威作福，找人出气。自己圆成几句就会消气的。

哪知段玉兴神态严肃，杀气腾腾，厉声阻止："不行，五十军棍一棍也不能少，立即执行。"

杜鲫壳不敢不听，对段玉兴说："是。请特派员回房休息，我在这里督促执行。"随即对身边的几个特务吆喝："快！五十军棍！"

段玉兴明白杜鲫壳的意思，不过虚张声势，待他走后便敷衍交差。他斜视着杜鲫壳冷冷一笑："我段玉兴铁面无私，执法如山，若有敷衍搪塞徇情，我决不轻饶。"

杜鲫壳看段玉兴站住不走，对他冷笑，知道敷衍不过去了，只得高声叫打。

霎时申小旦被按在地上。这申小旦是徐队长的亲信，从不出外当一次差，养得细皮嫩肉，平时倚仗靠山硬，狐假虎威欺压人。执刑的特务吃过他的亏，见有这样的机会，哪有不乘机报复的理？听见一声令下，他便举起军棍重重击在申小旦的屁股上，边打边数：“一，二，三……”

申小旦疼得杀猪般地叫唤，苦苦哀求特派员留情宽饶。段玉兴站在一旁板着脸不说话。

申小旦挨不过了，忍痛挣扎，身上也挨了几棍。

段玉兴还觉得打轻了，一手推开那个特务：“滚，我来！”他没有从特务手上接过军棍，却从旁边拾起一根破竹篙子，劈头劈脑向申小旦头上打去，连按申小旦的特务的手上也冤枉挨了几下。

但见申小旦脸上被破竹篙划开一条一条的血口子，不断向外渗血，已经模糊一片，段玉兴才丢下破竹篙：“哼！这次姑且算了，下次再犯，五十军棍绝不少一棍。”他拍拍手上的灰尘，自己走了。

申小旦被人抬到床上躺下，幸好没伤着筋骨，但头脸上的伤口火辣辣地疼痛。徐队长派人给他送了两颗七厘散，化烧酒喝下，酒杯里留的药渣子糊在伤口上，他口里不断呻唤。

夜静更深，申小旦疼痛得稍好一点，正睡得迷迷糊糊，突然被人唤醒。他睁眼一看，是杜鲫壳站在床前。他呻唤了一声说：“杜五哥哟！哎哟，好疼哪！”

杜鲫壳轻声说道：“特派员和徐队长亲自看你来了！”

在微黄的煤油灯下，申小旦这时才看清段特派员和徐队长也站在床前，不禁哆嗦了一下：“特派员哪！我再不敢唱小旦腔了。哎哟！我的妈哟！好疼哪！”

段玉兴却异常和蔼地弯下腰，笑眯眯地握着申小旦白嫩的手说：“申同志，你为党国受苦了，委屈了你，先给你记上一功。”

徐队长和杜鲫壳也还是刚知道段玉兴设的苦肉计，虽然觉得未免太过分了，但也不敢说什么。申小旦当然更被段玉兴这突然的慰问搞蒙了，也忘了疼痛呻唤，目瞪口呆地看着段玉兴出神。

段玉兴也不解释，向杜鲫壳一努嘴：“申同志皮肉受了苦，先给二十块袁大头作奖赏，事成之后，再奖赏法币一百元，提升两级。”

杜鲫壳上前将手上的二十块银圆放在申小旦床头枕边。

段玉兴对申小旦说：“申同志，你好好休息，明天晚上执行命令。”随即回头慢吞吞地向杜鲫壳说：“你将行动计划告诉申同志，绝对机密，不许泄露！”又对申小旦抚慰了几句，方与徐队长走了。

杜鲫壳神秘地四下观望了一会儿，见确实只有申小旦一个人。他坐在床沿上，一五一十将行动计划低声讲给申小旦听。

申小旦听完杜鲫壳的话，不禁苦着脸叹气说：“杜五哥，黄盖献苦肉计是自己情愿的，一个愿打一个愿挨。我糊糊涂涂被打了一顿，事先说清楚也好点啊！哎哟，好疼哪！脸上被破竹篙划了这么多伤口，伤好了也破了相，留下残疾。”

杜鲫壳笑着说：“怕啥子?！你婆娘有一对扯疤眼，也不是西施美人，你龟儿破了相，未必你婆娘还会嫌你不成?”

“你龟儿说得轻巧——吃根灯草，算我流年不利，哎哟！好疼哪。”申小旦说着又大声呻唤起来。

“二十块袁大头，过说么，硬头货，买粮食，你婆娘儿子要吃一年。”杜鲫壳指了指枕边的银圆说：“事成后还有一百元钞票，并且连升两级哩!”

申小旦用手摸着枕头边的银圆，暂时忘了呻唤，过了一会儿苦着脸说：“让我多将息两天再去也好啊，明晚就去怎么吃得消!”

“你龟儿真是发高烧——有点打胡乱说，等你把伤养好再去，不是白打你一场了！特派员说，就是要明晚去才能逼真，你龟儿不会演戏也可装得像。”杜鲫壳说完站起来走了。

段特派员今天就是为这件事感到高兴。他设计的这条妙计叫匕首见红，又叫光吃不赔。他为什么要来这一手呢？原来，徐宁山推荐开大兴洋行的牟玉佛参加军统。段玉兴经过一番仔细的调查分析，认为彩客牟玉佛确是一位理想的特工人员。一来，他有精湛的赌博技术——可以为军统开辟财源。二来，他接触面广，可以方便地搜集情报，监视“异党”的活动。但段玉兴也发现了不少的疑点：牟玉佛来历不明，自称是丰都人，吹过唢呐。丰都距涪陵只几十里水路，段玉兴派人去调查过。因为丰都是公认的阴曹地府，当地搞迷信活动维生的人很多，替冥府吹唢呐的更不少，但始终无人知道牟玉佛这样一个人。他曾布置内盘人去考察过牟玉佛，那牟玉佛对冥府音乐中的各种曲牌无一不精，看不出半点破绽。近来又发现冯烂王经常在牟玉佛处出入。以此，段玉兴实实放心不下。而像牟玉佛这样的人才又不可多得，段玉兴又不肯舍弃。最后得出结论：像牟玉佛和冯烂王这样的人，不是共产党，就是老跑江湖为生的漂漂客。只要弄清牟玉佛的问题，也可以进一步弄清冯烂王的问题。所以，段玉兴投下了大赌注，设下圈套，定下苦肉计。

天一黑，段玉兴就与徐宁山对坐下象棋，笑吟吟地把棋子搁得咚咚响。当头炮，立马车，卧槽马，马配炮……与徐宁山杀得难解难分，真有点诸葛亮运筹帷幄、静等捷报的样子。

徐宁山每走一着，都要思考半天，而段玉兴自诩敏捷，略加思索便咚的一声把棋子走定。差不多盘盘都是段玉兴赢了，只有一盘棋下成平局。

杜鲫壳第一次上楼报告喜讯：谣言已经放出去，街头巷尾都知道关在监狱里的一名红军越狱逃跑了，徐队长正虚张声势带人搜查，街巷已经戒严。

监狱里确实关押过一名红军，是贺龙带着部队北上后留在酉阳乡下治伤的伤员，被樊师长清乡时捉捕的。那个战士在长时间的关押中不肯屈服，也无口供，最近由段玉兴亲自审问，用刑过重牺牲了。早就被悄悄扔进了长江。

段玉兴之所以选择申小旦去冒名顶替，一方面因申小旦不大出头露面，认识他的人不多；再则申小旦是酉阳人，口音相似。

听了第一次捷音，段玉兴把马重重放到士角边的象心上，看着徐宁山踌躇的样子，他骄矜地摇头晃脑说："老徐，我第一步走了当头炮，这第二步的挂角马已站住了要津，等我再走第三步……哈哈，我就赢定了。"

老奸巨猾的徐宁山摸透了段玉兴的脾气，奉承说："特派员真是棋艺高超，我认输了，我们喝杯热茶静候佳音吧！"徐宁山的棋艺并不差于段玉兴，只是故意输给他。见段玉兴趾高气扬的样子，心里很不舒服，又知他语带双关，借势用手搅乱了棋子，不愿再下了。

"好，我们喝茶静候佳音！"段玉兴笑眯眯地表示同意。

换过了两碗新茶，他们隔着茶几对坐，点着香烟安详地抽着。

徐宁山看段玉兴抖闪着腿子得意忘形的样子，干脆奉承他几句："特派员摸透了共产党的习性，经验丰富，卓识超人，希能不吝赐教，以开鄙人愚顽，更好为党国效劳。"

"哎，说不上，我实在说不上！"段玉兴假意谦逊了两句，"共产党中超见卓识之士不少，活动规律变化多端，策略机动灵活，实在不易对付。不过，他们也有很多弱点，只要加以利用，便可事半功倍，立见奇效。"

徐宁山喷了一口烟雾。他知道今天要陪着特派员熬夜，除了来之前过足烟瘾外，还打了几颗烟泡放在身边，所以精神抖擞，毫无倦意。他显得很虚心的样儿问："请特派员详细谈谈，鄙人洗耳恭听！"

段玉兴喝了一口热茶："第一，共产党人喜欢走极端，总是之字形前进，反对右倾，容易走上左；反对左倾，又易走上右。只要我们在其中略微推波助澜，不用冒半点风险，便可达到我们破坏的目的。比如说，一些知识分子天天谈民主，争自由，愈来愈倾向共产党，投奔共产党的愈来愈多，我们用尽了一切手段镇压仍不能奏效。可是张国焘杀了一大批知识分子，许多想投奔共产党的便犹豫观望起来。这岂不比我们直接花大量的人力物力去控制镇压有效得多！”

徐宁山虽然是个鸦片烟鬼，但也颇喜研究时事，虽然是半罐水，似通非通，毕竟知道一些情况。他听了段玉兴这番话，连连称赞：“妙，真妙。”

可过了一会儿徐宁山又提出了一点异议：“特派员，你说共产党喜欢走极端，我看也不全是。现在毛泽东不是提出抗日民族统一战线的主张吗！”

因为徐宁山说的也是真实，段玉兴说：“是的。他们付出很大的代价以后，改变了过去的政策。”

徐宁山想不到段玉兴懂的这么多，不禁肃然起敬：“特派员学问渊博，佩服，佩服。”其实段玉兴哪有什么渊博的知识！不过支离破碎地听来点东西。

段玉兴这样卖弄了一下，听见徐宁山赞赏，不觉有些飘飘然，真想再说一点，突然电灯公司的汽笛响了，不觉已到子夜十二点熄灯的时候了。

一个特务进来点上了美孚灯，又送来了宵夜，电灯才熄灭了。

段玉兴看宵夜是虾仁面，长江里的清水虾比上海湖汉里的虾子自有一种美味。他感到有些饿了，说：“老徐，请！”

段玉兴很快就吃完了虾仁面，连声称赞：“人们以为上海才能吃到鲜味，其实不然：川江水流湍急，鱼虾尽是活肉，没有湖汉里的泥腥味，也没海里的咸腥味，实实是上品。”

徐宁山正皱眉难以下咽，不仅嫌虾仁鲜得使人受不了，而且觉得清汤寡水淡得无味，不如吴抄手那里卖的红油抄手，也不如街头卖的柴火面那样有味。但不愿使段玉兴扫兴，他跟着点头称赞道：“不错，这虾仁面真不错。”他费力吃了半碗，实在吃不下去只好搁下，笑着解释说：“晚饭吃得太饱，否则两碗虾仁面也吃得下去。”

幸好段玉兴正凝神沉思，并没注意徐宁山的尴尬表情。一个特务把碗筷收拾下去，抹干了桌子。

突然远远传来一阵手枪砰砰的声音，在寂静的夜空中显得特别清脆。

段玉兴陡地跳了起来，走到窗前向外望着，虽然窗外黑洞洞看不清，他仍然站在窗前停留着。

手枪响了两声便静止了，段玉兴关心他导演的压轴戏的效果，再也静坐不住了，一会儿站在窗前凝望，一会儿背着手在室内低头徘徊。

徐宁山认为段玉兴是小题大做，对这压轴戏兴趣不浓，打了一个哈欠，趁段玉兴不注意，忙掏出一颗鸦片烟泡往口里一丢，随即喝了一口热茶，仰脖吞了下去。

段玉兴等得有些不耐烦了，不禁骂了一句："这小猪猡，还不回来。"其实时间不长，徐宁山只吞下两颗烟泡，一支香烟还没抽完。

段玉兴回头看徐宁山悠闲地抽着香烟，不断用舌尖顶出一个一个的烟圈，感到自己未免显得太急躁，慢吞吞地走过来坐下："老徐，静等佳音，我们静等佳音。"

"好！"徐宁山答应了一声，继续吐着烟圈。

沉默着过了一会儿，杜鲫壳叮叮咚咚跑上楼来，笑眯眯地向段玉兴报告："特派员，申小旦演得很像，戏演完了。"

段玉兴看杜鲫壳的表情，以为得手了，兴奋地站起来："徐队长呢？"

杜鲫壳回答说："牟经理留他宵夜呢！"

段玉兴失望地坐下来，指指不远的一张藤椅："坐下慢慢谈。"

杜鲫壳感到口渴，找了一个空茶杯，自己动手从徐宁山茶碗里倒茶卤："叨光，喝点过炉茶。"

段玉兴赶忙喊人给杜鲫壳新泡了一碗茶。

"谢谢特派员，我只喝过炉茶就行了。"杜鲫壳受宠若惊地说。

"快说，戏是怎样演的？"段玉兴催促着。

杜鲫壳喝了一口茶，用手在嘴上一抹："徐队长朝天上打了两枪，我们的人远远吆喝着：'不要放跑了，不要放跑了。'眼看申小旦一瘸一拐钻进了大兴洋行，我们的人才虚张声势喊着：'快，不要把共军放跑了，追。'一阵杂沓的脚步响着经过大兴洋行门口，没有停留直追了过去，喊声也愈去愈远。嘿，我预先埋伏在大兴洋行暗处，从一个缝隙往里看：咳！申小旦演得逼真，仿佛精疲力竭站立不住，进入大兴洋行大门就扑倒在地，轻声哼着。那牟玉佛听见响声，举着美孚灯出房仔细观察着申小旦。申小旦向牟玉佛有气无力地说明自己是越狱的红军，请牟玉佛救救他，马上藏起他来。我见牟玉佛沉思了一会儿，放下手里的美孚灯，把申小旦从地上扶起来，拉开不远一个穿衣柜，将申小旦藏了进去。我心里一喜，得手了！我一面发出暗号，一面继续从缝隙里监视牟玉佛锁上穿衣柜的暗锁，这时往前追的人回来了，徐队长在大兴洋行门口的街心嚷嚷：'咦！跑到哪里去了？'徐队长话音刚落，牟玉佛就拉开大门一步跨出去对徐队长说：'徐队长，快，你们追的共军躲在我这里！我怕他跑了，锁在穿衣柜里……'"

段玉兴听完杜鲫壳的报告，沉思片刻问："你们没露出什么破绽？"

杜鲫壳将胸一拍："保证没露一点破绽，一切全照特派员的安排进行。我把藏在袖口里的香烟头拿出画了一个圈，这样的暗号房里怎么也看不见。不是我杜鲫壳吹牛，我办事从没出过差错！"

徐宁山一直没插言，这时说："特派员，我与牟玉佛处了好几年，他的为人我知道，这种人怎么会是共产党呢？"

段玉兴没有能证实牟玉佛是共产党，或者是共产党的同情者，心里总觉得有点不是味，半天沉思不语。

徐宁山明白段玉兴的意思，吹捧说："特派员这条妙计真是匕首见红，虽然没证实牟玉佛是共产党，但却证实了他可以做自己人，靠得住。特派员的妙计，高，真高。"

段玉兴被徐宁山一吹捧，兴致顿时高起来，脸上露出自信而得意的神态说："我这计又叫光吃不赔，他既然不倾向共产党，我们又可以多一位……"因为蒋介石还没完全控制四川，军统组织还是秘密发展的，不便在侦缉队一般特务面前说这件事。段玉兴咽住了话，点头对徐宁山微笑。

"是，特派员，我明天便找牟玉佛谈。"徐宁山刚由段玉兴介绍秘密参加军统不久，很想介绍几个自己的亲信参加，所以迫不及待地这样说。

"不忙，不忙。"段玉兴摇摇手，"你明天约他来，我当面与他谈谈再说。"

"好！"徐宁山站起来准备告辞，他带的烟泡已吞完，虽然烟瘾没发，总没衔着烟枪，对着烟灯吞云吐雾那么过瘾。

杜鲫壳打着手电照亮，段玉兴送徐宁山到楼梯口便停了步，说："老徐，几天之内，涪陵的共产党就要落进我的渔网，绝对跑不了。"

"特派员又有啥锦囊妙计？"徐宁山站在楼梯上回头问。

见段玉兴笑而不答，徐宁山不便再问，就下楼走了。徐宁山一边走一边想："特派员说得那样有把握，究竟又有何妙计呢？"

二

今天又像办喜事，段玉兴又在兴高采烈地等候佳音。

不但徐宁山在场，连新参加军统的牟玉佛也被请来赴宴。段玉兴很想在徐宁山和牟玉佛的面前显露自己的本领，也让这两位新伙伴开开眼界。

三个人从中午在楼上喝酒起，直到两点多钟还在继续喝酒。三个人的酒量都很好，虽然喝的是有名的涪陵露酒，劲头不及曲酒大，但已喝空了七八瓶露酒，还只有几分醉意。

段玉兴只对徐宁山和牟玉佛说：保证不等一台酒喝完，共产党就会被捉回来。

徐宁山和牟玉佛见段玉兴含笑不说详情，也没细问，只是谈些闲话饮酒。

其实，段玉兴这样自信不疑，是有根据的。英国友人很够朋友，将他们新研究成功的仪器——专门确定电台方位的定位仪送了两台给军统。戴笠把这仪器视若珍宝，特地训练了几个干练的特务保管使用。自涪陵发现秘密电台以来，段玉兴向南京请求派带定位仪的特技人员来侦破。戴老板为了在四川树立军统的威信，打开局面，特技人员很快就派来了。经过几个月的努力，包围圈渐渐缩小，定位仪测定的十字交叉点正好在涪陵报社附近通过，电台位置已确定在几百米以内了。就是说电台设在涪陵报社附近不超过几百米的地区内，只要等电台再发一次报，就可以精确地找到隐藏电台的地方。

段玉兴暗暗得意地想：这电台一定是李明设的无疑，只要查出电台，凭这样有力的证据，不但李明就擒，高茜也跑不脱，高伦也难看，镇压涪陵轰轰烈烈的抗日活动就有了借口。他只要能为戴老板立下这一功，金钱、美人、地位自然不成问题。

这秘密电台发报联系的时间不长，但很有规律，说明“异党”尚不知有定位仪这样的新发明，所以胆子才这么大，如此放肆！

今天下午三时，只要无线电波在空中出现，大功便可告成了。根据规律，电波一定会在下午三时出现的，所以段玉兴才有这样的自信。

一台酒毕竟不能再喝下去，因为都有醉意，三时不到就撤去了酒席。

段玉兴脸色发青，这是喝醉的象征，他舌头搅动已不太灵活，但态度矜持，风度依旧。他说：“稍待片刻，请喝碗热茶，鱼儿已在我网里跳跃，只要把网收拢，往上一提，再也跑不了啦！哈哈，我要让你们看看，鉴别鉴别：是一条金色的鲤鱼，或是一条凶猛的鳡鱼。我要从这鱼身上找出所有的鱼公鱼子，让他们知道我段玉兴的厉害!”仿佛他已经真将鱼儿一网打尽了，踌躇满志地大笑起来。

徐宁山对段玉兴的自负和狂妄，已经司空见惯，不以为奇。牟玉佛瞥了一眼段玉兴，见他嘴上衔着象牙烟嘴，一支香烟头上正袅袅冒着缕缕的青烟，于是笑对他说：“特派员这网真厉害呀！可能是金罗汉[1]的天罗地网。不过要小心，共产党也不是好对付的呀！谨防网破鱼跑空欢喜一场。”

“哼!”段玉兴不满地斜视牟玉佛一眼，“老兄，请放宽心，金罗汉的天罗地网已经过时。我这天罗地网是西方的文明，加上国粹的结晶，这是现代科学的精华。他纵有通天的本领，也难逃得过去!”段玉兴用手往空中一抓，仰头哈哈大笑。

牟玉佛眉开眼笑说：“哦！比金罗汉的天罗地网还厉害！特派员，能不能给我们讲讲，让我们乡巴佬开开眼界!”

段玉兴乜了牟玉佛一眼，迟疑了一下：“好吧，都是自己人，我把实情告诉你们……”段玉兴将定位仪找秘密电台的情况一五一十全说了，最后郑重嘱咐：“定位仪在世界上还是新技术，绝不能泄露。”

徐宁山首先伸出大拇指：“高，真高，这真比金罗汉的天罗地网还厉害。”

牟玉佛微笑不语。

这时杜鲫壳兴高采烈跑上楼来：“报告特派员，抓住了，连人带电台都抓住了。”

段玉兴太高兴了，站起来不及细问，连声说：“人，人呢?”杜鲫壳站得很直：“报告特派员，人在审讯室里。”

段玉兴迫不及待地说：“走，我们去看看。”

牟玉佛和徐宁山跟着段玉兴下楼，穿过青砖铺的大院，便到了紧靠着刑讯室的审讯室。

站在门口警卫的两个特务提着二十响的连枪，用空着的一只手向走在前面的段玉兴敬了军礼，向里面报告：“徐队长，特派员来了。”

徐队长从里面迎出来，段玉兴握住徐队长的手说：“辛苦了，你们都有功，我一定报请南京嘉奖。”

---

1 当时武侠电影《红姑传》中的人物。

段玉兴跨进审讯室，没见李明，只见一位穿黑天鹅绒旗袍的妇人坐在一只粗木独凳上，背对着他。他不禁惊异地问徐队长：“是她?”

妇人听见声音；回过头来。段玉兴见她身体丰满，神态妖艳，服饰华丽，不觉一愣。

徐宁山惊诧地喊出声来：“哦！三姨太。”

段玉兴逼视着徐宁山：“你认识她?!”

徐宁山觉得有些尴尬，点点头回答：“是罗大爷的三姨太！”

“哦！”段玉兴一惊，他只听说罗天成有一位能说会道、风骚妖娆的三姨太，但从没见过面。他不禁暗暗想：共产党真厉害呀！要不是查获了电台，谁也不会怀疑这样的人是异党。段玉兴嘴角露出一丝奸险的冷笑：我要从这妇人口里挖出隐藏得很深的异党，绝不费吹灰之力。

段玉兴在审讯台桌后的藤椅上坐下，徐宁山和牟玉佛分坐两旁。

段玉兴指着台上缴获的收发报机问：“这是你的东西吗?”三姨太态度安详，毫不惊慌，点头不语。

“姓名报上来！”段玉兴问，“多大岁数？籍贯哪里?”

三姨太张开十指，只顾欣赏自己指甲上鲜红的蔻丹，仿佛没有听见段玉兴的问话。

段玉兴已经觉得这位女共产党可能不好对付呢！他用手往桌上使劲一拍，厉声说：“我问你的话，听见没有?”

三姨太乜斜着一对水汪汪的眼睛，扫了段玉兴一眼，娇声说：“我长得有耳朵，哪会听不见呢！特派员先生。”

段玉兴听了这娇滴滴的声音，接触到三姨太勾魂的眼波，不禁魂不守舍，半天才把出窍的魂魄收了回来，声音虽然仍很厉害，但已显得刚气不足：“你既然听见了，为何不好好回答我的问题?”

三姨太有气无力地向徐宁山一指：“我的情况徐先生都知道，问他得了。”

徐宁山本来如坐针毡，变颜改色，生怕这个与自己有点暧昧关系的女人牵连自己，听三姨太点着说他，更吓得胆战心惊。平时能言会道的徐宁山这时忙向段玉兴摇手，口吃地说：“我……我……怎知她……她的事情。”

段玉兴的眼光逼视徐宁山，徐宁山惊慌地避开这眼光，低下了头。

三姨太看徐宁山那熊包样子，心里暗暗好笑，有意再与他开开玩笑：“咦！徐先生，怎么推得一干二净，请帮我向特派员说说情，我们是自家人呢！”

徐宁山额头上已经在冒冷汗，他毕竟不是新手，惊魂初定，感到不驳斥不行了：“胡说！我与你是什么自家人？你这电台是谁的？把你的同党招出来。至于说情嘛……只要你老实招认，我可请求特派员对你从轻处理。”

三姨太看徐宁山翻脸不认人，声色俱厉的样子，撇着猩红的嘴唇一笑，更要逗弄逗弄他：“徐先生，你看过《镜花缘》吗！难道你也是两面国的民众，变脸这快！特派员，我的事情他知道，问他便可以一清二楚。”

徐宁山更急了，蹦了起来，恨不得给这个贱婆娘一记耳光：“你别血口喷人！来人呀！她不说就给我用刑。”

段玉兴已经观察了半天，这时挥手制止，脸上露出不可捉摸的微笑：“徐先生，既然这位太太扯到你，为了把事情弄清楚，只有请你回避一下，暂时委屈你去歇息歇息！”他回头对徐队长说：“徐队长，给徐宁山先生准备一间舒适的房间，让他早点去休息。”

杜鲫壳平时对徐宁山毕恭毕敬，这时一挽衣袖上前：“徐先生，对不起，请！”

徐宁山吓得魂飞魄散，伸着长颈子对段玉兴哀求道：“特派员，你可不能中这共产党分子的离间计，冤枉好人呀！”

段玉兴陡地把脸一板：“徐先生，你放心，暂时请你去休息，怕什么？”

徐宁山无可奈何，只得慢吞吞跟着杜鲫壳走了。

徐队长跟着走到门口，被段玉兴唤住；“请徐队长暂留步。”

徐队长回转来贴近段玉兴，听段玉兴低声对他吩咐：“把他控制起来，不许他随便活动。生活上……不要为难他。”

徐队长点头答应：“是！”回身去了。

牟玉佛坐在一边，只顾抽烟，沉默不语。

段玉兴声音装得很柔和：“太太，我们不拘形式地随便谈谈。你不用害怕，我是最有人情味的，只要太太看得起，把知心话对我说了，保证你没事。罗天成我也认识，涪陵响当当的掌旗大爷，我不会难为你的。”

三姨太不慌不忙站起来：“给我一支烟！”不等段玉兴同意，她自己从审讯台上放着的烟盒里取出一支香烟，衔在涂着唇膏的嘴唇上：“火！”

段玉兴见她神态安详，反而不知所措，从身上掏出火柴扔在台上。

三姨太点燃香烟，坐回原位，只顾抽烟。

不管问啥，三姨太态度傲慢，拒不回答，段玉兴真有点火了："既然太太不识抬举，也不能怪我无礼了。"他已冷眼观察牟玉佛的动态多时，见他只顾一支接一支地抽烟，不发一语。想到他是徐宁山介绍参加军统的，虽然经过了"匕首见红"的考验，仍然感到不放心，想再来个"稻草煮饭"。于是笑着对牟玉佛说："牟先生，请你帮忙审讯一下。"

牟玉佛明白段玉兴的意思，知道他是对自己不放心，突地扔掉了手上的烟蒂，将头上的博士帽取下放在台上，用手一抹浓黑的分头，向前跨了一步，声色俱厉地说："我可没有特派员那样好说话，既然不肯招认，先把她架起来[1]！"

两个彪形大汉从刑讯室的侧面应声而出，上前准备动手。

三姨太从容站起来，用手将有点凌乱的鬓发抹平，回眸向段玉兴露齿一笑："特派员，他们这样凶恶，我见了心里便咚咚跳，哪里还能好好谈话。假若……"接着向段玉兴眉目传情地娇声说："假若特派员愿与我单独谈谈……"

段玉兴正在神魂飘荡之际，见三姨太最后一句话欲言又忍，正中下怀："好，好。你怕他们不好讲，我们就单独谈一谈！"

段玉兴客气地把三姨太带到他楼上的卧室里，说："请坐，请坐。"盛情地给她递烟送茶。

三姨太乌黑的眸子瞥了室外一眼，见室外仍有人守候在那里，乜着段玉兴说："特派员，他们凶神恶煞地站在门外，叫我怎么说呀！"

段玉兴当即命令门外守候的特务退下。

三姨太坐下了，仍然安详地抽烟。

段玉兴靠近她坐下，催促着："太太，这时你该说了。你是什么人？电台是谁指挥？什么人与你联系？"

三姨太反而站了起来，体态轻盈地在室内走了一圈，最后站在段玉兴面前，吸了一口烟，徐徐向段玉兴脸上喷去，扑哧一笑。

段玉兴受到了鼓励，不禁伸手轻轻在三姨太娇艳的粉脸上拧了一把，正欲往三姨太丰满的胸部摸去，不料三姨太一记响亮的耳光打在段玉兴的脸上，差点把眼镜也震得滑落下来。

1 架起来，哥老会黑话，指用刑。

段玉兴怔了一下，几乎被这记响亮的耳光打蒙了，正待跳起来报复，三姨太却笑嘻嘻开口了：“请问特派员，你喜欢梅花吗？”

段玉兴吃惊地看着三姨太发愣。

三姨太脸上严肃了，语气很重地重复问：“你喜欢梅花吗？”

段玉兴伸手摸着还有点火辣辣的面颊，答道：“不，我喜欢樱花！”他惊疑不定地注视着三姨太红白相映的面孔。

“樱花谢了，梅花已在风雪中怒放。”三姨太低声说。

段玉兴回答：“我只得欣赏梅花了！”

三姨太说：“春天到来，樱花就会开放。”

段玉兴仰头盯着三姨太似笑非笑的神态，声音有点发颤：“你，你是……”

三姨太没有答话，急速走到门边向外张望了一下，缩回头来，将袖口翻卷，露出一朵刺绣的樱花，待段玉兴看清楚后，迅速把袖口还原。

段玉兴看见了这朵樱花，像触电似的跳起来笔直立着。

三姨太神态更严肃了：“先生，你袖口内的梅花还没给我看呢！”

段玉兴实在料不到会在这里遇到日本军部少佐军阶的间谍，他事先没有准备，当然亮不出袖口内的梅花。正待解释，三姨太已替他说了：“十年前在上海由川岛太太把你引进了军部，许多年过去了，你在戴笠部下，混得还不错呀！川岛太太给你的一笔巨款，可能早花光了，军部很少找你联系，你以为就可以太太平平为戴老板效劳，创造你的锦绣前程。哼！我们皇军间谍活动的东京总部是最锐敏的神经中枢，每时每刻皆以最高的效率指挥这部庞大的机器运转着。军部对忠实于帝国事业的同仁，永远不会忘记。段先生，存放在东京的档案，随时记录着你的动向，正像轮船调度员随时可以说出船舶的位置那样准确！”

段玉兴以在大阪受训时，面对教官的那种姿势挺立着，聆听樱花少佐的训话。他的思想正像樱花少佐指出的那样：以为十年以前的事情早成过去，时过境迁，日本的特工人员未见得还能再找到他。想不到为了抓共产党，却无意中破获了日本间谍电台，这位樱花少佐成了阶下囚。他自己也过分急躁，邀功心切，不等审问清楚，刚才已暗地叫发电南京报捷。事情已经闹出去，这事如何收场？他实在觉得棘手：私自了结是不行了，樱花少佐必定会牵扯自己，双重特务的身份就要暴露，戴老板如何会放过自己！就是想放过自己，四川抗日的民气这样高涨，事情不免要张扬。迫于民众的压力，自己也会送军事法庭审判，命就保不住了。再说，若不保樱花少佐过关，自己也难幸免。他在大阪受训几个月，深知日本特工手段毒辣。但是要保樱花少佐过关，实在想不出良策。段玉兴这时不仅额头冒汗，内衣后背也被汗湿了一大片。

樱花少佐见段玉兴还规规矩矩地挺立着，她态度突然松弛了，又恢复了三姨太的面目，柔嫩的手轻轻在段玉兴肩上一拍，娇声说："段先生，请坐下呀!"

段玉兴稍微感到轻松一点，但坐得比较拘谨。他好像已经对三姨太的媚态不感兴趣，知道她是多刺的玫瑰，并不像樱花那样温顺，何况他正紧张地思索着对策。

"香烟!"三姨太不客气地叫了一声。

段玉兴恭敬地递过一支香烟，并立即划燃了火柴弯腰屈背给三姨太把香烟点燃。

三姨太又徐徐向段玉兴脸上喷着青烟，但段玉兴目不斜视端坐着，像坐禅不为尘心所动的老僧。

三姨太想到刚才段玉兴那轻狂样子，对比之下不觉好笑。她认为川岛太太物色了一个胆小鬼，并不是一位出色的间谍。要是段玉兴这时能够再大胆伸手拧她的脸蛋，摸她的胸脯，甚至……她反而会更喜欢。段玉兴哪里知道三姨太心里的想法，看见她望着自己轻蔑地冷笑，以为还在责怪他刚才的冒失，更加手足无措。

"酒，给我一杯酒!"三姨太捻熄了烟头，指着桌上一瓶露酒说。

段玉兴心里不觉一动，他觉得已经找到解决问题的办法了。他殷勤地仔细将一只高脚酒杯擦拭干净，拔开软木瓶塞，向高脚酒杯里注满了露酒，双手捧给三姨太。

三姨太接过酒杯没有马上喝，举杯迎着窗外射进的明亮阳光略微一瞥，从头上拔下一支银白色的金属发针，漫不经心地在酒杯里搅动了几下，再把发针别回发上，把那杯酒递给段玉兴："特派员，我们初次相见，我借花献佛，这杯酒算我敬你，你是一定要喝的。"

段玉兴心惊肉跳不敢伸手去接，连声说："得识樱花少佐芳颜，我不胜荣幸!这杯酒是我敬你的，怎好收回先喝，请少佐务必赏光。"

殊不知樱花少佐硬将这杯酒塞在段玉兴手上，严厉地说："喝下，我命令你喝下。"

段玉兴站起来，举着酒杯的手不住颤抖，脸色大变，始终不肯喝下。

樱花少佐跳起来双手左右开弓，在段玉兴两颊上一气打了重重七八个耳光。段玉兴惶惑地站住动也不动，连眼皮也没眨，硬挺着挨打，这是他在大阪受训时养成的习惯。最后一记耳光因为打得过猛，他手上的高脚玻璃杯滑跌地上打碎了，发出清脆的碎裂声。

楼下的特务也听到了声响，杜鲫壳赶上楼梯。

三姨太听见楼梯响，向段玉兴一努嘴，示意他出去应付。

段玉兴推开门伸出头去，正好杜鲫壳从梯口露面，他吆喝着："没事，下去。不叫不要上来。"

杜鲫壳虽然有些疑惑，但认为特派员在房里审问这么一位妖艳的妇人，当然不愿别人干扰。他怕惹恼段玉兴，只得答应着退下楼去。

段玉兴还不敢坐下，樱花少佐示意他坐下，他才如坐针毡地将半边屁股落在椅子上。

樱花少佐冷冷一笑："梅花先生，你在酒里放下烈性毒药，想杀人灭口，服下的又是日本特制的毒药，你完全可以报告是服毒自杀，最多不过因看守不严的过失受点申斥。哼！多如意的算盘！段先生，你太蠢了。你不过在大阪受过训，学了点特工技术的皮毛，就敢在我面前耍花招，想得未免太天真了。你把我毒死，只瞒得过戴笠，总也瞒不过东京总部的耳目，结果错上加错、祸上加祸。"

段玉兴被樱花少佐戳穿了阴谋，知道自己不是她的对手。从樱花少佐柔若无骨的身段看来，是经过长期严格的柔术锻炼，才能达到这种程度，肯定是资历很深的老牌间谍，忙认错道："樱花少佐，我糊涂，我糊涂。"

樱花少佐知道不能再逼他了，适可而止地说："梅花先生，樱花和梅花都是帝国的象征，我们携手合作的时间还长呢！大东亚圣战刚拉开序幕，远东是帝国的，西方将来也会属于帝国，天皇陛下的光辉有一天会在全球照耀。"

段玉兴如释重负，连声说："一定效忠天皇，为帝国服务！"

樱花少佐为了使气氛更和谐一些，提议道："我们共同唱一首樱花谣吧！"

樱花少佐先低声吟唱，段玉兴也低声和着。这首樱花谣是大阪受训的特务都会唱的歌：

碧海大江，

皇恩荡漾；

樱花盛开，

东亚飘香；

吾辈同窗，

共沐圣光。

……

歌声停住，樱花少佐意味深长地说："不要怕，像你这样的双料货，蒋先生属下，多得很呢！军阶比你也大得多咧！你们的戴老板最近还与我们眉来眼去闹得欢呢！你算得了什么？"

段玉兴知道楼花少佐说的并非假话，但对目前善后如何处理，还没想出妥当的办法，只得向樱花少佐请教："少佐，你看目前善后怎样处理？"

樱花少佐满不在乎地说："你可向上报说，这是刘湘军长的私人电台，就万无一失了。"

段玉兴有些疑虑："万一戴老板发电报去成都查问怎么办？"樱花少佐嘴角露出一丝淡淡的微笑："怕什么！刘军长会承认的。"

段玉兴不禁暗暗惊佩，更加惶恐：真厉害呀！他们与刘军长也挂上钩了！

段玉兴想起一件事情，问道："请问少佐，难道徐宁山也是……"他凝神等待回答。

樱花少佐一撇嘴："我刚才只不过逗弄他玩玩，我们军部不是收破烂的荒货商。"

段玉兴又问："罗天成呢？"

樱花少佐脸上有点发红："罗天成稍微有点用处，只不过斥候[1]身上的柏树枝。"

这时一阵楼梯响，三姨太低下头，段玉兴马上装出很神气的样子。

进门来的是徐队长，递给段玉兴一份电报，段玉兴看后，不禁笑容满面把电报递给三姨太："三姨太，原来你是刘军长的人，误会了，实在对不起。"刘湘的电报来得好快，电报说：三姨太的电台是他私人用的商业电台，请求立即放人还电台。

1 斥候，旧军队的侦察兵。

三姨太没有看一眼电文，顺手将电报纸撂在桌上。她谈的是另一个问题：“特派员，你们找共产党有进展吗？”

段玉兴摇着头说：“有线索，但找不出证据。”

“笨……”笨蛋二字差点被三姨太说出口，后来意识到徐队长在场，忙改口说：“本来不是难事，怎么比搭梯子摘星星还难呀！”

段玉兴和徐队长不约而同地问：“三姨太有什么好办法？”

三姨太点头微笑，但说的又是另一件事：“特派员，我可以恢复自由吗？”

“当然，三姨太完全可以自由。”段玉兴赔笑说。

“既然我可以自由了，请给我订一张去重庆的船票，我明天早上就走。”

“三姨太，你去重庆还回涪陵吗？”段玉兴问。“回不回是我的事，你不是说我可以自由吗？”

“是，是。”段玉兴不敢再问了。

“至于要找出共产党的证据！特派员，我倒可以给你们出个主意，要听吗？”

“当然要听，当然要听！请三姨太指教。”段玉兴恭敬地说。三姨太慢条斯理地说……

三

牟玉佛脚尖先着地，生怕青砖上苔藓溜滑，小心地穿过院坝。他听见刑讯室传来一声惨叫，接着寂然了。

待他走进刑讯室的门口，杜鲫壳迎上问：“是牟经理吗？稍等一会儿，请往客厅休息，段特派员正在审讯重要犯人，正用刑哩！”

牟玉佛知道规矩，审讯重要犯人的时候，特派员是不喜欢无关人员随便闯进去的，于是停住了脚步。杜鲫壳轻声对牟玉佛说：“审问一个共产党分子，特派员吩咐要严守机密。”

牟玉佛递一支香烟给杜鲫壳，自己也衔着一支，轻声问：“从哪里抓来的？”

杜鲫壳巴结着给牟玉佛点烟，然后自己点着猛吸了一口，闭着嘴，让烟雾从两只鼻孔逸出：真香，牟经理抽的香烟都是高级的英国货。他原先就认识牟玉佛，大兴洋行的赌局他是经常光顾的，目的不是赌钱。他知道牟玉佛是罗天成手下得力的彩客，赌钱不是牟玉佛的对手。因为那里船员进进出出，正是他刺探船员活动的最好场合；更重要的是想从中捞几个外快，贴补自己的零花。牟经理态度大方，不等杜鲫壳开口，十块八块的银圆就塞到杜鲫壳的手上。杜鲫壳这时凑近牟玉佛耳边悄声说：“这次任务真蹊跷，由徐队长亲自深夜捉人，据说当场查获了共产党的文件，现正审问，已用几次刑了。”

杜鲫壳见牟玉佛已不是外人，干脆端一张凳子请他坐下：“审问快完了，牟经理就在这里等吧！”

牟玉佛刚坐下来，听见里面特派员大声在问：“难道只有高茜与你联系，还有吗?”

一个低低哀求的声音：“我知道的都说完了，特派员……”牟玉佛听不清以下的话，听这人的嗓音很年轻。

段玉兴的声音：“这份文件旁边批注的评语，分明是李明的笔迹，怎么说你没见过李明？也不知道李明……”

“特派员，我实在不知道李明，这文件是高茜传递给我看的。”

“好，我相信你的话，现在我派人送你回去。要知道共产党对叛变失节的叛徒是不轻饶的，只要你自己不说，我绝对给你保守机密，神不知鬼不觉……”以下的话又听不清了，听意思段玉兴还要放长线钓大鱼呢！

牟玉佛刚走了两步，刑讯室的门开了，段玉兴走了出来，徐队长跟在后面。

“特派员，你找我有啥事?”牟玉佛停步回身招呼。

段玉兴笑容满面，上前一步紧握着牟玉佛的手：“你来得正好。”旋即吩咐杜鲫壳：“快请徐宁山先生。”经过一番考察，段玉兴对徐宁山和牟玉佛感到放心了，认为徐宁山和牟玉佛都有能力，军统在川东的基础比较薄弱，准备依靠他俩在川东建立秘密的军统情报组织。所以徐宁山和牟玉佛现在都有资格参与机密，凡事段玉兴都要找他俩来商量。

今天段玉兴真是心花怒放，暗暗佩服樱花少佐毕竟是日本的老牌间谍，看得很准。自己朝思暮想要捉拿的共产党，已经捉到了，并招出了高茜，扯到李明身上。

上次涪陵事件，樊师长、刘军长搞得很被动，最后借王团长一颗人头平息了众怒，对高伦已恨得牙痒痒的，早想伺机报复，只是苦无借口，又慑于高涨的民情，不敢贸然下手。捉到的这个人既然是C·Y，介绍人高茜当然是C·Y甚至是C·P，不用说李明是C·P无疑。李明在这份文件上留下的笔迹，就是有力的证据。清查出高茜和李明，顺藤摸瓜，涪陵共产党的地下组织肯定可以一网打尽。高伦就会知难而退，高涨的民气就可以压下去。

段玉兴拉着牟玉佛上楼到了自己的卧室，不一会儿徐宁山也来了。为了三姨太开他一个玩笑，禁闭了大半天，吓出了一身冷汗。幸好段玉兴打过招呼，在生活上没难为他，杜鲫壳帮他跑了一趟，买了几包梭梭[1]，包香烟的锡纸是现成的，过足了烟瘾，不曾受苦。事后段玉兴为了安抚他，特地设宴为他压惊。三姨太究竟是啥人？徐宁山也搞不清楚！只听说是刘湘的人，他觉得不解：刘湘在涪陵设秘密电台根本没有必要，驻军是刘湘的部下樊哈儿，已有公开的军用电台。他隐隐约约中听到说：三姨太的事情与日本人有关。他避让推卸都怕来不及，当然不会向段玉兴打听。罗天成见抓去了三姨太，又是当场搜出电台，也吃惊不小。这个原先跑江湖卖艺混饭吃的女人，跟了他几年，他对这些事一点影子也不知道，原也以为三姨太是共产党，不禁吓出了一身冷汗。有人给他报信说：徐宁山也为这事关闭起来了，他生怕连累自己，到处辩白那女人不是他的姨太太。后来有人给报信，说刘湘发电报来把三姨太保出去了。他更加疑惑不解：刘湘在他身边设秘密电台干啥？后来徐宁山才告诉罗天成：三姨太与日本人有关。罗天成想到三姨太平时的亲日言论，才明白了几分。他想进一步打探情况，但徐宁山知道的并不多。罗天成装得若无其事，心里却怀着鬼胎，有点提心吊胆……

段玉兴看人到齐了，把情况扼要地作了介绍，只是始终没把捉的C·Y分子是谁说出来。徐队长也守口如瓶。当然，徐宁山和牟玉佛知道特工的规则，也不便问。

段玉兴怕夜长梦多，走漏了风声便前功尽弃，想立即让徐队长带人去捉。正待交代布置行动细节，牟玉佛瞥了段玉兴一眼，慢吞吞地说："特派员，我想谈一下我的看法，可以吗？"

"谈，快谈！"段玉兴点头说。

"我看王团长是前车之鉴。目前四川民气这样高涨，高伦更不比前番，涪陵事件一闹反而身价百倍，四川民众都争誉他为老英雄呢！他有了更大的号召力。动手捉他的独生女儿和他以前的副官李明，我看还是向刘军长或南京方面请示一下

---

1 鸦片烟的精制品。

 为好，不知特派员以为如何？”

牟玉佛一席话说得段玉兴沉吟起来。他原先急于求成，没有多考虑，经牟玉佛提醒，觉得言之有理：若因此激出事来，刘军长是奈何他不得的，但戴老板和老头子也喜欢翻云覆雨，惯用舍车保帅的办法，可能会吃不了兜着走。但是若与南京联系，戴老板身边的人办事拖沓他是知道的，电报往返要延误时间……

段玉兴在仔细斟酌之后，决定一面电报南京，一面用电话向重庆有关方面请示。只要重庆方面同意，以后有啥不测，也好推卸责任，留作退步之阶。他拿定主意后点点头说：“老牟提得很好，这样吧……”他看了看怀表：“现在是下午二时正，我们五点钟准时行动，徐队长准备一切，严密控制各交通要道。捉高茜的事情由我亲自负责，我亲去对付高伦；捉李明的事情由徐队长负责，徐宁山不用公开出面，可暗地协助；牟玉佛跟在我身边协助照料。现在还有三个小时的余裕时间，可以向上级报告请示，我看是足够了，诸位以为妥否？”

大家知道段玉兴已经做了决断是不轻易改变的，都点头表示赞同。

只有徐队长除了表示同意外，提出了一点建议。他考虑要控制所有的交通要道，单靠侦缉队的人手可能不够，用商量的口吻说：“特派员，是不是请樊师长派兵协助一下？”

段玉兴不假思索地拒绝了：“不用！”他原先也考虑过请樊师长派兵协助，但认为不妥：动员军队反而容易打草惊蛇，高伦虽有威望但无兵力，有侦缉队和便衣特务就足够了。另一个主要的原因是，段玉兴怕中统的特工人员争功。上次樊师长被陈老板[1]派出的特工人员沈小姐拉拢，暗中投靠了南京。沈小姐抢了这个头功，蒋老头子着实把中统表扬了一番。段玉兴为这事受到戴老板的严厉申斥，骂他混蛋无用，至今想起来还有点丧气。

段玉兴站起来，大家也跟着站起来。段玉兴很有点果断的味道：“五点钟准时行动！”

1 指陈立夫、陈果夫，特务组织中统局的头子。二陈又称C·C。

第二十九章

上级已好几次向李明发出指示，指出他在涪陵的任务已经基本完成，敌人正在注视他，他的处境很危险，要他迅速把善后工作料理好后撤退。

现在一切工作都迅速安排妥善，只有关于送高茜到重庆转赴陕北的事情，因为高伦怕高太太爱女心切不忍分离，迟迟没有成行，所以李明还在涪陵等着。

高伦也听到风声，敌人可能要对高茜与李明下毒手了，因为时间紧迫，才当机立断：同意让高茜先走，事后他再向高太太劝说安慰。

李明已经布置妥当，今晚由冯烂王和李应忠负责暗地护送高茜上民福轮去重庆。

高茜一走，李明决定明天按上级指示：秘密去石牛场完成一项新的任务……

李明早已把党的文件和书籍妥善处理了，中饭过后，他独自在报馆房内，将所有的东西检查一遍，哪怕是一点点能引起敌人怀疑的地方都不放过，不让只言片字留在敌人手上。

眼看没有什么遗漏的地方，李明放心了。他自己的行李很简单，刚装满了那只小皮箱。小皮箱里除了衣物日用品外，留了一份文件在里面，这是毛泽东同志所写的《中国社会各阶级的分析》。李明对这篇文章爱不释手，所以冒险留在箱子里，准备随时带在身边看看。

小皮箱已经塞满，可是旁边摆着一件银灰色的毛线衣放不进去了，这是张碧秀最近织好，托高茜送给他的。李明看着这件毛线衣沉思起来。

自从他回到涪陵以后，转瞬之间已经两年多了，一切工作进行得很顺利，党的组织恢复了，并且有了发展。闭塞的涪陵，民众已经动起来了，抗日救亡的气氛空前高涨，抗日民族统一战线已经形成；高伦的进步很快，向党靠拢了；连平时只知打麻将牌消磨时光的高太太也被卷入了抗日救亡的洪流中，热心地协助高伦在上层社会开展团结抗日的工作；闹山雀高茜变化更大，由天真烂漫的“小报童”成长起来了，早已参加了共青团，并愿意抛弃娇小姐的生活，坚决要求去陕北，为中华民族的解放贡献自己的力量。

两年多来，社会在动荡，阶级在分化，人民的力量在一天天壮大。

最使李明感到难受的是春燕的死。自从那次听了春燕自叙身世以后，李明对春燕的遭遇无限同情。因为自己的工作比较忙，对春燕的关心教育是不够的。李明听到春燕的死讯以后，深深感到自责：要是自己更多地关心她，也许她不会走上自杀的道路。由春燕，他自然地想到朱佳富。对这位老同学，李明可说是了如指掌，但仍对他的右转感到愤慨。他也为杨宝瑜感到惋惜。

他与张碧秀很少见面，仿佛张碧秀也避着他，不愿与他多见面，怕引起她的伤心。张碧秀采取了一种奇特的方式，不断写信给他，谈的都是有关时局和抗日运动的事。有时也把她写的短诗寄给他修改。李明觉得张碧秀有了很大的进步，也不断回信鼓励她，间或也将张碧秀的短诗选登在《涪陵报》副刊上。

这件银灰色的毛线衣是不久前由高茜转给他的。为这事他颇费踌躇，收下觉得不妥，退回去又觉不妙，最后只得勉强收下了。

时令已进初冬，虽然涪陵的天气不算冷，但这织得密厚的毛线衣确是需要的。张碧秀的心很细，已注意到李明单薄的衣衫。李明并不是穷得置不起寒衣，实在没有过多的时间去考虑这些。张碧秀对他生活上的这种关心，李明也觉得感动，但这只是一瞬间的事，很快就消失了。因为他马上就要离开涪陵，不知何时才能回来，他不愿意再挑起那种已经消失的感情。

小皮箱既然盛不下，李明身上的确感到寒意，干脆就脱下外面的夹长衫，准备穿上毛线衣。不觉摸到肩后衬衫上的一块补丁，这块补丁还是那年春燕趁他不在房里顺手给他补上的。春燕的影子又在他脑际呈现出来，他慢慢地穿上毛线衣和夹长衫，惋惜地叹了一口气。

忽然，响起一阵急促的敲门声，李明很快合上了小皮箱放到床铺下，打开了房门。

门口站着一个小男孩，匆忙交给他一张折叠的纸条："李明先生，信。"不等李明回答，回身一溜烟跑了。

李明还没看清小男孩的面孔，小男孩已经跑得无影无踪。他掩上门，惊疑地摊开小纸条，一行粗草的钢笔字迹跳入他的目中：敌人五时动手，速与高茜撤离。一颗星。

李明看后暗暗吃了一惊。他知道"一颗星"是一位打入敌人内部工作的同志的代号，李明与"一颗星"从没发生过横的关系，因为"一颗星"是由重庆地下市委直接单线联系的。"一颗星"是谁？李明并不知道。现在采取这种违反常规、直接与他联系的方式，说明情况非常紧急。李明烧了小纸条，摸出怀表一看，已经三时过了，离敌人动手的时间只有一个多钟头。他首先想到的是高茜，必须将她提前送走，这是党交给他的没有完成的最后一个任务。

他只好匆忙地走了。临离开房间时，他镇静地从小皮箱里取出毛泽东同志写的那篇文章放在身上，他知道现在不能带着小皮箱，可能也来不及再回来取走小皮箱，决不能让这份文件落在敌人手里。

李明从小路直接抄到荔枝园，高伦看见李明匆匆而来，忙迎进客厅。

李明忙问："高小姐呢？"

高伦见李明神色有异，知道出事了："她吃过中饭就出去了，啥事？"

李明不禁焦急起来，扼要对高伦把情况说明，马上要动身出去找高茜。

高伦忙阻止说："不行，你不能再回城去，赶快走，我派人去找她！"

李明斩钉截铁地说："她常去的地方我知道，还是我去找！"

"不，你不能再回城去！"高伦的话也说得很决断，接着补充说："只要他们捉不到你，茜儿很好办，我想凭我这点老面子，他们也不敢把她怎样！"

"不，高参议，这群恶狗啥事也干得出来的！"李明没有继续说，回身就走，高伦正想阻止，李明已走得很远了。

二

高伦感到不放心，派了两起人去城里打探消息。

高太太也知道了，急得要亲自进城去寻找高茜，被高伦百般劝说才止住了。

高太太流着泪说："我们只有这个独生女儿，要是有啥长短，我要找樊师长拼命去。"

"唉！太太，这次不关樊师长的事，完全是特务干的。他们不见得就能捉住茜儿，李明办事我是放心的。"高伦宽慰高太太。

高太太对着高伦嚷嚷："我茜儿宣传抗日犯了啥罪？为啥一次二次要捉她！难道个个都当亡国奴才好吗？"

高伦的白眉毛微微皱起，轻声劝说："太太，你跟我吵有啥用？不要吵，静一静不好吗！"

高太太急得无处出气，高伦一贯是她的下饭菜，她举起拳头往高伦胸上一捶："老头子，他们欺到你头上来了，你还沉得住气。亏你跟孙先生闹过革命，带过兵，当过参议，现在连自己的独生姑娘也保不住，你有啥用啊！"

高太太这几句话，的确触着了高伦的痛处，高伦沉着脸，他没有理会高太太，在客厅里来回急速走动。

高太太这一拳当然捶得很轻，但她看见高伦动了真气，白眉毛竖起，脸色泛青，出着粗气，她又怕把老头子气坏了。她忍住自己的不安和焦急，把高伦扶到藤椅上坐下，反而安慰说："看你气得这样！气出病来怎好？"她递给高伦一杯酽茶。

高伦稍微平静了一点，将一杯酽茶一饮而尽。这时壁上的自鸣钟当当响了五下，高伦知道这是敌人开始行动的时间，又不安地站了起来。

派出去探信的人回来了，说在全城走遍也没看见高小姐，也没看见李明先生，现在全城戒严了，侦缉队的便衣特务控制了各处要道。

话还没说完，段玉兴带着一群便衣执枪的特务冲进了高公馆，气势汹汹地迅速控制了各进出口。

黄妈从厨房端着一个托盘出来，盘上放着两只白瓷细碗盛的清炖银耳，这是高太太吩咐送去的。两个便衣特务拦住黄妈不许通行。黄妈从没见过这阵仗，高公馆里就是赵专员和樊师长前来，随从人员也是循规蹈矩不敢放肆。黄妈偏要走，嚷嚷着与两个便衣特务争执起来。一个特务把黄妈猛推了一把，托盘里两只白瓷细碗滑到地上跌碎了，发出很大的声音。

段玉兴身后跟着杜鲫壳和牟玉佛，他们刚跨进客厅，迎面看见高伦立在客厅中央，一脸肃杀之气，左手拿着刀鞘，右手执着白晃晃出鞘的指挥刀，厉声责问："你们是谁？胆敢在这里放肆，我高伦也不是好欺侮的！"

段玉兴从没见过高伦，见高伦声音洪亮，横着白眉毛，圆睁着的一对眼睛炯炯有神地逼视着他，手里执着的指挥刀随时都有劈来之势，肃杀中又透出一股毅然不凡的气概。

段玉兴在高伦逼视之下，不觉打了一个冷战，嚣张的气焰顿时矮了一大截，忙含笑哈腰招呼："高参议，久仰大名，不用动怒，兄弟有点小事要高参议帮忙！"他回过头对杜鲫壳使了个眼色："高参议在这里，不得放肆，滚出去。"

杜鲫壳趾高气扬的神态也顿时收敛了，连声答说："是，是。"他一挥手带领着特务退出去了。

高伦扫了段玉兴一眼，缓缓将指挥刀插入刀鞘，也没答话，沉着脸坐在一把红木靠椅上。高太太紧紧地依偎在高伦身边。

段玉兴眼睑下的肌肉在颤动，只得自寻一张藤椅坐下，赔笑说：“高参议，兄弟奉命来与你商量一件事情：要高小姐去一趟。兄弟保证，决不让高小姐受半点委屈，一经问明，便马上送回。”

高伦冷冷一笑：“请问，舍女犯了何事，有劳特派员的大驾？”

段玉兴阴阳怪气，不软不硬地说：“高参议放心，一点小事，高小姐不过与共产党有点牵连。”

“与共产党有啥牵连？证据！”高伦厉声问。

“有，当然有证据！”段玉兴这时惊魂已定，气焰又高起来，单刀直入地说：“请高小姐出来跟我们走！高参议，一经问明决不委屈她，一定送回。”

高伦逼视着段玉兴，没有回答。

高太太代答道：“舍女不在家！”

段玉兴嘴角露出一丝奸猾的笑：“高参议，既然不将高小姐交出，恕我无理了。”他向门外的特务命令：“搜！”

楼上楼下顿时响起了凌乱的脚步声。

高伦气得伸手又要去拿桌上放着的指挥刀，他伸出的手被高太太紧紧地拉住了。

乱了一阵，杜鲫壳进来报告：“特派员，没有发现高茜的人影。”

段玉兴站起来，皮笑肉不笑地欠欠身：“高参议，我已布下天罗地网，高小姐恐怕插翅难飞，暂别！”说完带着特务一阵风似的走了。

高太太见特务们走远了，才松开高伦的手。

高伦气得猛地往桌上一捶，大声说：“老蒋呀！我高伦总有一天要与你算清这笔账！”

高太太见高伦喘着粗气，忙扶他在另一张躺椅上坐下：“老头子，你身体要紧，何苦生这大的气。”高太太给他揉搓着胸口。

高伦刚平静一点，高太太还不知高茜的下落，坐在高伦旁边难过地哭着：“茜儿，我的茜儿呀！”

天刚擦黑，远远突然传来一阵繁密的枪声，还夹杂两声手榴弹的爆炸。高伦像触电似的从躺椅上跳起来，急步走到窗边谛听了一会儿。枪声慢慢稀疏了，最后一切归于沉寂。

高伦发觉高太太也站在他身边一边落泪，一边向外张望，外面已经黑洞洞的看不清。

高伦对高太太说："根据枪声判断，有两支手枪对击，太太，不要哭，李副官的枪法是百发百中的，万无一失……"高伦突然想到李明未必有枪，不禁住了口，但一时又想不出适当的话来安慰高太太，空气僵住了。这时轮到高伦扶高太太在躺椅上坐下，他在厅内徘徊。

公司已与民成公司合并，朱佳富夫妇已到上海去了，高伦感到身边没有得力的人去打听一下情况。高源只是个绣花枕头，中看不中用。可能因为戒严了，抗日后援会的人一个也没来，高伦几次要亲自进城去，高太太哪能放心他去！死力劝阻住了。

正在担心之际，胡方跑得满头大汗来了。高伦忙迎上去，迫不及待地问："胡师爷，有啥消息吗？"

胡方四顾无人，忙从怀里掏出一张纸条递给高伦："高监事，请看。"高伦已经补进民成公司董事会任监事，胡方已改口这样称呼。

高伦展开纸条一看，只见上面写着：

亲爱的爸爸，妈妈：

李副官已将我安全送走，请勿悬念。别了！我马上要奔赴抗日前哨，为中华民族的解放贡献我的力量。爸爸，妈妈，不要难受，我们一定会再见面的。

茜儿匆草即日

字迹虽然很潦草，高伦一眼就认出是高茜的亲笔。

不等高伦发问，胡方凑近高伦的耳边低声说："是李明给我的字条。李明说，高小姐是改扮成男装坐木船走的，护送她的人都稳妥可靠，请你放心。"

高伦不及细问，忙把纸条递给高太太。高太太看见了高茜的亲笔信，见女儿已安全脱险，不禁喜上眉梢。待想到女儿要奔赴抗日前哨，又不知究竟到哪里去，既然叫抗日前哨一定不近。她不禁焦急不安地问高伦："茜儿要到哪里去？"

高伦知道在此时不便谈这些，劝慰说："太太，只要茜儿已安全脱险我们就放心了，至于她究竟要到哪里去，我隔会慢慢与你说。"

高太太想到高茜一走，知道短期内已见不着了，不顾一切地说："胡先生，茜儿坐木船去了哪里？我们涪顺轮还靠在码头上，我要坐涪顺轮去追上见她一面。

我送她到川西她舅舅家里去，看谁有这么大胆量去捉。”

不等胡方回答，高伦皱着眉头说：“唉！太太，特务还在四处捉拿她，你大张旗鼓坐涪顺轮去追茜儿，不是明明白白告诉特务了？太太，你总是翻老皇历，以为川西是你刘家的天下，谁也不敢动一下。你想想，他们敢到我高伦家来捉人，难道不敢到刘家去捉人吗！甫澄已六亲不认，现在也被老蒋逼得要出川，泥菩萨过河——自身难保，自乾能不能在西康顶住实在可虑！太太呀，唉……”

高太太不等高伦说完，鼻子一酸，说：“照你说，我啥时才能见得着茜儿啊！”

“唉！太太。”高伦豁达地劝解说，“我们终归要死的，难道能守茜儿一辈子？孩子长大了，她一定是要飞的，让她去长空里练练翅膀吧！我说呀，太太，茜儿有这样远大的志向，崇高的理想，我们要高兴才对呀！”

高太太哽哽咽咽地说：“茜儿能受得了那样的苦吗？”

高伦没有再劝高太太，知道不是三言两语可以说通的。他担心李明的安全，问胡方：“胡师爷，李明呢？他走了没有？”

胡方答道：“李明把这张纸条给我的时候，街上已经戒严了。我劝他暂时藏起来，他说，留在城里不安全，敌人肯定要大搜查，他要趁敌人还没完全控制住全城突围出去。说完就走了。”

高伦沉思了一会儿，问：“胡师爷，擦黑时响枪，爆炸手榴弹，你听见没有？”

胡方说：“听见的，是靠近公司宿舍的方向，情况还不清楚。”

高伦顿足说：“糟了，李明肯定遇上他们了。胡师爷，你赶快去打听一下，李明被他们捉住没有？若被他们捉住了，我要不惜一切代价救他出来。樊师长那里有我的老兵，我拖上山去当绿林好汉也要与他们干。”

胡方答应着匆匆忙忙走了。

高伦看高太太还在哭，劝解说：“太太，李副官就是因为茜儿耽搁了时间，现在情况不明。茜儿去抗日前哨算先我一步，我还准备组织老子军与日寇干呢！堂堂黄帝子孙应该有这种骨气。”

高太太抬起头来，圆睁着泪水模糊的眼睛瞪着高伦，见他说得很认真，不禁吃惊地说：“哎！你也要……”

高伦点头微笑：“太太，你若不愿与我分离，也可以组织娘子军跟着我抗日嘛！”

高太太见高伦半开玩笑半认真地说，不觉长长地叹了口气。

高伦脸上的微笑消失了，他在客厅踱着步，自言自语地说：“李副官在哪里呢？他……”

三

在五点钟以前，李明找到了高茜，引她到一个地下党员家里扮成男装，由冯烂王和李应忠雇了一只木船送走了。因为情况有了急变，不能再搭民福轮了，准备送到李渡改乘其他轮船去重庆。

为了使高伦夫妇放心，李明叫高茜简短地写了张字条，他寻着了胡方，把高茜的字条交他后，才轻轻松了口气，准备自己离去。他看时间已近五点，报馆决不能再回去了，幸好箱里文件已取出揣在身上，箱子里不过几件换洗衣服，没有什么重要东西。

他不敢走热闹的街市，专拣僻街小巷穿行。他估计城门洞可能已被敌人控制，准备从靠北已经拆除了城墙的地段突出城去。这一带建有仓库、住房。

李明刚走进一条僻街，申小旦不知从哪里一步跨出来，用驳壳枪抵着李明胸部：“哈哈，李明先生，你已落在我的手中，跟我到侦缉队跑一趟吧！”申小旦的尖嗓子特别刺耳，原来秀气的面孔被段玉兴给他留下了好些疤痕，真是难看。

李明不等申小旦的话落音，用拳猛地往申小旦手腕上狠狠一击，拨开了驳壳枪，同时飞起一脚向申小旦下裆踢去。

申小旦哎哟一声，手无力地垂下，驳壳枪拿不稳掉在地上，疼得蹲在地上用手捂着下裆呻唤：“哎哟！……”

不容申小旦有喘息的机会，李明从地上拾起他的驳壳枪便跑。

申小旦见驳壳枪被李明抢跑了，吃了一惊，强忍住疼痛，挣扎着站起来，摸出一只口哨，拼命地吹着，一瘸一瘸往前赶。

听见口哨声，埋伏在附近的特务闻声赶来。李明左冲右撞，见各处都有特务把守，已经出不去了。他慌乱中跑进一条小巷，往前跑了几十步才发现这是一条没有出路的死巷。几个特务已经堵住了巷口，退路也被切断了。

李明这时反而镇静了，他干脆坐在一道小门前的石级上，黑漆的小门紧紧地关闭着。他借着一个墙角的掩护，注视着巷子口。几个特务知道李明手上拿着申小旦的驳壳枪，缩头缩脑地不敢进巷子来。

李明脸上露出轻蔑的微笑，不慌不忙地退出驳壳枪上的弹匣，清点了子弹的数目，是满满的一匣子弹。然后把弹匣合回驳壳枪上，熟练地用一只手拿着驳壳枪往自己腰上一抵，哗的一声上了红槽，用拇指一拨，将快慢机拨在点放的位置上，冷冷地注视着巷子口。正好一个胆子大一点的特务刚伸出头向巷子里张望，李明随手一枪，不偏不倚正中敌人头部，这个特务没有来得及叫一声，脑壳便开了花。

半晌，巷子口再也没有哪个特务敢伸出头来，只是伸出手胡乱向巷里放冷枪。

一个念头在李明脑中一闪：不能在这里坐等拼命，要突围——有一线希望就要突围。

忽然背后的小黑漆门吱扭一声轻轻开了，李明不由吃了一惊，正警觉地举起手枪，一个女人的声音急促而低声地说：“李明，快，进来！”

李明已经看清这女人的面孔，惊喜地喊：“啊！张碧秀！”他闪了进去，张碧秀关上门，在前面带路：“李明，跟我来。”

李明跟着张碧秀穿过一个小花圃，进了一座小洋楼，踏着楼梯到了楼上。

原来这是张碧秀的住家，李明自从回涪陵以后，从没来过这里。

张碧秀把李明引进了她的卧房，关上了门。张碧秀背靠在门上，这时才松了口气，但胸脯还微微有点起伏。

李明已经很久没见过张碧秀了，见她穿着素色的驼绒旗袍，罩着一件嫩黄色的绒线衫，脚上穿的一双素色布鞋的鞋帮上沾着泥巴，这是刚才穿过花圃时沾上的。

他们相对无言，沉寂了一会儿，张碧秀先打破了沉寂：“李明，请坐呀！我这里有一道后门通江边，天快黑了，稍待一会儿你就可以安全地走了。”

李明把驳壳枪往腰上一插，他打量了一下房间的摆设：一张单人床，一张写字台，一张藤靠椅。李明想不到张碧秀住的地方这样简朴，真不像一个女人的住房。写字台上摆着一面小圆镜，两把牛角梳插在一只玻璃漱口杯里，这是张碧秀的全部梳妆用品。

床铺上素色的毯子，素色的棉被，看不见一点鲜艳的色彩，很有点像医院病室的陈设，只是闻不到药味。

张碧秀接触到李明投射过来的目光，忐忑不安地低下了头，浓黑的头发上别着一朵浅蓝色的绒花，格外醒目。

李明看见张碧秀过着这样简朴的生活，心里不禁很感动。他想安慰张碧秀几句，但急切间找不出适当的话。他觉得张碧秀近两年的进步很大，一种异样的情感从李明的心胸扩散开来。他目光柔和地注视着她。静，异样地静，他们依然在室内站立着，相对无语。

张碧秀对着李明微笑，含着无限的深情，也有点凄婉的味道。她嗫嚅了几次，终于说出声来："明，我给你织的毛线衣合身吗？"

外面有脚步的响声，李明和张碧秀都警觉地侧耳细听。有人敲门："张秘书，张秘书。"这是徐宁山的声音。

李明敏捷地抓住驳壳枪，看见张碧秀向他示意，要他躲进床后的帷幕里去。

张碧秀大声问："谁呀！是徐董事吗？有啥事？"

徐宁山继续敲门："张秘书，请开门，我有一件重要的事情找你一下。"

张碧秀见李明已躲进帷幕，便开了门，迅速向徐宁山身后瞥了一眼，见只有徐宁山一个人，稍微感到放心。她堵在门口说："徐董事，我正准备换衣服呢！等会我去找你吧！"

徐宁山硬挤了进来，张碧秀才感到不妙了，只得装作镇静地招呼："徐董事，有啥事这么急？"

徐宁山没有答理张碧秀，在室内端详着，突然从怀里掏出一支白朗宁小手枪对准床后的帷幕，厉声喊："李明，出来，赶快出来……"话声未完，徐宁山后脑被猛地一击，站立不稳，摇晃了几下，像柴块一样跌倒在地板上了。可是他手上的白朗宁手枪却响了，子弹呼啸着打碎了屋瓦，碎片和灰尘往下直掉。

张碧秀还举着门杠，呆呆地看着徐宁山的尸体发愣，徐宁山后脑涌出的鲜血已在地板上流了一大摊。

李明一个箭步从床后的帷幕里冲出，先关闭了徐宁山那支白朗宁手枪的保险机，然后才从他手上取下了手枪，急速地对张碧秀说："走，快走。"拉着张碧秀的手准备冲下楼去。

张碧秀为了救李明，毫不犹豫举起门杠打死了徐宁山，事后自己也吓愣了。被李明一拉，她才惊醒过来，坚决缩回手，指着窗口："李明，这里不太高，快跳出逃跑，我留在这里给你堵住敌人。"因为敌人听见枪声，已从楼梯涌上来了，张碧秀举着门杠在门口屹立着。

李明忙把张碧秀往旁边一拉，正好敌人一梭子弹从楼梯上往房门射来，没有击中张碧秀。

乘敌人换梭子的间隙，李明侧着身子在门口出现，左右开弓，双枪齐射，弹无虚发，涌上楼梯的几个特务中弹横滚下楼去了。

李明知道敌人的锐气已失，短时间不敢再硬冲上来。他跑到窗口一看，见离地有一丈多高。他受过军事训练，纵身跳下问题是不大的，可是张碧秀怎么办呢?

张碧秀像明白李明的意思，急促地说："李明，你别管我，跳下去逃走吧!"

李明的声音有些哽塞："秀，我怎能再扔下你!"张碧秀听见李明这样亲切地称呼她，心里一热，泪水夺眶而出，声音有点颤抖："明，快，迟了就逃不掉啦!"

李明看天色已慢慢黑下来，室内窗外一片灰蒙蒙的暮色。他略微沉思一会儿，果断地说："秀！监视楼梯的敌人!"

张碧秀不知李明要干什么，顺从地侧身站在门边谛听着楼梯上的动静。果然，敌人不敢贸然再往上冲，楼梯上静寂无声。楼下金钱豹徐队长在大声吆喝小特务们往楼上冲，但特务们口里答应，可谁也只是虚张声势喊叫，并不敢真往上冲。

张碧秀听见身后响着布帛的撕裂声，在灰暗的暮色中，她见李明将她床上的素色布毯用力撕成一条一条的，然后连接成一条长绳。她正想问话，听见楼梯上有了响动，便说："明，敌人上来了。"

李明已将布绳的一端牢实地系在窗格上，拉过张碧秀："快，拉着绳子滑下去。"随即站在张碧秀原先的位置上。他也听见了楼梯上的响动，躲在门后，侧身凝视着外面。他看见张碧秀还在迟疑，催促说："快，你不先下去，我是不会单独逃跑的。"

张碧秀知道再不能延误了，她攀着布绳从窗口滑下去了。

这时一颗手榴弹从楼梯口飞上来了，李明不等手榴弹着地，毫不犹豫闪电般地迎上去一掌击下楼去，在楼下轰的一声爆炸了。楼梯上的敌人吓得怪叫着滚下去了。

李明趁这间隙，一步跳上窗台，也攀着布绳滑了下去。他脚刚着地，就看见张碧秀伸出手来拉住他。

李明紧握住张碧秀的手刚跑了几步，被不远处站着的一个特务发现了："哎呀！李明从这里逃跑了。"

李明回手给特务一枪，可是没有响，他知道驳壳枪里的子弹已空了，干脆扔掉了驳壳枪。他估计白朗宁手枪里的子弹肯定也不会剩下很多了，为了爱惜子弹，他没有继续打枪，用手按了一下张碧秀，示意她弯下腰向前跑。他俩在暮色的掩护下往前急跑了一段路，敌人已大批跟在后面追来。只听流弹嘘哧、嘘哧在耳际飞响。李明知道这样的流弹声已离身边不远，非常危险。突然张碧秀往前扑倒了，他想扶她起来，可是张碧秀用手压着胸，痛苦地呻吟着。他知道她受伤了，来不及检查她伤了哪里，便抱起她奋不顾身地向前奔去……

四

待段玉兴带着人赶到了现场，李明与张碧秀已跑得无影无踪。他听了徐队长的报告，沉着脸半天没有出声。徐宁山早已咽了气，特务也死伤了好几个，可是李明和高茜都没抓住，再加半途冒出一个张碧秀，也跟着跑了，把段玉兴气得半天说不出话来。

停了好一会儿，段玉兴突然给徐队长两个耳光，骂道："饭桶，这么多人还把李明放跑了，自己死伤这么多！"

徐队长从来没受过这样的责罚，差点蹦起来向段玉兴扑去。可他最近已经领略到军统特务的凶狠毒辣，才强忍住这口恶气，用手摸着火辣辣的麻子脸，站在一旁不敢出声。

段玉兴像一个输光了的赌徒，气急败坏地来回踱了几步，才稍微冷静下来，恶狠狠地说："把江边这条道路封锁住，慢慢向江边乱石堆仔细搜索，我不相信李明会长上翅膀飞了！"

徐队长吞吞吐吐半天才说出话来："特派员，江边这条道路有几里长，黑更半夜的，李明夺了我们两支手枪带在身边，我们这么几个人怎行？"

段玉兴又待发火："娘的稀匹……"他觉得刚才当众给徐队长两个耳光已太急躁，自己虽是特派员，但徐队长毕竟是地头蛇。他忍住心里的火气，改口不满地问："徐队长，难道就让李明跑了不成，哼！"

徐队长建议说："特派员，我带着人先去封锁住江边大道，你赶快与樊师长联系，叫他派兵协助搜索。"

段玉兴沉思了一下，觉得除此之外已无别法，正准备答应。

"不可。"牟玉佛从旁边站过来对段玉兴说。

"为什么？"段玉兴不解地问。

牟玉佛不慌不忙地说：“李明已成瓮中之鳖，眼看可取全功，何必求助于人，惹人耻笑。”

牟玉佛这几句话正说到段玉兴的心坎上，他知道牟玉佛是久跑江湖的老手，一定有高明的见解，于是含笑请教：“牟先生，你看该怎么办呢？”

牟玉佛微微一笑：“人不宜太多，因为李明水性很好，逼急了，他会冒险跳江游泳逃跑，游不到对岸，也会淹死江中，我们不能生擒活捉。”

段玉兴觉得牟玉佛说得很有道理，称赞说：“牟先生所言极是，但用什么方法才能生擒活捉呢？”

牟玉佛伸着两个指头比画说：“特派员带着徐队长扼守江边大道，沿途多挂些灯笼，人员往来大声吆喝，虚张声势，使李明不敢往大道方向突围。我只需找一叶打鱼小舟在江边沿岸佯装打鱼，李明必定想寻小船渡江，岂不自投罗网，被诱上渔船生擒活捉？”

段玉兴不等牟玉佛说完，高兴地说：“妙计，妙计！想不到牟先生胸藏韬略，真诸葛复生，子房再世。我负责封锁江边大道，诱捉的事就请牟先生全权负责。”

“好，事不宜迟，我们马上分头行动。”牟玉佛说。

“好！”段玉兴喜之不尽，以为李明再也逃不过如来佛的手板心了。

五

李明抱着张碧秀，高一步低一步暗中摸索着在江边石头堆里走了一会儿，枪声渐渐落远了，最后归于沉寂。

月亮出来了，勉强可以辨清高低不平的崎岖小路，才不致失脚滑跤。李明抱着张碧秀，不觉到了江边，月光照射在江面上闪动着银白的反光，一阵寒冷的江风迎面扑来。

前进已没有路了，抱着张碧秀走了这么远的路，何况走得很急，李明已四肢无力。他在岩岸上寻了一块平坦的地方，将张碧秀放下平卧着。为了让她躺得舒服一些，李明让她的头枕在自己的怀里。

月光下，张碧秀紧闭着双目，原先红润的脸显得格外苍白。李明这才检查张碧秀的伤势，见是右胸中弹，由于流血过多，胸部已模糊一片。幸好伤口已经凝结，流血停止了。

李明能够感觉到张碧秀微弱的呼吸。他低头轻轻地呼唤：“碧秀，碧秀……”她双目仍紧闭着，她还在休克中。

“碧秀，碧秀……”只有江水的咆哮，没有她的应声。李明的声音里含着悲痛，他颤抖的手指柔和地抚摸着张碧秀仍然美丽的面颊。

“碧秀，碧秀……”李明流着泪喊。

张碧秀的头在他怀里动了一下，接着长长地吁了一口气，美丽的睫毛缓缓地睁开了。她已记不起刚才发生的事情，见她躺在李明的怀里，真不敢相信这是真的：“明，我是在做梦吧！”

“不，这不是梦。秀，这是真的。”李明见张碧秀醒过来了，欢喜地说。

“哦，我还以为是梦呢！”张碧秀喘息着，闭目养了一会儿神，声音很微弱，但李明仍然听得很清楚：“我经常做着这样的梦：仿佛像当年一样，我们仍在乌江的岩岸上，躺在你的怀里……”张碧秀的声音哽住了。

“秀，你真的躺在我的怀里，失去的爱情又复活了。”李明安慰着张碧秀。

“迟了，迟了，太迟了。”张碧秀已记起刚才发生的事情，喃喃不清地说，她又休克过去了。

“秀，秀……”李明低声焦急地呼唤。

月光特别明亮，江边静寂得可怕，远远的大道上闪烁着无数的灯笼火把，隐隐传来了搜索的吆喝声。

李明往江面上看去，只有奔腾的江水在月光下闪着银波。

不能老待在这里，必须去找一条船渡过江去。李明准备抱着张碧秀继续走，可是他觉得自己的左臂一点力气也没有，像针刺般疼痛，他才发现自己左臂受伤了，还在继续往外渗血。

张碧秀又醒过来了，用舌头舔着干燥的嘴唇，断断续续说：“水，水……我……渴极了。”

李明只好又放下张碧秀，劝告说：“秀，受伤后是喝不得生水的，你忍耐一下吧！”

张碧秀躺在李明的怀里，又闭目养了一会儿神，精神仿佛好了一些，眼睛睁得大大地注视着李明。她见李明左臂的伤口在渗血，知道他也受伤了，她挣扎着摸出一张雪白的绸手绢，手哆嗦着要给李明裹伤。

“秀，让我自己来裹吧！”李明感动地说。

张碧秀很固执，李明只好伸出左臂，让张碧秀粗略地用白绸手绢包扎好。

张碧秀低头喘了几口气，她也听见远远传来的吆喝声。她劝李明说：“明，我已经不行了，你快走吧！不要管我！”

“不，秀，我不能单独走，我怎能再忍心抛下你不管！”李明也快流泪了。

“明，我刚明白，你怎么反而糊涂起来？你应该活下去，你带着我会被敌人捉住的，我们会同归于尽。再说，我……我……已不行了。”

“不，决不，我一定要带着你走！”李明的一颗眼泪滴在张碧秀洁白的面颊上。

张碧秀沉默了，她依恋的目光在月光下分外明亮。她用柔软的手抚摸着李明的头，脸，胸部，她眼角滚出一颗一颗的泪珠。

特务搜索的吆喝声此起彼伏，张碧秀硬挣着要坐起来，李明劝止不住，只得扶她坐起来。

“明，让我再好好地看看你！”张碧秀费力地伸出双手捧住李明的脸端详着，喃喃地说：“明，别了，别了！你任重而道远，望善自保重。”

李明不明白张碧秀说这话的意思，安慰她说：“秀，你的伤可以治好，活着——我们一起战斗。”

张碧秀悲哀地摇摇头：“迟了，迟了，我不行了。”苍白的脸上露出凄然的微笑。

李明正准备用话安慰她，张碧秀突然指着不远的江面说：“明，看！有船。”

李明向她所指的方向看去，空荡荡的，哪有船的影子。待他听见响声回过头来，张碧秀已用尽她最后的力气，骨碌碌从岩岸上滚下江去了。

李明本能地往前一扑，他没有抓住张碧秀，只听见扑通一声水响，月光下溅起银白色的水花……

“秀，秀……”李明要不是用意志克制住自己的感情，他也会跟着张碧秀滚下江去。他知道张碧秀投江的用意——那是让他一个人便于突围。他忍不住沿着岩岸跑了几步，激动而哀痛地低声呼叫着。

李明垂着头静默了一会儿，捏紧拳头，对着奔腾的江水低低地说：“秀，安息吧！我一定要活下去，我一定要突破敌人的包围圈，为党，为人民，为你，继续战斗……”

李明从腰间摸出从徐宁山手上缴获的白朗宁手枪，脱下弹匣一检查，只剩两发子弹了。李明看大道上人声嘈杂，灯火明亮，知道不能从那里突围！

李明看着月光下空荡荡的长江，虽然漩流激浪危险，凭自幼在乌江里练成的好水性，游过长江是不成问题的。但自己左臂受伤，现在软绵绵的，抬不起来，不知伤着骨头没有，再加抱着张碧秀跑了这么远的路，已经累得精疲力竭，如冒险游水过江，倘有不测，又如何对得起张碧秀投江自尽的一番苦心！张碧秀最后说的话："明，别了，别了！你任重而道远，望善自保重。"还在他耳际萦绕。李明最后下了决心，只有到不得已时才冒险游水过江。

月光仍然很明，照在岩石上晶亮晶亮的。李明完全可以看清高低不平的乱石堆往前走。他知道，敌人也容易在月光下发现他，所以他尽量利用地形作掩护，他弯腰，甚至匍匐着前进。

李明走了不远，看见一叶渔舟沿江边逆水而上，船上点的渔火已清晰可见，一个人在月光下蹲在船头整理着渔网。

李明喜出望外，紧走了两步，站在岸上轻轻呼唤着渔船："老大，老大，我有急事渡江，请行个方便，把我渡过江去多给酒钱！"

渔船上整网的汉子直起腰来，懒懒地回答："正要打鱼发个利市，哪有闲空渡你过江？"

李明又急促地说："老大，行个方便，决不少你的酒钱！"

那个汉子迟疑了一下，懒懒地回答："好吧！与人方便自己方便，耽搁我打鱼，酒钱是要加倍的。"说着示意船尾掌桨的伙计将船向岸边靠拢过来。

李明不等渔船靠稳，轻轻一步跳了上去，小巧的渔船晃荡了几下。

船头的汉子叫着："进舱，好好蹲着。"

李明弯着腰钻进舱去，在马灯的光照下，看见一个头戴礼帽，身穿长袍的人盘脚坐在舱里，不像打鱼人的模样。李明警惕地注视一会儿，心中吃了一惊，见是经常在侦缉队出入的牟玉佛。

李明陡地亮出袖口里藏着的白朗宁手枪对准牟玉佛，身子往旁一闪，防止背后那个汉子的袭击。

却见牟玉佛用中指在帽檐上弹了两下，不慌不忙地说："上有日月星辰。"

李明心中一喜，这是党规定的紧急联系暗号，随口答道："下有走兽飞禽。"不觉将对准牟玉佛的枪口垂了下来。

"李明同志，我等你多时了。"牟玉佛含笑说。

李明惊疑地问："你是谁？"

牟玉佛放低声音答道：“一颗星。”

“哦！”李明将手枪插回腰间，紧紧地握住牟玉佛的手摇晃：“同志，谢谢你，谢谢你。”

李明左臂上的伤口不小心碰着船篷，痛得哎哟一声。

牟玉佛也看见李明左臂上的包扎，关心地问：“挂花了？”他见只有李明一人，接着问：“张小姐呢？”

李明忍住泪水将张碧秀投江的事情告诉牟玉佛。牟玉佛也不禁对张碧秀肃然起敬，惋惜地说：“唉！怪我来晚了一步！”

沉默了一会儿，牟玉佛正准备叫桨手掉转船头往对江划去，船头那个汉子将头伸进船篷急促地对牟玉佛报告：“老牟，有另一条小舢板划来了，跟在我们后面，是不是敌人跟踪？”

“看清是谁了吗？”牟玉佛也吃了一惊，低声问。

“看不清，只见一个人蹲在船头向我们这边张望。”

牟玉佛知道段玉兴诡计多端，也许是不放心自己，派人来监视跟踪。他随手捻小了马灯，吩咐桨手：“慢推，等它上前看看。”

一会儿，桨手轻轻弯腰向牟玉佛报告：“小舢板也跟着放慢了速度。”

牟玉佛轻声果断地说：“掉头迎上去看看！”他忽地从腰上抽出一支崭新的左轮手枪，示意李明伏在舱里不动，他钻出舱去。

渔船掉头向舢板迎去，渐渐近了。牟玉佛凝神看去，在朦胧的月光下果见小舢板上蹲着一个人，已看清面目，但牟玉佛不认识这个人。正在疑惑之间，小舢板却放慢了速度向渔船靠拢过来，船头那人站了起来，两手抄在身后，发问道：“老大，恭喜发财，请问可有上色鲤鱼，买一条去下酒。”

牟玉佛弄不清来人的身份，正在沉吟之间，听见身后窸窣响，回头一看，李明已从舱里伸出头来。他不禁用手将李明头部一按，示意他快躲进舱去。

可是李明反而发出声来：“自己人，不要紧。”接着稍微放高了声音喊：“老杨，杨佑成。”

杨佑成听见了李明的喊声，惊喜地回答：“老李，李明同志。”

两条船紧紧地靠在一起，牟玉佛见是自己人，拉着李明跨过小舢板。

杨佑成将藏在身后的一把锋利的马刀往船板上一搁，一把将李明亲切地抱住。触痛了李明左臂上的枪伤，李明轻轻地哎哟一声，用手护着左臂。

“李明同志，受伤啦?”杨佑成问。李明点了点头。

杨佑成在端详着牟玉佛，李明忙轻轻地说：“不要紧，都是自己人。”

杨佑成附着李明的耳朵说：“高茜同志已安全送到李渡，上了轮船，轮船上有自己人照应，老冯同志叫我告诉你，请你放心……”

李明才知道杨佑成刚从李渡回来，因为听说李明被逼困在江边，所以赶来相机接应。

牟玉佛虽然不认识杨佑成，但对他的情况很了解。他沉思一下，觉得不能再停留耽搁了，急促地对李明说：“市委指示，这里的工作暂时由我负责，按原定计划，由杨佑成同志用船送你到石牛场。当然，你现在要在那里把伤养好再去执行党交给你的新任务。我连夜派人去石牛场，通知他们在黄桷树垭口下的江边接应，接头暗号是……”牟玉佛把声音放得更低，说出了接头暗号。

最后，牟玉佛与李明握了握手，对杨佑成挥手致意，跨回了渔船，两条船迅速分开了。

月亮刚好钻进了一朵黑云，待再钻出来时，江面上空荡荡的，两条船都不见踪影了。

流水的声音哗哗响，好像为白兰花的死奏着颂歌；寒风掠过江面，发出呜咽的声音，好像在悼念死去的白兰花。

白兰花啊！你冰清玉洁的身体被江水卷向了何方？李明会终身把你的爱铭刻在他的心上。

第三十章

一

杨嫂子清晨接到上级党的指示，要她到黄桷树垭口的江边去接一位受伤的同志到她家里养伤。

她提着一篮子衣服到了江边，蹲在一块跳石上，装作洗衣服的样子等待着。

江面上弥漫着一层雾气，冬天里，早晨的江面常常是这样的。

她把一件件衣服放在石头上用捣衣棒不断地捶打着，在河谷里响着低沉的回声。

她把洗干净的衣服一件件拧干，抖开放在篮子里。

杨小兰站在岩上尖声喊着："妈，妈！"河谷里响着低沉的回声："妈，妈！"

她没有听见妈答应，捣衣声没有停止，虽然雾不算很浓，但看不清江边。

小兰已十岁了，满头的黑发拢在脑后，由她妈梳成一条长辫子，蹦跳时长辫子在身后一甩一晃的。

小兰没有再喊了，她跑回家去，把火炉边烤熟的红苕抓在手里。因为太烫，她把红苕放在一只手掌心上弹跳着，用另一只手拍撣着红苕上的草木灰，撮着嘴唇不断吹气："呼，呼！"

瞎眼的奶奶这么早就坐在火塘边，用干枯的手摇着纺车发出吱扭吱扭的声音。

"奶奶，给你，烤红苕。"小兰将一个撣净了草木灰的红苕递到奶奶手上。

纺车的吱扭声停止了。瞎眼奶奶手上的肉皮厚，对温度不太敏感，并不怕烫。她把滚热的烤红苕掰成两半，冒着热气的烤红苕发出香甜的气味。奶奶咬了一口红苕在嘴里，干瘪的嘴唇嚅动着慢慢咀嚼。

"奶奶，妈叫你早上起来不要纺纱，你偏纺！"小兰不等奶奶回答，又递过几个拍撣干净的烤红苕放在奶奶跟前的凳子上："奶奶，烤红苕放在凳子上，要吃，你自己拿！"

奶奶把口里嚼烂的红苕吞下去，轻轻叹口气："我闲不住，让你妈一人操劳养活我们，我怎安心！"奶奶的牙齿掉了许多，说话不关缝，发音有时很模糊，可小兰完全听得懂她的话。

小兰没有与奶奶答话，专心拍撣着烤红苕上面的灰，把还没烤熟的红苕又放回火塘边上的热灰上；把拍撣干净的红苕放进扯起短衫下摆形成的衣兜里。她看见塘火减弱了，往上袅袅地冒着青烟，便从旁边拿起一根枯树枝，把柴火下的枯灰向外扒空。柴火下通风了，又冒着红色的火焰，把塘边照得红通通的。

“奶奶，我给妈把烤红苕送去。”说完小兰已噔噔噔地跑出了大门。

她用一只手向上提着衣兜里的烤红苕，沿着屋旁通到江边的一条陡峭的石板小径往下跑。因为石板又陡又滑，小兰以像飞又像溜冰似的动作往下冲去，脑后的长辫像野鸡的长尾巴，飘荡起来了。她从小在这条石板小径上滑溜，动作非常熟练和准确，也从没摔倒过。

石板小径到了尽头，妈妈的捣衣声更清晰了，在薄雾中，已经可以隐约看见妈妈蹲在跳石上洗衣的影子。小兰突地刹住脚，在碎鹅卵石上一步一步跳跃前进，发出鹅卵石互相碰击的声音。

杨嫂子已听见这熟悉的脚步声，放下了捣衣棒直起腰来：“小兰，不在家里招呼奶奶，跑来干啥?”

“妈，吃烤红苕。”小兰在薄雾中出现了。

“不饿，拿回去。”杨嫂子不愿小兰在这里打搅。

“妈，你吃，我来洗!”小兰把烤红苕从衣兜里取出来放在一块平坦的石头上，放下衣摆，挽起袖子就要夺杨嫂子手上的捣衣棒。

“去，去，我一会儿就洗好了。”杨嫂子把捣衣棒藏在背后，不给小兰。

“妈，趁热吃，今年挖的红苕烤来又面，又香，又甜。”小兰没有再去夺捣衣棒，坐在一块石头上，拾起地上的石片，用力平着向江面扔去，打着漂漂玩，江面上现出一串不连贯的小水花。

一篮子衣服捣了又洗，洗了又捣，江边仍然静悄悄的没见船影，大概因为有雾耽搁，一时来不了啦！杨嫂子把捣衣棒倚在石头上，坐下拿起一个烤红苕掰成两半，一半递给小兰，问：“奶奶吃过没有?”

小兰一只手接过妈递过来的红苕，咬了一大口，只点点头表示回答，另一只手仍然拾起石片专注地打着漂漂玩。

杨嫂子觉得饿了，津津有味地吃着烤红苕。

雾不但没减弱，反而变浓了，像一团一团的棉花在江面上浮动。

杨嫂子和小兰的黑发上也凝结了小小的露珠，变得白花花的，口里呼出的热气也变成了白雾。

杨嫂子想到今年的日子过得更艰难了，这和熊世发的欺压分不开。

熊世发眼看金家大院渐渐衰败下去，自己在其中乘机弄神弄鬼却搞肥了，便离开了金四，成了石牛场的大绅粮，现今当了石牛区的区长，威风凛凛不可一世。为了报复杨嫂子当年“粪坑”之仇，借口杨嫂子没有营业执照，没贴印花税，不让杨嫂子赶场再摆摊卖汤圆。杨嫂子也不示弱，找到熊世发吵了一场：“噫！熊区长，自从盘古开天地，没听说赶场卖汤圆还要执照，未必每个汤圆上也要贴张印花？倘若熊区长喜欢吃印花，我就去税所买几张印花来让你吞下，你吞不下去就不能要求我在汤圆上贴印花。我们石牛场自从熊区长上了任，光出这种稀奇事。”

熊世发自知理亏，再加对杨嫂子贼心不死，假惺惺地说：“杨嫂子，别误会，这事我不晓得，是我手下人干的。我熊世发现在也是石牛场仁号上的掌旗大爷，素以仁义待人。杨嫂子，我们是乡里乡亲的，我熊世发现今走了运，只有圆成照顾你，哪会找你这种麻烦。”接着他不怀好意地说：“我说呀！杨嫂子，你不用赶场卖汤圆了，我最喜欢吃汤圆，你就到我家里来专做汤圆给我吃吧！这衣食嘛……我熊世发拔根毫毛你也用不完哪！”

杨嫂子当着熊世发的面往地上吐了一口涎水：“呸！熊区长，你给我捡起。我专门做汤圆给你吃，怕你没福气，吃得下屙不出来，胀死你！至于你的毫毛嘛，有点猪屎臭……”说完气鼓鼓回身走了。

熊世发想发作，但想到杨嫂子认识胡方，胡方现在在涪陵更抖了，是高伦的红人，并且熊世发对杨嫂子始终不死心，认为只要一打一拉，哪有不能到手的女人哪！只得瞪着眼让她走了。

当然，熊世发从此再也不让杨嫂子赶场摆摊卖汤圆了。一家人的生活全靠租种几担苞谷红苕土维持，怎么不困难呢！……

杨嫂子吞完了最后一口烤红苕，叹了口气，对小兰说：“好久没吃白米饭了，今天中午你把坛子里剩下的米，打两碗出来在鼎锅里煮稀饭，让奶奶和你都吃点……”她没把煮白米稀饭给伤员同志吃的原意说出来。

别看小兰只有十岁，那股麻利能干劲，真与她妈是一个模子里脱出来的。

“嗯！”小兰答应一声，仍专注地拣石片打漂漂玩，漂漂越蹿越远，一串水花延伸着……

杨嫂子看雾又变薄了，江边仍没有一点响动，烤红苕也吃完了。她捞起围裙揩了揩嘴，见小兰吃烤红苕嘴周围留下了一圈灰腻，也顺手给她揩干净。

杨嫂子看着奔流的江水出了一会儿神，冬天里，江水里的泥沙少了，呈现出蓝黄的色彩。她忽地说：“你爸爸好久没寄信回家了，不知他那件棉袄破了没有？”

小兰把手上正要往江面扔去的石片丢在地上，歪着头把她妈端详了一会儿，问:“妈，你是不是想爸爸啦!”

杨嫂子看小兰的神态，扑哧一声笑了，反问道:“你想不想爸爸呢?”

小兰一本正经地说:“想，真想爸爸。”她接着兴奋地对妈说:“妈，我昨天站在江边看见爸爸做工的那条轮船开下去了。”

“真的，没看错?”

“嘿，怎会看错呢！双烟囱，不会错。”

“看见你爸没有?”

“唉！没有看见。我眼巴巴看着锅炉舱门口，真想能看见爸从那里站出来向我招手。”小兰失望地说。

“你爸把我们丢啦！不管我们啦!”

“为啥?”小兰吃惊地瞪着一对大眼睛当真地问。因为住在沙窝外婆家附近的李婶婶，就被在轮船上做工的男人丢下不管了。

杨嫂子见小兰吃惊的样子，不觉笑了，拍着小兰的肩说:“你爸过年要回来的。”

“哦!”小兰才松了口气，知道是妈说着玩的。

过了一会儿，似乎传来了什么声响。杨嫂子侧耳细听着，她仿佛已听见划桨的溅水声，以及篙竿的铁尖戳在石头上发出的碰击声。她凝视着下游江面，仍被薄雾笼罩住了，怎么也看不清！她回头对小兰说:“小兰，一个有学问的叔叔今天要住到我们家里来，你可不能对任何人说。”

小兰听妈这样吩咐不止一次，她知道妈在干一种神秘的工作，来她家里的人都是一些好人，但听说有叔叔来家里住下还是第一次。她想问，终于没问出口，她知道妈不许她多嘴，点点头说:“嗯，晓得!”

杨嫂子听见桨声和篙声又近了一些，她对小兰说:“小兰，快回去，谨防奶奶喊你有事。”

小兰没有注意妈的话，她站起来轻手轻脚走了几步，用手往水边一抓，抓着了一只山螃蟹。那东西两只钳形的脚被小兰的拇指和食指紧紧地压住，徒自挣扎着。

“妈，给奶奶烧螃蟹吃哪！给奶奶烧螃蟹吃哪!”小兰几步跳过了石头堆，走上了石板小径，轻快地爬坡跑了。

太阳烘烘地已经透过薄雾照在石滩上。杨嫂子为了掩人耳目，正准备蹲到跳石上继续捶打已经洗净了的衣服，听见石滩那边传来了人的脚步声，杨嫂子警惕地注视着。

太阳光一照，雾气消散得很快，杨嫂子已经看清来人，不禁惊喜地喊道："噫！你……"

那人也看见了杨嫂子，加快了步伐踩着石头过来了："咦！你……"

杨嫂子丢下了捣衣棒，用围裙揩干了手，迎了两步："咦！你怎么回来了！"

杨佑成含笑站在妻子面前，两手叉着腰说："想不到吧！我一想你就跑回来了。"

杨嫂子看见丈夫突然回来了，喜得眉开眼笑，但想到马上要接一位受伤的同志回家里去住，怎么对他说呢？党的机密对任何亲近的人都是不能说的。可是不说实话，自己的丈夫又会怎么想呢！这的确是从天降下的难题，她脸上的笑容顿时消失了。

杨佑成毫不理会杨嫂子的神态，他左右张望了一会儿，河滩上看不见半个人影，心里不禁暗想：来接应的同志怎么还没来呢？他真没想到在这里碰巧遇上自己的妻子，他想把杨嫂子支开，伸手去夺捣衣棒："小兰妈，我饿了，你快回去煮饭吧！我来洗衣。"

殊不知杨嫂子把捣衣棒藏在身后，怎么也不肯给他，说："你先回去，奶奶和小兰在家，小兰刚才还想念你呢！我洗好衣服就回。"

杨佑成只好坐在一块较高的石头上，注视着四周的动静。

雾完全散尽了，阳光照射在石滩上，灰色的岩石反射的光线多少有点刺眼。杨嫂子已经看清不远的石滩边靠着一条木船，席篷很低，没有长橹，是一条双桨小舢板。一个人正坐在船边抽叶子烟。

杨嫂子不认识这个人，问："你搭这条船回来的？"杨佑成点点头。

"哪里的船？"杨嫂子又问。

"过路的。"杨佑成含糊答应。

杨嫂子看杨佑成守住不走，心里急了，因为她已看清这只船的尾部晾着一条白布内裤，这是来船的暗号。

她再一次催促着："小兰爸，你快回去吧！难道你不想早点看看你年老瞎眼的妈，早点看看你心爱的独姑娘？"

杨佑成看杨嫂子的神态有些反常，要是以往，她早不顾洗衣服欢天喜地和他一道回家了，可是，今天……

杨嫂子见杨佑成坐在石头上动也不动，心想，他是搭这条船回来的，是巧合呢！还是……

他们互相仔细打量着对方，两对目光相遇，又慌乱地避开了。杨嫂子黑白分明的眸子转了一转，暗想：待我试探一下。她用左手往右肩上拍了三下，又换右手往左肩上拍了三下。她注视着杨佑成的反应，可是杨佑成像没看见似的，扭过脸去望着远方。其实杨佑成已经看清杨嫂子发出的这个暗号，心中不禁一喜，想不到自己的妻子也是党员，自己以前一点没感觉出来。他想逗她，故意扭过脸去暗笑，装作不懂。

杨嫂子真急了，跳起来推着杨佑成："你快回去嘛！我洗完衣服便回，守着我干啥？不害羞吗！"她焦急地注视着那只木船上的动静。

"咦！小兰妈，半年没回家你就变心了吗？知心话没说一句，就推我走。"杨佑成故意沉着脸说。

杨嫂子看杨佑成发生了误会，觉得自己的态度的确说不过去，实在又不知怎么解说好。素来机智会说的杨嫂子变得笨嘴结舌的，讷讷半天说不出话来，最后只得像哄小孩一样："小兰爸，你先回去，我隔会给你说，去吧！"

杨佑成见时间不早，不能再闹着玩下去了，嗤地笑出声来。

杨嫂子见杨佑成沉着的脸突然开朗了，不知笑什么。只见杨佑成用右手的食指在左手上敲了三下。她心里陡地松了口气："唉！原来是你！"她平时也一点没看出杨佑成是党员，不觉喜上眉梢，轻轻问："伤员呢？"

杨佑成往小船的方向一努嘴，他俩并肩往小船走去。

二

过了春节，不逢场期，这天石牛场郑大小姐开的烟馆里，抽鸦片的人不多。

烟铺设有内外两间，外面一间大房里的烟铺，家具陈旧简陋，被褥枕头都很脏，烟具也不讲究。这是供一般人抽鸦片烟的，收费也低廉。

内间门口挂着蜀缎门帘，虽然朱红的颜色已经晦暗，上面绣的两条蛟龙依然栩栩如生，很是气派。

房内摆的一张宁式床，占了半间屋，油漆颜色已经沾上油烟变黑了，可是床柱四周的雕刻是很精致的——满满地雕刻着一套二十四孝的故事。

据说郑大小姐的父亲请了十几个精工，用了三年时间才做好这张大床。但是做梦也没有想到在他死后仅十年不到的时间里，他这间大床，谁有钱都可以来睡一下，还有他的娇小姐陪伴呢！

内房剩下的空间不多了，塞满了红漆的桌子、椅子，显得非常拥挤，空气也显得非常沉闷。

只有一个小窗户，开得很高，射进来的亮光在室内很弱。宁式床上摆着擦得很亮的铜烟盘和银子镶的烟灯、烟枪，这都是郑大小姐父亲留给她的遗产。

郑大小姐这时蜷缩着身子，一床旧丝棉被盖在身上，在闭目养神。烟灯的玻璃灯罩擦得很洁净，灯芯冒着一朵红白的小火焰，把床上照得很亮，烟盘的另一侧却空着无人。

床边搭板两侧，各有一个座位，这是郑大小姐家庭极盛时代设计给服侍的丫头坐的。

蜀缎的门帘一撩，一前一后进来了两个人。郑大小姐知道是顾客来了，睁开有点浮肿的眼皮，那涂脂抹粉有点像戏脸壳的脸蛋上露出了笑容。待她看清了来人后，脸上的笑容顿时收敛了。

走在前面的一个人蓄着山羊胡，长衫虽是崭新的毛蓝布做的，但却无衣领，整个脖项裸露在外面，这人是黄吉辉。

跟在后面进来的一个人，穿着崭新的家机蓝布做的长衫，也无衣领，长衫上几颗黄铜纽扣非常惹人注目，这是韦毛牛。

郑大小姐知道黄吉辉是在大山里独霸一方，所谓插野鸡翎子的山大王；韦毛牛原是牛偏二，专门在牛市当中间人，有一套哄骗的本领，把买牛和卖牛的都弄得服服帖帖，从中落几个偏二钱，后来居然混得不错，积攒了几个钱开了一间盐铺，这两年更加发起来，俨然成了石牛场上的富户。

这两人原先合伙从山里贩牛到山外来卖，一直互相利用打得火热。黄吉辉看韦毛牛愈来愈有钱，把幺姑娘许给韦毛牛的独生儿子做媳妇，近来就要过门成亲。

郑大小姐知道这两个人愈有钱愈变得吝啬异常，舍不得花钱又要摆阔气，所以脸上的笑容消失了，懒懒地从床上坐起来，爱理不理地点点头。

黄吉辉和韦毛牛并不计较这些，走在前面的黄吉辉对郑大小姐说：“听说你这里有新到的南土[1]，拿两盒来试试。”

郑大小姐站了起来，从床头柜抽屉里拿出两盒烟膏，摆在烟盘上。她知道这两人小气得出奇，抽完鸦片烟之后，烟窟窿里面的枯渣也要挖出用纸包走，于是给他俩换了一支新烟枪，免得他俩把别人留下的枯渣也挖走了。

郑大小姐拖着一双白缎绣花鞋，坐得远远的，不愿给他俩裹烟泡。对这种吝啬的暴发户，她是看不起的。

黄吉辉与韦毛牛在烟盘两边侧身卧下，头枕在一床折叠成长条的棉被上，脚搁在床边的烘柜上。黄吉辉觉得烘柜里炭火不旺，有点冷冰冰的，坐起身来对郑大小姐说：“大小姐，烘柜里桴炭都要烧过了，加点炭哪！”

郑大小姐端着一把白瓷小茶壶，正对着壶嘴慢慢品着，半天，才慢吞吞地说：“等桴炭买回来再添吧！”

黄吉辉见郑大小姐回答得这样傲慢，正要发作。韦毛牛虽然性情很犟，但在这节骨眼上却很通达。他知道黄吉辉平时很少下山，对平坝儿的事不很了解，不晓得郑大小姐最近与熊区长裹得火热。他怕撩出事来对自己不利，拉了一把黄吉辉：“亲家，炭火旺了鼻孔干燥，这样正好嘛！”

黄吉辉只得又躺下去，拿起一盒烟膏凑近烟灯，用烟签子挑起烟膏端详一会儿，又挣了起来：“咦！大小姐，欺我们是洋盘啦！这哪是南土！最多是贵州货，可能还掺了皂角油！”

郑大小姐看也不看黄吉辉一眼，只顾对着壶嘴品茶，一会儿才拖着沙嗓子说：“你怕烟里掺了皂角油，就请走别一家嘛！稀奇，我又不拉着你！”

黄吉辉没有衣领遮住的脖项气得青筋冒起，想发山大王的脾气又有点怯场。

韦毛牛又拉了黄吉辉一把，向他使着眼色：“亲家，你放心，郑大小姐从不卖假土，一贯是货真价实。”

黄吉辉气呼呼地又躺了下去。韦毛牛凑近他的耳朵轻声说：“亲家，忍点气，这不是你那山窝子。”黄吉辉的脸色才平和下来。

两亲家互相谦让着，一盒烟膏抽完了，黄吉辉又拿起另一盒烟膏……

“亲家，抽！”黄吉辉将烟枪嘴往韦毛牛嘴边凑去。

1　云南出的鸦片烟土。

“亲家，我没得烟瘾，不抽了，抽多了头昏。”韦毛牛嘴里虽然这样说，一只手已经抓住烟枪不放，一颗烟泡又抽完了。他真有本领，没有一丝烟雾从口鼻外逸，喝了一口浓茶，舒展地哼哼起来。

“亲家，我也是抽耍烟，没得烟瘾。”黄吉辉也这样申明。

“亲家，你没瘾怎么烟泡裹得这么好?”韦毛牛眨着眼，不解地问。

黄吉辉吞云吐雾抽得正欢，没有回答便含糊过去了。他俩瘾已过足，躺着闭目养了一会儿神。

韦毛牛从烟铺上挣起来，盘腿坐在床上，他见郑大小姐没有与他们搭过一句话，故意问道:“大小姐，听说金家大院的咏莲要到你这里来当烟堂倌，真有这事吗?”

郑大小姐慢吞吞地回答:“我的烟馆怎请得起这样的烟堂倌!”

“嘿，你当我不晓得！金四欠你大笔烟账付不出，你正串通熊区长要逼金四把咏莲送来当烟堂倌顶债，以为我不晓得? 问一下，我这些人也是顺风耳。”

郑大小姐乜了韦毛牛一眼，爱理不理地只顾对着壶嘴品茶，没承认也没否认。

黄吉辉突然挣起来大惊小怪地问:“亲家，你说啥?！金四会送他心爱的侍妾来做烟堂倌? 金四会欠郑大小姐的烟账?”

韦毛牛看黄吉辉惊奇的样子，忍不住好笑:“亲家，这几年你被共产党吓怕了不敢出山，只顾守住老窝子关起门做山大王，哪知我们石牛场现在的事！这几年石牛场的风水变了，世界快要翻一个兜哪!”

黄吉辉不信地说:“我也听说金四是个败家子，但一万多担租谷的绅粮，只有两三年的时间，未必就败得这样快!”

韦毛牛烟瘾已过足，顿时精神抖擞，他又从烟盘拿起小茶壶美美地喝了一口浓茶，润润喉:“亲家，你听我慢慢说给你听。”

黄吉辉也盘腿坐在烟盘旁边，专注地听韦毛牛诉说金家大院的兴衰。

韦毛牛轻轻咳了一声，清了清嗓子:“亲家，金大癞子自从光绪年间暴发以后，被刀刀客杀了他的三个儿子，只剩下金四这个宝贝，娇娇宝宝不让他出金家大院一步。有利必有弊，金四关在金家大院里只知吃喝玩乐，对外面的事情一无所知，聪聪明明的人却得了个草包公爷的外号。这草包公爷以为他金家大院就是世界的中心，还不知天外有天，外面世界大得很……”

黄吉辉迫不及待地说:“亲家，这些空话少说点，金家大院究竟怎样这么快就败下去的?”

韦毛牛当牛偏二出身，练就的一张滑嘴：“亲家，不慌，说书的先生开始也要扯点过场，然后才讲到正题。有话即长，无话即短，自从金大癞子死后，外面全靠熊管事为他料理，金家大院的排场那么大，谁也不敢惹他，热热火火着实过了几年好日子。民国二十三年，金四却遇到一个克星，这克星姓朱名佳富，是喝过洋墨水的留洋生。”

黄吉辉也想起来了：“亲家，我记起来了，这朱佳富就是桥塘朱家的子孙，那年回家祭祖，从石牛场过，还带着一个漂亮丫头。胡八字就是他搭救出去的，那时我正好在石牛场。”

“对，对。”韦毛牛继续说，“亲家，你不打岔，听我说：朱家与金大癞子是世仇……”

黄吉辉忍不住又插话：“我晓得！朱家与金大癞子为争坟山打官司，朱家官司输了，弄得倾家荡产……”

“哎，亲家，你光打岔，你说我就不说了！”韦毛牛不满地对黄吉辉说。

“不打岔，我不打岔，你说。”黄吉辉知道他亲家的脾气，毫不介意地催促他继续说。

“朱佳富串通了罗天成、徐宁山，使了一个美人计把金四引诱到涪陵，赌了一夜钱，金四坐了一夜三丁拐轿子，输了七八万元……”韦毛牛刚说到这里，黄吉辉又忍不住拦住话头：“亲家，这些事情我都晓得。除了这一次，后来朱佳富又串通了赵专员，把金四请到涪陵查吸毒的事，又被敲去二十多万元。但是，金四不过卖了七千多担租谷的田地，何致败到要送咏莲来当烟堂倌?”

韦毛牛看黄吉辉一再打岔，不听上服，赌气地闭上嘴半天不说话。

黄吉辉和解地对韦毛牛说：“亲家，莫生气，往下说嘛！”

韦毛牛赌了一会儿气，忍不住又说：“亲家，以后的事情你就不晓得了嘛！还是听我说。金四被敲了这两次竹杠，家产去了一大截，大家才知道金家大院是个虚样子，金四一点板眼都没得！都把金家大院当成唐僧肉，个个都想吃。有人给金四出了个主意：‘你有钱没势，所以大家都愚弄你，不如招兵买枪凑足一团人，报请上面委任你当团长，岂不有钱加有势，谁也不敢惹你了。’金四一听，觉得的确是妙计。他真的自己拿出钱来招兵买枪，报请刘湘军长委任他当了团长，威风极了。委任状下了不久，涪陵的樊师长就要阅兵。

“金团长穿着黄呢军装，挂着指挥刀，佩着上校领章，骑着高头大马，带着一团人由金家大院浩浩荡荡开往涪陵较场坝。

“樊师长站在检阅台上，看着一队队穿着灰布军服的队伍，迈着七零八落的步伐通过检阅台，不但不介意，反而当着金四的面夸奖：‘金团长练兵有方，不错，不错。’

“金四也得意非凡，假装谦逊地说：‘鄙人投笔从戎，报效党国，军旅之事还望樊师长多多指教。’

“樊师长高兴极了，对副官吩咐：‘我要亲自嘉奖，每人锅魁饼子两个，毛巾一条，赶快准备妥当，由我点名亲自发放！’

“金四更喜得合不拢嘴，旁边却急坏了熊管事，他当时也挂了个参谋的名。他悄悄拉了拉金四的衣袖，示意他推辞。

“可是金四哪里能够领会熊世发的意思，以为熊世发拉他的衣袖也是高兴的表示，并无别意。金四立即命令部队在检阅台前列队站好，等候樊师长劳军，亲自发放锅魁饼子和毛巾。

“熊世发已经替金四急得一头大汗，他刚才悄悄拉金四衣袖的动作被樊师长看见了，向他扫视了一眼，吓得不敢再阻止，只是干着急。

“嘿，锅魁饼子和毛巾是早准备好的，副官一会儿就叫人抬到检阅台前面来了。

“副官帮樊师长拿着花名册子，按次序点名，叫一个人的名字，立即答应出列，恭恭敬敬从樊师长手上接过锅魁饼子和毛巾，敬了军礼然后归列。

“锅魁饼子虽然不算稀奇，毛巾虽然是下脚货，但毕竟是上级的嘉奖赏赐嘛！兵在笑，官在笑，金四更在笑，只有熊世发为金四捏把汗。

“待叫了几个人的名字无人答应，樊师长脸色渐渐严肃，现出不高兴的神态盯了金四几眼。开始值星官还遮饰说，这是病假，那是公差……后来无人应名的愈来愈多，值星官也讷讷地不好解释。

“金四方才觉得不妙：因为他一团人不过只招足一半，向上虚报为一团人。花名册上的好多名字是胡乱从百家姓上随便取出来写上的，哪里实有其人。

“金四虽然有些尴尬，但想：国民党的正规军也从没足额过，我自己花钱招兵买枪，有啥了不起！最多脸面不好看而已。

“名也点完了，锅魁饼子和毛巾剩下几大箩筐没人领去。

“樊师长对身边的金四问：‘金团长，你刚才报告一团人全部到齐，怎么差一半人，你怎样解释呢？’

“金四被问得翻着白眼，红着脸回答不出来。

“想不到樊师长突然厉声宣布：‘金团长假报花名，冒领军饷，捆起来交军法处问罪。’

“不容金四分辩，当即就由副官叫人捆起来，把金四的指挥刀也下了，领章也下了……

“亲家，你想想，这假报花名、冒领军饷的罪名，可大也可小，重办就要军法从事，枪毙正法。你说金四受得了吗！”

黄吉辉听到这里方才恍然大悟：“说半天，原来熊世发替金四着急就为此事，可见熊管事的见识又比金四高一点。”

韦毛牛不以为然地一撇嘴：“哼……”但看见郑大小姐也专注地在听他们的话，知道她是熊世发的相好，把想说的话赶忙咽了回去。

“亲家，你还没说完呢！”黄吉辉还是第一次听说这事，催促说。

“亲家，你放心，金四决不会军法从事，把金四枪毙了，他剩下的家产怎么能到樊师长腰包里呢！”韦毛牛说。

“亲家，这大概又是金四的那个克星朱佳富打的条吧！”黄吉辉猜测说。

“这就不清楚了。是去年初冬发生的事，据说朱佳富不在涪陵，可能不是朱佳富打的条！亲家，你想，金四经此三次变故，不说万多担租，再多也受不了。何况这草包公爷又是狗屎做鞭——文（闻）也文（闻）不得，武（舞）也武（舞）不得，坐吃山空，哪有不败之理。”

黄吉辉好像还有点疑惑：“亲家，大船打烂还剩三千钉，金四未必就搞得光打光啦！”

“亲家，现在金四已树倒猢狲散，几个填房太太有的原不是正经货，拐带的拐带，逃跑的逃跑，各寻生路去了，只剩下一个小老婆咏莲跟着他。田地卖光了，只剩下一个大院子，有钱人不愿买，一般人又买不起。金四现在只得拆房子卖砖、卖瓦、卖木料，拆零卖得点钱来维持生活。烂砖、烂瓦、旧木料怎卖得起价钱，眼看一个咏莲也保不住哪！”韦毛牛瞥了一眼郑大小姐，闭嘴不说了。

黄吉辉笑眯眯地对郑大小姐说：“金家大院的咏莲据说长得很漂亮，大小姐，真到你这里来当烟堂倌，保证烟客要把你这烟馆挤破。”回头对韦毛牛说：“亲家，那时你一定要给我带个信，我一定赶下山来，花几个钱开开洋荤，来这里见识见识金家大院的咏莲。哈哈!”

郑大小姐的戏脸壳脸上，原先没有啥表情，听了黄吉辉最后几句话，脸上露出了苦笑。她想起自己的身世，破落后初开烟馆时，人人都想见识她这位千金小姐，烟馆的盛况空前。可是好景不长，目前落得冷清清的，才使她动脑筋要逼金四把咏莲送来当烟堂倌顶债。唉！可是又能兴旺多久呢！她真有无限的感触啊！这些她先前看不起的生意人，她既妒忌又艳羡，有时又怀着隐隐的敌意，所以对他们很冷淡。

韦毛牛又在说了:“亲家，我找你来就是商量这件事情：若你愿意入股，我的生意就要扩大，房子不够用，要新修趸站、店房。金四拆房子卖得相因，我想趁机买炽和砖瓦与木料，硬是划得来呢!”

“好，亲家，我们快把这盒烟膏抽光，去金家大院联系买砖瓦木料，顺便也看看金家大院的风光，这是难得的机会呢!”

“现在金家大院没得看头，断瓦颓垣，枯草衰杨，只剩下一座正厅是完整的。听说朱佳富派胡方来石牛场找过金四，要买这座正厅，拿给民成公司办学校训练船员。可是金四还有点骨气，听说朱佳富要买，便死活不卖，宁肯拆零卖去都可以。”韦毛牛说。

剩下的一盒烟膏一会儿便抽光了。其实一盒并不多。那是用白瓷烧成，一个大小和形状都与棋子相似的东西，中间微凹的小窝里盛着烟膏，不过小指甲那么一点，便算一盒。

他俩没有马上起来，闭着眼睛还想养一会儿神。可是门帘一撩，熊世发带着两个背枪的区丁进来了，郑大小姐笑逐颜开站起身迎接。

黄吉辉和韦毛牛忙从床上跳起来让位。

熊世发大摇大摆坐在烟铺上，向黄吉辉和韦毛牛点点头，表示客气。

“烟钱!”黄吉辉和韦毛牛同时喊。

黄吉辉前两年与韦毛牛在万天宫吃汤圆，算把他这位亲家的方法摸到了一点窍，这次学了乖，事先也准备了一张五元的大票子，首先慷慨地递到郑大小姐面前，大声说:“收我的烟钱!”

韦毛牛几乎是同时，也摸出了一张钞票递到郑大小姐面前:“烟钱我给，不收他的。”

黄吉辉看了韦毛牛手上的钞票，不禁暗暗吃了一惊，原来是一张十元的大票子，比自己的面额大一倍。他拿着钞票的手微微往后缩了点，很有点沮丧，眼看自己票额小的钞票又要倒霉。

郑大小姐看着他俩的丑态，轻蔑地一笑，这种情况她是司空见惯。黄吉辉很少来这里，韦毛牛由一个牛偏二发家，在石牛场开的盐号是数一数二的，最近又在涪陵设了盐号，外号叫"白吃大王"，白吃的奥妙就是用大额票子唬人。郑大小姐今天也怪，偏不收黄吉辉手上较小的五元钞票，而用手去拿韦毛牛那张十元钞票。韦毛牛却把钞票紧紧地捏住不放，郑大小姐扯动了几下也没拿过来。郑大小姐对这个吝啬的暴发户始终含着敌意，脸上露出嘲讽的微笑："咦！这十元钞票好像在你手上粘住了，拿不过来呀！"

韦毛牛脸一红，忙松了手，郑大小姐拿过十元钞票嫣然一笑，往韦毛牛面前一晃："心疼吧！我去给你找开！"

韦毛牛翻着白眼，看熊世发也在望他微笑，只好隐忍下去。郑大小姐拖着鞋刚走到门帘边，被韦毛牛突然喊住："慢点，慢点，咦！我这里还有银角子，大小姐，你不用找了。"他忙从腰带上的皮肚兜里摸出了几个银角子来。

郑大小姐走了回来，把十元钞票往韦毛牛手上一撂，薄嘴唇一撇，不满地说："你早把银角子拿出来不行，偏要我大小姐多走几步！"

郑大小姐收了烟钱，就不再理他俩，自顾应酬熊世发去了。

黄吉辉这时才把那张五元钞票收回肚兜里，好像不满地自言自语说："咦！我的钞票又不是毒药煮过，为啥收他的，偏不要我的呢？太看不起人了。"心里却说："好险呀！差点又上亲家大票子的当了。"

他俩一路走了出去，走出烟馆门口，黄吉辉突然想起："亲家，烟窟窿里的枯渣还没挖走呢！"

韦毛牛垂头丧气地说："唉！多的都去了，还要啥枯渣哟！"黄吉辉知道亲家心疼钱，心里暗暗好笑。

三

熊世发过足了烟瘾，从郑大小姐手中接过小茶壶慢慢喝着。自从当了区长以后，他觉得自己嘴里的几颗龅牙齿太难看，便专门跑到涪陵请牙科医生把龅牙齿拔掉了，配上了几颗金牙。这样嘴唇皮能够包住牙齿，对着镜子照照，真变得有些富态相了。

他对金四还是尽过力的，但这草包公爷实在扶不起，于是才生了二心，在大量出卖地产的时候，做了一些手脚。开始胆子还小，不敢大干，后见金四对经济上的事一窍不通，胆子慢慢大起来，甚至自卖自买，一个钱也没花就把金四的田地转到自己名下，成了有千把石租的大绅粮了。

他比金四又要高明得多，大处寸步不让，小处随和敷衍，用小钱也还慷慨。有钱便是大哥，他真的在哥老会中由老幺上升到大哥，成了石牛场上一步登天的掌旗大爷。虽然没有罗天成那样的威风，在附近各码头居然有点名气，凡是地龙、滚滩匠之类跑码头吃袍哥饭的前来告帮，多少都要拿点馈赠走路。

最近又由他的把兄金钱豹的介绍，认识了段玉兴，与军统局挂上了钩。

郑大小姐早把两个背枪的区丁支使到外间抽鸦片烟去了，紧紧地关上房门。她见熊世发对她卖弄的风情爱理不理，心里很有点辛酸。她知道自己的青春已被鸦片烟吮吸去了，瘦骨伶仃只剩下一把骨头，虽然精心打扮，也不过给人一种戏脸壳、衣架子的感觉。她有时对着穿衣镜自我欣赏一番，平平的胸脯一点没有动人之处，徒然增加自己的悲伤。她的年龄并不大，不超过三十岁，比朱佳富稍小点，并且他们还有点远亲的关系，小时还与朱佳富在郑家祠堂家学里同过几天学。朱佳富的父亲自己请不起私塾老师，就是靠点远亲的关系寄读在郑族家学里。

她也有过青春，在家学里她好比一朵含苞待放的蒲公英，同学们都以艳羡的眼光注视着她，她左右还有两位丫头伴读呢！对于朱佳富这个小乡绅的儿子，她连正眼也不愿看一下，尽管朱佳富很巴结她，追着她喊表妹。后来，她父亲认为自己这个独生女儿太娇弱，不让她再读书了，为了让她解闷提精神，教她学会了吸鸦片烟。他认为自己的财产是用不尽的，农民旧年送的租谷还没用完，新的租谷又送上门来了，谷仓增加一个又一个，还是装不下……

她的烟瘾愈来愈大，脸上的红晕消失了，胸脯变平了。青春的美丽再也不会回到她的身上，谁也不愿娶她，她就像一朵还没开放的蒲公英，枯萎了，夭折了。

她不愿再回想过去，心灵已经麻木了，在烟盘子旁边消磨她的时光，向这些新贵们装作笑脸卖笑。

近两年，烟客中时常有人谈论朱佳富，朱佳富已变成大家心目中的名人。当她回想起当年在家学中，朱佳富流着鼻涕，穿得土里土气的样子，使她不得不忆起自己消逝的青春，自己家庭豪富的过去……

她前两年听说落魄的胡方被朱佳富念旧情提携去了，她也曾动过心。她想，这个巴结过她，亲亲热热喊过她表妹的远亲，一定也会念旧情帮助她。她听说朱佳富住在她远房堂叔郑区长家里还没回涪陵，于是她打扮一番准备去找他。她刚走到郑区长家门口不远的荷池边，看见一个穿西服、戴水晶眼镜的人，后面跟着一个标致漂亮的丫头。那穿西服的人就是朱佳富，正并排与郑区长在荷花池那边的大道上散步，亲切地交谈着什么。她不禁自卑地往一棵马桑树后一躲。朱佳富虽然气度非凡，但她看见那方脸，立即就认出他来。她从明镜一样平的水面上，清晰地看见了自己的影子。啊！她退缩了，早已沉睡了的羞耻心瞬时复活了：自己人不像人，鬼不像鬼，怎么还有脸见人啊！她像鬼魂似的逃走了……这些都是两年以前的事了。

她从烟客的谈话中继续听到有关朱佳富的消息，知道他愈来愈上升了。她曾为金四感到不平，但金四败得这样快，这样惨，她不平的感觉消失了，代之以一种幸灾乐祸的感情。她觉得自己的破落没有什么了不起，金家大院比她家有钱得多呢！还不是败了。她甚至有一种快慰的感觉，她自己安慰自己："三贫三富不到老，这是古话！"最近金四居然也常来她烟馆行走了。

她见自己的烟馆愈来愈不景气，自己的吸引力愈来愈小，她最近的确在打咏莲的主意：想趁金四欠她烟账还不出的机会，逼他送咏莲来当烟堂倌。可是金四只剩下这个小老婆了，死活不肯答应。

郑大小姐看了熊世发一眼，虽然想把声音装得娇嫩一些，但嗓子被鸦片烟烧得太沙了："熊区长，我托你的事办得怎样了？"

熊世发正想着自己的心事，被她没头没脑的问话弄得莫名其妙："啥事？"

郑大小姐的眼波还有几分妩媚，她乜视着熊世发："哟！你就忘得一干二净了，还拍过胸，打过包票呢！"

熊世发愣了一下，方想了起来："哦！你是说咏莲的事？"

"是呀！金四何时把咏莲送来呢？"郑大小姐把单眼皮睁得大大的逼视着问。

"唉！不急，这事要慢慢来！"

"不急！你上次说不成问题，怎么又变了？"

"我帮金家大院两代人，还是要讲点忠义嘛！金四固执得很，我怎好意思沉下脸逼他。"熊世发一本正经地说。

“忠义！不要在我大小姐面前假正经。大概你自己想把咏莲弄去做小老婆吧！”

这句话的确冤枉了熊世发，他赶忙分辩：“咦！你怎么信口胡说。你想，金四两年以前还是显赫的大绅粮，他怎愿把咏莲送来当烟堂倌，做烂货……”他觉得这句话伤了郑大小姐，不觉瞥了她一眼，见她并不在意，接着说：“这个弯他慢慢才转得过来。”

“有啥转不过弯来？有人亲眼看见金四的填房老婆在重庆当暗娼。”

“唉！话不能这样说。他填房老婆是自己跟人逃跑被拐卖做暗娼，不是金四送去的。这咏莲想不到比金四几个老婆还有良心，现在还眼巴巴守着他，毕竟小户人家的姑娘讲义气些。再说，人有脸树有皮，他把咏莲送到你烟倌来，就在眼皮子底下丢人现世，这个急弯怎么转！”

“照你说就算了不成，金四已欠了我几十元烟账，都是你叫我赊给他的。账收不回，我烟馆还开不开呢！你肯不肯供给我一日三餐嘛！”

熊世发张口笑了，几颗金牙齿闪着黄灿灿的刺眼的光：“大小姐，你一顿饭比猫儿还吃得少，一日八餐我也供得起。可是你这副大烟瘾把千多担租谷都抽光了，我可供不起啊！”他看她还要纠缠，只得说：“要有耐心，金四不到黄河心不死。你想，他的烟瘾不比你小，拆房卖能维持多久呢！到时一发烟瘾，你是过来人，不说把咏莲送到你烟馆来，就是……”

郑大小姐觉得熊世发也说得在理，不再纠缠这件事了，但仍收了一句：“到时咏莲不来，你还是脱不了皮的，我不找你才怪！”

“好，到时咏莲不来找我好了。唉！我这几天焦心的事情多，不要找我胡缠。”

“哼！你有啥焦心事哪！熊管事变成了熊大爷，熊大爷又变成熊区长，金家的田地到了你的名下，抖起来了，就不把我大小姐放在心上了。”

熊世发看郑大小姐脸上浓脂艳抹，娇嗔起来也还有动人的地方，不觉声音变得柔和一点，叹了口气：“唉！你哪里晓得外面的这些事情！涪陵出了个叫李明的共产党，真是了不得，双枪百发百中，把侦缉队的人打死了好几个，徐宁山也被打死了。他行无踪，走无影，明明被包围在江边，却像长上翅膀飞了。侦缉队到处封锁搜查也找不出影子。有人说往我们石牛场方向来了，害得我清了几天乡，也没发现踪影。天老爷保佑，唯愿没到我们这一方来。”

郑大小姐听到说起共产党，也不禁改颜改色。前两年红军到了贵州遵义，有进入四川之势。这一带靠近贵州，形势顿时紧张起来，地主豪绅都在跑。有的跑到重庆，有的跑到涪陵，次一等跑不远的，也搬进山洞躲藏，真有点人心惶惶、大祸来临的味道。郑大小姐听说共产党只与豪绅作对，自己现无家产，并不在意。对那些豪绅惶惶如丧家之犬的样子，还感到快慰。又听到谣言说：共产党不但共产，还要共妻。石牛场上稍有姿色的女人都躲起来了，郑大小姐听了也不在乎：共产她无产，共妻嘛！她早已是“共妻”，更不怕。她那当区长的远房堂叔，以前认为她给郑姓祖宗丢脸，早不通往来，这些时一见面居然对她客气万分，亲热地喊侄姑娘。后来她又听说：共产党最恨吸鸦片烟的，见吸鸦片烟的人就杀。她才怕起来，央熊世发带着她逃跑。最使郑大小姐忧虑的是：有钱人逃跑了，她烟馆的生意清淡了，维持不了她这副烟瘾。共产党没有来，中央军、地方军川流不息地通过石牛场，开到贵州去。她烟馆生意兴隆了，当兵的、当官的，塞满了烟馆，可是收不到现钱，侍候稍有不周马上就受到拳打足踢。肉体上的痛苦，她至今想来还心惊肉跳。结果共产党没来，只是一场虚惊，地主绅粮又搬回来了，远房堂叔见了她又是怒目相视，一切又照常了。她想：国民党来了都受不了，共产党再来了怎么得了！所以现在熊世发提起共产党她就改颜改色。后来听说只不过是涪陵跑了一个叫李明的共产党，徐宁山被打死了，侦缉队的人被打死了，关她屁事，神态才舒展了。

郑大小姐看熊世发害怕的样子，宽慰他说：“就算这一个共产党到了这一方，又怕啥？”

熊世发叹了口气：“你说得轻巧，前几年我们这一方有了共产党，就闹得四乡不宁。你忘了，那年穷人成群结队到石牛场吃大户，你家也吃了大亏。后来亏我费了九牛二虎之力才压下去了，在黄桷树垭口杀了十四个人，这才过了几年清静日子。”

郑大小姐确实回忆得起，她父亲刚死不久，穷人到她家吃大户的来了一千多，把她家的粮仓都吃空了。她家败下来这么快，就是因为那时伤了元气。她至今想起来还有余恨。

熊世发反革命的嗅觉很灵敏，心事重重地说：“这段时间，石牛场谈抗日救亡的风气盛行起来，肯定与这个共产党有关。”

郑大小姐关心地问：“有共产党的线索吗？”

“线索！共产党精得很，哪撇脱就有了线索？这个共产党还受了伤，真躲得无影无踪。”熊世发说到这里，脸上露出阴沉的表情：“说没线索，但我也找到点影子了。”

“有了影子！你说与我大小姐听听，啥影子？”郑大小姐好奇地问。

“你也不是外人，我就与你说了也不要紧。”熊世发压低了声音，“有人发现，上个月黄桷树垭口的杨嫂子到场上那家西医诊所买过纱布和药棉花，又买雷六夫尔——这是医枪伤的药……”

不等熊世发说完，郑大小姐忍不住咯咯笑起来。

熊世发看她笑得那么欢，不解地问：“有啥好笑的？”

“我的区长咧！你不要专在杨嫂子身上闹笑话了。哼！你当我不知道？告诉你，我这烟盘子旁边啥事也可以听见。”郑大小姐也见过杨嫂子，知道她是一个漂亮能干的乡下女人，颇怀醋意地说：“你不许她卖汤圆，说她汤圆上没贴印花，现在又说她有窝藏共产党的嫌疑，不过是勾引她没到手，想方设法想报复。”

“不要瞎说，我熊区长把她看得起？笑话！”

郑大小姐从床上跳下来，在床角拿出一只积满了灰尘的灯笼，递到熊世发眼前：“我的熊区长，你认得这只灯笼吗？”

熊世发一看吓了一跳，这灯笼是前两年与杨嫂子约会，自己掉进粪坑里，慌慌张张忘记拿走，丢在十四坟附近的。

郑大小姐看熊世发惊得目瞪口呆的样子，得意地说：“熊区长，掉进粪坑那个味可不好受呀！我劝你死了这条心吧！”她说完又将灯笼塞回床角。

熊世发疑惑地问：“你怎么知道？这灯笼怎么到了你的手上？”

“区长哟！俗话说：‘若要人不知，除非己莫为。’”郑大小姐似笑非笑又说：“我这烟馆里夜行人多得很。凡是石牛场夹得上筷子的人物，哪怕芝麻大点的事，烟盘子旁边都可以听见。何况你那时是赫赫金家大院的管事，又是掉进粪坑这样的千古奇闻，石牛场上除了没人当面说你，背后早传遍了，把别人的牙巴都笑脱了。你还以为别人不知道，装啥正经哪！”

熊世发见郑大小姐把这事当面揭穿了，真不愧是老手，脸红也没红一下，只是解嘲地干笑两声：“嘿嘿！”

郑大小姐更得意了，卖弄起来：“在烟盘子旁边我听到的事情，特别是你们这些大人先生们的私事、隐事、勾子麻搭的丑事，要是写成小说，比吴敬梓写的《儒林外史》还要厚，可取名‘石牛场外史’，虽不像《儒林外史》能传文后世，也出足你们的洋相哪！”

熊世发正有点尴尬，乘机笑说：“你为什么不写呢？”

郑大小姐长叹一声：“我有写小说的才学又好哪！”

熊世发脑壳晃了晃：“那我可放心了。”

郑大小姐嘴巴一撇：“你不要放心太早，也许几十年后我们川东有那么一个人，真会把你们写进小说里去。”

熊世发忍不住嗤地一笑，把刚喝进去的一口茶也喷了出来：“我的大小姐，几十年后，我更放心，这个人说不定现在才生出来，哪能知道现在烟盘子旁边说的事情呢！”

郑大小姐也忍不住笑了，脸上厚厚的白粉一牵动，簌簌往下掉。

停了一会儿，熊世发沉思起来：郑大小姐这番笑话，对他很有启发。他突地摸出五块银圆往烟盘子上一搁，发出银子清脆的碰击声：“郑大小姐，你想不想要这五块银圆，并且以后月月都给五元，不掺一块哑板。”

郑大小姐不相信熊世发有这么慷慨，撇撇嘴说：“咦！月亮从西方出，河边的石头上要开花，熊区长怎么这样大方？”

熊世发正色地说：“真的，绝不食言，只要你像刚才一样，把在烟盘子旁边听到的事情随时摆给我听，每月给你五块银圆。大小姐，这五块银圆你得得多轻巧，不过给我摆摆龙门阵[1]。”

郑大小姐毕竟读过书，看过几本侦探小说，不是那么容易受骗。她明白熊世发的意思，挖苦说：“熊区长，未必你也想写小说？喜欢听龙门阵，去茶馆听吴烟灰说书嘛！每月哪要五块银圆，最多一块银圆也够了。”

熊世发嬉皮笑脸：“吴烟灰那烧腊喉咙有啥听头，我就是喜欢听大小姐摆龙门阵。”

想不到郑大小姐把脸一板：“熊区长，把你五块银圆捡起，要我给你当暗探做间谍，每月五块银圆够啥子！这是玩命的事。”

熊世发看被郑大小姐一语道破，干脆亮开说：“这五块银圆只算作每月的津贴，遇到有价值的情报另给奖金。可是你千万要守口如瓶，不能告诉任何人。你答应干，我回头给你送张表来填，填了表就可以算作吃公事饭的人了。”

1　摆龙门阵，四川方言，讲故事或谈闲天的意思。

郑大小姐还假惺惺拿了一阵架子，讲价还价的结果，以每月六块银圆的津贴谈妥，说明奖金另给。

郑大小姐这才眉开眼笑拍着熊世发的肩头说："区长，你这下算找对了，老实告诉你，杨嫂子家里确实藏着一个男人……"她凑近熊世发的耳边叽叽咕咕说了一阵。

熊世发脸上顿时露出凶相，立即站起来："共产党我看你往哪里跑……"

四

熊世发迫不及待带着人匆忙赶到黄桷树垭口，只见杨嫂子坐在屋当门晒太阳，手上拿着一双男人的鞋子在上鞋帮。

熊世发一挥手，区丁顿时把杨嫂子的小屋围起来。拿短枪的弹上槽，拿步枪的装上了刺刀，如临大敌一般。

杨嫂子缓缓站起来："咦！熊管事，未必你又要来下瓦拆屋，抽回租地?"

熊世发知道杨嫂子说的是风凉话，她明知田地金四已卖了换了业主。再说自己也不是金四的管事了，堂堂的区长不叫，分明是出他的洋相。他不觉冷冷一笑："杨嫂子，这次不用装聋卖哑，你做的事我都知道了，还是老实说出，交出人来，我熊世发是讲义气的。"

杨嫂子仍低头上着鞋帮，看不清她脸上的表情。她慢慢抬起头来，将鞋针往鞋面上一别，陡地说："熊管事，好，把人交给你。"

看着杨嫂子进屋去了，熊世发想不到杨嫂子答应得这样爽快，真有点不敢相信。他正想跟着进屋去监视杨嫂子的行动，见杨嫂子左手拉着小兰，右手拉着瞎眼年老的婆婆出来了："熊管事，我把一家人都交给你，我男人在民成公司船上做工，你也可以派人去捉回来，要杀要剐，听你的便。这年月你也逼得我生活不下去了，我一家人与你拼了！"说着大有拉着小兰和婆婆向熊世发一头撞来之势。

熊世发反而慌了手脚，一会儿才镇静下来。他以为拿着了把柄，指着杨嫂子手上的鞋子说："这双男人的鞋子是谁的？你一家三个女流，谁穿这男人的鞋子！"

杨嫂子看了手上的鞋子一眼，脸上露出讥讽的笑意，扬着手上的鞋子说："大家看看，熊管事把我在外做工的男人也搞忘了，难道给我在外的男人做一双鞋子也犯法！请各位邻里评一评！"

熊世发这才注意到旁边站了不少看热闹的。这里当着大道，过路的人都认识杨嫂子，关心地停下脚，还有附近闻声赶来的，特别是郑家湾的人不少。自熊世发把郑区长挤下台去，郑家大姓对他很不满意，已有许多人在点头附和杨嫂子的话。

“废话少说，把隐藏的共产党交出来！”熊世发气势汹汹地说。

想不到杨嫂子却顿时哭喊起来，一面诉说：“熊管事硬不让我活了，我卖汤圆不准卖，说是汤圆上没贴印花；这又叫我交出共产党。天啦！熊管事这多枪炮人马都捉不到共产党，叫我妇道人家哪里捉共产党交给他，这不是有意刁难我吗！”

杨嫂子这一招真有点厉害，旁边的人觉得她说的句句在理，都对着熊世发怒目而视。

熊世发也不孬，不慌不忙从身上摸出一个纸包，摊开托在掌上：“杨嫂子，我不点着你的穴道你是不承认的。”原来纸包里是一些熬过的药渣，熊世发用指头仔细地拨弄着：“这药渣是你家倒出来的！你看，这是三七，这是川芎，这是红花，这是……都是医枪伤行血散瘀的药。我问你，你家里谁受了枪伤?”

杨嫂子稍微愣了一下，马上大声哭诉起来：“大家邻里评评，这三七、川芎、红花……也是医妇科病的药，我家三个妇女，连吃两服妇科药也成了罪名。咦！熊管事，你当真不让人活呀！”

人群中很有几个懂药性的，连声说：“对呀，三七、川芎、红花也是医妇科病的。”

熊世发不理这些人的议论，将药渣包好收捡起来，又摸出另一个纸包摊开在掌上：“杨嫂子，你说三七、川芎、红花是医妇科病的，请看这些沾过脓血的纱布、药棉花，是从你家屋后渣子堆找出来的，未必又是医妇科病的?!”他得意地催促：“说呀！为什么不答话!?”

杨嫂子心里有些吃惊，这是她的疏忽，没有将李明换过的纱布、药棉花烧掉，想不到被这只老狐狸抓到了把柄。

嘿，杨嫂子不愧是党多年培养的党员，急中生智，捞起自己左边的裤脚到膝头。只见膝头上有一块愈合多时的伤疤，这是她去年夏天不小心跌伤留下的。她指着伤疤说：“咦！我膝头跌伤了，用过的药棉花、纱布，这么脏的东西，熊管事藏得这么珍贵，莫非你想留着去用二道?”

熊世发反受奚落，顿时火冒三丈。他低头一看杨嫂子膝盖上的伤疤，红红的嫩肉，不能确定是新疤还是旧疤。他阴沉地一笑，使出了最后一着杀手锏：“哼！杨嫂子，我问你，有人最近发现深更半夜你家还有男人走动。你说，这男人是谁?”

杨嫂子反而现出诧异的神色：“咦！熊管事，我这黄桷树垭口黑夜赶路的过往客人多得很，他们经常在这里歇脚讨火，或者喝杯热水。现在天冷，难道他们要到我家烤火烧烟也犯法了。我又没有收他们半个钱，未必这也要执照，也要贴印花!?”

看热闹的过路人都议论纷纷，说杨嫂子是贤惠人，到她家烤火烧烟从不拒绝。热天她还烧一壶冷茶摆在黄桷树下供人随便饮用，从不收钱。

熊世发被杨嫂子一一驳回，并且句句在理，他认为有力的证据全站不住，不禁额上青筋冒起：“不管你的花言巧语，给我进屋仔细搜!”

“请，我给熊管事带路!”杨嫂子柳眉倒竖，不软不硬地说。她把婆婆扶在凳子上坐下，拉着小兰的手走在前头。

熊世发带着几个背短枪的区丁，把楼下几间屋仔细搜过，没有发现半点蛛丝马迹。

接着又上楼去。楼上没有开窗，光线暗淡。熊世发刚上楼梯口，看见屋角隐隐有个人影，惊得赶忙往楼梯上后退了两步，伏下身子，用枪瞄着说：“出来，赶快出来!”跟在后面的几个区丁被熊世发这个突然的动作吓了一跳，从楼梯上滑了下来，伏在地上动也不敢动。

杨嫂子放了小兰的手，上前一步，从屋角拿出一件蓑衣和一顶斗笠，嘲笑地说：“熊管事，看你这个汉子很凶，怎么被蓑衣和斗笠吓成这样?”

熊世发这才看清，确是挂在墙上的蓑衣和斗笠，不好意思地从楼梯上站起来，向下面的区丁斥责说：“你们龟儿都是些怕死鬼，上。”

楼上几间屋翻了一遍，依然没有半点影迹。熊世发想：“咦！未必郑大小姐搞错了?”

下了楼，一个区丁在后屋发现地下有空洞，报告说：“区长，来看!”

熊世发跟了过去，那区丁用步枪托在一块青石板上顿了几下，果然发出空响的声音。

熊世发心中一喜，看着杨嫂子冷笑。杨嫂子拉着小兰的手站在一旁沉默不语。

熊世发为防万一，往后退了两步，离青石板远了一点，用严厉的口吻对杨嫂子说：“去把青石板揭开！”

杨嫂子大声大气地说：“咦！熊管事，你们没事做自己去揭嘛！你们吃的是白米大肉，有的是力气，我们喝的是苞谷汤汤，还要惜点气力。”

熊世发无奈，只得命令两个区丁去揭青石板。两个区丁蹑手蹑脚，两手战战兢兢揭开了青石板，急忙伏在地上，半天没有听见黑洞洞的窖里有动静。

熊世发命令：“下去看看！”

杨嫂子挖苦说：“熊管事，这不是粪坑，你大胆下去好了！”

熊世发也顾不得理会杨嫂子，见两个区丁面面相觑不敢下去，他壮着胆子上前，举着手枪对着黑洞就是一梭子弹，子弹打得洞里灰尘直扬。

杨嫂子叫了一声：“哎哟！熊管事，未必我窖里的红苕犯了死罪，也要吃花生米[1]！”

窖里仍没动静，一个区丁先用枪托伸下去试了试，原来这洞很浅，才大着胆子跳下去，摸索了一会儿跳上来说：“报告区长，是一个不大的红苕窖，装的全是红苕。”

熊世发真有气了：“咦！杨嫂子，这是红苕窖，你为什么不早说？”

杨嫂子也不示弱：“你有气力就搜，关我屁事。熊管事，你最好叫人拿锄头来把地下都挖一遍，谨防我把人藏在土里去哪！”

熊世发无奈只得带着人走出屋去，屋外看热闹的人愈堆愈多。

熊世发一无所获，正要拿杨嫂子出气，想不到不等熊世发开口，杨嫂子却大声吵嚷起来：“熊管事，你无凭无故来欺我妇道人家，硬说我屋里藏有男人，你把我屋里藏的男人交出来。”

熊世发一时不知怎么对答。杨嫂子声音更大了：“一个女人名节是大事，你无故血口喷人，我们到善堂去找郑天尊评理！”

郑天尊就是被熊世发挤掉的前任郑区长，这天尊是郑区长在善堂内的法号，跟熊世发正是冤家对头。郑家在石牛场是大族，对熊世发早已虎视眈眈。

熊世发原以为手到擒来，哪知扑了空。对杨嫂子这位明眸皓齿、姿色动人的妇人，他早已领教过厉害；再加这时群情激愤，自己当区长还没站稳脚跟，对杨

1　指子弹头。

嫂子又无铁的证据，不觉气焰矮了半截。他有些色厉内荏地说：“现在不跟你说，男不与女斗。走！”他一挥手，带着区丁灰溜溜地走得飞快，人群中爆发出一阵嘲笑声。

杨嫂子看着熊世发一伙远去的背影，嘴角露出了一丝冷笑。一阵春风吹过，杨嫂子鬓角的一绺黑发轻柔地飘动，在春天和煦的阳光中，她显得更加容光照人，英姿飒爽。

明明李明在杨嫂子家中养伤，到哪里去了呢？……

不算尾声

七七事变后，全国民众群情激奋，抗日救亡运动风起云涌……

重庆的七月中旬，正是盛暑季节，瓦蓝的天空没有一丝云彩，太阳火辣辣的在山城上空照射着。

民成公司门口的模范市场，集会的海员从早就候在这里。海员中只有民成公司的职工装束最整洁，他们一律穿着芝麻布的公司服，戴着遮阳海员帽，这是公司新近才统一配给的——陆先生在这方面是不惜工本的。这种芝麻布是他北碚的织布厂自出的产品，因为民成公司海员穿上这种布做的制服，所以这种芝麻布在四川也曾风行一时，成了畅销品。与其他杂牌公司的海员队伍比起来，民成公司服装整洁的队伍更给人留下一种深刻的印象。

太阳虽然晒得人汗流浃背，但队伍里没有人戴草帽，也没有人打伞。

一群群自动赶来服务的男女学生，向海员队伍递送着茶水。一些小贩在街边叫卖，显得异常热闹。

小贩摊后站满了看热闹的观众，群情激奋，草帽、五颜六色的伞，像林地里遍生的蘑菇。

男学生、女学生不畏酷热，在海员队伍中教唱着抗日救亡歌曲。

这里在齐声唱：

向前进，别退后，
生死已到最后关头，
同胞被屠杀，
土地被强占，
我们再也不能忍受，
我们再也不能忍受！
……

那里在齐声唱：

大刀向鬼子们的头上砍去，
全国武装的弟兄们，
抗战的一天来到了，

……

平时耀武扬威的警察、士兵也被民众这种气势震慑住了，退藏在围观的群众中，有的甚至还跟着哼抗日歌曲。

只有夹杂在群众中的便衣特务，歪戴瓜皮帽，架着墨镜，神情紧张地左顾右盼。

民成公司门口阶梯的平台上，一群人出现了。接着有人在大声招呼："雅静！雅静！"戴着红臂章的工人纠察也来回传话："开会了，请雅静，雅静！"

乱了一会儿，队伍才静下来。

简单的仪式过后，接着由一个人对着话筒讲话：

"诸位先生，海员弟兄们……"

从扩音器里传来听不真切的话声，喇叭发出噼噼啪啪的杂音，像汽笛啸叫般刺耳，最后一点声音都没有了。大概扩音器坏了。

那个人的讲话并没有中止，声音大而洪亮，站得较近的勉强可以听清。

涪顺轮合并到民成公司后，改名民顺，莫老幺比较矮小，踮着脚尖也看不清讲话人的身影。他拉着身旁的张阿德问："老张，哪个在讲话？"

张阿德身材高大魁伟，他把阶梯平台上的一群人看得清清楚楚，回答说："陆总经理在讲话。"

陆祖福也穿着与他们一样的芝麻布公司服，只有站在他身后的副总经理董绍孙仍穿着派力司淡色西装。朱佳富这时以主任秘书名义，代行总经理职权，因为陆祖福虽已就任南京政府交通部次长，但实际上仍是他直接控制公司行政实权。朱佳富站在陆祖福身后，也穿着芝麻布公司服。这是由于陆先生的劝说：因为他已经是名义上的代总经理，不带头不好，所以今天临时穿上的。

朱佳富突然穿上芝麻布制服，显得很不自然，也不协调。张阿德看见朱佳富心里就愤慨。他对春燕的死至今还有余痛，后来对春燕自杀的原因也听到了一些，所以他对朱佳富夫妇，特别对朱佳富反感很大。杨宝瑜也听说春燕的哥哥可能就是张阿德，托人约张阿德去见见，并给张阿德送来一笔钱。张阿德既没去见杨宝瑜，也没有收下这笔钱。

只听陆先生讲道：

"民国十五年四川发生了万县惨案，民成公司就是那年兴办的。民成公司兴办的目的，就是图强自救，为四川父老服务，收回内河航行权，把帝国主义势力赶出川江，赶出中国。祖福自问，民成公司至今，没有违背当初的宗旨。我们是川江第一家不雇佣外国船员、废除封建把头制的新型企业。爱国的四川父老兄弟们你们也没有亏负民成公司。有些人愿多出钱，多等一点时间，也要搭乘民成公司的轮船旅行，这是为什么？日清公司船票便宜，还要免费送一把漂亮的东洋伞，但诸位父老也不搭日清公司的船，又是为什么？我想，民成公司并没有特殊的魅力，我陆祖福也没有超人的地方。主要因为我们都爱国，爱国的父老支持爱国的民成公司，所以我们公司在十一年的时间便扩展到现在的规模。爱国的父老兄弟们，爱国的海员弟兄们，我代表民成公司感谢你们，衷心地感谢你们……”

集会的队伍，显然被陆祖福这番动人的演讲打动，爆发了一阵热烈的掌声。

容易激动的陆祖福看见这热烈的场面，嘴唇上一撮浓胡须不停地颤动，眼睛仿佛也润湿了。他掏出一张白市布手绢揩着眼眶。

朱佳富想不到陆祖福不用讲稿的即席演说很得体，他充分摸透了群众的心理，既取悦于民众，又为自己做了最好的广告。不禁用钦佩的目光注视着陆祖福不算魁梧的背影。

陆祖福将白市布手绢放回裤袋，继续大声演说：

“日本人如此肆无忌惮地侵略我们中国，我陆祖福也是中国人，决不辜负爱国的四川父老对我的支持。我之所以接受南京政府的委任，担任交通部次长，主要是蒋先生现在同意抗日，我陆祖福愿意为抗日尽力。停止内战，枪口对外，把日本帝国主义赶出中国去！……”

群众热烈鼓掌，口号声震天动地：“打倒日本帝国主义！”

“一切不愿做亡国奴的人们团结起来！”

“停止内战，枪口对外！”

“反对妥协，反对投降，打倒汉奸卖国贼！”

陆祖福又动了感情，浓黑的一撮胡子又在颤动。

等群众稍微平静下来，陆祖福轻轻咳了一声，镇静了一下，继续说：

“当此非常时期，国难当头，有钱出钱，有力出力，希望爱国的四川父老，继续支持民成公司。爱国的海员弟兄们，希望你们继续支持民成公司，发扬民成精神，为抗日作出牺牲，不要罢工，不要要求增加福利，把日本帝国主义赶出中国去，好日子就会到来了……”

这时海员队伍有些骚动，在下议论起来，有人甚至大声责问："肚皮是硬头货，不吃饱怎么干活？"

"已经生活不下去了，还怎么作出牺牲！"

陆祖福迟疑了一下，赶忙补充说：

"当然，我一定保证你们最低的生活标准。民成公司的职员一定要廉洁奉公，共渡国难。我在这里宣布：凡是我兼任各职的津贴费、车马费，从今天起一律捐作抗日经费，慰劳前方的抗日战士。"讲到最后，他振臂高呼："打倒日本帝国主义！"

群众的情绪又高昂起来，跟着高呼口号。

朱佳富的巴掌拍得实在响，他对陆先生的口才和机智，也很佩服。

接着主持会议的人又宣布了另一个人演说，群众欢迎的掌声经久不息。

莫老幺没有听清，他又拉了张阿德一把："老张，现在又是谁在演说？"

张阿德仰着头拍巴掌，专注地望着平台上出现的高伦，没有低头看莫老幺，回答说："现在是高监事讲话。"

"哪个高监事？"

"我们原先的高董事长，现在是民成公司董事会的监事！"

"哦！"莫老幺不再问了。

高伦的声音威严而洪亮，正在说：

"有人说高伦已赤化，赤化——我不认为是诬蔑，这是一种光荣。可惜，像我高伦这样的人，共产党还不会要，我最多不过是共产党的朋友而已。孙中山先生是共产党的朋友，我是孙先生的信徒，与共产党交朋友，有什么不好呢！有些自称是孙先生忠实信徒的人，偏把我这种人视如眼中钉，肉中刺，我高伦不怕。我是遵照孙先生的遗训办事，何罪之有哩！我与共产党交朋友，是因为中国共产党顾全大局，以中华民族的利益为重，抗日最坚决，所以我拥护共产党团结起来一致抗日的主张，我便成了共产党的朋友。蒋先生从西安事变以后，也同意抗日了，所以现在我也是蒋先生的朋友。谁主张抗日，都是我高伦的朋友；谁不抗日，我高伦坚决反对。头可断，血可流，民族气节不可丢！……"

高伦的话简短有力，因为有些话说得太露骨，陆先生站在一边微微皱眉，也为他捏一把汗——不远处就站着蒋先生的耳目和心腹。

高伦的话讲完了，鼓掌声、口号声交织在一起，震撼着模范市场的上空。人们忘记了炎热，背上的衣服被汗水浸透了，情绪愈来愈激昂……

海员代表、职员代表都讲完了话，按原先的计划不准备游行，可是人们的情绪正处于高潮，自动列队拿着纸做的小旗，呼喊着口号，唱着抗日救亡歌曲开始游行了……

群众远远看见一色芝麻布的游行队伍，都知道是民成公司的海员队伍来了，群众戏称：“和尚队伍来了！”因为海员中没有一个女人。街道两旁的观众，都热烈鼓掌表示欢迎。

很凑巧，刚过小十字不远，迎头碰上纱厂的游行队伍，纱厂女工中没有一个男人，群众又戏称：“尼姑队伍来了！”

“看哪！和尚队伍遇上尼姑队伍了！”有些调皮的小孩在拍掌高叫。

纱厂女工中，海员家属特别多，这两支队伍并排时，互相招呼着，欢笑着。正好两头街口被其他队伍堵塞住了，两支队伍都停住了脚步。

两支队伍顿时乱了：妻子喊丈夫，丈夫寻找着妻子。

隐藏在队伍里的暗奸工贼，乘机高叫：“不得了啦！刘军长的马队在较场口杀人，血都快流成一条河啦！快跑吧！”

队伍更骚动起来，张阿德在混乱的人群中寻找造谣惑众的人，将一个乱叫乱喊的人抓住了，一看是陈福生。

陈福生被张阿德紧紧地捏住手腕，他假装镇静地说：“张师傅，有人说刘军长的马队在较场口杀人，不知是真是假。”

“你少造谣惑众！”他生气地把陈福生往前推了一个趔趄，放了手。

陈福生马上一溜烟跑得无影无踪了。

张阿德一看游行队伍已经散了，恨恨地一顿脚。

“阿德，阿德！”一个甜丝丝的女人嗓子喊着他。

张阿德回头一看是秋莲，便说：“你怎么来了！”

秋莲身后两个年轻的女伴认识张阿德，轻轻将秋莲往他面前一推：“张大哥，秋莲硬要来，我们把她交给你了。”

张阿德也认识她俩，正准备点头招呼，可是她俩已咯咯笑着跑远了。

秋莲穿着一件宽大的生白布短衫，仍然遮掩不住隆起的肚子。张阿德有点埋怨：“哎，你大着肚子来干啥！”

秋莲原先丰腴的脸蛋虽然变得有点清瘦，依然很红润。她的背心已被汗湿透，用白毛巾揩着脸上的汗:“阿德，纱厂的姊妹们都来了，难道我不爱国!”

她微笑看着阿德，见他脸上的汗水太多，眼睛都快睁不开了。“喏，给你。”她把白毛巾递给张阿德。要是在家里，她就亲自动手给张阿德揩汗了。

张阿德揩了脸上和颈项上的汗，沉思了一会儿，把白毛巾递还给秋莲:“你快渡江回家，我去较场口看看!”

“阿德，我也去!”秋莲眼巴巴央求着张阿德。

张阿德没有回答，他看着她隆起的大肚子。秋莲脸颊红得更厉害，她明白他的意思，说:“不要紧，慢慢走，我还没有那么娇嫩!”

张阿德不忍拒绝秋莲的要求，终于说:“好吧!”

秋莲高兴地笑了，她紧挨着张阿德，避开闹街，从机房街走小巷到了都邮街，街上的人渐渐多起来，有些拥挤不通了。这里离较场口已经不远，看不出有异常的迹象。交通已经阻断，街心围着一堆一堆的人，在看学生演街头剧，听他们唱抗日歌曲。

张阿德见没有异常的景象，愤愤地说:“造谣，简直是造谣!”秋莲不明白张阿德话里的意思，问:“阿德，你说啥?”

张阿德没有回答秋莲，他正注视着对面一座高楼临街的阳台。

秋莲觉得奇怪，也往阳台看去:只见阳台上一个穿着华丽妖冶的女人，正举着望远镜东张西望，那女人身后站着一个穿西服、蓄着仁丹胡子的中年男人。

张阿德从来不喜欢偷看漂亮的女人，秋莲对他的举动有些奇怪。

“你看，那是三姨太，被侦缉队抓去了的，怎么在这里出现呢!”

“三姨太是谁?”秋莲不认识她。

“跟罗天成鬼混的婊子，据说是……”张阿德的话停住了，无巧不成书，他见离他们不远的地方站着杨宝瑜。杨宝瑜正对她旁边一个头发花白、穿白绸长衫的老年人说:“爸爸，全面抗战就要爆发了，幸好工厂早搬到了重庆。”

“姐姐，要不是姐夫帮忙，我们的工厂还在上海呢!”这说话的是一个年轻英俊的青年，他是杨宝瑜的弟弟杨宝生，张阿德并不认识他，但一听谈话便知道他们之间的关系。

张阿德像触电一样，拉着秋莲回身就走。

“阿德，走这么快干啥?”秋莲不解地问。

张阿德离杨宝瑜远了，放慢了脚步对秋莲说:“杨宝瑜一家人在那里!”

秋莲知道杨宝瑜是谁，但从没见过面。她回头看去，只看见一个妇人纤长窈窕的背影……

张阿德他俩慢步从僻巷穿到了米亭子，这里离较场口更近了，街上到处是抗日歌咏队，到处有人站在高凳上或高高的台阶上演说。从一堆人中间传出一个女学生独唱的歌声，压倒了一切嘈杂的音响：

我的家在东北松花江上，

那里有森林煤矿，

还有那漫山遍野的大豆高粱；

……

张阿德被这悲愤激昂的歌声吸引住了。他记得在涪陵县中的那次同乐晚会上，他也听过这悲愤激昂的歌声，可是那时黑暗势力还非常嚣张，这样的歌也不许唱……现在山城到处飞扬着抗日的歌声，民众站起来了，抗日的浪潮已变得不可阻挡……

秋莲也被歌声感动得落下泪来。她想起自己的身世，她曾经跟着父亲卖唱，想奔回自己富饶的家乡，可是……

张阿德明白秋莲的悲痛，他紧握着秋莲的手，安慰说："阿妹，等赶走了日本鬼子，我们一道回家乡去，这一天终归要到来！"

秋莲嗯了一声，点点头，她深情地瞥了阿德一眼。

从秋莲，张阿德忽地想到自己的亲阿妹阿苇，他眼睛润湿了，为了不让秋莲看见，他扭过头去。

秋莲的心很细，张阿德的神情哪里能瞒得过她的眼睛，她已摸透了他的心事，轻轻地摇动了一下阿德的手，装作微笑说："阿德，你不是说把我当成亲阿妹吗！有我与你一道回家乡，难道你不喜欢吗？那时，我们的孩子可能也长大了，不是两人，是三人，甚至……一齐回家乡去。"

张阿德看秋莲笑得很甜蜜，他的心情陡地舒展了，快慰地捏着秋莲的手。

"哎哟！"秋莲惊叫了一声。

张阿德知道是捏得太紧，把秋莲的手捏痛了，忙松开手。秋莲举起被捏痛的手放在嘴边轻轻吹着，他们相视笑了。

不远处，围着密密麻麻的人群，一个穿着朴素、短发齐耳根、装束有些像小学教员的年轻女人站在台阶上，用清脆的嗓子在演讲，从去年的西安事变讲到七七事变，分析着当前的抗日形势。语句简洁，表情生动有力，紧紧吸引着听众的注意力。

张阿德看不清这女人的面孔，觉得她讲得很好，为了听得更清楚，他拉了秋莲一把，向人堆靠近。

忽然那演讲的女人转过头来，张阿德看清了她的面孔，不觉吃了一惊：这女人的面孔与春燕很相似。他不敢相信自己的眼睛，怕是看花了，他仔细地看了又看，愈看愈坚信这人像春燕。那女人虽然没有留辫子，但那明亮的大眼睛，面孔细部柔美的线条，说话的姿态和声音，莫不与春燕酷似。

秋莲也看见了。她虽然只是与春燕在过江的渡船上相处了一段极短的时间，而春燕惹人喜爱的美丽面孔，给她留下的印象是深刻的。她也觉得这女人很像春燕，轻轻拉了张阿德一把，示意他看。

张阿德明明看见春燕投江自杀了，并且知道尸体也找到并埋在曾家岩万国公墓里，难道天下竟有这样相同的相貌？他对秋莲说："你站在旁边等等，我挤进去靠近看清楚。"

张阿德用力往人丛里挤，挤了一段，再也挤不进去了。他自从入党以后，也有了一点地下斗争的常识，知道已经挤到了保护的人墙，再挤可能会引起误会了。他距离这演讲的女人只有十多米，连她长长的眼睫毛都可以看清了。他想高声喊她，可是她正演讲到慷慨激昂的地方，谈到中国共产党全民抗战的主张，听众都屏住了鼻息专注地谛听，实在不便在这时喊她。何况是不是春燕还不敢确定！

张阿德正在迟疑之间，人群外突地传来了警笛的啸叫，一队荷枪实弹的武装特务冲来了，高声叫着："不要让宣传赤化的女人跑掉了，捉住，捉住。"

听众乱起来，纷纷避让，那个演讲的女人不慌不忙从怀里掏出一沓油印的传单，向空中一撒，被保护她的群众簇拥着，消失了。

瞬时间，原先站满了人的地方空荡荡的，留下几张还没被人捡走的传单……

张阿德顾不得秋莲，他在附近仔细找了一圈，哪里还有踪迹呢！他失魂落魄般回到原地，找着了秋莲，顿脚说："丢了，又丢了！"

秋莲知道他指的是什么！安慰他说："阿德，也许不是她！天下相貌相同的多呢！只要她真还活着，我们一定可以再找到她。"

张阿德没有回答秋莲，难过地垂下头……

杨宝瑜也迎面碰见这个女人，她没有细想，脱口喊出："春燕，春燕。"

那个女人站住了，扫了杨宝瑜一眼，和蔼地说："太太，你认错人了！"

杨宝瑜觉得自己太冒昧，春燕已经死了，哪会是她呢？她抱歉地说："对不起，对不起。"

那年轻女人回身匆匆走了，杨宝瑜看她走路的神态与春燕是那样逼肖，心里断定："不，是她，是春燕。"她追了上去。

突然，一个身着破西服的人，嘴角衔着一支揉瘪的香烟，挡住了杨宝瑜的去路："太太，你看杂耍吗？"他左手拿着几把雪亮的匕首，一把把抛向空中，右手接着落下的匕首迅速传回左手上……不断循环着。

匕首像一线循环的流星，在阳光中闪着银光……

待杨宝瑜绕过他向前追寻时，哪里还有踪影，她早已淹没在滚滚的人海中……

也许春燕还活着?！她也许还会走完她独特的、曲折的生活道路呢！

鄢国培 著

长江三部曲

第二部

巴山月

重庆出版社